W0238153

ANGLE MORT

Sara Paretsky

ANGLE MORT

Traduit de l'anglais par Annie Hamel

Éditions du Masque

Ce roman a paru sous le titre original :
TUNNEL VISION

Pour Dorothy

« Il est rare de rencontrer une femme qui soit à la fois un bon écrivain et une véritable amie. »

E.B. White.
« Charlotte's Web »

© SARA PARETSKY, 1994, ET
LIBRAIRIE DES CHAMPS-ÉLYSÉES, 1995.

Tous droits de traduction, reproduction, adaptation, représentation réservés pour tous pays.

1

PANNE DE COURANT

Au moment où l'électricité fut coupée, j'étais en train de terminer un rapport de dix pages. L'ordinateur grogna, puis s'arrêta. J'assistai, impuissante, à un joli fondu au noir sur mon écran.

Je maudis les propriétaires de l'immeuble, puis, avec la même force, je m'adressai mille reproches. Si, au lieu d'opter pour la modernité, j'avais continué à travailler avec la vieille Olivetti de ma mère, j'aurais pu finir de taper ce compte rendu à la bougie, puis rentrer tranquillement chez moi. D'un autre côté, si les frères Culpepper n'avaient pas décidé de saborder le Pulteney Building, l'électricité n'aurait pas été coupée.

J'ai établi mes quartiers dans cet immeuble il y a dix ans, et je finis par ne plus voir ses nombreuses tares. Des décennies de crasse ont gommé le relief des ornements en cuivre des portes, et bouché les trous du sol en marbre de l'entrée. Il manque de gros morceaux de plâtre aux corniches des étages supérieurs. On ne trouve des toilettes pour dames qu'en deux endroits de l'immeuble, et elles sont hors service les trois-quarts du temps. Je connais la configuration de l'ascenseur par cœur, pour avoir passé des heures bloquée dedans.

J'ai supporté tous ces inconvénients en raison du montant peu élevé du loyer. J'aurais dû comprendre depuis longtemps que les frères Culpepper attendaient le jour où ce bâtiment, bénéficiant de la vague de rénovation du Loop, aurait plus de valeur mort que vivant. Le marchandage auquel nous nous livrions chaque automne, et qui aboutissait immanquablement au statu quo — ils n'augmentaient pas le loyer mais se refusaient à effectuer des travaux de plomberie et d'électricité — aurait dû me mettre la puce à l'oreille. Oui, en tant que détective, et spécialisée dans les escroqueries financières, les incendies criminels et les inconduites commerciales en tous genres, j'aurais dû comprendre. Hélas, je suis toujours trop occupée à régler des problèmes au jour le jour pour m'inquiéter de l'avenir.

L'immeuble avait déjà perdu le tiers de ses locataires, quand, à la fin de l'année dernière, les frères Culpepper tentèrent de nous faire vider les lieux. D'abord en nous proposant de l'argent, puis en usant de toutes sortes de manœuvres déloyales. Certains ont cédé à la pression, mais les autres ont tenu bon. En effet, s'ils habitent au Pulteney, c'est qu'ils n'ont pas les moyens de s'installer ailleurs. Les temps sont durs. Ceux qui œuvrent en marge se retrouvent de plus en plus souvent chassés de la page. Travaillant en indépendante, je ne fais pas exception à la règle. Il reste un fabricant de chapeaux, un revendeur de remèdes et produits de beauté chinois, un bookmaker et moi. Nous essayons de tenir le coup jusqu'au bout.

Ma lampe de poche à la main, j'avançai d'un pas assuré — j'ai une grande pratique de l'obscurité — dans le couloir noir menant aux escaliers. Le rapport que je rédigeais devait être sur le bureau de Darraugh Graham le lendemain matin à 8 heures. Si je trouvais le fil défectueux ou le fusible grillé responsable de cette nuit prématurée, je pourrais reconstituer mon texte sans trop de difficulté. Sinon, il me faudrait tout recommencer sur l'Olivetti.

Je défis le cadenas de la porte donnant sur l'escalier. Depuis le départ de Tom Czarnick, l'ancien concierge, j'ai mis des cadenas sur toutes les portes, qui s'ouvrent tous avec la même clé. Ces deux dernières années, Czarnick a passé son temps à servir des tirades acides aux locataires. Aussi ne nous manque-t-il pas. Je soupçonne les frères Culpepper de l'avoir payé pour hâter la défaite du Pulteney.

Ces chers frères s'ingénient à nous rendre fous. D'abord, ils ont fait couper l'eau et l'électricité. Lesquelles ont été rétablies par ordre du tribunal. A présent c'est leur travail de sape contre notre résistance nerveuse — la mienne essentiellement, il faut bien l'avouer. Même si les autres locataires ont signé la pétition pour le rétablissement de l'électricité, je suis toujours la seule à descendre au sous-sol pour essayer de voir ce qui cloche parmi tous ces fils et ces tuyaux.

Je connais tellement bien les lieux que je ne prends jamais la peine d'éclairer l'escalier avec ma lampe. Résultat, je trébuchai sur un morceau de plâtre tombé du plafond. Je réussis à ne pas tomber, mais lâchai ma torche électrique. Le verre se brisa et la lampe roula en bas de l'escalier.

Je respirai un grand coup. Devais-je craindre la colère de Graham au point de poursuivre cette périlleuse entreprise ? N'était-il pas plus raisonnable de rentrer à la maison, et d'attendre le lendemain pour acheter une nouvelle lampe et régler ce problème d'électricité ? En outre, j'appartiens au conseil d'administration d'un foyer pour femmes battues, et l'on m'y attendait le soir-même pour une réunion.

D'un autre côté, le chèque de Graham allait me permettre de constituer une réserve, en vue de la location d'un autre bureau. Si je lui remettais ce rapport en retard, rien ne l'empêcherait de se passer de mes services à l'avenir. Il pourrait très bien confier toutes ses enquêtes aux agences de détectives avec lesquelles il travaillait déjà, des entreprises vingt fois plus grosses que la mienne.

Je descendis les marches en me tenant à la rampe. Une autre lampe électrique et une boîte à outils étaient cachées dans le placard à fusibles, sur le mur du fond. Si j'arrivais jusque là sans me rompre le cou, je serais sauvée. Ma seule peur, c'était les rats. Ils avaient pris possession des lieux. J'aurais beau les éblouir avec ma torche électrique, ils se contenteraient de sortir du faisceau de lumière d'un pas nonchalant, en agitant leurs queues avec insolence.

Je tâtonnai dans le noir à la recherche d'une prise de courant, essayant d'ignorer les petites moustaches frémissantes que je rencontrai le long du fil électrique, quand soudain j'entendis un bruit de respiration humaine. J'en eus la chair de poule. Les Culpepper avaient-ils engagé des gangsters pour me terroriser et me faire fuir ? Ou étaient-ce des voleurs, croyant l'immeuble abandonné, qui voulaient récupérer le cuivre sur les portes et d'autres matériaux de valeur ?

Je m'accroupis dans le noir, derrière une caisse d'emballage pleine de copeaux de bois, et tendis l'oreille. Ils étaient plusieurs. L'un d'entre eux respirait comme quelqu'un sur le point d'avoir une crise d'asthme. Ils avaient aussi peur que moi. Cela ne me rassura pas : un cambrioleur affolé risque de se montrer plus violent que celui qui maîtrise la situation.

Je rampai vers la droite, avec l'espoir de m'emparer d'un morceau de tuyau pour me défendre, quand soudain l'un d'eux poussa un petit cri.

J'arrivai au placard à fusibles. Grâce à ma lampe de secours, je trouvai le fusible grillé, le changeai, et la lumière fut. Je parcourus la grande pièce des yeux : rien que des vieilles caisses et des meubles mis au rebut. Pas âme qui vive. Je commençai à me demander si je n'avais pas imaginé tout cela, lorsque j'entendis à nouveau un cri étouffé.

Une femme était accroupie derrière la chaudière, trois enfants blottis contre elle. Le plus jeune tremblait en silence, le visage enfoui dans sa jupe. L'aîné, âgé d'une dizaine d'années, avait la respiration sifflante des asthmatiques.

Ils étaient vêtus de plusieurs chandails enfilés les uns sur les autres. Leurs corps amaigris ressemblaient à des tas de vieux chiffons.

— Ce n'est pas bon pour ce garçon, de respirer cet air humide.

Je me sentis aussitôt très bête d'avoir dit cela.

La femme me regardait sans rien dire. Elle était à la fois en colère et effrayée.

— C'est pas un garçon, dit le troisième enfant. C'est Jessie. Je suis le seul garçon.

— Bien. Alors peut-être pourrait-on emmener Jessie jusque dans la rue, qu'elle respire un meilleur air. Comment vous appelez-vous, madame ?

— Ne lui parlez pas, les enfants. Vous ne devez parler à personne sans ma permission. Je vous l'ai déjà dit.

La femme secoua le petit garçon, qui gémit mais resta près d'elle.

Dans l'ombre de la chaudière, le visage et les cheveux de la mère avaient l'air gris. Elle ne devait pas avoir plus de trente ans, mais si je l'avais croisée dans la rue, sans ses enfants, je lui en aurais donné soixante-dix.

— Il y a longtemps que vous vivez ici ?

Elle me lança un regard dur, mais ne répondit rien. Elle avait dû me voir passer une dizaine de fois. Elle savait que j'étais la seule à descendre au sous-sol et qu'elle ne craignait pas grand-chose en restant là. Si sa fille n'avait pas eu la respiration haletante, je ne me serais jamais aperçue de leur présence.

— Ils vont raser l'immeuble dans six semaines, dis-je. Vous êtes au courant ?

Elle me fixa d'un air farouche, mais ne dit toujours rien.

— Ecoutez. Si vous voulez camper ici, vous pouvez.

Mais ce n'est pas bon pour vos enfants. C'est mauvais pour leurs yeux, pour leurs poumons et pour leur moral. Si vous voulez que Jessie voie un docteur pour son asthme, je connais quelqu'un qui l'examinera gratuitement.

J'attendis un long moment, mais elle demeura dans son mutisme.

— Il y a des dizaines de bureaux vides, là-haut, et des toilettes, même si elles ne marchent pas toujours très bien. Je peux vous installer dans l'un des bureaux. Vous ne croyez pas que ce serait mieux que de rester là ?

Elle ne répondit pas. J'essayai de me mettre à sa place. Pourquoi m'aurait-elle fait confiance ? Je réfléchis quelques instants. Finalement, je pris un double de la clé des cadenas sur mon porte-clés. Je devais lui accorder ma confiance, pour qu'elle m'accorde la sienne.

— Cette clé ouvre les portes des escaliers, et celle de la cave. Je ferme toujours le sous-sol, car j'y laisse mes outils, et je ne voudrais pas qu'on me les vole. Alors si vous décidez de monter, vous serez gentille de refermer le cadenas derrière vous. Je vais vous laisser la lumière, ça fera fuir les rats. Si vous voulez venir me voir demain, mon bureau est le quatre cent sept. O.K. ?

Elle continua à se murer dans son silence. Elle ne tendit même pas la main pour prendre la clé qu'on lui offrait.

— Prends-la, Maman, lui souffla Jessie.

Son fils aîné hochait la tête pour signifier qu'il était d'accord, mais la femme ne voulait toujours rien savoir. Finalement je posai la clé par terre, à côté de la chaudière, et tournai les talons. Je ramassai ma lampe électrique au pied des marches, et commençai à monter l'escalier. Dans cette situation, c'était cette femme qui, objectivement, avait toutes les raisons de me craindre, et pas le contraire. Cependant, sans raison, je me mis à transpirer. Lorsqu'elle me parla, je sursautai et faillis crier.

— Ces enfants ne meurent pas de faim, ma jeune dame. Je suis tout à fait capable de m'en occuper. Je m'en occupe même très bien.

2

ON NE CRACHE PAS DANS LA SOUPE

Je me faufilai entre deux rangées de sièges, et me laissai tomber sur une chaise, à bout de souffle. Sonja Malek était en train d'exposer diverses stratégies possibles pour recueillir des deniers au printemps. Marilyn Lieberman, la directrice exécutive d'Arcadia House, me salua d'un geste de la main, Lotty Herschel haussa un sourcil interrogateur, mais personne n'interrompit Sonja. Arcadia House, comme presque tous les organismes de charité, survit grâce à diverses donations. La tâche essentielle du comité d'administration consiste à trouver de l'argent.

Pour la plupart, nous travaillons ensemble depuis des années. Nous avons œuvré dans divers domaines du féminisme militant. Ma rencontre avec Lotty remonte à l'époque de mes études. Elle apprenait à un groupe de femmes à pratiquer des avortements clandestins.

— J'ai gardé la bonne nouvelle pour la fin, déclara Sonja, d'un air triomphant. La Gateway Bank nous a fait un chèque de vingt-cinq mille dollars.

— Ouais ! Génial ! m'écriai-je, dans l'enthousiasme général. Comment tu t'es débrouillée ?

— Ce n'est pas moi qu'il faut féliciter, dit Sonja, en tapotant l'épaule de la femme assise à sa gauche. Deirdre connaît des gens importants dans cette banque.

Deirdre Messenger baissa la tête. Ses longs cheveux blonds et raides vinrent masquer ses joues rougissantes.

— Tu t'es dévouée pour la bonne cause, Deirdre ? dit quelqu'un. Tu as accordé tes faveurs au président de la banque ?

Les femmes autour d'elle éclatèrent de rire. Deirdre se racla la gorge d'un air gêné.

— C'est grâce à Fabian. Il est leur conseiller juridique.

Le ton de sa voix laissait entendre qu'elle s'était sentie insultée.

Contrairement à la majorité d'entre nous, Deirdre n'a pas de compétences particulières. Elle se contente de faire jouer les relations de son mari pour financer les projets auxquels elle prend part.

Sal Barthele, présidente du conseil d'administration d'Arcadia, relança le débat.

— Vic, tu veux nous parler des problèmes de sécurité maintenant, ou est-ce que tu as besoin de reprendre ton souffle ?

— Non, ça va, dis-je.

Arcadia House est un foyer pour femmes battues. Aussi pense-t-on généralement que nous dépensons une grande énergie à repousser les assauts d'hommes violents. En réalité, la plupart de ces types sont des lâches : ils frappent leur femme mais ne veulent pas que ça se sache. En sept ans, seuls trois d'entre eux ont essayé de tout casser.

Cependant, nous voulons qu'Arcadia soit un lieu où les femmes et leurs enfants se sentent en absolue sécurité. Un mari furieux avait réussi à escalader le mur, deux semaines plus tôt. Il avait pénétré dans la salle de jeux, et tout détruit à la hache. Il avait fui avant que la femme de garde cette nuit-là n'ait eu le temps d'alerter la police. Marilyn Lieberman a engagé un vigile, mais on m'a demandé de trouver une solution à long terme. Or, quel système de sécurité adopter ? Poser des grillages au-dessus du mur de briques ? Les femmes auraient l'impression d'être en prison. Faire installer un système d'alarme avec détecteurs photosensibles ? Avoir des gardes vingt-quatre heures sur vingt-quatre ?

La discussion battait son plein. Toutes ces solutions étaient onéreuses. Pour ma part, j'aurais préféré qu'on abatte le mur, et qu'on installe des grilles à la place — ce qui permettrait notamment de voir ce qui se passe à l'extérieur. Finalement, Sonja Malek regarda sa montre et dit qu'elle devait libérer sa baby-sitter à 9 heures. Elle rassembla ses papiers et les remit dans son attaché-case. Tout le monde commença à ranger ses affaires.

Sal donna un coup de poing sur la table.

— Dites donc, les filles. Il va falloir apprendre à vous décider plus vite, à l'avenir. Je veux que vous soyez prêtes à voter, la prochaine fois. Sinon, Marilyn et moi on va prendre la décision à votre place.

— A vos ordres, chef ! lança une femme, tandis que notre assemblée se dirigeait vers la sortie.

Deirdre Messenger s'approcha de moi.

— Alors Vic, où étais-tu jusqu'à 8 heures et demie ? lança-t-elle, sur un ton que je trouvai impertinent.

Pourquoi cette familiarité ? Nous n'étions nullement des amies intimes. Je l'avais vaguement connue à l'époque où son mari et moi étions en fac de droit. Elle venait parfois déjeuner avec nous à la cantine. Elle avait été très belle, dans le genre blonde évanescente. Vingt ans plus tard, ses cheveux avaient à peine foncé, mais son air rêveur s'était mué en une espèce d'amertume tendue.

J'évitai cependant de la rembarrer. Elle encaissait mal les rebuffades.

— Oh, une panne de courant a coupé le sifflet à mon ordinateur. J'ai perdu un rapport de dix pages. Heureusement, j'avais gardé mes notes.

Marilyn Lieberman et Lotty s'étaient arrêtées pour écouter le récit de mes malheurs. En conclusion, je leur fis part de ma rencontre avec la femme et les enfants sans abri.

— Vic ! Tu ne les as pas laissés dans la cave ? s'indigna Marilyn.

Je rougis.

— Qu'est-ce que j'étais censée faire ?

— Téléphoner au poste de police, dit Lotty, d'un ton cassant. Tu as des amis flics, non ?

— Et qu'est-ce qu'ils auraient fait ? Ils l'auraient arrêtée pour négligence envers ses enfants, et ils auraient placé les gosses dans des familles adoptives.

Lotty fronça les sourcils.

— Tu dis que l'un des enfants a de l'asthme. Et les autres, dans quel état sont leurs poumons ? Tu n'agis pas toujours de façon très responsable, Vic. Dans un cas comme celui-là, un foyer adoptif ne serait pas forcément une mauvaise solution.

Son accent viennois ressortait tout à coup, signe qu'elle était en colère.

Marilyn secoua la tête d'un air désolé.

— Le problème, avec les foyers pour femmes sans ressources, surtout celles qui ont des enfants, c'est qu'en général, ils ne sont ouverts que la nuit. Alors il faut qu'elles se trouvent un endroit où aller dans la journée.

— J'ai bien pensé lui proposer de venir ici, dis-je. Mais je...

— Impossible, Vic, m'interrompit Marilyn. On ne va pas commencer à accueillir les sans-abri, alors qu'on a besoin de tous nos lits pour les femmes et les enfants victimes de violences.

— Qu'est-ce que tu vas faire ? dit Deirdre.

Elle était restée légèrement à l'écart de notre groupe, tandis que nous débattions du problème, comme si elle se sentait à part, tout en n'ayant pas envie de partir.

Je pris une profonde inspiration et les regardai toutes d'un air de défi.

— Je lui ai suggéré de s'installer dans un bureau vide. De toute façon, ils vont raser l'immeuble d'ici quelques semaines.

Sal Barthele vint se joindre à notre groupe.

— Et Conrad, qu'est-ce qu'il pense de tout ça ?

Sal, qui est noire, s'amuse des hauts et des bas de mon histoire avec un Noir.

— Ce n'est pas parce que je sors avec lui que je lui demande la permission chaque fois que j'ai envie de me moucher.

— Je ne parle pas de son avis en tant qu'homme, mais en tant que flic.

— Si je lui raconte l'histoire, il va réagir comme Lotty. La mairie enverra les enfants dans trois familles d'adoption différentes, et au moins l'un d'entre eux subira des violences sexuelles. La mère perdra la seule chose qui la rattache à la réalité et deviendra l'une de ces folles qui parlent toutes seules, sur Michigan Avenue, et qui ont l'air prêtes à étrangler la première personne qui leur adressera la parole.

J'avais montré un certain emportement. Mes interlocutrices eurent des regards gênés. Je me secouai, tentai de dissiper ma colère.

— Il ne faut rien exagérer, Vic, dit Marilyn, d'une voix calme et ferme. Ce n'est pas l'enfer dans toutes les familles d'adoption. En tout cas, ils seraient sans doute mieux chez des étrangers que dans un sous-sol humide infesté de rats.

— Je pourrais peut-être essayer de lui parler, proposa Deirdre, sur un ton timide, persuadée que j'allais mettre en doute ses capacités.

— Bonne idée.

Marilyn avait dit cela de sa voix de conseillère psychologique, la voix rassurante qu'elle réservait aux gens qui manquaient de confiance en eux.

— Deirdre travaille souvent pour Home Free, poursuivit-elle. Tu sais bien, ils construisent des logements pour les sans-abri.

Je l'ignorais. Home Free était un nom qui ne me disait rien. Je consacre du temps à divers projets en faveur des femmes. Aussi ne suis-je pas très au courant de ce qui se passe dans les autres domaines concernant les défavorisés.

Deirdre me regardait avec férocité, comme si elle me défiait et me craignait à la fois. Son expression me fit reculer d'un pas.

— Si tu peux la persuader qu'elle a besoin d'aide, vas-y. Moi, je lui ai proposé d'emmener sa petite fille asthmatique chez Lotty. Tu l'examinerais, hein, Lotty ?

— Vic ! Bien sûr que je l'examinerais. Mais ne te laisse

pas emporter par ton idéalisme. Tu sais pourquoi on n'a pas réussi à éradiquer la tuberculose, il y a dix ans ? Parce que les gens ne prennent leurs médicaments que si on les y oblige.

Je réussis à sourire.

— Je sais que tu ne me crois pas capable d'y arriver, dit Deirdre, mais tu pourrais peut-être quand même me dire où est ton bureau.

Ma crainte de la blesser fit que j'accordai à son offre plus de valeur qu'elle ne le méritait.

— D'accord, dis-je. C'est le Pulteney Building, au coin de Wabash et de Monrœ. Demain vers 3 heures ?

— Je crois que tu fais partie des gens qui dînent chez moi mercredi soir. Demain, je passe la journée à la cuisine, déclara-t-elle sur un ton venimeux.

Elle et son mari fêtaient le départ à la retraite de Manfred Yeo, mon professeur de droit préféré. J'avais été surprise, et ravie, de me voir conviée. Mais à présent, je me retrouvais dans une situation fort déplaisante : Deirdre essayait de me déstabiliser, et moi de la rassurer. Résultat, je lui dis :

— J'espère que tu ne sacrifies pas ta journée pour moi. Je peux manger n'importe quoi : de la pizza froide, des hamburgers, tout ce que tu voudras.

Elle découvrit ses dents, dans une tentative de sourire.

— Ce n'est pas seulement pour toi que je me donne tout ce mal, Vic. Mais pour d'éminents citoyens de cette ville, qui viennent voir Fabian faire le beau devant Manfred Yeo. Car mon cher mari espère être nommé juge. Quant à moi, je vais passer la journée à émincer des légumes et à remplir des petits choux à la crème.

Je poussai un soupir.

— Si c'est une telle corvée, je ne viens pas. Ça te fera toujours un petit chou de moins à remplir.

— Oh, ne me fais pas ça, Vic. Tu seras le seul être humain de toute l'assemblée. De toute façon, Manfred Yeo tenait absolument à ce que tu sois là. Il a insisté pour que Fabian t'invite.

Sa voix et son expression s'étaient adoucies, lui donnant l'air fragile.

— Combien y a-t-il d'invités ?

— Trente-cinq. Il y aura le fils du sénateur Gantner. Si je pouvais, j'irais me cacher dans le sous-sol de ton immeuble. Je viendrai te voir vendredi après-midi.

Elle posa un manteau sur ses épaules voûtées, et attendit une minute pour voir si l'une des femmes encore présentes allait partir avec elle. Comme personne ne bougeait, elle s'en alla toute seule, l'air sombre et préoccupé.

— Il y a quelque chose qui ne tourne pas rond chez elle, dit Sal. J'ai comme l'impression qu'elle serait plus à sa place là-haut, dans l'un des lits, qu'avec nous au conseil d'administration.

— C'est seulement de la timidité, dit Marilyn. Elle nous rend de grands services, et elle est très efficace chez Home Free. Pense qu'elle est la seule femme au foyer, ici. Ça ne doit pas être évident pour elle. Mais qu'est-ce qui l'inquiétait, là ? Ta famille de sans-abri ?

— Non, répondis-je. Elle et Fabian organisent une grande soirée, mercredi. Et ça a l'air de tellement lui casser les pieds, que ça me donne envie de boycotter. Elle va préparer à manger pour trente-cinq personnes, tu imagines ? Son mari a pourtant les moyens de payer un traiteur !

— Tu vas dîner chez Fabian Messenger ? s'écria Sal, en explosant de rire. Le suppôt des républicains ? Mais qu'est-ce que vous avez en commun, tous les deux ?

Je ris.

— Nous étions seulement dans la même université au plus fort de la contestation estudiantine. Il notait des noms pour l'administration, pendant que je tentais d'organiser le premier syndicat féminin universitaire. Aujourd'hui, il est dans les petits papiers des citoyens les plus à droite et les plus influents de cette ville, tandis que moi je végète dans un trou à rats.

Nous prîmes toutes le chemin de la sortie. J'attendis que Marilyn et Sal soient parties pour dire à Lotty :

— J'ai l'impression que tu m'en veux, pour cette histoire de sans-abri.

— C'est possible, oui. Tu as tendance à intervenir un peu trop facilement dans la vie des gens.

— Oh, j'aimerais aider cette femme, c'est tout. Seulement je ne sais pas trop quoi faire pour elle.

— Dans ce cas, ne fais rien. Ou laisse agir les autorités compétentes. Parce que généralement, quand tu interviens dans la vie des autres, quelqu'un en pâtit. Le plus souvent toi, d'ailleurs. Mais l'année dernière, c'était moi. Alors tu vas laisser ces enfants arriver à l'article de la mort, et puis tu vas me les amener, pour que je recolle les morceaux ?

Lotty me regardait d'un air dur, le front barré de rides. L'année dernière, des gangsters l'ont prise pour moi et lui ont cassé le bras. Sa colère et mes remords ont creusé un fossé entre nous, comblé depuis peu, après des mois et des mois d'efforts de ma part. De temps à autre, ce fossé se rouvre. Mais là, je n'avais aucune envie de m'auto-fustiger.

— Je vais faire en sorte que ni eux ni toi ne souffriez par ma faute, lançai-je.

Sur ce, je claquai la portière de ma voiture, et démarrai en trombe.

3

FILS PRODIGUE

Je soignai ma mise pour la réunion avec Darraugh Graham : tailleur de laine noire, chemisier blanc, escarpins Magli rouges. Si on regarde mes chaussures de près, on voit qu'elles ont vécu : le cuir est devenu très fin. Je les entretiens avec amour, je les cire, je les imperméabilise, je change le bout des talons régulièrement. Investir dans une nouvelle paire d'escarpins Magli me coûterait un mois de loyer.

Mais ceux-là me portent chance. Une part de cette chance rejaillirait-elle sur la femme sans logis cachée dans la cave du Pulteney, si je les avais aux pieds en allant la voir ?

Avant de sortir, je fouillai dans mon placard à la recherche de vieilles couvertures et de vieux chandails qui pourraient lui être utiles.

Lorsque j'entrepris la descente de mes trois étages, perchée sur mes hauts talons, il était seulement 7 h 20. Ainsi, je n'aurais pas à courir les cinq cents mètres entre le garage et le bureau de Graham. Je ne pouvais me permettre d'arriver chez lui les cheveux en bataille.

Les deux chiens que je partage avec mon voisin du rez-de-chaussée reconnurent mon pas. Ils entamèrent un concert d'aboiements. Mais le temps que le vieil homme apparaisse à sa porte, j'étais déjà dehors. Je lui criai que j'emmènerais les chiens courir dans la soirée, puis grimpai dans ma voiture et démarrai.

Chez Graham, le personnel est tiré à quatre épingles, discipliné, et d'une efficacité remarquable. Ceux qui arrivent en avance dans la salle de conférence ont droit à du café et des brioches. C'est là que j'entends parler de la difficulté qu'on a à trouver un club de basket correct pour ses enfants, ou à maîtriser un chasse-neige à soufflerie. A 8 heures, Graham fait son entrée. Tout bavardage cesse instantanément. Dans le passé, j'arrivais parfois en retard, ce qui me valait un regard glacial, et une invite à m'exprimer sans me laisser le temps d'enlever mon manteau. Cela ne se produit plus. J'ai presque quarante ans. Je ne peux plus me permettre de me faire virer.

Ce matin, Darraugh avait un jeune homme débraillé dans son sillage. J'écarquillai les yeux. Quiconque viendrait travailler ici avec une barbe de trois jours, des cheveux mi-longs, un blouson sale et un jean se verrait éjecté dans l'instant. Je me demandai si ce garçon était un jeune cadre en disgrâce dont nous allions assister à l'éviction.

L'ange déchu demeura coi, affalé sur sa chaise, pendant toute la réunion. Darraugh fit comme s'il n'existait pas. Quand tout le monde fut sorti, le jeune homme se leva.

— Une minute, Ken, aboya Darraugh.

Puis il resserra son nœud de cravate.

— Vic, je vous présente Mackenzie Graham, mon fils. Victoria Warshawski.

— Ton représentant, oui, marmonna Ken, pour lui-même.

Darraugh fit semblant de n'avoir pas entendu.

— Mackenzie arrive de l'université. Il est à la maison. Nous espérons que c'est provisoire.

Je toussotai.

— Il étudie à Harvard, dit Darraugh, comme tous les membres de notre famille depuis deux cents ans.

— Si j'avais rompu avec la tradition et que j'étais allé à Yale, ce serait pareil, dit Ken.

— C'est une devinette ? m'enquis-je. Et s'il était allé à Berkeley, ça aurait changé quelque chose ?

— Oui, cracha Darraugh. S'il étudiait à Yale, ou à Berkeley, il se serait fait exclure de l'université. Alors que là il est en liberté surveillée. On lui a donné un an. Il pourra retourner à la fac en janvier prochain s'il...

— Si je me bonifie d'ici là, le coupa son fils. Je piratais des systèmes informatiques, et je me suis fait piquer. Tout le monde pirate, mais on ne sanctionne que ceux qu'on prend sur le fait.

— Oui. C'est d'ailleurs le cas dans tous les domaines, remarquai-je, avec une légère ironie.

Ken rougit et se plongea dans la contemplation de sa boucle de ceinture.

— Le problème, dit Darraugh, c'est qu'il est en infraction avec la loi. Il a pénétré dans les systèmes informatiques du ministère de la Défense et violé des dossiers ultra-secrets. Sans les appuis que j'ai, il en prenait pour dix ans.

— Eh bien tu vois, dit Ken, tout cet argent que tu donnes à Alec Gantner depuis des années aura finalement servi à quelque chose.

— Je suis ravie que cette histoire se termine bien, dis-je. J'espère que vous aurez votre diplôme. Un doctorat en piratage informatique ?

— En littérature russe. Les ordinateurs, c'est juste un passe-temps.

— Un peu de sérieux, Warshawski, gronda Darraugh. J'ai besoin de votre aide. Ken a deux cents heures de travail à faire au service de la communauté. Je compte sur vous pour lui trouver quelque chose.

Je restai perplexe pendant quelques instants.

— Mais...Vous siégez dans les conseils d'administration de plusieurs organismes de charité, non ? Vous avez toujours été généreux avec eux. Il doit y avoir des douzaines de bonnes œuvres qui vous le prendraient.

— C'était ma femme qui s'occupait de ce genre de choses, dit Darraugh, avec une certaine raideur, comme s'il avouait une faiblesse. Je vous paierai au tarif habituel.

Darraugh était veuf depuis dix ans. Depuis la mort de sa femme, il s'était plongé dans le travail avec frénésie. Ça avait fini par devenir un mode de vie.

— J'avais pensé enseigner aux enfants des écoles comment pirater sans se faire piquer, déclara Ken, tout fier de lui, mais mon contrôleur judiciaire ne trouve pas l'idée bonne.

— Quel dommage, dis-je. Écoutez, Darraugh, je connais un certain nombre d'associations caritatives qui pourraient utiliser les services d'un spécialiste en informatique, mais je peux difficilement leur recommander un garçon aussi irresponsable et insolent.

— C'est vraiment important pour moi, Vic. (Darraugh parla avec une intensité qui frisait la menace.) Allez prendre un café en bas avec lui. Faites connaissance. Voyez ce qu'on peut mettre sur pied.

— Très bien, mon capitaine, dit Ken, en se levant. J'aurai le droit de mettre deux sucres dans mon café ?

Darraugh lui lança un regard noir, mais eut l'intelligence de ne pas relever.

— Ils commencent à s'impatienter, au service des libertés surveillées, dit-il. Nous devons lui avoir trouvé quelque chose au plus tard à la fin de la semaine prochaine.

Ken et moi attendîmes l'ascenseur comme deux zombis. Une fois attablés devant un café, à la cafétéria du sous-sol, il me dit :

— Depuis combien de temps connaissez-vous mon père ? Il a été très discret sur le sujet.

— Vous voulez vraiment retourner à l'université ? lui demandai-je, sans répondre à sa question. Vous n'avez pas besoin d'un diplôme, pour gagner votre vie. De toute façon, votre père ne vous laissera pas mourir de faim.

— Répondez d'abord à ma question. Après je répondrai à la vôtre. C'est comme ça que les gens font connaissance.

Je bus une gorgée de café.

— Les seuls organismes de charité que je connaisse s'occupent de femmes victimes de violences, de sans-abri ou d'avortements. Or je ne peux décemment pas vous recommander dans ce genre d'endroits, si vous supposez d'emblée qu'une femme qui a des relations professionnelles avec votre père est forcément sa petite amie. Votre façon de voir les choses est complètement dépassée.

Cette affirmation le laissa pantois : comment, dépassé, lui qui était deux fois plus jeune que moi ?

— J'ai horreur qu'on me trimballe comme une tomate pourrie que mon vieux essaierait de refiler à quelque ménagère un peu bête.

— Je comprends ça. Mais vous avez commis un délit. Si vous étiez noir et pauvre, vous seriez au trou en ce moment. Votre châtiment, c'est d'être une tomate. Si vous vous conduisez bien, vous serez peut-être promu pamplemousse ou ananas.

Il sourit, tout à coup, et eut l'air bien plus jeune et plus vulnérable.

— Je ne suis pas sûr de vouloir retourner à Harvard. Tout le monde est au courant, là-bas.

— Alors n'y retournez pas. Il y a des centaines d'universités, dans ce pays.

— Mais il n'y en a qu'une dont la bibliothèque ait une salle Graham. Darraugh préférerait me voir en prison, plutôt que diplômé d'une université d'état.

Les tracas des riches ne sont certes pas les mêmes que les nôtres.

— Ecoutez, dis-je. Faisons un marché : vous vous conduisez comme un bon petit soldat dans l'association caritative que je vais vous trouver, et, en contrepartie, je convaincs votre père de vous laisser poursuivre vos études dans l'université de votre choix. Je suis persuadée qu'il y a beaucoup de facultés qui seraient ravies d'ajouter une salle Graham à leur bibliothèque.

— Ouais, sans doute. De toute façon, je n'ai pas vraiment le choix. (Il finit son café.) Nous n'avons toujours pas fait connaissance, mais au moins je sais que vous ne mettez pas de sucre dans votre café.

Je ne pus m'empêcher de sourire.

— Laissez-moi un numéro de téléphone, dis-je, que je ne sois pas obligée de vous joindre en passant par votre père.

— J'habite chez lui, en ce moment.

— Je n'ai pas son numéro personnel. Maintenant vous savez que nous ne sommes pas intimes. Satisfait ?

Il griffonna le numéro sur une serviette en papier, et me la tendit.

— Je vous fais signe bientôt, dis-je.

Puis je me dirigeai vers l'escalier mécanique. Je sentais les vibrations des marches en métal à travers les semelles trop fines de mes escarpins. Je traversais le hall d'entrée de l'immeuble, lorsque Ken vint se planter devant moi. Il prit ma main gauche, dont il baisa la paume avec une ardeur affectée. Puis il disparut de l'autre côté de la porte à tambour avant que j'aie eu le temps de réagir.

4

UN PROBLÈME DE CONTRAT

Il était plus d'1 heure, à présent. Ce qui me laissait dix minutes pour faire un tour dans le sous-sol du Pulteney, avant mon rendez-vous avec une amie, associée dans une société à capital-risque. J'aurais dû prendre un cookie avec mon café, car je n'avais même plus le temps d'avaler un sandwich.

J'eus beau inspecter le sous-sol du Pulteney, je n'y trouvai personne. Pas un seul papier, pas une empreinte de pas dans la poussière : mes sans-logis auraient aussi bien pu ne jamais exister. Je laissai mon sac de couvertures et de chandails derrière la chaudière, avec une enveloppe bourrée du maximum de dollars que je pouvais me permettre de leur donner. Après quoi je piquai un sprint le long du Loop pour ne pas arriver en retard chez Phœbe.

Elle et moi nous connaissons depuis de nombreuses années. J'avais rencontré Phœbe à l'époque où je militais pour la cause des femmes, à l'université, l'année où Lotty nous apprit à pratiquer des avortements. J'aime bien Phœbe, mais nous n'avons jamais été proches. Elle avait rejoint ce mouvement de contre-culture, histoire de faire un pied de nez à son milieu social. Cependant, quand les vacances d'hiver arrivaient, et que je travaillais comme serveuse pour me faire de l'argent, Phœbe cessait brusquement d'être en révolte contre sa famille, et partait skier avec eux dans les Alpes.

On peut néanmoins la considérer comme une idéaliste. Elle a exercé plusieurs métiers. Après avoir travaillé dans la coopération, puis enseigné dans un lycée, elle a été neurologue. Pendant cinq ans, elle s'est heurtée à la rigidité du milieu médical, puis elle a définitivement quitté l'hôpital.

Quelques mois plus tard, grâce à un prêt de ses grands-parents, elle est devenue associée dans une petite société à capital-risque, Capital Concerns. Les contacts de Phœbe dans le milieu médical les intéressaient, ainsi que son expérience en biotechnique, domaine dans lequel ils se spécialisèrent au départ. Elle s'avéra douée pour les affaires. En outre, Capital Concerns lui avait plu, parce qu'ils investissaient également dans le social.

Grâce à Phœbe, Capital Concerns avait fait appel à mes services pour enquêter sur leurs associés potentiels. Depuis un an, cette société compte parmi mes clients les plus importants. L'été dernier, Phœbe a accepté d'aider l'une des quatre sœurs de Conrad à fonder une entreprise composée exclusivement de femmes. Elle désirait me voir à ce sujet.

Lorsque j'arrivai chez Phœbe, la sœur de Conrad était déjà là.

— Comment ça va, Camilla ?

Très élégante dans une robe moulante en jersey noire, Camilla semblait n'avoir jamais rien soulevé de plus lourd qu'une lime à ongles. Quant à Phœbe, elle portait ses tailleurs Chanel avec la même désinvolture que les jeans de sa jeunesse. Elle arborait une grosse tache de café sur son chemisier en soie bleu pâle. Il manquait deux boutons à sa veste. Des deux, on aurait juré que c'était elle qui passait sa vie sur les chantiers.

— Je ne me plains pas, Vic, répondit Camilla. Comment va Conrad ? Je ne l'ai pas eu au téléphone, depuis qu'ils l'ont mis dans la brigade de nuit.

Camilla, qui a un an de moins que Conrad, est sa sœur préférée. Au grand désespoir de sa mère, veuve depuis des années, elle a voulu devenir apprentie-soudeuse. L'industrie métallurgique étant en pleine récession, Camilla a appris la menuiserie, puis travaillé chez un petit entrepreneur.

— J'ai besoin de changement, m'avait-elle dit, l'été précédent. Tu comprends, personne ne veut engager plus de femmes que ne le stipulent les quotas d'embauche. Alors, avec plusieurs amies, on voudrait créer une entreprise exclusivement féminine. Seulement, où trouver l'argent ?

J'avais réfléchi aux contacts que je pouvais avoir, puis je l'avais mise en rapport avec Phœbe, laquelle l'avait aidée à fonder une société avec cinq autres femmes. Elles avaient choisi de s'appeler Lamia, d'après le nom d'une déesse libyenne de l'Antiquité.

Après avoir longuement réfléchi, elles s'étaient arrêtées sur le projet suivant : construire un immeuble pour loger des mères-célibataires. Elles avaient trouvé un architecte pour en faire les plans, puis obtenu un terrain municipal et un permis de construire.

— On pensait que le permis nous était acquis, et voilà qu'on nous le retire, dit Camilla, qui me ramena au présent. Et ce n'est pas tout, la Century Bank, qui devait prendre en charge la majeure partie des frais de construction, fait marche arrière.

— C'est là que tu interviens, Vic, me dit Phœbe, avec un grand sourire, dévoilant une bouche où manquait une dent.

— Non, dis-je, sur un ton catégorique.

— Comment ça, non ? s'exclama Camilla.

— Il n'est pas question que j'aille fouiner dans ce nœud de vipères qu'est la mairie, pour voir qui s'attaque à la part de gâteau du voisin, et donc qui t'a fait sucrer ton permis de construire pour récupérer le terrain.

— Mais Vic..., dit Camilla.

— Vic, la coupa Phœbe, c'est un projet important pour les femmes artisans. Il faut absolument qu'on sache ce qui nous bloque : le fait que Lamia soit une entreprise féminine, ou le fait qu'on veuille loger des femmes à faibles revenus ? Parce qu'on peut très bien modifier le projet.

Camilla commença à objecter que ce projet était trop important pour qu'on l'abandonne, mais Phœbe l'arrêta aussitôt :

— Ce qu'il nous faut, dans un premier temps, ce sont des fonds. Ensuite obtenir des résultats. Après quoi, vous pourrez faire ce que vous voudrez.

— Phœbe, dis-je, tu connais les gens de la Century Bank. Il suffit que tu leur demandes des explications. Pourquoi me payer pour ça ?

— S'ils agissent main dans la main avec l'hôtel de ville, ou même les syndicats, ils ne me diront rien, tu l'imagines bien. De toute façon, je croyais que tu donnais une part de ton temps pour Lamia, comme moi. Evidemment, on te paiera tes frais.

— Réfléchis un peu, Phœbe. Une enquête comme ça peut durer des semaines. Je ne puis me permettre de travailler aussi longtemps pour rien.

— Je ferai les démarches administratives, proposa Camilla. Je peux travailler deux heures par jour à ma propre cause.

— Ecoutez-moi bien toutes les deux. Il me reste six semaines pour trouver un nouveau bureau. Si j'avais les moyens de travailler gratuitement, je n'en serais pas là.

— Capital Concerns te verse une provision confortable tous les mois, objecta Phœbe.

— Tu veux m'auditer, pour savoir où va l'argent ?

Elle rougit. Des taches de rousseur apparurent sur ses pommettes.

— Phœbe, je ne mets en doute ni ta bonne volonté ni tes qualités de stratège dans cette histoire. Je parie que si, moi, je t'auditais, je m'apercevrais que cette bonne volonté sera largement récompensée dès que le projet Lamia va démarrer. Je n'ai pas de fortune personnelle à perdre dans cette affaire. Tu sais ce qu'on dit : « Les filles de riches jouent avec les allumettes, les autres se brûlent les doigts. »

— Je ne savais pas, non, dit Phœbe, sur un ton vaguement méprisant.

— He, les copines, intervint Camilla. Ne vous fâchez pas à cause de moi. Vic, pourquoi tu ne consacrerais pas, disons, dix heures à cette affaire, pour juger de l'ampleur du travail. Et si c'est vraiment énorme, Phœbe te paiera pour que tu continues.

— Et quelle est ta contribution à ta propre cause ? demanda Phœbe.

— Si quelqu'un essaie de tirer sur Vic, j'alerterai Conrad pour qu'il arrive avant ces messieurs de Police-Secours.

— Quelle idée de génie, Camilla, soupirai-je.

Si je me retrouvais à nouveau menacée par un pistolet, Conrad n'hésiterait sans doute pas à l'arracher des mains de mon adversaire pour finir le travail à sa place. Lui et moi avions eu des mots à propos des « risques inutiles » que prennent certains citoyens.

Phœbe était agacée. Elle ne voulait pas capituler, tout en sachant le compromis inévitable.

— Tu me donnes quinze heures de ton temps, Vic, et ensuite on voit.

— Tu me fais un contrat, alors. Et tu me paies ces quinze heures.

— Pas la peine. Camilla est témoin.

Je secouai la tête en signe de refus.

— Pas question que je travaille gratuitement. Ne t'inquiète pas, je ne ferai pas comme ton personnel : ce sera quinze heures réelles, pas dix minutes de travail facturées une heure.

— De toute façon, tu as toujours été une emmerdeuse !

Phœbe appuya sur le bouton de son interphone et demanda à Gemma, sa secrétaire, de taper le contrat.

En attendant que celle-ci l'apporte, je pris les noms des contacts de Phœbe à la banque.

Lorsque tout fut signé, ni Phœbe ni moi n'étions de très

bonne humeur. Je pris l'ascenseur avec Camilla. Au moment de me quitter, elle me dit :

— Fais un gros bisou à mon frère quand tu le verras.

Je souris.

— Oh, ne t'inquiète pas pour ça.

— Je voulais dire un bisou de ma part. Salut, Vic.

En retournant à mon bureau, je m'offris un sandwich au fromage. J'avais eu l'intention de demander à Phœbe si elle pourrait caser Ken Graham quelque part, mais vu la tournure qu'avaient pris les événements, ça m'était sorti de la tête. Je me regardai dans la glace du bistrot et fronçai les sourcils. Il y a cinq ans, j'aurais dit à Darraugh et à Phœbe d'aller se faire voir. L'approche de la quarantaine me rendait complaisante, et je n'aimais pas du tout cela.

De retour au Pulteney, j'allumai mon ordinateur et ouvris un fichier au nom de Lamia. Je tapai les informations que j'avais recueillies. Après quoi, je composai le numéro de Lexis, une banque de données. J'obtins une liste des directeurs et des cadres de la Century Bank. Pendant que cette liste s'imprimait, je téléphonai au service d'information Dow Jones, pour en savoir plus sur la Century Bank. A l'âge de l'informatique, une école de secrétariat eût été une meilleure formation pour un détective que mon diplôme de droit et mes années passées au bureau du procureur.

La Century Bank est une petite banque du centre ville qui ne fait pas beaucoup parler d'elle. Ils ont cependant fêté leur centenaire cette année. Selon le « Herald Star », ils comptent Home Free, l'organisme de charité pour les sans-abri, parmi leurs clients. Selon le service Dow Jones, le groupe JAD Holdings était sur le point d'absorber la Century Bank. Rien d'époustouflant, mais j'imprimai tout de même ces données pour les avoir.

Y avait-il conspiration entre la banque et la mairie ? Si oui, ce n'était sans doute pas assez important pour que les journaux en parlent. Un conseiller municipal pouvait très bien avoir des vues sur le terrain que Lamia avait obtenu pour construire son immeuble. Il aurait alors insisté auprès d'un collègue pour récupérer le terrain et annuler le permis de construire de Lamia.

L'imprimante faisait tellement de bruit, que je n'entendis pas la porte s'ouvrir. Quand une main se posa sur mon épaule, je sursautai et me cognai le genou sous mon bureau. Le spectre du sous-sol était debout derrière moi.

— Jessie a besoin d'un docteur, dit-elle.

Elle avait un regard farouche et avançait le menton de manière agressive, mais ses mains tremblaient.

— Tout de suite ? C'est vraiment urgent ?

— Elle peut à peine respirer. Je l'ai montée dans un bureau, comme vous m'avez dit, mais ça n'a rien changé.

— Où est-elle exactement ?

J'étais surprise que cette femme ait laissé ses enfants seuls, vu la façon dont elle les couvait, la veille au soir.

— Dites-moi d'abord comment vous comptez m'aider.

Je regardai ma montre. 6 heures et demie. Lotty était certainement encore à sa clinique, mais je l'entendais déjà râler.

— Je vais vous emmener aux urgences de...

Je m'interrompis, réfléchissant à l'hôpital qui se montrerait le plus compréhensif à l'égard d'une telle famille.

— Non, c'est impossible, dit la femme. Ils vont appeler les flics. Et on va m'arrêter pour négligence envers mes enfants. Et après, qu'est-ce qu'ils vont devenir ?

— Vous n'avez pas de famille ? Et leur père ?

— Vous êtes assistante sociale ? Leur père me battait. Je m'arrangeais pour le supporter, mais quand il a commencé à frapper Jessie, alors là, j'ai craqué. Si vous l'emmenez à l'hôpital, ils vont la renvoyer chez son père. J'ai bien vu comment il la regardait. Il n'est pas question qu'elle y retourne. Vous aviez parlé d'un docteur qui l'examinerait gratuitement.

— O.K. Pas d'hôpital.

J'appelai Lotty, qui heureusement était encore à la clinique. Elle accueillit ma demande sans enthousiasme, mais accepta que je vienne.

— Bon, dis-je à la femme. On va chez une amie médecin. L'une des meilleures de Chicago. Allez chercher Jessie. Pendant ce temps-là, je vais finir quelques petites choses.

— Vous n'allez pas appeler la police. (C'était un ordre, pas une question.)

— Non. Je dois prévenir un ami que je vais être en retard. Et il faut que j'éteigne mon ordinateur.

Elle resta collée derrière ma chaise pendant que j'appelais Mr Contreras pour lui dire que, finalement, je ne pourrais pas aller promener les chiens ce soir. Quand je raccrochai, la femme partit chercher Jessie. Je fourrai tout le monde dans ma voiture — Jessie haletait — et fonçai chez Lotty.

5

RETROUVÉS — ET REPERDUS

— Il faut que ces enfants passent une semaine à l'hôpital pour qu'on les remette sur pied. Ils souffrent de déshydratation et de malnutrition, sans parler des problèmes pulmonaires.

Lotty avait déclaré cela sur un ton sans réplique. Dès notre arrivée à la clinique, elle avait fait une piqûre à Jessie, qui à présent respirait normalement. Puis elle avait téléphoné à Beth Israel pour qu'ils se préparent à une admission d'urgence. Ensuite, elle m'avait demandé de donner un bain aux enfants. Elle allait les examiner tour à tour.

Débarrassés de leurs pullovers et d'une bonne couche de crasse, ils n'avaient plus que la peau sur les os. Ils ressemblaient à ces enfants africains victimes de la famine, qu'on voit à la télévision.

Pendant que Lotty les examinait, je mis leurs affaires dans la machine à laver, et ressentis comme un choc en reconnaissant l'un des pulls — un col roulé jaune — que j'avais déposés derrière la chaudière. Il était déjà aussi sale que le reste.

— La dame m'a promis..., commença la mère.

— Vic a parlé avec son cœur. Mais moi, en tant que médecin, je serais une véritable criminelle, si je vous autorisais à ramener ces enfants dans je ne sais quel sous-sol insalubre.

La mère cria un « non ! » angoissé, puis cessa de protester. J'expliquai la situation à Lotty, l'attitude du mari.

— Vous devez bien avoir quelqu'un vers qui vous tourner, ne serait-ce que pour disposer d'une adresse, dit mon amie. Je ne vais pas les renvoyer chez un père tortionnaire, mais ce n'est pas du tout bon pour eux, de vivre dans ces conditions.

— Si j'avais quelqu'un, je ne serais pas ici, dit la femme, en ravalant des larmes de colère.

— Ecoutez, dit Lotty, je vais essayer de vous trouver une place dans un foyer qui accueille les femmes sans ressources avec des enfants. Je vous promets de ne pas prévenir la police. Nous allons utiliser l'adresse de Vic, pour l'admission de vos enfants à l'hôpital. Tu pourrais très bien être leur tante, dit-elle, en se tournant vers moi.

— Touché, docteur, dis-je. (Puis je m'adressai à la femme.) Vous devez suivre le conseil du docteur Herschel, parce que si vos enfants meurent, vous allez vous le reprocher toute votre vie.

La femme était furieuse, mais elle comprit que nous n'allions pas céder. Lotty réussit même à lui faire dire son nom : Tamar Hawkings. Ensuite mon amie téléphona aux meilleurs foyers de la ville. Ils étaient tous pleins, mais ils promirent de mettre les Hawkings parmi les premiers sur leur liste d'attente.

— Demain, Vic va continuer à chercher un foyer, déclara Lotty. Mais pour le moment, on va à l'hôpital.

Tamar Hawkings eut soudain une expression désespérée. Lotty rappela Beth Israel. La jeune mère l'écouta avec une grande attention donner des détails cliniques sur l'état des enfants au médecin de garde. Elle craignait que Lotty ne contacte les services sociaux. Ce que ne manquerait pas de faire l'hôpital en voyant ces ventres gonflés et ces jambes arquées. Que se passerait-il ensuite ? Allait-on renvoyer les enfants chez leur père ?

Lotty raccrocha et me dit :

— Je viens de parler au docteur Haroon. Il m'a promis de prévenir l'infirmière chargée des admissions. Si vous avez le moindre problème, demande Rosa Kim. J'irai voir les enfants demain matin. Mais qu'allons-nous faire de Mrs Hawkings ?

Je pris l'air perplexe.

— Elle peut venir chez moi.

Tamar Hawkings secoua vigoureusement la tête en signe de refus.

— Non ! Vous n'allez pas m'obliger à passer la nuit sans eux ! Je connais mes droits. Je sais qu'une mère peut dormir dans la même chambre que ses enfants, à l'hôpital.

Elle ne parla plus durant le court trajet jusqu'à Beth Israel. Elle n'avait ni carte verte, ni personne pour se porter caution, mais Rosa Kim était rompue à ce genre de problèmes et nous facilita les choses.

Cette nuit-là, je dormis mal. Je me réveillai en sursaut à 6 heures. Il avait gelé. La moindre brindille, le plus petit bourgeon, étaient comme pris dans une gangue de cristal.

Mon premier rendez-vous était à 10 heures. D'ici là, le verglas aurait sans doute fondu. Je descendis chercher mes journaux au rez-de-chaussée. Les chiens m'entendirent et commencèrent à gémir derrière la porte de Mr Contreras. Le vieil homme ouvrit la porte et les chiens me sautèrent dessus. J'attrapai leurs pattes de devant, tandis qu'ils me léchaient la figure.

— Je sais, je sais, dis-je à mon voisin. Ils ont besoin de courir. Mais on ne peut pas sortir maintenant, il a gelé. Il faut espérer que ça va s'arranger dans la journée. On est en avril, bon sang. Je les emmènerai courir ce soir, parole de scout. Je suis en train de faire du café, vous en voulez une tasse ?

— Volontiers.

Dix minutes plus tard, il sonnait à la porte de ma cuisine, deux « buns » collants posés sur une assiette. Les chiens tournicotaient autour de lui.

Durant la matinée, je tentai de réfléchir au problème de Camilla. Mais j'avais le cerveau englué. Le téléphone sonna. Je décrochai, ravie d'être interrompue dans mes réflexions stériles. Ma joie fut de courte durée : Lotty m'annonça que Tamar avait disparu de l'hôpital. Avec ses enfants et des chaussures volées à d'autres patients.

Une assistante sociale était venue vers 10 heures du matin, pour poser quelques questions à Tamar. Elle avait accepté de ne pas alerter son mari, mais décidé que les enfants seraient confiés à l'assistance publique, le temps que leur mère trouve un logement et un emploi.

— Bravo, dis-je. Assistance publique : les mots magiques. J'avais cru comprendre, quand je suis partie, hier soir, que le personnel de l'hôpital ne la menacerait pas de lui enlever ses enfants.

— Ce n'était pas une menace, Vic, mais une nécessité. Ils ne veulent pas lui enlever ses enfants, mais elle ne peut continuer à vivre avec eux dans des caves insalubres.

— Malheureusement, Tamar Hawkings n'est pas de cet avis, dis-je. (Mes épaules pesaient soudain quinze tonnes.) Je vais voir si elle est revenue au Pulteney. Puis je vais appeler les flics, la faire porter disparue et demander qu'on la recherche. Mais à part la mettre en prison, je ne vois pas bien comment on pourrait l'empêcher de redisparaître. A moins qu'on trouve un endroit où elle puisse habiter avec ses enfants.

— Les Chinois ont un proverbe pour ça, dit Lotty, assez

sèchement. « Si tu sauves quelqu'un de la noyade, tu devras t'occuper de lui toute ta vie. »

Sur cette note inquiétante, elle raccrocha.

6

UN SALE CON

A partir de là, je passai une journée épouvantable, qui culmina dans l'horreur avec le dîner chez Deirdre. Tout espoir de résoudre le problème de Tamar Hawkings durant cette soirée s'évanouit dès l'instant où je vis mon hôtesse.

J'arrivai dans sa propriété du South Side avec une heure de retard. Après avoir eu Lotty au téléphone, j'avais appelé Kevin Whiting, un officier de police de ma connaissance, qui travaillait au bureau des personnes disparues. Il m'apprit qu'il existait déjà un avis de recherche concernant Tamar. Un certain Leon Hawkings, demeurant sur la Quatre-vingt-quinzième Rue Est, leur avait signalé sa disparition six mois plus tôt. Il avait spécifié qu'elle était partie avec leurs trois enfants. Si on la retrouvait, on préviendrait d'abord son mari.

J'exposai son cas à Kevin, qui me promit de ne pas alerter le mari si jamais une voiture de patrouille la repérait sur le Loop. Après quoi je fis quelques recherches et appris que Tamar Hawkings n'avait jamais porté plainte contre son conjoint pour coups et blessures. Mais cela ne prouvait rien. Toutes les femmes battues n'appellent pas la police. Généralement, elles se contentent d'échouer aux urgences d'un hôpital de la ville et de raconter qu'elles sont tombées dans l'escalier.

J'avais également téléphoné à Marilyn Lieberman, la

directrice d'Arcadia House. Après avoir écouté la saga Tamar avec réticence, elle m'avait répondu :

— Nous ne disposons pas de la structure nécessaire pour lui fournir l'aide dont elle a besoin, Vic. Mais si jamais elle réapparait et qu'elle accepte de te suivre, tu peux toujours nous l'amener. Je demanderai à Eva d'avoir un entretien avec elle. Mais essaie de voir avec Deirdre : elle connaît du monde dans les foyers pour sans-abri.

Sur ce, elle avait raccroché.

Je m'étais alors munie de ma seconde lampe électrique, et j'étais allée inspecter le sous-sol. En vain. Tamar Hawkings avait dû penser que je l'avais dénoncée aux services sociaux. Pourquoi serait-elle revenue ?

De retour dans mon bureau, j'avais décidé de m'occuper de mes comptes. A 3 heures, j'avais glissé un certain nombre de chèques dans des enveloppes, correspondant à deux mille dollars de factures. Ensuite j'avais appelé Cyrus Lavalle, un type que je connaissais à l'hôtel de ville, pour qu'il essaie de savoir pourquoi on avait annulé le permis de construire de Lamia.

Quand Cyrus avait reconnu ma voix, il avait eu l'air complètement paniqué, et m'avait dit qu'il risquait sa place à cause de moi. Je devais donc cesser de donner mon nom quand je téléphonais.

— Allons, Cyrus, avais-je rétorqué. Je n'ai aucune photo de toi avec un beau gars musclé. Je veux juste te poser quelques questions.

— Dans ce cas, retrouvons-nous au Golden Glow à 5 heures.

Autrement dit, il voulait se faire offrir un whisky et monnayer ses informations au meilleur prix.

En attendant, j'avais le temps de travailler un peu pour Phœbe. Sa société me payait pour enquêter sur les directeurs d'un petit laboratoire pharmaceutique qui l'intéressait. Ils avaient mis au point un médicament pour renforcer les défenses immunitaires, que Phœbe appelait le M. T. , et qui figurait dans mes dossiers sous ce nom. Ce laboratoire attendait depuis deux ans le feu vert de la « Food and Drug Administration », pour tester ce nouveau remède sur des humains. Cela dit, s'ils obtenaient l'homologation de ce médicament, Phœbe allait gagner une fortune grâce à eux.

J'avais donc vérifié que ces messieurs avaient effectivement fréquenté les universités où ils prétendaient avoir fait leurs études, et obtenu les diplômes qu'ils brandissaient. Après quoi, je m'étais assurée qu'ils figuraient bien sur la liste des citoyens solvables, en me branchant sur une banque de données créée à cet effet. Les résultats s'étaient avérés concluants.

Dehors, la température avait monté de plusieurs degrés. La glace avait fondu. Il y avait de la gadoue dans les rues, et une espèce de puanteur dans l'air. Lorsque j'arrivai au Golden Glow — j'avais décidé d'y aller à pied — , je pataugeais dans mes Nike.

Dans le bar, je m'installai à une table près d'un radiateur. La chaleur me donna une illusion de sécurité.

J'étais en avance. Il n' y avait pas grand monde au bar, et Cyrus n'était pas arrivé. Sal Barthele, la propriétaire du Golden Glow, vint me saluer, une bouteille de Black Label à la main. Son fameux bar en acajou — qu'elle avait décapé, poli et ciré elle-même — avait fait les beaux jours du Regent's Hotel. Sal l'avait récupéré douze ans auparavant, avant qu'on ne démolisse le Regent's. Ce bar date de 1887. Un serveur qui n'essuie pas dans l'instant la moindre goutte qui vient souiller sa surface intensément briquée, est illico renvoyé.

Je lui fis signe que je m'abstiendrais de whisky ce soir. Je lui expliquai que j'avais rendez-vous avec Cyrus Lavalle.

— Mais il te faut un verre, si tu dois passer une heure avec Cyrus. Qu'est-ce qui t'arrive ?

— Je me fais vieille. Il faut que j'aille promener les chiens, que je me change, que je prenne ma voiture, et que je sacrifie au dieu des mondanités. Je n'arriverai jamais au bout de la soirée si je bois du whisky maintenant.

Sal s'assit avec moi et me tint compagnie jusqu'à l'arrivée de Cyrus, vingt minutes plus tard. Après avoir salué tous les habitués et paradé cinq minutes dans son pantalon moulant bleu lavande, il daigna enfin s'installer en face de moi.

— Pour cent dollars, je veux bien te dire tout ce que je sais, Warshawski.

— Tu rêves, Cyrus. Pour cent dollars je peux acheter un conseiller municipal et avoir des informations de première main.

Cyrus me toisa d'un air supérieur.

— Oui, tu pourrais. Mais tu ne le feras pas. Tu es incapable d'acheter qui que ce soit sans rougir et sans bafouiller.

Je pris cela pour un compliment, bien qu'à Chicago ce soit un handicap de ne pas savoir soudoyer un élu local.

— Mais avec toi je ne bafouille pas, dis-je. Tu auras cinquante dollars, pas un *cent* de plus.

Il réussit à monter jusqu'à soixante-quinze et me quitta le sourire aux lèvres. Moi, en revanche, je retournai à ma voiture avec un affreux mal de tête. Entre Tamar Hawkings, Darraugh Graham, Phœbe et Camilla, je commençais à saturer. J'avais choisi ce métier pour être mon propre maître. Or ces derniers temps, il semblait que je ne faisais qu'obéir aux ordres.

Je poussai le chauffage de la Trans Am au maximum et essayai de me sécher les pieds durant le court trajet jusqu'à la maison. Le brouillard était devenu très dense. On avançait au pas, aussi bien sur Kennedy, que sur Lake Shore Drive. Je slalomai dans des petites rues, mais je mis tout de même une demi-heure pour rentrer chez moi.

J'avais envie d'un bain et du verre de whisky que j'avais refusé chez Sal, mais je jugeai plus raisonnable d'enfiler un survêtement et d'emmener les chiens au lac. Nous courûmes une vingtaine de minutes, ce qui nous fit le plus grand bien. Après cela, Mr Contreras pouvait espérer passer une soirée calme.

Lorsque j'eus pris une douche, enfilé un pantalon noir

et un chemisier en soie, il était plus de 7 heures, l'heure indiquée sur le carton d'invitation. Je mis mon vieux manteau, puis descendis les trois étages d'une démarche cliquetante.

Dans la voiture, une espèce de mélancolie sourde me prit. Je pensai aux épaules voûtées de Deirdre, à son âme, cet océan de douleur corsé de méchanceté. Je roulai jusque chez elle en respectant la limitation de vitesse.

7

COCKTAIL PARTIE

Quand Fabian Messenger avait commencé à enseigner à la faculté de droit de Chicago, il avait acheté une propriété à Kenwood. Ce quartier, non loin du campus de l'université, est truffé de grandes maisons, construites sur d'immenses terrains. Ces demeures datent du siècle dernier, et ne sont que boiseries et vitraux, à la mode victorienne. Aujourd'hui, à Kenwood, on trouve de riches médecins et des professeurs de droit aisés, comme Fabian. La proximité du lac Michigan, le luxe des maisons, la taille des terrains, autant de choses douces à leur ego.

Lorsque j'arrivai en vue de la demeure — ou plutôt du palais — des Messenger, il était 8 heures. Je pris une profonde inspiration avant de passer les grilles en fer forgé. J'avais craint de devoir me faufiler jusqu'à ma place, tandis que les fourchettes resteraient en suspens et qu'on me dévisagerait. Mon angoisse se dissipa en arrivant au seuil : le brouhaha des conversations était tel, que personne ne m'entendit sonner. J'ouvris la porte et entrai en plein cocktail.

Dans un grand salon violemment éclairé, à gauche de l'entrée, des femmes en robe du soir et des hommes en smoking papotaient, un verre à la main. Je fis quelques pas en direction de la mêlée. Quelques personnes me regardèrent, et, voyant qu'elles ne me connaissaient pas, retournèrent à leurs conversations. Je cherchai un endroit où laisser mon manteau. Il faisait tellement chaud que je transpirais.

Il y avait un vieux portemanteau en chêne sur un mur, où étaient accrochés deux chapeaux de paille. Alors que j'hésitais à y suspendre mon vêtement, mon regard tomba sur un porte-parapluies en cuivre, avec une batte de base-ball dedans, signée Nellie Fox.

J'allais poser mon manteau dans ma voiture, quand un petit garçon arriva, un plateau de canapés à bout de bras. Il avait des cheveux raides, du même blond pâle que Deirdre, quand je l'avais connue. Il passa devant moi sans me voir. Alors je le rattrapai et posai une main sur son épaule. Il sursauta et lâcha son plateau.

Il me regarda d'un air affolé. Sa lèvre inférieure se mit à trembler.

— Je suis désolée, mon chéri, dis-je. C'est de ma faute. Je vais les ramasser, si tu veux. Personne ne saura qu'ils sont tombés. Pendant ce temps-là, tu vas aller me chercher quelqu'un qui pourra me dire où mettre mon manteau.

Il acquiesça d'un hochement de tête, visiblement inquiet, et repartit d'où il était venu en criant : « Emily ! Emily ! ».

Je m'agenouillai et redressai les petits bouts de champignons et de bacon sur leur socle de pain de mie beurré. Deirdre avait dû passer sa journée là-dessus. Je ne comprenais toujours pas pourquoi elle n'avait pas fait appel à un traiteur.

Je reposais le dernier canapé sur le plateau, quand s'ouvrirent les portes battantes, au bout du couloir. Le petit garçon reparut. Il donnait la main à une jeune femme, sans doute sa nounou — l'Emily qu'il avait appelée à cor et à cri. Elle portait une robe de grand couturier en laine angora rose, faite pour une femme avec davantage de poitrine et des hanches plus fines. Deirdre devait lui donner ses vieux vêtements, sans trop se préoccuper de savoir s'ils lui allaient ou pas, car ce rose tyrien jurait avec ses mocassins en daim vert pistache.

Elle s'avança vers moi, l'air gêné, puis marmonna dans le brouhaha quelque chose que je ne compris pas. Quand finalement elle me prit le plateau des mains, je remarquai, à la rondeur de ses poignets, qu'elle devait être beaucoup plus jeune que je ne l'avais cru.

— Où puis-je mettre mon manteau ? braillai-je, pour couvrir le vacarme. En haut ?

— Josh va s'en charger. Fais attention, dit-elle, lorsque l'enfant le prit. Ne le laisse pas traîner par terre.

Elle regarda le petit garçon d'un air anxieux, tandis qu'il montait l'escalier, balayant les marches avec mon vêtement. Elle fit un pas vers lui, puis me jeta un coup d'œil inquiet, comme si elle s'attendait à ce que je la gronde.

— C'est un vieux manteau, dis-je, en lui souriant. Ça n'a pas d'importance.

Elle ne me rendit pas mon sourire. Elle avait l'air parfaitement abruti, sous son buisson de cheveux crêpés. Je me demandai si elle n'était pas retardée.

— Les boissons sont au salon. Vous voulez que j'aille vous chercher quelque chose ? me demanda-t-elle.

— Non merci, je vais me servir moi-même. Est-ce que Mrs Messenger est là ?

Elle fit non de la tête, sans prononcer un mot. Puis elle se secoua pour me dire que Deirdre était dans la cuisine. Elle me proposa d'aller la voir, mais je déclinai son offre. Les préparatifs d'un grand dîner mettent généralement l'hôtesse à cran. Aussi vaut-il mieux éviter de la déranger. M'efforçant de sourire d'un air avenant, je pénétrai dans le grand salon.

Fabian Messenger pérorait, un coude appuyé sur le dessus de la cheminée, la main négligemment posée sur l'épaule de Manfred Yeo. Une demi-douzaine d'hommes riaient, formant une petite cour autour de lui.

Je me frayai un passage jusqu'au bar. Les serveurs, les deux seuls Noirs de l'assemblée, se démenaient comme des fous pour apaiser la soif de tout ce beau monde. Je demandai du whisky, et l'on me proposa du Jim Beam ou du Red Label. Jamais je n'oserais servir ça chez moi, et pourtant mes revenus atteignent à peine le dixième de ceux de Fabian. Je pris tout de même du scotch. Ma journée avait été trop éprouvante pour que je me contente de vin.

Je me déportai vers un côté de la pièce pour boire mon petit remontant. Une serveuse m'offrit un canapé, que je refusai, croyant reconnaître ceux qui étaient tombés par terre. Josh reparut, à nouveau joyeux, un saladier de cacahuètes dans les bras. J'en pris une poignée, et le regardai aller d'un groupe à l'autre.

Visiblement, son père l'appelait, car une femme lui tapota l'épaule et lui désigna Fabian. Josh cessa aussitôt de sourire. Il se dirigea vers Fabian, tel un enfant de chœur mandé par le pape. Son père mit une main sur sa tête, et lui posa une question. Les gens autour éclatèrent de rire, ainsi que Fabian. Quant à Josh, il se tortilla, puis s'enfuit vers la porte, son saladier de cacahuètes collé contre la poitrine.

— Il est mignon, cet enfant, dit l'homme qui était à côté de moi.

— Il ressemble beaucoup à Deirdre quand je l'ai connue. Il a son air rêveur.

— Oh, vous êtes une amie à elle. Moi, j'ai travaillé avec Fabian, mais elle, je la connais très peu.

Nous échangeâmes quelques propros laborieux, puis nous nous présentâmes l'un à l'autre. Il s'appelait Donald Blakely, et il était président de la Gateway Bank.

— Je suis l'une de vos heureuses bénéficiaires, dis-je. Je siège au conseil d'administration d'Arcadia House avec Deirdre. Merci pour le chèque. C'était très généreux de votre part.

— Arcadia House ? (Blakely parut déconcerté.)

— C'est un foyer pour femmes victimes de violences, à Logan Square. Vous — ou votre banque — venez de nous donner vingt-cinq mille dollars.

Il sourit.

— Ah, oui. Oui, bien sûr. Nous sommes ravis de pouvoir aider des organismes bénévoles. Vous travaillez pour eux, miss...euh ?

— Warshawski, répétai-je. Non, je fais seulement partie du conseil d'administration.

Il scruta le salon, cherchant un interlocuteur plus valorisant. N'en trouvant pas, il se tourna à nouveau vers moi et me demanda quelle profession j'exerçais, suffisamment poliment pour que je le lui décrive avec force détails. Qui sait, Gateway pourrait avoir besoin d'un détective indépendant.

— En ce moment, je passe un temps fou à faire des travaux non payés. Je me demande si vous pourriez m'aider dans l'une de mes enquêtes.

Il recula d'un pas.

— Je ne peux pas, non, miss...euh. Ma contribution à ces œuvres de charité se limite à signer un chèque, de temps à autre. De toute façon, je n'ai jamais voulu jouer les Dick Tracy, ni cavaler à travers la ville avec un pistolet.

Je ris.

— Ce n'est pas ce genre d'aide dont j'ai besoin. Je voudrais simplement savoir si vous connaissez quelqu'un à la Century Bank qui accepterait de me recevoir.

Il balaya à nouveau la pièce des yeux, puis me demanda pourquoi j'avais besoin d'une recommandation. Je lui parlai du problème de Camilla, ce qui sembla capter son attention. Cependant, quand j'eus fini, il me dit qu'il ne connaissait personne suffisamment bien à la Century Bank pour pouvoir m'aider. Il voulut savoir comment j'allais procéder. Je lui donnai un aperçu de mes méthodes habituelles.

— Vous êtes aussi minutieuse sur un projet qui ne vous rapporte rien ?

— Je suis minutieuse dans tout ce que je fais. C'est le seul moyen d'être concurrentielle.

Il regarda encore une fois à l'horizon, repérant enfin quelqu'un qui allait le libérer de moi. Il me serra un instant l'avant-bras, me souhaita bonne chance, et fila à l'autre bout du salon.

Emily reparut. Juste avant d'adresser la parole à Fabian, elle trébucha dans ses chaussures éculées. Celui-ci eut un sourire charmant, quitta le groupe rassemblé devant la cheminée, et se dirigea vers le couloir. Les autres se dispersèrent, laissant Manfred Yeo tout seul. Je sautai sur l'occasion pour aller le saluer.

Il me reconnut au premier coup d'œil.

— Victoria ! Comme je suis content de vous voir ! Comment allez-vous, ma chère ? Certains de mes étudiants sont devenus de grands juristes, la plupart sont d'ailleurs là ce soir, mais je dois dire que je prends toujours beaucoup de plaisir à lire vos exploits dans la presse. C'est tout de même plus excitant de sauter des ponts que de rédiger des actes judiciaires.

Yeo avait été mon professeur de droit constitutionnel pendant ma deuxième année d'université. Il m'avait aidée à trouver des stages d'été chez des avocats, me préservant ainsi des petits boulots débilitants. Il m'envoyait toujours une carte de vœux à Noël. Mais j'avais le sentiment de l'avoir trahi en devenant détective privé.

Je le lui dis, un peu gênée, mais il m'entoura les épaules de son bras.

— Ma chère, je suis fier de vous. Vous êtes restée fidèle à vos principes. Chez la majorité de nos diplômés, le profit prime le sens de la justice.

Des larmes inattendues me piquèrent les yeux. Ma fatigue, mes soucis, tout s'évanouit sous ses louanges. Au même instant, un ignominieux sentiment de triomphe m'envahit : Donald Blakely, le banquier, me désignait aux gens avec qui il était. Ma cote avait grimpé à une vitesse hallucinante. Il avait suffi que Manfred pose les yeux sur moi. Cette pensée me fit glousser intérieurement.

— Ah, voilà pourquoi tout le monde s'agite, dit mon vieux professeur. On va passer à table.

Fabian reparut, accompagné d'un homme de mon âge. Un type séduisant, dans le genre gravure de mode amoureux de sa propre image. Il m'était vaguement familier. L'avais-je vu au cinéma ?

— Alec Gantner, me dit Manfred. Son père a été l'un de mes premiers étudiants. Je crois que ferais mieux d'aller saluer ce garçon.

Mais oui ! Alec senior, le sénateur républicain de l'Illinois, avait cette même expression carnassière, que l'âge avait vaguement adoucie. Si Deirdre disait vrai, et que Fabian briguait un poste de juge, faire la cour aux sénateurs était encore le meilleur moyen d'y arriver.

Alors que Manfred se dirigeait vers le jeune Gantner pour lui serrer la main, Emily passa parmi les invités. Quand elle arriva à ma hauteur, elle me chuchota à l'oreille que nous pouvions passer à table.

8

DES RICHES, DES ALCOOLIQUES ET DES RATS

Une longue table occupait le centre de la pièce. Elle était recouverte d'une nappe en lin d'un blanc immaculé. Il y avait des fleurs, des couverts et des chandeliers en argent. Elle semblait crier : « POUR GENS IMPORTANTS UNIQUEMENT ! » Les autres étaient relégués aux petites tables sur les côtés.

Chacun chercha fébrilement son nom sur les petits cartons de la grande table, espérant figurer parmi les élus. Une onde de déception se propagea parmi les exclus.

Même moi, je fus toute déconfite quand je compris que je ne dînerais pas aux côtés de Manfred Yeo. Je me retrouvai reléguée à une petite table près de la porte de la cuisine, avec le rebut. Je fus obligée de rire de moi-même : tous mes choix professionnels m'avaient consciemment éloignée des riches et des puissants, je pouvais difficilement leur reprocher de me rejeter.

Deirdre fit soudain son entrée. Elle apparut par les portes battantes proches de ma table. Elle s'arrêta au beau milieu de la salle à manger, les yeux brillants, redressant la tête comme un cobra. Aux invités qui se pressaient autour d'elle pour la saluer, elle ne répondit rien, jusqu'à ce que quelqu'un lui demande de l'aider à trouver sa place.

Deirdre retroussa les lèvres en une parodie de sourire.

— Si vous avez besoin d'aide, dit-elle, voyez avec ma charmante fille. C'est elle qui a installé les cartons sur les tables.

Emily, qui venait d'arriver, avec un bambin dans les bras, rougit et baissa la tête.

Je compris alors, avec consternation, qu'elle n'était pas la nounou, mais la fille de la maison. Elle avait le grand front et les pommettes saillantes de Fabian. La ressemblance était frappante. C'était invraisemblable que je n'aie pas fait le rapprochement en la voyant debout à côté de lui dans le salon, une demi-heure plus tôt.

J'espérais n'avoir rien dit qui pût lui laisser supposer que je l'avais prise pour la baby-sitter. J'étais scandalisée que Deirdre osât lui faire porter l'une de ses vieilles robes. L'habiller comme une adulte, surtout qu'elle paraissait s'occuper des enfants, ne faisait qu'ajouter à l'ambiguïté de son statut.

Le petit garçon, qui avait dans les deux ans, se tortillait dans les bras d'Emily. Elle tenta de le distraire en lui montrant les pendeloques des chandeliers, qui diffractaient la lumière. Mais l'enfant continua à gigoter. L'heure tardive, le bruit, la présence de tous ces étrangers le rendaient grincheux. Il pleurnichait dans les bras de sa sœur, mais ni Fabian ni Deirdre ne lui prêtaient la moindre attention.

Finalement, la grande table s'organisa comme par enchantement, avec Fabian à un bout et Manfred Yeo à l'autre. Donald Blakely, le président de la Gateway Bank, était assis à la droite de Fabian. Alec Gantner se trouvait à sa gauche. Des femmes fleurissaient de-ci de-là, telles des coquelicots dans un champ de pingouins. Elles étaient peut-être aussi d'éminents juristes ou des chefs d'entreprises, mais donnaient l'impression d'avoir été invitées dans un but purement décoratif.

Les petites tables, installées devant les fenêtres en saillie, étaient prévues pour six personnes. Je détonais, parmi ces représentants de l'Amérique nantie. Jeunes, bien habillés, sûrs d'eux, ils discutaient de la fin de la saison de ski et du début de celle du yachting.

On avait assis Joshua à la grande table, sur trois tomes d'une encyclopédie, à côté d'une chaise vide. J'en conclus que sa mère allait venir s'asseoir à côté de lui, mais Deirdre vint se placer à ma table, l'air agressif. Cela aurait pu être l'occasion rêvée pour parler du problème de Tamar Hawkings et de ses enfants, mais Deirdre avait déjà trop bu, elle était incapable de s'intéresser à quoi que ce fût.

Emily était passée devant moi d'une démarche hésitante, son petit frère toujours dans les bras. Dès que Fabian fût installé, elle lui amena l'enfant. Son père eut un geste impatient. Il lui désigna Manfred d'un geste impérieux. Le professeur fit ce qu'on attend d'un invité d'honneur en pareille circonstance : il s'extasia sur le bambin. Après avoir jeté un bref coup d'œil à son père, qui l'ignora, Emily tourna les talons pour quitter le salon.

Deirdre l'appela et arrangea gauchement le pyjama du petit garçon.

— Oui, Nathan, maintenant que ton père a prouvé à Manfred qu'il avait été capable de faire un bébé mâle à quarante ans, tu peux aller au lit.

Elle avait parlé suffisamment fort pour que les invités

assis du côté de Fabian, l'entendent. Il y eut un arrêt subit dans la conversation, comme une brève coupure de courant. Une femme assise non loin de Fabian eut un petit rire hystérique, et tout le monde se remit à parler avec fébrilité. Fabian riait, lui aussi, mais, pendant une seconde, la fureur avait creusé des rides terrifiantes autour de sa bouche et de ses yeux.

Emily sortit de la pièce d'une démarche vacillante. Les deux serveurs aidèrent la domestique à servir le consommé glacé aux carottes. Quand Emily revint et prit place à côté de Joshua, nous en étions au plat principal. Le repas était excellent, ce qui m'étonna, vu l'état d'ébriété avancée de Deirdre.

Celle-ci se trouvait suffisamment près de Fabian et de Gantner, — même si elle leur tournait le dos — pour entendre ce qu'ils disaient. Les deux hommes parlaient avec animation, ignorant superbement les femmes assises entre eux. Donald Blakely hochait la tête en les écoutant. Ces dames tentèrent à plusieurs reprises de se joindre à la conversation. Elles se virent clouer le bec si efficacement, qu'elles durent se pencher au-dessus de la table pour parler entre elles, telles deux petits avions volant sous d'énormes jets.

Chaque fois que Fabian prenait la parole, Deirdre avait un mouvement convulsif sur sa chaise. Elle ne faisait aucun effort pour parler à ses invités. Elle chipotait dans son assiette du bout de sa fourchette, et continuait à boire. Mes quatre compagnons et moi essayions de sourire et d'avoir l'air ravi. J'avais l'impression de remonter une chute d'eau.

La plus pitoyable d'entre nous était une certaine Lina, assise à la gauche de Deirdre. Elle avait épousé Brian, l'un des étudiants de Fabian, rédacteur en chef de la « Law Review », et ils avaient une maison dans l'Iowa, dit-elle à son hôtesse. Mais Deirdre n'écoutait pas, son intérêt partagé entre le vin et la conversation de Fabian.

En désespoir de cause, Lina lui dit :

— Vous devez être très fière de vos enfants. Votre fille a l'air de beaucoup s'occuper de ses petits frères.

Deirdre redressa brusquement la tête.

— Ma chère fille est une sainte, déclara-t-elle, sur un ton sarcastique. Je ne m'en sortirais pas sans elle. Et son Papa mourrait s'il la perdait.

Lina détourna la tête, clignant des yeux pour retenir ses larmes. Mes voisins et moi restâmes abasourdis pendant quelques secondes. Finalement, je me penchai vers Lina et lui dit :

— Brian m'a raconté vos exploits à cheval. A quel âge avez-vous commencé ?

La jeune femme se mordit la lèvre et fit un effort pour répondre. Je jetai un coup d'œil à Emily. Elle jouait avec sa nourriture, du bout de sa fourchette, mais ne mangeait rien.

— Et vous, Vic, qu'est-ce que vous faites ? me demanda Lina.

— Oh, j'ai fait mes études de droit en même temps que Fabian. Puis j'ai été avocate à l'assistance judiciaire. Ensuite, je suis devenue détective privé.

J'avais la langue pâteuse à force de faire des mondanités nulles, alors que la famille Messenger se déchirait.

— Oh, mais Vic est l'une de nos concitoyennes les plus charitables, lança Deirdre. (Comprenant tout à coup qu'elle s'était mis ses invités à dos, elle en rajoutait dans la jovialité.) Elle n'a pas arrêté de s'occuper des déshérités quand elle a quitté le barreau. Elle va jusqu'à loger des sans-abri dans son bureau.

Lina me regarda avec de grands yeux.

— Vraiment ? dit-elle. C'est formidable, de faire ça. Moi, quand je vais dans le centre-ville et que je vois tous ces gens assis sur les trottoirs, je me sens tellement impuissante...

— Moi aussi, je me sens impuissante, l'interrompis-je. Il y a de plus en plus de misère, et je ne suis pas assez courageuse, assez intelligente, ni assez riche pour y changer quoi que ce soit.

— Mais loger une famille dans votre bureau... commença Lina.

— Je n'ai pas fait ça. Deirdre exagère.

— Allons, Vic. Tu es beaucoup trop modeste, clama Deirdre. Lundi soir, tu nous as raconté que tu avais aidé une famille sans abri à s'installer dans un bureau vide, dans l'immeuble où tu travailles.

Elle était tellement ivre, qu'elle parlait fort. Peu à peu, les conversations s'interrompirent. Les gens écoutaient ce qu'on disait.

— Que pensent les autres locataires de votre générosité ?

Alec Gantner, le fils du sénateur, s'était tourné sur sa chaise et me regardait.

Je m'efforçai de sourire.

— Deirdre a monté en épingle un incident mineur. Lundi soir, en descendant bricoler l'électricité au sous-sol de mon immeuble, j'ai découvert une femme et trois enfants faméliques, derrière la chaudière. On va démolir l'immeuble dans six semaines, et il ne reste que trois locataires, alors j'ai pensé que cette famille pouvait s'installer dans l'un des bureaux vides. Je me suis dit qu'ils seraient mieux là qu'au sous-sol, au milieu des rats. Hier soir, on a emmené la femme et ses trois enfants à l'hôpital, mais elle a eu peur qu'on lui enlève ses gosses, et elle s'est enfuie avec eux pendant la nuit. L'histoire s'arrête là.

— Vous n'avez pas pensé à demander l'avis des propriétaires ? lança Donald Blakely, le directeur de la Gateway Bank.

— Si je réparais l'électricité à la cave, c'est précisément parce que les propriétaires n'ont pas jugé utile de le faire. Alors moi, je n'ai pas jugé utile de les informer de la présence de cette femme. Ils se seraient contentés d'appeler les flics, et de la faire arrêter pour violation de propriété.

— Ils seraient dans leur droit, dit Gantner.

Eleanor Guziak trouva opportun d'intervenir.

— A mon avis, Donald veut dire que si cette femme se blesse, ou blesse quelqu'un, la responsabilité en incombe aux propriétaires, même si on démolit cet immeuble.

Donald n'avait pas du tout voulu dire ça, j'en étais certaine, mais Eleanor voulait de l'avancement. Aussi s'ingéniait-elle à donner de son patron une image positive en toutes circonstances. Donald entérina ses dires avec chaleur, puis demanda où se trouvait l'immeuble.

— Pour que vous puissiez appeler les flics ? Merci bien. De toute façon, la femme a disparu.

— Donald ne veut pas appeler les flics, mais aider cette femme, n'est-ce pas Donald ? dit Deirdre.

— Deirdre, dit Fabian, sur un ton lourd de menaces.

— Oh, ça va, dit-elle. Je sais de quoi je parle. La Gateway Bank est l'un des soutiens les plus actifs des sans-abri. Nous avons étudié leurs propositions, à Home Free. (Elle leva son verre pour porter un toast à Blakely.) Aussi Vic n'a-t-elle pas à craindre de donner l'adresse de son bureau à Donald. C'est le Pulteney Building, près de Monrœ.

J'étais surprise qu'elle s'en souvînt, et furieuse qu'elle ait évoqué cette histoire devant tout le monde.

Blakely sourit aimablement à Deirdre, puis regarda Fabian.

— Le véritable problème, ce sont tous ces ivrognes, et tous ces dingues qui traînent dans les rues.

— C'est étrange que la dernière décennie ait généré tant d'ivrognes et de dingues, remarquai-je, d'un ton sec.

Gantner et Blakely feignirent de n'avoir rien entendu. Gantner me tourna à nouveau le dos et parla d'une étude récente — du parti républicain — démontrant que la plupart des sans-abri se retrouvaient dans la rue de leur propre chef. Ma fourchette dérapa dans mon assiette. Un morceau de saumon ricocha sur mon chemisier. Je me levai pour demander un verre d'eau à la serveuse, quand je m'aperçus qu'Emily me jetait des regards angoissés.

J'allai la voir.

— Quel est le problème, chérie ? Tu penses que je me dispute avec tes parents ?

Elle tira sur une mèche de ses cheveux tirebouchonnés.

— Est-ce que les flics arrêteraient cette femme, s'ils la trouvaient ?

A mon avis, ce n'était pas cela qui la tracassait. Cependant je pris sa question au sérieux.

— C'est possible. La plupart des gens diraient que c'est une mauvaise mère, d'avoir laissé ses enfants vivre comme ça, dans une cave.

— Mais pas vous ?

— Je n'en sais pas assez sur elle pour la juger. Je continue à penser qu'elle a fait pour le mieux dans une situation où les choix étaient limités.

— Qu'est-ce qu'ils faisaient là ? marmonna Emily.

— Tu veux dire : comment ont-ils pénétré dans cette cave ? Je ne sais pas. J'ai regardé dans le sous-sol aujourd'hui, et je n'ai vu aucune brèche.

— De quoi ils vivent ?

— Ça aussi, je l'ignore. Elle doit se débrouiller pour trouver à manger pour ses enfants.

— Les rats ne sont pas dangereux ? (La peur lui faisait écarquiller les yeux.)

— Les rats ne vont pas les embêter tant qu'ils ne sont pas affamés, dis-je sur un ton convaincant, mais sans en être vraiment persuadée.

Fabian nous regardait depuis sa place, à la grande table. Son expression s'assombrissait de minute en minute. Emily, les yeux fixés sur moi, ne le voyait pas.

— Et le père ? demanda-t-elle. Qu'est-ce qu'il faisait ?

— Je ne sais pas. Peut-être qu'il a perdu son emploi, et qu'il a honte parce qu'il ne peut plus les faire vivre.

Inutile de raconter à Emily cette histoire de femme battue. Une charge déjà trop lourde reposait sur ses frêles épaules.

— Emily ! (La voix de Fabian fit sursauter la jeune fille.) Tu ennuies miss Warshawski.

— Non, elle ne m'ennuie pas du tout. J'aime bien parler avec elle.

Je posai une main sur l'épaule d'Emily pour la rassurer. Je la sentis se crisper, et j'ôtai ma main. Elle se détendit légèrement. De quoi avait-elle eu peur ? Sûrement pas que je lui fasse du plat, mais de la réaction de Fabian à mon égard.

— Ne te fais pas de souci à propos de cette famille de sans-abri, dis-je à la jeune fille. C'est mon problème à moi, O.K. ?

— Oui.

Elle me regarda fixement un long moment, attendant peut-être que je la rassure sur sa propre famille, ce que je ne pouvais faire. Finalement, elle se tourna vers son frère, qui tirait sur sa manche depuis un moment. Elle se mit à lui expliquer que s'ils rencontraient des rats, ils leur taperaient dessus avec des bâtons et ils les regarderaient d'un air tellement méchant qu'ils se sauveraient, dit-elle. Le petit garçon riait. J'aurais aimé apporter le même réconfort à sa sœur.

9

FIN DES FESTIVITÉS

Fabian me fit signe d'approcher avec une telle insolence, que je faillis l'ignorer et retourner m'asseoir, mais l'angoisse muette d'Emily me fit obtempérer.

— J'ai entendu ta conversation avec Emily.

— Dis plutôt que tu as écouté tout ce qu'on se racontait.

— Tu as dit à Emily que tu t'occuperais de cette femme

sans abri. J'aimerais que tu laisses également Deirdre en dehors de tout ça. Elle a déjà pas mal de choses sur les bras.

J'écarquillai les yeux, surprise, mais avant que j'aie le temps de trouver une réponse cohérente, il me dit :

— Tu devrais t'adresser directement à Jasper Heccomb.

— Jasper Heccomb ? répétai-je comme un perroquet débile.

— Mais oui, le directeur de Home Free, dit Fabian, avec impatience.

— Oh... Le type qui militait pour la non-violence quand on était étudiants ?

— Heccomb ? fit Blakely. Possible qu'il ait été révolutionnaire dans sa jeunesse, oui, mais depuis il a viré sa cuti. Il préside aux destinées de Home Free avec la plus grande efficacité.

— Il y a longtemps qu'il dirige Home Free ? m'enquis-je.

— Trois ans, répondit Deirdre. Il est très dévoué. Il fait exactement le travail qu'Alec et Donald attendent de lui.

Donald se retourna sur sa chaise et sourit à son hôtesse d'un air contrit.

— Merci Deirdre. Ça me fait plaisir d'entendre ça. Home Free est l'une des œuvres de charité financées par Gateway. En ces temps de restrictions, on aime bien savoir que les organismes de salut public qu'on commandite sont correctement gérés.

Je me rassis en lançant un regard irrité à Deirdre. Elle souriait, contente d'elle. Maintenant qu'elle nous avait énervés et mis dans l'embarras — sa fille, moi, Gantner et Blakely — elle pouvait finir tranquillement sa salade. Elle alla même jusqu'à parler aimablement à Lina. Je ne voulais pas participer une minute de plus à cette mascarade. Je n'avais nul besoin de passer de la pommade à qui que ce fût pour le bien de ma carrière.

Avant que j'aie le temps de me lever, Fabian tapa sur son verre avec une cuillère pour obtenir le silence.

Il rendit hommage à Manfred, tandis qu'on nous servait du champagne, puis il déclara :

— Le départ de Manfred laisse un vide au sommet. Joshua ?

En descendant de sa chaise, le petit garçon fit tomber les encyclopédies sur lesquelles il était assis. Il rougit. Emily se mordit la lèvre, et l'aida à contourner les grands livres. Après quoi elle orienta sa chaise de façon à ce que son frère puisse voir son visage.

Joshua mit ses mains derrière son dos et commença à réciter le discours d'adieu de Prospero. Il déclama très vite, d'une petite voix haut perchée, jusqu'au moment où sa mémoire lui fit défaut. Emily lui souffla un mot. Il repartit dans sa tirade en accéléré. Puis il eut encore un trou. A nouveau sa sœur lui souffla son texte. Il répéta la phrase, avec un effort visible. Finalement, il s'écria :

— Je ne peux pas ! Je ne me souviens pas !

Et il éclata en sanglots.

Emily se leva, l'étreignit, mais garda les yeux fixés sur son père. Fabian souriait, mais il avait une horrible lueur sadique dans le regard.

— Il est affreusement tard, dis-je. Ce petit garçon devrait aller se coucher. Mais avant, il mérite nos applaudissements, car nous savons tous qu'il a appris son texte.

Fabian se tourna vers moi, surpris, comme si l'un des chandeliers venait de parler. Les invités, en revanche, accueillirent ma suggestion avec un soulagement évident. Nous applaudîmes le petit garçon, qui sortit de la pièce en courant, sa sœur derrière lui. Je jetai un coup d'œil à Deirdre. Elle jubilait sans aucune retenue. Jouissait-elle de la déconvenue de Fabian, de l'embarras de sa fille, ou des deux ? Mon cœur se serra. Je détournai les yeux.

On nous servit le dessert et le café. Les gens entamèrent de petites conversations discrètes.

Eleanor Guziak se pencha vers moi et me dit :

— Bravo. Fabian adore se servir de ses enfants pour

obtenir des éloges. Comment peut-on infliger ça à un petit garçon ?

Vers 11 heures, quand je pensais pouvoir m'éclipser, Manfred se leva pour répondre à l'hommage qu'on lui avait fait. Après avoir remercié Fabian et Deirdre pour cette magnifique soirée — et pourquoi pas ? Il n'avait pas été assis à côté d'eux — il me surprit en reprenant le discours qu'il m'avait tenu avant le dîner.

« La pratique de la justice s'est beaucoup dégradée, en cinquante ans. Les hommes de loi semblent trouver davantage de satisfaction à gagner de l'argent qu'à faire triompher la vérité. Si j'ai pu transmettre à un seul d'entre vous le sens de la justice, alors je peux partir à la retraite heureux. Ce soir, on nous a récité de la poésie à caractère élevé. J'aimerais vous remettre en mémoire les mots d'un autre élisabéthain, Francis Quarles. Il a écrit ceci il y a presque quatre cents ans, mais c'est toujours d'actualité :

N'aie recours à la justice et à la médecine qu'en cas d'absolue nécessité. Ceux qui en usent en d'autres circonstances agissent contre leur intérêt : leurs corps s'affaiblissent, leur bourse se vide. La justice et la médecine sont de bons remèdes, de pauvres divertissements, et des habitudes ruineuses. »

Il se rassit dans un silence dû à la stupéfaction générale. Je me levai rapidement et allai le voir.

— Je ne vais pas à mon tour vous réciter une poésie. Néanmoins, je voudrais vous dire ceci : chaque fois que je vous ai entendu parler, vous avez dit quelque chose d'important. Merci de l'avoir encore fait ce soir.

— Bonne chance, Victoria. Je vais avoir du temps pour mes amis, à présent. Si jamais des gangsters vous entraînent à nouveau dans le South Side, passez donc me voir.

Il me serra très fort la main un bref instant. D'autres anciens élèves s'étaient approchés, en nombre. Je partis sans dire au revoir aux maîtres de maison. Alors que je faisais demi-tour dans ma Trans Am, les autres invités commençaient à partir.

Je roulai une dizaine de kilomètres et dépassai Mc Cormick Place, avant de m'apercevoir que j'avais oublié mon manteau. Je poussai un juron, agacée. Il allait falloir y retourner, et soit faire l'hypocrite avec Deirdre, soit lui dire ce que je pensais de son cinéma de ce soir, perspectives peu réjouissantes, dans un sens comme dans l'autre.

De la lumière filtrait des stores de la façade. J'essayai d'ouvrir la porte. Fermée. Je sonnai. Pas de réponse. Je battis la semelle avec impatience, puis sonnai à nouveau.

L'un des serveurs se décida finalement à venir m'ouvrir.

— La fête est finie, mademoiselle. Tous les invités sont partis.

— Excusez-moi, mais j'ai oublié mon manteau. L'un des enfants l'a emmené au premier. Je vais juste monter le chercher. J'en ai pour une minute.

Il me toisa de la tête aux pieds. Finalement, il m'ouvrit grand la porte et me fit signe de monter. Au milieu de l'escalier, je me dis que je n'avais pas la moindre idée de la direction à prendre une fois en haut. Je me retournai pour appeler le serveur, mais il avait disparu.

Des appliques en forme de coquillages diffusaient une lumière douce dans l'escalier. Une épaisse moquette grise étouffait le bruit de mes pas.

En haut, j'hésitai. Je ne voulais pas ouvrir les portes au hasard et risquer de réveiller les enfants. Des bruits de voix venaient d'une pièce située tout au bout du couloir. La porte, légèrement entrebâillée, laissait filtrer un rai de lumière. Quand j'eus parcouru la moitié du couloir, je reconnus la voix de Fabian.

— Comment as-tu osé ? beuglait-il. M'humilier comme ça devant mes invités ! Je t'ai dit ce que je voulais il y a des semaines ! Tu m'avais juré qu'il connaissait son texte par cœur. Depuis quand attends-tu l'occasion de me ridiculiser ?

Je m'arrêtai devant la porte. Emily marmonnait quelque chose d'inintelligible.

— Tu étais complice de ça ? demanda Fabian, sans doute à Deirdre, car elle lui répondit :

— Non, je n'étais pas complice de cela. Je lui ai demandé cet après-midi si Joshua savait son texte par cœur et elle m'a dit que oui.

J'allais ouvrir la porte, mais le choc que me causa cette dernière remarque arrêta ma main. Quoi, ils rudoyaient Emily alors qu'ils avaient obligé le petit garçon à rester éveillé pour le donner en spectacle à une foule d'étrangers ?

— C'était quoi ces conneries sur les sans-abri que tu as servies à Donald et Alec ? Si Warshawski préfère perdre son temps et son énergie dans le caniveau plutôt que de faire bon usage de ses études de droit, c'est son problème. Mais qu'est-ce qui te prend de souscrire à cette cause ?

— Je ne souscris pas à cette cause. (Deirdre avait parlé d'un ton mesuré, mais sa voix n'était pas loin de trembler.) Tu n'as tout de même pas oublié que je siège avec elle au conseil d'administration d'un organisme de charité. C'est toi qui as voulu que je m'occupe de bonnes œuvres, plutôt que d'avoir un vrai métier. Tu pensais que ce serait bien pour ton image.

Une gifle sonore, le claquement d'une main sur la chair.

— Je ne parle pas de Home Free, Deirdre, mais de cette famille qui vit dans l'immeuble de Warshawski. Pourquoi a-t-il fallu que tu insistes lourdement là-dessus ?

— J'ai évoqué ce problème, parce que je veux faire quelque chose pour cette femme. J'en ai parlé à Vic, et elle pense que je pourrais peut-être l'aider.

— Toi ? (Fabian émit un ricanement sinistre.) Tu n'es même pas capable de t'occuper de ta maison et de tes propres enfants ! Comment pourrais-tu venir en aide à quelqu'un d'autre ? Et toi ma fille, n'essaie pas de te faufiler hors de la pièce. Je n'en ai pas encore fini avec toi, ce soir.

Je frappai fort à la porte et l'ouvris. Fabian était debout

devant une cheminée sans feu, face à sa femme et sa fille, tel un maître d'école du siècle dernier sermonnant deux élèves dissipées. Emily, toujours vêtue de son absurde robe rose, avait les yeux baissés. Deirdre, en revanche, redressait la tête, mais la marque de la main de Fabian se détachait nettement sur sa joue gauche. Ils étaient tellement absorbés par leur querelle qu'ils ne furent même pas surpris de me voir.

Cette chambre était grande comme une salle de bal. J'aperçus mon manteau noir sur un lit immense, tout au fond.

— Eh, vous autres, vous devriez lâcher la bride à Emily. Quel âge a-t-elle, d'ailleurs ?

Deirdre alla se placer à côté de Fabian. Ils arrêtèrent de se lancer des regards méchants et s'unirent pour me dévisager avec haine.

— En quoi ça te regarde, Warshawski ? Ça ne te suffit pas d'aller cafter aux hommes qui te paient pour espionner leur femme ? cracha Fabian.

— Peut-être que j'ai pris le discours de Manfred trop à cœur, et que j'ai envie de faire un peu de bénévolat. Cette soirée m'a donné la nausée, Fabian, entre Deirdre complètement soûle et toi en train de lisser tes plumes, comme un coq sur un tas de fumier. Vous m'écœurez, d'obliger ainsi votre fille à jouer les bonnes d'enfants. Quand je pense que vous n'avez même pas conscience de l'absurdité des accusations que vous portez contre elle, de l'injustice des charges que vous faites peser sur elle !

— Je ne me souviens pas de t'avoir demandé de rester. (Fabian tenta d'avoir l'air hautain.) Si nous te donnons la nausée, pourquoi ne pars-tu pas ?

J'allai prendre mon manteau sur le lit.

— J'aimerais bien. Mais je m'inquiète de ce que vous pourriez faire à Emily si je partais maintenant.

— Ne te fais pas de souci pour Emily, dit Deirdre. C'est la petite chérie de son Papa. Il ne lui sera fait aucun mal.

Emily s'était mise à pleurer. Elle essayait de ne pas faire

de bruit, mais en entendant sa mère dire ça, elle eut un sanglot atroce et cria :

— Je te hais. Je vous hais tous les deux ! Vous ne pouvez pas la fermer et me foutre la paix !

Elle sortit de la pièce en courant et claqua la porte derrière elle.

— Merci, Warshawski, dit Fabian, sur un ton sarcastique. Merci pour avoir mis ma fille hors d'elle et gâché ma soirée avec Manfred. Et maintenant, si tu rentrais chez toi ?

— Oui. Je vais m'en aller. Il faut qu'on se parle, Deirdre. Mais demain, quand tu auras l'esprit plus clair.

— Mais j'ai l'esprit parfaitement clair, fit-elle, d'un air de défi.

Je les avais assez vus, l'un et l'autre. Je pris la porte, comme Emily, et la claquai, aussi fort qu'elle.

Dans le couloir, j'essayai de deviner dans quelle pièce la jeune fille avait bien pu se réfugier. Je ne voyais de lumière nulle part. Aussi écoutai-je derrière chaque porte, jusqu'à ce que j'entende des sanglots étouffés.

Je frappai doucement contre le panneau de bois.

— C'est Vic Warshawski. Je peux entrer ?

Comme elle ne répondait pas, j'ouvris la porte et me repérai tant bien que mal dans la pièce obscure. Emily était étalée tout habillée en travers de son lit, secouée par des sanglots.

— Hé, jeune fille. Doucement. Tu vas te faire du mal, si tu continues comme ça.

— J'aimerais bien, hoqueta-t-elle. J'aimerais bien pouvoir me tuer.

Je m'agenouillai près du lit, et posai la main sur ses épaules qui se soulevaient.

— Je ne pense pas que tu puisses pleurer à en mourir, mais tu pourrais te casser une côte. Juste par curiosité, quel âge as-tu ?

— Qua...torze ans.

— C'est terriblement jeune, pour avoir autant de responsabilités. Quel âge ont tes frères ?

— Josh a six ans, et Natie deux ans.

Répondre à des questions simples calmait ses sanglots. Je lui caressai doucement l'épaule, tout en me demandant comment l'aider. Je me souvenais de ce que Lotty m'avait dit : chaque fois que j'intervenais dans la vie des autres, quelqu'un souffrait. Craignant qu'elle n'eût raison, je me retins de suggérer quelque solution audacieuse à Emily.

— D'ici quelques années, tu vas aller à l'université. A ton âge, ça paraît loin, mais c'est quelque chose à quoi tu peux te raccrocher.

C'était si faible comme argument, que je ne la blâmai pas de ne pas bondir de joie.

— Tes parents sont des gens très perturbés, ajoutai-je. En fait, à moi, ils me paraissent fous à lier. Peux-tu essayer de te dire, quand les choses deviennent trop dures, que ce sont là deux personnes qui ont un gros problème, mais que le problème, ce n'est pas toi ?

— Qu'est-ce que vous en savez ? dit-elle, en colère, le visage toujours enfoui dans le couvre-lit. Vous ne m'avez jamais vue !

— Non, mais je connais tes parents depuis vingt ans. Ecoute, Emily, j'ai passé la soirée à t'observer — à vous observer tous les trois. Tu étais la seule à te conduire en adulte. Pourtant tu n'es qu'une enfant. Ça te paraît peut-être normal, parce que c'est ta vie. Mais crois-moi, ce n'est pas comme ça que la plupart des parents se conduisent, ou devraient se conduire. O.K. ?

Elle ne dit rien, mais cessa de pleurer. Je plongeai la main dans mon sac et tâtonnai à la recherche d'une carte de visite. Mes yeux s'étaient accoutumés à l'obscurité, je distinguai à présent les contours des meubles. Je posai ma carte sur ce qui pouvait être un bureau ou une commode.

— Je te laisse mon nom et mon numéro de téléphone, ici, près de ton lit. Si tu as besoin de quelqu'un à qui parler, n'hésite pas à m'appeler. Et si tu ne supportes plus de vivre dans cette maison, je pourrais peut-être t'aider à trouver d'autres solutions. J'ignore lesquelles, mais nous y réfléchirons ensemble.

Elle se tourna sur le côté, afin de me faire face.

— Je ne peux pas. Je ne peux pas abandonner les garçons. Ils ont besoin de moi.

— Mais tu as le droit d'avoir une vie à toi, Emily. Seulement, personne ici ne va t'y aider. Penses-y. Veux-tu que j'aille te chercher un verre d'eau avant de partir ?

— Non merci. Ça va, maintenant.

Je refermai doucement la porte, ne voulant pas alerter les parents. Au bout du couloir, Deirdre et Fabian se disputaient toujours. Même à cette distance et la porte fermée, j'entendais leurs cris. Au rez-de-chaussée, le personnel avait fini de ranger et éteint les lumières. J'ouvris le verrou de la lourde porte d'entrée et sortis.

De l'allée, je jetai un coup d'œil à la maison. La chambre de Fabian donnait sur la rue. La lumière qui filtrait des double-rideaux s'éteignit brusquement. Au bout de quelques secondes, une lueur apparut dans une autre pièce, sur la gauche. La chambre d'Emily. Elle s'était levée. Ou bien l'un de ses parents l'avait rejointe. La gorge serrée par ma propre impuissance, je montai dans ma voiture et m'enfuis dans la nuit.

10

UNE TAUPE AFFOLÉE

Dans mon sommeil, j'entendis Emily pleurer. J'essayai de repérer l'endroit d'où venaient ses sanglots, descendis un escalier baigné d'une douce lumière. Il y avait des appliques en forme de coquillages. Des fleurs rouges poussaient sur le velours rouge des murs, mes pieds s'enfonçaient dans de la peluche. A un coude de l'escalier, la lumière s'éteignit brusquement et je dus continuer ma descente dans le noir. Le velours se changea en pierre sous ma main, l'escalier devint plus étroit et la moquette disparut. Les pleurs d'Emily se faisaient plus forts, m'appelant à l'aide, mais je n'arrivais toujours pas en bas. Je trébuchai dans l'obscurité. L'escalier s'évanouit. Je tombai pendant des heures, et finalement je m'écrasai devant la porte de la pièce où la jeune fille pleurait. Je me remis debout et l'ouvris.

Lotty Herschel se tenait devant moi.

— Ne la touche pas, me dit-elle. Tu ne peux que lui faire du mal.

Ces mots pleins de ressentiment me réveillèrent en sursaut. Je restai immobile un long moment, à regarder la lumière former des ombres grises au plafond. Une araignée était morte dans un coin. Accrochée à un reste de sa toile, elle se balançait dans le léger courant d'air qui se glissait sous ma fenêtre.

Dans quatre mois, j'allais avoir quarante ans. Les rêves de mes vingt ans — désir de gloire et d'aider les autres — m'apparurent aussi vains et fantomatiques que le résidu de soie sale que l'araignée avait craché dans son agonie.

Pourquoi m'acharnai-je à rafistoler la vieille carcasse du Pulteney, alors qu'il allait être démoli ? Voilà un exemple typique de ma façon d'aborder la vie : une énergie folle engloutie pour voler au secours de vies bancales et de causes perdues.

Même ce bureau en noisetier, là, devant moi, contribuait à me déprimer. Acheté dans un marché aux puces avec la ferme intention de le poncer, il avait fini, avec son affreuse peinture marron écaillée, par s'intégrer dans la toile de fond de ma vie. Je remontai le drap sur ma tête, pour ne plus voir l'araignée, ni le bureau. Le téléphone sonna, je le laissai s'égosiller, espérant que mon correspondant se découragerait. Finalement, je tendis un bras hors du lit et décrochai.

— Salut, ma belle. Comment s'est passée ta soirée chez les riches ?

C'était Conrad Rawlings. Ces temps-ci, il travaillait dans la brigade de nuit. Je m'assis, me sentant tout de suite plus vivante.

— Ils m'ont épuisée. Je suis encore au lit, d'ailleurs. Et toi ? Une nuit mouvementée ?

— Six blessures par balles, dont une mortelle. Un type poignardé, un bébé jeté dans une poubelle. Et tu oses dire que tu es vidée. Je suis sûr que les nantis ne sont pas aussi geignards.

— Nan. Ils se contentent de battre leurs femmes et leurs enfants. Rien d'exceptionnel, tu vois. (J'avais parlé sur un ton brusque pour ne pas laisser paraître mon émotion.)

— He, miss W ! Il ne faut pas prendre ça trop à cœur. Tu veux que je vienne te voir ?

Je fus tentée de dire oui, mais il était plus de 10 heures, et j'avais un rendez-vous à 11 heures. Je m'assis au bord de mon lit.

— J'aimerais bien. Quand est-ce que tu reviens à des horaires à peu près humains ? La semaine prochaine ?

— Mardi. Entre-temps, ne te laisse pas embarquer par quelque banquier ou avocat retors. Je n'ai aucune envie de passer le restant de mes jours à la prison de La Joliet à cause de toi — ma mère ne me le pardonnerait pas.

— Si tu avais des ennuis à cause de moi, je ne serais plus en vie pour avoir le loisir de m'en inquiéter, dis-je, sèchement.

La mère de Conrad détesterait probablement n'importe quelle femme ayant une relation avec son fils. Le fait que je sois blanche ne plaide pas en ma faveur.

Il rigola doucement.

— Au fait, tu n'oublies pas l'anniversaire de Camilla, samedi soir ? Tu crois que tu vas pouvoir venir ?

— N'oublie pas que tu parles à Wonder Woman. Je ne raterais son anniversaire pour rien au monde. D'ailleurs, je travaille pour elle : j'essaie de savoir pourquoi Lenarski, le conseiller municipal, a fait annuler le permis de construire de Lamia.

— Tu as du temps à consacrer à ces conneries, miss W ? J'espère que tu ne fais pas ça à cause de moi, parce que si c'est le cas, je passe un coup de fil à Zu-Zu pour lui dire de ne pas insister.

Dans la famille de Conrad, on appelle Camilla Zu-Zu.

— Non. C'est ma conscience qui plante ses crocs dans ma nuque.

— Eh bien, tout cela n'est pas très réjouissant, dis-moi. Pourquoi tu ne prendrais pas quelques jours de congé, si ton boulot est si pénible ?

— Impossible. J'ai un trop gros trou à la banque. Evidemment, je pourrais vendre la Trans Am, et me contenter d'une plus petite voiture. J'économiserais cinq cents dollars par mois. Je pourrais aussi vendre tout ce que j'ai, et aller me balader quelques mois en Toscane. J'ai des amis qui ont fait ça — ils ont visité l'Italie, la France, et quand ils ont eu tout dépensé, ils sont revenus à Chicago pour trouver du travail.

— Wouah ! s'exclama Conrad, admiratif. Il y en a qui ont les couilles de faire ça ? Peut-être que les types comme moi, qui se sont tués au boulot pour nourrir leur famille, ne peuvent plus jamais se promener dans la vie avec désinvolture.

— Peut-être, dis-je.

— Je te repasse un coup de fil ce soir, ma belle, pour m'assurer que tu es toujours entière.

Là-dessus, nous raccrochâmes. Cette conversation ne m'avait pas vraiment mise en joie, mais elle me donna la force de poursuivre ma journée : réunion avec des clients, recherches à la bibliothèque du comté, visite éclair au Chicago Title. La routine, quoi.

A 3 heures, je retournai au Pulteney passer des coups de fil et entrer mes découvertes dans mon ordinateur. Avant de monter au quatrième, j'allai jeter un coup d'œil au sous-sol : pas trace de Tamar ni des enfants. Cependant, lorsque j'appelai mon service de messages, j'eus une bonne surprise : Keven Whiting avait repéré une famille correspondant à nos fugitifs. Ils mendiaient devant la cafétéria, au coin de Monrœ. Keven avait tenté de les aborder, mais ils s'étaient réfugiés à l'intérieur de mon immeuble, et littéralement volatilisés.

— Alors tu essaies de les retrouver, Vic, O.K. ? Nous ne pouvons pas laisser une famille errer comme ça dans un immeuble en passe d'être démoli.

— D'accord, Keven. Et merci.

Il était toujours prêt à jouer le flic efficace et responsable, surtout par téléphone.

Cela dit, moi non plus je ne brûlais pas d'envie d'inspecter mon immeuble étage par étage. Je laissai un message à Lotty pour lui annoncer que la famille Hawkings avait refait surface. Après quoi j'allumai mon ordinateur et ouvris le fichier Lamia. J'avais assez peu progressé. Je m'étais connectée sur Lexis et j'avais obtenu le nom des directeurs de la Century Bank. J'avais parlé avec Cyrus Lavalle, à l'hôtel de ville. J'appelai Cyrus à son bureau. Lorsqu'il décrocha, je lui dis, dans un murmure rauque :

— Tu as découvert quelque chose à propos du projet Lamia ?

— Qui est-ce ? fit-il. Qu'est-ce que vous voulez ?

— Je ne peux pas dire mon nom au téléphone. Tu aurais de graves ennuis.

— Vous feriez mieux de me dire qui vous êtes, sinon j'appelle la sécurité.

— Et tu leur dis quoi ? lançai-je, de ma voix normale. Que je t'aide à boucler tes fins de mois ?

— Oh, c'est toi, Warshawski. Si tu crois que t'es drôle, cracha-t-il d'un ton pincé.

— Je t'ai fait vivre un petit moment d'émotion. Maintenant dis-moi, tu as pu apprendre quelque chose sur Lamia ?

— Je ne vois pas de quoi tu parles.

Je regardai les deux pigeons posés sur le rebord de ma

fenêtre. L'un se cherchait des poux. L'autre était tout recroquevillé à cause du froid. Cyrus devait avoir peur qu'on l'entende.

— Quand est-ce que tu seras seul ? Je vais te rappeler.

— Je ne serai pas là.

— Enfin Cyrus, quel est le problème ?

— Le problème, siffla-t-il, c'est que tu poses des questions sur un sujet dont personne n'a envie de parler.

Je l'imaginai tout recroquevillé sur le combiné, comme le pigeon au bord de ma fenêtre, dans une tentative désespérée de disparaître à la vue de ses collègues.

— Alors tu as pris mon argent sous un faux prétexte. Quelqu'un t'a offert davantage pour que tu te taises. Ne compte pas sur moi pour faire monter les enchères, Cyrus.

— Je vais te rendre ton argent. Je n'en ai pas besoin à ce point !

Sur ce il raccrocha, avant que je puisse ajouter quoi que ce soit.

Bien. Il y avait quelque chose de louche dans cette histoire. Dès que Phœbe m'en avait parlé, j'avais compris que nous allions au-devant des ennuis. J'enfonçai les touches si rageusement en composant son numéro, que j'en eus mal au doigt.

Quand sa secrétaire me dit qu'elle était en réunion, j'insistai pour qu'elle l'interrompe. Oui, c'était une urgence. J'épelai mon nom, comme chaque fois que je l'ai au téléphone.

Phœbe prit la communication de mauvaise grâce.

— Qu'est-ce qui se passe, Vic ? Tu m'as fait interrompre une réunion très importante.

— Vraiment ? Je croyais que l'enquête pour Camilla et ses copines primait tout le reste.

Phœbe demeura silencieuse pendant une longue seconde.

— Oh, ça, fit-elle, sur un ton faussement neutre. J'aurais dû t'appeler. Nous avons réglé le problème avec la Century Bank.

— Génial. Qu'est-ce qui s'est passé ?

— Ils m'ont dit qu'ils financent tellement de projets de ce genre, qu'ils vont finir par détenir le monopole de la charité. Alors ils ont persuadé Home Free de laisser Lamia rénover l'un de leurs asiles de nuit. Tu veux m'envoyer ta note pour le temps que tu as passé sur cette affaire ?

— Pas spécialement. (Je dessinai un cercle sur mon bloc et entrepris de le consteller de points.) Nous avions décidé que je travaillerais quinze heures sur cette affaire. Il en reste encore treize et demie.

— Dans ce cas je les garde en avoir. Merci pour ton coup de fil, Vic.

— Pas si vite, Phœbe. Mon informateur à la mairie, un type d'une cupidité rare, a tellement peur qu'il n'ose même pas prononcer le nom de Lamia. Quant à toi, te voilà intime avec les gens de la Century Bank, alors qu'il y a encore deux jours, tu n'y connaissais personne. En plus, tu me demandes de tout arrêter.

Phœbe rit.

— Il y a trop longtemps que tu es détective privé, Vic. Tout te paraît suspect. Camilla m'a téléphoné, à midi, pour me dire qu'elle et ses copines étaient partantes pour travailler avec Home Free. Après quoi j'ai été débordée, et je n'ai pas eu le temps de t'appeler. Pas de quoi fouetter un chat.

Je me mis à tracer des lignes droites hargneuses en travers de mon cercle. Et si Phœbe avait raison ? Si l'horreur qui m'environnait commençait à agir sur moi ?

— O.K., Phœbe. Je vois Camilla samedi. Elle pourra tout me raconter.

— Je suis sûre qu'elle sera ravie de le faire.

Nous nous quittâmes sur ces pieuses paroles, mais Phœbe avait marqué un temps d'arrêt perceptible avant de lâcher sa phrase. J'avais presque entendu les rouages de son cerveau lui dicter en accéléré d'appeler la sœur de Conrad pour se mettre d'accord avec elle sur ce qu'on allait me dire.

Je tapai mes premières notes dans le fichier Lamia : « Cyrus a peur et Phœbe ment. »

11

DES LIENS DE JEUNESSE

Je ne pus joindre Camilla à son travail. Le petit entrepreneur pour qui elle faisait de la menuiserie me dit qu'il n'avait pas eu besoin d'elle ce jour-là. Elle n'était pas non plus chez elle. Je laissai un message à son patron et un autre sur son répondeur.

Jusqu'au lundi précédent, à la réunion du conseil d'administration d'Arcadia, je n'avais jamais entendu parler de Home Free, et voilà que tout à coup, il n'était plus question que de ça dans ma vie. Étrange que Jasper Hecomb ait fini comme directeur d'une œuvre de charité. Je l'avais connu à la fac. A l'époque, j'avais eu le béguin pour ce jeune homme riche qui ne fréquentait que des dissidents. Un jour, il m'avait offert un café après une réunion. Je n'avais plus touché terre, jusqu'au moment où une amie m'avait appris qu'il s'était servi de moi pour rendre sa petite amie jalouse.

Après cet épisode frustrant, Jasper n'avait plus jamais posé son auguste regard sur moi, hormis pour me confier de petites tâches typiquement féminines, comme taper des lettres et les mettre sous enveloppe. J'avais toujours pensé qu'il finirait comme Jerry Rubin, le hippie changé en yuppie. Apparemment, je m'étais trompée.

Je cherchai le numéro de Home Free dans l'annuaire, tout en me demandant si Jasper se souviendrait de moi. Ils avaient un bureau à Edgewater, pas très loin de la clinique de Lotty. Je décrochai le combiné pour téléphoner, mais me ravisai. Si je réapparaissais vingt ans après pour interroger Jasper sur Lamia, je risquais de faire capoter un contrat intéressant pour Camilla et les femmes artisans.

« Tu te souviens de moi ? » pourrais-je lui dire. « J'appartenais à la horde de filles qui se tapaient tous les petits boulots dévalorisants pour le mouvement de la paix, pendant que vous, les mecs, faisiez la une des journaux. Nous restions tard le soir, dans l'espoir que l'un d'entre vous s'intéresserait à notre cas. Je voulais savoir pourquoi tu étais devenu le sauveur de Lamia. »

Je pouvais aussi demander une place pour Tamar Hawkings dans un asile de nuit, même si elle avait à nouveau disparu. Je décrochai le combiné et composai le numéro de Jasper. Une femme me répondit. Naturellement.

— Pourquoi voulez-vous lui parler ? me dit-elle, avec brusquerie, comme si j'essayais de lui vendre quelque chose par téléphone.

— Pour avoir des informations sur les asiles de nuit.

— Nous ne renseignons pas les sans-abri. Il faut que vous appeliez le service social, à la mairie.

— J'aimerais tout de même parler à Jasper. J'ai quelques questions à lui poser.

— Vous êtes journaliste ?

Elle commençait à m'exaspérer.

— Est-ce que la politique de la maison consiste à refuser de prendre les messages ? J'ai connu Jasper il y a vingt ans. Si ça se trouve, il va être ravi de mon appel.

Comme c'est souvent le cas avec les gens belliqueux, elle me fit ses excuses dès que je provoquai un affrontement.

— Il y a trop de gens qui téléphonent pour se faire héberger, trop de journalistes qui veulent l'interviewer. S'il lui fallait répondre à tous les coups de fil, Jasper n'aurait plus le temps de travailler.

— Eh bien, tentons notre chance. Est-ce qu'il est là ? Je reste en ligne pendant que vous allez lui demander.

— Il est sorti. Je vais prendre un message.

— Nous aurions pu commencer par là.

J'épelai mon nom, en me demandant si elle prendrait la peine de lui dire que j'avais téléphoné.

Trois heures plus tard, il n'avait toujours pas rappelé. Je décidai alors d'aller faire un tour chez Home Free, histoire de voir où ils travaillaient et s'ils me paraissaient honnêtes.

Leurs bureaux étaient au rez-de-chaussée, sur la rue, coincés entre un bazar coréen et un boulanger arabe. Une vieille camionnette, sans doute celle du boulanger, était garée juste devant chez eux. Ne voyant aucune place, je dus aller me ranger près de Leland.

Il faisait froid, comme il peut faire froid début avril. En passant devant le bazar, je frissonnai dans mon jean et ma veste de laine.

Home Free ne donnait pas dans l'ostentatoire. Aucune plaque à l'entrée, des stores baissés. Je repérai les disques blancs d'un système d'alarme, plaqués contre l'encadrement intérieur des fenêtres. Je vérifiai l'adresse dans mon carnet, puis poussai la porte.

Une femme d'une trentaine d'années, assise à un bureau près de l'entrée, tapait frénétiquement sur un clavier d'ordinateur, le dos voûté. Sa robe bleue sans forme pendait tristement sur son corps maigrelet. Elle avait des cheveux châtains, courts, et permanentés en grosses boucles figées. Lorsqu'elle leva la tête, je vis deux petits peignes enfouis dans ses cheveux, en une concession honteuse à la mode.

— Qu'est-ce que vous voulez ? demanda-t-elle, en fronçant les sourcils.

C'était la voix hargneuse que j'avais eue plus tôt au téléphone.

— Je suis Vic Warshawski. J'ai déjà appelé. Je voudrais voir Jasper.

— Vous n'avez pas rendez-vous. Il ne peut pas vous recevoir. Il est très occupé. (Son teint, déjà terreux, fonça encore lorsqu'elle rougit.)

La pièce était minuscule, tout juste de quoi loger son bureau et des classeurs de rangement. L'imprimante était coincée entre le bord de la fenêtre et le bureau de ma charmante hôtesse. Je cherchai vainement une deuxième chaise des yeux. J'avisai une porte, sur le mur du fond, entre deux classeurs. Sans doute l'entrée du bureau de Jasper. J'hésitai à bondir et à faire irruption dans le saint des saints. Cela prouverait que j'étais plus musclée que la jeune femme. Mais je n'avais nul besoin de ça pour m'en persuader.

— Je vais attendre. J'ai tout mon temps.

Elle fronça les sourcils encore plus férocement, se demandant comment elle allait pouvoir régler le problème. Lequel fut résolu quand la porte du fond s'ouvrit. Un gros type au faciès bovin sortit du bureau. Il portait une veste en peau de mouton. Deux rides de mécontentement creusaient profondément son front néanderthalien.

— Je ne vous conseille pas de me laisser tomber, Heccomb, lança-t-il par-dessus son épaule.

Jasper apparut derrière lui. Il lui tapota l'épaule.

— Je pensais que vous alliez sous-traiter le boulot, Gary.

J'avais oublié à quel point sa voix était grave et sonore — un timbre idéal pour rallier les troupes dans les moments de découragement. Hélas, le nommé Gary ne paraissait guère sensible à cette belle voix virile. Il dit que si lui ou ses hommes faisaient le boulot, il voulait que — puis il me vit et s'interrompit sur-le-champ.

Je ne peux pas dire que j'aurais reconnu Jasper entre mille — il y avait vingt ans que je ne l'avais vu — , mais m'attendant à tomber sur lui, je le remis en un clin d'œil. Ses cheveux mi-longs de Jésus préraphaélite ne dansaient plus sur ses épaules. A présent, il avait un catogan, ce qui lui donnait l'air distingué. Il avait gardé un visage de jeune homme, fin et rêveur.

— Qui est-ce ? demanda-t-il à la femme assise au bureau.

— Vic Warshawski, répondis-je. J'ai déjà cherché à vous joindre. Vous avez eu mon message ?

— Nous avons eu son message, Tish ?

— Elle n'a pas voulu me dire pourquoi elle appelait. Je pensais que vous ne vouliez pas être dérangé, marmonna-t-elle, en se tordant les mains.

Tish passait sans transition de l'hostilité à la gaucherie, ce qui tendait à prouver qu'il y avait toujours des femmes pour travailler par amour pour Jasper.

— Nous avons eu des activités communes à l'université, dis-je. Tu organisais des « sit-in », et moi je collais des enveloppes. A présent je suis détective privé. Je suis également une amie de Deirdre Messenger. J'avais quelques questions à te poser.

Gary fronça les sourcils.

— Deirdre Messenger ? fit-il. Alors, Heccomb, qu'est-ce que vous décidez ?

— Je vais régler ça, Gary. (Jasper posa à nouveau la main sur l'épaule du type au faciès bovin.) Et si vous y alliez maintenant ? Ne vous inquiétez pas. Je ne vous ai jamais laissé tomber dans le passé, n'est-ce pas, camarade ?

Gary commença à dire quelque chose, me regarda, frustré, puis quitta les lieux, l'air furieux. Il grimpa dans la camionnette et démarra en maltraitant bruyamment la boîte de vitesses.

— Alors comme ça, après avoir collé des enveloppes, tu as fini par travailler pour Deirdre Messenger. Quel bond sur l'échelle sociale. (Son bref sourire atténua en partie l'ironie de ses propos.)

— Tu ne peux pas en dire autant, à en juger par la façade de ton bureau. L'université de Chicago attend sans doute plus de ses anciens élèves.

Il sourit à nouveau.

— Si je me base sur les exigences du comité de recherche de fonds, ils attendent beaucoup plus, oui.

Tish referma un tiroir en le claquant. J'eus pitié d'elle. Je me demandai si j'avais jamais eu l'air aussi déstabilisé en voyant Jasper sourire à une autre.

— Alors, qu'est-ce que Deirdre veut que tu fasses ?

— Elle ne me paie pas pour faire quoi que ce soit. Mais elle m'a parlé de toi. Donald Blakely aussi, d'ailleurs.

— Donald Blakely ? (Il haussa les sourcils.) Tish, est-ce que Blakely a téléphoné récemment à propos de miss... Excuse-moi, je devrais me souvenir de ton nom, mais il y avait tellement de...

— Oui, ça, effectivement, dis-je. Vic. Tu peux m'appeler Vic.

Tish intervint.

— Je peux appeler Blakely, si vous voulez.

— Non, ce n'est pas la peine. Nous ferons ça plus tard. Je vais lui consacrer quelques minutes. Mais venez avec nous, Tish. (Il sourit encore une fois.) Je ne m'occupe de Home Free que depuis trois ans. Tish est là depuis le début.

C'était faible, comme éloge. Cependant, la jeune femme rougit de fierté. Ses épaules voûtées se redressèrent même un tantinet.

Le bureau de Jasper devait donner sur la ruelle, mais il n'y avait pas une seule fenêtre. Aussi eus-je l'impression de pénétrer dans un tombeau, mais un tombeau dernier cri, avec photocopieuse ultra-puissante, fax et ordinateurs haut de gamme. Jasper me fit signe de m'asseoir sur une chaise en face de lui. Tish alla se poser sur le bord d'un vieux fauteuil, dans un coin.

— Quel genre de détective es-tu, Vic ?

Il avait dit cela avec une telle condescendance, que pendant quelques secondes j'en fus désarçonnée.

— Le genre doué. Consciencieux.

Il sourit, avec humour.

— Je n'en doute pas. Mais j'ai besoin de savoir de quelle façon tu vas exercer tes talents sur moi.

— Blakely et Deirdre pensent que tu pourrais m'aider à résoudre le problème d'une femme sans abri, qui campe dans l'immeuble où j'ai mon bureau.

Jasper se tourna vers Tish.

— Vous auriez pu éviter à Vic de perdre son temps.

Pourquoi ne lui avez-vous pas dit que nous n'étions pas une agence de placement ?

— Elle l'a fait, lui assurai-je. C'est la première chose qu'elle m'a dite. Mais je pensais que vous aviez pour mission de loger les sans-logis.

— Nous construisons des asiles de nuit, dit Jasper. Et nous nous occupons de plaider en faveur des déshérités.

— Mais comment trouvez-vous les fonds nécessaires pour construire les foyers ?

— L'essentiel de notre travail consiste à rassembler des fonds. Tout cela dans un but non lucratif, bien sûr.

— Et d'où viennent ces fonds ?

— D'hommes — et de femmes — d'affaires qui détournent les yeux des crève-la-faim qu'ils croisent chaque soir, à la gare, en rentrant chez eux. A Lake Forest, ou à Olympia Fields. Mais pourquoi me demandes-tu ça ? Ça t'intéresse ?

Il jeta un coup d'œil à sa montre, avec ostentation. J'étais un peu loin pour en être sûre, mais j'avais bien l'impression qu'il s'agissait d'une Rolex en or, ou d'une Patek.

— Oh, je te demandais ça par curiosité. Vous faites surtout du neuf, je crois. Mais il vous arrive aussi de rénover des immeubles, non ?

Il sourit, mais plus avec autant de chaleur que tout à l'heure.

— Peut-être qu'à force d'être détective on prend l'habitude de poser des questions indiscrètes.

— Peut-être. (Je souris, pour montrer mes bonnes dispositions.) Sur quels critères te bases-tu pour décider de faire construire, ou au contraire de rénover ?

— Le coût de l'opération, la qualité de l'immeuble à réhabiliter, le prix du terrain, ce genre de choses.

— Ensuite, vous faites un appel d'offres ?

Jasper se pencha par-dessus son bureau.

— Vic. Quelle est la vraie raison de ta présence ici ? Je n'ai pas beaucoup de temps, là.

— Je suis juste venue voir quel genre de travail vous faites.

Il se cala à nouveau contre le dossier de son fauteuil.

— Du bon travail. Nous sommes doués, et consciencieux.

Je ris.

— Pourrais-je aller jeter un coup d'œil sur l'un des immeubles que vous avez rénovés ?

Jasper haussa les sourcils.

— Tu parles comme un investisseur potentiel, Vic, mais tu n'en as pas l'allure.

— Il ne faut jamais se fier aux apparences, Jasper. Si je me basais sur ta montre, par exemple, je jurerais que tu es le patron d'un gros cabinet d'avocats.

A nouveau il regarda sa montre.

— Oh, ça. Je l'ai eue en héritage. Et j'ai succombé au plaisir de la porter. Effectivement, parfois je me dis que j'aurais mieux fait de devenir un grand banquier, ou un médecin célèbre, comme la plupart de mes amis. Nous avons rénové plusieurs immeubles, que nous pouvons te montrer. Vois ça avec Tish. Elle va t'organiser un rendez-vous avec l'un des responsables.

— Un bâtiment en cours de rénovation ?

— Il n'y a pas grand-chose en ce moment. Et maintenant Vic, il va falloir que je te laisse. On ira boire un verre ensemble, un de ces jours. On pourra parler du bon vieux temps.

J'avais envie de lui demander quelle dette il avait envers la Century Bank. En effet, pourquoi avait-il, sur leur instance, accepté de confier le projet de rénovation d'un immeuble à Lamia ? J'aurais également aimé qu'il m'explique comment il faisait ses appels d'offres, car Lamia s'était vu dotée de ce travail on ne peut plus soudainement. Mais ces questions auraient pu nuire aux intérêts de Camilla et de ses amies. Je le laissai donc me raccompagner jusque dans l'entrée.

— Gary n'avait pas l'air très content, dis-je, tandis que

Jasper retournait dans son bureau. Ce ne serait pas un investisseur qui te demanderait des comptes, par hasard ?

Jasper eut un petit sourire.

— Non. C'est l'un de nos entrepreneurs. Un emmerdeur-né. Si tu as des doutes sur le bon usage de nos fonds, tu peux aller consulter notre dossier à l'hôtel de ville. Tout est là-bas. A ta disposition. A bientôt, Vic. Ravi de t'avoir revue.

Tish eut un petit sourire satisfait en prenant mon numéro de téléphone, trop contente que Jasper me plante là. Elle dit qu'elle m'appellerait quand ils auraient un chantier à me faire visiter, mais j'étais sûre de ne plus jamais entendre parler d'elle.

En passant devant le bazar coréen, je me dis que si j'achetais quelque chose, ce serait cette lampe, dont le socle figurait un corps de bébé, et dont l'abat-jour portait, en différentes teintes de rouge, l'inscription : « Oh, Maman. »

12

RETOUR DE L'HÔTESSE

Il était près de 5 heures quand j'arrivai à mon bureau. J'avais partagé mon après-midi entre les services administratifs de l'Etat de l'Illinois et ceux du comté, où j'avais compulsé des dossiers. Celui de Home Free m'avait appris qu'ils travaillaient sur une bien plus grande échelle que je ne l'avais cru, vu l'exiguïté de leurs locaux. Mais étant donné qu'ils œuvraient essentiellement en tant que contractants, et se portaient garants de projets immobiliers, il n'y avait là rien de très surprenant.

Des subventions et des donations privées leur avaient fait un revenu de dix millions de dollars l'an passé. Un tiers avait été affecté à la construction, un autre tiers à la poursuite de programmes en cours. Le reste avait été dépensé en frais généraux, avait servi à financer une antenne à Springfield, et à constituer un fond en fidéicommis. Tout cela paraissait solide. Lamia n'avait aucune inquiétude à avoir : ses factures seraient payées. Les chantiers de construction et de rénovation de Home Free devaient se faire dans de bonnes conditions financières. J'avais hâte d'en visiter un.

Leurs comptes étaient audités par Strong et Ardmore, une grosse firme comptable de la ville. Dont Alec Gantner et Donald Blakely étaient les directeurs. Ce qui ne me surprit pas.

J'avais rapporté toutes ces informations à mon bureau. J'entrepris de les rentrer dans mon ordinateur. J'étais si absorbée par mon travail, que je n'entendis pas Deirdre ouvrir la porte. Lorsqu'elle se pencha sur mon épaule, je sursautai.

— Te voilà enfin revenue, Vic. Je me demandais quand tu allais réapparaître. Je commençais à me lasser de la cafétéria, en bas.

Je regardai fixement mon écran, attendant que mon pouls se calme.

— Nous avions rendez-vous ? fis-je.

— Nous sommes convenus lundi que j'essaierais de parler à cette femme, qui vit dans ta cave. Nous devions nous retrouver cet après-midi. A moins que je me sois trompée de jour ? (Sa jovialité était encore plus forcée que d'habitude.)

— Je ne crois pas que nous ayons fixé une date. De toute façon, après ce qui s'est passé mercredi soir, il n'y a plus de rendez-vous qui tienne.

Elle s'assit d'autorité dans l'un de mes fauteuils.

— Tu peux manger mon saumon, mais moi je n'ai pas le droit de te rendre visite à ton bureau ?

Je me tournai pour la regarder droit dans les yeux.

— Ne faisons pas comme si mercredi soir n'avait jamais existé, Deirdre.

— Qu'est-ce que ça veut dire ? dit-elle, d'un ton belliqueux, mais en détournant la tête.

— Je t'ai vue avec ton mari et ta fille. Tu ne m'as pas donné l'impression d'être la personne idéale pour aider une mère de famille perturbée. (Comme elle ne disait rien, j'ajoutai :) Tu te souviens que je suis revenue chercher mon manteau après le dîner, non ?

— Je me rappelle que tu es entrée dans ma chambre et que tu as mis Emily dans un tel état qu'elle nous a insultés, son père et moi. Je n'ai pas vraiment apprécié. Fabian non plus, d'ailleurs.

— Alors, si tu crois ça, c'est que nous n'étions pas dans la même pièce. Je ne sais pas ce qui se passe entre ton mari et toi. Est-ce que tu bois parce qu'il est insupportable ? Est-il insupportable parce que tu bois ? Est-ce qu'il te tape dessus régulièrement ? Sacrifies-tu ta fille sur l'autel de sa colère ? Tout cela je l'ignore, mais je ne vais pas faire semblant de ne pas vous avoir vus traiter Emily avec mépris toute la soirée.

Les veines sur ses tempes se mirent à battre.

— Tu l'as très bien dit, Vic : tu ne sais pas ce qui se passe entre Fabian et moi. Si tu avais été mariée...

— Je l'ai été, la coupai-je.

— Oh, c'est vrai. Avec Dick Yarborough. Mais tu as préféré casser plutôt que d'essayer d'arrondir les angles. Le mariage implique des sacrifices, ma chère.

Je m'efforçai de ne pas rester bouche bée.

— Je n'ai jamais pensé que le mariage impliquait que je sacrifie mon humanité.

— Et moi je n'ai jamais rencontré quelqu'un qui se surestime autant que toi. J'ai pensé que ça valait la peine que je renonce à mes ambitions pour aider Fabian dans sa carrière. Je ne suis pas pour autant inefficace dans le bénévolat. Je ne travaille pas seulement pour Arcadia, mais aussi pour Home Free. J'ai suivi une formation d'assistante sociale. Cette femme pourrait très bien se confier à moi, alors qu'elle refuse de te parler. Surtout que j'ai des enfants, ce qui peut créer un lien entre nous. On me trouve généralement très énergique.

Je poussai un soupir et tentai de me calmer. Deirdre se dépeignait sous les traits d'une femme totalement différente de celle que j'avais vue en action mercredi soir. J'avais du mal à croire qu'elle manque à ce point de lucidité. Cela paraissait invraisemblable qu'elle n'eût pas conscience de traiter sa fille avec mépris et de s'être déchargée sur elle de toutes ses responsabilités de mère. On dit toujours que les psychiatres ont des relations lamentables avec leur conjoint et leurs enfants, mais je ne croyais pas Deirdre capable d'aider une femme aussi démunie que Tamar Hawkings.

— Vous, les femmes qui travaillent, vous êtes toutes pareilles, explosa Deirdre. Vous pensez que celles qui ont choisi de rester à la maison ne sont bonnes à rien !

— Deirdre, dis-je, exaspérée, est-ce que tu te rends compte de ce que tu racontes ? (Je laissai tomber.) Oh, peut-être que tu as raison après tout, et que tu sauras mieux que moi trouver les mots qu'il faut pour parler à Tamar. Elle prétend avoir quitté son mari parce qu'il la battait et avait une attitude suspecte envers sa fille aînée. Vous avez donc des points communs, tu vois.

Je regrettai aussitôt d'avoir dit ça. Deirdre tressaillit et sembla rapetisser. Son visage se figea. Privée de sa jovialité ou de son agressivité, elle semblait n'avoir plus aucune personnalité. Malgré moi, j'éprouvai de la pitié pour elle.

— Pourquoi es-tu venue ici, Deirdre ? Qu'attendais-tu de moi ?

Elle demeura impassible. J'avais commis l'impardonnable : évoquer des sujets tabous avec légèreté. Comme ça m'arrive chaque fois que je suis nerveuse ou honteuse, j'avais trop parlé. Je lui dis que j'avais emmené Tamar et ses enfants à l'hôpital mardi soir, et qu'ils s'étaient enfuis.

— Les flics pensent qu'elle est revenue ici. Seulement,

je ne sais pas comment elle pénètre dans l'immeuble. Si tu veux vraiment la retrouver, il faudrait s'y mettre à plusieurs. A ta place, je laisserais tomber pour aujourd'hui.

Deirdre hocha la tête.

— Crois-moi, Vic, j'en sais beaucoup plus sur les femmes sans abri que tu ne l'imagines.

— Je suis allée voir Jasper Heccomb, ce matin. Donald et toi n'avez pas...

— Pourquoi es-tu allée le voir ? Je croyais que tu me laisserais m'en occuper.

Je grinçai des dents.

— Tu nous prêtes des conversations qui n'ont jamais eu lieu. Mais si tu as tellement travaillé pour Home Free, tu dois savoir qu'ils ne s'occupent pas de placement dans les asiles de nuit.

— Jasper est un ami. Il fera pour moi des choses qu'il ne ferait pas pour toi. Ça me déplaît vraiment que tu essaies de me doubler.

Elle avait parlé fort, comme l'autre soir, dans la chambre, lorsqu'elle s'efforçait de tenir tête à son mari. J'allais riposter, quand je remarquai qu'elle serrait les mains si fort que les jointures de ses doigts étaient blanches.

— O.K. , dis-je sur un ton léger. Vas-y. Sers-toi de ton pouvoir pour convaincre Jasper de trouver un foyer pour Tamar Hawkings.

Elle eut une expression de triomphe. Je me demandai si elle et Jasper étaient amants depuis longtemps, ou seulement depuis peu. Débarrassée de son air pincé, elle était encore belle.

Alors que je la dévisageais, elle bondit sur ses pieds, accrocha son manteau sur le dossier de son siège et déclara :

— Je vais essayer de trouver Tamar. Je reviens dans cinq minutes.

— Mais j'allais partir, là. Et je vais fermer à clé, à cause de l'ordinateur.

— Je ne serai pas longue.

Elle était déjà dans le couloir. J'enrageai devant un tel culot, quand elle se retourna et me lança :

— Si on me cherche, dis que je reviens dans quelques minutes.

Je lui courus après.

— Hé, attends un peu, Deirdre ! Tu as donné rendez-vous à quelqu'un dans mon bureau ? Sans me demander mon avis ?

Dans le couloir mal éclairé, je ne pus discerner son expression, mais je la vis redresser la tête comme mercredi soir, telle un cobra.

— Ne monte pas sur tes grands chevaux, Vic. Je n'ai pas organisé une réunion dans ta planque. J'ai simplement dit à... des gens... où je serais.

En d'autres termes, elle s'était disputée avec Fabian, puis elle était venue ici par bravade. Je vais chez Vic, et essaie donc un peu de m'en empêcher. Ce genre de choses. Quant à ses soi-disant talents pour mettre Tamar Hawkings en confiance et ses relations privilégiées avec Jasper Heccomb, ce n'était que du pipeau. Je tournai les talons et rentrai dans mon bureau en claquant la porte derrière moi.

Assise devant mon ordinateur, j'entrepris d'y entrer les noms des directeurs de la Century Bank. Ce serait ma conclusion pour le dossier Lamia.

Les patronymes apparaissaient par ordre alphabétique. Je tombai assez vite sur Eleanor Guziak. J'en restai bouche bée. C'était la femme assise en face de moi, chez Fabian, au dîner. Le bras droit de Donald Blakely, président de la Gateway Bank. L'homme qui m'avait déclaré ne connaître personne à la Century Bank. Décidément, on sait vraiment peu de choses sur ses subordonnés.

Gateway était une grande banque du centre ville. Une banque influente. La Century Bank, en revanche, était un petit groupement bancaire, qui avait son siège social du côté de la Quarante-huitième Rue, le quartier où Camilla et ses amies voulaient construire leur immeuble pour mères célibataires. Cela n'avait rien d'extraordinaire qu'un cadre supérieur dans une grande banque fît partie du conseil d'administration d'une banque moins importante. L'étrange, c'était que Donald Blakely ne le dise pas.

Je pouvais téléphoner à Guziak, ou à sa secrétaire, et voir si on me rappelait.

« Ne te mêle pas de ça, Vic, me dit une petite voix en moi. « Tu ne vas pas compromettre le projet de Lamia, n'est-ce pas ? »

Il était presque 5 heures et demie. Si je me dépêchais, je pourrais sans doute intercepter Guziak à la sortie du Gateway Building. J'éteignis mon ordinateur, fourrai mes papiers dans ma serviette, et éteignis la lumière.

Je me levai pour partir, quand je remarquai le manteau de Deirdre. Toute à l'idée de coincer Eleanor Guziak, je l'avais oubliée. Je n'allais certainement pas l'attendre. Si elle daignait jamais reparaître, elle trouverait son manteau accroché à la poignée de la porte.

Elle arriva juste au moment où je le balançais sur la poignée.

— Oh, tu t'en vas, fit-elle. J'espérais pouvoir passer un coup de fil dans ton bureau.

— Désolée, mais j'ai un rendez-vous de l'autre côté du Loop. (Je lui tendis son manteau.) Tu les as trouvés ?

— J'ai repéré le bureau dans lequel ils ont dû passer plusieurs nuits, au sixième étage. Si tu avais un double des clés, je pourrais les glisser dans la boîte à lettres, en partant.

Totalement abasourdie par son sans-gêne, je me retrouvai en train de fouiller dans mon sac à la recherche d'une clé. Je la lui tendis sans un mot. Peu importait qu'elle oublie de la mettre dans la boîte à lettres. J'allais déménager mon bureau à la maison dès demain. Cet immeuble agonisant commençait à me déprimer.

Avant de m'en aller, je pris tout de même soin de lui dire :

— Surtout ne pars pas sans fermer la porte à clé. Parce

que si mon ordinateur n'est plus là demain matin, tu devras le remplacer.

Deirdre resta de marbre. Mais en tournant au bout du couloir pour prendre l'escalier, je vis qu'elle me faisait un salut militaire. Je descendis les marches deux par deux, pour m'empêcher de lui tordre le cou.

13

UN TRÈS VILAIN DÉSORDRE

La Gateway Bank existe depuis un siècle. Au début des années quatre-vingt, ils ont fait construire l'un des premiers gratte-ciel du Loop. Depuis, leurs publicités n'ont plus cessé de claironner qu'ils avaient l'esprit pionnier.

Il était 6 heures moins le quart quand j'arrivai, haletante, dans le hall d'entrée de la banque, merveille de cuivre et de marbre rouge. Le gros des troupes avait déjà quitté les lieux, mais il y avait de fortes chances qu'Eleanor Guziak fût encore là : les cadres restent tard au bureau. Ça leur permet de se démarquer des hordes industrieuses, même s'ils n'ont rien de spécial à faire.

A 6 h 10, le garde vint me voir et me demanda s'il pouvait me renseigner. Je souris poliment, et dis que j'attendais une amie qui travaillait tard. Il me laissa emprunter son « Sun-Times ». A 6 heures et demie, je l'avais fini. Je pensais avoir raté Guziak. Je rendis le journal au garde, et sortis.

Sur une impulsion, je me retournai au moment de monter dans le bus. Eleanor Guziak traversait le hall, sa serviette à la main. Elle penchait la tête sur le côté, écoutant avec déférence son chef, Donald Blakely. Je redescendis du bus. Le chauffeur m'insulta, puis démarra bruyamment.

Eleanor et Donald se dirigèrent vers l'ascenseur menant

au parking. Je me mordis la lèvre, déconcertée. Comment entrer en contact de manière naturelle avec quelqu'un qui sort d'un parking en voiture, à moins de l'emboutir, ce qui rend la personne moins réceptive à l'idée qu'il s'agit d'une rencontre fortuite.

L'ascenseur arriva. Donald monta dedans. Eleanor agita la main pour lui dire au revoir, et se dirigea vers l'arrêt du bus. Je feignis d'être à la fois ravie et surprise de la voir.

— Eleanor Guziak ? Je suis Vic Warshawski. Nous nous sommes rencontrées mercredi soir chez les Messenger.

Bien sûr qu'elle se souvenait de moi, quelle joie de me revoir aussi rapidement, quelle coïncidence que j'aie eu rendez-vous avec un client juste en face de son bureau.

A présent que je la tenais, je ne savais pas trop comment procéder. Je lui demandai où elle allait, espérant qu'elle ne fonçait pas chercher ses enfants chez leur nourrice, et donc que je pourrais m'incruster dans son sillage. La réalité s'avéra presque aussi tragique : elle se rendait à son club de gymnastique.

— Vous avez le temps de boire un verre ? m'enquis-je.

Mais Eleanor demeura intraitable : elle ne s'était pas entraînée de la semaine.

Etant donné que le bus venait de passer, avec un peu de chance, nous avions au moins un quart d'heure d'attente devant nous. Bien que ce ne fût pas l'endroit idéal pour interroger quelqu'un, il faudrait m'en contenter. Nous parlâmes de la difficulté de travailler à plein temps tout en restant en forme. Bien sûr le cerveau fonctionne mieux quand on se donne de l'exercice. Mais enfin, c'est une telle corvée, en hiver, de faire de la musculation, c'est tellement plus simple en été, quand il suffit d'aller courir au bord du lac.

— Comment trouvez-vous le temps de faire du bénévolat ?

Elle ne trouvait pas le temps de faire du bénévolat.

— Mais vous siégez dans des conseils d'administration. Un ami m'a dit que vous jouiez un rôle très important à la

Century Bank. Comment font-ils, d'ailleurs ? Le centre-ville n'est pas le lieu rêvé pour les crédits au logement.

— Oh, c'est difficile. Nous ne savons pas comment nous allons pouvoir les sauver de la faillite.

— C'est pour ça que vous avez annulé le projet Lamia ? Tout était signé. J'imagine que ces femmes n'ont rien compris. Ça a été si soudain.

Elle se raidit et eut un mouvement de recul.

— Comment se fait-il que vous soyez au courant pour Lamia ?

— Des amis m'en ont parlé. Pourquoi, c'est confidentiel ? dis-je, sur un ton que j'espérais désinvolte.

— Confidentiel ? Oh, non. (Elle jeta un coup d'œil sur sa gauche.) Mais que fait ce maudit bus ? Je ferais mieux d'aller jusqu'à Wacker et de prendre un taxi. Ça ira plus vite. Ravie de vous avoir revue, Vic.

Une minute après, un bus s'arrêta devant moi. Nous passions au coin de Wacker et de Washington Avenue, quand je l'aperçus, à l'entrée de l'opéra. Elle ne cherchait pas de taxi : elle parlait dans son téléphone portable. Peut-être venait-elle juste de se souvenir que c'était l'anniversaire de sa mère, mais, curieusement, j'en doutais.

Je descendis du bus sur Michigan Avenue, et fonçai au parking récupérer ma voiture. Je me promis d'investir dans un téléphone portable, si j'avais une rentrée d'argent imprévue. Car, dans ma hâte de rentrer chez moi pour téléphoner, je me fis arrêter pour excès de vitesse sur North Lake Shore Drive. Parfois j'ai de la chance : je tombe sur un flic qui a connu mon père. Mais plus le temps passe et plus c'est rare. La plupart des anciens collègues de mon père ont pris leur retraite. Celui-ci était jeune, consciencieux, et implacable. Il prit tout son temps pour remplir ma contravention. Quand j'arrivai enfin chez moi, il était 7 heures et demie. Je téléphonai aussitôt à Camilla.

— Il paraît que tu as essayé de me joindre, dit-elle. C'est drôle, parce que moi aussi j'ai essayé de t'appeler. Figure-toi qu'après nous avoir sucré notre financement et notre permis de construire, on nous propose le contrat du siècle ! Toutes les copines ne sont pas d'accord, mais enfin...

— J'ai entendu dire que Home Free pourrait vous laisser travailler sur l'un de leurs chantiers. C'est du béton ?

— Non, de la pierre. Oh, tu demandes si ça va se faire ? Je ne sais pas. On va nous donner à rénover un immeuble de douze appartements. Au coin de Lawrence et de California. On y est allées hier. Ce n'est pas très engageant, à vrai dire. L'électricité et la plomberie sont entièrement à refaire, mais pour ça ils vont utiliser des gens à eux.

Je fouillai dans mes papiers, sur le guéridon où était posé le téléphone, et en extirpai une carte de Chicago.

— C'est à deux kilomètres de l'emplacement qu'on vous avait octroyé au départ. En plein cœur de la zone d'action des dealers. C'est ça que vous voulez ?

— Hé, comme l'a dit Phœbe l'autre jour, il faut d'abord qu'on ait quelque chose à montrer. C'est le seul moyen d'arriver à se faire connaître.

— Et les copines qui rechignent ?

— Elles voulaient s'occuper de la construction de A à Z. On a une électricienne diplômée. Or c'est plus difficile pour une femme de devenir électricienne que n'importe quoi d'autre, dans le bâtiment. Excepté plombier, peut-être. Leur syndicat est tellement rétrograde — enfin, peu importe.

Je repliai ma carte, essayant de comprendre ce qui clochait dans cette histoire.

— Qui est-ce qui est intervenu ? m'enquis-je.

— La Century Bank, je pense. La banque. Jasper Heccomb, le directeur de Home Free, fait partie de leur conseil d'administration. Comme ils nous avaient laissées en rade, ils ont dû lui demander de nous faire une faveur.

— Ouh là, Zu-Zu, cette histoire pue.

Camilla éclata de rire.

— Phœbe a raison. Ton métier finit par déteindre sur toi. Pourquoi serait-ce suspect ?

— Enfin, Camilla. Je n'ai pas besoin de te rappeler que

dans notre bonne ville de Chicago, les riches banquiers ne surgissent pas sur ton chemin pour te rendre des services gratuits. Surtout pas quand il s'agit de grosses affaires dans le bâtiment. Et encore moins s'il s'agit de femmes artisans.

Camilla se lança alors dans une défense en règle de son banquier, un homme « très bon » qui s'était trouvé mêlé à cette fâcheuse histoire tout à fait par hasard. Ne pouvais-je donc pas laisser les gens faire une bonne action de temps à autre, sans aussitôt leur prêter des intentions suspectes ?

Oui, pourquoi me posais-je des questions, d'autant plus que Camilla et Phœbe m'avaient demandé d'interrompre mon enquête ? Pourtant, au lieu de me réjouir d'être débarrassée de ce travail dont je ne voulais pas au départ, j'étais furieuse. On faisait danser des ballons devant mes yeux pour détourner mon attention du jongleur.

J'allais parler à Camilla de ma rencontre avec Eleanor Guziak, quand je me ravisai. Elle n'était pas dans l'état d'esprit propice à entendre la moindre critique sur cette affaire. Après tout, les femmes artisans ont du mal à trouver du travail. La construction stagne à Chicago, comme dans tout le pays. La rénovation de ce bâtiment assurerait un emploi à l'équipe de Lamia pour au moins quelques mois.

— Maintenant écoute-moi, Vic. Je veux que tu me félicites, plutôt que de tout peindre en noir. Peut-être y a-t-il eu négociation sous le manteau. Et alors ? Pourquoi les femmes n'auraient-elles pas droit, elles aussi, à une part du gâteau ? Attention, Vic. S'ils sentent que tu viens fouiner, ils vont nous éjecter.

Elle avait raison. Je la félicitai sans enthousiasme, et raccrochai.

Je pianotai sur la table du téléphone. Oh, certes, je voulais soutenir les femmes qui travaillent. Mais pas si on les utilisait pour masquer quelque tripatouillage. Je n'arrivais pas à voir de quelle méchante façon Home Free pourrait se servir d'elles. Eleanor Guziak s'était précipitée sur son téléphone dès que j'avais mentionné Lamia. Donc, il y avait anguille sous roche. Si les femmes de Lamia se retrouvaient mêlées à une histoire de corruption, cela risquait de ruiner leur réputation.

Et Cyrus Lavalle avait entendu parler d'une magouille tellement énorme qu'il était prêt à me rendre mon argent. Cyrus, qui voulait vivre sur un train de prince de la drogue avec un salaire d'employé de mairie. Il fallait vraiment qu'on lui ait fait peur.

Dès lundi, j'allais passer quelques coups de fil, quoi que Phœbe et Camilla puissent y trouver à redire. Au pire, j'irais cuisiner Tish un peu plus sérieusement.

Mais finalement, un autre sujet accapara mon attention. Le samedi matin, lorsque je pénétrai dans mon bureau, des cartons dans les bras, prête à déménager, je tombai sur un spectacle peu engageant : Deirdre Messenger étalée de tout son long sur ma table. La colère me prit, à l'idée qu'elle s'était soûlée et endormie là.

Puis je compris qu'elle était morte, de si horrible façon que je n'avais tout d'abord pas voulu le voir. Quelqu'un l'avait sauvagement battue. Une mare de sang et de fragments de cerveau avait coagulé autour de sa tête.

Des taches grises et des points lumineux flottèrent devant mes yeux. Tout à coup, je me retrouvai par terre, la main gauche dans une matière gluante. Je réussis à attraper l'un des cartons et vomis dedans.

Mon petit déjeuner envolé, j'eus aussitôt l'esprit plus clair. Tenant ma main loin de moi, je me relevai tant bien que mal. Je sortis de mon bureau à reculons et fonçai jusqu'aux toilettes, au septième étage. Par miracle, il y avait de l'eau au robinet. De l'eau froide. Je laissai ma main dessous jusqu'à ce que mes doigts soient rouges, bien après que les traces de sang et de cervelle aient disparu. Puis je l'essuyai sur mon jean.

L'odeur d'égout et d'urine qui se dégageait des toilettes me souleva à nouveau le cœur. Je retins ma respiration, et me précipitai dans un bureau vide, dans le couloir. Je ne pus remonter la fenêtre, collée par la peinture. Alors j'ôtai ma chaussure et cassai le carreau. Je respirai de grandes goulées d'air frais avec un véritable soulagement.

Dans ce bureau déserté, avec ses murs fissurés, mon cerveau se remit à fonctionner normalement. Il fallait appeler la police sans tarder. Plus tôt ils arriveraient, mieux ce serait. Le sang dans lequel j'avais glissé était froid, avec une croûte sur le dessus, une croûte épaisse, mais pas encore dure. Deirdre était morte depuis trop longtemps pour qu'on pensât que j'aie pu surprendre son meurtrier.

Je frissonnai à l'idée qu'il se trouvait peut-être encore dans les parages.

Mon Smith & Wesson était enfermé dans mon placard, chez moi. Je ne passe pas ma vie avec un flingue à portée de la main, comme Philip Marlowe. Ce cher Philip ne s'évanouissait sans doute pas, lui, à la vue d'un crâne en bouillie.

On avait verrouillé la porte de mon bureau. Ceux qui avaient tué Deirdre avaient toujours ma clé. Et si on nous avait confondues ? Si les assassins l'avaient prise pour moi ? Peu probable. Personne ne m'en voulait suffisamment ces temps-ci pour me défoncer le crâne.

Alors qui ? Un drogué en manque ? Mais pourquoi une telle rage, une telle violence ? Si elle avait eu de l'argent sur elle, Deirdre n'aurait sans doute pas refusé de le donner.

Tamar Hawkings, pour se protéger de toute ingérence, et défendre ses enfants ? Mais une femme si frêle, sous alimentée, aurait-elle eu la force d'assener des coups aussi violents à Deirdre ?

Cela dit, celle-ci avait laissé entendre qu'elle attendait quelqu'un. Sans doute Fabian. Lequel pouvait se mettre facilement en colère et la frapper, j'en avais été témoin.

Je refis le nœud de ma chaussure, et redescendis les sept étages à pied. J'allai appeler les flics depuis la cafétéria, pour ne pas effacer d'éventuelles empreintes digitales sur mon téléphone.

14

ON EFFACE TOUT

— Tu as déjà été meilleure, Vic, me dit Terry Finchley.

Nous étions dans la salle d'interrogatoire du poste de police du 1er district.

Mary Louise Neely, qui venait de réussir l'examen d'inspecteur, prenait des notes. Comme d'habitude, elle se tenait raide, droite, imperturbable. Ses cheveux roux, et courts, étaient plaqués sur son crâne.

— Une vraie professionnelle ne vomirait jamais sur le lieu d'un crime, je suis la proie d'affreux remords.

Neely nota ma réponse sans sourciller.

Finchley secoua la tête.

— Garde tes fines remarques pour le lieutenant, Vic, il aime bien quand tu le mets en boîte. Le Pulteney est pratiquement vide. Pourquoi as-tu laissé une femme comme Mrs Messenger toute seule dedans ? Elle n'avait pas l'habitude de ce genre d'endroits.

C'était la troisième fois que Finchley me posait la question. Il commençait à devenir lassant.

— Vous avez gagné, inspecteur. J'ai attiré Deirdre Messenger dans cet immeuble, puis je l'ai tabassée, et tuée. Je ne vous dirai pas pourquoi. Comme ça vous aurez la surprise à mon procès.

Finchley ne sourit pas, ne cilla pas, ne bougea pas d'un iota. Il me fixa comme si j'étais un spécimen de laboratoire. Rester muet et de marbre peut être une technique policière efficace. On commence à se demander ce qu'ils peuvent bien penser, le silence devient intolérable et on se met à raconter n'importe quoi. Je me calai dans mon fauteuil et fredonnai « Vissi d'arte » dans ma tête.

Il y a des années que je connais Terry Finchley, depuis l'époque où Bobby Mallory l'a intégré à son équipe — Bobby est le lieutenant que j'aime bien taquiner, selon les schémas de Terry. Finchley et moi nous sommes assez bien entendus, jusqu'au moment où j'ai commencé à sortir avec Conrad.

Terry est l'un des meilleurs copains de Conrad. Ils étaient à l'école de police ensemble. Puis ils ont suivi le parcours initiatique de tous les pionniers, étant parmi les premiers flics noirs affectés à des postes de responsabilités. A présent, Finchley pense que je joue les Blanches libérales : je m'offre une aventure avec un Noir que je laisserai tomber quand ce caprice m'aura passé. Ceci a quelque peu refroidi nos relations.

Je veillais à ne pas le regarder. J'avais les yeux fixés sur la main gauche de l'officier de police Neely, et je continuais à fredonner ardemment du Puccini, dans ma tête. Finalement Finchley rompit le silence.

— J'insiste sur ce point, Vic, parce que, même si tu as beaucoup de défauts, tu n'es pas quelqu'un de cruel. J'essaie de comprendre pourquoi tu as laissé Mrs Messenger seule là-bas, si ce n'était pas pour te venger.

— Ça supposerait que je savais qu'un destin tragique l'attendait, remarquai-je. Je travaille tard tous les soirs, Terry. Le sud du Loop est sinistre passé 9 heures, mais c'est l'un des coins les moins dangereux de la ville, tu le sais aussi bien que moi.

» Deirdre a insisté pour rester dans l'immeuble, poursuivis-je. Elle était difficile à cerner, à la fois très agressive et terriblement vulnérable. Hier soir, elle a joué sur ces deux registres. En outre, elle n'arrêtait pas de dire qu'elle avait une grande habitude des sans-abri. Elle était persuadée d'arriver à convaincre Tamar Hawkings de sortir de la clandestinité.

J'avais du mal à formuler mes réactions en présence de Deirdre la veille au soir. Je lui avais donné cette clé uniquement parce qu'elle m'avait déstabilisée et que je ne voulais pas rester une minute de plus avec elle.

— J'aimerais bien savoir avec qui elle avait rendez-vous, dis-je. D'après moi, elle avait lancé une espèce de défi à son mari, en venant à mon bureau. Il mettait en doute ses capacités dans tous les domaines — un joli spécimen d'homme cruel, soit dit en passant. Elle voulait lui prouver qu'elle était à la fois courageuse et capable d'aider quelqu'un.

Pendant tout l'interrogatoire, Mary Louise Neely était restée de marbre, telle un mannequin posé sur une chaise dans la position assise, avec une main gauche automatisée. A mon dernier commentaire, son expression changea un court instant, comme si elle souffrait, mais ce fut si fugace que je pouvais très bien l'avoir imaginé.

Finchley avait finalement laissé tomber son couplet sur mon attitude irresponsable envers Deirdre, pour s'attaquer à Tamar Hawkings. Dès que je lui avais expliqué pourquoi Deirdre avait voulu rester dans l'immeuble, il avait dépêché une équipe de cinq hommes sur les lieux. Personne. Ni à la cave, ni dans les étages. Notre mère en détresse avait beau traîner trois enfants, elle se déplaçait sans laisser la moindre trace de son passage.

Je m'inquiétais pour elle, pour ses enfants malades et affamés. Pourtant, ça m'avait fait plaisir qu'on ne l'ait pas retrouvée. « Surtout, garde-toi des flics », l'exhortais-je en pensée. Car elle ferait un suspect idéal pour le procureur.

— O.K., Vic, dit Finchley, après m'avoir bien agacée. Tu peux y aller. Tu as de la chance que Neely et moi soyons venus. Si d'autres flics t'avaient trouvée avec une femme sauvagement assassinée dans ton bureau, tu ne t'en serais pas tirée sans payer une caution.

— Wouah ! Merci Terry. C'est rassurant de penser qu'on vit dans un pays où seuls les flics qui vous connaissent vous traitent à peu près humainement. Mais avant de partir, j'ai une question à te poser : jusqu'à quel point considérez-vous Fabian Messenger comme suspect ?

Terry serra les lèvres.

— Tu n'as pas besoin de nous dire comment faire notre travail, Vic. Dans ces cas-là, c'est toujours le conjoint qu'on soupçonne en premier. On va envoyer quelqu'un l'interroger dès qu'on aura averti la presse de l'assassinat de sa femme.

Je lui fis un grand sourire.

— Je suis sûre que vous saurez être discrets, et pleins de tact. J'espère seulement que vous n'allez pas vous laisser influencer jusqu'à nier l'évidence par le fait qu'il connaît des juges et des sénateurs...

— Contrairement à ce qu'on pense couramment, nous ne réservons pas un traitement de faveur aux gens riches et influents, dit Finchley, avec raideur. L'officier de police Neely aura des papiers à te faire signer dans la soirée. Tu seras gentille de revenir.

Je le lui promis, sans en penser un mot : s'ils voulaient me revoir, ils n'avaient qu'à se déplacer.

— Oh, une dernière chose, lança Finchley, avec cette désinvolture feinte qu'on leur enseigne à l'école de police, on aimerait savoir ce que sont devenues les preuves du passage de l'assassin.

Je le regardai d'un air méprisant.

— Ruse grossière, mon cher. Je ne vois pas du tout ce que tu veux dire. Tu enfonces encore une fois ce clou, et la première personne que j'appelle en rentrant chez moi ce n'est pas mon avocat, mais un journaliste. De toute façon, mon histoire va les intéresser.

— On aimerait bien jeter un coup d'œil sur tes dossiers, Warshawski, m'annonça Finchley, histoire de voir un peu s'ils pourraient faire la lumière sur ce meurtre.

— Attention, lui dis-je, il va vous falloir un mandat, si vous voulez regarder le moindre de mes papiers. Et crois-moi, ça va être difficile, parce que je vais vous mettre des bâtons dans les roues. Vous n'avez aucun moyen de prouver que mon travail a un quelconque rapport avec la mort de Deirdre Messenger.

— Non, mais on a de fortes présomptions. Quand on efface son disque dur avant que les flics embarquent votre ordinateur...

— Vous avez embarqué mon ordinateur ? Tu me

l'annonces comme ça ? Mais c'est mon gagne-pain, Terry. Vous allez l'asperger de poudre à empreintes ! Je n'ose même pas imaginer ce qu'ils vont faire au clavier !

— Nous n'allons pas le garder, de toute façon. Le labo a vu que toutes les empreintes avaient été effacées. Tu pourras le récupérer lundi. Mais je veux savoir où sont tes dossiers.

Je lui lançai un regard sans expression. La personne qui avait tué Deirdre avait effacé mon disque dur. Or il n'y avait rien dessus qui pût intéresser quelqu'un d'autre que moi. A moins que l'assassinat de Deirdre n'ait un rapport avec l'histoire Lamia...

— Mes disquettes, tu veux dire ? demandai-je à Terry. Tout ce que j'ai fait récemment est consigné dessus.

— On n'a trouvé aucune disquette dans ton bureau.

J'inspirai profondément, puis intimai l'ordre de se calmer à mon cœur battant. Je fais toujours une copie sur disquette de ce que je viens d'écrire, et je la glisse dans ma poche. Avais-je fait une copie hier ? L'avais-je emportée avec moi ? J'étais tellement pressée de me débarrasser de Deirdre que j'avais très bien pu oublier.

— Alors, Vic ? Dois-je demander un mandat pour perquisitionner chez toi, ou est-ce que tu les as envoyées au docteur Herschel, ou à ton avocat ?

Jamais Finchley ne m'avait parlé sur un ton aussi méprisant. La colère me prit, une colère si forte que j'enfonçai mes poings dans les poches de mon jean pour m'empêcher de le gifler. Ça n'a jamais arrangé les affaires de personne de cogner sur un flic.

— Essaie, mon vieux. Essaie un peu et tu vas voir comme je vais me montrer coopérative, à l'avenir, aboyai-je, ma voix grimpant dans les aigus, tellement j'étais en rage.

En sortant, je shootai dans une chaise, et je claquai la porte. Je rentrai à pied à mon bureau, affolée à l'idée que j'avais perdu toutes mes disquettes, et révoltée par l'attitude de Finchley à mon égard. Ma révolte vira bientôt à la déprime. Mon histoire avec Conrad n'était déjà pas simple. Un véritable affrontement avec Finchley ne risquait pas d'adoucir les angles. Soudain je me souvins qu'il me restait dix jours pour envoyer ma déclaration d'impôts. Comment pourrais-je jamais faire le compte de mes revenus s'il ne restait pas la moindre trace des factures ?

Plus de disquettes, plus d'ordinateur, un disque dur tragiquement vierge. Heureusement, il me restait la vieille Olivetti de ma mère, que j'avais religieusement transférée à la maison, quand je m'étais mise à l'informatique.

Je pénétrai dans le Pulteney la tête haute, prête à affronter le premier flic qui s'interposerait. Hormis un vieux sac Mac Donald, ils n'avaient laissé aucune trace de leur passage.

Je grimpai au quatrième, découvris des scellés sur ma porte, et m'empressai de les briser.

15

PRIVILÈGE SÉNATORIAL

Ça m'avait fait un tel choc de trouver Deirdre morte sur ma table, que je n'avais pas vraiment regardé dans quel état l'assassin avait laissé mon bureau. Après le passage des types du labo, je ne pus démêler la part du chaos imputable à l'assassin, du désordre créé par les flics. Bien entendu, personne n'avait nettoyé le sang. De grosses éclaboussures de sang séché parsemaient le dossier de mon fauteuil. La marque de ma main dans la cervelle figée était toujours visible.

Il y avait des papiers partout. Quelqu'un avait brassé dix ans d'archives avec l'énergie d'une moissonneuse-batteuse et envoyé des brins de paille jusque sur le rebord intérieur de la fenêtre. Pour couronner le tout, on avait vaporisé les lieux d'une épaisse poudre à empreintes. Mes amis flics en avaient même aspergé mon poster de Nell Blaine.

J'eus un sanglot convulsif. « Ti calmi », me sermonnai-je tout haut, en prenant la voix de ma mère. Mieux valait endiguer sur-le-champ toute émotion intempestive. Je pris le regard farouche de Gabriella pour tenter d'évaluer l'ampleur des dégâts. Je n'avais peut-être pas beaucoup de temps devant moi. La police pouvait revenir d'un instant à l'autre.

De toute façon, quelque peur atavique me poussait hors de cet immeuble. Les yeux me piquaient et j'avais l'impression d'entendre respirer le fantôme de Deirdre.

J'allai jusqu'à mon bureau sur la pointe des pieds. J'ouvris le tiroir où je range mes disquettes. Finchley avait raison : elles avaient disparu. J'ouvris les autres tiroirs, avec l'espoir absurde de les y trouver. Même ma boîte de disquettes non formatées s'était volatilisée.

Privée d'ordinateur, de quoi avais-je besoin pour travailler à la maison ? Certainement pas de l'imprimante. Comment retrouver mes dossiers comptables parmi cet ouragan de papiers ? Mon agenda allait m'être utile. Je le ramassai, ainsi que le téléphone, et jetai un dernier coup d'œil autour de moi. Avant de partir, je décrochai mon poster du mur, ainsi que la lithographie de Gabriella représentant le palais des Offices, à Florence.

Je fourrai le tout dans l'un des cartons que j'avais apportés, puis descendis l'escalier à toute allure. Je courus jusqu'au garage, mes trésors tressautant contre mon estomac. Je me glissai dans la Trans Am et démarrai. J'avais besoin de prendre un bain pour me débarrasser des résidus du cerveau de Deirdre, besoin de laver mon âme de toute cette horreur.

Dès que je poussai la porte de l'immeuble, Mr Contreras surgit sur son palier. Ses yeux marron clair étaient tout brillants d'anxiété.

— Ça va, poupée ? J'ai entendu la nouvelle à la radio.

Qu'est-ce qui s'est passé ? Qui était cette dame ? Qu'est-ce qu'elle faisait dans ton bureau ?

Les chiens accoururent. Mitch, cinquante kilos en voie d'expansion, me sauta dessus et me fit perdre l'équilbre. Le carton tomba. Téléphone, agenda et cadre s'écrasèrent par terre. Le verre se brisa en mille morceaux. Le cadre de bois se cassa et laissa échapper la lithographie des Offices. C'était mon père qui l'avait encadrée. Il l'avait offerte à ma mère, une année, pour Noël. Le cadre était en noyer. Papa l'avait poncé, et teinté. Gabriella avait accroché cette vue des Offices au-dessus du piano auquel les enfants du quartier tentaient d'arracher des sons harmonieux.

Je repoussai le chien d'une main lourde de chagrin. Je voulais me glisser dans mon lit et dormir cent ans.

Mr Contreras me prit par le bras et me tira dans son appartement.

— Assieds-toi, poupée. Tu es épuisée, et ces animaux sont insupportables. Ne bouge pas de ce fauteuil. Je vais ramasser tes trésors sans rien abîmer. Ne t'inquiète pas, je vais tout réparer. Tu as déjeuné ? Tu veux des œufs sur le plat ? Une tasse de thé ?

— Je veux ma litho. (J'étais assise dans le vieux fauteuil défoncé. Je me décalai légèrement pour fuir un ressort défaillant.) Faites attention, surtout, en ramassant les morceaux.

— Ne t'inquiète pas. Je vois que tu tiens à ce cadre. Laisse-moi m'en occuper.

Rien ne faisait plus plaisir à ce vieil homme que d'avoir l'impression de veiller sur moi. Je me laissai aller contre le dossier du fauteuil. Mitch, qui n'avait pas encore exprimé toute sa joie de me retrouver, se mit à pousser contre mes jambes avec son énorme tête noire. Voyant que je ne réagissais pas, il s'empara d'un morceau de corde à nœuds, qu'il secoua avec frénésie devant moi pour m'inciter à jouer avec lui. Peppy, sa mère, lui aboya après pour le rappeler à l'ordre. Elle sentit que j'étais triste, alors elle vint s'asseoir à côté du fauteuil et lécha ma main qui pendait, découragée, de l'accoudoir.

— Tout va bien, ma fille, lui dis-je. J'ai eu une rude journée, c'est tout. Je me demande comment tu as pu enfanter un monstre pareil. Pourquoi n'as-tu pas fait un chien distingué, comme toi ?

Peppy se mit à me lécher la main avec frénésie. Visiblement, elle aussi se posait la question.

— Je n'arrive pas à comprendre pourquoi on a tué Deirdre. Si c'était moi qu'on voulait supprimer à cause de mes dossiers, on savait donc qui j'étais, on ne l'aurait pas confondue avec moi. A l'inverse, si on en avait réellement après elle, pourquoi effacer mes fichiers et embarquer mes disquettes ?

Peppy demeura assise la tête bien droite, en alerte. Je tripotai une de ses oreilles. Je ne voyais rien de logique dans cette affaire. A moins que l'assassin n'ait voulu m'empêcher de progresser dans une enquête, ne soit venu effacer mes fichiers, et ne soit tombé sur Deirdre.

— Absurde, dis-je à Peppy. A part poser des questions sur la Century Bank, je n'ai rien fait qui justifie une telle panique. Certes, Eleanor Guziak n'a pas apprécié mes questions. Mais aurait-elle eu le temps d'engager un tueur entre hier soir et ce matin ?

Il me faudrait trouver des hypothèses un peu plus sérieuses, si je voulais élucider ce mystère.

— Qu'est-ce qu'il y a, poupée ? (Mr Contreras surgit dans la pièce, l'air affairé.) Oh, tu parles au chien. Ecoute, à part deux ou trois éclats de bois qui ont sauté, ton cadre s'est simplement décollé dans les coins. Je connais un menuisier formidable, il t'arrangera ça comme un chef. Tu n'as qu'un mot à dire, c'est comme si c'était fait.

— O.K., je vous le confie.

Même remarquablement restaurée, je ne pourrais plus jamais regarder cette lithographie sans un pincement au cœur.

Le vieil homme disparut dans la cuisine, pour revenir

avec une grande tasse de thé. Pendant que je le buvais, il repartit me préparer des œufs au bacon. L'odeur du bacon frit me rappela que je n'avais rien avalé depuis le matin, et que mon petit déjeuner n'avait pas fait long feu dans mon estomac.

Mr Contreras posa un plateau sur une petite table devant moi, et me regarda manger, tel une mère poule. Tout en me restaurant, je lui fis le récit de ma matinée en compagnie de Terry Finchley. J'ajoutai qu'il avait l'intention d'obtenir un mandat de perquisition pour venir fouiller chez moi.

Mon voisin était indigné.

— Il n'a absolument pas le droit de te traiter de cette façon, poupée ! Tu en as parlé à Conrad ?

Je serrai la main du vieil homme dans la mienne. Il avait toujours été jaloux de mes amants, mais cette fois-ci, outre sa jalousie, il éprouvait du dégoût à l'idée qu'un Noir me serre dans ses bras. Mais il luttait vaillamment contre ces tendances protectrices.

— Je n'ai pas eu une minute à moi depuis la découverte du corps de Deirdre. Il faut que je monte appeler Conrad.

Mr Contreras me proposa d'utiliser son téléphone, mais je refusai. Je voulais prendre un bain. Mais surtout, j'avais besoin d'être seule un moment. Je l'embrassai sur la joue.

En sortant de la baignoire, je m'enveloppai dans une serviette et m'installai dans mon fauteuil, les jambes croisées. Je regardai fixement devant moi sans rien voir. On s'entre-tue de plus en plus pour des motifs absurdes, à Chicago comme dans le reste des Etats-Unis. On se fait tuer parce qu'on ne conduit pas assez vite, parce qu'on sourit au mauvais moment, ou qu'on met du vert au lieu de jaune. Quelqu'un avait pénétré dans mon bureau et défoncé le crâne de Deirdre, et je voulais trouver une raison cohérente à ce geste...

Le jour baissa peu à peu. Les fenêtres de mon salon virèrent au noir et me ramenèrent à la réalité. J'allumai la lampe de la desserte et appelai Conrad.

Il avait déjà entendu parler du meurtre, mais il avait préféré attendre que je prenne l'initiative de l'appeler, plutôt que de venir aux nouvelles.

— Je sais que le Finch et toi ne vous êtes pas quittés bons amis, miss W. A part ça, comment va ?

— C'est déjà allé mieux. Du nouveau du côté du labo ? Est-ce que Terry t'a dit comment ça s'est passé avec Fabian Messenger ?

— Je ne pense pas qu'il soupçonne le mari. Il cherche plutôt cette femme sans abri que tu as laissée camper dans ton immeuble.

— En tant que témoin ou suspect numéro un ? m'enquis-je.

— Wouah, doucement, Vic. Ne me saute pas à la gorge ! Ce n'est pas mon enquête, et je ne m'en mêle pas. Je n'arriverai pas à te persuader d'en faire autant, j'imagine ?

Je m'accordai quelques secondes de réflexion.

— Si Finchley parle à Fabian sérieusement, et qu'il arrive à lui faire dire où il était hier soir, alors j'y réfléchirai. Mais je ne te promets rien.

Conrad toussota, signe qu'il était énervé.

— Qu'est-ce qu'il y a ? lui demandai-je.

— Si je te le dis, tu vas te mettre en colère, et je n'ai pas grande envie de ça avant d'aller travailler.

Je fis la grimace et vis mon reflet dans la vitre.

— Je te promets de garder ma colère pour moi.

— Alec Gantner a déjà appelé le Finch.

— Le père ou le fils ?

— Le sénateur en personne. Il s'est dit bouleversé par ce drame. Il espère que la police ne négligera aucune piste pour faire justice à un citoyen aussi éminent. Le genre de remarque qui te vaut un maximum de moyens pour ton enquête, mais t'oblige à des résultats rapides. Bref, le cauchemar. Il faut que Terry trouve cette femme, Vic. Il ne va pas l'obliger à avouer un crime qu'elle n'a pas commis, mais elle est la seule qui ait peut-être vu quelque chose hier soir. Si tu sais où elle est, ne garde pas cette information pour toi, en pensant la protéger des brutalités policières.

Je me frottai le front, perplexe.

— Conrad, pourquoi un sénateur des Etats-Unis prendrait-il la peine de... Oh, sûrement parce que Fabian allait être nommé juge. Mais je te jure sur l'honneur que je ne sais pas où est Tamar Hawkings.

— Je préfèrerais te voir, quand tu dis ça. Parce que tu ne mens bien qu'au téléphone.

Cela me fit rire, un exploit encore inenvisageable une demi-heure plus tôt.

— Ceci est la vérité et rien que la... oh, mais j'y pense, son mari l'a déclarée disparue il y a quelques mois. Elle dit qu'il commençait à avoir une attitude suspecte avec sa fille aînée.

Terry allait faire une crise, persuadé que je lui avais délibérément caché cette information. Jamais un flic ne croit qu'on puisse oublier en toute honnêteté de lui signaler un fait qu'il juge essentiel.

Lorsque nous eûmes raccroché, plus ou moins en même temps, j'enfilai un jean et une chemise en coton. Alec Gantner pouvait peut-être obliger la police à y aller sur la pointe des pieds avec Fabian Messenger, mais il n'avait aucun moyen de faire pression sur moi, car je n'attendais rien de lui.

16

UN PÈRE TRÈS AIMANT

Je sonnai chez Fabian. Il m'ouvrit la porte lui-même.

— Oh, Warshawski. Si tu es venue voir Deirdre, elle est morte.

Cet accueil me troubla.

— Je sais. J'ai trouvé son corps dans mon bureau, ce matin. C'était horrible. Tu dois être drôlement secoué, toi aussi.

— Si tu le sais, pourquoi es-tu venue ? me demanda-t-il.

— Pour te voir, Fabian. Je peux entrer ?

J'aurais parié qu'il allait me claquer la porte au nez. A ma grande surprise, il recula dans le vestibule, m'autorisant à pénétrer chez lui. A l'intérieur, il me parut désorienté, comme s'il ne connaissait pas la maison. Je commençai à croire que son attitude et ses remarques bizarres trahissaient peut-être un choc sincère dû à la mort de Deirdre.

— Où sont les enfants ? m'enquis-je.

— Les enfants ? Oh. Ils sont en haut, avec Emily. Tu voulais les voir ?

— Pas spécialement. Mais je devrais peut-être parler à Emily. La mort de sa mère a dû la bouleverser.

A la mort de ma mère, j'avais un an de plus qu'Emily. Ce décès avait été pour moi un véritable cataclysme émotionnel. D'une certaine façon, je ne m'en suis jamais tout à fait remise. Mais si Gabriella avait été comme Deirdre — alcoolique, fâchée avec le monde, hostile à mon égard —, comment aurais-je réagi ? Sa mort ne m'aurait pas libérée d'elle, au contraire, ça n'aurait rendu le cataclysme que plus violent. Mon désir inconscient d'être débarrassée d'elle m'aurait tourmentée bien après sa disparition.

— Elle n'a pas une grand-mère, ou une tante chez qui elle pourrait aller ? demandai-je à Fabian. Ce n'est pas le moment qu'elle reste seule ici à s'occuper de tes fils.

— Emily est parfaite dans les moments dramatiques. Je n'ai aucune envie d'avoir la mère de Deirdre dans les pattes. Quant à ma propre mère, elle est morte il y a des années. Je ne peux pas me passer d'Emily pour le moment. Après les funérailles, peut-être. Nous verrons.

Je clignai des yeux plusieurs fois, dans l'espoir de rester rationnelle.

— Trouve une nounou, et laisse ta fille souffler un peu.

— C'est pour ça que tu es venue ? Pour m'apprendre à élever mes gosses ? Ce sont toujours ceux qui n'ont pas d'enfants qui donnent des conseils aux autres. Sache que nous avons une employée de maison, mais les garçons ne l'aiment pas parce qu'elle ne parle pas anglais. Ils ne voudront pas qu'elle s'occupe d'eux.

— Deirdre est venue à mon bureau, hier soir.

Fabian se comportait vis-à-vis de moi avec un tel mélange d'arrogance et de familiarité, que je ne pouvais plus amener mes questions avec finesse.

— Elle s'attendait à ce que tu la rejoignes, n'est-ce pas ?

— Non, Warshawski, elle ne m'attendait pas. J'ignorais complètement qu'elle était en ville. Je ne l'ai appris qu'en rentrant de mon travail. J'espérais pouvoir me mettre les pieds sous la table après une journée épuisante. Mais au lieu de préparer le dîner, elle était sortie. Elle m'avait juste laissé un mot. Un mot insolent, en plus. Je n'avais vraiment aucune envie de lui courir après. Maintenant je me dis que j'aurais mieux fait. Toujours est-il que j'ai demandé à Emily de descendre.

— Donc Emily t'a fait ton dîner. Après quoi tu es allé dans le centre ville retrouver Deirdre, histoire de lui dire ce que tu pensais de sa façon de se conduire. Tu l'as traitée d'irresponsable, elle t'a tenu tête, tu as perdu ton sang-froid, et tu l'as frappée, emporté par la colère, et d'un seul coup tu t'es rendu compte que tu l'avais tuée. Alors ce matin, tu as appelé ton sénateur et tu lui as demandé de mettre les flics sur les charbons ardents.

— Qu'est-ce que tu racontes ? Tu oses prétendre que j'ai fait du mal à Deirdre ? J'étais là toute la soirée ! C'était le jour de congé de Mrs Sliwa et Deirdre m'avait laissé seul avec les enfants. Je ne pouvais pas partir. En fait, j'ai...

Il s'interrompit brusquement. En fait il — quoi ?

— Tu as appelé les flics ? Ou tu es resté assis près de la porte pour la tabasser quand elle rentrerait ? l'aiguillonnai-je.

Il était furieux, mais il ne répondit pas. Il alla jusqu'au pied de l'escalier.

— Emily ! Emily ! Descends. Je veux te parler !

D'abord, il n'y eut pas de réponse, mais lorsqu'il l'appela à nouveau, plus sèchement, un bruit de pas étouffé se fit entendre en haut de l'escalier. Sa fille descendit les marches, ses cheveux frisés plaqués sur un côté de sa tête, et tout gonflés de l'autre. Elle portait un jean et un chemisier jaune terne qui lui faisait le teint cireux. Elle s'arrêta sur le dernier palier, cinq marches au-dessus de nous. Derrière elle, j'aperçus ses frères, tapis dans l'ombre comme deux petites souris.

— C'est miss Warshawski, Emily. Elle est venue nous poser des questions impertinentes, auxquelles nous allons malgré tout répondre, dans l'espoir qu'elle s'en aille, et qu'elle nous laisse vivre notre deuil en paix.

— Salut Emily, c'est Vic. On s'est rencontrées mercredi soir.

Je grimpai sur la deuxième marche et lui tendis la main, mais elle ne réagit pas. Elle avait à nouveau le visage sans expression d'une arriérée mentale.

J'allais m'asseoir sur la marche à côté d'elle.

— Ta maman est venue à mon bureau, hier soir. Est-ce qu'elle t'a dit où elle allait ?

Emily regarda son père, qui l'adjura sèchement de répondre à ma question.

— Quand je suis rentrée de l'école, elle était déjà partie.

Elle avait parlé si bas, que même assise près d'elle, j'avais eu du mal à l'entendre.

— Elle a laissé un mot ?

Emily acquiesça d'un hochement de tête heurté.

— Elle a juste écrit qu'elle était sortie, qu'elle ne savait pas à quelle heure elle rentrerait, et que nous pouvions manger les restes de saumon. Il restait beaucoup de choses du dîner de la veille.

— Vous avez toujours ce mot ? Si je le lisais, ça

m'apprendrait peut-être quelque chose sur ce qu'elle avait l'intention de faire.

— Nous ne l'avons pas gardé, Warshawski. Nous ne sommes pas des oracles. Nous ne pouvions pas deviner que, vingt-quatre heures plus tard, ce mot deviendrait une pièce à conviction.

J'ignorai Fabian, mais ne quittai pas Emily des yeux. Si j'arrivais à capter l'attention de la jeune fille, peut-être réussirait-elle à se libérer en partie de l'ascendant que son père exerçait sur elle.

— Ta maman s'attendait à ce que ton papa la rejoigne à mon bureau, hier soir. Est-ce qu'il est sorti ?

— Dis-lui, Emily, lui ordonna Fabian. Dis-lui si je suis sorti ou pas !

Elle eut des hoquets convulsifs, regarda Fabian, et se mit à pleurer.

— Tu n'es pas obligée de mentir parce qu'il te l'a demandé, dis-je, avec douceur.

— Dis-lui la vérité, Emily, insista Fabian. Est-ce que j'étais là hier soir, ou pas ?

— Oui ! hurla-t-elle. Tu étais là ! Je sais bien que tu étais là !

Elle fit volte-face, trébucha, puis remonta l'escalier en courant, les deux petits souriceaux dans son sillage. Ils disparurent tous les trois à l'étage.

— Satisfaite, Warshawski ? (Fabian avait un sourire triomphant.)

— Je suis satisfaite, oui, Messenger. (Je me levai lentement.) Satisfaite d'avoir pu constater que tu as forcé ta fille à mentir pour te protéger. C'est une information que je vais m'empresser de communiquer à l'inspecteur chargé de l'enquête sur le meurtre de ta femme.

— Profites-en pour lui transmettre également un message de ma part. Dis-lui que je ne tolérerai pas de te voir fouiner dans ma vie privée. J'entends bien faire le nécessaire pour que ça ne se reproduise pas.

— Comment ? En te servant de l'arme avec laquelle tu as tué Deirdre ? Je vais envoyer une lettre aux flics, pour leur dire que tu m'as menacée.

— Je me demande comment tu peux encore être dans ce métier, Warshawski. Car tu m'as l'air de raisonner davantage avec tes hormones qu'avec tes neurones.

Je m'arrêtai quelques instants, la main sur la poignée de la porte.

— C'est censé être une insulte, Fabian ? C'est ce genre de choses que tu as dites à Deirdre, hier soir ? Il y a bien longtemps que j'ai pitié d'elle, mais quelle triste épitaphe : « J'ai dû mettre mon intelligence en sommeil, pour soutenir l'ego défaillant de mon mari. »

— Ouais, le vieux couplet féministe. Heureusement que Deirdre n'est jamais tombée dans ce panneau. Tu as eu ce que tu voulais. Maintenant va-t-en.

— Ne reporte pas ta colère sur Emily, quand je serai partie. Elle est trop jeune pour te tenir tête.

Son sourire hautain s'effaça et la rage le prit.

— Je ne veux plus que tu t'approches d'Emily. Avec ta vie de bâton de chaise, tu es un très mauvais exemple pour une jeune fille. J'ai découvert que tu t'étais introduite dans sa chambre, l'autre soir. Si jamais j'apprends que tu es encore allée lui parler sans ma permission, je te jure que j'entame une action en justice sur-le-champ.

Une impulsion qui me surprit moi-même me fit foncer dans les escaliers, jusqu'à la chambre d'Emily. Fabian resta planté dans le hall, trop éberlué pour protester.

Je frappai assez fort à la porte de la jeune fille, mais n'attendis pas son autorisation pour entrer. Les trois enfants étaient couchés sur le lit défait. Le plus petit, Nathan, était blotti sous le bras droit de sa sœur. Il suçait son pouce. L'aîné des garçons, Joshua, avait la tête posée sur l'épaule gauche d'Emily et lisait un livre à haute voix.

Il se tut en me voyant. Tous les trois me fixèrent avec des yeux inquiets, comme des oiseaux surpris dans un nid mal fait. Je poussai une pile de livres et de papiers pour pouvoir m'agenouiller à côté du lit.

— Emily, il faut que je te parle. Je m'inquiète de ce qui pourrait t'arriver si je te laisse seule ici avec Fabian. Avec ton papa.

Elle avait son visage de débile mentale, mais je commençais à comprendre qu'il s'agissait d'une parade contre les émotions trop fortes.

— Tu n'es pas obligée de rester ici ni d'accepter qu'on te fasse du mal, dis-je. Il existe des endroits où tu serais en sécurité. Si tu veux venir avec moi — maintenant, ou plus tard — je peux veiller à ce que tu trouves de l'aide.

Fabian fit irruption dans la pièce.

— Je t'ai dit de ne plus t'approcher de ma fille !

Je restai agenouillée près du lit.

— Tu crois que ta grand-mère pourrait vous accueillir, toi et les garçons ? dis-je à Emily. Si tu as confiance en elle, appelle-la. Tu peux aussi me téléphoner. Ou venir avec moi, là, tout de suite. Je vais t'attendre pendant que tu prends quelques affaires.

— Il n'est pas question que tu l'attendes ! beugla Fabian. Tu vas quitter ma maison immédiatement. Quant à toi, jeune fille, si je te surprends encore une fois en train de parler à cette femme...

— Tu quoi ? crachai-je. Tu vas lui prouver que tu es un homme, un vrai ? Emily, j'ai une Trans Am rouge, garée devant la maison. Je vais attendre un moment, au cas où tu déciderais de venir avec moi. Si tu ne viens pas, je te téléphonerai tous les jours pour savoir comment tu vas. Tu as toujours ma carte ?

— Certainement pas, cracha Fabian. J'ai trouvé ta carte sur sa commode, hier, et j'ai réussi à lui faire dire que tu avais essayé de l'entraîner chez toi. C'est inutile de lui donner une autre carte.

Je me levai.

— Tu m'ennuies, Fabian. Tu es tellement prévisible.

D'ailleurs, comment as-tu obtenu ton poste de professeur ? Trafic d'influence ?

Sa main partit en arrière. Je levai le bras à temps pour parer le coup. J'attrapai son poignet et le tordis avec une telle force qu'il grimaça de douleur.

— N'essaie pas la violence physique avec moi, Fabian. J'ai appris à me battre dans les rues de South Chicago. Emily, je reste devant la maison.

Dès que je fus sortie de la pièce, Fabian claqua la porte derrière moi. J'attendis quelques instants dans le couloir, pour m'assurer qu'il ne frappait pas sa fille, mais je n'entendis que des murmures. Je me penchai pour regarder par le trou de la serrure — sans vergogne — et le vis assis au bord du lit, à côté de ses enfants. Je ne voyais pas ce qu'il faisait, mais au son de sa voix, il leur parlait avec gentillesse, voire avec amour. Je redescendis l'escalier en me grattant la tête. Je l'avais vu frapper sa femme, malmener sa fille, mais la tendresse qu'il venait d'exprimer me fit presque douter de moi.

J'attendis devant la maison pendant presque une heure. Personne ne se montra.

17

UNE AFFAIRE DE FAMILLE

— Ecoute, Vic, me dit Conrad, je ne prétends pas savoir mieux que toi ce que tu dois faire, seulement, sois réaliste. Même si Fabian Messenger est psychotique — et d'après ce que tu me dis, ce type aurait besoin d'une camisole de force et de médicaments — il a beaucoup d'amis influents. Tu es allée le voir hier à 6 heures, n'est-ce pas ? Eh bien à 9 heures, Kajmowicz appelait le Finch chez lui.

Kajmowicz était l'adjoint du superintendant. S'il prenait

la peine d'appeler un sergent, c'était soit pour lui annoncer une promotion extraordinaire, soit pour mettre un terme à sa carrière. Finchley m'en voulait de l'avoir obligé à se justifier devant un supérieur. Mais il ne me l'avait pas dit en face, il était allé dégoiser dans l'oreille de Conrad.

— En fait, dis-je, il me considère comme ta femme, pas comme une professionnelle à qui l'on peut s'adresser directement. Je n'aime pas qu'on m'envoie des messages sur ma façon de me conduire via mon amant.

— Hé, ma belle, je sais bien qu'a priori beaucoup de choses nous séparent. Pas seulement le problème racial, mais le fait que tu sois amat... euh, privé, et moi au service de l'Etat. Le Finch aurait dû t'appeler directement, c'est vrai. Il a simplement eu peur de se mettre en colère.

— Je préfère encore affronter la colère de quelqu'un que d'être ignorée. Sans doute par perversité.

Je tournai la tête pour regarder trois gamins en train de jouer aux gendarmes et aux dealers. Nous étions dans la voiture de Conrad, devant chez sa mère. Nous tentions d'éclaircir les choses entre nous avant de nous retrouver face à Mrs Rawlings.

Conrad m'avait appelée le matin même pour me dire que Fabian avait obtenu un mandat d'arrêt contre moi, en m'accusant sous serment d'essayer de manipuler sa fille. Mieux valait donc pour moi ne pas tenter de la revoir. J'avais alors demandé à Conrad si Finchley considérait Messenger comme suspect et s'il l'avait interrogé comme tel. Il m'avait répondu qu'il ne pouvait pas discuter de cette affaire avec moi. Résultat, cette traversée de la ville en voiture n'avait pas été des plus joyeuses.

— Ecoute, Vic. Le flic en moi n'a pas envie de voir une civile faire capoter une enquête. Mais l'ami en moi ne veut pas te voir grillée par un type qui a des relations dans tous les milieux influents.

Il mit sa main sur mon bras.

— Tu es furieuse, mais dis-toi bien que la plupart de tes clients ont besoin des faveurs des élus locaux. Ton principal client, Darraugh Graham, obtient les trois-quarts de ses contrats grâce à la municipalité. Sans compter qu'il est probablement républicain et qu'il lâche un maximum d'argent pour la campagne d'Alec Gantner. Si le sénateur l'appelle et lui dit soit de te persuader de lâcher le pied, soit de ne plus faire appel à tes services, tu ne crois pas qu'il va obtempérer ?

Avant que j'aie pu répondre, l'une des nièces de Conrad arriva en sautillant dans l'allée. Elle ouvrit la portière passager, me prit la main, et tenta de m'entraîner dehors.

— Viens, Vic. Tante Zu-Zu attend que tu sois là pour ouvrir ses cadeaux. Qu'est-ce que tu lui as apporté ?

Jasmine, six ans, était l'un des membres les plus sympathiques de la famille de Conrad.

— C'est une surprise. Si je te le dis, ce ne sera plus une surprise.

Je lui avais acheté une broche en argent représentant une scie et un marteau, ce qui m'avait semblé convenir à une femme travaillant sur des chantiers. Je sortis la petite boîte de ma poche et la tendis à Jasmine. Elle me débita la liste des invités, pendant que j'attrapai la salade de tortellini — ma contribution au dîner — sur la banquette arrière. Jasmine essaya de deviner ce qu'il y avait dans la boîte, en nous précédant jusque sur le seuil de la maison. Devant la porte, Conrad se tourna vers moi et me dit :

— Tu ne vas pas gâcher l'anniversaire de Zu-Zu à cause de ça ?

— Bien sûr que non. Je suis une détective professionnelle, pas une prima donna. Il faut vraiment que je me batte, pour réussir à vous le faire admettre, à toi et tes copains. Mais je ne renonce pas.

Il sourit.

— Je n'en attendais pas moins de toi.

Jasmine, fatiguée de nous voir lanterner, ouvrit la porte, se mit derrière son oncle, et le poussa dans la maison. Conrad rit et se laissa faire.

— Je les ai trouvés, tante Zu-Zu. Je les ai trouvés. Maintenant tu peux ouvrir tes cadeaux. Maman t'a acheté une jolie...

— Jazzy, l'interrompit sa sœur aînée, tu vas tout gâcher. Tais-toi !

Jasmine ignora ces protestations et porta mon cadeau à Camilla, qui se leva pour nous dire bonjour.

Il y avait un monde fou dans la pièce. Le clan Rawlings était là au grand complet, excepté Janice, la fille cadette, interne en neurologie à Atlanta. Les femmes artisans, avec lesquelles Camilla avait créé Lamia, étaient assises par terre avec Phœbe Quirk et Tessa Reynolds, une artiste qui avait été la petite amie de Conrad pendant plusieurs années.

Mrs Rawlings, qui était en train de parler avec Elaine, sa fille aînée, s'extirpa du canapé. Elle geignit de manière ostentatoire et se frotta les reins : qu'on sache à quel point cet effort pour se montrer polie à l'égard de l'amie de son fils lui coûtait.

Je me faufilai parmi les invités installés sur le tapis pour aller la saluer, ainsi qu'Elaine.

— Salut, mon petit, dit Mrs Rawlings à Conrad. Tu travailles trop, ces temps-ci. Tu nous manques. Tessa est passée. Je sais que ça va te faire plaisir de discuter avec elle.

— Vic est là, Maman, dit Conrad, gentiment.

— Je sais bien qu'elle est là, je la vois. Comment ça va, Vic ?

Elle me tendit la main avec le dédain et la raideur d'une reine.

La soixantaine, petite et rondelette, Mrs Rawlings s'était retrouvée veuve avec ses cinq enfants quand Conrad avait douze ans. Ce qui n'avait été drôle pour personne. Mrs Rawlings travaillait dans une boulangerie. Ses aînés faisaient des petits boulots en dehors du lycée. Seule Janice, la petite dernière, avait pu aller à l'université, parce que ses frère et sœurs avaient cravaché dur.

Conrad, le seul garçon de la famille, avait joué le rôle de l'homme de la maison, bon gré mal gré. Il travaillait à l'extérieur trente heures par semaine, en plus du lycée.

Malgré cela, il figurait toujours parmi les meilleurs élèves.

Comme me l'avait dit Camilla plusieurs fois, aucune fille n'aurait été assez bien pour le fils à sa maman. Le fait que je sois blanche n'arrangeait rien, quoique Tessa, désormais rentrée en grâce, n'eût pas eu droit, de son temps, à tellement plus d'égards que moi.

D'après Camilla, s'il n'y avait pas eu la guerre du Vietnam, Conrad vivrait toujours avec sa mère. « Chaque fois qu'il aurait parlé de déménager, elle aurait pleurniché, disant qu'elle avait mal au dos, alors il aurait attendu que ça aille mieux. Et il aurait pu attendre indéfiniment. Certes, le gouvernement l'a envoyé en première ligne, comme tous les Noirs du South Side, mais il n'empêche que cette guerre lui a été salutaire : il a échappé à ma mère. »

J'avais demandé à Mrs Rawlings comment elle allait, et je repensai à cette conversation avec Camilla, tandis que la vieille dame me répondait :

— Ça va, Vic. Ces douleurs sont inévitables quand on vieillit. Bien entendu, je n'aurais pas changé le sofa de place toute seule si j'avais été certaine que Conrad allait venir. Mais maintenant qu'il te fréquente, sa famille ne...

Conrad la prit par les épaules, et l'entraîna doucement vers le canapé. Quelques minutes plus tard, elle souriait, mais d'un sourire fatigué.

Elle demanda à Tessa de venir s'asseoir entre elle et Conrad. Lorsque mon amant gratifia celle-ci de son sourire ironique et l'embrassa, je fus surprise de ressentir une pointe de jalousie. Je n'avais encore jamais été jalouse d'une ex-maîtresse de l'un de mes amants. Elaine me lança un regard narquois et me fit signe de venir m'asseoir entre elle et Clarissa, la troisième sœur.

Phœbe Quirk, qui avait l'air d'avoir seize ans avec sa chemise écossaise et son jean trop grand, était en train de parler du projet de rénovation confié à Lamia. Elle me jeta un coup d'œil circonspect, mais poursuivit son exposé.

Quand elle eut fini, je pris la parole.

— Tu ne nous as pas expliqué qui finance le projet.

Home Free va devoir prospecter pour trouver des fonds, ou ont-ils déjà l'argent nécessaire ?

Phœbe fronça les sourcils, l'air contrarié.

— C'est la Century Bank qui va payer, dit-elle. Ils offrent un prêt, pour compenser le fait de n'avoir pu soutenir le projet d'origine.

— Eh bien dis donc, des banquiers qui font du sentiment. Mais qui est-ce qui signe ? Toi, Lamia, ou Home Free ?

— Nous partageons les risques. Mais Home Free a un bon dossier pour rassembler des fonds. A priori, il ne devrait pas y avoir de problème. Pourquoi tu cherches la petite bête, Vic ?

— Deux jours après que l'hôtel de ville a annulé leur permis de construire, tu obtiens pour elles ce projet de rénovation d'un immeuble. C'est ça qui me chiffonne.

— Ah, cette fille ! Elle est tellement suspicieuse, qu'elle ne peut pas arrêter de se poser des questions, même pendant une fête ! s'écria Camilla.

Clarissa, qui travaillait dans un cabinet d'experts-comptables, la remit aussitôt à sa place.

— S'il y a un problème de financement, Camilla, autant le savoir tout de suite. Imagine que tu dépenses cinquante mille dollars en matériaux et qu'on te coupe ton crédit. Non seulement tu es en faillite, mais ta réputation est ruinée.

— Mes avocats — les avocats de Capital Concerns — vont faire en sorte que ça n'arrive pas, dit Phœbe.

— Tu peux bien avoir toutes les garanties que tu veux sur le contrat, dit Agatha, le charpentier, il n'empêche qu'il te faut des mois avant que des médiateurs s'occupent de ton cas, si jamais ça tourne mal.

— C'est tout de même curieux qu'en quarante-huit heures tout s'arrange comme par enchantement, dis-je.

— Vic, dit Phœbe exaspérée, les coïncidences, ça existe. Si jamais cette affaire marche, ça va ouvrir des portes à toutes les femmes artisans de la ville. Elles vont enfin pouvoir travailler régulièrement.

Elle avait raison. Pourquoi m'acharner là-dessus ? Entre le meurtre de Deirdre, le fils de Darraugh, l'ouragan dans mon bureau, et ma déclaration d'impôts à remplir, j'avais suffisamment de problèmes pour m'occuper un bon bout de temps. Je levai la main droite. Parole de scout, j'arrêtais de me mêler de l'affaire Lamia.

Jasmine apporta les cadeaux de Camilla, qu'elle empila autour d'elle sur le sol. Je participai à l'excitation générale que provoque toujours l'ouverture des cadeaux. Je parlai avec Tessa de sa dernière commande, puis dansai avec Jasmine dans l'entrée.

A 5 heures et demie, Conrad me demanda si je voulais bien partir.

— Je veux passer chez moi avant d'aller travailler.

Nous fîmes nos adieux. Mrs Rawlings était furieuse. Conrad eut beau protester, rien ne put la convaincre que je n'avais pas obligé son fils à partir tôt, uniquement pour la blesser.

18

RAPPORT DE POLICE

Conrad me déposa devant mon immeuble. Je m'arrangeai pour monter mes trois étages sans alerter mon voisin, ni les chiens. Ces chers petits et moi-même étions allés courir le matin. Je pouvais donc les abandonner ce soir-là en toute bonne conscience.

Je sortis ma bouteille de Black Label, et m'en versai une rasade dans l'un des verres de Venise de ma mère. Ce sont des verres rouges en cristal taillé, que je garde pour les grandes occasions.

Conrad et moi avions fait le trajet jusqu'en bas de chez moi en bons termes. Les choses s'étaient un peu gâtées au moment de se quitter.

— Méfie-toi de Fabian, Vic, m'avait-il dit. Ce serait idiot de te faire arrêter parce que tu crois que sa fille est en danger avec lui.

— Mais elle est en danger, Conrad. Je vais d'ailleurs appeler Finchley pour le lui dire.

— Toi alors, quand tu es persuadée d'avoir raison, on ne peut plus rien te dire. Parfois tu donnes l'impression d'être incapable du moindre compromis. Ça ne te rend pas facile à vivre, tu sais.

Je rougis en repensant à ces mots, assise dans mon salon. De quel genre de compromis avait-il voulu parler ? J'en avais fait un pour Lamia, je n'allais sûrement pas fermer les yeux sur les sévices dont était victime Emily.

Je regardai le verre couleur rubis et revis les yeux fiers et noirs de ma mère. Gabriella avait été un oiseau sauvage qui s'était enfermé dans une cage pour se protéger des tempêtes. Mais elle avait battu des ailes si fort contre les barreaux, qu'elle avait fini par s'y briser. Si le compromis mène à cela, je n'en veux pas.

Le verre rouge m'angoissait au lieu de me réconforter. Je versai donc mon whisky dans une chope, avant de téléphoner à Finchley. Cette conversation ne fut pas particulièrement chaleureuse, mais nous nous quittâmes sans nous insulter. Terry alla même jusqu'à s'excuser d'avoir utilisé Conrad comme messager.

— Je ne voulais pas te vexer. Je me suis simplement dit que tu serais sans doute disposée à l'écouter lui plutôt que moi. En plus, je te dois des remerciements, ajouta-t-il d'un ton amer. Grâce à toi, j'ai pu parler à l'adjoint du superintendant.

— Par curiosité, auprès de qui Messenger s'est-il plaint ?

— Oh, il a appelé le procureur. Il s'est recommandé d'Alec Gantner. Et Clive Landseer s'est laissé convaincre. Un sénateur, même républicain, ça impressionne toujours un procureur. Landseer a appelé Kajmowicz, pour s'assurer que nous n'allions pas importuner l'un de nos éminents concitoyens.

Finchley eut un petit rire.

— Ce matin, Messenger s'était un peu calmé, mais il a fallu y aller sur la pointe des pieds pour qu'il nous laisse parler à sa fille. C'est l'officier de police Neely qui l'a interrogée. Mais franchement, cette gamine a l'air ailleurs. Chaque fois que Neely lui posait une question sur son père, elle se mettait à bafouiller.

— Il la terrifie, dis-je. Je n'ai jamais vu Fabian la frapper, mais je l'ai vu gifler Deirdre devant elle. Qui sait combien de fois c'est arrivé. Cette gamine doit vivre dans l'angoisse qu'il se déchaîne aussi sur elle. D'ailleurs, il l'agresse verbalement. Il faisait de même avec Deirdre. C'est pour ça que je veux m'assurer qu'il n'a pas forcé Emily à lui fournir un alibi.

— Fais attention, Vic, me dit-il. Si tu entres à nouveau en contact avec cette jeune fille et qu'il veut qu'on t'arrête pour détournement de mineure, nous serons obligés d'obéir.

— Oh, Terry, je t'en prie. Epargne-moi ton numéro de flic redoutable. Si je dois laisser Emily sans défense, je veux être sûre que vous, vous allez la protéger.

Il resta silencieux quelques instants.

— J'irai faire un tour à son école lundi, dit-il. Bien que je ne pense pas qu'elle détienne un secret capital.

— Comment peut-elle savoir si Fabian est resté à la maison vendredi soir ? dis-je, essayant d'avoir l'air posé, plutôt qu'hostile. Elle n'a pas pu rester éveillée toute la nuit. Mais au fait, Fabian m'a dit que Deirdre avait laissé un mot. Un mot « insolent » selon lui. Il t'en a parlé ?

— Un mot ? Non. (Finchley était surpris.) C'est la première fois que j'en entends parler. Je vais demander à Neely. Tu es sûre de toi ?

— Oui. Je n'ai pas l'habitude d'inventer des histoires

pour que les flics prennent mes soupçons en considération.

— Ne te fâche pas. Je ne t'accusais pas. Ce qui me paraît bizarre, c'est que Fabian n'ait pas pensé que ça allait me revenir aux oreilles.

J'avalai ma dernière gorgée de whisky.

— Il ne sait pas que j'ai un amant flic, et qu'il m'arrive de parler avec ses copains. Au fait, vous avez trouvé l'arme du crime, quand vous avez mis mon bureau sens dessus dessous ?

— Non. Le docteur Vishnikov dit que Deirdre a été tuée avec un instrument contondant en bois poli : une massue, un maillet ou une batte, pas un morceau de bois brut qui aurait pu laisser des échardes dans son cerveau. On ne lui a pas défoncé le crâne avec ton ordinateur, rassure-toi, conclut-il, se croyant drôle, sans doute.

Puis il en revint à son obsession de retrouver Tamar Hawkings. Il s'était renseigné sur elle. Après avoir quitté son mari, elle était allée dans un foyer pour femmes battues, avait rossé une autre résidente, et avait été sommée de partir. Après quatre mois d'errance, argua-t-il, Tamar ne devait plus avoir toute sa tête. Elle avait très bien pu disjoncter et tuer Deirdre, croyant qu'elle venait de la part de l'hôpital et qu'elle allait lui arracher ses enfants. Je restai sceptique.

— Ton raisonnement se tient, dis-je à Finchley, pour ne pas le vexer. Mais je sais que Deirdre attendait quelqu'un, vendredi soir. Elle était dans un état de surexcitation bizarre. Aussi j'aimerais que tu accordes un minimum de crédit à mes dires. Après tout, tu ne connaissais pas Deirdre Messenger.

— Exact, Vic. Apparemment, j'ai raté quelque chose.

Nous raccrochâmes là-dessus, tant que nous étions d'humeur à rire.

Je tournai quelques minutes dans mon appartement, le cœur lourd. Je lançai un regard torve à une énorme pile de journaux, dans l'entrée. Si je voulais travailler chez moi, j'allais devoir ranger. Pouvais-je prendre le risque d'aller voir Emily Messenger à son lycée ? Fabian avait-il donné des directives aux professeurs pour qu'ils alertent les flics si jamais je me montrais ?

Je compris tout à coup que je ne voulais pas rester seule ce soir. Sans réfléchir, je composai le numéro de Lotty. Elle me demanda comment j'allais, puis écouta mon récit des événements avec une attention qui me fit chaud au cœur.

— Alors Sal Barthele avait raison à propos de Deirdre, dit-elle. Hélas, je ne vois pas ce que tu peux faire, Vic. A part essayer de joindre la mère de Deirdre, et voir si c'est le genre de personne à voler au secours de sa petite-fille.

Certes, je retrouverais sans doute le nom de la grand-mère d'Emily dans la rubrique nécrologique du « Herald Star ». Je remerciai Lotty, sur un ton sinistre, puis je me tus, me demandant comment achever cette conversation.

— Peut-être que tu pourrais passer me voir, me proposa-t-elle, d'un ton brusque, comme si elle craignait une rebuffade. A moins que Conrad ne s'occupe de toi.

— Conrad est dans la brigade de nuit. Oui, j'aimerais bien venir. Je ne goûte pas vraiment la solitude, ce soir.

19

TOUS MES PETITS POUSSINS ET LEUR MAMAN ?

Je passai le lundi à ranger et briquer la maison. Une fois bien en train, je crus que je n'allais jamais m'arrêter : lettres à écrire, factures à payer, linge à laver, meubles à astiquer. Dans ma folle ardeur ménagère, je raclai même la crasse sous la baignoire.

Le mardi matin, je me réveillai entre des draps propres, dans la douce quiétude d'une chambre rangée. Quel bonheur ! Je me sentais renaître, dans mon petit nid tout neuf.

Un coup de téléphone rompit le charme un peu avant 8 heures.

— Vous avez trouvé quelque chose pour Mackenzie ? tonna Darraugh Graham, sans préambule. Où en êtes-vous dans vos recherches ?

— Nulle part, m'entendis-je répondre, éberluée. Une femme s'est fait tuer dans mon bureau, vendredi soir. Cela m'a fait oublier l'existence d'un jeune homme désireux de se rendre utile.

— Il n'a aucune envie de travailler, mais il faut le secouer. Je veux qu'il retourne à l'université. Je ne vois aucun inconvénient à ce qu'il récure des toilettes. Mais arrangez-vous pour ça se fasse rapidement.

— Je ferai de mon mieux. Mais dites-moi, Darraugh, est-ce qu'il vous arrive de lire autre chose que les pages financières ? Deirdre Messenger s'est fait sauvagement assassiner dans mon bureau, vendredi. Vous le saviez ?

— Oh, fit-il, poli. La femme de Fabian Messenger ? J'ai vu les gros titres, mais je n'ai pas lu l'article. J'enverrai un petit mot à Fabian. Non pas que je le connaisse intimement, mais on s'est croisés deux ou trois fois. Je comprends que ça vous ait secouée, mais essayez de donner la priorité à Mackenzie. Il commence à me taper sur les nerfs.

Moi aussi, il risquait de me taper sur les nerfs, mais Darraugh raccrocha avant que j'aie eu le temps de lui faire part de cette peu généreuse pensée.

Ma sérénité envolée, je me levai, me préparai du café, et allai courir.

Après avoir ramené les chiens chez Mr Contreras, j'appelai Marilyn Lieberman, à Arcadia House, laquelle refusa tout net d'employer les services d'un pirate en informatique, arguant du fait que les dossiers de ses protégées étaient ultra-confidentiels.

Le courrier arriva juste avant que je ne sorte, ce qui me donna un motif d'agacement supplémentaire : les taxes locatives avaient triplé. Ce quartier devenait décidément très recherché.

Mon voisin, que je croisai près des boîtes aux lettres, me déclara qu'il préférerait encore vivre dans un parking souterrain plutôt que d'emménager chez sa fille. Mais où diable allait-il bien pouvoir trouver mille deux cents dollars de plus par an ? Sachant qu'il vivait d'une maigre retraite, je lui tapotai gentiment l'épaule, et lui annonçai, avec un optimisme très bien joué, que j'allais trouver une solution.

Je me rendis ensuite au Pulteney, avec la ferme intention de commencer à trier mes justificatifs de revenus. Après trois heures de dur labeur, je renonçai. Il serait toujours temps de finir demain. Je téléphonai ensuite au poste de police, pour prendre des nouvelles de mon ordinateur. Mary Louise Neely me promit qu'on me le ferait porter plus tard dans la soirée.

Ensuite, j'allai faire un tour à la bibliothèque municipale. J'empruntai plusieurs quotidiens de la veille et j'appris que la grand-mère d'Emily s'appelait Elizabeth Ragwood. On ne disait pas où elle habitait. Elle ne figurait pas dans l'annuaire de Chicago, ni dans ceux des environs. Je laissai des messages à plusieurs journalistes de ma connaissance, mais lorsque je rentrai chez moi, aucun d'eux n'avait rappelé.

J'éprouvai un besoin urgent de me détendre. Aussi avertis-je mon voisin que j'emmenais les chiens courir, et qu'ensuite, je nous préparerais un dîner de milliardaires.

— Oh, non ! protesta-t-il. Garde tes sous, poupée. On peut manger chinois, ou commander une pizza.

Je lui fis un petit baiser sur la joue.

— Laissez-moi m'occuper de ça.

Je courus donc avec Mitch et Peppy dans la fraîcheur du soir. Après quoi je passai chez un traiteur, acheter du saumon fumé et une bouteille de champagne. Je revins à la maison le sourire aux lèvres, les chiens sur mes talons. Mon euphorie cessa très exactement au moment où j'aperçus une voiture de police garée devant l'immeuble. Terry Finchley en sortit. Fabian Messenger ouvrit la portière côté passager, et bondit à sa suite.

— Vic ! (Fabian me rejoignit en courant.) Vic, je t'en supplie. Rends-moi ma fille !

Sa voix tremblait de douleur. Finchley arriva à sa hauteur et me lança un regard de fureur contenue. L'officier de police Neely, qui se tenait derrière lui, avait l'air tout aussi sombre.

— Qu'est-ce qui se passe, inspecteur ? m'enquis-je. Fabian s'est engagé dans la police ?

Terry ne sourit pas.

— Tu nous avais promis de laisser Emily Messenger en paix, gronda-t-il. Tu avais dit à Conrad que...

La colère me prit. J'appelai les chiens, fis volte-face, et me précipitai dans mon immeuble. Mitch, moins obéissant que sa mère, se retrouva en rade derrière la porte. Il sauta sur le panneau de bois en poussant force gémissements de protestation.

Mr Contreras, qui avait tout vu depuis la fenêtre de son salon, était déjà dans le couloir. Je coupai court à ses « qu'est-ce qui se passe, poupée », et lui demandai d'être assez gentil d'attendre que je sois rentrée chez moi pour ouvrir la porte à Mitch — et aux flics.

— Si Finchley veut me parler, concluai-je, il lui faut un mandat.

Je filai dans l'escalier sans laisser le temps à Mr Contreras de poser des questions. Je venais à peine de refermer mon verrou, que Terry se mit à tambouriner à la porte. Je fonçai dans la salle de bains pour m'éponger le visage. J'avais vraiment besoin d'un bain, mais je ne poussai pas le sang-froid jusqu'à mariner nue dans ma baignoire avec des flics sur le palier.

Ma porte était blindée. Terry allait devoir tirer dans les serrures pour la faire céder. Je lui évitai cette peine en lui ouvrant. Toutefois, je laissai la chaîne de sécurité. Ce qui nous ménageait un espace d'à peu près un demi-centimètre pour parler.

— C'est à quel sujet, Terry ?

— Ouvre la porte, Warshawski. Je ne plaisante pas. J'ai un mandat d'arrêt contre toi, pour avoir enfreint l'interdiction d'entrer à nouveau en contact avec Emily Messenger.

— Que s'est-il passé ? A-t-elle communiqué avec moi par télépathie ?

— Fini de rigoler. J'ai un mandat contre toi, Vic. Si tu ne m'ouvres pas, je vais être obligé de pénétrer de force dans ton appartement.

— Alors vas-y. Ne te gêne pas. Je vais refermer la porte. Pendant que tu feras sauter les serrures, je serai au téléphone avec mon avocat, lequel alertera divers journaux. Tu vas être la risée de la ville aux informations du soir, Terry, je te le garantis.

Fabian protesta. Finalement, ils lui firent place dans l'entrebâillement de la porte. Il me proposa un marché : la levée du mandat d'arrêt en échange de sa fille. La majeure partie de son plaidoyer fut noyé sous les aboiements des chiens.

J'avais assez envie de filer par la porte de derrière. Pas seulement de fuir mon quartier, mais la ville, ce travail, l'imbroglio absurde de ma vie. Au lieu de quoi j'ouvris ma porte à la horde enragée.

Après avoir calmé les chiens, je me tournai vers Finchley.

— Avant de me mettre les menottes, tu pourrais peut-être me dire ce que signifie tout ce cirque ?

Ses yeux noirs brillaient de colère.

— Emily Messenger, Vic. Où est-elle ?

— Je ne suis pas extra-lucide, Terry. Trouve-toi un médium, si tu veux quelqu'un qui puisse répondre à ça de but en blanc.

— Elle a disparu depuis hier après-midi. Messenger dit que tu sais où elle est.

— Messenger est un...

J'étais trop furieuse pour aider Terry à s'en sortir.

L'officier de police Neely s'éclaircit la gorge.

— Quand avez-vous vu — euh, parlé à Emily pour la dernière fois ?

— Nous aurions pu commencer par là. Je n'ai eu aucun contact avec Emily Messenger depuis samedi soir. Je ne lui ai ni parlé, ni téléphoné, ni envoyé de lettre, de télégramme, ou de fax. J'oublie quelque chose ? Si Fabian l'a égarée, il ferait mieux d'aller la chercher ailleurs que chez moi.

— Vic, je t'en prie ! s'écria Fabian. Ne me torture pas ! Et ne mens pas. Samedi soir, quand tu es venue chez moi, tu as bien tenté de convaincre Emily de repartir avec toi. Tu ne le nies pas ?

— Non. (Je croisai les bras sur ma poitrine.) Tu sais pourquoi j'ai voulu l'emmener ? Parce que je t'ai vu frapper Deirdre et user de violence verbale envers Emily. J'ai pensé qu'elle serait...

— Oh ! geignit Fabian. Inspecteur, est-ce que je suis obligé d'écouter ces propos diffamants ? Ma fille a disparu, et Warshawski ne trouve rien de mieux que d'inventer des choses affreuses sur mon compte !

Sa voix vibrait d'un accent douloureux, et sincère. Finchley me somma de m'excuser sur-le-champ. Mr Contreras me regarda sévèrement. Même les chiens protestèrent.

— Hé, les gars, fis-je. Le mélodrame est terminé. Je n'ai pas la moindre idée de ce qui a pu arriver à Emily.

La pomme d'Adam de Fabian montait et descendait dans sa gorge.

— Elle s'est mise à pleurer en plein cours, hier. Quand ils lui ont demandé ce qu'elle avait, elle a dit qu'elle ne parlerait à personne d'autre que toi.

— Je ne vois toujours pas ce qu'on me reproche, dis-je.

— Elle est rentrée du lycée hier à 2 heures, annonça Finchley. On ne l'a pas revue depuis.

Je me laissai tomber dans un fauteuil, le souffle coupé.

— Elle a disparu depuis vingt-quatre heures et vous

perdez du temps à me harceler ? Ressaisissez-vous ! Parlez à ses professeurs, à ses amies, faites des recherches dans les parcs, sur les bords du lac...

— Tu ne vas pas m'apprendre mon métier, Vic. C'est une fille solitaire. Elle n'a pas d'activités après l'école. J'ai vu son professeur d'anglais, qui m'a dit qu'elle avait demandé à te parler. Mais Mr Messenger avait déjà averti le principal que...

— Oui, grinça Fabian. Pour ce que ça a servi.

— Donc le personnel de l'établissement avait reçu l'ordre de ne pas m'appeler. Alors qu'ont-ils fait ? Ils l'ont renvoyée chez toi ?

— Ils ont tenté de joindre Mr Messenger, dit Terry, mais ils n'ont pas pu le trouver. Emily était en larmes. Ils l'ont fait raccompagner chez elle par l'infirmière de l'école.

— Il y avait quelqu'un, chez elle ? m'enquis-je.

— Oui, la femme de ménage, dit Finchley. (Il sortit un carnet de sa poche.) On a envoyé un traducteur polonais l'interroger. Elle dit qu'en rentrant, Emily s'est enfermée dans sa chambre. Une demi-heure plus tard, elle est sortie avec ses deux frères. La femme de ménage a pensé qu'elle les emmenait au parc, comme d'habitude.

Je fermai les yeux.

— J'espère que vous êtes allés interroger les mères de famille, au parc, et que vous avez demandé à la femme de ménage les noms des amies d'Emily.

— Evidemment, cracha Finchley. On a interrogé les voisins, on a appelé la grand-mère, on est allés voir deux filles avec lesquelles Emily travaille de temps en temps après l'école. Ça n'a rien donné. Alors on s'est demandé si elle n'était pas venue chez toi.

Je rouvris les yeux et lui fis un sourire sardonique.

— Et bien entendu, vous aviez déjà un mandat d'arrêt contre moi avant même d'interroger les voisins. C'est une nouvelle méthode, sans doute, pour retrouver les personnes disparues. Vous êtes allés voir au Pulteney ? J'avais laissé ma carte à Emily. Si vraiment elle voulait me voir, c'est là qu'elle sera allée.

Je doutais qu'Emily eût fait preuve d'autant d'initiative. Mais je ne l'avais jamais vue au mieux de sa forme.

Finchley eut un geste agacé.

— On a commencé par là. On a vu que tu avais brisé les scellés. C'est un délit, au cas où tu l'aurais oublié.

Ce n'était pas vraiment le moment d'en débattre.

— Et les frères d'Emily, vous les avez interrogés ?

— Ils sont partis avec elle, dit Fabian. Tu dois le savoir...

— Tous tes enfants ont disparu et tu es là, en train de perdre ton temps à me crier après ? Tu devrais être mort d'inquiétude ! Chicago est une ville dangereuse. Surtout pour des enfants qui n'ont pas l'habitude de la rue. Tu sais, Terry, je suis tellement furieuse que je pourrais t'attaquer en justice pour harcèlement. Mais nous devons l'un et l'autre mettre nos griefs de côté et concentrer notre énergie sur un seul but : retrouver ces enfants. Si tu décides de m'arrêter pour faire plaisir à Clive Landseer, non seulement tu vas le regretter, mais tu vas perdre un temps précieux. Téléphone au poste et fais lever ce mandat d'amener. Puis fonce chercher cette jeune fille.

— Je suis d'accord avec elle, monsieur, dit l'officier de police Neely, si bas que je faillis ne pas l'entendre.

— Nous allons fouiller ton appartement, annonça Finchley. Et celui de ton voisin. Si nous trouvons la moindre preuve que...

Il n'acheva pas sa menace. Je ne relevai pas. Il avait déjà suffisamment perdu la face comme ça. Il téléphona au lieutenant Mallory pour lui expliquer la situation. Mallory demanda à me parler.

— Salut, Bobby. Ça fait du bien de t'entendre.

— Alors tu ne sais pas où est Emily Messenger.

— Non, Bobby, je ne le sais pas.

— Tu ne le sais vraiment pas ? Tu ne veux pas seulement dire que tu l'as envoyée chez le docteur Herschel et que tu ignores si, en ce moment, Emily est dans la baignoire ou devant la télé.

Je ne pus m'empêcher de rire.

— Bobby, je te jure sur la tête de Gabriella que j'ignorais tout de la disparition d'Emily jusqu'au moment où Terry a fait irruption chez moi avec Fabian Messenger.

— Je te crois, dit Bobby. Je vais dire au Finch de faire lever ce mandat. Je ne savais pas que Messenger avait réussi à en obtenir un. Entreprenant, ce citoyen, mais c'est normal, chez un type qui s'inquiète pour ses enfants.

Ou qui a un sénateur dans sa manche, pensai-je, avec aigreur. Le citoyen en question insista tellement, que Finchley donna l'ordre de fouiller mon immeuble.

Je donnai les clés de la cave à Neely, et demandai à Mr Contreras s'il acceptait qu'on jette un coup d'œil chez lui. Et tandis qu'ils perdaient du temps à inspecter l'intérieur des placards, ma colère s'envola. Je me faisais du souci pour Emily. Elle avait dû se sentir perdue, en se réveillant, ce matin. Cette jeune fille était vraiment seule, pour n'avoir pensé qu'à moi pour l'aider.

Lorsque Terry me rendit mes clés, il avait l'air mi-inquiet, mi-fâché.

— Le lieutenant m'a assuré que tu disais la vérité, que tu ne cachais pas la jeune fille chez des amis à toi.

— C'est exact, je ne mens pas. Mais dis-moi, comment s'appelle ce professeur d'anglais ?

— Elle ne sait rien.

— Nous non plus nous ne savons rien. Il faut bien que je commence par quelqu'un.

— Alice Cottingham. A University High.

Il m'avait craché cela en se dirigeant vers la porte à grands pas.

Mr Contreras, tout retourné par les événements de la soirée, ne me gronda pas pour avoir acheté du champagne. Il avala deux assiettes de pâtes aux brocolis, en plus de son saumon fumé, but quatre coupes de champagne et une grappa. Et il se retira en m'annonçant joyeusement que nous allions retrouver la jeune fille, et pouvoir payer nos impôts locaux. Nous n'avions pas plus d'argent que d'inspiration quant à l'endroit où chercher Emily, mais le champagne est un breuvage qui rend optimiste.

20

UNE SOURIS JAILLIE TOUT DROIT DE L'ENFER

J'éprouvai la même impression dans ces longs couloirs frais, que dans les lieux qu'on revoit en rêve. Certes, je n'avais jamais fréquenté un lycée aussi huppé, mais les murs gris, les posters affichés dessus, les carreaux dépolis au-dessus des portemanteaux étaient les mêmes. Je n'éprouvai aucune nostalgie. Je pris simplement conscience que ce genre d'endroit ne m'avait jamais paru accueillant, ni même familier.

La classe de miss Cottingham donnait sur une petite cour sinistre. Les élèves avaient des bureaux individuels. A mon époque, nous étions deux par table. En attendant miss Cottingham, je lus les slogans peints sur les murs, qui n'avaient pas grand rapport avec les proverbes conventionnels de ma jeunesse. « Nos visions naissent de nos désirs » (Audre Lorde.) « Respectez la valeur de la solitude » (Josephine Johnson.) Et une citation sauvage : « Elvis est vivant. »

Alice Cottingham fit son apparition alors que je feuilletais un exemplaire de l'anthologie de poésie de Norton, oublié sur une table. Miss Cottingham avait des cheveux poivre et sel, coupés très courts. De très fines rides autour de sa bouche et de ses yeux semblaient dénoter un humour latent.

— Vic Warshawski ? Je voulais vous voir, malgré les

mises en garde de Fabian Messenger. Je voulais savoir ce que vous aviez bien pu faire pour inspirer une telle confiance à Emily.

Je lui serrai la main.

— Je ne l'ai vue que deux fois dans ma vie. Peut-être est-ce le simple fait que je ne fasse pas partie de sa famille. Ou que je lui aie dit qu'elle n'était pas obligée de rester chez elle et de se faire maltraiter. Je me sens responsable d'elle, en un sens. Peut-être qu'elle n'aurait pas fui sa maison, si je ne lui avais pas dit qu'il existe des endroits où les jeunes filles comme elle peuvent se réfugier.

Cottingham haussa les sourcils, l'air surpris.

— Qu'entendez-vous par « les jeunes filles comme elle » ?

Je lui racontai ce que j'avais vu : qu'on la traitait comme une bonne d'enfant, que son père était sadique, et violent.

Cottingham secoua la tête.

— J'ignorais cela. Emily est une adolescente assez introvertie, plus idéaliste, en un sens, que beaucoup de mes élèves. Elle est extrêmement créative. Son père m'a toujours paru surprotecteur, refusant par exemple de la voir participer à des activités extra-scolaires, mais je ne l'ai jamais trouvé cruel. Par les temps qui courent, peut-on reprocher à un père de vouloir protéger ses enfants ?

Je me souvins de la passivité d'Emily, la première fois que je l'avais vue. Sa créativité était sans doute muselée à la maison.

— Quand on est enfant, on pense que ce qui se passe chez soi est normal, dis-je. Si elle n'a pas d'amis, elle ignore peut-être qu'il y a d'autres façons de vivre en famille. Elle ne parle jamais de son père, soit. Mais j'ai vu Fabian Messenger frapper sa femme. C'est un homme violent, croyez-moi.

— Vraiment ? Je ne m'en suis jamais aperçue. Peut-être qu'il est un peu despote. Mais je vois beaucoup de parents comme ça. Les parents de nos élèves occupent souvent des postes de responsabilité. Ils ont l'habitude qu'on fasse preuve de déférence à leur égard.

Elle eut un petit sourire, mais ne me fit pas profiter du souvenir amusant qui venait de lui traverser l'esprit.

Ainsi, le côté spirituel de Fabian, son charme indéniable, sa capacité de jouer les pères éplorés, après avoir convaincu un flic aussi méfiant que Finchley, avait emporté l'adhésion d'un professeur de lycée. Cela n'avait rien d'invraisemblable, en fait. Si je n'étais pas revenue chercher mon manteau mercredi soir, si je ne l'avais pas vu gifler sa femme, aurais-je jamais pensé que Fabian était un homme violent ? Au lieu d'essayer de persuader Cottingham de la nature sadique du père d'Emily, je lui demandai ce qui avait provoqué la fuite de la jeune fille.

— Elle s'est effondrée en lisant un poème. C'était leur devoir pour lundi : écrire un poème. Emily a été la quatrième à lire le sien. Au bout de quelques vers, elle a éclaté en sanglots. J'ai très vite compris qu'elle était en proie à une émotion violente, et je l'ai emmenée à l'infirmerie.

— C'était sur sa mère ?

Cottingham fit la grimace.

— J'espère que non, parce que c'était plutôt sinistre.

— Vous vous en souvenez ? (Je m'efforçai de dissimuler mon excitation à l'idée de me retrouver en prise directe avec les pensées d'Emily.)

— Oh, je dois l'avoir quelque part. Elle l'a laissé sur la table quand nous sommes descendues voir l'infirmière.

Cottingham fouilla dans une pile de copies, sur son bureau, et en extirpa une feuille couverte d'une écriture minuscule. Elle parcourut le poème des yeux.

— Il doit se passer quelque chose de grave dans sa vie, dit-elle. En général, les élèves choisissent des sujets peu originaux, tels que la beauté de la nature, la douleur due à la haine raciale. Là c'est juste, euh, l'illustration de la souffrance.

Je lui pris le papier et lus :

Une souris entre deux chats
par Emily Messenger

La souris s'habille en gris
Quitte son trou pour travailler
Pas pour s'amuser.
Le moindre bruit la fait trembler
Elle est trop petite pour lutter.

Son petit nez s'agite, ses moustaches frémissent,
Elle cherche des miettes, pas du pain et du beurre.
Ce que les dieux dénigrent
Doit lui suffire, elle le sait.

Deux chats sont les seigneurs de cette battue
Leur approche implique sa fuite.
L'un est gras, l'autre fin
La cruauté leur festin.

Tard le soir ils s'approchent d'elle
Pendant qu'elle grignote des restes.
Ils l'attrapent et la serrent
Entre leurs crocs pointus.

Le plus petit des deux veut la caresser,
La souris file sous une commode.
Le gros chat la rattrape et la tient
Comme pour la bénir.

Le gros chat a cet affreux sourire.
Le petit chat lui dit : tu es ma muse
Reste avec moi, sois à moi.
Tu ne peux pas refuser.

Le gros chat a les yeux qui brillent.
Si tu vas avec lui tu cours à ta mort.

Reste avec moi. Tu seras mon esclave
Tu me devras la vie.

Esclave ou muse, la souris se sent salie.
Les crocs sur sa nuque la font plier.
Prise entre les deux monstres, elle se sent défaillir.
Pauvre petite, les chats se déchaînent.

Deux chats rugissent et récriminent.
L'un deux peint des rayures rouges sur son dos.
L'autre lui pince le bout du sein.
Il n'y a plus de limites.

La souris survit, mais tout amoindrie,
Elle revient dans son trou sur la pointe des pieds.
Les matous sourient, chassent pour le plaisir.
Leurs muscles ondulent sous leur fourrure.

Je frissonnai. L'horreur qui faisait rage dans la famille Messenger éclatait sur cette page. J'étais également surprise par le soin apporté au choix des mots. Je n'aurais jamais soupçonné l'Emily que je connaissais, tour à tour éplorée et renfermée, capable d'avoir une telle distance par rapport à ce qu'elle vivait.

— Vous avez une idée du moment où elle a pu écrire ça ? demandai-je à Cottingham. Vous m'avez dit que c'était un devoir pour lundi. Est-ce que ça signifie qu'elle l'a écrit pendant le week-end ? Après la mort de sa mère ?

Cottingham considéra la question en faisant la moue.

— Je leur ai donné ce travail il y a deux semaines. Je sais bien que les élèves ont tendance à faire leurs devoirs au dernier moment. Mais comment aurait-elle pu trouver l'énergie d'écrire quoi que ce soit dans les heures qui ont suivi le meurtre de sa mère ? Non, je suppose qu'elle avait dû le rédiger avant. Que pensez-vous de ce poème ?

— Je crois qu'Emily se voit dans le rôle de la souris. A

moins que cette souris ne soit sa mère, et elle le monstre coupable. J'aimerais emporter ce texte avec moi.

Cottingham secoua la tête en signe de dénégation.

— Impossible. C'est un papier personnel, ça appartient à une élève. Vous ne savez pas...

— Je ne sais pas où elle est. Plus on passera de temps à la chercher, moins elle a de chance d'être encore saine d'esprit quand on va la retrouver, en espérant qu'elle soit toujours vivante. Elle a emmené ses frères avec elle. Tout détail qui peut m'aider à deviner où elle se cache est d'une importance capitale.

— La police cherche...

— Et je lui souhaite tout le succès possible. Mais les flics ne se préoccupent pas d'Emily. Ils sont polarisés sur le meurtre. En plus, Fabian Messenger ne cesse de harceler le procureur, pour qu'il leur dise de se remuer. Il perturbe le déroulement de l'enquête.

— Et vous, vous avez un talent particulier ?

— Je croyais que vous le saviez. Je suis détective privé.

Je le lui avais forcément dit au téléphone. Ou bien étais-je trop perturbée par les événements pour penser à me présenter ?

Cottingham finit par me laisser photocopier le poème, mais de mauvaise grâce. Elle resta près de moi pendant que je me servais de la photocopieuse.

— Vous m'appelez, si jamais vous vous souvenez de quelque chose qui pourrait m'aider à la retrouver ? lançai-je, alors qu'elle regagnait sa classe.

Elle me le promit, mais avec l'air de douter de mes capacités. Comme mise au défi de prouver qu'elle avait tort, je passai chez Fabian en rentrant en ville. Ce fut l'employée de maison qui m'ouvrit.

— Pas de déclaration, dit-elle, avec un très fort accent.

— Je suis détective, dis-je, articulant bien. Mr Messenger est à la maison ?

— Pas de déclaration, répéta-t-elle, d'un ton ferme, tout en refermant la porte.

Je glissai mon pied dans l'entrebâillement. J'appelai frénétiquement à la rescousse quelques mots de polonais enfouis dans ma mémoire. La mère de mon père m'en avait appris quelques-uns — détective privé ne faisait pas partie du lot, cela va sans dire. Mais mon père était policier, aussi connaissais-je ce mot. Pour parfaire mon mensonge, j'exhibai ma plaque de détective sans trop m'attarder.

Elle fronça les sourcils, répéta « Policjant », et m'ouvrit finalement la porte. Lorsque j'émis le désir de parler à Fabian, elle me répondit en polonais. Voyant que je ne comprenais rien, elle me dit « pas maison », et tourna les talons.

Me sentant un peu coupable de me faire passer pour un flic et d'aller fouiner dans l'intimité de quelqu'un, je grimpai à l'étage, et m'introduisis dans la chambre de la jeune fille. On avait fouillé cette pièce sans prendre de gants. La dernière fois que j'étais venue, ne régnait ici qu'un léger désordre d'adolescente. A présent des vêtements pendaient des tiroirs béants, des livres et des copies jonchaient le sol, des papiers tanguaient dangereusement au bord du petit bureau. Je ne pouvais croire que Neely ou Finchley aient fouillé cette chambre avec une telle sauvagerie. Soit un Fabian en furie était venu calmer ses nerfs ici, soit Emily avait désespérément cherché quelque chose avant de s'en aller.

Je ramassai des papiers sur le sol : des notes de cours. Chose curieuse, les marges étaient constellées de « Pourquoi, mais pourquoi ? » et d'adjurations à se taire, en anglais et en français. L'écriture, minuscule comme celle du poème, donnait l'impression que la personne qui avait écrit craignait de laisser une trace d'elle-même sur le papier.

Parmi toutes ces feuilles, je trouvai une photo d'Emily et de ses frères, qui devait dater de l'été précédent. Nathan était calé contre la hanche droite de sa sœur, Joshua lui donnait la main. Emily portait un short et cette horrible chemise jaune qu'elle avait samedi. La jeune fille et son petit frère fixaient l'objectif avec une solennité qui faisait froid dans le dos. Je glissai la photo dans mon agenda et poursuivis mes recherches.

Je trouvai une lettre de la grand-mère d'Emily, dans laquelle la vieille dame lui racontait le printemps à Du Quoin, Illinois. Les étudiants paressaient sur le campus, son chat attrapait des moineaux au lieu de manger les souris, elle espérait qu'Emily avait de bonnes notes à l'école. Je recopiai l'adresse, me demandant si une jeune fille qui se voyait comme une souris irait chercher refuge chez une grand-mère qui avait un chat aussi vorace.

Je jetai un rapide coup d'œil dans le placard d'Emily. Vu les revenus de son père, on se serait attendu à une belle garde-robe. Mais je ne trouvai que la robe en laine rose qu'elle portait l'autre soir, au dîner, quelques vieux vêtements de Deirdre, et deux jupes plissées déjà démodées à mon époque. Je refermai le placard, attristée, et n'eus pas le cœur de regarder dans la commode.

Je ramassai quelques livres au hasard. Je tombai sur Laura Ingalls Wilder, Marion Zimmer Bradley et Ursula K. Le Guin. Emily était une enfant rêveuse. Peut-être cherchait-elle à échapper à l'univers traumatisant dans lequel elle vivait. Je notai quelques titres de livres, à côté de l'adresse de la grand-mère, sans trop savoir quelle révélation allait bien pouvoir jaillir de tout cela.

Un gros livre dépassait de sous le radiateur, « History of the English-Speaking Peoples ». Sur la page de garde, Fabian avait écrit : « A Emily, l'Alpha et l'Omega. Avec amour. Bon anniversaire, Père. » L'alpha et l'omega ? Hormis le fait que c'était bizarre d'écrire ça à sa fille, Fabian ne m'avait jamais semblé la traiter de cette manière. Même s'il s'était montré étonnamment gentil, après mon départ, samedi soir.

Il y avait autre chose sous le radiateur. Je tendis la main et attrapai cet objet. C'était une batte de baseball, signée Nellie Fox. Celle que j'avais vue mercredi soir, dans le porte-parapluies de l'entrée. Son extrémité était couverte d'une espèce de matière brunâtre séchée. Je la fixai, stupéfaite, sachant ce que c'était mais refusant de l'admettre. Puis je la repoussai sous le radiateur et quittai la maison.

21

QU'Y A-T-IL DANS UN POÈME ?

Je roulai jusqu'au lac, dont les abords étaient encore boueux. Il faisait doux. Le nord de la ville baignait dans une légère brume. L'eau, d'un bleu métallique, venait clapoter à mes pieds. Un vieil homme pêchait, une bourriche et une épuisette à côté de lui. Il ne m'accorda pas un regard quand je passai près de lui.

Emily ne pouvait pas avoir tué sa mère. Je me forçai à me répéter ça plusieurs fois. La batte avait simplement atterri dans sa chambre. L'œuvre de Fabian, sans doute, qui l'avait menacée de l'accuser du meurtre de Deirdre si elle refusait de lui fournir un faux alibi. C'en était trop pour Emily, alors elle avait fui, pauvre petite souris. Mon raisonnement se tenait. Mais serait-ce l'avis de Terry Finchley ?

Avec répulsion, sans réfléchir, j'avais remis la batte sous le radiateur. Pour protéger Emily. Je voulais que personne ne sache que l'arme du crime était là. Il allait pourtant bien falloir que je le dise à la police. Je ne pouvais pas me contenter d'un coup de fil anonyme : il y avait mes empreintes dessus. Au moins avais-je eu la présence d'esprit de ne pas les effacer, car celles de Fabian s'y trouvaient peut-être aussi.

Je m'aperçus tout à coup que j'avais les joues humides. Une pluie très fine s'était mise à tomber sans que je m'en rende compte. Je retournai à ma voiture à pas lents, sans la moindre énergie.

En pénétrant dans le poste de police de la Onzième Rue, j'éprouvai une vive nostalgie. C'était un vieux commissariat, avec des couloirs étroits, des lumières ternes, qui me rappela ceux où avait travaillé mon père. J'aurais voulu qu'il soit là, derrière le comptoir, qu'il écoute mes petites histoires avec bienveillance — ce que ma mère ne faisait pas. Je passais souvent le voir après l'école, et il m'achetait une glace.

Le policier de permanence ne m'accueillit pas avec un sourire, sans parler d'une glace. Dans les bureaux, j'aperçus le sergent Mac Gonnigal, qui me fit un signe de la main. Bobby Mallory, le plus vieil ami de mon père, à présent à un an de la retraite, sortit de sa cage de verre dès qu'il me vit.

— Alors, ça boume, Vicky ? On vient rendre visite aux amis ? Ou est-ce que tu n'as pas digéré l'invasion d'hier soir ?

— On dit que ça allège l'âme de se confesser. Eh bien, j'ai une confession à faire.

Bobby fronça les sourcils, et appela Terry. Finchley avait la peau un peu grise, aux coins de la bouche. Visiblement, il avait perdu sa belle maîtrise de soi. Suite à la fréquentation assidue de Fabian Messenger ?

— Tu as retrouvé la fille ? me demanda-t-il. On a signalé sa disparation partout : gares, bus interurbains, compagnies aériennes. Toujours aucune nouvelle.

— A part les coups de fil de Clive Landseer, de Super Kajmowicz et des chaînes de télé, précisa Bobby.

— Non, je ne l'ai pas retrouvée, dis-je. En revanche, j'ai découvert l'arme du crime.

Je leur fis le récit de mon intrusion chez Fabian Messenger. Bobby râla, mais Terry eut un sourire sinistre.

— Ainsi la fille a tué sa mère ? fit-il.

— Il y a encore deux secondes c'était Tamar Hawkings,

l'assassin. Maintenant c'est Emily ? (Je ne pus m'empêcher d'avoir une intonation méprisante.)

— Ecoute, Vic, on fait pour le mieux avec les preuves qu'on a. L'arme du crime se trouve dans la chambre de la fille. Comment serait-elle arrivée là si Emily ne l'y avait pas mise elle-même ?

— Fabian vit aussi dans cette maison. Il a très bien pu cacher la batte sous le radiateur.

— Et la gamine l'a laissée là ? s'exclama Bobby. Allons, Vic, réfléchis un peu. Elle aurait dormi trois nuits dans cette chambre avec des morceaux du cerveau de sa mère sous son radiateur ? (Le vieux policier suivait l'affaire de près. Il en savait la chronologie par cœur.)

— Parce que tu crois qu'elle aurait dormi si c'était elle qui l'avait mise là ? Elle l'aurait gardée, comme trophée ? Emily ne savait sans doute pas que Fabian avait caché cette batte dans sa chambre.

— Enfin, pourquoi un homme essaierait-il de faire accuser sa propre fille ? s'indigna Bobby.

Le vieux policier, qui adorait ses quatre filles et ses nombreux petits-enfants, ne pouvait imaginer une famille comme celle de Fabian.

— C'est plus facile de croire que c'est la jeune fille qui a tué sa mère ? dis-je.

— L'important, pour le moment, dit Terry, c'est d'envoyer quelqu'un chercher cette batte. Et pour ça, il me faut un mandat. Je ne suis pas détective privé, moi. Je ne m'introduis pas comme je veux chez les gens. A ton avis, comment va réagir Messenger, quand il va apprendre que tu es allée fouiller chez lui en son absence ?

— Hé, doucement, Terry ! Je vous ai trouvé l'arme du crime. Vous pourriez me traiter avec un minimum d'égards, à défaut de me remercier.

Je quittai le poste de police furieuse. Mais une fois dans ma voiture, je m'inquiétai à nouveau à propos d'Emily. Pouvais-je jurer qu'elle n'avait pas tué sa mère ? J'ignorais totalement ce dont était capable une adolescente qui avait enduré de tels mauvais traitements. Je décidai de poser la question à Eva Kuhn, la psychologue d'Arcadia House.

Eva était en pleine séance de thérapie de groupe lorsque j'arrivai. Marilyn me demanda des nouvelles de l'affaire Deirdre. Je lui appris qu'Emily avait disparu avec ses frères. Puis je lui racontai ma soirée chez Messenger. Contrairement au professeur d'anglais d'Emily, Marilyn n'eut aucun mal à croire que Fabian était un homme violent.

— C'est ce que Sal a toujours pensé, remarqua-t-elle.

Nous bûmes du café réchauffé dix fois en attendant Eva.

— Et le garçon que tu essaies d'aider, me demanda Marilyn, tu lui as trouvé quelque chose ?

— Oh, le fils Graham ! Je l'avais complètement oublié ! Et j'ai jusqu'à vendredi 5 heures. Je me sens comme Gary Cooper dans High Noon.

— Tu as essayé Home Free ? dit Marilyn.

Je hochai la tête d'un air approbateur.

— Très bonne idée. Même s'ils n'ont rien pour Mackenzie, je peux essayer d'en savoir plus sur Deirdre. Elle travaillait beaucoup pour eux.

Sur ces entrefaites Eva fit son entrée. Elle avait l'air épuisé.

— Séance difficile, hein ? fit Marilyn. Et on va encore te faire travailler. Vic a besoin de tes lumières.

Je tendis le poème à Eva, après avoir masqué le nom de l'auteur avec une bande correctrice.

— Il faut que je lise ça et que je donne mon avis sur le cas ? O.K. On va voir si on peut faire des miracles.

Eva était une ancienne joueuse de basket professionnelle. Vêtue d'un jean et d'une chemise rose dont elle avait remonté les manches sur ses bras musclés, elle avait toujours davantage l'allure d'une sportive que d'une thérapeute.

Elle lut attentivement le poème.

— C'est une femme en difficulté ? s'enquit-elle, quand elle eut fini.

— Une adolescente en danger, dis-je.

— Alors si cette jeune fille est la souris, et nous pouvons supposer qu'il en est ainsi — car elle n'écrirait pas avec autant d'émotion à propos de quelqu'un d'autre, pas même sa mère — elle se sent violée par ses deux parents. C'est « elle » qui est blessée à la fin.

— Tu crois qu'elle aurait pu écrire ça en sachant que sa mère était morte ?

— Non, je ne crois pas, dit Eva.

Je récupérai le poème, et racontai ce que je savais sur Emily à Eva.

— J'espérais trouver un indice de la culpabilité de Fabian ou une indication sur l'endroit où Emily se cache, dis-je.

— Le poème indique clairement que Fabian est coupable de quelque chose, dit Eva. De quoi ? Ça, il n'y a qu'Emily qui pourrait le dire. Elle se voit comme une victime, traquée, et désespérée. Alors est-ce que ça veut dire qu'elle se cacherait dans un trou de souris ou qu'elle irait chercher la protection de quelqu'un de fort ? Difficile de trancher. C'est peut-être pour ça qu'elle a essayé de te contacter, Vic. Tu lui auras paru suffisamment énergique pour affronter les deux chats.

— Et à cause de son salopard de père, elle n'a pas pu me joindre, dis-je, amère. Mais peut-être s'est-elle tournée vers l'un de ses professeurs. Il faudra que je retourne faire un tour à son lycée. En tout cas merci, Eva. Salut Marilyn. On se voit à la prochaine réunion.

Espérant qu'Emily serait venue à mon bureau, je fonçai au Pulteney, où je me retrouvai face à une situation inattendue : profitant de ce qu'il y avait eu un meurtre dans l'immeuble, les frères Culpepper avaient fait condamner l'entrée. On avait cloué des planches en travers des portes. Pour tout renseignement, nous étions invités à composer un numéro affiché sur l'une des fenêtres du rez-de-chaussée.

22

SUR LA PISTE D'UNE JEUNE FILLE ENVOLÉE

J'allai téléphoner à la cafétéria, au coin de la rue. Je tombai sur l'entreprise qui avait condamné l'entrée de mon immeuble, et non sur les frères Culpepper. Ces braves gens ignoraient ce qu'on avait fait du contenu de mon bureau. En revanche, ils m'apprirent qu'on avait évacué l'immeuble la veille au soir. Ils avaient cloué des planches en travers de la porte ce matin, à 10 heures.

— Vous êtes sûrs qu'il n'y avait personne dans l'immeuble ?

— Ecoutez, madame, il y a trente ans qu'on fait ça. On n'a jamais emmuré personne. Si vous avez d'autres problèmes, ça regarde les propriétaires de l'immeuble.

Là-dessus il raccrocha. Ils n'avaient donc pas fouillé le Pulteney avant d'en condamner l'accès. Je me demandai si Terry Finchley savait qu'on ne pouvait plus y pénétrer. Après tout, c'était le lieu du crime. Un crime toujours pas élucidé.

Je téléphonai au poste et tombai sur l'officier de police Neely.

Elle ignorait qu'ils avaient fermé le Pulteney, mais elle m'assura qu'une équipe de policiers avait fouillé l'immeuble la veille au soir. Etage par étage. Ils avaient fini par repérer le bureau où Tamar Hawkings s'était réfugiée pendant plusieurs nuits avec ses enfants, mais rien n'indiquait qu'elle y avait vécu ces derniers jours. Aucune trace d'Emily non plus.

— Et comment je récupère mes affaires, maintenant que c'est condamné ? m'enquis-je.

— Pour ça, il faut vous adresser aux propriétaires de votre immeuble, dit-elle, distante, comme toujours.

— Et mon ordinateur, il est chez vous ? Terry m'avait dit qu'ils allaient me le rapporter. J'en ai besoin.

— Oh ! fit-elle, déconcertée, pour une fois. Nous avons été débordés. Il est toujours dans la salle des pièces à conviction.

Je soupirai.

— Alors pouvez-vous faire les papiers nécessaires pour que je puisse venir le chercher moi-même ?

Elle m'assura que je pourrais passer le prendre le lendemain. J'allais raccrocher, mais Neely semblait avoir autre chose à me dire. J'attendis quelques instants, et je fus finalement récompensée.

— En ce qui concerne les enfants Messenger, les serveuses de la cafétéria pensent les avoir vus.

— Vous êtes sûrs qu'on ne les a pas enfermés ?

Si vraiment les dames de la cafétéria les avaient aperçus, où pouvaient-ils être à présent, sinon dans le Pulteney ?

— J'espère que non, dit Neely. Evidemment, s'ils ont réussi à se cacher... Je vais voir si Terry — si l'inspecteur Finchley — accepte qu'on y retourne.

Pour la première fois, l'officier de police Neely était troublée. Elle semblait même avoir peur.

Quand elle eut raccroché, j'allai jusqu'au comptoir et m'enquis de la femme qui aurait vu Emily. Au bout de quelques minutes de conciliabules, une serveuse corpulente d'une cinquantaine d'années vint se planter devant moi. D'après son badge, elle s'appelait Melba.

— C'est la jeune fille, affirma-t-elle dès que je lui montrai la photo. Je l'ai déjà dit à cette femme policier. Il était à peu près 4 heures, j'allais partir. Elle est entrée et m'a demandé où était le Pulteney. C'est juste à côté, je lui ai dit. Mais il n'y a pratiquement plus personne, dans cet immeuble. Je me posais des questions sur elle. Elle ne devait pas avoir plus de dix-neuf ans, et déjà deux enfants. Le plus grand avait bien six ans. J'ai pensé qu'elle avait l'intention de passer la nuit là-bas. Alors je lui ai donné des sandwichs au thon et un grand sac de frites. Mais honnêtement, je ne peux pas vous dire si elle y est allée ou pas.

— Je me demande si les caves du Pulteney communiquent avec les vôtres, dis-je.

Melba eut l'air dubitatif.

— Je ne peux pas vous laisser regarder sans l'autorisation du directeur. Et il ne sera sans doute pas là avant demain matin.

Je sortis un billet de dix dollars de mon sac, et le lui tendis d'un air très naturel. Elle le prit, avec dignité, mais me fit comprendre que j'allais devoir arroser également les deux autres serveuses. Lesquelles reçurent chacune cinq dollars, ce qui me sembla suffire. Je suivis Melba dans la cuisine. Une porte ouvrait sur un escalier conduisant à la cave. La serveuse alluma la lumière, puis descendit avec moi.

L'escalier était vétuste, mais propre. Dans la première pièce, il y avait une immense chambre froide. Melba me prêta la lampe électrique accrochée au mur, et me laissa seule. Dans la deuxième pièce se dressait une énorme et antique chaudière en fonte. Dans les autres caves était entassé du mobilier au rebut, tables en formica des années cinquante et vieux tabourets en plastique. Il y avait également une vieille photocopieuse et des chaises de coiffeur démodées, très poussiéreuses. Hélas, je ne trouvai aucune porte ouvrant sur la cave du Pulteney.

Lorsqu'elle me vit réapparaître, Melba éclata de rire.

— Vous auriez besoin d'un bon bain, dit-elle. Vous avez trouvé ce que vous cherchiez ?

Je secouai la tête en signe de dénégation. Puis je lui commandai un sandwich au thon avec des frites.

J'allai me laver les mains et la figure aux toilettes. Après quoi, j'arrivai à joindre Freddie Culpepper dans sa voiture. Il voulut savoir comment j'avais eu ce numéro.

— Je ne dévoile jamais mes sources, Freddie. Vous m'avez interdit l'accès de mon bureau, alors que mon loyer est payé. J'ai besoin de vous pour aller chercher mes affaires.

— Nous sommes passés hier prévenir les locataires.

Nous considérons donc que vous avez volontairement abandonné vos affaires, qui désormais nous appartiennent. Et n'allez pas essayer de pénétrer dans l'immeuble par effraction. Si jamais ces planches sont descellées, nous saurons qui poursuivre en justice.

— Ou si l'un de vos ordinateurs disparaît. Avec vos dossiers des dix dernières années.

Je n'avais pas le temps de demander un ordre du tribunal pour récupérer mes papiers. Je raccrochai au moment où il me criait dans l'oreille qu'il allait prévenir son avocat, si je continuais à le menacer. Je tendis un nouveau billet de dix dollars à Melba, et emportai mon sandwich et mes frites, avec l'intention de les manger dans ma voiture. Il me restait trois dollars et des poussières, ce qui me fit battre le cœur. Je pouvais sans doute prendre encore un peu d'argent sur mon compte, mais vraiment très peu.

A tout hasard, je demandai au marchand de journaux s'il n'avait pas vu une jeune fille et deux petits garçons. Il avait les yeux injectés de sang, et pratiquement plus de dents. Il jeta un coup d'œil à la photo que je lui montrai. Non, ça ne lui disait rien. D'ailleurs il oubliait tout, depuis le jour où il avait vu un homme voler à l'étalage, puis l'avait identifié chez les flics. L'homme était revenu lui casser la figure. C'était en 83, ou en 85. Il ne savait plus bien. Décidément, il n'avait pas bonne mémoire.

J'étais découragée, et ça me coupa l'appétit. Je donnai mon sandwich et mes frites au vieil homme, grimpai dans ma voiture, et rentrai chez moi.

23

UN FLIC PASSE LA NUIT DEHORS

Conrad avait réintégré l'équipe de jour depuis vingt-quatre heures. Nous étions convenus de dîner ensemble, puis d'aller danser au Cotton Club, pour célébrer l'événement. Mais j'avais vécu un petit enfer, aujourd'hui, et je ne me sentais pas trop d'humeur à célébrer quoi que ce soit. J'appelai donc Conrad pour tenter d'annuler cette soirée.

— Moi aussi j'ai eu une dure journée, miss W. Je ne te demande pas de boire du champagne et de sauter de joie, mais simplement de m'aider à oublier toutes ces horreurs.

Présenté comme ça, difficile de refuser. Je décidai de prendre un bain. Je marinais dans une eau délicieusement chaude et généreusement additionnée d'huile de genévrier, censée remonter le moral, quand je compris soudain que ma réticence à voir Conrad n'était pas liée à ma fatigue, mais à son amitié avec Finchley. Pourquoi cet homme se conduisait-il avec moi comme un ennemi ?

Je tendis ma jambe droite et inspectai mon mollet. Plusieurs petits vaisseaux avaient éclaté près de mon genou. Je poussai un soupir fataliste devant ces premières atteintes de l'âge. Puis je repensai aux flics et me dis qu'il y aurait toujours un fossé entre eux et moi. Non seulement ils ont un côté manichéen, mais leur opinion sur eux-mêmes est essentiellement fonction du nombre d'arrestations qu'ils effectuent.

Pendant le dîner, au Popoli, j'observai Conrad avec circonspection. Il était perdu dans ses pensées, parlait peu et sans entrain. J'étais certaine que Terry et lui avaient discuté de l'affaire Messenger, et qu'il était au courant de l'incursion de son collègue, la veille, dans mon appartement.

Sans doute son découragement était-il en partie lié au contenu de son assiette. Lors de son dernier contrôle médical, le médecin avait été formel : s'il ne supprimait pas les graisses animales de son alimentation, il courait droit à la catastrophe. Alors, dans un accès de vertu, il s'était commandé un carré de turbot poché sans sauce. A présent il picorait dans son assiette d'un air morose. Après vingt minutes d'échanges sans saveur, n'y tenant plus, je lui demandai s'il avait parlé à Finchley.

— Il est passé me voir tout à l'heure, juste avant que je parte.

— Il t'a dit qu'il avait essayé de m'arrêter, hier soir ?

— Toute cette histoire m'a déprimé. Il paraît que tu t'es fait passer pour un flic, pour pouvoir pénétrer chez les Messenger.

— Pas exactement. J'ai montré ma licence de détective à l'employée de maison, mais je ne connaissais pas le mot en polonais, alors elle m'a prise pour un flic. Je n'avais pas le choix. Terry refusait de considérer Messenger comme un vrai suspect. Il ne serait jamais allé fouiller chez lui, et cette batte aurait pu rester là vingt ans.

J'avais essayé de garder un ton posé, en disant cela.

— Tu te trompes, Vic. Terry serait bien allé jeter un coup d'œil chez Fabian. Mais il n'y avait pas d'indices suffisamment accablants pour que le procureur accepte de délivrer un mandat de perquisition.

Il prit une nouvelle bouchée de poisson, qu'il mâcha en retenant sa respiration. Je fis glisser une partie de ma salade de calamars sur une assiette, que je poussai vers lui.

— Mange un peu de ça. Ce n'est pas gras, et au moins ça a du goût. Mais puisqu'on parle d'indices, personne n'a voulu m'écouter quand j'ai dit que Deirdre attendait quelqu'un à mon bureau, le soir où elle a été tuée.

— Ce n'est pas ça, miss W. Tout le monde savait que tu protégeais cette femme sans abri, alors on s'est demandé si on pouvait te faire confiance ou non.

Je reposai violemment ma fourchette sur la table.

— Mais tu m'insultes, là, Conrad ! Penser que j'irais inventer des indices dans le but de protéger quelqu'un !

Tu crois que je n'ai pas eu envie de brûler cette batte ? Personne ne l'aurait su. Excepté Emily ou Fabian. (Ou Emily et Fabian, rectifiai-je mentalement.)

— Eh, doucement, ma belle ! Ce n'est pas un camouflet porté à ton intégrité, mais un hommage à ta passion pour les êtres en détresse.

J'essayai de me calmer.

— Et maintenant, qu'est-ce qui va se passer ?

— Le Finch va aller voir Fabian. Puis il va parler avec la jeune fille, s'il réussit à la trouver.

— Mais si Fabian arrive à convaincre Finchley qu'elle est coupable, alors que c'est lui l'assassin ?

— Fais un peu confiance à Terry, Vic. (Il prit ma main et la serra entre les siennes.) Il est tout à fait capable de voir où est la vérité. Ce n'est pas parce qu'on l'a sommé de résoudre rapidement cette affaire, qu'il va croire n'importe quoi.

J'avais les doigts raides, je n'arrivais pas à répondre à sa douce pression.

— Il y a quatre jours, vous m'avez dit, Terry et toi, que Tamar Hawkings était le suspect numéro un. Vous pensiez même que j'avais fabriqué des indices pour la protéger.

— Écoute, Vic. On fait avec ce qu'on a. Il y a quatre jours nous... il ne savait pas que l'arme du crime se trouvait dans la chambre d'une adolescente en fuite. Une femme sans abri, et déséquilibrée, était un suspect tout à fait plausible. Après tout, elle était la seule personne présente sur les lieux du crime.

Il hésita, puis il enchaîna, à toute allure.

— Terry était débordé, alors je suis allé interroger le mari, Leon Hawkings. C'est sûr qu'il y a de la violence, dans ce couple, mais je ne sais pas vraiment qui tape sur qui. La femme a une sœur qui a tenté de tuer son propre mari. Elle l'a poignardé pendant qu'il dormait, donc pas à un moment où il la menaçait. Elle a fait cinq ans à Dwight. Leon semble penser que...

— C'est un vrai problème, ces histoires de femmes battues, l'interrompis-je. Si elles se défendent quand leur mari les cogne, il va frapper encore plus fort. Alors elles s'interdisent toute réaction sur le moment. Ce n'est que plus tard qu'elles ressentent la colère que vous, les hommes, ressentez quand on vous agresse.

— On ne peut pas poignarder un homme pendant qu'il dort et invoquer ensuite la légitime défense !

— Par contre on a le droit de frapper sa femme quand elle est réveillée ?

Sa main serra davantage la mienne.

— Tu sais bien que ce n'est pas ce que je veux dire, Vic. Bon, d'après Leon Hawkings, quand la sœur de Tamar est sortie de prison son mari l'a tuée. C'est à ce moment-là que Tamar a accusé Leon de la battre. Elle s'est réfugiée dans un foyer. Puis elle est revenue habiter avec lui une semaine. Après quoi elle a disparu avec les enfants.

Je récupérai ma main et la mis sur mes yeux. Quelle version accréditer : celle du mari, ou celle de la femme ? Était-ce Finchley ou moi qui voyait juste ? Qui croire : Emily ou Fabian ? — en admettant qu'ils aient deux histoires différentes à raconter.

— Tu te caches ? dit Conrad.

J'enlevai ma main de mes yeux et tentai de sourire.

— Donc Finchley pense que Tamar Hawkings est folle à lier et qu'elle pourrait bien avoir tué Deirdre, simplement parce que Deirdre a froncé les sourcils quand elle aurait dû lui sourire. Ou le contraire, peut-être.

— Nous aimerions pouvoir l'interroger, c'est tout. Il faut aussi que nous parlions à la fille Messenger. Car nous sommes sûrs qu'elles se trouvaient toutes les deux sur le lieu du crime vendredi soir.

— Moi aussi j'aimerais les voir. Mais pas pour leur poser les mêmes questions. Combien y a-t-il de prisonniers à La Joliet qui n'ont pas commis le crime qu'on leur impute ? Un ? Cinq ? Cinq cents ?

— Si tu leur demandes, ils sont tous innocents, dit Conrad. Où veux-tu en venir, Vic ? Tu essaies de me faire dire qu'il nous arrive d'arrêter des innocents ? C'est vrai. Et je le déplore. Mais je ne vais pas prétendre que ça n'arrive pas.

— Mais on ne fait pas que les accuser à tort ! On les exécute aussi ! Alors quand on me parle de preuves, ça ne me suffit pas. Je veux connaître toute l'histoire. Le contexte. C'est le seul moyen de savoir si le récit de quelqu'un est , je ne dirai pas vrai, mais authentique, cohérent. J'ai peur que Terry ne s'empare de cette batte et n'aille matraquer Emily avec, simplement parce que le procureur le harcèle pour qu'il trouve un coupable !

Conrad lorgna son turbot désormais froid, et tout effrité en petits morceaux peu engageants. Il me jeta un coup d'œil, comme pour me demander s'il pouvait manger mon calamar sans représailles. Après quoi il nettoya l'assiette que j'avais mise devant lui, puis planta sa fourchette dans mes pâtes. C'était une tentative de réconciliation : le partage de la nourriture.

— Pourquoi a-t-elle fui, à ton avis ? dit-il. Tu crois impossible qu'elle ait tué sa mère et qu'elle soit torturée par le remords ?

— Non, malheureusement. Ce que j'ai envie de croire et ce que je suis capable d'accepter sont deux choses très différentes. Mais imagine, Conrad, qu'elle ait dû subir toute une série d'agressions insoutenables, et que pour finir, son père l'oblige à lui fournir un alibi ? Cela justifierait sa fuite, et même le meurtre de sa mère.

Conrad toussota, signe qu'il était à bout d'arguments. Il se mit à détruire un petit pain qui ne lui avait rien fait. Le serveur se montra.

— Tout va comme vous voulez, monsieur ?

— Ce poisson n'était pas très chaud, dit Conrad. Ça m'a rappelé la bouillie trop cuite qu'on me servait à l'hôpital quand j'essayais de me remettre d'un coup de couteau dans l'abdomen.

Le serveur cligna des yeux. Je fis de même. Généralement, Conrad ne se laisse pas affecter par des détails comme celui-là. Le serveur lui dit que la maison lui offrait le dessert.

A nouveau Conrad toussa.

— Je voudrais de la tarte aux pommes. Avec de la glace. Et n'allez pas me dire combien il y a de graisse ou de cholestérol dedans, parce que je ne veux pas le savoir.

— Très bien, monsieur. De toute façon, nos desserts ne sont pas gras. Et pour vous, Madame ?

Les douceurs n'ayant jamais été ma passion, je me contentai d'un double expresso.

— Tu es à couteaux tirés avec deux personnes qui me sont très proches, dit Conrad. Si Zu-Zu et Jasmine ne t'aimaient pas comme elles t'aiment, je commencerais à me poser des questions à ton sujet. C'est difficile, parfois, de supporter une telle pression.

— Conrad, tu sais bien que j'essaie d'être polie avec ta mère, mais elle est tellement froide avec moi que je dois vraiment faire des efforts surhumains pour rester stoïque.

Nous nous tûmes pendant que le serveur déposait devant nous la glace et le café.

— Pense au contexte dans lequel elle a vécu, dit Conrad. Ç'a été trop dur pour elle, après la mort de mon père. Elle a été obligée de faire des heures supplémentaires. Elle a voulu qu'on s'installe à Hyde Park, parce que les écoles étaient meilleures et que ce serait plus sûr pour les filles. Ça n'a pas empêché les flics de m'arrêter en pleine rue et de me fouiller, alors que je rentrais tranquillement chez moi. Ma mère a dû venir me chercher au poste. Ce n'était pas la première fois qu'on l'insultait, mais ç'a été la goutte d'eau qui a fait déborder le vase. De ce moment-là, elle est devenue amère.

J'avalai une gorgée de café.

— Après une histoire pareille, ça m'étonne que tu aies voulu devenir policier.

Il sourit. Sa dent en or brilla.

— Peut-être que je voulais égaliser le score ! Non, en fait, quand je suis revenu du Vietnam, j'ai essayé de faire des études supérieures. Mais je ne me sentais pas à ma place à l'université, j'étais trop vieux. Il a donc fallu que je trouve un emploi, et les choix étaient limités : chauffeur de bus, ou aide-serveur. Alors j'ai passé le concours et je suis entré à l'école de police. Le Finch était dans ma classe. On est devenus copains.

Son bipeur se mit à couiner.

Il se leva pour aller téléphoner. Il revint une minute après.

— Quand on parle du loup. C'est Terry. Il veut te parler.

Je me dirigeai vers le téléphone mural, au fond de la salle. Terry, quoiqu'un peu guindé, m'annonça sans détours qu'il avait les résultats du labo. Une partie de la cervelle de Deirdre était restée collée sur la batte de base-ball. Hormis mes empreintes, les seules qu'on y avait trouvées étaient celles d'Emily.

— Ça ne s'annonce pas bien, Vic. Je voulais que tu le saches.

— Tu ne trouves pas cela étrange, Terry ? A priori on aurait pu penser qu'il y aurait aussi les empreintes de ses frères, et de ses parents. Et les invités ? Qui sait combien d'entre eux ont touché cette batte ? Elle était dans l'entrée. Moi-même je l'ai prise. Tu imagines, une batte signée par Nellie Fox, la star du base-ball !

— Oui, fit Terry, dubitatif, mais poli. (Conrad lui avait peut-être fait la leçon.) Tu as raison. Je vais en parler au lieutenant.

Je le remerciai de m'avoir avertie aussi rapidement. En revenant à table, je me sentis étrangement optimiste. J'étais sincère : je pensais réellement qu'Emily n'avait pas tué sa mère.

Conrad et moi finîmes la soirée au Cotton Club. Tout en lui prenant le bras pour aller sur la piste, je me demandai quelle histoire il avait bien pu raconter à Finchley pour que celui-ci ait meilleure opinion de moi.

24

DANS L'ŒIL (ÉLECTRONIQUE) DU VOYEUR

Avant de sortir, je téléphonai à Alice Cottingham. Elle allait commencer un cours, et fut assez expéditive. Je m'étais dit qu'Emily aurait peut-être cherché refuge auprès de l'un de ses professeurs et fis part de mes réflexions à Cottingham. Cela lui paraissait peu probable qu'un de ses collègues hébergeât une élève à l'insu de ses parents, mais — pour se débarrasser de moi — elle me promit de se renseigner.

Ce matin-là, je trouvai une place juste devant les locaux de Home Free. Lorsque je pénétrai dans les lieux, Tish était assise à son bureau, son petit corps perdu dans un immense pull kaki. Elle fronça les sourcils dès qu'elle me vit. L'habituel accueil chaleureux de chez Home Free.

— Salut, Tish. C'est Vic Warshawski. Je suis venue la semaine dernière.

— Je me souviens, fit-elle, d'un ton peu engageant.

— Vous deviez m'organiser une petite visite de vos chantiers. Ça aussi vous vous en souvenez ?

Sa mauvaise humeur me donnait envie de lui parler gaiement, comme à un enfant renfrogné.

Tish eut un geste en direction d'une pile de papiers, sur son bureau.

— J'ai tout ça à voir, et personne pour m'aider. Alors je n'ai vraiment pas de temps à consacrer à des demandes frivoles.

— Il n'y a rien de frivole là-dedans. Et puis je peux vous trouver un aide hors pair, si vous acceptez de répondre à quelques questions.

— Quel genre ?

— Des questions sur Deirdre Messenger.

Elle cessa de me regarder et fixa à nouveau son ordinateur. Elle était en train de faire des graphiques. Je ne voyais pas bien de quoi il s'agissait. Nous étions toutes les deux absorbées dans la contemplation de ces schémas, quand des poissons rouges se mirent à parcourir l'écran en tous sens.

— Je ne peux rien vous dire sur Deirdre.

— Pourquoi ? Elle fait partie des dossiers top secret ? Dois-je m'adresser à Jasper ?

— Il ne veut pas qu'on le dérange, pour le moment.

Elle me lança un regard mauvais.

— C'est soit lui, soit vous, Tish. Si vous ne voulez pas me parler, ça ne m'ennuie pas que ce soit lui.

Je me dirigeai vers le fond de la pièce, direction le bureau de Jasper. Avant que j'aie pu poser la main sur la poignée de la porte, Tish m'agrippa le bras. Je me dégageai sans difficulté — non seulement j'étais plus forte qu'elle et j'avais l'habitude de me battre, mais elle était la première surprise par son initiative.

— Qu'est-ce qu'il fabrique, là-dedans ? m'enquis-je, avec douceur. Il organise une orgie ?

Tish rougit.

— Comment pouvez-vous dire des choses pareilles ?

Ma pitié devant sa gaucherie se mua en impatience.

— Allons, Tish. Vous faites tellement de mystères que vous piquez ma curiosité. Je voulais seulement connaître les attributions de Deirdre Messenger au sein de votre conseil d'administration, et vous demander si ça vous arrangerait d'avoir un informaticien bénévole. Mais vu votre attitude, on dirait que je viens de débusquer le secret du siècle.

Elle se redressa. Je fus surprise de constater qu'elle était plus grande que moi. Elle perdait dix bons centimètres, à se promener voûtée.

— Si vous ne quittez pas ces bureaux immédiatement, j'appelle la police.

— Très bien. La police ne me fait pas peur.

— Allez vous faire foutre !

Elle fonça vers sa table. J'en profitai pour essayer

d'ouvrir la porte. Fermée à clé. Tish décrocha son téléphone et tenta de parler en mettant sa main devant sa bouche, mais la pièce était trop petite pour les messes basses.

— Je suis désolée, Jasper. Je sais que vous ne vouliez pas être dérangé, mais la détective qui était là la semaine dernière est revenue et elle refuse de partir. Je l'ai menacée d'appeler la police... Deirdre Messenger... O.K.

Elle raccrocha et se tourna vers son ordinateur. Quelques secondes plus tard, Jasper sortit de la pièce du fond, en prenant soin de bien refermer la porte derrière lui.

— Vic. Ravi de te voir. Tish me dit que tu as quelques questions à nous poser à propos de Deirdre Messenger. Elle a été tuée dans ton bureau, non ? Ç'a dû être un choc. J'espère que la police ne te soupçonne pas.

Il me sourit avec sympathie.

— Tant que la police n'a arrêté personne, elle soupçonne tout le monde. Alors pour les aider, je tente de découvrir avec qui Deirdre avait rendez-vous le soir de sa mort.

— Pas avec moi, en tout cas, dit Jasper. Elle avait rendez-vous avec vous, Tish ?

La jeune femme serra les lèvres. Elle tapait furieusement, refusant d'entrer dans son jeu.

— Si c'est tout ce que tu voulais savoir, Vic... Je déteste me montrer grossier, mais quand on arrive à l'improviste chez les gens, on ne peut pas s'attendre à être reçu avec tous les égards.

Là-dessus, il jeta un coup d'œil à sa grosse montre en or.

— Je voudrais savoir quel genre de travail Deirdre faisait pour vous. Avec qui elle était en relation. Afin de pouvoir interroger ces gens, de trouver de nouvelles pistes, si tu préfères. J'essaie de découvrir avec qui elle avait rendez-vous vendredi soir.

Jasper se tourna vers sa secrétaire avec un air de reproche.

— On ne peut pas ne pas répondre à des questions comme ça, Tish. L'une de nos bénévoles a été assassinée. Nous devons tout faire pour aider ceux qui recherchent le meurtrier.

Tish était assise, toute raide, devant son clavier.

— Je suis désolée, Jasper, dit-elle, sans le regarder. Je n'aurais pas dû perdre mon sang-froid. Mais je suis débordée.

— Je le sais, Tish. Vous travaillez beaucoup trop. C'est difficile de satisfaire autant de demandes différentes.

Il avait toujours son sourire de séducteur. Pour un peu, j'aurais culpabilisé d'avoir encore ajouté à la lourde tâche impartie à sa frêle secrétaire.

— Je ne pense pas que Deirdre ait été intime avec qui que ce soit à Home Free, dit-il, en se tournant vers moi. Quant au travail qu'elle faisait pour nous, Tish pourra te renseigner mieux que moi. Vous auriez un peu de temps en fin d'après-midi, Tish ?

— Je peux m'arranger. Mais soit je lui parle, soit je finis mon rapport. A vous de voir ce qui est le plus important.

Il se dirigea vers Tish, posa une main sur son épaule. Elle demeura immobile au contact de cette main, s'efforçant de ne pas montrer son plaisir.

— Tish, si vous pouvez à la fois consacrer du temps à Vic et terminer ce rapport, je repasse ici après ma réunion et je vous emmène dîner.

— D'accord, Jasper, dit-elle. Revenez à 3 heures et demie, ajouta-t-elle, à mon intention.

Jasper serra l'épaule de la jeune femme.

— Tish est une vraie perle, dit-il. Elle fait tourner cette affaire à elle toute seule. Si je devais lui donner un salaire en rapport avec ses qualités, il faudrait que je double mes bénéfices.

« Il y a vingt ans que tu vois des gens se tuer au travail par amour pour toi », avais-je envie de lui dire, mais je ne pouvais pas être aussi cruelle avec Tish. Je me contentai donc de grommeler et de les remercier tous les deux.

— Une dernière chose, Jasper. Est-ce que tu connais Darraugh Graham ?

— L'homme d'affaires ? Ne me dis pas que les flics le soupçonnent d'avoir tué Deirdre !

Je le gratifiai d'un pâle sourire.

— Il a un fils qui doit faire des travaux non rémunérés pendant quelques semaines. Tu pourrais peut-être bénéficier de ses services.

— Des travaux non rémunérés ? (Jasper haussa les sourcils.) Qu'est-ce qu'il a fait ?

— Oh, il a pénétré dans l'ordinateur du ministère de la Défense. Il faut qu'il travaille à peu près cinq semaines au service de la communauté. Je suis certaine que le juge apprécierait de le voir œuvrer pour Home Free.

Jasper me dévisagea d'un air incrédule.

— Un pirate en informatique, Vic ? Tu me crois né de la dernière pluie ? Ou alors tu es naïve !

— Que veux-tu dire ? Tu préfères un drogué, qui vendra ton matériel électronique en pièces détachées pour satisfaire son vice, plutôt qu'un sorcier de l'informatique qui va revoir tout ton système en une semaine et te faire gagner un temps fou ?

— Tish est un as en informatique, elle aussi. Ne me prends pas pour un idiot, Vic. Je n'ai aucune envie d'avoir chez moi un type qui va pénétrer dans tous mes dossiers. Désolé pour Darraugh Graham. Bon, Tish te verra cette après-midi. Il faut que je retourne à ma réunion.

Là-dessus, il partit vers son bureau à grands pas, en oubliant de sourire, pour une fois.

Qu'y avait-il donc dans ces dossiers qu'il voulait à tout prix préserver des regards indiscrets ? Des revenus non déclarés ? Et qui était dans son bureau, en ce moment même ? J'étais dévorée de curiosité. De la rue, je repérai un œil électronique dans le coin supérieur d'une fenêtre. Pourquoi de telles précautions ?

J'allai garer ma voiture dans la première rue à droite. Ainsi l'œil électronique n'en ferait pas sa proie. Puis je m'installai à la laverie, un peu plus loin, pour surveiller l'entrée de Home Free en toute tranquillité. J'en profitai pour laver les serviettes de toilette que je garde dans mon coffre, pour les chiens.

L'eau commençait juste à clapoter contre le hublot de ma machine, quand la porte de Home Free s'ouvrit. Phœbe Quirk apparut, avec le jeune Alec Gantner, le fils du sénateur. Je dus réprimer l'envie de me précipiter dehors, de prendre Phœbe par le bras et de la secouer jusqu'à ce qu'elle me dise ce qu'elle était venue faire chez Jasper avec Alec Gantner.

Phœbe soutenait le projet de Lamia. Or Lamia allait rénover un immeuble pour Home Free. Normal qu'elle eût rendez-vous avec Jasper. Quant à Alec, c'était l'un des directeurs de Home Free. Rien d'extraordinaire non plus à ce qu'il fût là. Alors pourquoi Jasper et Tish les cachaient-ils ? Y avait-il conflit d'intérêt ? Phœbe et Alec étaient-ils engagés dans une autre affaire qui théoriquement n'était pas compatible avec le projet de Lamia ? Dans l'affirmative, qu'est-ce que ça pouvait bien être ?

Je jetai un coup d'œil sur le cadran de la machine à laver. Encore une heure avant l'essorage. Je devais revenir voir Tish l'après-midi. Si quelqu'un voulait voler ces serviettes d'ici là, qu'il le fasse. Gantner et Phœbe montèrent dans une BMW. Je courus jusqu'à ma Trans Am. Lorsque Phœbe arriva à son bureau, j'étais déjà là. Je l'attendais, assise dans l'antichambre.

25

LA VIEILLE TOILE D'ARAIGNÉE

Phœbe fredonnait. Elle lança un « bonjour » joyeux à la réceptionniste, avant de s'apercevoir de ma présence.

— Vic ! Qu'est-ce que tu fais là ? Je croyais que...

Elle s'interrompit.

— Tu pensais que Jasper avait réussi à se débarrasser de moi ? Vous m'avez regardée sortir, tous les trois, sur le petit écran de son bureau, et vous avez applaudi. Raté. Je vous ai vus partir ensemble, le jeune Alec et toi.

— Et alors ?

— Alors pourquoi faire de ce rendez-vous avec Jasper un secret d'état ?

Phœbe nous regarda tour à tour, la réceptionniste et moi. Elle prit conscience qu'elle était dans l'entrée et ne devait pas se laisser entraîner dans une conversation privée.

— Ce n'est pas un secret, Vic. Comme Jasper te l'a dit, quand on arrive à l'improviste chez les gens, on ne peut s'attendre à des égards. J'ai une réunion. Il faut que je te laisse.

Je me levai.

— Oui. Tu as une réunion. Avec moi. On peut discuter ici, dans l'entrée. On peut aller dans ton bureau, ou à la cafétéria. Mais on va parler.

Son visage se crispa de rage rentrée.

— Oh, parfait. Allons dans mon bureau. Tu gardes mes communications en attente, Laura.

Elle remonta le couloir au pas de course, ignorant les saluts de ses collègues et un homme furieux qui voulait qu'elle réponde immédiatement à un fax du Japon. Dans son antre, elle s'assit à son bureau, une table en ébène massif de la taille d'un court de tennis. Son siège à roulettes la grandissait. Quant aux fauteuils disposés de l'autre côté de sa table, ils plaçaient ses visiteurs trente centimètres en dessous d'elle. J'optai pour le canapé, derrière son bureau. Elle pivota sur son siège, et me lança un regard mauvais, furieuse de se voir privée de sa barricade.

— O.K. Vic. Je t'écoute. J'espère que ça en vaut la peine.

Je cillai.

— Tu inverses les rôles, Phœbe. C'est toi qui va parler. Tu vas me dire ce que tu mijotes avec Alec Gantner. Et ce que vient faire Heccomb dans l'histoire.

— C'est une affaire privée. Je t'ai versé un acompte, Vic. Tu es censée enquêter pour moi, et pas « sur » moi. Ne l'oublie pas.

— Il semblerait que le malentendu persiste, entre nous. Tu as payé pour mes services. Ce n'est pas moi que tu as achetée, Phœbe. Au cas où ta mémoire te ferait défaut, je te rappelle que la semaine dernière, tu m'as demandé de découvrir pourquoi la Century Bank avait laissé tomber Lamia. Deux jours plus tard, Home Free leur confiait un travail de rénovation et tu exigeais que j'arrête mon enquête.

Elle ouvrit la bouche pour dire quelque chose, mais je fus plus rapide qu'elle.

— Une minute. Laisse-moi finir. Je veux que les choses soient bien claires, Phœbe. J'ai abandonné cette enquête à contrecœur. Dans d'autres circonstances, je n'aurais pas laissé tomber, mais deux choses m'ont décidée à le faire : l'ardent plaidoyer de Camilla pour Lamia, et le meurtre de Deirdre. Sa mort, et la disparition de ses trois enfants, m'ont fait occulter un certain nombre de problèmes moins importants. En outre, j'ai vérifié les comptes de Home Free, qui m'ont paru suffisamment sains pour que Lamia n'ait pas à se soucier de voir ses factures impayées.

— Alors pourquoi tu reviens fouiner ? (Phœbe avait les poings serrés sur les genoux.) Laisse tomber une bonne fois pour toutes, Vic.

— Tu ne m'écoutes pas, dis-je. Je n'ai pas interrompu cette enquête sur ton ordre, mais pour les raisons que je viens de t'exposer.

— Qu'est-ce qui t'a fait changer d'avis, alors ?

— Toi. Jusqu'à ce que je te voie sortir de chez Home Free avec Alec Gantner, je n'avais pas l'intention de parler de Lamia à Jasper Heccomb.

Elle se frappa la cuisse avec son poing, maîtrisant du mieux qu'elle pouvait sa colère rentrée.

— Dans ce cas, qu'est-ce que tu faisais là-bas ?

— Je cherchais des pistes pour élucider le meurtre de Deirdre. Elle travaillait beaucoup pour Home Free. J'essaie de découvrir avec qui elle a parlé le soir où elle s'est fait tuer. Maintenant dis-moi ce que tu fabriquais chez Jasper, tout à l'heure.

Elle pivota à nouveau sur son siège, pour ne plus faire qu'un avec son bureau.

— Je mettais au point certains détails du projet de rénovation confié à Lamia.

— Avec Alec Gantner ?

— Il fait partie du conseil d'administration de Home Free. (Elle me lança un regard moqueur par-dessus son épaule.) Il a parfaitement le droit de s'intéresser à leurs activités.

— Je vois.

— Il va falloir que tu rembourses l'acompte de Capital Concerns, Vic.

— Mais avec plaisir. Comment pourrais-je avancer dans mon enquête, si tu me mets des bâtons dans les roues ?

— Ecoute, Vic, tu nous as promis, à Camilla et à moi, que tu ne t'occuperais plus de Lamia. Je ne peux pas me permettre de travailler avec quelqu'un d'aussi peu digne de confiance.

— Phœbe, mes livres de comptes sont enfermés dans un immeuble dont l'entrée est condamnée. Je t'enverrai un chèque dès que je saurai combien je te dois exactement sur cette avance. J'ai enquêté sur le M.T., or je ne t'ai pas encore facturé ce travail.

— M.T. ? Quel rapport ? Tu n'es pas seulement arrogante, tu es folle !

— Ta petite société de recherches biologiques. C'est comme ça que tu l'as appelée, quand tu m'as confié l'enquête. Je ne me souviens pas de son nom exact.

Son visage devint tellement blanc que ses taches de rousseur ressortirent comme des gouttes de sang.

— Je veux que tu abandonnes cette enquête immédiatement. Qu'as-tu découvert ?

— Je vais voir ça cet après-midi. Je t'enverrai un rapport et ma note d'honoraires.

J'avais parlé d'un ton sec, sans faire le moindre effort pour masquer ma colère.

— Je ne veux pas que tu voies quoi que ce soit. Ni que tu m'expédies ton rapport. Je tire un trait sur mon avance. Ça fera office de règlement pour cette enquête. (Elle se leva.) Et ne viens plus fouiner du côté de chez Home Free. Ni Camilla ni moi n'avons envie qu'on vienne faire des remous dans cette affaire.

— Phœbe, tu m'as virée. Tu ne peux plus rien exiger. D'ailleurs, tu n'as jamais compris que je ne suis pas une machine qu'on met en marche et qu'on arrête en appuyant sur un bouton. Je suis une professionnelle avec qui tu as signé un contrat pour un boulot précis. Or c'est moi qui décide du plan de travail, et si des informations inattendues m'obligent à le modifier, c'est moi que ça regarde.

— Une professionnelle ? (Elle eut une moue de mépris.) Avec tes livres de comptes emmurés dans un immeuble en passe d'être rasé ? Tu plaisantes ! Je t'ai engagée par pitié, et pour rendre service à une femme qui travaille dur dans le bâtiment. Mais il y a des tas d'autres agences en ville qui seront ravies d'enquêter pour moi.

Dans l'ascenseur, je me sentis déprimée. Il y avait beaucoup de vrai dans sa critique. Sûr qu'une détective avec un bureau inaccessible pour cause de démolition imminente pouvait difficilement être prise au sérieux.

En remontant Dearborn, je m'offris une portion de frites avant de mettre le cap sur le Herald Star. Privée de mon modem, j'allais devoir à nouveau arpenter les rues, comme les bons vieux privés de la grande époque. Heureusement que j'avais mis mes Nike.

Je grimpai jusqu'au deuxième, et longeai toutes les

cages de verre jusqu'au bureau de Murray Ryerson. Il était au téléphone. Il leva les yeux lorsque je lui tapotai l'épaule, abrégea sa communication, et se dressa de toute sa hauteur — un mètre quatre-vingt-quinze — pour me serrer dans ses bras. Murray est également large d'épaules, et doté d'une barbe rousse.

— Alors, ma belle, dit-il, tout en me scrutant d'un œil sans pitié. On dirait que tu as des cheveux blancs. Si je te voyais plus souvent, je ne me rendrais pas compte que tu vieillis.

— Il y a de nombreuses années que je travaille avec toi, Murray. Je commence à en porter les stigmates.

— « Avec » moi ? se moqua-t-il. Tu ne viens me voir que lorsque tu as besoin de quelque chose ! Ce qui m'amène d'ailleurs à me demander ce que tu fais là.

Murray et moi nous connaissons depuis l'époque où j'étais avocate à l'assistance judiciaire, et lui jeune reporter. Nous nous étions rencontrés lors d'un procès. Il enquêtait sur des fuites dans les dossiers de la défense. Il m'avait interviewée. Je soupçonnais mon assistant , mais je ne suis pas du genre à cafter. Finalement, Murray avait obtenu l'information par une secrétaire rancunière. Après quoi mon supérieur m'avait salement sermonnée. Je me suis toujours demandée si Murray ne m'avait pas accusée d'avoir refusé de parler, pour se venger des deux jours perdus par ma faute dans son enquête... Avec le temps, il est devenu l'un des reporters les plus célèbres de Chicago. Nos relations ont toujours gardé l'empreinte de cette première expérience : une coopération réticente et méfiante. Pendant quelques mois, nous avons même commis l'erreur d'être amants. Cet intermède ajoute encore à l'ambivalence de nos relations : est-ce que nous gagnons quelque chose à nous revoir ou est-ce que nous nous faisons chaque fois un peu plus de mal ?

— Bon, très bien. Puisque tu sais que ma visite est intéressée, je ne vais pas tourner autour du pot. Je suis venue jeter un coup d'œil sur tes banques de données. Il faut que je consulte plusieurs journaux.

Murray avait accès aux archives du *Times* et du *Herald Tribune*. Entre autres.

— Hé, ma fille. Je ne dirige pas une bibliothèque, moi !

— Très bien. Alors je vais aller à la bibliothèque municipale. La police m'a confisqué mon ordinateur, après le meurtre de Deirdre Messenger. Ils pensent ainsi me contraindre à leur expliquer pourquoi le meurtrier a effacé mon disque dur. Et puis les frères Culpepper ont condamné l'accès de mon immeuble, alors que mon modem est à l'intérieur. Sinon, j'aurais consulté ces banques de données depuis mon bureau. Mais c'est gentil de me suggérer d'essayer la bibliothèque. Merci, Murray.

Sur ce, je tournai les talons et m'en fus. Murray me rattrapa devant l'ascenseur.

— Attends, Vic. Tu enquêtes sur l'affaire Messenger ? J'étais à Washington, la semaine dernière — ils veulent que j'étudie de près les finances du congrès. J'avais oublié que tu étais aux premières loges, dans cette histoire. On a des nouvelles des enfants ? Ils font la une depuis deux jours. Quelqu'un m'a dit que Messenger battait sa femme et l'a tuée parce qu'elle avait un amant.

— C'est possible, dis-je, en appuyant sur le bouton.

— Oh, ce que tu peux m'agacer !

Là-dessus, il se laissa tomber à mes pieds, avec une agilité surprenante pour un homme de cette taille, baisa ma main droite et me déclara :

— Ô, Celle-Qui-Doit-Etre-Obéie, je pianoterai moi-même sur le clavier pour vous mettre en relation avec ces banques de données, si vous me dites tout ce que vous savez sur le meurtre, sans omettre aucun détail, aussi trivial soit-il.

J'éclatai de rire.

— Tu sais, pour le moment, j'avance à l'aveuglette. Mais je vais te livrer une information qui, curieusement, n'intéresse pas les flics : Deirdre avait donné rendez-vous à quelqu'un à mon bureau, le soir où elle a été tuée. J'essaie de découvrir de qui il s'agit.

Murray était ravi. Il m'entraîna jusqu'au restaurant de Lucy Moyniham. Il avait faim et il voulait parler. Il dévora trois hamburgers, pendant que je grignotai des rondelles d'oignons en beignets. Après quoi nous débattîmes du cas Fabian.

— Je sais qu'il la battait, dis-je. Je l'ai vu la gifler, un soir. Mais son amant, ce serait qui ?

Murray secoua la tête.

— Le mystère reste entier. Personne n'a été capable d'avancer un nom. Mais le suspect numéro un, dans cette histoire, c'est la fille. On dit que c'est pour ça qu'elle a fui.

— Je sais. Mais je n'y crois pas. Je pense que Fabian est coupable. Et la seule façon de disculper cette jeune fille, ce serait de découvrir avec qui Deirdre avait rendez-vous vendredi dernier. Ça peut très bien être Alec Gantner ou Donald Blakely — elle a fait des allusions aigres-douces à leur sujet, pendant le dîner. Si l'un ou l'autre a vu Fabian entrer dans l'immeuble, il est possible qu'il se taise, par esprit de solidarité. Il faut que je trouve un moyen de les faire parler.

— Et ton petit copain Conrad, qu'est-ce qu'il dit ? Il apprécie que tu expliques à la police comment faire son travail ? ironisa Murray.

— Tu veux faire un article sur ma vie amoureuse ou sur la mort de Deirdre ? lançai-je, d'un ton sec.

Murray partit d'un grand éclat de rire.

— J'adore te prendre au dépourvu, Warshawski. C'est bon pour toi.

— Ouais, comme l'huile de foie de morue.

Je jetai un coup d'œil à ma montre. C'était celle de mon père, un bon vieux modèle en acier qui donnait l'heure aussi bien qu'une Rolex. Jamais je ne pourrais porter une montre de mac, comme Jasper Heccomb, même si je devenais richissime. Bien, il me restait deux heures avant mon rendez-vous à Home Free. Avant que Murray ne commande une troisième bière, je l'entraînai vers la sortie. Et vers son ordinateur.

26

DERVICHE TOURNEUR

On avait écrit de nombreux articles sur les Gantner. Alec senior était sénateur et avait été secrétaire d'Etat au ministère de l'Agriculture. Sa femme s'occupait de diverses œuvres de charité. Leur fille aînée, Mélanie, avait brièvement flirté avec le Weather Underground, avant d'acheter une ferme dans l'Oregon. Elle vivait là dans une simplicité ostentatoire, cultivait une centaine d'hectares sans engrais chimiques ni machines polluantes. Elle écrivait des pamphlets bien orchestrés par les médias contre « l'agrobusiness ».

Les Gantner avaient fait fortune dans l'agriculture, le genre d'agriculture contre lequel Mélanie tirait à boulets rouges. Leurs treize mille hectares de cultures mûrissaient grâce aux pesticides, herbicides, et engrais. Les kilomètres de champs de maïs de l'Illinois et de l'Iowa, dont la platitude rend fous les Américains de la côte Est en route pour la Californie, rapportent des fortunes. On trouve de l'huile et du sirop de maïs partout — aussi bien dans les succédanés de lait en poudre que dans le plastique. Or les Gantner possèdent un grain sur chaque épi.

Le jeune Alec, dans une tentative de se démarquer de son papa, sans toutefois aller aussi loin que sa sœur, tentait d'imposer un carburant dérivé du maïs sur le marché. Il donnait aussi dans l'immobilier et la banque.

Son désir de faire ses preuves ne l'avait toutefois pas conduit à ouvrir sa propre boutique : Gantohol, sa filiale, avait ses bureaux au quartier général de Gant-Ag, la compagnie de son père, près de Morris. Difficile d'imaginer ce citadin snob au milieu des champs de maïs de l'Illinois.

A 3 heures, je commençai à avoir la tête qui tournait. Les lettres se brouillaient sur l'écran. De toute façon, il fallait que j'arrête pour aller voir Tish. Je demandai à Murray de me faire imprimer tous ces articles. Je lui dis que je passerais les prendre le lendemain matin.

— Si tu peux le faire plonger, ta fortune est faite, dit Murray. Ce vieil Alec a toujours été à la limite du scandale. Il a signé plusieurs contrats avec le gouverneur, fort intéressants pour les deux parties. Ce n'est pas facile, de faire tomber un sénateur. Si on y arrive, je peux me retirer tout de suite aux Bahamas.

— Ah, Murray, puisses-tu ne jamais payer le prix de ta cupidité, dis-je, avant de partir.

Avant d'aller chez Home Free, je passai en coup de vent à la laverie. Mes serviettes étaient là, dans un panier. Je les fourrai dans un séchoir, puis je fonçai voir Tish.

Elle était toujours plantée devant son ordinateur. Elle me lança un regard plein de ressentiment, mais ferma son fichier. Puis elle croisa les bras avec l'air de quelqu'un qui fait un effort surhumain pour ne pas perdre patience.

— Ça doit être difficile de travailler avec les stores toujours baissés, dis-je.

— Ça ne me gêne pas. J'ai l'habitude.

— Et Jasper. Coincé comme ça dans un petit bureau sans fenêtres. Vous au moins, vous pouvez soulever une latte de temps à autre pour jeter un coup d'œil dehors. Heureusement qu'il a son moniteur de surveillance. Comme ça personne ne peut lui tomber dessus à l'improviste.

Elle fronça les sourcils.

— Ce n'est pas un quartier très bien fréquenté, dit-elle. Nous ne pouvons pas nous permettre de nous faire voler nos ordinateurs. Vous voulez qu'on parle de Deirdre, ou est-ce que je peux retourner à mon travail ?

Avant d'évoquer le cas Messenger, j'incitai Tish à parler d'elle, ce qu'elle fit avec réticence. Je finis néanmoins par apprendre qu'elle travaillait pour Home Free depuis cinq ans. Elle avait tout d'abord fait un stage d'été l'année où elle passait sa maîtrise d'urbanisme à l'université, puis ils l'avaient engagée comme directrice à temps complet. Deirdre avait commencé à travailler pour eux quelques mois après. A cette époque, ils s'occupaient encore du placement des sans-abri, auxquels il fallait faire remplir un questionnaire. Deirdre s'en chargeait.

— Quand avez-vous cessé de placer les gens vous-mêmes ?

— Quand Jasper est arrivé, dit-elle, d'un ton sec. Il a été nommé directeur exécutif il y a trois ans. Il a tout de suite vu que nous perdions du temps à diriger les gens sur des foyers. Il y avait déjà de nombreux organismes de charité pour s'occuper de ça. Il a décidé que nous serions plus efficaces en faisant construire des immeubles à loyers modérés.

— Votre conseil d'administration n'a pas bronché ?

Elle regarda fixement son ordinateur.

— Il a fallu un certain temps pour que ça se mette en place. Presque un an. Nous avons dû attendre que certains membres s'en aillent, parmi les plus âgés.

— Et qu'Alec Gantner et Donald Blakely entrent au conseil d'administration ? suggérai-je.

Elle me lança un regard mauvais.

— Quel rapport avec Deirdre ? fit-elle.

— Je me demandais comment elle avait réagi à ce changement. Est-ce que cela a eu une influence sur son travail, en tant que bénévole ? Est-ce la raison pour laquelle elle a fait ces remarques acerbes à Gantner, pendant ce dîner ? S'est-elle battue pour que Home Free reste un centre de placement direct ? A-t-elle mal accepté cette mutation ?

— Tout d'abord, elle n'assistait qu'aux réunions du conseil d'administration. Mais il y a six mois, nous avons dû licencier notre secrétaire, alors Deirdre venait travailler dès qu'elle avait un moment.

J'insistai pour avoir des détails sur son travail. Deirdre aidait Tish à mettre ses dossiers à jour, à taper des factures, à tenir les donateurs au courant du bon usage de leur argent. Tish refusa de me donner plus de détails.

— Vous ne trouviez pas ça bizarre qu'une femme de ce milieu vienne chez vous faire des travaux de bureau ?

— Pas vraiment. Jasper disait qu'elle était au bout du rouleau, et qu'il fallait la ménager parce que les amis de son mari pouvaient nous faire des dons importants. Et puis nous avions perdu certains de nos donateurs. Jasper pensait que Deirdre pourrait les faire revenir.

— Vous vous entendiez bien avec elle ? m'enquis-je.

J'imaginai Tish et Deirdre dans un concours de sourcils froncés.

— Elle venait travailler, comme moi.

— Elle était amoureuse de Jasper ?

Tish rougit.

— Elle était mariée. Mais elle aimait bien qu'il plaisante avec elle. Ça lui arrivait d'être assez... euh... puérile...

— Un journaliste m'a dit qu'elle et Jasper avaient une liaison. Enfin, c'est ce qu'on raconte.

Tish devint rouge écarlate. Elle saisit un pan de son gilet, secoua la tête, incapable de parler. Je laissai tomber. Je lui demandai si je pouvais voir le travail de Deirdre.

— Vous n'avez qu'à me montrer ce qu'elle faisait la dernière fois qu'elle est venue ici.

— Il n'en est pas question ! Nos dossiers sont confidentiels. Jasper m'a demandé de vous parler de Deirdre. Il n'a pas précisé que je pouvais vous montrer nos comptes.

Je haussai les sourcils.

— Pourquoi ? Vous avez des choses à cacher ?

Son teint vira au rouge brique. Là-dessus le téléphone sonna, lui évitant de me répondre.

— Home Free... Tish à l'appareil... Oh, bonjour Gary...

Non, il n'est pas là... Il vous a dit de ne pas vous inquiéter de ça, qu'il allait s'en occuper...

Gary. Le type au faciès bovin, que j'avais vu ici la semaine dernière. Apparemment, il était de nouveau mécontent — je l'entendais aboyer après Tish, sans toutefois comprendre ce qu'il racontait.

— Je ne peux rien vous dire d'autre, j'ai quelqu'un avec moi, dans mon bureau. (Soudain elle rit, son visage s'illumina, révélant une beauté cachée.) Non, pas une amie... Je lui dirai que vous avez appelé.

— Pourquoi ne suis-je pas une amie ? m'enquis-je, quand elle eut raccroché. Pourquoi m'êtes-vous hostile ?

— Parce que vous vous mêlez de ce qui ne vous regarde pas. Comme là, tout de suite : c'était un coup de fil personnel. Bien, il faut que je me remette au travail.

— Pour avoir fini quand Jasper viendra vous chercher pour dîner. Je ne suis pas une rivale, vous savez. Peut-être que Deirdre l'était, mais moi je n'ai aucune envie de coucher avec lui.

— Tant mieux, parce qu'il ne vous toucherait pas, même avec des pincettes.

La colère et la jalousie firent trembler sa voix, quand elle me cracha son insulte infantile.

Je me surpris à tapoter ma tête à l'endroit où j'avais des cheveux blancs, mais je me contentai de lui dire :

— C'est réciproque, Tish. Je ne le trouve pas assez viril. Et maintenant, faisons une liste des chantiers que je vais visiter.

— Des chantiers ? Sûrement pas ! Vous pouvez voir des choses finies, mais on ne laisse personne se promener sur nos chantiers, excepté ceux qui y travaillent.

— Donc vous avez des chantiers en cours ? Jasper m'a dit la semaine dernière que les affaires étaient plutôt calmes, en ce moment.

Tish ouvrit la bouche, l'air consterné, mais se reprit très vite. Elle me dit que la construction, c'était plutôt le domaine de Jasper. Elle n'avait fait que parler d'une manière générale.

Je tentai d'argumenter, mais visiblement, elle jouissait de pouvoir me refuser quelque chose. Aussi ne réussis-je pas à lui soutirer d'autres informations. Finalement, je parlai de Lamia.

— De quelle façon ont-elles obtenu le contrat de rénovation ? m'enquis-je. Vous avez fait un appel d'offres ?

— Comment se fait-il que vous connaissiez leur existence ? demanda-t-elle d'un ton sec.

— Par mon métier. Vous avez des détails sur l'offre qu'elles ont faite ?

Elle regarda instinctivement le téléphone, comme dans l'espoir de le voir sonner. Oh, Jasper ! Après un long moment de silence, elle dit ne pas être au courant des offres qui leur avaient été faites. C'était Jasper qui s'en occupait.

— Donc si je vous dis qu'elles n'ont jamais soumissionné à un appel d'offres, ce qui est illégal, puisqu'elles vont travailler sur un projet financé par des fonds publics, vous ne voyez toujours pas de quoi il s'agit.

— Je vous dis que je ne suis pas au courant ! s'écria-t-elle. Vous êtes contente, maintenant ? Allez-vous-en. Laissez moi travailler !

J'avais à peine fermé la porte que déjà elle pianotait furieusement sur son téléphone à touches. J'aurais bien écouté, mais je ne voyais pas comment le faire avec discrétion. Je retournai donc à la laverie. Je retrouvai mes serviettes dans un panier, pliées. Je n'avais pas totalement perdu ma journée : j'avais des serviettes propres, à présent.

27

UN GENTLEMAN ME REND VISITE

Mr Contreras se montra dès qu'il entendit ma clé dans la serrure de la porte d'entrée.

— Salut, poupée ! Tu as un visiteur. Il est là depuis une heure. Je lui ai offert une tasse de café. Il est très gentil.

Les chiens me sautèrent dessus et se mirent à aboyer de joie, comme s'il y avait des mois qu'on ne s'était vus. Difficile, dans ces conditions, de rappeler à mon voisin, une fois de plus, qu'il n'avait pas à s'immiscer dans mon existence.

Comme s'il avait lu dans mes pensées, Mr Contreras déclara, d'un air vexé :

— Je voulais seulement te rendre service, poupée. Je ne suis pas du genre à me mêler des affaires des autres. Mais comme tu n'as plus de bureau, je ne peux pas éconduire des clients potentiels. Sinon, ils vont s'adresser à de grandes agences de détectives. Et toi, qu'est-ce que tu vas devenir ?

Je levai les mains, l'air résigné.

— Très bien. Je vous remercie. Qui est-ce, et où est-il ?

Comme s'il n'attendait que ça, Ken Graham apparut dans l'embrasure de la porte. J'avais repéré une Alpha Spider, une voiture que j'adore, garée en bas. Ça devait être celle du pirate, lequel portait toujours son jean et son vieux blouson. Cependant, il s'était rasé, et fait couper les cheveux.

— Vous avez des chiens super, me félicita-t-il.

— Merci d'être venu les voir.

Je fis rentrer les chers petits, de peur que Mitch ne tente de s'échapper. Ken sourit malgré lui, ce qui gomma en partie l'expression cynique qu'il affichait en permanence.

— Je suis allé à votre bureau, et, comme on a condamné l'accès de l'immeuble, je suis venu ici.

— Vous faites preuve d'initiative, c'est bien. Vous aviez une raison précise ?

— Ne vous fâchez pas. Papa ne me lâche plus. Je voulais savoir si vous aviez une piste pour moi. Pour le travail bénévole, je veux dire.

— Je n'ai pas oublié. Votre papa me rappelle à l'ordre, moi aussi. Ne vous inquiétez pas. Dès que j'ai quelque chose, je vous le fais savoir.

Mr Contreras écoutait avec une grande attention, mais il ne posa aucune question. Il ne voulait pas qu'un jeune godelureau pût penser qu'il n'était pas au fait de tous mes secrets. Il essayait à présent de tous nous entraîner chez lui, mais je voulais être seule. Ou du moins pas affublée de ces deux-là.

Le jeune Ken avait déjà cette certitude, en digne fils de son père, que les gens allaient faire ce qu'il voulait, simplement parce qu'il s'appelait Graham et possédait la majeure part des actions d'une grosse société. Il tenta de me persuader qu'il pourrait travailler pour moi.

— Oui, je suis sûre que vous pourriez. Mais je ne suis pas une œuvre de charité.

— Pourtant, Papa m'a dit que vous aviez de nombreuses activités bénévoles. Je pourrais participer à l'un de ces projets. Je suis certain que nous réussirions à convaincre mon contrôleur judiciaire que...

— Peut-être. Mais moi vous ne me convaincrez pas. Merci d'avoir pris la peine de venir jusqu'ici. Mes respects à votre père.

J'entrepris de monter l'escalier. Ken suivit. Les chiens, persuadés que n'importe quel étranger serait plus amusant qu'une soirée devant la télé en compagnie de Mr Contreras, nous ouvrirent la route. Mr Contreras fit le wagon de queue. Aucun détective, à Chicago, ne se promène avec une escorte pareille. Aucun détective au monde, d'ailleurs.

— Si je pouvais dire à Papa que je travaille pour vous,

il nous ficherait la paix à tous les deux. Ça me donnerait également l'occasion de faire plus ample connaissance avec vous. Pour le moment, tout ce que je sais, c'est que vous ne mettez pas de sucre dans votre cappuccino.

J'ouvris les verrous de ma porte blindée.

— Bonsoir, Mackenzie. Bonsoir, Mr Contreras. Si j'ai d'autres visiteurs, donnez-leur deux aspirines, et dites-leur de m'appeler demain matin.

Je refermai la porte sur leurs protestations. Les chiens le prirent très mal. Ils aboyèrent sur un ton outragé. Je rouvris la porte, alors que toute la tribu venait juste de tourner les talons.

— Je vais emprunter Peppy pour la soirée, si ça ne vous ennuie pas.

— Mais je t'en prie poupée. C'est autant ta chienne que la mienne. Tu sais bien que tu n'as pas besoin de demander. Mais tu es si rarement là...

Je sortis sur le palier, et l'embrassai sur la joue.

— Je sais. Vous vous occupez très bien de ces chiens. Peppy et moi apprécions, croyez-moi.

Je repoussai Mitch, et m'empressai d'entraîner la chienne à l'intérieur. Puis je refermai très vite la porte. Ravie d'être à nouveau la favorite, Peppy agita sa queue, et fit semblant de ne pas entendre les gémissements de son fils, derrière la porte.

Après avoir brossé la chienne, et joué un peu avec elle, j'appelai Camilla, espérant que Phœbe n'avait pas déjà téléphoné. Chaleureuse au départ, elle devint hostile dès qu'elle apprit mon incursion à Home Free.

— Quelle détective tu fais, lança-t-elle, furieuse, si tu dis tout ce que tu sais à la première venue ?

— Ecoute, Camilla, il y a anguille sous roche, dans cette affaire. Et Phœbe n'est peut-être pas si innocente que ça.

Je lui racontai qu'elle avait essayé de se débrouiller pour que je ne la voie pas en compagnie d'Alec Gantner.

— Jasper Heccomb est un malin, dis-je, mais la fille qui

travaille pour lui ne sait pas tricher. Je voulais la tester, lui parler de Lamia pour voir sa réaction.

— Et alors ? Tu as frappé en plein dans le mille ? Si jamais ça se retourne contre nous, Warshawski, ma mère ne va plus être la seule de la famille à penser que tu es une merde !

Je me massai la nuque avec ma main gauche.

— Camilla, Phœbe te cache quelque chose. Je suis obligée de te le dire, sinon je ne serais pas une amie. Vous risquez de vous retrouver dans une situation illégale, toi et tes copines. Pensez-y.

— Nous y avons pensé. Et nous en avons parlé. Nous sommes très contentes de ce qui nous arrive. Alors réjouis-toi aussi, Vic, parce qu'on n'a pas envie qu'on vienne nous saper le moral.

Là-dessus, elle raccrocha avec violence.

J'aurais pu téléphoner à Conrad. Mais je n'allais tout de même pas l'appeler pour me plaindre de sa sœur. C'était là une constante dans ma vie : les gens étaient toujours plus ou moins fâchés contre moi à cause des questions que je leur posais. Et si je faisais plus attention désormais, c'était uniquement pour me ménager, ou parce que je manquais d'argent.

— Mais comment pourrais-je changer de métier ? dis-je à Peppy. J'ai presque quarante ans, et je ne sais rien faire d'autre.

Elle me regarda avec inquiétude, espérant que mes problèmes n'avaient aucun rapport avec elle. Elle parut soulagée quand je me levai et me dirigeai vers la cuisine.

Il y avait un certain temps que je n'avais pas fait les courses. Parmi les légumes qui restaient, seuls l'ail et les oignons étaient encore mangeables. Je les fis revenir dans ma dernière cuillerée à soupe d'huile d'olive, tout en préparant de la polenta. Je mélangeai le tout avec un reste de cheddar et m'installai devant la télé. J'assistai à une défaite des Cubs devant St. Louis. Peppy termina mon assiette.

A 8 heures et demie, n'y tenant plus — les Cubs avaient

trop mal joué, mon humeur était décidément trop sombre — , je descendis frapper à la porte de Mr Contreras.

— Je vais sortir un moment. J'emmène Peppy avec moi. Comme je risque de rentrer tard, je vais la garder jusqu'à demain. Vous voulez que je prenne Mitch aussi ?

Mon voisin me reproche sans cesse de négliger ces pauvres bêtes, mais il est jaloux de ma relation avec elles. Aussi se cramponna-t-il à Mitch, comme je m'y attendais.

— Espérons qu'en revenant tu seras de meilleure humeur. Si tu te conduis comme ça avec Conrad, tu ne vas pas tarder à te retrouver célibataire.

— Bien capitaine. Je vais y penser.

Conrad dit toujours que c'est ma manière un peu brusque qui l'a séduit. Mais comme toutes les qualités dont on use avec excès, ça finit par lasser.

L'Alpha Spider était toujours garée le long du trottoir d'en face. Il faisait nuit, aussi ne pouvais-je voir si Mackenzie était à l'intérieur. Je fis monter Peppy dans la Trans Am, et pris la direction du parc. Arrivée au coin de la rue, je vis l'Alpha me suivre. Elle resta derrière moi sur Belmont et sur Lake Shore Drive. Je continuai pendant deux kilomètres, puis sortis brusquement à Fullerton. J'attendis à l'entrée du parc. Quelques secondes plus tard, le petit bolide de Mackenzie déboucha à vive allure, ne put s'arrêter derrière moi, et alla se garer vingt mètres plus loin. Je courus jusqu'à sa voiture, ouvris la portière passager avec fureur. Ken Graham, les mains sur le volant, souriait de toutes ses dents, comme s'il venait de faire quelque chose d'intelligent.

— A quoi vous jouez ? Vous essayez le harcèlement, histoire de vous occuper avant de recommencer à pirater ?

— J'ai suscité votre intérêt. C'était mon but.

— Pourquoi ? Si vous voulez me vamper pour empêcher votre père de m'épouser, vous nous insultez tous les trois. En tout cas lui et moi.

— Je vous suis peut-être pour vous protéger.

— C'est cela, oui. Ressaisissez-vous, Mackenzie. Si vous

continuez à me casser les pieds, je vais dire à Darraugh sans mâcher mes mots, que je renonce à vous trouver une planque où que ce soit. Et pourquoi.

— Vous me rappelez ma baby-sitter : sois sage ou je vais le dire à ton père. Elle aussi, elle me plaisait.

— Alors, il est peut-être temps de grandir, fiston. Les garçons dont il faut changer les couches ne m'intéressent pas.

Là-dessus, je tournai les talons et me dirigeai vers ma Trans Am. Je posais la main sur la poignée de la portière, quand il démarra en trombe. L'Alpha s'éloigna à grands coups d'accélérateurs rageurs.

28

DES PROFONDEURS ENCORE PLUS GRANDES

Je fis demi-tour pour repartir vers le sud. A plusieurs reprises, j'eus l'impression que Ken continuait à me suivre. Pensait-il réellement que j'avais une liaison avec son père, ou bien s'amusait-il à me filer pour s'occuper ? Tous ses copains étant à la fac, il ne devait pas trop savoir quoi faire de son temps.

Je quittai Lake Shore Drive au niveau de la Quarante-septième Rue, puis me rabattis brusquement sur la droite, après le feu. Deux voitures me dépassèrent, mais ce n'étaient pas des Alpha Spider. Je roulai jusque chez Fabian, me garai et sonnai à la porte.

L'employée de maison me reconnut et s'effaça pour me laisser entrer. Puis elle tourna les talons et monta au premier, m'abandonnant dans le hall. Elle reparut quelques minutes plus tard et me pria de la suivre.

Nous traversâmes l'immense vestibule. Elle me fit entrer dans une bibliothèque de taille honorable, derrière le grand escalier. Cette pièce correspondait au statut professionnel de Fabian : des rayonnages en cerisier couvraient trois des murs, un énorme bureau trônait sur un magnifique tapis oriental. Ce lieu me parut oppressant, mais si je gagnais dix fois plus d'argent, peut-être changerais-je d'avis.

J'écartai légèrement un rideau écarlate, sur le mur du fond. Je scrutai l'obscurité pour voir jusqu'où allait la propriété des Messenger, mais je ne distinguai qu'une aire de jeux, aussi grande que celle d'Arcadia House.

Après quoi, je ne pus résister à l'envie d'ouvrir les tiroirs du bureau. Fabian disait avoir travaillé à sa conférence, samedi matin. Terry prétendait avoir vérifié son alibi, mais je n'en croyais pas un mot. Il devait y avoir quelque part des notes sur la conférence, ou un agenda. Je feuilletai fébrilement les papiers de Fabian.

Je ne trouvai rien d'intéressant. J'allais refermer le dernier tiroir, quand je tombai sur une lettre du sénateur Gantner. Elle était classée dans une chemise étiquetée « JADS HOLDINGS ». Je commençai à la lire, lorsque j'entendis un bruit de pas derrière la porte. Fabian ! Avec la plus parfaite inconscience, je fourrai la lettre dans ma poche, et refermai le tiroir à la hâte.

Il avait l'air si mal en point que j'aurais sans doute pu fouiller son bureau en sa présence sans qu'il s'en aperçoive. Emmitoufflé dans une robe de chambre en flanelle, il avait le teint cireux et marchait en traînant les pieds. Dire que cet homme-là avait fait irruption chez moi, pétant d'énergie, pour m'accuser d'avoir kidnappé sa fille !

— Oh, c'est toi, Warshawski. Ils m'avaient prévenu, mais Karin m'a dit que la police était là.

Je clignai des yeux, un peu déconcertée par son accueil.

— Qui t'a prévenu ? Les flics ?

Debout à côté d'un fauteuil en cuir, il regardait autour de lui d'un air désorienté, comme si c'était lui le visiteur.

— Peu importe. Tu es venue me dire qu'Emily a tué sa mère ? Ça, je l'avais deviné tout seul.

— Tu ne crois pas que c'est un peu facile ? D'abord on lui fait jouer le rôle d'une nounou. Et maintenant celui d'une meurtrière.

— Ma vie privée ne te regarde pas. (Il essaya de parler avec son dédain habituel, mais ne fit que marmonner d'une voix sans timbre.) La police est venue. Ils ont trouvé ma batte signée Nellie Fox dans la chambre d'Emily. Elle s'en est servie pour tuer sa mère, ça ne fait pas un pli.

— Allons, tu ne le crois pas réellement ? De toute façon, on avait effacé les empreintes. Ils ne te l'ont pas dit ?

Je m'installai dans l'un des fauteuils capitonnés. Il fit quelques pas mal assurés et s'assit, non pas derrière son bureau, mais sur l'une des chaises à dossier droit, près de la porte. Il resserra sa robe de chambre, comme pour se protéger de moi.

— Toutes les empreintes n'ont pas été effacées, Warshawski. Il y avait celles d'Emily.

Je respirai profondément.

— Tout le monde croit qu'elle a tué Deirdre. Hormis le fait qu'elle n'aurait jamais effacé les empreintes pour y apposer exprès les siennes, pourquoi Emily aurait-elle tué sa mère ?

Fabian sourit. Il retrouva son habituelle suffisance l'espace d'un instant.

— J'ai posé la question à un psychiatre, Warshawski. Si Emily a tué Deirdre, il est tout à fait plausible qu'elle veuille se faire prendre. Les adolescentes passent toutes par un stade où elles tentent de supplanter leur mère. Le meilleur moyen d'y arriver était encore de la tuer. Puis la culpabilité l'a submergée, et elle a laissé des preuves inconscientes de son forfait.

— Tu as dû tomber sur un freudien sénile, Fabian. Ces théories sur le sexe sont dépassées. De toute façon, Emily avait déjà pris la place de sa mère à bien des égards, non ? Elle n'avait donc pas besoin de la tuer pour ça.

— Qu'est-ce que tu insinues, avec ton esprit pervers, Warshawski ?

Malgré son agressivité, il avait l'air d'un animal blessé, tassé comme ça sur sa chaise.

— Elle s'occupait de tes fils, dis-je. Elle était la seule personne responsable, pendant ce dîner. Deirdre avait trop bu pour être efficace. Quant à toi, tu étais bien trop occupé à parader devant tes invités. Et en ce qui concerne ton alibi, tu as quasiment contraint Emily à le confirmer. Comment pourrait-elle être certaine que tu n'as pas quitté la maison, si elle était sortie ?

— Oh, je vois. Tu essaies de me coincer. (Il s'appuya sur le dossier de sa chaise et se mordit la lèvre.)

— Peut-être que vous étiez sortis tous les deux ? suggérai-je, pensant à la souris prise entre deux chats. Si ça se trouve, vous êtes allés en ville ensemble pour tuer Deirdre, et vous avez décidé de vous donner réciproquement un alibi.

— Je croyais qu'il était clair que j'avais passé la soirée chez moi.

— Et Emily ?

— Je ne sais pas. Elle a dû sortir après que je me suis couché. Mais elle était là le lendemain matin : elle a habillé les enfants, elle leur a donné leur petit déjeuner.

— Comment elle était, le lendemain matin ?

— Comment ça ? Que veux-tu dire ? (Il cligna des yeux, comme si je venais de lui demander de m'expliquer la théorie de la relativité.)

— Elle avait l'air préoccupé ? Est-ce qu'elle se conduisait comme une fille qui a tué sa mère la veille au soir ?

— Oh. (Il se mordit la lèvre un peu plus fort.) Je ne crois pas lui avoir parlé, ce matin-là. J'étais ici, en train de préparer ma conférence. Ah, je l'ai appelée, avant qu'elle n'aille dans la cuisine.

— Pour lui dire quoi ? Tu t'en souviens ? (J'avais l'impression de ramer dans de la mélasse.)

— Pour m'assurer que Joshua boirait bien son lait. Elle

est parfois trop laxiste avec lui. Comme pour cette histoire de poème : elle n'a même pas réussi à le lui faire apprendre par cœur. Peut-être aussi que je lui ai dit de ne pas sortir avant l'arrivée de Mrs Sliwa. Il fallait que quelqu'un soit là pour s'occuper de Nathan.

— Ce quelqu'un ne pouvait pas être toi ?

— Je t'ai dit que je préparais ma conférence.

A nouveau cet air dédaigneux, l'espace d'une seconde. Quelle merveilleuse famille ! Tous les actes du souverain père prenaient le pas sur ceux de ses vassaux : femme, enfants...

— Tu as dû être inquiet de ne pas voir Deirdre rentrer. Mais peut-être qu'il lui arrivait de passer la nuit dehors ?

Il rougit.

— Qu'est-ce que tu essaies d'insinuer ? Qu'elle avait un amant ? Deirdre était une femme fidèle, et aimante. Je ne tolèrerai pas qu'on salisse sa mémoire !

Je le revis en train de la gifler, le soir du dîner. Comment s'arrangeait-il de tout cela ? Comment réussissait-il à concilier sa propre brutalité avec l'image d'une épouse aimante et fidèle jusqu'à la mort ?

— Tu ne t'es pas inquiété, en ne la voyant pas rentrer, vendredi soir ? Tu n'en as pas parlé avec Emily ?

— Quand je suis arrivé, je lui ai demandé où était sa mère. Elle m'a dit que Deirdre était sortie. Elle avait laissé un mot, dans lequel elle disait qu'elle ne rentrerait pas dîner et que nous pouvions finir les restes de saumon. C'était un peu cavalier de sa part. Mais enfin, elle est morte.

— Et samedi matin ? fis-je. Qu'est-ce que vous vous êtes dit, Emily et toi ?

— Combien de fois faut-il que je te le répète, Warshawski : on ne s'est pas parlé !

— Mais cette conférence. Tu dois bien avoir un prospectus quelque part. A moins que la police l'ait emporté ?

— Tu essayes d'insinuer que j'aurais inventé cette

conférence de toutes pièces, comme alibi ? Tu dépasses les bornes, là, Warshawski !

Il bondit de sa chaise sous le coup de l'indignation — feinte ou non —, et son peignoir s'entrouvrit. Au bout de quelques instants, il s'aperçut qu'on voyait sa poitrine — un pauvre petit poitrail pâle et imberbe — et referma son peignoir. Puis il se rassit.

— Donc tu donnais ta conférence, quand la police est venue vous annoncer la mort de Deirdre. Ç'a dû être dur pour Emily d'encaisser la nouvelle, comme ça, sans l'aide de personne.

— Pas si c'est elle qui a tué Deirdre, marmonna-t-il, à nouveau tassé sur sa chaise.

Je me grattai la tête, m'efforçant de trouver le moyen de lui arracher la vérité.

— Je suis réellement inquiète pour Emily, Fabian. Pas toi ? Où est-elle, à ton avis ?

Il remua les lèvres pour dire quelque chose, mais se ravisa.

— Si tu as une idée de l'endroit où elle pourrait être, mais que tu n'as pas envie d'en faire part à la police, je serai ravie de vérifier, gratuitement, et sans rien dire à personne. Tu as peut-être un collègue chez qui elle aurait pu se cacher, mais tu ne veux pas que ça se sache ?

— C'est chez toi qu'elle voulait aller. Cet inspecteur, ton copain — Finchley, c'est ça ? — dit qu'on l'a vue près de ton bureau. Tu as vraiment du culot de venir me demander à moi où elle pourrait être. J'envisage très sérieusement de porter plainte pour détournement de mineur. Sans toi, sa mère serait toujours vivante. Ne me dis pas que tu n'as pas incité Deirdre à venir te voir. Sinon, pourquoi serait-elle allée à ton bureau ? Ensuite tu as poussé Emily à quitter la maison. Je pourrais t'attaquer en justice pour manipulation !

— Tu te rendrais ridicule, et Alec Gantner ne te nommerait jamais juge.

— De toute façon, grâce à toi et à Deirdre, ça n'arrivera sans doute pas. Va-t-en, Warshawski. Je suis sorti de mon lit pour te recevoir, mais je t'ai assez vue, maintenant. Rentre chez toi.

Avec son teint cireux et ses yeux vitreux, il ne m'inspirait plus que de la pitié.

— Tu devrais voir un médecin, Fabian. Tu te sentirais mieux, si tu prenais les médicaments qu'il faut.

Un antidépresseur, par exemple, me dis-je.

29

UNE FILATURE DISCRÈTE

En rentrant chez moi, j'eus encore l'impression d'être suivie. Cependant, chaque fois que je me rabattais dans la file de droite, personne ne ralentissait derrière moi. En tout cas, je ne vis pas les phares de la Spider dans mon rétroviseur.

Je m'arrêtai à Grant Park pour me dégourdir les jambes. J'avais toujours la sensation d'être filée, mais personne ne se gara en même temps que moi. Je restai près de la route qui longe le lac, car les flics y passent régulièrement. Je surveillai les ombres. Peppy, qui sentait ma nervosité, ne s'éloignait pas. Elle bondissait après quelque lapin imaginaire, pour revenir aussitôt presser sa truffe contre ma main.

De retour sur Racine Street, je me garai à deux cents mètres de chez moi. J'observai les alentours : rien de suspect à première vue. Je sortis de ma voiture. Sans doute mes inquiétudes à l'égard d'Emily me rendaient-elles nerveuse. J'ordonnai cependant à Peppy de rester près de moi et enroulai sa laisse autour de ma main.

Alors que nous avancions sur le trottoir, la chienne s'arrêta brusquement et se mit à grogner. Son poil se hérissa. Elle avait le regard braqué du côté des voitures garées. Je m'agenouillai près d'elle, regrettant de n'avoir pas pris mon pistolet — et de ne pas porter d'armure. Soudain Peppy poussa un grand aboiement et m'échappa, tandis qu'un homme se levait d'entre deux voitures. J'allais plonger sur le trottoir, quand je reconnus Mackenzie Graham.

Mon cœur battait si fort que ma gorge vibrait.

— Je ne veux même pas savoir ce que vous faites là, Graham. Rentrez chez vous changer vos couches.

J'appelai Peppy. Elle remua la queue pour montrer à Ken qu'elle n'allait pas le mordre, mais elle me suivit jusqu'à la porte.

— Je n'ai même pas le droit de m'expliquer ? demanda-t-il.

Je grognai, imitant Peppy avec un certain talent.

— Vous avez intérêt à être palpitant.

— Je peux entrer ? Je suis dehors depuis des heures, et il ne fait pas chaud.

J'eus un rictus exaspéré, mais je lui fis tout de même signe de me suivre dans le vestibule. En nous entendant, Mitch aboya et gratta la porte de Mr Contreras. Ils n'allaient pas tarder à nous rejoindre. Si je voulais avoir une conversation privée avec Ken, il me fallait l'emmener chez moi.

Nous arrivions au premier étage, quand Mitch nous rattrapa, le vieil homme derrière lui.

— Oh, c'est toi, poupée. Mitch faisait un tel boucan ! J'ai cru qu'un rôdeur s'était introduit chez nous.

— Ah, vous voilà. Votre copain Graham a quelque chose à me dire. S'il n'est pas redescendu d'ici un quart d'heure, appellez Conrad, parce que l'un d'entre nous sera mort.

— Message reçu, poupée. Tu ne veux pas que je te dérange.

— Non. J'aurais bien assommé ce fâcheux, mais puisque vous nous avez vus ensemble, je vais me retenir.

Mr Contreras rappela Mitch, mais Peppy, ravie du changement, resta avec moi. Je laissai Ken passer devant, avec la chienne. S'il avait eu l'intention de m'enlacer par surprise, il en était pour ses frais.

A peine fut-il dans le salon, que je regardai ma montre.

— Vous avez exactement deux minutes.

— N'essayez pas de jouer les yuppies, Warshawski. J'ai des choses importantes à vous dire.

— Je suis tout ouïe. (Je restai debout.)

— Je n'étais pas le seul à vous suivre, ce soir.

Je m'appuyai contre le piano, les bras croisés.

— Vous inventez une histoire pour vous rendre intéressant, ou vous avez vraiment vu quelqu'un ?

— Je ne me suis pas amusé à attraper la mort pendant deux heures simplement pour vous voir ! A ce propos, je gèle. Je prendrais bien un café.

— Dans une minute. Dites-moi d'abord ce que vous avez vu.

— Après que vous m'avez dit de partir, j'ai fait le tour du parc, puis j'ai repris Lake Shore Drive à North Avenue. (Il me lança un regard de côté pour voir comment je réagissais.) Je ne savais pas si vous iriez dans le centre ou pas, et j'ai craint de vous perdre à la sortie de Michigan. Mais j'ai tout de même continué vers le sud, pour voir, et je vous ai aperçue au deuxième feu, à Grant Park. La chienne avait passé son museau par la fenêtre.

J'acquiesçai d'un hochement de tête.

— Je ne voulais pas m'approcher trop. Je me doutais que vous surveilliez votre rétroviseur. Alors je suis resté à peu près six voitures derrière. Et à un moment, je me suis aperçu que quelqu'un d'autre vous suivait. Alors je l'ai pris en filature.

— Ha, ha. Vous vous ennuyez avec votre papa, ou quoi ?

Il fronça les sourcils.

— Je croyais que ça vous intéresserait.

— Vous avez un numéro d'immatriculation ou quelque chose qui me prouve que vous dites vrai ?

— Non. Il faisait trop sombre. Et puis j'essayais de ne pas entrer dans le champ de votre rétroviseur.

— Alors où suis-je allée, Marlowe ?

— Pourquoi vous vous moquez de moi ? J'ai grelotté deux heures dans le noir pour vous prévenir que quelqu'un vous suivait, et vous me traitez comme un gamin de trois ans !

— Vous ne m'avez suivie que pour me prouver à quel point vous êtes intelligent.

Son visage se crispa sous l'effet de la frustration, mais il finit par se ressaisir.

— Vous êtes sortie au niveau de la Quarante-septième, pas vrai ? Je restais en retrait pour ne pas me faire repérer, mais l'autre type vous serrait de près. J'ai joué de malchance avec le feu. Vous êtes passés à l'orange tous les deux, mais moi je me suis fait coincer. Le temps que le feu repasse au vert, vous et votre inconnu aviez disparu.

— En admettant que vous ayez raison, et qu'on m'ait réellement suivie, pourquoi êtes-vous revenu ici ? A propos, où est votre voiture ?

— Je me suis garé au coin. Pour ne pas être repéré par votre suiveur. Je me suis dit que s'ils voulaient vous faire du mal, ils attendraient que vous rentriez.

— Alors vous vouliez jouer les héros ? Mais pourquoi ? Qu'est-ce que ça vous apporte de me suivre comme ça ?

— Je vous aime bien. Vous ne vous mettez pas à ramper dès que mon père fronce les sourcils.

— Ne soyez pas trop dur avec Darraugh. Vous voulez toujours du café ? Moi je vais prendre un whisky.

Il me fit un grand sourire.

— Du café, ça ira. Je ne bois pas. Je n'ai pas tous les vices.

Il me suivit dans la cuisine.

— Vous ne voulez pas savoir ce qui s'est passé quand vous vous êtes garée ?

— Parce que ce n'est pas tout ?

— Non. Ils ont descendu Racine, en roulant doucement. Ils voulaient sans doute s'assurer que vous rentriez bien chez vous.

Je mis des grains de café dans le moulin.

— J'ai vu une voiture tourner derrière moi, en arrivant, dis-je. Mais il n'y a aucun moyen de savoir s'ils me suivaient depuis Kenwood. Et si c'est le cas, ça ne change rien, parce que nous n'avons pas leur numéro d'immatriculation.

Il s'appuya contre l'évier, me regarda m'activer autour de la cafetière.

— En tout cas, si ce sont ceux qui vous suivaient, ils étaient deux dans la voiture. J'en suis pratiquement sûr. C'est une conduite intérieure, bleu ou vert foncé. Peut-être marron. Mais je ne pourrais pas vous dire la marque.

— Ce qui réduit notre champ d'investigation à quelques milliers. Merci beaucoup, Ken.

Il éclata de rire.

— Pourquoi on vous suit, à votre avis ?

— Ça, il n'y a que vous qui pouvez le savoir, mon petit.

J'emportai le café dans le salon. Je m'arrêtai au passage pour prendre le Black Label.

Pendant que Ken buvait son café, Mr Contreras vint frapper, poussé par la jalousie et la curiosité. Il décida qu'il voulait du café, lui aussi. Tandis qu'ils discutaient tous les deux, assis sur le canapé, j'allai dans ma chambre pour téléphoner.

Fabian répondit à la première sonnerie, comme s'il attendait un coup de fil. Lorsqu'il reconnut ma voix, son excitation retomba.

— Tout à l'heure, tu m'as dit qu'on t'avait prévenu de ma visite. Qui t'a prévenu, Fabian ?

— Je ne sais pas de quoi tu parles, Warshawski. (C'était faux, et ça sonnait faux.)

— Ne fais pas le malin, Messenger. Quelqu'un me suit. Qui est-ce ?

— Personne. Je te le répète : je ne sais pas de quoi tu parles.

— Si tu crois que tu vas retrouver ta fille en me faisant filer, tu n'y es pas du tout.

Il raccrocha violemment. Je retournai dans le salon, où je trouvai Ken et Mr Contreras en grande conversation. Mon voisin a combattu à Anzio. Ses petits-fils et sa fille se désintéressent totalement de sa vie. Mais Ken, qui a étudié cette guerre, était fasciné par le récit du vieil homme. A minuit, je décidai de les mettre à la porte.

Dès qu'ils furent partis, j'éteignis les lumières et surveillai la rue entre deux lattes d'un store. Quelques minutes plus tard, l'Alpha Spider de Ken passa sous mes fenêtres en vrombissant. Personne ne déboîta pour le suivre. Je demeurai à mon poste d'observation une vingtaine de minutes. Si quelqu'un me surveillait, c'était un vrai professionnel, car il demeurait invisible.

J'étais à peu près convaincue que Fabian m'avait envoyé une escorte, dans l'idée que je le conduirais jusqu'à sa fille. En effet, mes poursuivants semblaient plus désireux de ne pas me perdre, que réellement menaçants. Si Ken n'avait pas joué les chevaliers servants, je ne me serais même pas aperçue de leur présence.

N'était-ce que l'imagination enflammée du jeune homme ? J'allai tout de même prendre mon Smith & Wesson dans le coffre, au fond de mon placard. Le chargeur était plein. Je l'insérai dans la crosse, puis m'allongeai sur mon lit.

La meilleure chose à faire avec des suiveurs, c'est de les affronter. Sinon, il faut les semer. C'est-à-dire conduire autre chose qu'une Trans Am. Je n'avais pas les moyens de louer un bolide, et je ne pouvais mettre en péril la vie d'un de mes amis en empruntant sa voiture.

J'éteignis ma lampe de chevet, puis me levai à pas de loup. Je vérifiai la fermeture des fenêtres et celle de la porte de derrière. Depuis un an, j'ai un système d'alarme. Je sais qu'il est quasiment impossible de s'introduire chez moi subrepticement. Mais je n'arrivai pas à me détendre pour autant. J'ai horreur de me sentir en état de siège dans ma propre maison.

J'enlevai mon jean dans le noir. Soudain, j'entendis un bruit de papier. La lettre du sénateur Gantner ! J'allumai ma lampe de chevet pour la lire.

Le sénateur remerciait Fabian — « Professeur Messenger » — de l'avoir renseigné sur l'amendement Boland. En outre, il avait besoin de conseils avisés sur les lois fiscales concernant les prêts octroyés par les banques non soumises à la législation du pays.

Fabian avait dû s'empresser de répondre à l'homme qui pouvait le faire nommer juge. Cependant, cette lettre n'apportait aucun éclaircissement sur la mort de sa femme, ni sur l'histoire Lamia. Elle n'expliquait pas pourquoi le responsable de Home Free avait montré une telle réticence à me parler, pas plus qu'elle ne répondait à aucune des questions que je me posais. Bref, en la subtilisant, j'avais été aussi bête qu'indiscrète. Comment diable allais-je pouvoir la lui rendre ?

Il était plus de 2 heures, quand je sombrai enfin dans un sommeil agité, peuplé de rêves désagréables. Je cherchais Emily, mais j'étais aveugle. Je la suivais dans des escaliers qui n'en finissaient pas, et sur chaque palier, il y avait Phœbe, Lotty, ou ma mère, qui ricanaient de mon impuissance. Oh, douce nuit.

30

DE MYSTÉRIEUX DOSSIERS

Le vendredi matin, je titubai de fatigue au sortir de mon lit. Je téléphonai à Alice Cottingham, qui m'apprit, comme je m'y attendais, qu'Emily n'avait cherché refuge chez aucun de ses professeurs. Après quoi je grimpai dans ma voiture, direction le Herald Star. Je ne fis aucun effort pour semer d'éventuels poursuivants : ma destination n'avait rien de secret. En outre, personne n'allait m'attaquer en plein jour. Néanmoins, je sentis ma nuque me picoter pendant tout le trajet.

Les articles sur Alec Gantner remplissaient un carton. Murray avait laissé un mot sur le dessus pour me dire que la boîte entière allait passer au broyeur si je ne me montrais pas avant la fin de la journée. En post-scriptum, il avait ajouté : « J'ai jeté un coup d'œil sur tout ça, et je n'ai rien appris que je ne sache déjà. »

Murray était sorti — mettre quelque politicien sur des charbons ardents ou boire une bière. Je m'installai à son bureau et commençai à lire. Nous n'avions pu établir une distinction entre le père et le fils, dans notre recherche. Cependant, l'essentiel des articles concernaient le père.

Le sénateur Gantner avait fait une déclaration devant le Congrès Juif Américain en novembre, dans laquelle il réaffirmait son respect pour Israël en tant que nation. Lors d'un discours d'une heure au sénat, il avait mis l'accent sur l'importance d'une politique de soutien des prix en faveur des agriculteurs. Il avait même engagé des mesures en ce sens, avec l'aide de Jesse Helms.

Le sénateur était allé à Carbondale pour un meeting municipal, à Peoria pour aider « Caterpillar » à conclure un contrat international. Il s'était rendu à Chicago pour accueillir le président, dont il dirigeait le comité de réélection dans l'Illinois.

Je parcourus rapidement le reste des articles. Gantner avait témoigné devant une commission sénatoriale en liaison avec les services de renseignement. Il avait déclaré sous serment que Gant-Ag avait respecté les sanctions économiques envers l'Irak durant l'automne 1990. C'était le frère du sénateur, Craig Gantner, qui dirigeait la firme à cette époque, pour permettre à ce cher Alec de se consacrer pleinement à ses activités de sénateur.

La presse parlait également du jeune Alec, mais sur une échelle plus modeste. Lui aussi avait témoigné sous serment devant le sénat, que Gant-Ag avait les mains propres et le cœur pur — comme l'avait rapporté le *Wall Street Journal*. Le *Sun Times* avait annoncé que le fils du sénateur siégeait désormais au conseil d'administration de Home Free, ainsi que Donald Blakely. Les deux hommes participaient aux destinées de cet organisme de charité depuis que Jasper Heccomb en avait pris la direction, pouvait-on lire dans la rubrique mondaine.

J'avais l'impression que ma tête était un gros ballon gonflé à l'hélium, et qu'elle flottait au-dessus de mon corps, ce qui ne m'aidait pas à me concentrer sur ma lecture. Je poursuivis mon investigation rapidement. J'espérais trouver d'autres articles sur Heccomb ou Blakely. Il manquait une pièce à ce puzzle, soit, mais laquelle ? Je fermai les yeux, et j'eus encore davantage l'impression de flotter.

Quel était le lien entre Gantner et Blakely ? Gant-Ag avait vraisemblablement plusieurs comptes à la Gateway Bank — une grosse société comme celle-là a des comptes un peu partout. Cela dit, Gantner et Blakely n'avaient sans doute pas que des relations d'affaires ensemble. Mais qu'est-ce qui les liait à Jasper Heccomb ?

J'utilisai l'ordinateur de Murray pour me brancher sur Lexis. J'obtins la liste des directeurs du conseil d'administration de la Gateway Bank. Le jeune Alec était l'un des directeurs extérieurs à la banque. De même qu'Heccomb. Rien d'anormal à cela. Il est fréquent que les dirigeants d'œuvres de charité fassent partie du conseil d'administration de grandes entreprises. A vrai dire, depuis la vogue de l'activisme social, dans les années soixante-dix, la plupart des grosses sociétés ont leur bienfaiteur alibi. Rien de surprenant non plus à ce que chacun de ces trois hommes, s'ils étaient amis, siège au conseil d'administration de la société de l'un ou de l'autre de ses copains.

Par pure curiosité, je me renseignai sur Gant-Ag. Blakely était au conseil d'administration. De même que les présidents de la Dearborn Trust et des autres banques importantes de Chicago. Heccomb n'en faisait pas partie, mais cela ne prouvait rien : peut-être le jeune Alec n'avait-il pas réussi à convaincre son oncle d'intégrer le troisième mousquetaire au conseil d'administration de Gant-Ag.

Dans cette pile d'articles, rien ne m'apprit ce qui avait amené Blakely et le jeune Alec à se lier à Jasper Heccomb. Je n'avais pas tout lu, mais d'après ce que j'avais sélectionné j'arrivai à la même conclusion que Murray : aucune révélation fracassante dans ces dizaines de coupures de presse. Je feuilletai les pages qui restaient. J'étais tellement fatiguée que je ne réagis pas immédiatement. Un nom me fit sursauter à retardement.

Le cœur battant, je parcourus à nouveau tous ces feuillets un par un. L'article était paru dans le *Wall Street Journal* de l'année passée : Craig Gantner avait déclaré sous serment devant une commission sénatoriale sur la banque et les narcotiques, que Gant-Ag n'avait rien à voir avec la Century Bank ni avec la JAD Holdings.

L'article ne disait pas pourquoi le Sénat avait mis à la question le frère de l'un de ses membres à propos d'une affaire de drogue. Et pourquoi cela avait-il éveillé mon intérêt ? Je posai l'article sur le clavier de Murray pour l'étudier. J'avais découvert la semaine dernière que la JAD Holdings avait racheté la Century Bank. Mais je n'avais pas cherché à en savoir plus sur la JAD. Et maintenant je m'emballais parce que je les voyais cités dans le même paragraphe que la famille Gantner ? Cela dit, la lettre que j'avais dérobée chez Fabian la veille était classée dans une chemise étiquetée JAD.

J'interrogeai Lexis à leur sujet, qui me donna un prête-nom en guise de directeur. En outre, il restait toujours une interrogation en suspens concernant la Century Bank — hormis le fait qu'ils avaient laissé tomber le projet de Lamia. Pourquoi Donald Blakely avait-il nié connaître la Century Bank alors que son assistante faisait partie du conseil d'administration de cette banque ?

Je me frottai le front, frustrée de ne rien comprendre. Après une bonne nuit de sommeil, peut-être y verrais-je plus clair dans cet énorme tas de feuillets. Je les remis dans le carton, et soulevai le tout. Le papier pèse des tonnes. Après l'avoir porté sur toute la longueur du couloir, dans l'ascenseur, puis jusqu'à l'entrée du *Herald Star*, j'avais les tempes qui battaient.

— Maintenant je sais que vous êtes non seulement belle, mais aussi musclée.

Penchée sur mon carton, je n'avais pas vu Mackenzie Graham en émergeant du *Star*. Il souriait, avec cet air d'autosatisfaction imbécile qu'il avait déjà hier quand je l'avais pris en flagrant délit de filature.

— Voyons si vous êtes aussi fort que malin, dis-je en lui collant le carton dans les bras.

J'éprouvai un certain plaisir à le voir tituber sous le poids. Cette impression fut de courte durée : je ne me pardonnais pas de m'être laissé filer sans rien voir depuis ce matin. C'est comme ça qu'on se fait tuer, dans ce métier.

— Vous ramassez des ordures au passage ? demanda Ken.

— Ouais. La preuve, je me retrouve affublée d'un type comme vous.

J'ouvris le coffre de la Trans Am pour qu'il y dépose son fardeau.

Il me lança un regard de côté.

— Je voulais m'assurer que vous alliez bien.

— Ha, ha. Vous êtes revenu près de chez moi, ce matin,

de bonne heure. Puis vous m'avez suivie. Pas dans la Spider, j'imagine ?

— Papa m'a prêté la Lincoln. Je lui ai dit que j'avais une piste, pour un travail. Il était trop excité pour se demander pourquoi je ne pouvais pas y aller avec ma voiture.

Je lui passai un doigt sous le menton.

— Je suis très touchée que vous vous inquiétiez de moi. D'ailleurs, j'ai peut-être un travail pour vous. (Son visage s'illumina, je m'empressai d'ajouter :) Un petit boulot. La personne qui a tué Deirdre a effacé mon disque dur. Et puis elle ou les flics ont balancé tous mes papiers par terre. Alors ça ne va pas être simple de reconstituer ma comptabilité. Etant donné que je suis censée envoyer ma déclaration d'impôts au fisc la semaine prochaine, il va falloir tout refaire à la main. Vous vous sentiriez partant pour ce genre de travail ?

— Vous n'avez pas fait une copie de votre disque dur ? dit-il, tel un dentiste qui ne peut pas croire que vous n'utilisez pas de fil dentaire.

— Si, mais le meurtrier les a toutes emportées. Je sais, on doit toujours conserver ses disquettes ailleurs que sur son lieu de travail. Les assurances brandissent toujours le spectre de l'incendie, ou de l'inondation. Ils ne mentionnent pas les éclaboussures de cervelle sur l'unité centrale.

— Pas sûr qu'on soit obligé de tout refaire.Tout dépend comment il a nettoyé le disque. Ou elle, ajouta-t-il. S'il l'a reformaté, vous ne reverrez jamais vos dossiers. Mais s'il était pressé, qu'il avait peur qu'on le découvre sur les lieux du crime, il l'a peut-être simplement effacé. Dans ce cas, si vous n'avez rien écrit d'autre par-dessus, je pourrai sans doute repêcher vos dossiers. Ce sera un travail considérable, mais je devrais y arriver.

— Hélas, je ne pourrai pas vous payer. Me voilà donc à la merci du fisc, qui, comme chacun sait, a toujours su faire preuve d'une grande compassion.

Là-dessus, j'allai ouvrir la portière de ma voiture.

Il me rattrapa et me prit par le bras.

— Hé ! Je dois faire un travail bénévole ! Vous n'avez qu'à convaincre mon contrôleur judiciaire que vous êtes un organisme de charité et le tour est joué.

J'avais comme l'impression que nous ne lui ferions jamais gober cela. La justice exige des preuves tangibles de votre activité. Mais je pourrais toujours m'occuper de ce problème plus tard. Si Ken était réellement capable de reconstituer ma comptabilité, pourquoi ne pas faire appel à l'une de mes charitables amies et lui demander de déclarer que le travail avait été fait au bénéfice de son organisation ?

Ken voulut m'offrir à déjeuner pour célébrer notre accord. Je refusai de le laisser utiliser la carte de membre de son père pour aller à l'Athletic Club, mais j'acceptai qu'il règle l'addition au New Orleans Gumbo House, sur South Dearborn. Darraugh finirait sans doute par payer cette note-là aussi, mais au moins, ce n'était pas de la provocation.

Au poste de police, tout se passa fort bien : Mary Louise Neely était de service, avec trois autres flics. Elle avait préparé les papiers officiels me permettant de retirer mon ordinateur. Je les signai. Après quoi je montrai mon permis de conduire, Mary Louise Neely son insigne, et l'homme derrière la grille me tendit mon LC III. Je lui demandai s'il n'avait pas un carton. Il grommela, mais finit par m'en dénicher un. J'y fourrai l'unité centrale, le moniteur, et glissai le clavier sur le côté, avant de donner le tout à Ken. Le travail manuel forge le caractère.

Mackenzie regarda mon ordinateur et fit la grimace.

— Qu'est-ce qu'il est sale ! s'indigna-t-il. L'unité centrale doit être dans un triste état. Mais je vais faire de mon mieux. Quand nous aurons fini, je pourrai peut-être vous voler un Quadra. Ça me révolte de voir une détective brillante comme vous travailler sur une telle antiquité.

Il gratifia l'officier de police Neely de son regard de côté, pour voir comment elle allait réagir. Mais les flics, surtout les femmes, subissent les invites et les provocations des paumés à longueur de journée. Elle l'ignora, et me demanda si j'avais des nouvelles des enfants Messenger.

Ce fut à mon tour de faire la grimace.

— J'ai vu Fabian, hier soir. Il a l'air complètement déconnecté. J'ai l'impression que quelqu'un le tient. Est-ce que Terry l'a réellement interrogé à propos de la mort de sa femme ?

— Mais j'espère bien ! gronda-t-elle. S'il la battait — si ce que vous nous avez dit est vrai —, alors il pourrait très bien l'avoir tuée. Sauf qu'il y a les empreintes de sa fille, sur la batte, et qu'il est copain avec le procureur...

Elle s'interrompit brusquement. Elle rougit, puis se mordit la lèvre, gênée de s'être ainsi trahie. Après quoi elle nous raccompagna jusqu'à la sortie à une telle vitesse, que Ken se mit à haleter comme un cheval de trait.

31

ÉPIS DE MAÏS

Ma petite excursion jusqu'à Morris m'épuisa. La banlieue ouest de la ville semble s'étirer à l'infini, avec ses pylônes en béton pour les nouvelles routes à péage, dressés comme des doigts géants, ses innombrables centres commerciaux et ses villes nouvelles. Cette débauche urbaine envahit les terres cultivables de plus en plus loin. En traversant ce paysage éventré, j'eus l'impression d'être un anti-pionnier : il me fallait franchir des dizaines de kilomètres de béton avant de trouver des terres vierges.

Comme hypnotisée par cet environnement, je faillis rater l'embranchement pour Morris. Je ralentis, direction la station-service au coin du carrefour, et me garai devant une pompe à essence pour abreuver mon coursier. J'en profitai pour demander mon chemin. Le garagiste, un homme d'une cinquantaine d'années avec des bras tout maigres, interrompit sa conversation avec un paysan du coin pour m'indiquer la route.

— Vous ne pouvez pas les rater, madame. Vous faites à peu près vingt kilomètres, et vous verrez les panneaux. Il y en a partout. Pratiquement toute la terre est à eux, là-bas.

— Moi aussi je suis à eux, ajouta le paysan.

Les deux hommes se mirent à rire. Mais c'était plus un rire résigné qu'autre chose. Je remontai dans ma Trans Am et pris à droite. Je me retrouvai sur une route de campagne, certes, mais neuve, et à quatre voies. Les bandes blanches venaient d'être repeintes. C'était la ville de Gantner. « Devenez sénateur, vous aurez des routes », marmonnai-je.

Je croisai de nombreux semi-remorques, la plupart avec le logo de Gant-Ag — un épi de maïs couronné de la légende suivante : LE MAÏS EST L'AVENIR DE L'AMERIQUE. La Trans Am ressemblait à un petit remorqueur, oscillant entre d'énormes paquebots.

Derrière des clôtures impénétrables, les nouvelles pousses couvraient les champs d'un filet vert pâle. Un panneau métallique réapparaissait sur la clôture tous les trois cents mètres. Je finis par me garer sur le bas-côté pour le lire : Cultures Expérimentales. J'enjambai le fossé d'irrigation, et me penchai pour mieux voir ces plantes fines et dentelées. Pour moi, c'était un champ de maïs comme un autre. Mais à mes yeux de citadine, cela aurait aussi bien pu être du blé, ou de l'avoine.

Je regagnai ma voiture. Un hélicoptère apparut à l'horizon. Je restai là, une main sur la portière, et regardai ce qu'il allait faire. Il se dirigeait droit sur moi. Après avoir survolé le champ, il s'immobilisa quelques instants au-dessus de la Trans Am, puis il repartit. Je lui fis un signe amical, mais cet épisode me laissa bouche bée. Quelque part, le long de cette route, une caméra me surveillait. Je scrutai les alentours, mais ne pus la repérer. Même si je n'avais rien à cacher, je trouvais cela déplaisant.

Sur la route, je m'insérai délibérément entre deux énormes camions. Ils avaient sans doute dissimulé les caméras dans les poteaux des clôtures. Elles me filmaient donc de profil. Cependant, le semi-remorque qui me précédait me donnait l'illusion d'être cachée. Je tournai derrière lui sur une route à deux voies.

Au bout d'un kilomètre, nous arrivâmes à une barrière flanquée d'une guérite. Le chauffeur du poids lourd sortit sa tête par la vitre et dit quelque chose au garde. Celui-ci leva aussitôt la barrière pour le laisser passer, puis la baissa à nouveau, juste sous mon nez. Le gardien me demanda qui j'étais en parlant dans un micro, sans sortir de sa cage, dont les vitres étaient très certainement à l'épreuve des balles.

— Je suis venue voir Alec Gantner. Gantohol Alec, pas le sénateur.

— Quel est votre nom ? demanda la voix.

— Allons, allons, lançai-je. Votre hélicoptère s'est approché suffisamment près pour relever mon numéro d'immatriculation. Ils doivent déjà connaître mon identité, à l'heure qu'il est.

Cela ne le convainquit pas. Après quelques échanges supplémentaires, je pris l'une de mes cartes dans mon portefeuille, et la lui tendis. Je m'attendais presque à ce qu'un bras métallique s'en saisisse, mais le garde fit glisser la porte d'un petit guichet et la prit lui-même.

Il resta plusieurs minutes au téléphone, puis il me dit que je pouvais passer.

— Vous prenez à droite à la fourche, et vous verrez un bâtiment. C'est là que sont les bureaux. Garez-vous sur l'emplacement réservé aux visiteurs. Quelqu'un viendra vous chercher à l'entrée.

Une bonne demi-douzaine de camions attendaient derrière moi. Je me dis que le garde allait être occupé quelques minutes, et tournai délibérément à gauche à l'embranchement. Je dépassai des entrepôts, avec des poids lourds rangés devant, et me retrouvai à l'orée d'une piste d'atterrissage. La route se terminait là. Je comptai deux hélicoptères, un jet privé, et trois avions pulvérisateurs de pesticides. Un troisième hélicoptère vint se poser sur le bitume — peut-être celui qui m'avait espionnée. Je saluai ses occupants d'un geste de la main, au cas où. Après quoi je fis demi-tour et me dirigeai vers l'embranchement de droite.

Les bureaux se trouvaient dans un bâtiment moderne, à l'étroite façade. Seule concession à la mode : les vitres fumées, quoiqu'elles fussent sans doute là pour des raisons pratiques, vu l'intensité du soleil. Gravée dans le ciment, autour du portail, l'inévitable devise : « LE MAÏS EST L'AVENIR DE L'AMERIQUE ». En franchissant le seuil de Gant-Ag, j'eus l'impression de pénétrer dans un camp de concentration. Les nazis aussi avaient des slogans gais et entraînants.

Un jeune homme en manches de chemise et bretelles attendait, pratiquement derrière la porte. Il me donna une poignée de main des plus cordiales, mais voulut savoir pourquoi j'avais mis si longtemps à arriver. Il avait cet accent nasillard des gens de la campagne, toujours synonyme d'ingénuité pour un citadin. Je lui expliquai que je m'étais trompée de côté. Il me regarda d'un air soupçonneux, mais ne fit aucun commentaire et me pria de le suivre. Nous longeâmes un couloir sans fin. Cet endroit était beaucoup plus grand qu'il n'y paraissait. Derrière l'étroite façade, s'étiraient deux très longs bâtiments.

— Ça ne vous ennuie pas de prendre l'escalier ? me demanda mon guide, au bout du couloir. Il n'y a que deux étages à monter, et ça va plus vite que d'attendre l'ascenseur.

J'acquiesçai aimablement et grimpai à sa suite. En haut, après avoir franchi une porte sur laquelle s'étalait en grosses lettres : « GANTOHOL — L'AVENIR DE L'AMERIQUE », nous passâmes devant toute une série de bureaux. Et soudain je me souvins que ç'avait été le slogan de Gantner, pendant sa campagne — Gantner, l'avenir de l'Amérique. Ou était-ce seulement l'avenir de l'Illinois ?

Le jeune homme me fit entrer dans une antichambre, avec de gros fauteuils en cuir, et une table où étaient empilés des numéros de *Fortune* et de *Business Week*. Puis il disparut derrière une porte en acajou. Avant que j'aie eu le temps d'apprendre grand-chose sur le monde des affaires, mon guide reparut et me fit signe de le suivre.

Le sanctuaire d'Alec Gantner était plus grand que je ne m'y attendais. Derrière la porte en acajou, il y avait un petit corridor, avec des bureaux ouverts de chaque côté. Une femme répondait au téléphone depuis un standard, à l'entrée du couloir. Dans les autres pièces, des employés travaillaient devant des ordinateurs, ou téléphonaient.

Mon jeune homme m'emmena jusqu'au bureau du fond, qui donnait sur la piste d'atterrissage. Le jeune Alec, assis devant un immense bureau en désordre, se leva dès qu'il me vit et s'avança pour me serrer la main.

— Merci, Bart. Bienvenue à Gant-Ag, miss Warshawski. Nous n'avons pas eu l'occasion de nous parler, la semaine dernière, chez Fabian. C'est triste, pour Deirdre. J'ai cru comprendre que sa fille n'aurait pas supporté la nouvelle et aurait fait une fugue. Que puis-je pour vous ?

Sa voix de baryton, aux sonorités agréables, exprimait à la fois le plaisir de me voir, une tristesse de circonstance devant cette mort affreuse, et un professionnalisme de bon aloi. Je serrai sa main blanche, douce et manucurée, sans toutefois me reprocher la rugosité de ma peau. Je fais sans doute trop de durs travaux sans utiliser de crème pour les mains. Gantner se rassit dans son fauteuil en cuir pivotant, et me désigna une bergère à oreilles, en face de lui.

— C'est très aimable à vous de me recevoir sans rendez-vous, dis-je. Jasper vous a dit que je pourrais passer ?

Gantner eut un rire frais et clair, qui me donna un aperçu de ses dents parfaites.

— Et si vous me disiez ce que vous voulez ? Ainsi nous n'aurons pas à jouer aux devinettes.

Je m'appuyai contre le dossier de mon fauteuil, en femme très à l'aise.

— Je m'interroge sur les mêmes choses que vous : la mort de Deirdre Messenger et la disparition de sa fille. La police aimerait certainement retrouver Emily Messenger. Les rues de Chicago ne sont pas un endroit pour une adolescente. Sans compter qu'elle a deux jeunes enfants avec elle. Mais les flics oublient un fait essentiel : Emily est soupçonnée du meurtre de sa mère. Alors il est très probable qu'elle se cache. Il y a beaucoup de choses qu'on ignore, quant aux circonstances de la mort de Deirdre.

— Quoi, par exemple ?

Gantner réunit les extrémités de ses doigts.

Malgré les vitres fumées des fenêtres, le soleil m'empêchait de voir son visage de jeune loup. Je déplaçai mon fauteuil jusque sur le côté de son bureau. Il haussa les sourcils, puis salua mon initiative d'un hochement de tête appréciateur.

— On ne sait toujours pas avec qui Deirdre avait rendez-vous, le soir où elle a été assassinée. Elle attendait quelqu'un à mon bureau. J'essaye de trouver qui.

Il hocha à nouveau la tête, mais fronça légèrement les sourcils, cette fois.

— Nous l'ignorions. Mais si c'est vrai, j'imagine que la police dispose de moyens plus sophistiqués que vous pour retrouver cette personne.

Je ne relevai pas.

— Ce « nous », c'est vous et Jasper, vous et Donald, ou bien vous et votre papa ?

Pour la première fois il oublia de se montrer maniéré et me parla d'un ton sec.

— Nous sommes tous très touchés par ce qui arrive à Fabian Messenger. Nous suivons tous l'enquête sur le meurtre de sa femme. Ça pose un problème ?

— Etant donné que vous pouvez exiger du procureur qu'il accorde une attention particulière à vos questions, voire à vos directives, ça pose un problème, oui : ça signifie que vos intérêts passent avant ceux du citoyen lambda.

— Parce que vous êtes un citoyen lambda ? D'après ce que je sais, Fabian n'apprécie guère votre ingérence dans ses affaires.

Il avait haussé le ton, mais je me contentai de secouer la tête.

— Le meurtre de Deirdre n'est pas une affaire privée. Même si l'on considère le nombre de crimes commis aujourd'hui aux Etats-Unis, le meurtre reste un délit, et pas quelque chose que vous ou votre distingué père pouvez déclarer affaire privée.

« J'essaie de trouver avec qui Deirdre avait rendez vous le soir de sa mort, ajoutai-je. Cette personne peut très bien avoir vu quelqu'un — sans savoir que c'était l'assassin, d'ailleurs. Je vais donc voir les gens avec lesquels elle était en contact, chez Arcadia House et Home Free. Vous qui siégez au conseil d'administration de Home Free, vous allez sans doute pouvoir me dire avec qui elle travaillait.

Il se tenait très raide dans son fauteuil, tout à coup.

— Certainement pas. C'est à Jasper de décider. Et si je ne me trompe, il n'aime pas trop qu'on vienne importuner les membres de son conseil d'administration.

— Mais vous pouvez influer sur ses décisions, dis-je, d'un ton que j'espérais conciliant. Je suis certaine que vous pourriez le persuader de changer d'avis.

— Quand il me demande mon avis, je le lui donne. Mes interventions s'arrêtent là.

— Comme dans le cas de Lamia. Il a dû vous demander ce que vous pensiez de l'idée de leur confier la rénovation d'un immeuble ? (Cela m'avait échappé, me surprenant tout autant que lui.)

— Vous allez devoir m'excuser, miss Warshawski, mais je n'ai pas en tête tous nos projets de rénovation.

— Vous avez oublié Lamia ? Pourtant Phœbe Quirk vous a donné tous les détails hier matin, chez Home Free.

Il sourit.

— Si Phœbe vous a dit ça, c'est qu'elle est trop polie pour vous prier de vous mêler de vos affaires.

Je ris.

— Vous ne connaissez pas Phœbe, si vous pensez qu'elle s'en est privée.

Il regarda sa pendulette avec ostentation.

— Miss Warshawski, la façon dont Home Free choisit ses entrepreneurs ne vous concerne pas. En outre, en quoi vos questions ont-elles un rapport avec la mort de Deirdre Messenger ? En admettant qu'une enquête policière soit de votre ressort, ce dont je doute.

— J'essaie de comprendre pourquoi vous m'avez reçue au pied levé. C'est à cause de Deirdre ou de Home Free ? Ou peut-être de la JAD Holdings ?

J'avais espéré qu'il se trahirait, si toutefois il connaissait la JAD. Mais il avait une trop grande pratique du poker pour rien laisser percer. Il me répondit avec calme, sans même ciller.

— Je suis au courant des affaires de Home Free, bien sûr, et je sais ce qui est arrivé à Deirdre Messenger. Mais je ne connais pas... quel était le troisième nom ?

— Donc votre papa ne vous dit pas tout. J'ai vu la lettre qu'il avait envoyée à Fabian, à propos de l'amendement Boland. Rangée dans le dossier JAD HOLDINGS.

Il le savait, car il pivota sur son fauteuil. Sous l'éclairage au néon, son beau visage taillé à la serpe se mua en masque fantomatique : joues creuses, bouche en lame de couteau.

— Vous vous intéressez grandement à des choses qui ne vous regardent pas, miss Warshawski. Y compris nos cultures expérimentales. Je me vois donc contraint de vous demander le véritable motif de votre visite.

Je ris à nouveau.

— Vous me prenez pour une espionne à la solde d'une grande firme agricole ? Vous devez avoir des caméras drôlement puissantes, pour filmer ainsi quiconque s'arrête pour admirer vos champs.

— J'aimerais néanmoins faire fouiller vos poches avant que vous ne partiez. On ne prend jamais trop de précautions.

Il appela Bart, mon guide à la voix nasillarde, et lui dit de faire venir deux femmes du service de sécurité. Pendant que nous attendions, j'essayai de lui soutirer des informations sur Home Free, Deirdre, Lamia, la JAD Holdings et la Century Bank, mais il avait opté pour un système de défense et il s'y tenait : j'étais venue espionner les cultures expérientales de son oncle, je méritais qu'on me jette dehors. J'avais beau être frustrée, j'admirais son ingéniosité.

Au bout de cinq minutes, deux femmes en uniforme beige firent leur apparition. Elles m'emmenèrent dans un bureau vide pour fouiller mes poches et regarder dans mes chaussettes. Je leur proposai de leur montrer mon soutien-gorge et ma culotte, mais elles déclinèrent mon offre. Lorsque j'eus relacé mes chaussures, elles m'escortèrent — poliment mais fermement — jusqu'à ma voiture, puis me suivirent dans la leur jusqu'à la guérite du gardien.

Quand j'arrivai aux abords des cultures de l'avenir, je me garai à nouveau sur le bas-côté. Je passai par-dessus la clôture et déracinai deux épis de maïs en herbe. Je restai là quelques minutes, avec mes pousses à bout de bras. Je les étudiai avec ostentation dans la lumière d'avril, puis je retournai à ma voiture en les brandissant vers le ciel.

Peut-être Gantner s'inquiétait-il davantage de ses champs que de tout le reste. Pourtant, aucun hélicoptère ne vint me bombarder. Pendant tout le trajet de retour jusqu'à Chicago, j'essayai de deviner pourquoi le jeune Alec avait accepté de me recevoir. A cause de Deirdre ? De Home Free ? Qu'était donc la JAD Holdings, pour provoquer une telle réaction de défense ? Je mourais d'envie de me déguiser en sac d'engrais pour pouvoir infiltrer ce trust du maïs.

32

UNE AIGUILLE DANS UNE MONTAGNE DE MAÏS

En arrivant au centre de Chicago, sur First Avenue, j'eus soudain une autre vision de la ville. Comparée aux immenses centres commerciaux et aux grandes routes que je venais de quitter, Chicago avait l'air décrépit, voire ridicule.

Je décidai de clore cette journée par une petite discussion avec Donald Blakely, le troisième mousquetaire, mais il était déjà 5 heures et demie quand j'arrivai au niveau de la poste centrale. Je m'arrêtai, pleine d'espoir, devant la Gateway Bank. Le garde, dans l'entrée, m'apprit que Mr Blakely et miss Guziak étaient déjà partis — même les cadres qui travaillent dur quittent le bureau à l'heure le vendredi soir.

Je décidai d'aller faire un tour au Pulteney, et regagnai ma voiture juste avant qu'une contractuelle ne me mette une contravention. Un bon point pour moi : ma chance était en train de tourner.

J'aurais bien aimé que Tish ne soit pas mon ennemie. Ainsi j'aurais pu savoir si la décision de Home Free d'abandonner le placement direct des sans-abri et de rénover des immeubles pour les loger, avait fait d'eux une organisation charitable plus efficace.

Ces rénovations d'immeubles sont le nœud de l'affaire, me dis-je, en me garant devant le Pulteney. C'était ce qui paraissait le plus suspect. Leurs projets n'auraient pas dû être gardés secrets. On ne peut pas se passer de permis de construire. Même à Chicago.

Les trois mousquetaires avaient-ils soudoyé suffisamment de conseillers municipaux pour pouvoir rénover ce qu'ils voulaient, où ils voulaient ? Mon informateur l'avait-il découvert ?

Voyons. Cyrus Lavalle avait pris peur avant que Lamia

ne décroche ce contrat chez Home Free. C'était de la Century Bank, qu'il avait refusé de parler. Quant à Eléanor Guziak, elle avait éprouvé un besoin urgent de téléphoner après mon allusion à Lamia.

Heccomb mijotait quelque chose. Blakely et Gantner étaient dans la confidence. Ainsi que Phœbe, très certainement. Mais quel rapport avec Deirdre ? Si tout cela était sans relation avec le meurtre, pourquoi le jeune Alec utilisait-il les pouvoirs de son père pour manipuler les flics chargés de l'enquête ? Ou bien était-ce Fabian qui faisait pression sur le procureur ?

Gantner avait raison sur un point : il était difficile de trouver un lien entre Home Free, la Century Bank, et le meurtre de Deirdre. Alors pourquoi perdais-je du temps à m'interroger sur leur cas ? Pas uniquement par affection pour Camilla, ou pour me venger de Phœbe. Par curiosité ? Oui. Mais surtout par ressentiment pour les riches et les puissants qui jouaient avec moi, ressentiment qui remontait à l'époque où j'habitais des quartiers populaires et où je réglais mes comptes dans la rue.

La semaine passée, j'avais dit à Phœbe que je me refusais à faire une enquête sans être payée. C'était toujours d'actualité. Jusqu'à quel point pouvais-je me permettre d'éprouver du ressentiment ? Jusqu'à tout savoir sur la JAD Holdings.

Je sortis de ma voiture. Devant le Pulteney, un vieil homme fouillait dans une poubelle. J'allai jusqu'à la cafétéria. Melba m'accueillit comme une vieille amie. Non, elle n'avait pas revu Emily. Elle avait pourtant posé la question à tout le monde.

Je fis le tour de mon immeuble. Toutes les issues étaient closes. Définitivement closes. Comment Tamar ou Emily auraient-elles pu se glisser à l'intérieur ?

Je poussai un soupir, et remontai en voiture.

L'Alpha Spider de Ken Graham était garée devant chez moi. Je ne savais pas trop si je devais être furieuse, ou touchée. Il bondit sur le trottoir dès qu'il me vit et s'empara de mon sac de courses.

— J'ai regardé votre ordinateur. Je vais pouvoir récupérer vos dossiers, mais ça va être un sacré boulot. Vous êtes autorisée à me prouver votre gratitude en venant dîner avec moi.

— Mon petit ami vient dîner. Et laissez ce sac, je vais le porter. (Cela m'irrita qu'il ait cru pouvoir s'approprier ma soirée aussi aisément.)

— Alors qu'est-ce qu'il faut que je fasse pour que vous acceptiez de sortir avec moi ? Que je zigouille les types qui vous suivent ?

— Trouvez un travail. Faites en sorte que dix ans seulement nous séparent.

Mr Contreras avait apparemment assisté à ce mélodrame depuis son salon, car je trouvai sa porte ouverte, en pénétrant dans l'entrée. Les chiens bondirent pour m'accueillir. Ken me suivit à l'intérieur. De voir à quel point le vieil homme en était heureux, une part de mon agacement s'envola. Mr Contreras avait perdu l'un de ses amis l'année dernière, et depuis, sa vie n'était pas très drôle. Il me dit combien il appréciait de pouvoir parler à un jeune homme intelligent.

— Formidable, dis-je, m'efforçant d'avoir l'air enthousiaste. Amusez-vous bien. Ken peut même sortir les chiens — on pourra lui compter ça comme une heure de travail au service de la communauté.

Mr Contreras me cria dans l'escalier que Ken était un gentil jeune homme, et que je pourrais montrer un peu d'indulgence, pour une fois. Quand j'eus fini de déballer mes courses, je téléphonai à mon service de messages. Le père de Ken m'avait téléphoné. A 5 heures pile, comme il m'en avait menacée. Bien qu'il fût près de 7 heures, je pus joindre Darraugh à son bureau.

— Je n'ai pas eu de chance, dis-je, avant qu'il ait le temps de parler. J'ai fait le tour de tous les organismes de charité que je connais, mais personne ne veut d'un pirate en informatique. Ils ont peur qu'il ne viole leurs fichiers confidentiels.

— Pourquoi leur avez-vous dit ? cracha Darraugh.

— Parce que les gens qui emploient un délinquant ont le droit de savoir la vérité. Je ne pouvais pas leur mentir.

Je retins ma respiration. Je me demandai s'il allait désormais se passer de mes services, et comment j'allais payer les mensualités de mon crédit. Darraugh est parfois inhumain, mais il ne manque pas de bon sens. Il s'accommoda de mon explication, et me demanda de continuer à chercher.

— Trouvez-lui n'importe quoi. Parce qu'il est vraiment pénible.

— Ça, je ne le conteste pas, dis-je, un peu sèchement. Mais au fait, je lui ai confié une mission. Je ne sais pas si nous pourrons persuader son contrôleur judiciaire qu'il s'agit là d'un travail au service de la communauté, mais vu l'état actuel de mes finances, il n'aura aucun mal à croire que j'ai des activités à but non lucratif.

Darraugh éclata de rire. Le rire rouillé de quelqu'un qui ne rit pas souvent. Il me fit promettre de ne pas me laisser distraire de mon travail par Mackenzie, et il raccrocha. Conrad téléphona quelques minutes plus tard pour me dire qu'un dernier interrogatoire avec un témoin risquait de le retarder. Il ne serait pas chez moi avant 8 heures et demie — au mieux. Mon cœur descendit d'un cran. J'étais tellement épuisée que j'aurais bien annulé, mais vu nos relations du moment, mieux valait faire un effort. D'ailleurs, cela me laissait le temps de prendre un bain et de dormir une heure avant son arrivée.

Je mis l'eau à couler, puis je cherchai le numéro de Cyrus Lavalle dans mon agenda. Cyrus était sur la liste rouge, comme les gens riches et célèbres. Aussi avais-je dû ruser pour avoir son numéro. Un soir où nous dînions au restaurant, il l'avait écrit sur un coin de serviette, avant de le glisser à un serveur qui lui plaisait. J'avais eu le temps de l'apprendre par cœur.

— Je suis sur la liste rouge justement pour ne pas être dérangé par des gens comme toi, Warshawski. Alors fiche-moi la paix ! Je suis en train de me préparer pour sortir.

— Plus vite tu me diras ce que je veux savoir, plus vite tu pourras continuer à te pomponner. Qui a déclaré la Century Bank et Lamia taboues, à la mairie ? Donald Blakely ou Alec Gantner ?

— Tu n'as pas trop la cote ces derniers temps, en ville, tu sais, Warshawski ? Si on découvre que j'ai seulement eu l'intention de te parler, je suis un homme mort. Maintenant, laisse-moi. Et ne rappelle plus !

Et il raccrocha. Je grimpai dans ma baignoire, et m'allongeai dans l'eau chaude, tout en me demandant dans quelles combines trempait la Century Bank. Sans doute s'agissait-il d'autre chose que d'une violation de la loi obligeant les banques à accorder des prêts aux minorités. En effet, c'est un crime fédéral. Ils n'auraient donc pas eu besoin d'acheter des conseillers municipaux. Je n'arrivais pas à trouver le bon scénario.

Je laissai tomber et ne tardai pas à sombrer dans un profond sommeil. Je me réveillai frissonnante dans un bain froid. Je me séchai et me mis au lit, espérant me rendormir. Hélas, mon esprit s'était remis en marche. Si je voyais l'un des chantiers de Home Free, peut-être comprendrais-je ce qui clochait. Ils employaient vraisemblablement des matériaux non conformes aux normes de sécurité. Sans doute soudoyaient-ils les inspecteurs du bâtiment. Pourtant, c'était la Century Bank, et non Home Free, qui avait déclenché l'*omertà* à l'hôtel de ville. Il faudrait que j'aille là-bas, consulter les dossiers des chantiers en cours.

Mais on était vendredi soir, et il n'y aurait personne pour me donner la moindre information avant lundi. De plus, les dossiers que je voulais étudier étaient classés par noms d'entrepreneurs, pas de promoteurs. Or je ne connaissais le nom d'aucun entrepreneur. Mais si ! Gary, l'homme au faciès bovin ! Celui qui était si furieux en sortant de chez

Home Free. Camilla connaissait peut-être son nom de famille.

Lorsqu'elle répondit à mon appel, Camilla se préparait pour aller dîner. Elle était d'excellente humeur. Elle venait de finir une semaine de dur labeur, elle avait rencontré un garçon qui lui plaisait, et Phœbe avait donné le feu vert à Lamia : elle et ses amies pouvaient commencer à commander des matériaux. Apparemment, Camilla avait décidé d'oublier notre dernière conversation.

— Tu commences à travailler dans dix jours, alors. C'est formidable, dis-je. Conrad et moi, on va boire le champagne à ta santé. Mais dis-moi, tu connais les autres entrepreneurs qui travaillent pour Home Free ? J'ai vu un gars là-bas, une fois. Un Gary quelque chose, qui a l'air d'en vouloir à la terre entière.

— Ça doit être Gary Charpentier. C'est vrai qu'il a toujours l'air en colère. A mon avis, il s'attendait à ce que Jasper lui confie ce chantier de rénovation. Il n'a pas apprécié que ce soit nous qui décrochions l'affaire. A propos de Jasper, je me serais bien laissé tenter, mais j'ai eu peur que sa secrétaire ne me découpe en morceaux !

Je ris de bon cœur.

— Le simple fait que tu aies pensé à le draguer te met en danger, Camilla. Fais attention à toi.

— J'essaierai. Je m'arrangerai pour ne pas être trop sexy la prochaine fois que j'irais là-bas.

Là-dessus, nous raccrochâmes.

J'allumai ma lampe de chevet pour chercher les coordonnées de ce cher Gary dans les pages jaunes. Il y avait une adresse à Des Plaines. Lundi, j'irais voir à la mairie quels permis de construire il avait pu obtenir.

J'enfilai un jean et un tee-shirt, et mis de l'eau à bouillir pour les pâtes. Lorsque Conrad sonna à la porte, le dîner était prêt. La vraie fée du logis.

— Tu es drôlement bien gardée, Vic. Ton voisin me dévisage chaque fois que je viens, et en plus, maintenant, tu as un apprenti ange gardien. Où l'as-tu déniché, au jardin d'enfants ?

— Non, à la crèche. Son père est mon plus gros client. Je suis censée trouver un travail à ce garçon, au service de la communauté. Peut-être que le fonds de soutien de la police noire américaine aurait besoin d'un travailleur bénévole ?

Conrad fronça les sourcils.

— J'aimerais bien voir de quoi il est capable, ce fils à papa. Il te suit partout, et ça te plaît, de te faire draguer par un petit jeune ? Ah, ah, ah ! elle rougit. Au fait, pourquoi doit-il travailler au service de la communauté ? Qu'est-ce qu'il a fait ? Il a vendu de la drogue dans sa crèche ? Je devrais peut-être l'arrêter, moi, ce gamin.

— A force de travailler à West Englewood, tu finis par manquer d'imagination, Conrad. Il y a d'autres délits que le trafic de drogue et le meurtre.

— Tu as raison, ma blanche colombe. Ça fait un jour et demi que je travaille sans discontinuer, et j'ai besoin de repos. Mais dis-moi, il reste de la bière, au frigo ?

Conrad stocke de la bière chez moi, car je n'en bois pas. Je lui en sortis une du réfrigérateur. Après quoi, je fis bifurquer la conversation sur les Cubs — histoire de nous changer les idées.

33

FRAPPEZ AVANT DE TIRER

Le bipeur de Conrad se mit à couiner à 2 heures et demie. Mon amant tituba jusque dans le salon, en essayant de ne pas faire de bruit. Quelques minutes plus tard, il revint dans la chambre à pas de loup et tâtonna à la recherche de ses affaires. J'allumai la lumière et m'assis dans le lit.

— Désolé, mon petit. Je voulais ne pas te réveiller. L'un de mes informateurs vient de se faire tuer. Il faut que j'aille écouter les dépositions. Si j'ai fini avant l'aube, je peux peut-être revenir ? (Il finit sa phrase sur un ton interrogatif.)

J'enfilai un tee-shirt, et allai chercher un double de mes clés dans la cuisine.

— Tu as ton gilet pare-balles ?

Il me passa une main dans les cheveux.

— Je vais simplement au poste, pour deux ou trois interrogatoires.

— Tu ne sais pas où ça peut te mener. Tu ne devrais pas te balader sans protection, par les temps qui courent. Le superintendant te dirait la même chose.

— Bien, chef, ironisa Conrad.

Mais il retourna dans la chambre, mettre son gilet pare-balles.

Je refermai la porte à clé derrière lui, et allai à la fenêtre du salon pour le voir partir. Quand il eut ouvert la portière de sa voiture, il leva les yeux vers moi et me fit un signe de la main. Je continuai à regarder dehors après son départ, déprimée par toute cette violence inutile dans la ville. Je restai là quelques minutes, quand tout à coup je m'aperçus que la Spider de Ken Graham était garée au bout de la rue.

Je ne saurais dire ce qui l'emporta, de l'amusement ou de l'agacement. Avait-il le sentiment de me protéger ? Ou est-ce qu'il tuait simplement le temps ? Je regrettai de ne pas lui avoir trouvé une occupation bénévole. Ainsi, je ne l'aurais pas eu sur le dos. Bien que ses talents en informatique fussent une véritable bénédiction pour moi puisqu'il allait repêcher tout le contenu de mon disque dur, sa présence constante me tapait encore plus sur les nerfs que celle de Mr Contreras.

Après avoir somnolé tout en réfléchissant vaguement, je me réveillai pour de bon, et décidai de faire preuve de plus d'agressivité dans ma quête de la vérité sur Home Free. Comment dénicher des informations sur cet organisme de charité ? Aller fouiner chez Gant-Ag, en pénétrant chez eux sans m'annoncer ? Difficile. En revanche, si les trois mousquetaires étaient un pour tous et tous pour un, Jasper devait détenir quelques petits secrets dignes d'intérêt.

J'enfilai mon jean, et une veste. Que devais-je emporter ? Mes rossignols. Mon Smith & Wesson. Deux paires de gants chirurgicaux, que Lotty m'avait donnés, un jour où elle était dans de bonnes dispositions. J'avais une lampe électrique dans la voiture. Je devais également laisser un mot sur la porte pour Conrad, lui expliquant que j'étais sortie faire une course.

Si Ken me voyait partir et me suivait, sa présence allait me poser un problème. A moins que... Mais oui ! Comment circonvenir le système d'alarme sans lui ? J'avais absolument besoin de ses talents.

Je descendis l'escalier sur la pointe des pieds. Je réussis à ne pas réveiller les chiens. Si jamais Mr Contreras avait montré le bout de son nez, il eût été très difficile de l'éconduire, et impossible de l'emmener.

Je courus jusqu'à la Spider. Les réverbères éclairaient très bien l'habitacle de la voiture. Le jeune Ken s'était assoupi derrière le volant. Je donnai un grand coup sur sa vitre avec mes rossignols, en éprouvant un plaisir pervers à le voir sursauter, affolé. L'intérieur de la Spider était exigu. Ken se cogna le genou contre le volant.

Lorsqu'il ouvrit la portière, il avait le visage encore tout bouffi de sommeil.

— Je savais bien que si je me montrais patient vous laisseriez tomber le flic pour moi.

— Et comme vous aviez raison. J'ai quelque chose à vous demander. Si le sergent Rawlings l'apprend, il me tuera. Alors si vous lui dites, je vous tue.

— On ne peut pas commettre l'adultère si l'on n'est pas marié.

Il attrapa mon poignet pour m'attirer sur ses genoux. Il fut tout chagriné quand je lui tordis le bras pour me libérer.

— Ecoutez-moi bien, Ken. J'ai besoin de votre aide pour faire quelque chose de dangereux et d'illégal. Alors, réfléchissez bien avant de dire oui.

Il se frotta l'avant-bras à l'endroit où j'avais imprimé la torsion. Puis il baissa les yeux, les sourcils froncés.

— Vous êtes toujours aussi sévère ? Comment votre ami flic s'en accommode-t-il ?

— Il adore ça. Il a un faible pour les dames en cuir avec des fouets. Mais je croyais que vous aimiez les femmes autoritaires, qu'elles vous rappelaient votre vieille gouvernante... Bien, êtes-vous capable de neutraliser un système d'alarme ?

Cette idée suscita son intérêt. Il cessa de se frotter le bras et leva les yeux vers moi.

— Une alarme reliée au poste de police ? Oui, si j'ai l'équipement nécessaire. C'est un système en feedback continu ?

Je secouai la tête.

— Je l'ignore. Qu'est-ce qu'un système en feedback continu ?

— C'est assez compliqué. Je ne pourrai neutraliser un système de ce genre qu'après être allé voir à l'intérieur de quoi il retourne.

— Alors disons que ce n'est pas un système en feedback continu, et qu'on est prêt à s'enfuir sans traîner si l'alarme se déclenche et que les flics rappliquent.

Ken me fit un grand sourire.

— C'est ça qui me plaît chez vous. Vous êtes toujours à la limite de la légalité. Je savais bien que vous étiez une puriste — trop intransigeante pour un type comme Darraugh, ou pour un flic. Mais il faut qu'on trouve une grande surface ouverte toute la nuit. J'ai tout de même besoin d'outils.

— Réfléchissez d'abord, Ken. Si on se fait prendre, vous

irez en prison. Vous avez une condamnation en sursis, ne l'oubliez pas.

— Mais nous serons ensemble. (Il me fit un sourire coquin.) Nous demanderons une cellule mixte. Je crois qu'ils ont ça, au Texas.

— Je réussirai à m'en sortir sans me faire arrêter, dis-je, cruelle. Bien sûr, je serai bourrelée de remords en pensant à vous, mais avec le temps ça passera.

Il haussa les épaules.

— O.K. Dans ce cas, il faut s'arranger pour ne pas se faire prendre. Montez. On va acheter quelques outils.

— Je vais vous suivre dans ma voiture, pour m'assurer qu'on n'a personne aux fesses. Si je vous double, c'est qu'on a de la compagnie. Alors il vous faudra repérer nos suiveurs. Et surtout ne dépassez pas la limitation de vitesse. C'est la règle d'or des hors-la-loi. Les voyous se font souvent coincer comme ça, pour excès de vitesse.

Ken comprit parfaitement la leçon. Il roula doucement. Personne ne nous prit en filature.

Nous étions en banlieue, les grandes surfaces se succédaient. Ken s'arrêta sous un panneau lumineux géant, proclamant que le centre commercial était ouvert vingt-quatre heures sur vingt-quatre. J'attendis dans la Trans Am, pendant que mon acolyte allait faire ses emplettes. Inutile de lui donner une occasion supplémentaire de flirter. Je voulais également m'assurer que nous étions seuls.

Il resta dans le magasin une demi-heure. Lorsqu'il revint, les bras chargés de paquets, il était à la fois excité et content de lui, comme les petits voyous que je côtoyais à l'époque où j'étais avocate commise d'office.

Mes bras me picotèrent. La culpabilité, sans doute. Sur un plan strictement moral, demander à Ken de commettre un acte illégal était totalement indéfendable. J'aurais très bien pu changer d'avis. Il ignorait notre destination et ne pouvait donc poursuivre cette opération en solo.

Je sortis de la voiture pour lui demander s'il avait trouvé ce qu'il voulait. Je lui donnai l'adresse de Home Free en lui recommandant de se garer dans la ruelle, derrière leurs bureaux.

Quand nous arrivâmes, j'envoyai Ken sonner à l'entrée pour vérifier qu'il n'y avait personne. Nous avions mis un scénario au point : si jamais on lui répondait, il devait dire qu'il était sans abri et cherchait un endroit où passer la nuit.

Il sonna, puis tambourina à la porte. Pas de réaction. Nous allâmes dans la ruelle pour localiser l'alarme.

J'éclairai le mur pour que Mackenzie puisse repérer les lignes téléphoniques de Home Free. Le ciel avait beau être encore très sombre, nous n'avions pas beaucoup de temps devant nous : il était 4 heures, les gens très matinaux sortiraient d'ici une heure.

— O.K., Vic. Voilà ce que nous allons faire, me chuchota Ken, à l'oreille. Nous allons couper ces fils téléphoniques, puis les relier à une batterie, afin de ne pas interrompre la connection avec le central. Je veux que vous teniez ces trucs-là par les extrémités, puis que vous me les tendiez au moment pile où je vous le demanderai.

Ces trucs-là étaient des pinces crocodile, dixit Ken. Elles allaient servir de relais entre les fils et le central. Ken retourna une poubelle pour grimper dessus et atteindre le réseau de lignes téléphoniques. Je tins l'extrémité d'un fil pendant qu'il le coupait, le débarrassait de sa gaine, et y fixait la pince. Après quoi je lui tendis l'autre bout du fil, sur lequel il répéta l'opération. Quand la ligne fut reliée à la batterie, il déposa celle-ci au pied du mur, pour tirer le moins possible sur le fil. Ces diverses manœuvres ne nous avaient pris que trois minutes.

Quand il redescendit de la poubelle, Ken sourait de toutes ses dents.

— Je connaissais la théorie, mais c'est toujours intéressant de voir ce que ça donne dans la pratique. Et maintenant, qu'est-ce qu'on fait ?

— On va au coin de la rue et on attend de voir si l'alarme se déclenche ou pas.

Nous restâmes assis un quart d'heure sur le trottoir, adossés au mur de l'immeuble. Ken me passa son bras autour des épaules et m'embrassa. Je le repoussai.

— C'est quoi cette chose dure que vous avez contre le sein ? Un pistolet ? Ça vous arrive de vous en servir ?

— Oui. Mais si vous faites l'imbécile, je me contenterai de vous casser le bras.

— Vous en auriez vraiment la force ? fit-il, sur le ton de la plaisanterie.

— Oui, j'en aurais la force, dis-je, d'une voix sinistre.

Il resta silencieux pendant une minute.

— Vous n'arrivez pas à croire que j'ai le béguin pour vous, hein ?

— Je crois que vous ne savez pas vous-même si vous jouez un jeu ou si je vous plais réellement. Ce qui, dans un cas comme dans l'autre, n'a strictement aucune importance. Je pourrais être votre mère. Et de toute façon, je n'ai pas besoin d'amants de vingt ans pour me donner l'illusion de rester jeune.

Seulement de pénétrer par effraction ici ou là, me dis-je. Une pensée que je gardai pour moi. Je laissai Ken faire la conversation pour nous distraire pendant notre attente. Je préférais ne pas imaginer la réaction de Conrad s'il apprenait ce que j'étais en train de faire.

Lorsque nous eûmes attendu assez longtemps pour laisser tout loisir à une armée de débarquer, je fis le tour du bâtiment pour essayer mes rossignols sur la porte d'entrée. C'étaient de bonnes serrures, mais rien d'irréductible. Visiblement, Jasper s'en remettait à son système d'alarme. Même sans éclairage, je réussis à forcer ce sésame en cinq minutes. Nous entrâmes. Après quoi je reverrouillai la porte derrière nous et allumai la lumière.

34

QUELQUES DOLLARS EN LIQUIDE

Je pilotai Ken jusqu'à l'ordinateur de Tish.

— Je veux savoir ce que racontent les dossiers Century Bank, Lamia, Home Free — les chantiers en cours — et JAD Holdings. Le mieux, c'est de commencer avec les fichiers comptables. Moi, je vais aller faire un tour dans le sanctuaire de Jasper.

Ken s'installa devant l'ordinateur de Tish. Je l'entendis bientôt pousser un soupir d'ennui. Ce n'était pas drôle, m'expliqua-t-il, de pénétrer un système comme celui-là : tous les dossiers étaient accessibles et classés par ordre alphabétique.

— J'aurais préféré m'entraîner avec vos rossignols. Je n'ai jamais forcé une serrure de ma vie. En échange, je vous aurais appris à entrer dans un système informatique.

— On n'est pas là pour s'amuser, dis-je, d'un ton sec. On a beau être samedi, Tish ou Jasper peuvent très bien débarquer à l'improviste.

La porte du bureau de Jasper était dotée de deux serrures relativement sophistiquées. Je m'y attaquai. Pendant ce temps-là, Ken commença à étudier les dossiers. C'est toujours plus long quand on travaille avec des gants, parce qu'on perd une part de la sensibilité au bout des doigts. Il me fallut une demi-heure pour venir à bout des deux serrures.

Avant de pénétrer dans le bureau de Jasper, j'allai voir où en était Ken. Plongé dans le dossier Home Free, il étudiait la comptabilité du mois de mars. On avait payé les salaires de Tish et de Jasper, les charges sociales, et l'assurance des bureaux de Chicago et Springfield. On avait aussi effectué divers paiements, sans doute à des entrepreneurs, car le nom de Charpentier revenait plusieurs fois. La pauvre Tish ne gagnait que trente mille dollars par an.

Quant à Heccomb, il ne touchait que vingt mille dollars de plus. Leur budget voyages était assez important, mais Jasper m'avait dit qu'il allait souvent à Springfield.

Le total des dépenses, pour le mois de mars, s'élevait à un peu plus d'un million de dollars. Rien d'anormal à cela : ils avaient totalisé dix millions de dollars de dons l'année dernière. Je demandai à Ken d'imprimer les comptes de l'année passée, et de continuer à traquer les noms que j'avais mentionnés.

Une fois dans le bureau de Jasper, je cherchai une issue de secours, juste au cas où, et en trouvai une dans la minuscule salle de bain. Étrange, cette porte blindée dans la douche, mais après tout, c'était une utilisation rationnelle de l'espace.

Je jetai un coup d'œil à la pendulette, sur le bureau. Presque 5 heures. Je retournai dans la pièce principale. Ken avait enlevé ses gants pour pianoter sur le clavier.

— Vous êtes complètement inconscient ! fulminai-je. Vous pouvez laisser des empreintes. Et si on est obligés de partir en catastrophe ? Ils peuvent très bien vaporiser les lieux de poudre à empreintes !

— Je ne peux pas travailler avec des gants, dit-il. Je croyais que vous m'aviez vu les retirer, quand j'ai coupé le fil du téléphone.

— Remettez-les ou rentrez chez vous.

Il me regarda, vit mon expression, et capitula. Lorsqu'il eut extirpé ses gants de la poche de son jean et qu'il les eut enfilés, je lui demandai de venir avec moi dans le bureau de Jasper.

— Je suis un peu inquiète. Il fait jour, maintenant. Je voudrais allumer son moniteur, qu'on puisse voir ce qui se passe dans la rue. Mais j'ai peur de déclencher une alarme de secours en faisant une fausse manœuvre.

Ken inspecta les diverses commandes, sur le côté gauche du bureau, puis il s'agenouilla pour regarder en dessous.

— Je ne saurais pas dire à quoi correspond chaque bouton. Mais celui-là me paraît relié au fil de la caméra.

Il alluma le moniteur, puis abaissa un petit interrupteur. Le restaurant coréen, en face de chez Home Free, apparut sur l'écran. Puis l'on vit une voiture remonter la rue. Je remerciai Ken. Après quoi je me mis à fouiller les tiroirs, feuilletant rapidement les divers dossiers.

A droite du bureau, il y avait un petit meuble de rangement en bois de rose. Fermé à clé. Je n'étais pas certaine de réussir à forcer la serrure. Je fus tentée de laisser tomber, mais la curiosité l'emporta sur la paresse. Qu'est-ce que Jasper pouvait bien cacher là-dedans ? Quand j'eus finalement raison de la serrure, il était 5 heures et demie. Je levai les yeux vers le moniteur. Quelqu'un montait dans une voiture, devant chez Home Free. D'autres véhicules commençaient à passer dans la rue. Je bénis Jasper d'avoir installé des stores aussi épais.

J'ouvris le petit meuble et restai bouche bée : le premier tiroir était rempli de liasses de dollars en billets de cent. Le deuxième également. Il y avait une cinquantaine de liasses de billets de vingt dans le troisième tiroir. J'évaluai le tout à cinq millions de dollars. Pas étonnant que Jasper ait fait installer un système d'alarme.

Une telle quantité d'argent n'a jamais l'air vrai, et fait tout de suite penser au trafic de drogue. D'où Jasper tenait-il tous ces dollars ? Le directeur de cette œuvre charitable écoulait-il de faux billets ? Cela eût expliqué pourquoi il avait besoin d'une banque compréhensive et pourquoi la loi du silence régnait à l'hôtel de ville.

— Hé, Vic ! me cria Ken, depuis l'autre pièce. Venez voir une minute. J'ai trouvé quelque chose qui pourrait vous intéresser.

Je jetai un rapide coup d'œil au moniteur et restai figée sur place : Jasper Heccomb descendait d'une voiture, juste devant l'immeuble.

— Ken ! hurlai-je. Venez ! Vite !

Je courus jusqu'à la porte du bureau. Ken me regardait, l'air ébahi.

— Venez ! Jasper est là. Remuez-vous !

Alors que Ken me fixait, éberlué, nous entendîmes la clé de Jasper fourrager dans la serrure. Je courus jusqu'au bureau de Tish, saisis Ken par le bras. Je le traînai jusque dans le sanctuaire du milliardaire. Je claquai la porte derrière nous, refermai le verrou, puis tirai le jeune homme dans la salle de bain. J'en verrouillai la porte. Elle ne résisterait pas longtemps à des assauts répétés, mais c'était toujours deux minutes de gagnées.

Je grimpai dans la douche.

— Restez derrière moi pendant que j'ouvre cette porte, dis-je à Ken. Il n'y a pas de place pour deux.

De la sueur me coulait dans le dos, mes mains tremblaient. Je réussis malgré tout à forcer la serrure. Nous nous élançâmes dans la ruelle au moment où Jasper se mettait à tambouriner à la porte de la salle de bain. Il nous cria de sortir, les mains en l'air.

Nous avions parcouru une trentaine de mètres, quand j'entendis un coup de feu — Jasper faisait sauter la serrure de la salle de bain.

— Venez avec moi, Ken ! Vous récupérerez votre voiture plus tard.

J'ouvris ma portière et grimpai dans la Trans Am. J'avais déjà les mains sur le volant, le moteur pétaradant, que Ken, une jambe à l'intérieur, jetait des regards inquiets à sa Spider. Finalement il monta dans la voiture. Je démarrai en trombe.

Lawrence Avenue commençait à s'animer. Il était plus de 6 heures à présent. J'avais dû reluquer cet argent plus longtemps que je ne pensais. Les marchands arabes et coréens ouvraient leurs boutiques. Heureusement, les voitures étaient encore suffisamment rares, pour que j'aie un bon aperçu de la rue derrière moi. Je ne pensais pas que Jasper fût à nos trousses, mais je ne me souvenais pas bien de son auto. Je m'attendais tellement peu à le voir surgir sur l'écran, que je n'avais pas prêté une grande attention à son véhicule. Un coupé sport, d'après mes souvenirs.

Au coin de Burton, je mis cap au nord, remontai jusqu'à Foster, puis fis un énorme demi-tour en empruntant les petites rues parallèles à Kennedy. Apparemment, nous n'avions personne dans notre sillage. Je pris la voie express jusqu'à Belmont, mais me garai à plusieurs blocs de chez moi. Si Jasper avait alerté les types qu'il payait pour m'espionner, je voulais les affronter à pied.

— Vous allez marcher jusqu'à mon immeuble, dis-je à Ken. Et voir si vous repérez du monde dans une voiture, ou près de l'entrée. Je vous attends ici, devant le restaurant.

Comment Jasper avait-il appris que nous étions chez lui ? Peut-être y avait-il une alarme sur son petit meuble en bois de rose, une alarme connectée à son appartement. Il n'avait sans doute pas envie que les flics accourent, si jamais quelqu'un mettait la main sur son magot.

L'image de Deirdre vint hanter mon esprit. Je revis son cerveau et son sang former une masse gluante sur le dessus de mon bureau. Avait-elle découvert l'argent par hasard et exigé des explications ? Jasper était-il l'homme à qui elle avait donné rendez-vous dans mon bureau, le soir du meurtre ?

Heccomb avait dû deviner que c'était moi qui avait pénétré chez Home Free : j'avais posé des questions avec la subtilité d'un éléphant dans un magasin de porcelaine. Il devait se douter que je flairais du louche, que j'essayais de le coincer. Pas étonnant qu'il ait manifesté une telle méfiance quand je lui avais demandé d'engager Ken.

Je sentis la peau de mon crâne frémir, à l'endroit où on avait frappé Deirdre. Comment étais-je encore en vie ? Pourquoi mes suiveurs n'avaient-ils pas profité d'une occasion ou d'une autre pour me mettre hors d'état de réfléchir ? Peut-être attendaient-ils de voir ce que je savais exactement. Après mon intrusion de ce matin, ils n'allaient plus attendre longtemps.

Ken revint, et m'annonça que la voie était libre. Je l'entraînai aussitôt à l'intérieur du restaurant. Je m'arrêtai d'abord au comptoir pour commander deux jus d'orange. Je forçai Ken à en boire un. Après quoi, il me parut un peu moins pâle.

Je le fis asseoir dans un box, en face de moi. Barbara, ma serveuse préférée, accourut avec une cafetière. Elle était impatiente de voir la tête du garçon qui m'accompagnait. Elle taquina le jeune pirate jusqu'à ce qu'on l'appelle à une autre table. Ses allusions sexuelles laissèrent Ken de marbre.

— Tu me donneras des œufs pochés, s'il te plaît, dis-je. Et des toasts.

— Comment faites-vous pour avoir faim ? marmonna Ken. Moi, j'ai envie de vomir. Vous croyez qu'ils vont retrouver mes empreintes ?

— Vous avez mal au cœur parce que vous avez passé la nuit dehors, que vous avez vécu de grandes émotions, et tout ça l'estomac vide. Vous avez besoin de manger. (J'appelai Barbara, et obligeai Ken à commander quelque chose.) Quant à vos empreintes, vous les avez probablement effacées quand vous avez remis vos gants. De toute façon, ce cher Jasper est assis sur une poudrière. Ça m'étonnerait fort qu'il prévienne les flics. A moins qu'il n'ait l'esprit particulièrement pervers. Sinon, il n'y avait vraiment personne aux abords de mon immeuble ?

— Non. Enfin, si. Votre ami flic est garé devant l'entrée. Comment vous avez fait pour vous débarrasser de lui, hier soir ?

— Il a dû se rendre sur le lieu d'un crime. Mais dites-moi, qu'est-ce que vous avez vu dans les dossiers, que vous vouliez me montrer ?

— Ah mais oui, c'est vrai !

Ken avala une grande gorgée de café et se gratta la tête, essayant de faire preuve du même calme que moi.

— J'ai trouvé deux choses intéressantes. Tout d'abord une liste de donateurs. Quelqu'un a fait don d'une somme importante à Home Free, l'année dernière. Plus de deux cent cinquante mille dollars.

— Vous vous souvenez du nom de cette personne ?

Il ferma les yeux et fronça les sourcils, dans un effort de concentration. Puis il me regarda d'un air navré.

— J'ai oublié, dit-il.

— Je vais vous faire une liste de noms. Vous me direz si vous en reconnaissez un. Vous avez un stylo ?

Il fouilla dans sa poche et en extirpa un vieux Bic. J'écrivis une douzaine de noms sur une serviette en papier, dont ceux de Fabian, Gantner et Blakely. Ken étudia ma liste, étrécissant les yeux pour déchiffrer ma petite écriture peu lisible.

— Gantner, déclara-t-il. J'en suis presque sûr. Blakely aussi a fait un don, mais moins important que celui de Gantner. Et puis Bill Buckner.

— Sûrement, oui. (Je pris la serviette en papier et la déchirai.) Il jouait avec les Cubs, à l'époque où vous étiez encore au biberon.

— Vous me prenez pour un bébé parce que j'ai eu peur, ce matin, marmonna-t-il, vexé.

— Je suis ravie que vous ayez eu peur. Je culpabilisais affreusement de vous avoir incité à commettre un délit. Ça me soulage de constater que sous vos dehors d'affranchi, vous avez des réactions saines.

Barbara posa deux assiettes devant nous, omelette et œufs pochés.

— On dirait que vous avez passé une nuit blanche, tous les deux, dit-elle. A faire des choses agréables, j'imagine. Et Conrad, qu'est-ce qu'il en dit ?

— Il ne va pas apprécier, j'en ai peur.

J'ingurgitai mes œufs en deux minutes. Après quoi je me beurrai un toast.

Ken se prit une petite bouchée d'omelette d'un air méfiant, s'aperçut à quel point il avait faim, et se mit à manger avec la même voracité que moi.

— Il y avait la Century Bank aussi. C'était ça que je

regardais au moment où on a mis les voiles, dit Ken, la bouche pleine. J'ai trouvé des comptes cachés. Il fallait un mot de passe pour ouvrir le fichier. La Century Bank a accordé un crédit de cinquante millions de dollars à Home Free.

J'en restai bouche bée.

— Mais pour quoi faire ?

Son petit sourire charmeur réapparut l'espace d'un instant.

— A vous de le découvrir, Sherlock. Moi, je ne suis que le pirate en informatique.

35

PROMESSES, PROMESSES

Mr Contreras était tiraillé entre la joie de nous voir sains et saufs, et le ressentiment d'avoir été tenu à l'écart. Après avoir fait pénitence dix minutes, je laissai Ken lui conter nos aventures, puis je titubai jusque chez moi.

Je me glissai dans l'appartement le plus discrètement possible, mais ne pus éviter Conrad. Assis sur le canapé du living, il lisait le *Herald Star*, tout en sirotant du café. Il était en jean, torse nu et pieds nus. Il me regarda d'un air posé.

— Qu'est-ce que tu as fabriqué, bébé ? Quel genre de courses on peut faire en pleine nuit ? Ça fait quatre heures que tu es partie.

— Oh, fis-je.

Puis je me laissai tomber sur le banc du piano. Je m'appuyai contre le clavier, soudain trop fatiguée pour me tenir droite sans dossier.

— Je suis allée inspecter les bureaux de Home Free.

— Tu étais obligée de faire ça à 4 heures du matin ?

— Tu aurais préféré que j'aille forcer des serrures en plein jour ?

Il reposa sa tasse avec une telle force que le café gicla sur sa poitrine, et sur le canapé.

— Tu as pénétré chez eux par effraction ? Mais bon dieu, Vic ! Je passe mon temps à arrêter des gens pour ce genre de conneries ! Pourquoi tu fais ça ? Pour prouver combien tu es large d'esprit ?

— Jasper Heccomb a cinq millions de dollars cachés dans ses tiroirs. Tu ne considères pas cela comme une information intéressante ?

— Je refuse de prendre ça sur le ton de la plaisanterie. Tu ne peux pas continuer à te conduire comme si tu étais au-dessus des lois.

— Mais ce n'est pas une plaisanterie ! Il a vraiment planqué cinq millions de dollars. Il y a de quoi se poser des questions, non ?

— La seule question que je me pose, c'est jusqu'où tu vas aller pour prouver que tu as raison.

Il se rendit finalement compte que du café lui coulait sur l'estomac. Il prit un mouchoir dans la poche de son jean et s'essuya.

— Si je me souviens bien, quelqu'un a pénétré ici par effraction, l'année dernière. Quelqu'un qui a laissé un beau désordre. Cela t'a paru normal ? Ou est-ce que tu trouves ça normal seulement quand c'est toi qui entres chez les autres sans permission ?

— Je n'ai pas apprécié. Mais je ne suis pas venue pleurer dans ton giron, si tu te souviens bien. Comment je ferais, sinon, pour obtenir les informations dont j'ai besoin ?

Il posa son journal et vint s'asseoir à côté de moi.

— Ecoute, Vic. S'il y a des gens comme moi, c'est justement pour que le premier venu ne puisse enfreindre les lois quand ça lui chante. Il y a déjà un million de personnes armées dans cette ville. Inutile d'en rajouter. Si tu penses que quelqu'un te fait du tort, tu vas au tribunal, et tu portes plainte. Tu es persuadée que Heccomb dispose d'informations d'une importance capitale ? Parfait. Téléphone au Finch. Il demandera un mandat.

Je le regardai d'un air pensif.

— Tu crois vraiment qu'il le ferait ?

— Je n'en sais rien. Mais quoi qu'il en soit, tu ne peux pas continuer à agir comme ça.

Je ne répondis rien. J'étais trop épuisée pour discuter. De toute façon, il avait raison. Personne ne devrait enfreindre la loi. En outre, j'avais entraîné un gamin en liberté surveillée à commettre un délit. Plus grave, j'allais recommencer, tout en sachant que ce n'était pas bien. Peut-être y avait-il du psychopathe en moi.

Conrad s'adoucit, me passa un bras autour des épaules et m'attira contre lui. Je posai ma tête contre sa poitrine. Puis je lui demandai comment avait été sa nuit.

— Oh, l'horreur habituelle. J'en ai par-dessus la tête. Je vais aller au parc, cet après-midi, jouer au basket avec quelques-uns des gars. Ma vieille équipe sera au grand complet. Nous avons bien l'intention de montrer à ces jeunes recrues de quoi nous sommes capables. Après, j'irai peut-être prendre une bière avec Terry. Et puis je passerai sans doute la soirée et la nuit chez ma mère. Elle aime bien avoir ses enfants avec elle le dimanche des Rameaux. Et toi, qu'est-ce que tu vas faire ?

— Je vais aller m'allonger.

— Et après ?

— Tout dépend si je dors longtemps ou pas. Il faut que je découvre d'où vient tout cet argent.

Il m'attrapa l'épaule. Puis il me regarda sévèrement.

— Pas en forçant à nouveau des serrures, tu me promets ?

Je levai trois doigts.

— Parole de scout, sergent.

Je me laissai à nouveau aller contre son épaule, puis je commençai à m'endormir.

— Au lit, miss W.

Conrad se leva, puis me mit debout.

Une fois dans la chambre, je me débarrassai de mes chaussures, de mes chaussettes, puis je m'étendis sur mon lit en jean, trop fatiguée pour finir de me déshabiller. Conrad défit mon holster, puis le posa sur la table de nuit. Après quoi il me donna un long baiser très doux. Je sombrai dans un profond sommeil avant qu'il soit sorti de la pièce.

Je me réveillai à midi, l'esprit tellement englué que je ne pus tout d'abord me souvenir des événements de la nuit passée. Les chiens aboyaient dans le petit jardin de Mr Contreras. C'étaient eux qui m'avaient réveillée. Je titubai jusqu'à la cuisine pour voir ce qui les mettait dans cet état. Un chat, perché en haut du mur.

Je retournai au lit mais ne pus me rendormir. Je recommençai à me poser des questions sur l'argent de Jasper. Peut-être Deirdre avait-elle découvert le magot et demandé des explications au directeur de Home Free. Cela aurait-il justifié qu'il la tue sauvagement ? L'homme qui l'avait assassinée s'était laissé submerger par une haine et une violence incontrôlables.

Fabian était-il impliqué d'une façon ou d'une autre dans quelque projet lucratif ? Et si les conseils qu'il donnait au sénateur Gantner outrepassaient le cadre de l'amendement Boland ? De quoi aurait-il pu s'agir ? Je disposais de trop maigres informations pour échafauder un scénario.

Admettons que Deirdre ait su que Jasper cachait plusieurs millions de dollars dans ses tiroirs, et qu'elle lui ait donné rendez-vous à mon bureau le soir de sa mort. Ils sont en train de parler, quand Fabian fait irruption. Deirdre le traite de haut, Fabian perd la tête. Jasper se tairait dans ce cas. Il n'irait pas conduire les flics droit à son trésor.

Je me dressai soudain dans mon lit. Un frisson glacé me parcourut l'échine. Si Jasper avait tué Deirdre parce qu'elle avait découvert son magot, ma vie ne tenait plus qu'à un fil. Il fallait que je m'active, que je trouve quelque chose de suffisamment sérieux pour que Finchley demande un mandat. Je devais tout reprendre à l'envers : comment Jasper dépensait-il tout cet argent ? Il me restait à explorer ces chantiers autour desquels il faisait tant de mystères.

Je me propulsai jusque dans la douche. Je restai cinq bonnes minutes sous l'eau froide. Après quoi j'inspectai ma penderie, à la recherche du déguisement adéquat pour que Charpentier ne me reconnaisse pas. J'optai finalement pour un blazer bleu marine, un jean, un grand chapeau de paille qui cacherait mon visage. Un plan de Chicago et mon pistolet vinrent compléter ma panoplie d'espionne.

Avant de sortir, je scrutai la rue entre deux lattes du store. Personne ne rôdait sur les trottoirs, mais je ne pouvais pas voir l'intérieur des voitures. Je sortis par la porte de derrière.

Ma voiture était toujours garée au coin de Belmont et de Morgan. Je m'installai au volant, et allai jusqu'à Kennedy en effectuant moult détours. Je n'avais personne à mes trousses.

Le bureau de Charpentier était à Des Plaines, derrière O'Hare, ce qui représentait un long périple.

Sa société se trouvait dans un long bâtiment de plain-pied, en briques rouges. Il n'y avait personne à l'intérieur. C'eût été un jeu d'enfant de forcer les serrures, mais j'avais donné ma parole de scout à Conrad. Je soupirai et cherchai l'adresse personnelle de Charpentier dans l'annuaire. Il habitait à Arlington Heights, à quelques kilomètres de là.

Il vivait dans une maison en briques, à deux étages, de style néo-colonial, ou faux géorgien. J'ignore le terme qu'emploient les agents immobiliers pour désigner ces bâtisses à colonnes. Le jardin n'était pas immense, mais bien entretenu. Bien qu'on fût encore en mars, il y avait déjà un gazon très vert avec des brins d'herbe tout fins, comme des fils de soie, ou comme les jeunes pousses expérimentales de Gantner.

Une Nissan d'un modèle récent était rangée dans l'allée. J'étais en train d'observer les lieux, quand un petit garçon sortit de la maison, un skateboard sous le bras. Une femme apparut derrière lui, monta dans la Nissan et s'en fut. Je regagnai l'artère principale, où je trouvai une station service avec un téléphone. Après avoir entendu la voix de Charpentier sur son répondeur, je m'achetai un gobelet de café et un beignet, puis retournai dans la rue de l'entrepreneur. Je me garai au coin, pour éviter d'éveiller la curiosité des voisins. Après quoi je mangeai mon beignet et étudiai le plan de la ville, tout en écoutant Jessie Norman chanter des lieder de Tchaïkovsky.

La Nissan de Mrs Charpentier reparut un peu avant 2 heures. J'attendis encore vingt minutes, pour lui donner le temps de ranger ses courses. Je fouillai sur la banquette arrière, à la recherche de quelque chose qui pourrait justifier ma visite. Je trouvai une chemise avec de la documentation sur Arcadia House et un carnet de billets de tombola. En tant que membre du conseil d'administration, j'étais censée en vendre vingt.

Le petit garçon au skateboard vint m'ouvrir. C'était un enfant d'une dizaine d'années, mince, avec des taches de rousseur. Il ressemblait à l'homme au faciès bovin que j'avais vu chez Jasper Heccomb. Je fronçai les sourcils d'un air solennel, puis demandai à parler à Gary Charpentier.

— Il n'est pas là, dit-il, d'une jolie voix de contralto.

— Où pourrais-je le trouver ? Il faut que je le voie aujourd'hui. C'est très important.

Le garçon se mordit la lèvre, puis m'annonça qu'il allait chercher sa mère.

Il disparut au fond de la maison en criant : « Maman ! Maman ! »

Mrs Charpentier accourut. C'était une femme d'à peu près mon âge, avec des cheveux blonds grisonnants, l'air harassé. Bien qu'il ne fût que 2 heures de l'après-midi, elle avait déjà commencé à préparer le dîner : elle s'essuyait les mains avec un torchon et elle sentait l'oignon.

— Mrs Charpentier ? Je travaille avec Alec Gantner. Il m'a demandé de remettre certains papiers à Gary Charpentier.

— Oh. (Elle regarda son fils, qui était derrière elle et se tordait le cou pour suivre la scène.) Tu peux retourner jouer, Gary — c'est pour le travail de Papa. (Puis elle me fit à nouveau face.) Vous pouvez me les laisser, si vous voulez, me dit-elle. Mon mari n'est pas là pour le moment, mais il va revenir vers 5 heures.

Elle tendit la main pour prendre la chemise que je tenais devant moi. Je reculai d'un pas.

— J'ai peur que ce ne soit trop tard. Il faut absolument qu'il signe certains papiers avant le départ du courrier. C'est à 5 heures, le samedi. Mr Gantner sera furieux si je ne trouve pas Gary à temps.

Elle se mordit la lèvre, comme son fils venait de le faire.

— Je suppose que si vous voulez... Si c'est de la part de Mr Gantner... Il n'aime pas que...

— Je me ferai un plaisir d'aller le trouver pour lui éviter de se déplacer. Il est à son bureau ? Je peux y faire un saut.

— Non, non. Il est à Chicago. Et il n'aime pas que des gens viennent le voir sur un chantier. Mais j'imagine que... Attendez. Je vais essayer de l'appeler dans sa voiture. Quel est votre nom ?

— Gabriella Sistieri. (Le nom de ma mère m'était venu instinctivement.) Vous n'avez qu'à me donner l'adresse du chantier. Je peux passer le voir là-bas. De toute façon, il faudra que je retourne sur le Loop avec les papiers, quand il les aura signés.

— C'est mieux que j'essaie de l'appeler. Comme ça, il ne se fâchera pas.

Elle disparut à l'intérieur de la maison. Je transpirais. D'impatience, d'agacement, et aussi de peur. Je me demandais si je devais lui laisser une carte d'Arcadia avec le numéro d'urgence. Jusqu'à quel point Gary Charpentier était-il capable de se fâcher ? Chez Jasper, je l'avais vu rouge de colère. Se dominait-il aussi bien avec sa femme ?

Elle revint deux minutes plus tard pour m'annoncer qu'elle n'avait pas réussi à le joindre — il ne devait pas être dans sa voiture. Après que j'eus compati à son triste sort — comme il était difficile d'empêcher un mari de se mettre en colère — , je lui rappelai combien Alec Gantner était un personnage important, par ailleurs très lié avec Jasper Heccomb. Aussi son mari avait-il tout intérêt à ne pas faire faux bond au grand homme. Finalement, elle consentit à me donner l'adresse du chantier. C'était sur Elston, après le croisement avec Pulaski.

36

CELLE QUI SE BAT ET PREND LA FUITE... SE FAIT AGRESSER

Elston Avenue coupe le Northwest Side en diagonale. Très passante aux heures de pointe — elle est parallèle à la voie express Kennedy — elle est déserte le reste du temps. De mornes terrains vagues ont remplacé les entrepôts et les usines de jadis. Seuls de rares magasins et quelques restaurants sont venus boucher les trous. Aussi les gens du quartier ne fréquentent-ils pas cette avenue.

Le chantier de Charpentier disparaissait derrière de hautes herbes et de vieux murs. Je passai deux fois devant sans rien voir, cherchant un numéro pour me repérer. Je finis par me garer sur Cullom. Je continuai à chercher à pied.

Je slalomai entre des plaques d'asphalte — les vestiges d'un parking —, quand tout à coup je l'aperçus. Aucun panneau, aucun drapeau portant le nom de Charpentier n'indiquait qu'on se trouvait sur un chantier de construction. Les matériaux et les ouvriers devaient arriver par la ruelle, et par Elston. Impossible de débusquer ce chantier, à moins de le connaître. Si c'était là une entreprise de Home Free, on pouvait leur remettre un prix de discrétion.

Je traversai cette triste prairie pour voir le chantier de

plus près. Ils avaient commencé les fondations. Des hommes clouaient des coffrages pour couler du béton. Ils parlaient une langue que je ne reconnus pas, un dialecte italien, ou espagnol.

Du bois de construction était empilé au bord de la ruelle. Plus loin, une bétonneuse tournait. La camionnette de Gary Charpentier était garée derrière la bétonneuse.

Les hommes portaient des jeans et des chemises trouées. Plusieurs d'entre eux, malgré la température encore fraîche, étaient torse nu. Je grimpai sur un empilement de barres métalliques rouillées. Un ouvrier me vit. Il s'arrêta de clouer ses planches et prévint ses copains. D'eux d'entre eux me sifflèrent et me tinrent des propos que je compris sans dictionnaire.

Suite à ce raffut, un géant coiffé d'un chapeau de cow-boy émergea de derrière la bétonneuse. Il me jeta un coup d'œil avant d'invectiver ses ouvriers pour les faire taire. Le coupable reprit son marteau, puis se remit à donner des coups sur sa planche, mais sans enthousiasme. Le rythme général ralentit considérablement. Les hommes voulaient voir ce qui allait se passer. Le cow-boy gargantuesque se mit à marcher dans ma direction. Il avait un tour de taille monumental et faisait bien quarante centimètres de plus que moi.

— Chantier privé, miss. Casque obligatoire.

Son accent très prononcé, qui me rappela celui de ma mère, n'allait pas du tout avec les bottes et le chapeau de cow-boy.

Je lui désignai ses hommes d'un geste de la main.

— Alors pourquoi ils n'en portent pas ? Ni vous, d'ailleurs.

Il me scruta intensément, puis cracha, ratant de peu le petit orteil de mon pied gauche.

— Leurs têtes assez dures comme ça. Vous aller faire vos courses. Ces hommes travailler.

— C'est un chantier de Home Free ?

Il s'approcha de moi, de sorte que son ventre m'arriva à l'épaule.

— Qui veut savoir ?

— Moi. (Je dus faire un effort pour ne pas reculer d'un pas.)

— Alors vous partir sans savoir, madame. Ici privé, ce travail, pas vous regarder.

— Mais ils m'ont demandé d'investir dans leur projet. Comment pourrais-je le faire si je ne peux pas voir ce qu'ils construisent ?

Il fronça les sourcils, soupesa l'authenticité de mon histoire, mais décida qu'elle ne lui plaisait pas.

— Vous venir avec patron, alors vous visiter. Sinon, vous occuper de vos affaires.

Je fronçai les sourcils à mon tour, réfléchissant à l'attitude la plus intelligente à adopter. Non seulement je n'étais pas de taille à me battre avec lui, mais je n'avais aucune raison de l'agresser. En revanche, je pouvais faire semblant d'avoir peur. S'il pensait que je le craignais, il cesserait peut-être de se méfier de moi. De toute façon, je pouvais revenir n'importe quand, maintenant que je savais où ils se trouvaient.

Je lui souris d'un air contrit.

— Très bien, dis-je. Je vais aller chercher l'un des patrons. Vous connaissez Eleanor Guziak ou est-ce que je dois vous amener Jasper Heccomb en personne ?

Son froncement de sourcils s'accentua.

— Eux avec vous, je laisse regarder. Maintenant vous partir.

Je reculai de quelques pas pour m'assurer qu'il n'allait pas me suivre. Puis je lui tournai le dos et poursuivis ma route au milieu des gravats. Je pris mon temps, m'efforçant d'avoir l'air nonchalant. Tandis que je m'éloignai, les sifflements appréciateurs reprirent de plus belle. Je me retournai et leur fis un signe de la main, pour leur montrer que j'étais flattée. C'est alors qu'une Bronco dernier cri se gara à côté de la bétonneuse.

Le chef de chantier la vit aussi. Il se précipita vers la voiture au moment où Gary Charpentier en sortait. L'entrepreneur lui hurla quelque chose que je ne compris pas. Sans doute de me rattraper, car le géant fonça vers moi.

Charpentier le suivit, sans même refermer sa portière. La nonchalance n'étant plus de mise, je bondis par dessus les blocs de ciment, vers les grandes herbes le long d'Elston. A quelques mètres de l'avenue, j'entendis un sifflement puis un coup de tonnerre.

Je plongeai au sol avant même de réaliser que ces salauds me tiraient dessus. J'atterris sur un tas de briques, le souffle coupé. Je repris difficilement ma respiration, me mis en chien de fusil, puis sortis mon Smith & Wesson de ma veste. J'ôtai la sécurité et braquai mon pistolet sur le chef de chantier. Je m'aperçus alors que je risquais de blesser les ouvriers. Le cow-boy se remit à tirer. Je roulai sur moi-même derrière un gros bloc de ciment pour m'abriter des balles.

Charpentier arriva à hauteur du cow-boy et lui fit baisser son arme en appuyant sur son bras. Je m'accroupis, mon pistolet braqué sur eux. L'entrepreneur s'approcha de moi d'un pas lourd, le cow-boy sur ses talons.

— Mais à quoi vous jouez, bon dieu ? cracha-t-il.

Il s'était penché sur moi, si près qu'il me postillonnait dans la figure.

Je me relevai en titubant. Puis je me passai un mouchoir sur le visage avec ostentation, avant de lui répondre.

— C'est la question que j'allais vous poser. Qu'est-ce qui lui prend à ce grand singe, de tirer comme ça sur les gens ?

— Vous avez pénétré sur un chantier privé.

Il était tellement furieux, que ses joues avaient l'aspect d'un steak cru.

— Ce n'est indiqué nulle part. Et quand bien même ça le serait, qu'est-ce qui pourrait justifier que cette grosse brute essaie de me descendre ?

— Je dire elle partir, déclara le cow-boy. Elle vouloir

savoir si chantier Home Free. Je dire elle se mêler de ses affaires.

— Et je partais, d'ailleurs. Vous auriez dû être content, plutôt que d'essayer de me tuer.

— Je lui ai demandé de vous rattraper, dit Charpentier. J'ai téléphoné à ma femme, de ma voiture, et elle m'a dit qu'Alec Gantner avait envoyé une fille avec des papiers à signer. Alors j'ai appelé Gantner pour m'excuser de l'avoir ratée. Et il m'a dit n'avoir envoyé personne. Je veux savoir pourquoi vous êtes allée soutirer l'adresse du chantier à ma femme. Je suis dans mon droit !

Deux manœuvres s'étaient approchés, leurs outils à la main. Je me demandai ce qui se passerait si le cow-boy leur donnait l'ordre de me sauter dessus.

— J'habite Chicago. Je paye des impôts. Je suis donc libre de me promener dans les rues et les ruelles de la ville sans avoir à donner d'explication.

Charpentier leva une main pour me frapper, vit que les ouvriers le regardaient, et se ravisa.

— Vous n'avez absolument pas le droit d'importuner ma femme ! Et puis c'est une propriété privée. Ce qui veut encore dire quelque chose, même à Chicago.

— Qu'est-ce que vous essayez de cacher, ici ? Si c'est tellement privé, pourquoi n'y a-t-il aucune pancarte ?

— Elle dire vouloir investir, intervint le cow-boy. Je dire elle venir avec patron, et elle regarder tout.

Charpentier me fixa avec intensité.

— Est-ce que je ne vous ai pas déjà vue... Oh, mais si ! Vous êtes la détective qui est venue poser des questions à Jasper Heccomb, chez Home Free. Ouais, ouais !

Il se tourna vers le cow-boy.

— Elle est précieuse, Anton. Fais-y attention.

— C'est Warshawska ? (Anton avait prononcé mon nom comme un vrai polonais.) Pourquoi pas... ? (Il fit un geste éloquent avec son pistolet.)

Charpentier eut une moue déplaisante.

— Parce que ce n'est pas le moment. Vous pouvez y aller, détective. Mais je dirai à Jasper que vous êtes passée.

Je tournai les talons et repartis lentement vers la rue. Vu les circonstances, qu'aurais-je pu faire d'autre ? En arrivant sur Elston, je me retournai. Charpentier et Anton me regardaient, les poings sur les hanches. Les ouvriers émirent à nouveau quelques sifflements. Sur un ton sympathique, me sembla-t-il. Aussi leur fis-je un signe de la main.

En rentrant chez moi, dans ma voiture, je me répétai les dernières phrases de Charpentier. Qui ne pouvaient vouloir dire qu'une seule chose : Anton et l'entrepreneur travaillaient pour Jasper. C'étaient eux qui me suivaient et ils attendaient un événement particulier avant de m'éliminer. Soit, mais lequel ?

J'étais folle de rage qu'ils aient osé me tirer dessus. J'ai horreur de voir des cow-boys débiles essayer de m'impressionner. Enfin, j'avais vu un chantier de Home Free, c'était déjà ça.

Il serait intéressant de savoir si Charpentier avait un permis de construire. Et encore plus instructif de jeter un coup d'œil sur ses livres de comptes, pour voir si Home Free le réglait en temps et en heure. Il était venu râler chez Jasper, la semaine dernière, mais ce ne pouvait être pour des questions d'argent. Un type comme Charpentier ne continuerait pas à travailler sans être payé.

Heccomb n'avait sans doute pas eu Charpentier au téléphone aujourd'hui. Car s'il leur avait dit que je commençais à renifler les truffes, ils m'auraient sans doute descendue. Je préférais ne pas imaginer mon cadavre coulé dans une dalle de béton.

D'après Mackenzie Graham, mes suiveurs avaient une conduite intérieure sombre. Ce qui excluait la Nissan de Mrs Charpentier. Mais au cas où Ken se serait trompé, je me garai à nouveau à deux blocs de chez moi.

Je déverrouillai la porte extérieure de la main gauche, la main droite serrée sur la crosse de mon Smith & Wesson.

Personne dans le couloir. Je grimpai l'escalier d'un pas guilleret, pensant davantage à un bon bain qu'à Anton.

Je les entendis un quart de seconde avant de les voir, ce qui me donna le temps d'ôter la sécurité et de braquer mon pistolet sur eux. Trois ombres encagoulées se dressèrent sur le palier, au-dessus de ma tête. Je fis feu, et redescendis l'escalier, pliée en deux.

— La salope ! Arrêtez-la !

Je pris un virage un peu large au coin du palier suivant. L'une des ombres se jeta à ma poursuite. Je tirai, le ratai. Il riposta dans un bruit d'explosion. Je m'élançai dans l'escalier. L'ombre se jeta sur moi. Mon pistolet m'échappa. Nous roulâmes jusqu'en bas des marches. Là, je tentai de me dégager. En vain. Je remontai mes genoux et appuyai de toutes mes forces contre le ventre de mon agresseur. Il grogna, me tira les cheveux. J'arrivai à lui décocher un coup de pied et à libérer mes jambes. Je me retournai pour échapper à sa terrible étreinte. J'allais fuir, quand le tranchant d'une main s'abattit sur ma nuque. Je ressentis une douleur aiguë, avant de sombrer dans des ténèbres bienfaisantes.

37

OISEAU DE PROIE

Le soleil était un point de lumière intense dans le lointain. Un faucon, perché sur le bras d'un homme en cagoule, me regardait froidement. Il voulait m'emmener au cœur de l'astre de feu.

— Non ! hurlai-je.

Je luttai pour m'asseoir, mais le fauconnier tendit le bras et me cloua au sol. L'oiseau me mordit la main.

Je me réveillai, le soleil se mua en néon sur un plafond

sale, le bec de l'oiseau en goutte-à-goutte dans mon poignet gauche. Il y avait des rideaux de chaque côté de mon lit, un chariot avec des instruments médicaux sur ma droite. Une femme en tee-shirt et en jean, avec un stéthoscope autour du cou, se matérialisa devant moi.

— Ah, très bien, vous êtes réveillée. Comment vous appelez-vous ?

— Où suis-je ? demandai-je, d'une voix rauque.

— Dans la salle d'urgence de Beth Israël.

— Comment suis-je arrivée ici ?

— La police vous a amenée. Ils veulent vous parler, pour voir ce dont vous vous souvenez. Mais avant de les laisser faire, je veux m'assurer que vous êtes en état de répondre à leurs questions. Alors, si vous me donniez votre nom ?

— Ça veut dire que je suis blessée à la tête ? (Je fronçai les sourcils, essayant de me souvenir de ce qui s'était passé.) Je ne sais pas comment c'est arrivé. Je crois que ça avait un rapport avec des faucons. A cause des yeux.

Le côté droit de ma tête reposait sur un paquet de glaçons. Je tâtai avec mon doigt pour savoir ce qu'il y avait contre cette masse froide. Une bosse, molle, de la taille d'un gros melon. J'avais mal au bras, à l'endroit où j'étais tombée.

Oui, m'expliqua l'infirmière, patiente, j'avais pris un coup sur la tête. Puis elle me demanda à nouveau mon nom. Je le lui dis, puis je lui donnai la date, ainsi que le nom du président. Si jamais lui se cognait la tête, il faudrait le garder en observation, notai-je, parce qu'il ne saurait pas mon nom à moi. L'infirmière sourit. Puis elle m'annonça qu'elle allait chercher l'interne et prévenir la police qu'ils pouvaient me poser quelques questions.

La lumière me brûlait les yeux. Je fermai les paupières et commençai à glisser dans le sommeil. Soudain, j'entendis une voix, tout près de moi.

— Miss Warshawski... L'infirmière dit que vous êtes réveillée. Comment vous sentez-vous ?

Cette voix ne m'était pas inconnue. Je tournai la tête pour voir qui venait de me parler, mais je ressentis une douleur telle que j'en eus le souffle coupé. Les cheveux roux plaqués sur le crâne, le visage froid et impassible — qui à présent exprimait de la compassion. Je connaissais cette femme, mais je n'arrivais pas à me souvenir de son nom.

— Je vous connais. Vous travaillez avec Terry Finchley. (Des larmes de frustration me piquèrent les yeux.)

— Ne faites pas tant d'efforts, dit l'infirmière. La mémoire vous reviendra plus facilement si vous vous détendez.

— Je suis Mary Louise Neely. L'officier de police Calley est là pour prendre des notes. (Elle me désigna un homme en uniforme, au pied de mon lit.) Etes-vous en état de parler ?

— Je ne me souviens pas de ce qui s'est passé, dis-je. Je croyais que c'étaient des faucons. Mais ils portaient des cagoules. Leurs yeux brillaient derrière leurs cagoules.

Neely fronça les sourcils à l'adresse de l'infimière.

— Vous êtes sûre qu'elle va bien ? Il ne faut pas aller chercher un médecin ?

— C'étaient des gangsters. Des voyous. Avec des cagoules. (Je sentis les larmes monter.) Ils m'ont sauté dessus. Ils m'attendaient sur mon palier !

Je m'efforçai d'arrêter de pleurer, car ça rendait le martèlement dans ma tête encore plus douloureux. L'infirmière m'apporta de l'eau. Le fait d'avaler me fit mal aux côtes. Peut-être m'étais-je cassé quelque chose en tombant — mais où étais-je tombée ? Dans la cour, dans l'escalier ? Je m'efforçai de recoller les morceaux épars de ma mémoire. J'avais chu à deux reprises, aujourd'hui : une fois sur le chantier, et une fois dans l'escalier. Non. La deuxième fois, quelqu'un m'avait sauté dessus.

— J'ai tiré, me souvins-je, tout à coup. Est-ce que Mr Contreras... ?

— Il est sorti avec les chiens, pour voir ce qui se passait.

L'un des voyous lui a collé le canon de son pistolet sur la tête, l'a obligé à rappeler les chiens et à rentrer chez lui. Il a continué à le braquer pendant que les deux autres fouillaient votre appartement. Ils n'étaient pas venus vous tuer. Ils attendaient votre retour pour vous assommer et pénétrer chez vous. Quand ils ont eu fini, ils ont déguerpi. Mr Contreras nous a appelé, puis il est remonté s'occuper de vous, mais vous aviez repris connaissance. Vous étiez assise dans votre living. Les agents de police ne savaient pas trop quoi faire. Heureusement, le vieux monsieur a appelé une ambulance.

Je secouai la tête, oh, un rien. Mais j'eus aussitôt un haut-le-cœur. Je remis le paquet de glaçons contre mon gros melon. Je n'avais pas souvenir d'une ambulance, ni de m'être assise dans mon living. J'avais tout oublié, sauf le moment où j'avais fait feu.

— J'ai une alarme. S'ils ne l'ont pas neutralisée après avoir ouvert la porte, la police aurait dû être alertée dans l'instant. Pourquoi vos amis ne sont-ils pas arrivés plus tôt ?

Neely eut l'air embarrassé.

— Il y a tellement de fausses alarmes, qu'ils n'envoient pas une voiture dès que ça sonne quelque part. Vos gangsters — les faucons — ont eu huit minutes devant eux, qu'ils ont judicieusement mises à profit. Qu'est-ce qu'ils ont bien pu chercher, avec une telle frénésie ?

— Je ne sais pas.

Je refusais d'y réfléchir, car ça m'obligeait à imaginer mon appartement complètement dévasté. Je remuai nerveusement sur mon chariot. Qui donc avait mis mon appartement à sac ? Gary Charpentier et Anton ? Il aurait fallu qu'ils se déplacent plus vite que la lumière pour arriver là-bas avant moi. Jasper Heccomb ? Il devait se douter que c'était moi qui avait pénétré chez Home Free : j'avais posé trop de questions indiscrètes. Ceci dit, je n'avais rien pris, pas même un billet de cent dollars. Et soudain l'image de Fabian me traversa l'esprit. Pourquoi Fabian ? Oui, je pensais qu'il avait tué Deirdre, mais quel était le lien entre lui et Heccomb ? Impossible de m'en souvenir.

— Est-ce que Conrad sait que je suis là ?

— On a tenté de le joindre. Terry et lui sont allés jouer au basket à Grant Park, mais quand notre collègue est arrivé, ils étaient déjà partis. Apparemment, ils n'ont pas leurs bipeurs sur eux, mais nous leur avons laissé des messages un peu partout en ville. Essayez de réfléchir : qu'est-ce qu'on pourrait vouloir vous prendre à tout prix ?

L'interne de service arriva, car on l'avait averti de ma résurrection. Ce jeune homme d'une effrayante pâleur, aux yeux injectés de sang, fit sortir Mary Louise et son collègue. Puis il vérifia mes réflexes. Ils radiographièrent mon cerveau, pour voir si rien ne clochait. Puis ils m'annoncèrent que je pouvais rentrer chez moi. Le radiologue examinerait les clichés demain, dès son arrivée. Il me téléphonerait dans la matinée s'il détectait quelque chose d'anormal.

— Il ne faut pas que vous dormiez trop, me dit-il. Ce serait plus prudent qu'il y ait quelqu'un avec vous qui vous réveille de temps en temps.

Conrad, si j'arrivais à le joindre. Sinon, j'allais devoir faire appel à Mr Contreras. Il serait ravi de me dorloter, mais c'était trop demander à un vieux monsieur que de veiller toute la nuit.

Après la radio, les infirmiers me ramenèrent dans le box où le médecin m'avait examinée. Lotty et Max étaient là, en tenue de soirée. Max portait un smoking, Lotty un tailleur en laine noire. Elle fronçait les sourcils.

— Le quintette Aeolus, dis-je. (Je venais de me souvenir qu'ils allaient au concert.)

Le visage de Lotty se détendit.

— Ta mémoire fonctionne, Dieu soit loué ! L'interne me l'avait dit, mais on n'en est jamais sûr tant qu'on ne l'a pas constaté par soi-même. Je te ramène à la maison avec moi. Il faut qu'on te réveille toutes les trois heures, et je veux être sûre que ce sera fait.

Je laissai retomber ma tête sur le chariot. Un sentiment

de bien-être m'envahit. Lotty allait s'occuper de moi, au lieu de se mettre en colère parce que je m'étais attiré des ennuis. Elle m'avait finalement pardonné son agression de l'année dernière. A ce souvenir, je me dressai sur ma civière. Une violente douleur résonna dans ma tête. Le plafond tangua.

— Non, Lotty, je ne peux pas aller chez toi ! Ils peuvent très bien revenir. Et je ne veux pas que tu sois là si jamais ça arrive. L'officier de police Neely essaie de trouver Conrad. De toute façon, tu vas au concert.

— Nous avons déjà assisté à plusieurs concerts du quintette Aeolus, et nous aurons encore l'occasion d'aller les voir, sans aucun doute. (Lotty me prit le poignet.) Je sais à quoi tu penses, Vic, mais cette fois je choisis de te soutenir, parce que je sais que tu es en danger. Je ne me retrouve pas mêlée à une sale histoire sans qu'on m'ait dit où je mettais les pieds.

— Mais tout le monde sait que nous sommes amies, Lotty. S'ils découvrent que je me suis réfugiée dans ton appartement, ils vont en déduire que ce qu'ils cherchent, c'est toi qui l'a ! Même Terry Finchley a voulu perquisitionner chez toi, quand Emily Messenger a disparu.

Nous disputâmes de la question pendant quelques minutes, jusqu'à ce que Max s'en mêle.

— Et pourquoi vous ne viendriez pas toutes les deux dans ma maison ? proposa-t-il. Comme ça Lotty pourra s'occuper de toi, et vous serez en sécurité.

— Mais Conrad..., commençai-je.

— Conrad sera le bienvenu chez moi dès que l'officier de police Neely aura réussi à le joindre. (Il appela Neely pour lui donner sa carte, avec son numéro personnel.) Il faut aussi mettre ton cerbère au courant. Il est en train de se faire un sang d'encre dans la salle d'attente.

L'infirmière alla chercher Mr Contreras, visiblement soulagé de me voir réveillée, qui demanda des détails. Je m'excusai de lui avoir imposé cela.

— Ne te fais pas de souci pour moi, poupée. J'ai connu

pire. Mais quand ce voyou m'a collé son pistolet sur la tempe — oh, j'aurais dû le laisser me tuer, plutôt que de lui obéir !

Je pris sa main, puis l'attirai plus près de moi.

— Vous avez fait exactement ce qu'il fallait. Imaginez qu'il vous ait tué et que j'aie été grièvement blessée ? Qui se serait occupé des chiens ?

— Oh, poupée, n'essaie pas de tourner ça à la plaisanterie. Je suis impardonnable de ne pas avoir regardé qui montait dans l'escalier. Ils ont sonné chez les Lee, et comme ils ne parlent pas très bien anglais, ils les ont laissés entrer. J'aurais dû aller jeter un coup d'œil, plutôt que de rester planté devant la télé, à regarder les courses.

Je réussis tout de même à le calmer. Il ronchonna quand je lui dis que je partais avec Max et Lotty, au lieu de rentrer avec lui, mais il finit par admettre que mon amie était toute désignée pour s'occuper de moi.

Neely voulut passer par mon appartement, avant que j'aille chez Max. Une fois replongée dans mon univers, dit-elle, peut-être verrais-je ce que ces voyous étaient venus voler. Mais Lotty s'y opposa formellement.

— Docteur Herschel, protesta Neely, si nous ignorons ce qu'ils cherchent, nous ne pouvons pas savoir si Vic — miss Warshawski — est toujours en danger. S'il ont trouvé ce qu'ils voulaient, on est tranquille. Ils n'essaieront pas de pénétrer chez Mr Lœwenthal.

Présenté comme ça, Lotty ne pouvait qu'acquiescer. Je sortis de l'hôpital d'un pas lent, un bras autour des épaules de Mr Contreras. La douleur dans ma tête s'était un peu calmée. Même ma bosse avait dégonflé — elle n'avait plus que la taille d'une orange. L'interne avait tapoté mes côtes. Il y en avait une de fêlée. Autrement, rien de cassé. Je m'en tirais plutôt bien.

Par chance, mes amis étaient venus avec la voiture de Max. Je ne crois pas, vu ma migraine, que j'aurais supporté un voyage avec Lotty au volant. Mr Contreras et moi nous installâmes sur la banquette arrière de la Buick de Max. Le collègue de Mary Louise Neely nous escorta, toutes sirènes hurlantes.

38

EN SÉCURITÉ À LA MAISON

Je dormis pendant le trajet entre mon appartement et la maison de Max, à Evanston. Le spectacle de mon univers dévasté avait été une épreuve insurmontable, vu mon état. Ce chaos, loin de fouetter ma mémoire, m'avait plongée en plein désarroi et donné envie de fuir. L'officier de police Neely avait demandé à l'équipe du labo de venir, au cas où mes vilains auraient laissé quelques empreintes. J'avais abandonné tout le monde aux bons soins de Mr Contreras et des chiens.

Avant de partir de chez moi, j'avais à nouveau tenté de joindre Conrad. Il n'était toujours pas chez lui. Il avait dû aller chez sa mère, mais je ne me souvenais pas de son numéro, qui n'était pas dans l'annuaire. En outre, je ne pus retrouver mon agenda. Soit il était quelque part dans mon salon saccagé, soit les gangsters l'avaient emporté. Neely promit de demander le numéro de Mrs Rawlings à Terry Finchley, et d'essayer de joindre Conrad là-bas.

Une fois chez Max, la beauté des lieux me remonta le moral. Je bus du jus de fruits dans la cuisine, pendant qu'il me faisait un lit. Dans ma tête, le martèlement s'estompait. Mes bras, en revanche, et tout mon côté gauche étaient endoloris. Demain, j'allais avoir des courbatures, à coup sûr. Mais si mon mal de crâne continuait à décroître, je pourrais me lancer à nouveau dans un semblant d'action.

Lotty examina mes pupilles et contrôla mes réflexes. Soulagée de voir que tout allait bien, elle me demanda si je savais quelque chose que je n'avais pas voulu dire à la police, à propos de cette agression.

— J'ai enquêté sur Jasper Heccomb et Fabian Messenger. J'essaie de comprendre pourquoi on a tué Deirdre. J'espère aussi découvrir des indices sur l'endroit où peut être Emily. On m'a tiré dessus cet après-midi, dans un chantier. Mais le type en question n'aurait pas eu le temps d'arriver à mon appartement avant moi. Ce que je me demande, c'est pourquoi je suis toujours vivante.

J'avais parlé sur un ton désinvolte, mais le tremblement dans mes mains me trahit : je renversai du jus de fruits sur le comptoir de la cuisine.

— On t'a tiré dessus ? (Lotty frissonna.) Tu l'as dit à Conrad ? Ou à cette femme qui était à l'hôptial, l'officier de police — Neely, c'est ça ?

Je secouai la tête, mais tout doucement, pour que mon cerveau ne proteste pas.

— J'allais l'appeler en rentrant, mais je n'en ai pas eu le temps. Je me suis fait tabasser.

— Je suis sûre que le directeur de Home Free n'a rien à voir dans le meurtre de Deirdre, dit Lotty. Pourquoi un défenseur des sans-abri irait-il assassiner l'une de ses assistantes bénévoles ?

— C'est ce que je me serais dit il y a encore deux jours. Mais entre-temps, j'ai découvert que Jasper planque un véritable magot à son bureau, environ cinq millions de dollars. Peut-être que Deirdre l'a découvert, et qu'elle a menacé de le dénoncer au fisc.

— Cinq millions en liquide ? s'enquit Max, qui entra dans la cuisine. Il paie peut-être ses employés en liquide pour ne pas être obligé de les déclarer. Mais tu ferais mieux d'aller te reposer, plutôt que de te creuser la tête là-dessus.

— Il n'a pas d'employés. A part une assistante. Peut-être que cet argent lui sert à soudoyer des officiels pour... pour faire quoi, c'est ça que je me demande.

Lotty m'aida à me lever. J'eus à nouveau un vertige. Je

m'appuyai sur le dossier d'une chaise jusqu'à ce que ça se calme. Evidemment, Jasper payait aussi les ouvriers qui travaillaient sur les chantiers de Home Free. Facile de les employer au noir, surtout ceux qui ne parlent pas un mot d'anglais. Max m'accompagna jusqu'à ma chambre. Dans le couloir, nous passâmes devant des vases Ming et des statuettes Tang. Je lui demandai quelle langue pourrait ressembler à de l'espagnol ou de l'italien abâtardi.

— Le sarde, peut-être. Ou le roumain.

Le roumain, mais oui ! Les ouvriers de l'ex-Pacte de Varsovie envahissent les chantiers de construction américains. J'aurais dû comprendre tout de suite que c'étaient des gens de l'Est.

— Tu parles roumain, toi, par hasard ? demandai-je à Max.

— Vaguement, oui. La mère de mon père était originaire de la ville de Satu-Mare, et je parlais roumain avec elle quand j'étais petit. Pourquoi ?

Je lui expliquai ce que j'avais vu sur le chantier de Home Free.

— J'aimerais bien y retourner, à un moment où je serais sûre de ne pas tomber sur Anton. Je voudrais que ces hommes me disent ce qu'ils construisent. Je ne comprends pas pourquoi ce chantier est si bien caché. En tout cas, Jasper a tout fait pour m'empêcher de voir de quoi il s'agit.

Lotty, qui était derrière nous, me tapota gentiment l'épaule.

— Vic, va au lit maintenant. Je me doute que tu n'as pas voulu qu'on te tape sur la tête, mais à ce stade, une personne sensée s'en remettrait à Conrad.

— Si j'arrive à le trouver, murmurai-je, tout en la laissant me conduire jusqu'au lit.

Elle m'aida à me déshabiller, et rangea mes vêtements dans une armoire en marqueterie.

— Tu voudras sauver cette veste ? dit-elle. La manche est complètement déchirée.

C'était l'une de mes vestes préférées. Elle se fermait avec

des pressions nacrées. Peut-être que le tailleur de Gabriella — il faisait des vêtements à ma mère, en échange des leçons de piano qu'elle donnait à sa fille — saurait lui redonner son aspect originel. Ce monsieur avait près de soixante-dix ans, mais je faisais parfois appel à ses services, quand j'avais une idée précise en tête, pour un vêtement.

Avant de me mettre au lit, je me postai devant la glace de l'armoire pour examiner mes propres accrocs. J'avais quelques vilains bleus. Je me tordis le cou pour essayer d'apercevoir ma bosse, mais n'y parvins pas. Au toucher, elle avait désormais la taille d'une grosse prune. Elle était toujours molle. Je boutonnai la veste d'un pyjama appartenant à Max, puis me mis lit.

— Cette bosse ne se voit presque pas, m'assura Lotty, en me remontant le drap jusque sous le menton. Tu n'auras même pas un œil au beurre noir — ils ne t'ont pas frappée assez fort. Il est 6 heures. Je te réveillerai à 10 heures, juste pour être sûre que tout va bien. Mais je ne crois pas qu'il y ait de problème.

A 10 heures et demie, elle me fit marcher jusqu'à la cuisine pour me donner un jus de pomme et un toast à la confiture. Conrad avait téléphoné à 8 heures. Il avait emmené ses nièces au cinéma. Voilà pourquoi on n'avait pas réussi à le joindre plus tôt.

— Il voulait venir, mais je lui ai dit que tu te reposais, et que tu l'appellerais à ton réveil.

Je téléphonai depuis la cuisine. Conrad répondit à la première sonnerie. Lotty avait calmé ses inquiétudes à mon sujet. Aussi se soucia-t-il davantage de mes découvertes que de ma santé.

— Lotty m'a dit que tu allais survivre, miss W. Tu as pénétré chez Jasper Heccomb, la nuit dernière. Qu'est-ce que tu as emporté qui ait justifié l'intervention d'un tel commando ?

— J'ai découvert un tiroir plein de dollars, mais je n'ai rien pris. Tu es allé voir ?

— Non. Je ne peux pas : il n'a pas porté plainte pour effraction. Qu'est-ce que tu as découvert d'autre ?

— Rien. Honnêtement. A moins que j'ai oublié, mais je ne crois pas. Le seul trou de mémoire que j'ai, c'est entre le moment où j'ai perdu connaissance et celui où je me suis réveillée à l'hôpital.

Lotty m'avait prévenue que je risquais de ne plus jamais me souvenir de ces quelques heures.

— Bien. Qui d'autre as-tu cambriolé, ces derniers temps ?

— Personne, je... Oh !

Je venais de me souvenir de la lettre de Fabian. Je l'avais laissée sur ma table de nuit. Neely m'avait dit qu'ils devaient chercher des documents — ils avaient mis le salon sens dessus dessous, fouillé dans mes papiers, ouvert mes livres, puis tout balancé par terre. Mais ils n'avaient touché à rien dans la chambre. Ils avaient jeté un coup d'œil, puis ils étaient ressortis.

— Tu es en train de te souvenir de quelque chose, dit Conrad.

Je lui racontai l'épisode de la lettre.

— Je l'ai dit à Alec Gantner, hier après-midi, chez Gant-Ag. Ils ont un service de sécurité interne. Des types qui font probablement ce qu'il leur demande, y compris agresser de parfaits étrangers jusque sur leur palier.

Conrad était furieux.

— Mais pourquoi as-tu fouillé dans le bureau de Messenger, pour commencer ? Tu ne vois pas que nous sommes dans une situation impossible, maintenant ? Imagine que ce soit Gantner qui ait envoyé du monde chercher sa lettre. Que puis-je... que peut faire le Finch ? Aller trouver Clive Landseer et lui dire : excusez-moi, nous aimerions avoir un mandat pour perquisitionner chez Gant-Ag et au domicile d'Alec Gantner, parce qu'une détective privée a volé une lettre chez l'un de nos éminents concitoyens et pense que les types qui l'ont agressée pour la récupérer font partie du service de sécurité de Gant-Ag ?

J'avais à nouveau mal à la tête.

— Je ne veux pas que tu fasses quoi que ce soit. Est-ce que je t'ai jamais demandé de me sortir d'une situation compliquée ?

— Jamais, non. Et je le regrette. Si tu me faisais part de tes projets, avant de te lancer dans des aventures absurdes, on pourrait peut-être t'aider à obtenir ce que tu veux sans que tu aies besoin de voler, ni de pénétrer chez les gens par effraction. Sans parler des bagarres dans lesquelles tu risques ta vie.

Les fleurs peintes sur le rebord de l'évier se mirent à onduler sous l'effet d'une brise qu'elles étaient seules à sentir.

— Si je te disais ce que j'ai l'intention de faire avant de passer à l'action, tu me dissuaderais d'entreprendre quoi que ce soit, et résultat, je n'obtiendrais jamais aucune information.

— Parce que là tu as appris quoi ?

— Qu'il existe un lien entre Gantner et Fabian, d'une part. Que Jasper cache des sommes folles dans ses tiroirs, d'autre part. Je pourrais très bien avoir trouvé l'assassin de Deirdre, que vous en seriez encore à rechercher ses enfants.

— Vic, écoute-moi. Si j'élucidais ce meurtre, sans avoir d'abord obtenu un mandat en bonne et due forme, je ne pourrais pas arrêter l'assassin. Tu n'as donc jamais appris ça à la fac de droit ?

Mon amant flic en train de me faire la leçon, à moi, une progressiste. Je devais rêver.

— Tu es toujours là ?

— Je suis clouée sur place. Je n'ai pas envie de discuter avec toi, Conrad. De toute façon tu as raison. Je retourne me coucher. Amuse-toi bien à l'église demain.

— Je vais prier, bébé. Pour que tu cesses de tenir tes cartes si près de ta poitrine. Qu'on ait une chance de pouvoir jouer avec toi.

39

UN BUS POUR LA ROUMANIE

A 5 heures et demie, je sentis les doigts de Lotty sur mon poignet. Elle me tira du cauchemar auquel je suis sujette dans les périodes de stress : j'essaie de toucher ma mère mourante, sur son lit d'hôpital, mais je ne peux l'atteindre à travers cette jungle de tuyaux et autres tubes qui l'entourent.

— Désolée, « liebchen », il faut que j'aille à Chicago. Il y a une urgence à l'hôpital. Mais puisque tu es réveillée, voyons un peu comment tu vas, ce matin. (Elle souleva mes paupières, vérifia mes réflexes, puis écouta mon cœur.) C'est bon. Tu devrais pouvoir te lever. J'irai voir ton scanner chez le radiologue. N'oublie pas de boire beaucoup, mais pas d'alcool, surtout.

Quelques minutes plus tard, j'entendis la Buick de Max ronronner dans l'allée. Je me levai. J'avais des courbatures partout. Aussi eus-je du mal à enfiler la robe de chambre que Max m'avait laissée. Puis j'allai prendre une douche. Après avoir passé un bon quart d'heure sous l'eau chaude, je pus enfin lever les bras. J'en profitai pour me masser la nuque. Je retournai ensuite dans la chambre d'ami, procéder à quelques exercices d'étirement. Difficile, avec des muscles douloureux, mais on guérit bien plus vite quand on fait circuler le sang.

Je descendis à la cuisine. Max était en train de boire son café en lisant le *New York Times*. Il avait conduit Lotty en ville — elle n'avait pas sa voiture, et il l'avait trop souvent vue au volant pour lui prêter la sienne.

— Tu as l'air en forme, ce matin, Victoria. Du café ?

J'en bus une tasse à petites gorgées, pendant que Max me beurrait un toast. Après quoi il me proposa un morceau de son journal, mais pour une fois, les nouvelles de New York et de la Yougoslavie ne m'intéressaient pas. En outre, les pages sportives du *Times* sont assez médiocres. Je le regardai lire pendant quelques minutes, puis je lui demandai quand il allait rechercher Lotty.

— Je ne vais pas la rechercher. On est passés devant chez elle, et elle a récupéré sa voiture. Tu avais besoin de quelque chose ?

— De ma Trans Am. J'ai des courses à faire.

Max posa son journal.

— Il ne faut pas que tu conduises, Victoria. Tu as été sonnée, hier. Pourquoi ne pas demander à Conrad de te servir de chauffeur ?

— Je ne peux pas le réveiller à une heure aussi matinale. Surtout quand il a passé la nuit chez sa mère. (Et surtout après la conversation de la veille au soir.)

— Ça ne peut pas attendre ?

Je me servis un verre de jus d'orange. Puis je lui avouai vouloir retourner sur le chantier pendant qu'il était encore tôt. Comme ça, je ne risquais pas de croiser quelqu'un.

— Si j'attends demain, ou même si j'y vais cet après-midi avec Conrad, je risque de tomber nez à nez avec Anton, ou Charpentier.

La lumière qui se reflétait sur les lunettes de Max m'empêchait de voir ses yeux, donc de savoir ce qu'il pensait.

— Tu sais que Lotty t'interdirait formellement une petite excursion de ce genre.

— J'en ai bien conscience, oui. C'est pour ça que nous avons des relations si tendues. Peut-être qu'après cette affaire, je vais laisser tomber et me lancer dans l'immobilier. Ou bien enseigner la langue de Dante.

— Et être le seul professeur d'italien à se retrouver impliqué dans la loge P2 ou la Banco Ambrosiano... Allez, si tu veux absolument retourner sur ce chantier, je vais t'y conduire.

— Ce que Lotty réprouverait tout autant. Je ne veux pas t'entraîner dans une histoire folle, alors qu'elle vient à peine de me pardonner de lui avoir fait risquer sa vie.

— On s'inquiète de ma santé, à ce que je vois, dit Max. (Puis il éclata de rire.) Si ça peut être dangereux, il ne faut pas que tu y ailles. Sinon, je veux bien t'accompagner.

Je mordillai l'ongle de mon pouce. Si Anton ou Charpentier étaient là-bas, ça pouvait très mal tourner. Or je n'étais pas en état de les affronter. Cependant, il suffisait que Max fasse le tour du chantier en voiture pour inspecter les lieux. Je l'attendrais sur Montrose. S'il y avait du monde, il viendrait me rechercher, puis nous rentrerions à Evanston.

— Je ne pense pas qu'ils tireraient sur une voiture, en effet, acquiesça-t-il.

Il laissa un mot à Lotty, au cas où elle finirait plus tôt que prévu. Puis il me prit gentiment par le coude et m'accompagna jusqu'à la Buick. Il m'aida à monter à l'intérieur.

— Lake Shore Drive ?

— Edens, dis-je. La sortie sur Cicero nous amène à cinq cents mètres du chantier.

L'intérieur de sa voiture était d'une propreté remarquable, tout comme sa maison. Je repérai quelques miettes de pain sur mon tee-shirt et m'empressai de les jeter par la fenêtre.

Je me laissai aller contre le dossier du siège. Max ne dit plus rien pendant quelques minutes. Mais alors que nous tournions dans Dempster, la rue qui conduit sur la voie express, il me demanda si j'avais mon pistolet sur moi.

— Oui. Je l'ai retrouvé dans la cage d'escalier, en montant chez moi, hier. Ça t'ennuie ?

Il fit la grimace.

— Je n'aime pas cette idée qu'on puisse se promener avec une arme, mais si ton gangster doit à nouveau te tirer dessus, c'est bien que tu aies de quoi risposter. J'imagine que tu sais t'en servir ?

— Oh, oui. Mon père a vu trop d'enfants se blesser avec des pistolets pour ne pas m'apprendre. La première fois qu'il m'a emmenée au stand de tir, j'avais dix ans. Il aurait voulu que ma mère apprenne à tirer aussi, mais elle n'arrivait même pas à admettre qu'il ait une arme.

Chaque fois que je vais m'entraîner au stand de tir, je repense à ces samedis matin passés avec mon père. Je revois Gabriella, raide de colère, en train d'installer un enfant au piano pour une leçon. « Si tu travaillais ta voix avec la même assiduité, on pourrait faire de toi une chanteuse, Victoria », disait-elle, quand je rentrais. Je devais cacher ma joie d'avoir mis en plein dans le mille.

Nous roulions vite, dans des rues désertes. En ville, il y a toujours quelqu'un qui va quelque part, mais en banlieue, les gens doivent dormir plus tard, car nous ne croisâmes pas une seule voiture sur Dempster. Quand nous quittâmes la voie express pour tourner dans Elston, il n'était même pas 7 heures et quart. Une fois sur Montrose, je montrai à Max l'entrée de la ruelle qui longeai l'arrière du chantier.

Il me laissa au coin de Montrose et d'Elston, à un endroit où je pouvais feindre d'attendre un bus. Il y avait une cabine téléphonique à vingt mètres. Si Max n'était pas revenu d'ici dix minutes, j'appellerais Conrad. Quelques fragments de ma mémoire envolée avaient resurgi durant la nuit, comme le numéro de téléphone de Mrs Rawlings. Mais au cas où je l'oublierais à nouveau, je l'avais noté à l'intérieur de mon poignet.

J'arpentai le trottoir pour détendre mes muscles, tout en fredonnant de vieilles chansons italiennes. Une voiture de flics ralentit à ma hauteur. Je regardai ma montre en fronçant les sourcils, comme si j'étais impatiente de voir arriver mon bus. Les flics continuèrent leur route. Les dix minutes se transformèrent en quatorze minutes. J'avais la main sur le cadran du téléphone, quand Max reparut.

— Je n'ai vu personne, dit-il. Mais il y a un gros camion garé sur le chantier. Je suis passé deux fois devant, et tout m'a l'air désert. Tu veux tenter le coup ?

Un gros camion ? Il ne pouvait s'agir de la camionnette de Gary, lequel ne risquait donc pas de surgir à tout instant. Nous décidâmes de prendre la ruelle, et de laisser la Buick derrière le chantier. Ainsi nous pourrions repartir facilement si quelqu'un arrivait. J'essayai de convaincre Max de rester dans son auto, afin qu'il puisse appeler Conrad avec son téléphone sans fil, si jamais je ne revenais pas — mais il ne voulut rien savoir.

Nous nous garâmes derrière un garage en ruines, qui cachait la voiture aux regards. Puis nous pénétrâmes sur le chantier. Il nous fallut contourner les tas de gravats, éviter les ornières. Nous ne voyions pas les voitures sur Elston, mais nous les entendions. Chaque fois qu'il en passait une, je sursautai. J'avais à nouveau mal à la tête. Je me dis que j'avais été folle d'entreprendre cette équipée.

J'observai les divers matériaux entreposés sur le chantier, notai mentalement le nom des fournisseurs. Tout à coup Max m'appela, sans élever la voix, mais sur un ton impératif. Je me retournai et me figeai sur place. L'arrière du camion s'ouvrait. Je fis signe à Max de s'agenouiller derrière une pile de bois de charpente, puis je sortis mon pistolet de mon holster.

L'un des ouvriers se dirigea vers les hautes herbes en titubant, puis urina. Après quoi, il alla tripoter des boutons sur un gros conteneur métallique. Un moteur se mit à ronronner. Sans doute un générateur. L'homme repartit en direction du camion, puis il me vit. Il me fit un grand sourire et sembla appeler quelqu'un. Deux de ses amis apparurent à l'arrière du semi-remorque et me regardèrent.

— Bébé ! cria l'un d'eux.

Puis il sauta à terre.

Il me fit des gestes très suggestifs, mais il perdit de son entrain quand mon compagnon se leva de derrière son tas de planches. Max se dirigea vers le trio, se mit à parler, et se fit comprendre, même s'il manquait d'aisance dans cette langue. L'homme qui m'avait appelée bébé lui donna une claque dans le dos, puis héla des gens dans le camion. Quelques ouvriers en descendirent, criant des questions, ou peut-être des salutations.

Je restai où j'étais, la main sur mon holster, bien que l'ambiance parût plus festive que menaçante. Cette langue ressemblait vaguement à l'italien, aussi picorais-je un mot de temps à autre. Mais je ne comprenais pas le sens général. Anton revint plusieurs fois dans leur conversation.

Au bout de quelques minutes, Max se tourna vers moi.

— Ils viennent de Roumanie, comme nous le pensions. Ils ne te veulent aucun mal, mais personne n'est censé pénétrer sur ce chantier sans la permission d'Anton. Il a cassé la mâchoire d'un type qui se baladait là, et ils me disent que tu ferais mieux de partir, au cas où il arriverait.

— Pas de problème. Mais est-ce que tu pourrais d'abord leur poser quelques questions ? Essaie de voir s'ils savent ce qu'ils sont en train de construire.

Ils se mirent à parler tous en même temps, avec force gestes. Finalement, un homme maigre avec une grosse moustache noire les fit taire, et prit la parole. Il se mit à parler lentement, employa des phrases simples, comme on le fait avec les étrangers.

— Quelqu'un les a déposés ici il y a deux mois, m'expliqua Max. Ils travaillent beaucoup.

Mon ami se tourna vers eux et leur demanda quelque chose, en s'aidant de ses doigts, pour être sûr de ne pas se tromper.

— Oui. Ils travaillent six jours par semaine, dix heures par jour. Ils vivent dans ce camion. (Il jeta un coup d'œil à l'intérieur.) On dirait la cale d'un vieux bateau. Il y a deux rangées de couchettes fixées au mur.

Je demandai aux hommes, par gestes, si je pouvais aller visiter le dortoir. Ils poussèrent à nouveau des exclamations paillardes, puis me firent signe que oui. Lorsque je me hissai dans le camion, ils applaudirent, et crièrent encore : « Bébé ». Le porte-parole du groupe installa une caisse en bois sous le hayon, puis aida Max à grimper. Un homme tira sur le cordon d'une lampe, et une lumière agressive inonda les lieux.

Je comptai douze couchettes. Huit d'entre elles étaient

occupées. Sur la paroi du fond, des vêtements d'hommes pendaient à des portemanteaux. Au-dessus de leurs lits de fortune, ils avaient scotché des affiches, dont certaines étaient franchement pornographiques. Il y avait également des images de leur pays. Rares étaient ceux qui avaient accroché des photos de leur famille.

Une planche posée sur deux chevalets de menuisier faisait office de table. Elle était jonchée de bouteilles de bière vides et de cendriers débordants de mégots. Une autre table improvisée supportait une télévision noir et blanc et une plaque chauffante.

Lorsque je pénétrai dans le camion, deux hommes dormaient encore. Réveillés par les cris de leurs camarades, ils s'assirent dans leur lit, nus et maussades. Estimant que ces hommes avaient droit à un minimum d'intimité, je tournai les talons, puis me laissai glisser sur le sol, après m'être assise sur la caisse en bois. J'avais encore trop mal à la tête pour sauter du camion comme un cabri.

Max me rejoignit quelques minutes plus tard. Il secoua la tête, consterné. Jamais il n'aurait cru qu'il existât de pareilles choses en Amérique, me dit-il.

Notre interprète reparut. Il descendit du camion, posa une question à Max. Qui traduisit pour moi.

— Ils voudraient savoir qui tu es, si tu cherches un fiancé ou si tu es envoyée par le gouvernement. Qu'est-ce que je leur dis ?

— Oh. Ils doivent penser que je travaille pour le contrôle de l'immigration. Dis leur que je voudrais savoir si Anton paye bien ses ouvriers, parce que j'ai des amis qui doivent faire un chantier pour lui.

— Je vais essayer, dit Max. Tu sais que mon roumain est assez rudimentaire.

Ils rugirent de rire quand Max leur posa la question, puis ils se lancèrent dans un exposé des plus animés. Mon ami ne cessait de les interrompre, incapable de suivre ce qu'ils disaient. A un moment, il essaya l'allemand, mais ils ne le comprenaient pas. Pas plus que mon italien natal ou mon français appris au lycée.

Max me dit qu'Anton était le contremaître. Roumain, aux Etats-Unis depuis quinze ans, il avait une carte verte. Il était allé réceptionner l'équipe à O'Hare, deux mois plus tôt. Les ouvriers avaient débarqué en Amérique avec un visa touristique. Anton avait expliqué à l'employé de l'immigration que c'étaient des étudiants à qui il faisait visiter l'Amérique. Après quoi il les avait directement conduits au camion, où ils vivaient depuis. Au début, ils avaient mis la dernière main à un immeuble déjà construit. Ils travaillaient sur Elston depuis deux semaines.

Une part de leur salaire allait au Roumain qui les avait fait venir aux Etats-Unis, et une autre était envoyée directement à leur famille, en Roumanie. Ils avaient beau vivre entassés dans un semi-remorque, on leur faisait payer leur logement. La somme qui leur restait chaque semaine s'élevait à trente dollars.

— C'est scandaleux, m'écriai-je. Ça me rappelle les ouvriers agricoles, dans le sud. Il faut qu'on signale ça à quelqu'un.

— Le problème, dit Max, c'est qu'ils sont ici en situation irrégulière. Anton agite sous leur nez le spectre du retour en Roumanie. Ils ont tous des familles, là-bas, qu'ils essaient d'aider. Certains sont mariés, d'autres ont des parents qu'ils font vivre. Il est clair qu'on les exploite, mais ils ont besoin de cet argent.

Je fronçai les sourcils. Je connaissais un avocat, une femme du nom d'Ana Campos, qui défendait les immigrés sans grandes ressources. J'ignorais ce qu'elle proposerait, mais on devait pouvoir leur trouver quelque chose de mieux que ce wagon à bestiaux insalubre. Je fis part de mes réflexions à Max.

— Je vais l'appeler, dis-je. Je ne peux pas ne pas intervenir. A ton avis, combien il a d'équipes de clandestins, Charpentier ?

Avant que Max ait pu répondre, l'un des ouvriers me saisit le bras et me cria :

— Anton !

Le cow-boy urbain remontait l'allée dans une camionnette. Il ne nous avait pas encore vus, mais si nous tentions de fuir par la ruelle, nous serions des cibles vivantes. De toute façon, ni Max ni moi n'étions suffisamment en forme pour courir.

Je m'accroupis puis fis signe à Max de se baisser.

— Demande aux ouvriers si on peut remonter dans le camion et s'allonger un moment sur une couchette.

Max posa la question au porte-parole de l'équipe. Lequel sourit, dit oui, puis cria quelque chose à ses copains. On nous porta illico dans le camion. Les Roumains déposèrent Max sur une couchette du bas, et moi sur la couchette du dessus. L'un de nos nouveaux amis glissa une main dans ma chemise, et reçut un coup de genou — réflexe incontrôlable — dans l'estomac. Il tira rapidement la couverture sur ma tête, puis sauta dehors.

L'arrière du camion s'ouvrit. J'entendis Anton parler, mais je ne compris pas ce qu'il disait. Cela me terrifiait d'être allongée là, sans savoir ce que ces hommes racontaient. J'avais la main crispée sur mon Smith & Wesson, mais je transpirais tellement que le pistolet glissait.

Après un échange assez sec entre Anton et ses hommes, mon cœur se mit à battre plus fort. Avait-il remarqué les bosses formées par nos corps sous les couvertures ? Max avait la respiration un peu sifflante. Je priai le ciel pour que ce léger bruit ne trahisse pas notre présence.

Anton dit soudain quelque chose sur un ton menaçant. Les hommes marmonnèrent une réponse, puis ce fut le silence. Je restai allongée sans bouger. Je respirais le plus doucement possible. Quelques minutes plus tard, l'homme qui me retira ma couverture se retrouva face à mon calibre. C'était notre interprète. Il blêmit, puis détala comme un lapin.

— Tout va bien, Vic, dit Max, d'un ton calme. Anton est

reparti. Apparemment, il était juste venu vérifier qu'il ne manquait personne. Il a dit aux hommes qu'ils allaient s'installer sur un autre chantier. Et leur a demandé de ne pas bouger.

— Oh. (Je rengainai mon arme, me sentant un peu bête.) Dis à ce garçon que je suis désolée de lui avoir fait peur.

Quand Max eut fini de traduire — une tirade si longue que je me demandai ce qu'il pouvait bien leur dire sur moi — le porte-parole des Roumains cligna des yeux puis acquiesça d'un hochement de tête. Mais il ne semblait pas très content. Étions-nous en train de devenir indésirables ? J'avais un mal de tête épouvantable. Max paraissait épuisé. Je lui serrai le bras et lui dis que j'allais chercher la voiture.

— Ne t'inquiète pas, Vic. Ça va. Mais je vais tout de même t'attendre ici.

J'avais des courbatures dans les bras et les jambes comme si j'avais transporté des tonnes de briques. Je m'assis au bord du camion, comme une vieille femme, puis me laissai glisser sur le sol avec d'infinies précautions. J'allais partir chercher la Buick, quand je vis une voiture arriver dans la ruelle, une vieille Dodge bleue avec quatre hommes à l'intérieur.

Je remontai tant bien que mal dans le camion. Les occupants de la Dodge couraient déjà vers nous. Avant que j'aie pu crier le moindre avertissement aux autres, les intrus avaient grimpé à l'arrière du semi-remorque. L'un d'eux braqua son pistolet sur nous. Un autre exhiba son insigne.

— Immigration, les gars ! Mains sur la tête ! On va faire un très long voyage.

Il répéta ce qu'il venait de dire en roumain.

40

DANS LE COLLIMATEUR DU MONDE ENTIER

Les agents des services de l'immigration avaient une camionnette garée au bout de la ruelle. Ils ne se soucièrent pas une seconde de mes protestations ni de celles de Max. Ils refusèrent de regarder nos papiers. Ils nous poussèrent à l'intérieur comme les autres, avec une telle brutalité que ma tête vint frapper contre l'une des parois du véhicule. Je faillis à nouveau perdre connaissance. Je me mordis la lèvre suffisamment fort pour que la douleur m'aide à rester consciente.

On aurait pu tenir à huit sans se gêner, dans cette camionnette. Mais, à quinze, on était carrément entassés. J'atterris sur un strapontin du fond, avec un ouvrier sur mes genoux. Dans ce petit espace sans air, l'odeur de l'ail le disputait à celle de la sueur d'hommes qui ont peur.

Les Roumains étaient persuadés que Max et moi les avions dénoncés, bien qu'on nous ait menottés tout comme eux. Ils ne cessèrent de nous insulter pendant le trajet jusqu'à O'Hare.

Nous restâmes pratiquement quatre heures à l'aéroport, tout d'abord dans une petite pièce avec les Roumains, puis seuls avec un garde dans un bureau minuscule. Ils m'avaient pris mon pistolet dès le début. Ils m'avaient fouillée, pour voir si je ne cachais pas d'autres armes. Les flics caressaient l'idée de m'arrêter pour port d'arme illégal, alors que je leur avais montré mon permis. Nous avions beau leur répéter que nous étions citoyens américains, ils prétendaient ne pas nous croire. Quant à nos cartes de crédit et nos permis de conduire, nous les avions volés, disaient-ils. Ils nous auraient immédiatement embarqués sur un vol pour Bucarest, s'il y avait eu un avion.

Tout le temps que nous restâmes avec les Roumains, notre interprète de tout à l'heure ne cessa de parler à ses camarades. Lesquels demeuraient accroupis sur le sol, le regard vide, l'air abattu. Max me proposa galamment de traduire ce qu'il racontait. Mais l'homme parlait désormais trop vite pour que mon ami pût comprendre grand-chose.

A midi, le service de l'immigration me laissa enfin appeler Freeman Carter, faveur due non pas à mon éloquence, mais au fait qu'ils avaient pris nos empreintes. Après avoir vérifié sur l'AFIS, le fichier d'empreintes informatisé, ils s'étaient aperçus que mes empreintes correspondaient à celles d'un détective portant mon nom et habitant à la même adresse que moi. Ils étaient tellement furieux d'avoir été pris en défaut, qu'ils nous firent passer par toutes les étapes de la procédure légale avant de nous relâcher.

J'avais la tête qui tournait. Un marteau géant frappait à l'intérieur de mon crâne. Cependant Max me paraissait si mal en point que je luttais pour ne pas tourner de l'œil. Il était blême, des gouttes de sueur coulaient le long de ses tempes. Si jamais mon ami avait une crise cardiaque, dis-je au flic de service, je veillerais à ce qu'Alec Gantner donne des ordres pour que les policiers qui nous avaient arrêtés se retrouvent au chômage. Il finit par me laisser téléphoner, ne sachant pas si j'avais réellement des relations.

Au bureau de Freeman, on me donna le numéro du golf. Freeman, qui me parla dans un téléphone portable, voulait finir sa partie. L'idée qu'on me retienne à O'Hare comme une étrangère en situation irrégulière l'amusa beaucoup. Cependant il admit que Max, contrairement à moi, ne méritait pas de vivre une telle aventure jusqu'à la lie. Il allait donc terminer le coup qu'il était en train de jouer, puis venir nous secourir. J'émis également le désir d'appeler Ana Campos — j'estimais que les Roumains avaient droit à un avocat avant de se voir renvoyés chez eux sans armes ni bagages — mais les flics ne voulurent rien entendre.

Quand enfin Freeman se montra, il avait un sourire narquois. Lequel disparut lorsqu'il vit la tête de Max. Il lui proposa d' appeler une ambulance, mais Max l'assura qu'il avait seulement besoin d'air. Freeman nota les noms des flics ayant participé à notre arrestation, leur dit qu'ils entendraient parler de lui, puis nous fit grimper dans sa Maserati — il avait persuadé le flic de service de le laisser se garer juste devant le terminal.

— C'est plutôt Vic qui aurait besoin de soins, dit Max, alors que nous démarrions en trombe. Elle s'est fait salement amocher, hier. On l'a tabassée et elle a perdu connaissance. J'ai eu peur qu'elle s'évanouisse, dans ce réduit sans air.

A ces mots, la tension que je cultivais depuis plusieurs heures pour rester consciente me quitta. Je sombrai dans un trou noir. Lorsque Freeman me secoua pour me réveiller, dans le salon de Max, je me demandai comment j'avais bien pu sortir de sa voiture pour arriver jusque-là. Freeman me tendit une tasse de café, et resta près de moi pendant que je la buvais.

Lorsqu'il jugea que j'étais en état de répondre à ses questions il me dit :

— Je sais que tu as subi un choc. Mais j'aimerais tout de même avoir un bref résumé de la situation avant de partir. On verra demain pour les détails.

Après m'avoir écoutée, il me servit son petit couplet moralisateur.

— Je vais avoir du mal à compatir, cette fois, Vic. Pour commencer, c'est à ton ami Conrad et pas à toi, de trouver le meurtrier de Deirdre. Ensuite, pourquoi cet organisme de charité devrait-il te laisser regarder ses livres de comptes ? Ce n'est pas parce qu'ils refusent de te donner une information, que ça t'autorise à pénétrer chez eux par effraction.

Il leva la main pour devancer toute protestation.

— Je suis d'accord avec toi. C'est honteux d'exploiter ainsi des étrangers. Charpentier aura des explications à donner aux autorités compétentes. Quant aux commanditaires de Home Free, il faudra sans doute les avertir de la situation, mais ce n'est pas ton problème. Ton problème, c'est de trouver suffisamment de clients pour régler une partie des deux mille dollars que tu me dois. Sans compter la petite folie d'aujourd'hui. Heureusement que je ne compte pas les sauvetages opérés le dimanche en heures supplémentaires.

Moins fatiguée, j'aurais sans doute trouvé une repartie cinglante, mais l'idée de cette dette me rappela ma déclaration d'impôts. Je devais l'envoyer avant mercredi. Sans parler de mes autres obligations. Je sortis du salon en me traînant, sans prendre la peine de lui dire au revoir.

Lotty s'était occupée de Max. Elle vint m'examiner, avec brusquerie, pour ne pas dire antipathie. Elle remonta mon drap sous mon menton, puis elle me dit qu'il suffisait de le coudre pour en faire un linceul.

— Moi aussi je t'aime, Lotty. Bonne nuit.

— Et que suis-je censée dire à Conrad et à Mr Contreras ? me demanda-t-elle, d'un ton sec.

— Que je les aime, eux aussi, et que je les appellerai demain matin.

— Non. Tu vas dormir un moment, et tu vas les appeler. Ils se sont vraiment inquiétés. Je me demande bien pourquoi on se fait autant de souci pour toi, d'ailleurs. Tu n'es vraiment pas raisonnable, Vic. Après l'épisode d'hier, aller sur le chantier, et entraîner Max avec toi, en plus. Je crois rêver.

Cette allusion à Max me tira de ma torpeur.

— Il va bien ? J'avais peur qu'il ait une crise cardiaque, mais ces imbéciles s'en fichaient complètement.

Lotty eut un petit sourire crispé.

— Son cœur ne risquait rien. C'est son âme, qui en a pris un coup. Max a fui l'Europe à treize ans, pour sauver sa peau. L'idée qu'on le renvoie de force là-bas a été pour lui un véritable cauchemar. Je lui ai donné un sédatif. Il devrait aller mieux demain.

— Je ne savais pas que ça allait tourner comme ça, dis-je, pour me disculper. Comment pouvais-je deviner qu'ils cachaient des immigrés clandestins sur ce chantier ?

Lotty s'assit à côté de moi.

— Tu aurais dû le deviner. Et tu sais pourquoi ? Parce que tu attires les catastrophes. Il suffit que tu ailles acheter du lait chez l'épicier pour qu'il se fasse braquer juste à ce moment-là.

— A ma naissance, j'avais Mars et Vénus à l'ascendant. C'est une lutte perpétuelle entre eux pour se poser en planète dominante. Qu'y puis-je ?

Je fis un effort pour m'asseoir.

— Pourquoi le contrôle de l'immigration a-t-il fait une descente ce matin, à ton avis ? Parce que je suis allée sur le chantier hier. L'un des mousquetaires a dû prendre les mesures nécessaires pour que ces Roumains soient renvoyés dans leur pays avant que je ne revienne. M'ayant cassé la figure il y a vingt-quatre heures, ils ont cru pouvoir procéder à leur expulsion en toute tranquillité.

— Il y a des détails qui m'échappent, là. Tout ce que je vois, c'est que ta présence a une fois de plus provoqué une catastrophe. Et maintenant dors.

Lotty me força à me rallonger, mais la pression de sa main était plus douce que ses propos.

A 9 heures, elle me réveilla. Conrad était au téléphone. J'enfilai mon jean, dans un état second, puis je titubai jusqu'au salon, un peu désorientée dans cette maison.

— Comment se fait-il que ce soit ma mère qui doive m'annoncer qu'on t'a arrêtée ? lança-t-il, en guise d'entrée en matière.

— C'est le jeu des questions et des réponses ? Comment ta mère l'a-t-elle su ?

— Au journal télévisé, comme tout le monde à Chicago. Tout le monde sauf moi, je veux dire. Pour couronner le tout, tu te fais tirer dessus hier, et qui est-ce qui me l'apprend ? Ce frimeur de Ryerson !

Je m'assis dans un fauteuil XVIIIe, avec le téléphone, puis me frottai les yeux.

— Je n'ai pas parlé avec Murray depuis jeudi. Je ne vois pas comment il l'a appris.

— En tout cas, il le savait. Il m'a appelé pour me demander des détails. Enfin, c'est ce qu'il a prétendu.

— Il a dû avoir la nouvelle aux informations. Alors il voulait en savoir plus, ou peut-être semer la zizanie entre nous. Ce qui a fort bien marché, d'ailleurs. Conrad, chaque fois que tu me téléphones, c'est pour m'accuser !

Mon amant était trop furieux, ou blessé, pour m'écouter.

— Pourquoi tu n'as pas demandé aux flics d'O'Hare de m'appeler ? J'aurais pu te tirer de là bien plus vite que ton avocat. En plus, ça ne t'aurait pas coûté un sou.

Je massais la zone douloureuse, sur le côté de ma tête.

— On m'a poussée dans une camionnette avec quinze Roumains. Je me suis retrouvée à O'Hare. Et là on m'a fouillée comme une trafiquante de drogue. Ça t'est déjà arrivé ? Non ? Eh bien je t'assure que c'est plutôt déstabilisant.

— Tu aurais préféré aller jusqu'à Bucarest et te débrouiller pour rentrer en stop, plutôt que de m'appeler ? Ça en revient à ça, non ?

Il y avait une amertume terrible, dans sa voix.

— Bien sûr que je préfèrerais t'appeler. Tu ne comprends donc pas pourquoi je ne le fais pas ? C'est tellement évident, Conrad.

Tout en lui parlant, je me demandai si j'étais fière au point de laisser des flics m'embarquer dans un avion pour la Roumanie, plutôt que d'appeler mon amant au secours. Mais je préférais ne pas le savoir.

— Quand est-ce que tu avais prévu de me mettre au courant ?

— Ce soir. Dès que je me serais réveillée. J'aurais téléphoné avant si j'avais su qu'on avait parlé de nous au journal de 4 heures. Mais à propos, il faut que j'appelle Mr Contreras avant qu'il ne se fasse un sang d'encre.

— C'est déjà fait. Tu me crois si tu veux, mais le vieux monsieur m'a téléphoné, ce qui prouve qu'il était vraiment fou d'inquiétude. Mais pour en revenir à toi, Vic, je trouve que tu protèges tes petits secrets avec une jalousie suspecte.

— Conrad, si je t'avais fait part de cette sortie matinale, tu aurais poussé les hauts cris. Alors, ai-je vraiment eu tort de ne rien dire ?

— Vic, ce que je te reproche, ce n'est pas de faire preuve d'une curiosité bien naturelle, pour un détective. Mais de ne pas respecter la loi. Tu ne vois donc pas la différence ? Et puis mets-toi à ma place : je suis ton amant, et c'est ce petit journaliste qui m'apprend qu'on t'a tiré dessus !

— Peut-être que si tu ne m'avais pas fait la leçon hier soir, je t'aurais mis dans la confidence. Mais tu m'as sermonnée, alors que j'avais pris un coup sur la tête. Résultat, j'ai oublié de te parler de ce qui s'était passé.

— La vérité, c'est que tu aimes voler en solo. Si on s'approche trop près de ta trajectoire, on se fait descendre.

Là-dessus, il raccrocha avant que j'aie pu ajouter quoi que ce soit.

Je me mis à grelotter, dans ce salon peu éclairé. Lotty apparut, telle un fantôme, une tasse de café à la main. Je bus ce breuvage avec plaisir. Après quoi je posai la tasse sur ma cuisse, de peur de faire une tache sur la table laquée de mon hôte.

— Max dort toujours ? m'enquis-je.

— Il va dormir jusqu'à demain matin. Conrad va venir te voir ?

— Il est tellement furieux après moi que je me demande s'il m'adressera jamais la parole à nouveau. Et ne me dis pas que je le mérite : le moment est mal choisi pour ce genre de sermon.

Elle tendit le bras au-dessus de ma tête pour allumer la lampe. Ses yeux brillaient dans la lumière.

— Tu n'as jamais pensé, Vic, que je ne voudrais pas que tu fasses les mêmes erreurs que moi ? Se servir de sa colère ou de sa peur pour ériger un mur entre soi et les autres n'est pas forcément la meilleure solution.

Je serrai sa main. Qu'est-ce qui dominait, dans mes relations avec Conrad, la peur ou la colère ? Un peu des deux, me dis-je, mal à l'aise. Je lâchai la main de Lotty pour composer le numéro de Mr Contreras.

Pendant ma conversation avec mon voisin, je me demandai pourquoi, contrairement à Conrad, ce vieux monsieur pouvait me poser des questions insistantes sans que ça me mette hors de moi. Avec une patience infinie, je lui expliquai pourquoi mon ami Lœwenthal s'était retrouvé impliqué dans l'affaire. Non, cela ne voulait pas dire que je lui préférais Max. Oui, j'étais réellement désolée qu'il ait dû s'arranger seul avec l'équipe de télé qui était venue à 3 heures — tout en sachant qu'il avait jubilé de se voir interviewé.

— Combien de temps tu vas rester partie, poupée ? Les chiens ont besoin d'aller courir. Et ce pauvre Conrad, pourquoi tu lui fais endurer ça ? Je l'ai appelé pour savoir ce que tu fabriquais, et il m'a répondu que tu ne lui avais donné aucune nouvelle. Il était fou furieux. En traitant les hommes comme ça, tu ne peux pas t'attendre à ce qu'ils restent avec toi. Ce n'est pas que je sois ravi que tu sortes avec lui, mais ce n'est pas un mauvais bougre, pour un type de couleur. Il s'est toujours bien conduit avec toi, et avec moi aussi. Tu vas avoir quarante ans, poupée, et tu n'as même pas des meubles convenables. Imagine un peu ta vie quand tu auras mon âge.

— Impossible. C'est trop loin. Je n'imagine même pas ma vie ce soir. Alors ne m'embêtez pas, d'accord ? Ce n'est pas le moment.

— O.K., ma belle, O.K., dit-il, d'un ton bourru. Mais essaie de penser que les autres peuvent se faire du souci pour toi. Maintenant retourne te coucher. Et n'oublie pas de m'appeler demain matin.

La maison de Max, remplie d'objets exquis, a toujours été pour moi un havre de paix. Mais ce soir, j'aurais bien balancé sa petite lampe Gallé sur les vases Ming alignés contre le mur.

41

LE QUID PRO QUO

Lotty s'était installée dans le coin-repas avec un roman d'Inge Bachman. Elle avait dormi quelques heures, après avoir mis Max au lit. Elle était à présent tout à fait réveillée. Je nous préparai une frittata aux brocolis, puis m'assis au comptoir de la cuisine, munie d'un bloc. J'allais essayer de faire la synthèse des éléments dont je disposais concernant Home Free, Deirdre, et la Century Bank.

Les cinq millions en liquide dans le tiroir de Jasper étaient le plus tangible. Sans doute payait-il ses entrepreneurs ainsi. Si tous les gens qui travaillaient pour lui étaient exploités comme l'équipe de Roumains avec lesquels j'avais passé la matinée, la masse salariale ne devait pas représenter grand-chose. On pouvait y ajouter les fournisseurs, mais combien d'entre eux acceptaient d'être réglés en liquide ? Les plus grosses dépenses ne pouvaient excéder quelques dizaines de milliers de dollars. Que faisait Jasper avec le reste ?

Supposons que Deirdre ait découvert qu'il maniait des sommes énormes, et lui ait demandé des explications. L'aurait-il tuée ? J'en doutais. J'avais vu Fabian frapper sa femme avec une rage meurtrière, et je restais persuadée qu'il était l'assassin.

Certes, Deirdre avait été une personnalité difficile. Elle pouvait fort bien avoir suscité une rage terrible chez un autre que lui. Peut-être avait-elle découvert que Jasper exploitait des immigrés clandestins. S'en était-elle vantée auprès de lui ? Quand bien même, c'était un peu faible, comme raison, pour lui clouer le bec définitivement.

Tamar Hawkings, quant à elle, pouvait très bien avoir vu l'assassin. Si je réussissais à la trouver avant les flics, peut-être accepterait-elle de me parler. J'ajoutai son nom dans la colonne « Deirdre ».

Et puis il y avait Tish, la secrétaire de Home Free. Quelle part prenait-elle — sciemment ou non — dans les crimes de Jasper ? Qu'est-ce qui pourrait lui faire suffisamment peur pour qu'elle me parle ? Je n'en avais pas la moindre idée. Je dessinai un carré à côté de son nom, puis le remplis de points d'interrogation.

Je tirai un trait sous cette première liste, puis écrivis Lamia, en capitales. La Century Bank avait finalement refusé le prêt sur lequel elle avait donné un accord de principe. A peine avais-je commencé à enquêter sur cette affaire, que Home Free avait proposé à Lamia de rénover un immeuble. Les femmes artisans, aiguillonnées par Phœbe, avaient accepté ce travail, oublié la désaffection de la Century Bank, et m'avaient congédiée sans tarder. La Century Bank accordait un crédit de cinquante millions de dollars à Home Free — somme délirante, pour un petit organisme de charité. Pourquoi ?

Il existait un lien entre Phœbe, Jasper, et Gantner, et ce lien c'était la JAD Holdings. Les conseils de Fabian sur l'amendement Boland avaient été classés dans une chemise à l'intitulé JAD. En outre, j'avais provoqué une réaction intéressante chez Alec Gantner en citant leur nom. J'inscrivis JAD en capitales au sommet de la page.

Et moi, pourquoi ne m'avait-on pas éliminée ? Par compassion, par peur de la peine de mort ? Certainement pas. Les gens qui avaient tué Deirdre étaient au-delà de ce genre de considération. Ils devaient penser que je savais quelque chose, ou avais en ma possession quelque objet qu'ils convoitaient.

Malheureusement, je ne voyais pas quoi. Finalement, je

balançai le bloc sur le comptoir, au comble de la frustration.

Lotty leva les yeux de son livre.

— C'est l'heure d'aller au lit, *Liebchen.* Il est minuit. Bois encore du jus de fruit. Ensuite, j'irai te border.

Je me réveillai à 10 heures, dans une maison vide. Après avoir scrupuleusement étiré mes muscles raides, je descendis à la cuisine et trouvai un mot de Lotty.

8 heures,

Max va bien. Il est parti travailler, ce que je m'apprête à faire. Et toi Victoria, essaie de passer une journée tranquille. Repose-toi, promène-toi au bord du lac. Tu trouveras un double des clés dans le tiroir, avec l'argenterie.

Baisers,
Lotty.

Ces mots affectueux me remplirent d'une joie lumineuse. Je m'épluchai une pomme, et me coupai du fromage pour mon petit déjeuner. Je mis de l'eau à bouillir pour le café. Après quoi je feuilletai distraitement les journaux empilés sur la table.

Un nom me sauta aux yeux, alors que je parcourais rapidement les articles économiques : Biotechnique de Renforcement Cellulaire. Je laissai tomber le reste du journal par terre, puis étalai les pages financières sur la table.

LA SOCIÉTÉ « BIOTECHNIQUE DE RENFORCEMENT CELLULAIRE » A OBTENU LE FEU VERT DE LA FDA POUR PRATIQUER DES TESTS

« Chicago. La FDA a donné son accord pour qu'on teste un médicament censé renforcer les défenses immunitaires. IG-65, la lipoprotéine qui, semble-t-il, fortifie la membrane de la cellule, a la capacité de doper le système immunitaire des séropositifs. Ce médicament sera commercialisé par une petite société du nom de Biotechnique de Renforcement Cellulaire. Alexander Gantner, sénateur de l'Illinois, a déclaré ce matin que l'enjeu portait sur la guérison de millions de gens, et qu'il était d'une importance vitale de faire d'une substance comme l'IG-65, un médicament à part entière. »

Je parcourus le reste du journal avec fébrilité, mais il n'était question nulle part ailleurs de cette société. Je repoussai le journal et regardai par la fenêtre sans rien voir. Tel était donc le quid pro quo de Phœbe : écarter les femmes de Lamia de leur projet initial. En échange de quoi Alec Gantner obtiendrait l'accord de la FDA pour tester l'IG-65. Mais pourquoi avait-elle fait cela ?

La rage me prit. J'eus aussitôt mal à la tête. Doucement, me sermonnai-je. Ça ne t'apportera rien de te mettre en colère.

Je me dirigeai vers le téléphone pour appeler Phœbe. Je n'avais pas mon carnet d'adresses et donc pas le numéro de sa ligne directe. Aussi dus-je passer par le standard de Capital Concerns. Je tombai sur un répondeur.

« Suite à l'évacuation d'urgence de l'immeuble, aucun des membres de notre personnel ne peut vous répondre pour le moment. Si vous laissez votre nom, le nom de la personne que vous cherchez à joindre, ainsi qu'un numéro de téléphone, nous vous rappellerons dès que possible. »

L'évacuation d'urgence de l'immeuble ? Je restai là, bouche bée, le combiné à la main, jusqu'à ce qu'un bip à l'autre bout de la ligne me ramène à la réalité. Je raccrochai sans laisser de message, puis remontai le couloir jusqu'au petit salon où Max avait sa télévision.

Marry Sherrod, de Channel 13, se tenait devant un bâtiment en bardeaux, au bord de la Chicago River. La caméra se fixa sur un camion en train de déverser du gravier.

« Le petit tourbillon que vous voyez là, indique qu'il y a

une brèche. Les camions de la ville versent du gravier dedans pour tenter de combler l'ouverture par le haut. Il est encore trop tôt pour avoir une idée de la taille du trou ou de l'ampleur des dégâts. Cela pourrait se terminer en désastre, mais pour le moment, les jeunes époux Beamish jouissent d'une vue imprenable sur l'activité désespérée déployée en bas de chez eux. »

Apparut un couple dans un jacuzzi. L'homme sourit, puis brandit un verre de vin blanc. Je changeai de chaîne.

Au bout de quelques minutes, tout devint clair : de l'eau pénétrait dans toute une série de galeries qui couraient sous le Loop. La paroi étanche qui séparait le fleuve de ces tunnels s'était fissurée, peut-être au printemps dernier, quand on avait changé les pilotis le long de la rive. De l'eau avait commencé à inonder les souterrains, ce matin, à l'aube.

Je n'avais jamais entendu parler de ces galeries. Selon un reporter, on les avait construites à la fin du siècle dernier. Destinées tout d'abord à abriter les câbles d'une compagnie de téléphone, elles avaient bientôt servi à transporter du charbon ou d'autres matériaux par wagonnets, jusque dans les sous-sols de diverses entreprises. Ces boyaux n'avaient plus été utilisés pour le transport de marchandises depuis des décennies, mais l'espace ainsi ménagé s'était avéré idéal pour loger les câbles électriques des gratte-ciel modernes.

Sur Channel 5, on put voir qu'il régnait une activité fébrile à la Chambre de Commerce. Une firme privée avait dépêché des machines et des hommes pour pomper l'eau qui avait envahi les sous-sols. Le système électrique ayant été endommagé, les ordinateurs s'étaient arrêtés. Personne ne savait quand les affaires allaient reprendre.

« Tout le monde ignorait l'existence de ces souterrains, dit la journaliste. Ils s'étagent sur trois niveaux au-dessous de ce que nous considérons comme les caves des immeubles. Ceux d'entre vous qui sont allés à Marshall Fields, seront surpris d'apprendre qu'il existe encore trois étages de caves sous ce paradis souterrain du consommateur. L'un de ces sous-sol est utilisé pour stocker des marchandises. Les directeurs sont tristement conscients du fait qu'ils ne peuvent rien faire d'autre que prier pendant que l'eau continue à monter. »

Toutes les tours du Loop n'étaient pas affectées au même titre par l'inondation, nous assura Beth Blacksin, de Channel 13, mais, dans le doute, la mairie faisait évacuer l'ensemble des buildings. On avait coupé l'électricité dans le centre-ville. Le Loop apparut sur l'écran tel une ville fantôme. Les feux ne marchaient plus. Le métro ne passait plus. Les gratte-ciel étaient éteints. J'observai ce spectacle, fascinée, oubliant provisoirement mon différend avec Phœbe.

Beth Blacksin poursuivit sa description des souterrains.

« A l'hôtel de ville, on ignore la longueur exacte des tunnels. Les estimations varient entre soixante-dix et cent quarante kilomètres. Personne ne sait dans quelle proportion ces boyaux sont inondés, notamment au niveau de la mairie, où des ouvriers tentent de récupérer des dossiers confidentiels dans les sous-sols, avant que les rats ne s'y attaquent. »

Je frissonnai involontairement à l'idée de devoir me battre avec des rats. Blacksin nous montra des vues des tunnels, dont certains ressemblaient à d'anciennes caves, avec des dépôts de chaux et de la boue jusqu'à un mètre du sol. D'autres galeries, en revanche, paraissaient intactes. Les rails pour les wagonnets, autrefois tirés par des mulets, étaient aussi neufs que ceux d'un train électrique à peine sorti de sa boîte, un soir de Noël.

Les caméras revinrent sur Blacksin, avec un mur de briques rouges en arrière-plan.

« Un certain nombre de gratte-ciel du Loop ont muré leurs accès aux tunnels il y a des années. Des buildings plus anciens n'ont jamais utilisé les souterrains. »

Le mur de briques derrière elle me rappelait quelque chose. Je le scrutai tout le temps que la caméra resta dessus. Lorsqu'elle revint sur Mary Sherrod, au bord de la Chicago River, j'éteignis la télé puis fermai les yeux.

Le mur derrière la chaudière du Pulteney ! Cette cloison à travers laquelle les rats passaient comme dans un gruyère. C'était par là que Tamar Hawkings et ses enfants rejoignaient les tunnels ! Voilà pourquoi elle pouvait se promener dans le Pulteney sans que personne ne l'aie vue entrer. Mais au départ, comment avait-elle pénétré dans ces galeries ? Par une grille d'aération ? Par la cave d'un autre immeuble ? Je m'interrompis brutalement dans mes spéculations : Tamar et ses enfants étaient en danger ! En effet, ils n'avaient aucun moyen de savoir ce qui se passait. S'il y avait déjà de l'eau dans les sous-sols de la Chambre de Commerce, qu'en était-il des tunnels sous le Pulteney ?

Je téléphonai aussitôt à Mr Contreras.

— Il faut absolument que j'aille dans le centre-ville et que je pénètre dans l'immeuble où j'avais mon bureau. J'aurais besoin d'aide. Vous seriez partant ? Ça va être risqué, parce que le Loop grouille de flics.

Il fut tout excité à l'idée d'entrer en action. Pas le jeune con, ni l'amant flic, ni même ce petit malin de Ryerson, mais le Vieil Ami Fiable Entre Tous. Il n'avait pas vu les nouvelles. Je lui dis d'allumer la télé et de regarder ce qui se passait. Je ne voulais pas perdre de temps à le lui expliquer.

— Il va nous falloir un diable, un coin, un marteau, des cordes, et peut-être un piolet. Il nous faut aussi des gants de jardinier et des cuissardes. Voyez ce que vous pouvez trouver. Je grimpe dans un taxi et j'arrive.

Je raccrochai, puis appelai un taxi. Après quoi je fourrai mes affaires dans mon sac à dos, vérifiai qu'il y avait bien un chargeur dans mon Smith & Wesson, et pris le double des clés dans le tiroir de l'argenterie. J'allais quitter la maison, quand ma conscience m'arrêta.

Je retournai dans la cuisine pour téléphoner à Lotty. Mrs Coltrain, sa secrétaire, me dit qu'elle était avec une patiente et qu'on ne pouvait la déranger.

— Dites-lui que je crois avoir localisé la femme sans abri qui a disparu avec ses enfants. Si tout se passe bien, je devrais les lui amener à la clinique dans l'après-midi.

A nouveau je me dirigeai vers la porte, et à nouveau je fis demi-tour pour aller téléphoner. Ma conscience frisait la surchauffe. Conrad n'était ni chez lui, ni chez sa mère, ni au poste. J'entendis le taxi klaxonner. Je dis au policier chargé des messages radio d'avertir Conrad que j'allais tenter de pénétrer dans les tunnels, sous le Pulteney. Après quoi je descendis l'allée en courant et grimpai dans mon taxi.

42

LOOP SANS VIE

Le Loop, sans ses lumières, ressemblait à une cité de science-fiction abandonnée. L'absence d'électricité transformait les buildings en grandes tours noires. Le ciel gris jaune avait l'air malade. Habituellement, quand il fait sombre, on allume les réverbères. Là, les gens avançaient sans bruit dans les rues obscures, comme si la coupure d'électricité imposait le silence.

Depuis deux heures, il était interdit de stationner dans le centre. Des camions de la fourrière sillonnaient les artères de la ville. Ils ramassaient les voitures des malheureux qui n'avaient pas vu les panneaux d'interdiction installés à la hâte par la police. Dans les rues où l'on avait encore le droit de se garer, la circulation était intense. A différents carrefours, on voyait des stations de pompage, avec des tuyaux à incendie utilisés comme dégorgeoirs.

Je déposai Mr Contreras au coin de Wabash et de Monrœ avec notre équipement, puis allai chercher une place en dehors de la zone sinistrée. Après être passée le prendre, nous avions fait un saut dans une grande surface pour acheter ce qui nous manquait : un diable, des torches électriques avec des piles de rechange, des cuissardes, et des cordes. Je ne regardai pas le montant de la facture en signant le reçu de Master Card — je ne voulais pas connaître l'augmentation de mon débit.

Nous avions déjà les casques et les combinaisons. Mr Contreras prit un coin et un marteau. Espérant retrouver la famille Hawkings, j'emportai des couvertures et des tee-shirts propres, une trousse de première urgence, et des bouteilles de jus de fruits. Il nous avait fallu une bonne heure pour réunir le tout. Cela remplissait le coffre et occupait toute la banquette arrière.

Pendant le trajet jusque dans le sud de la ville, j'écoutai les nouvelles, mais aucune station de radio ne signala la réapparition d'une famille de sans-abri.

D'après ce que j'avais vu à la télé, les tunnels formaient un labyrinthe assez compliqué. Si l'eau ne pénétrait pas trop vite, les gens coincés à l'intérieur pourraient sans doute se réfugier dans d'autres souterrains, et peut-être même rester au sec. Quant à Tamar et ses enfants, s'ils campaient dans les tunnels, ils pourraient toujours remonter jusque dans la cave du Pulteney. Ils se retrouveraient enfermés dans l'immeuble, mais au moins ils ne se noieraient pas.

Je dus me garer à deux kilomètres du Pulteney. Je courus dans les rues sombres, essayant de ne pas penser à ce martèlement dans ma tête. Arrivée devant le Pulteney, je trouvai Mr Contreras en grande conversation avec un flic.

— ... et j'ai l'autorisation de pénétrer dans cet immeuble, disait mon voisin. Les propriétaires veulent savoir si l'eau est arrivée jusqu'ici.

— Cet immeuble va être détruit dans un mois. Qu'est-ce que ça peut leur faire que la cave soit inondée ou pas ? demanda le flic.

— Qui sait ? dit le vieil homme. Si vous arrivez à comprendre ce qui passe dans la tête de vos chefs, vous avez de la chance. Voilà la dame avec qui je travaille. Elle va tout vous expliquer.

— Le propriétaire est Freddie Culpepper, dis-je à l'agent de police. J'ai son numéro de téléphone dans sa voiture. Je vais vous le donner, comme ça vous pourrez vérifier qu'il nous a bien demandé de jeter un coup d'œil à l'intérieur.

Je sortis un stylo à bille de la poche poitrine de ma combinaison, puis griffonnai le numéro de Freddie sur l'un de mes reçus de Master Card. Que le flic fût convaincu de notre bonne foi, ou qu'il jugeât peu probable que des pillards s'attaquent à un bâtiment condamné, toujours est-il qu'il nous donna le feu vert. Après quoi il retourna surveiller la circulation sur Monrœ Street.

Le fait d'avoir son accord pour fracturer la porte nous facilita grandement la tâche. Nous n'avions plus à nous montrer subtils. Je tins le coin sous la porte, pendant que mon voisin donnait des coups de marteau dessus. Les vibrations intensifiaient le martèlement dans mon crâne, ma côte fêlée recommença à me lancer.

Pour un homme de soixante-dix-huit ans, Mr Contreras avait une force peu commune. Non seulement les planches clouées en travers de la porte cédèrent, mais la porte elle-même craqua. Une avalanche de morceaux de verre suivit.

Nous fîmes levier sur le panneau de bois pour l'arracher, puis nous nous glissâmes à l'intérieur sans tarder, car le flic pouvait toujours changer d'avis, ou appeler les Culpepper. L'entrée était noire comme un four. Ça sentait l'urine et le moisi.

J'allumai l'une des torches électriques. Le fait d'avoir muré l'immeuble avait accéléré le processus de dégradation. La poussière s'était muée en crasse. Elle recouvrait tout : le sol, les murs, les motifs en cuivre sur la porte de l'ascenseur.

Si Tamar et ses enfants étaient remontés pour respirer, ils avaient forcément laissé des empreintes dans la poussière. Je dis à Mr Contreras de s'arrêter un instant. Puis je balayai le sol avec le faisceau de ma lampe depuis l'escalier jusqu'à la porte de la cave. Rien. Pas la moindre trace de pas.

Je m'apprêtais à déverrouiller le cadenas, sur la porte du sous-sol, mais il était déjà ouvert. Peut-être Tamar Hawkings avait-elle utilisé la clé que je lui avais laissée. Si elle était remontée pour avoir un peu d'air, elle s'était forcément aperçue que l'entrée était condamnée. Elle pouvait alors très bien être redescendue dans les tunnels pour chercher une issue dans un autre immeuble du Loop, auquel cas je ne la retrouverais jamais.

Nous accrochâmes nos lampes sur nos combinaisons, puis chargeâmes le reste de notre équipement sur le chariot. Arrivés en haut de l'escalier de la cave, nous tentâmes de descendre le diable — les livreurs font cela à longueur de journée. Mais ni le vieux monsieur ni moi n'avions assez de force dans les reins pour y arriver. Alors nous déchargeâmes nos affaires, que nous descendîmes au sous-sol en plusieurs voyages.

En bas, j'entendis les rats. Ils sillonnaient les lieux avec une insolente aisance, conversant par couinements haut perchés. Tout à coup, j'eus comme des picotements dans les doigts. Je laissai tomber tout ce que je portais. Corde, marteau et bottes de pêcheur atterrirent sur le sol, à côté de moi.

— Ça va, poupée ?

Mr Contreras se précipita en bas des marches.

— Oui, ça va. Je me suis juste laissé impressionner par ces créatures visqueuses.

Je balançai le faisceau de ma lampe dans les yeux d'un grand rat qui s'était approché pour renifler la corde. Il me regarda longuement avec dédain, puis repartit sans se presser, comme pour me dire : « Tu ne me fais pas peur. Je pars parce que je le veux bien. »

— Il faut les ignorer, poupée, grogna mon voisin. Les égoutiers les côtoient à longueur de journée, et ils ne se font jamais mordre. Les rats n'attaquent que s'ils se sentent coincés.

C'est ce qu'on dit toujours à propos des rats, mais je n'y crois pas. Je crois plutôt qu'ils attendent que les chances soient de leur côté. Sinon, pourquoi iraient-ils mordre des bébés tout seuls dans leur berceau ?

Un peu nerveuse, je ramassai les choses que j'avais fait tomber et les posai sur la dernière marche. Après quoi je remontai chercher d'autres affaires. Une fois en haut, j'enfilai mes cuissardes. Ce ne fut pas très pratique pour descendre l'escalier, mais je me sentis protégée.

Lorsque tout notre attirail fut amarré sur le diable, j'emmenai Mr Contreras jusqu'au mur derrière la chaudière. Là, les couinements s'intensifièrent. Je pris une profonde inspiration. Puis j'écartai d'un coup de pied deux monstres aux yeux rouges qui me bloquaient le passage. Ils filèrent sur un mètre, puis s'arrêtèrent pour me regarder. Je braquai sur eux le faisceau de ma lampe d'une main tremblante. Comme ils ne bougeaient toujours pas, je tirai un bout de tuyau du tas de gravats devant moi et leur tapai dessus. Ils retroussèrent les babines, reculèrent de quelques centimètres. Le vieil homme s'empara d'un tube en métal et m'aida à dégager la voie.

— Je vais y aller le premier, si tu veux, me proposa-t-il.

Je secouai la tête en signe de dénégation. Je ne pouvais pas céder à la peur. Il nous restait peut-être des kilomètres à parcourir en territoire ennemi. Si Tamar Hawkings, vêtue seulement de haillons, avait réussi à tenir ces sales bêtes à distance, je devais pouvoir y arriver aussi. Je serrai les dents et fis un pas vers eux, l'air agressif. Les rats me fixèrent un long moment. Puis ils filèrent entre mes bottes et disparurent dans la cave.

Entre la chaudière et le mur, il y avait un espace juste assez large pour s'y glisser. Mr Contreras se faufila derrière moi. Après avoir dépassé la chaudière, nous eûmes la place de nous tenir côte à côte. Je balayai les lieux du faisceau de ma lampe, mais ne repérai aucune brèche dans le mur de briques. Le vieil homme s'agenouilla pour examiner la cloison. Deux rats surgirent de nulle part et se jetèrent sur lui. Mr Contreras glapit et tomba à la renverse, les mains plaquées sur la figure. J'attrapai un rat par la queue et le balançai contre la chaudière. L'autre descendit du bras de mon ami et disparut.

Je tremblais, lorsque j'éclairai son visage. Sous son œil gauche, la chair était déchirée et saignait.

— Ça va, poupée. (Le vieux monsieur faisait des efforts surhumains pour avoir l'air de respirer normalement.) Quel idiot je fais. Ils ont cru que j'allais mettre la main dans leur nid.

— C'est vrai, oui. Ils attaquent aussi pour défendre leurs petits.

Tremblant de tous mes membres, je reculai jusque de l'autre côté de la chaudière pour aller chercher de l'alcool dans nos affaires. Puis je décidai de tout emporter. Il y avait suffisamment de place pour passer le diable. Je ne pouvais m'empêcher de me couvrir le visage chaque fois que j'entendais un rat. Celui que j'avais balancé contre la chaudière revint vers Mr Contreras en claudiquant. Dans un accès de peur et de fureur, je fonçai sur la bête avec le diable, appuyant les roues sur son corps de toutes mes forces. Le rat poussa un horrible couinement. J'étais suffisamment folle de rage pour en éprouver du plaisir.

En entendant ce cri, le vieux monsieur bondit sur ses pieds.

— Oh ! Tu en as tué un ! J'ai cru qu'ils t'avaient attaquée. Ça m'a fait plus peur que lorsqu'ils m'ont sauté dessus. Je crois que j'ai trouvé la brèche.

Il y avait un trou au pied du mur, derrière la chaudière, un trou juste assez grand pour qu'une personne mince puisse s'y glisser. Jamais je n'aurais trouvé cette ouverture : il faisait trop sombre, et puis il fallait savoir qu'il y avait des tunnels de l'autre côté, pour chercher une entrée. Mr Contreras l'avait découverte en tâtant le mur.

J'ôtai mes gants pour nettoyer sa blessure.

— Il faut que vous voyiez un docteur, dis-je. Vous pensez que vous trouverez un taxi sur Michigan Avenue ?

— Je vais te donner un autre coup sur la tête, si tu oses dire que je pourrais t'abandonner là, voilà ce que je pense. Ça saigne et c'est bon signe. On s'inquiètera plus tard de la piqûre contre la rage, la peste bubonique, ou dieu sait quoi.

Je nettoyai sa blessure plusieurs fois, jusqu'à ce que je m'aperçoive que j'appuyai sur la chair à vif, contre l'os. Puis j'appliquai de la crème cicatrisante dessus. De peur que l'odeur de ce baume n'attire les rats, je mis un grand morceau de gaze sous l'œil de mon voisin, puis le fixai tant bien que mal avec du sparadrap. Les ignobles rongeurs tournicotèrent autour de nous pendant que je le soignais, mais aucun d'entre eux ne tenta de venger la mort de leur camarade.

Mr Contreras entreprit d'agrandir la brèche avec le marteau. De nouveaux rats sortirent du trou pendant qu'il travaillait. J'avais les bras humides de sueur, sous ma combinaison. Je frissonnai dans l'air froid et vicié.

Lorsque mon voisin eut terminé, il lui fallut quelques minutes pour reprendre son souffle. Je jetai un coup d'œil dans le trou qu'il avait agrandi. Il donnait sur un escalier, dont je vis les deux premières marches à la lueur de ma lampe.

J'allai chercher les cordes, les piles et la couverture sur le diable. Je me nouai une corde autour de la taille, et attachai l'autre extrémité autour de la taille de Mr Contreras. Pour finir, je sortis mon pistolet de son holster, et le fourrai dans une poche de ma combinaison. C'était absurde : je ne pouvais tirer sur toute la vermine qui grouillait en ces lieux, mais je me sentis tout de même mieux.

Mr Contreras hocha la tête, me signifiant ainsi qu'il avait retrouvé son souffle.

— Prête, poupée ? Fais attention en descendant. On ne

sait pas dans quel état est cet escalier, ni s'il atterrit dans l'eau.

— Bien, chef.

Mon tuyau rouillé dans une main, je passai de l'autre côté du mur.

43

VISITE D'UN TUNNEL

La suie, sous l'effet de l'humidité, avait formé comme un vernis noir sur l'escalier. Le faisceau lumineux de ma torche électrique se reflétait dessus tel un rayon de lune sur de la glace. Nous essayâmes de voir jusqu'où allaient les marches, mais on ne discernait rien au-delà du cercle de lumière projeté par la lampe. Nous commençâmes à descendre avec précaution, en nous aidant de nos tuyaux.

Au-delà du halo jaune de la torche, c'était le noir le plus absolu, comme si une main géante avait pressé l'air pour en extraire toute la lumière. Nous n'avions pas l'impression de nous enfoncer dans l'obscurité, mais de pénétrer l'essence même des ténèbres. Nous ressentions comme une présence qui écrasait, amenuisait notre pitoyable lumière. Nous continuions à descendre sans bruit, oppressés par le poids de l'air et de la terre au-dessus de nous. Seul le bruissement agile et rapide des rats, ridiculisant la lenteur de nos pas, rompait le silence.

Un instant, je perdis mon sang-froid : je confondis absence de lumière et manque d'oxygène. Tout étourdie, je me raccrochai à la rampe fixée le long de l'escalier. Elle me resta dans la main et je tombai lourdement sur les fesses. Mr Contreras se pencha sur moi d'un air anxieux, mais ma combinaison rembourrée avait amorti le choc. Je me relevai en n'éprouvant qu'une légère douleur dans le coccyx. Cette secousse inattendue m'avait éclairci les idées.

L'air sentait le moisi et la crotte de rat, mais ce n'était pas des excréments frais. Je grattai une allumette pour m'en assurer. La flamme produisit une vive lueur. Pour surmonter ce sentiment d'oppression, je me mis à fredonner l'adieu enjoué de Figaro à Cherubino. Couple de papillons, nous n'étions pas sur le sentier de la guerre, nous volions vers les entrailles de la terre.

Chanter dissipa la peur et le malaise qui empêchaient Mr Contreras de parler. Il me régala alors de ses batailles à lui. Je les connaissais par cœur — comment il avait volé Clara à Mitch Kruger, l'éclat d'obus qu'il avait reçu à Anzio — mais sa voix vibrante, dont l'écho nous revenait, mettait de la vie dans ce puits noir et froid.

Au pied du deuxième escalier, quelque chose apparut dans le faisceau de la lampe. Un gant d'enfant, rendu presque méconnaissable par l'usure. Je le ramassai. Des bouts de doublure dépassaient, la couleur — bleue, à l'origine — avait terriblement pâli. Je me demandai à quelle vitesse la moisissure et la crasse pouvaient détériorer un tissu. Ce gant semblait être là depuis des années. Je le reposai sur le sol. Nous avions au moins la confirmation qu'il y avait des êtres humains dans les parages, même s'il ne s'agissait pas de Tamar et ses enfants.

Nous poursuivîmes notre chemin, dégrisés et à nouveau réduits au silence, à cause de notre découverte. Au-delà du halo de lumière, les escaliers semblaient s'enfoncer jusqu'au centre de la terre. Je perdis le sens du temps. J'avais l'impression que nous descendions ainsi depuis une heure, mais quand je regardai ma montre, sur le troisième palier, je vis que nous n'étions sous terre que depuis sept minutes.

Au pied du quatrième escalier, nous arrivâmes devant une porte fermée. De l'eau était passée en dessous et venait lécher la dernière marche. Mr Contreras tourna la poignée et tira. Sans grand résultat. L'eau exerçait une pression contre le panneau de bois. Des rats se faufilèrent dans l'entrebâillement. Je les écartai de mon voisin avec mon tube de métal.

Mr Contreras s'échinait sur cette porte sans réussir à l'ouvrir. J'abandonnai ma bataille contre les rats pour l'aider. Je tirai d'un coup sec sur le battant à plusieurs reprises. La porte finit par céder.

De l'autre côté commençaient les tunnels. Nous pataugeâmes sur quelques mètres au-delà du seuil. L'eau nous arrivait aux chevilles. Jusqu'à présent, nous n'avions utilisé qu'une seule lampe pour économiser nos piles. Mr Contreras alluma la deuxième.

Les faisceaux de nos torches électriques dansèrent à la surface d'une eau sombre et grasse. Quelques rats nageaient dans notre direction. Ils franchirent la porte ouverte, puis disparurent dans les escaliers. M'efforçant de les ignorer, je parcourus le tunnel des yeux. J'avançai lentement en tapotant le fond avec mes bottes, et finis par trouver des rails, au milieu du boyau. Les murs en pierre s'élevaient jusqu'à un mètre cinquante au-dessus de nos têtes puis formaient un plafond en voûte.

— Et maintenant, qu'est-ce qu'on fait ? Tu crois qu'ils ont cherché un endroit au sec où se réfugier ?

L'écho de la voix de Mr Contreras nous revint avec une espèce de lassitude, comme le son d'une cloche ancienne.

— Je ne sais pas. Je ne suis même pas sûre qu'ils soient dans ces galeries. Ce gant qu'on a trouvé prouve qu'un enfant est passé par ici, mais il y a combien de temps ? (Je plongeai la main avec réticence dans l'eau fétide pour sentir le sens du courant.) En admettant qu'ils se soient fait surprendre par l'eau, ils auront effectivement avancé pour se trouver un coin au sec. On peut continuer, et faire demi-tour quand l'eau nous arrivera aux genoux.

Je m'essuyai soigneusement la main avec des mouchoirs en papier avant de remettre mon gant.

— Il faut qu'on puisse revenir, dit Mr Contreras. Si

jamais il y a d'autres portes identiques à celles-là, on pourrait se perdre.

Nous n'avions pas emporté de peinture pour laisser des marques sur les murs. Je réfléchis quelques instants. Puis je déchirai une bande de tissu sur la couverture, que je coinçai dans une charnière, en haut de la porte. Les rats seraient sans doute trop pressés de fuir l'inondation pour aller grignoter un morceau de tissu.

Nous nous enfonçâmes dans le tunnel en nous appuyant sur nos tubes de métal. Mr Contreras éteignit sa lampe. De temps à autre, nous vérifions le niveau de l'eau. Elle ne montait pas vite, mais je ne pouvais m'empêcher d'éprouver un sentiment de panique. Et si nous nous retrouvions coincés là-dessous ? Nous nous noierions, et on ne retrouverait sans doute jamais nos corps.

— Tu sais, poupée, j'ai eu une belle vie, dit Mr Contreras, dont les pensées suivaient apparemment le même cours que les miennes. J'ai eu une femme exceptionnelle. Clara et toi, vous vous seriez vraiment bien entendues. Mais je n'ai jamais été aussi heureux que depuis ton arrivée dans notre immeuble. Toutes ces aventures que je vis, grâce à toi ! S'il y en a un seul, parmi tous les anciens de mon équipe, qui vit des choses aussi passionnantes que moi — tu imagines, s'aventurer dans un dédale de souterrains inondés pour retrouver une famille sans abri ! — je veux bien avaler ma clé à molette !

Je fus obligée de rire.

— Vous vous amusez, oui, et moi je suis morte de trouille à l'idée de me noyer !

— Normal que tu aies peur. Mais ça ne t'empêche pas de foncer. C'est pour ça que je t'admire autant, poupée. Ça va être affreux pour moi, si l'un de nous deux quitte Racine Avenue. Surtout si c'est moi, et que je me retrouve chez Ruthie à Elk Grove Village.

Nous arrivâmes à un tournant du tunnel. A présent, l'eau faisait de petits tourbillons et montait plus vite. Nous en avions jusqu'à mi-mollets. J'hésitai à poursuivre, puis décidai d'y aller. Mr Contreras regarda l'eau, haussa les épaules, et suivit.

Vingt mètres plus loin, nous nous retrouvâmes à une intersection avec un autre tunnel. L'eau du boyau de droite se déversait dans notre souterrain. Ce qui expliquait les tourbillons. J'avais perdu tout sens de l'orientation, je ne savais pas où nous nous trouvions par rapport à notre point de départ. Je ne comprenais plus d'où venait l'eau. J'aurais été incapable de dire si nous nous dirigions vers la source du désastre, ou si nous lui tournions le dos.

— Vous pouvez rester là une minute ? dis-je. Je veux aller voir à quoi ressemble le tunnel de gauche.

Il alluma sa lampe.

— Quand tu voudras revenir, éteins ta lampe. Tu n'auras qu'à te repérer grâce à la mienne. Et puis crie toutes les trente secondes, que je sache que tout va bien.

Je m'engageai dans le boyau de gauche, sans oublier de brailler tous les dix pas. Au bout d'une quinzaine de mètres, le niveau de l'eau me parut plus bas. Encore dix mètres, et j'étais dans un fond de boue. Je braquai le faisceau de ma lampe devant moi et vis de la terre sèche. Après quoi le tunnel tournait.

Je fis demi-tour pour aller retrouver le vieil homme.

Quand je le rejoignis, il avait de l'eau pratiquement jusqu'aux genoux.

— Vous voulez qu'on y retourne ensemble ? Et puis si on n'a rien trouvé dans dix minutes, on déclare forfait.

— Bien sûr, poupée. On ne va pas abandonner maintenant. Avançons encore un peu pour voir.

A l'intersection des galeries, j'attachai un bout de couverture à un croc fiché dans le mur. Je m'aperçus qu'il y en avait tout du long. Peut-être les utilisait-on pour accrocher des lanternes, à l'origine. Au-dessus du croc je vis une inscription, qui avait pâli avec le temps. Je me haussai sur la pointe des pieds pour mieux voir : Dearborn et Adams, déchiffrai-je. Nous avions parcouru la longueur de deux blocs à l'ouest et d'un bloc vers le sud, pendant ces vingt minutes que nous venions de passer sous terre.

Ma lampe commençait à faiblir. Je l'éteignis et laissai Mr Contreras ouvrir la voie avec la sienne. L'eau avait gagné du terrain dans le boyau de gauche, mais une fois sur la terre sèche, nous progressâmes aisément. Après le tournant, nous vîmes une masse sombre se détacher du mur et s'éloigner rapidement. Des silhouettes humaines, sans nul doute.

— Hé, attendez ! Mrs Hawkings ? Jessie ? C'est Vic Warshawski ! Je suis venue vous aider à sortir !

Les silhouettes continuaient à courir pour nous fuir. J'ôtai mes cuissardes pour m'élancer à leur poursuite. Mr Contreras me suivit aussi vite qu'il put, mais je sortis bientôt du faisceau de sa lampe. J'allumai la mienne. Les piles étaient presque mortes, mais la faible lumière qu'elles émettaient m'évitait de trébucher sur les rails.

Une minute plus tard, j'arrivai à la hauteur du petit groupe indistinct. Je tendis la main et attrapai la silhouette la plus proche de moi, un jeune enfant. Il se débattit vaguement. Puis il capitula et se mit à pleurnicher. Le reste du groupe s'immobilisa. Ils étaient plus de quatre. Combien exactement, je n'aurais su le dire, dans la faible clarté de ma lampe. Outre les odeurs de moisi, de charbon et d'excréments de rats, ça puait l'urine et la sueur. Je faillis vomir.

— Lâchez-le ! Vous n'avez pas le droit de le retenir !

L'une des plus grandes silhouettes tenta d'arracher ma main du bras de l'enfant, mais elle n'avait aucune force et ne put le libérer. Le bras du petit me parut très frêle, lui aussi. Mr Contreras arriva, haletant.

— C'est eux, poupée ?

Dans la lumière plus forte de sa lampe, je reconnus Tamar Hawkings. Elle reculait sans bruit, ses enfants agglutinés autour d'elle. La femme qui avait essayé de détacher ma main du bras de l'enfant resta près de moi.

Elle avait un bambin dans les bras, qui se mit à pleurer tout bas.

— Tout va bien, Natie. Ne pleure pas. Je suis là.

— Emily ?

Je criai son nom si fort qu'elle fit un pas en arrière. Je la regardai, médusée. Si elle n'avait pas parlé, je ne l'aurais pas reconnue. Ses cheveux frisés étaient tout aplatis sur son crâne, ses traits tirés sous l'effet de la faim, son visage gris de crasse. Son corps amaigri flottait dans son jean et sa chemise.

Elle recula encore d'un pas. Je posai une main sur son bras.

— Il faut que je te ramène à la surface avec tes frères. Ici, vous risquez de vous noyer. Tu comprends ?

Il y avait trop de blanc dans ses yeux. Elle avait l'air fiévreux, sa respiration était haletante. Je n'étais pas du tout sûre qu'elle saisissait ce que je lui disais. Je me tournai vers Mr Contreras.

— Ce sont les enfants Messenger. Vous voulez bien prendre Joshua pendant que je vais chercher Mrs Hawkings ?

Il souleva le gamin comme un rien et le nicha contre sa poitrine. Alors que je m'élançais sur les traces de Tamar, j'entendis mon voisin parler à Joshua sur ce ton apaisant qu'ont plutôt les femmes, en général.

Lorsque j'arrivai à hauteur de Tamar Hawkings, je n'essayai pas d'argumenter. Je pris son plus jeune enfant dans mes bras, puis je fis demi-tour pour rejoindre les autres. Hawkings suivit, aggripa mon bras de ses petits doigts, et me souffla des invectives. Ses deux aînés trottaient derrière elle. Quand j'eus rassemblé tout ce petit monde, je fis un résumé de la situation.

— La Chicago River est en train de remplir les tunnels. Le mur de séparation entre la rivière et les souterrains a cédé hier soir. Si vous ne remontez pas maintenant, vous risquez de tous vous noyer. De toute façon, vous allez mourir de faim. Parce que bientôt vous ne pourrez même plus remonter pour trouver à manger. Vous n'avez pas le choix : il faut que vous veniez avec moi. Nous allons retraverser le tunnel dans l'eau. Puis nous passerons par le Pulteney pour ressortir. Et là on pourra s'occuper de vous. Il faut que vous veniez avec moi. Sinon, vous allez tous mourir.

Emily me tira par le bras, affolée.

— On ne peut pas y retourner. Tamar, ne les laisse pas m'emmener !

— Tu n'es pas obligée de retourner vivre avec Fabian, Emily. Mais il faut que tu viennes avec moi.

Mr Contreras avait calé Joshua contre sa hanche et tenait l'aînée des petits Hawkings par la main. J'enfilai mes cuissardes. Je changeai les piles de ma lampe. Mon voisin en tête, nous rebroussâmes chemin droit sur l'eau. Je portais toujours la fille cadette de Tamar, et donnais la main à son fils. Tous les enfants pleurnichaient, sauf Emily. L'asthme de Jessie imprimait des secousses douloureuses à son petit corps.

Lorsque nous atteignîmes l'intersection, Emily avait de l'eau au-dessus du genou. Mrs Hawkings, plus petite que la jeune fille, luttait contre le courant pour avancer. Elles n'avaient de bottes ni l'une ni l'autre, et elles étaient trop faibles pour suivre notre rythme.

— On va faire ça par étapes, dis-je à Mr Contreras. Est-ce que vous pouvez porter Joshua jusqu'en haut des escaliers ? Je vais rester là avec les autres. Si vous pouvez faire deux voyages tout seul, on fera un troisième voyage ensemble et ça ira.

Il acquiesça d'un hochement de tête. Dans la lumière de ma lampe, il avait l'air sinistre.

— O.K. fils, dit-il à Joshua. On va faire une petite promenade, tous les deux. Pas la peine de pleurer, on va revenir chercher ta sœur tout de suite. Fais confiance à oncle Sal. Il va te tirer de là, tu verras.

Sa voix se répercuta dans les tunnels, ainsi que les faibles protestations de Joshua. A côté de moi, Emily tremblait. Ses larmes laissaient des traînées claires sur ses joues maculées de suie. Nathan s'agrippait à elle, tout en gémissant faiblement.

Les deux aînés de Tamar avaient à présent de l'eau jusqu'à la taille. Je glissai la toute petite dans le haut de ma combinaison — elle était si maigre qu'elle tenait à l'intérieur sans difficulté — puis je pris le garçon dans mes bras. Il s'accrocha à mon cou comme un petit singe, les bras tremblants de fatigue.

Je craignis de voir Jessie suffoquer, tant elle faisait d'efforts pour trouver de l'air. Je ne pouvais rien pour elle. J'étais moi-même à bout de souffle, épuisée. J'avais à peine la force de parler.

Je passai une corde autour de la taille de Tamar, dans l'idée de faire la même chose, ensuite, avec Emily. Ce fut une véritable bataille. Elles essayèrent de me résister, luttant pour retourner sur la terre sèche.

Soudain Tamar m'échappa et tomba dans l'eau. Je la remis debout, sans lâcher son fils.

— Ça suffit ! lui dis-je. Vous allez vous noyer et noyer vos enfants. Arrêtez de vous débattre !

Elle capitula, cracha l'eau pleine de suie qu'elle avait dans la bouche, et me laissa nouer la corde autour d'elle. Lorsqu'elle vit que Tamar avait cessé de lutter, Emily me laissa lui passer la corde autour de la taille. Le bout du filin à la main, je m'appuyai contre le mur pour reprendre mon souffle et me reposer d'une partie du poids des deux enfants. Le coup que j'avais pris derrière la tête recommençait à me faire mal. Ma côte fêlée appuyait contre mon poumon à chaque inspiration. Un vrai bonheur.

Je me reposais du mieux que je pouvais contre ce mur, quand Mr Contreras reparut, haletant. Il titubait un peu, et devait s'appuyer contre la paroi du tunnel.

— Il vaudrait mieux qu'on essaie d'emmener tout le monde, dis-je. L'eau monte de plus en plus vite, et je ne crois pas que vous ayiez la force de faire encore deux voyages.

Il acquiesça d'un hochement de tête, tout en prenant de grandes goulées d'air fétide.

— J'ai... emmené le petit garçon... sur le palier... du quatrième escalier. Il est en sécurité, là. Les rats... ne sont pas si rapides. Je n'en ai vu... que deux. Je lui ai donné... le tube... juste au cas où.

Nous attendîmes qu'il reprenne son souffle. J'attachai une extrémité de la corde autour de lui, et me nouai l'autre bout autour de la taille. Mr Contreras prit Jessie dans ses bras. La fillette avait une respiration sifflante. Ses yeux roulaient dans leurs orbites.

J'extirpai la plus petite de ma combinaison et la tendis à sa mère. Je donnais déjà la main à un enfant. Or il fallait que j'avance. Notre petite procession s'ébranla, Mr Contreras en tête, suivi par Tamar, puis Emily, qui tenait Nathan par la main. Je fermai la marche.

Nous étions affreusement lents. Emily n'était sous terre que depuis une semaine, mais elle souffrait déjà de malnutrition et donnait des signes de faiblesse. Mrs Hawkings, qui vivait là depuis des mois, était si diminuée qu'elle devait faire des efforts surhumains pour vaincre le courant. La troisième fois qu'elle tomba, elle entraîna Emily dans sa chute. Entravés par les enfants que nous portions, Mr Contreras et moi eûmes du mal à repêcher les deux femmes. Je craignais que nous ne perdions Jessie et les deux petits.

L'eau atteignait le haut de mes cuissardes. Si elle continuait à monter, j'allais devoir les enlever. Heureusement, nous arrivions en vue de la porte.

Nous entreprîmes l'ascension des quatre escaliers. Nous nous arrêtions toutes les trois marches pour souffler. Je crus que nous n'en finirions jamais. Une fois parvenue au sommet, Tamar ne tenait pratiquement plus debout. J'étais moi-même éreintée. Mr Contreras respirait fort.

Nous pénétrâmes finalement dans la cave du Pulteney, usant nos dernières forces à tirer Emily,Tamar et les enfants à travers le trou.

Une fois là, nous reprîmes notre souffle, écroulés contre la chaudière. Après quoi j'envoyai Mr Contreras chercher de l'aide à la surface de la terre. J'étais trop épuisée pour chasser les rats qui venaient nous renifler. Lorsque Mr Contreras reparut avec un flic, je dormais.

44

ON NE PEUT PAS FAIRE ENTENDRE RAISON À UNE MULE

Jessie ne passa pas la nuit. Le personnel de l'unité pédiatrique de Northwestern avait accompli un travail héroïque. Hélas, l'humidité et la malnutrition avaient détérioré les poumons de la fillette jusqu'au point de non-retour. Lotty vint m'annoncer la nouvelle avant d'aller voir ses malades à Beth Israël.

En dépit de mes protestations véhémentes, l'hôpital me garda toute la nuit en observation. Lotty, que j'avais citée comme mon médecin traitant sur le formulaire rempli aux urgences, leur donna raison. Ce qui me mit hors de moi.

— Faites-lui un contrôle neurologique complet, pendant que vous y êtes, leur avait-elle conseillé, après leur avoir expliqué que j'avais pris un coup sur la tête.

— Tu m'as toujours dit qu'on devait consulter ses patients à propos des décisions les concernant, protestai-je, après les avoir obligés à me passer le combiné.

— Certes. Mais cela ne s'applique pas aux mules, ma chère. Seulement à ceux qui ont suffisamment de bon sens pour ne pas aller escalader l'Everest avec une jambe dans le plâtre.

Qu'aurais-je pu ajouter ? Elle avait raison. J'étais trop épuisée pour bouger, alors, comment me serais-je défendue si on m'avait tiré dessus ? Je m'efforçai de recouvrer mon calme. Après quoi je laissai un message à Conrad, au poste.

On me lava, on me fit des prises de sang. Après quoi, je sombrai dans un profond sommeil. Conrad passa me voir vers 7 heures — je trouvai un petit mot et un bouquet de marguerites en me réveillant — mais je ne m'étais rendu compte de rien.

J'émergeai aux alentours de 4 heures du matin. Après un moment de panique — où suis-je, quelle heure est-il, que s'est-il passé ? — les événements de ces dernières semaines me revinrent en mémoire. Je me retournai dans mon lit, inquiète. Comment allaient Mr Contreras et les enfants ? Je recommençai à me poser des questions sur la mort de Deirdre, sur les travailleurs immigrés. J'essayai de mettre une stratégie au point jusqu'au moment où Lotty se montra, un peu après 6 heures.

— Tu avais raison, dis-je. (Elle venait de m'annoncer la mort de Jessie.) Je n'aurais jamais dû laisser les Hawkings dans la cave, après les avoir trouvés. Si j'avais appelé Conrad comme tu me l'avais dit, la petite fille serait peut-être encore en vie.

Lotty s'assit au bord de mon lit. Elle avait les yeux qui brillaient.

— Ça, on ne peut pas le savoir. Ce matin je t'ai parlé un peu vivement. Et je le regrette. Tamar Hawkings a tout de même réussi à s'enfuir de l'hôpital avec ses enfants, quand tu nous les a amenés. Et puis Conrad dit que c'est pratiquement impossible de trouver le passage entre les tunnels et la cave, à moins de le chercher.

Comme il n'avait pas réussi à me joindre, Conrad avait appelé Lotty pour s'assurer que j'allais bien — n'étant pas mon mari, il n'avait pu obtenir aucune information du personnel hospitalier.

— Nous avons perdu une enfant, dit Lotty. Mais il y a six personnes en vie, six personnes qui seraient mortes, à l'heure qu'il est, sans toi et ton valeureux voisin. Lequel a l'air en pleine forme, ce matin. Avant de lui faire des injections contre la rage, ils veulent s'assurer que son cœur est en état de les supporter. Je leur ai dit qu'il avait un cœur de vingt ans.

J'acquiesçai d'un hochement de tête.

— Sans lui, je n'aurais pas survécu. Comment va Tamar Hawkings ?

Lotty fronça les sourcils.

— On lui fait du goutte-à-goutte. Comme à tous les autres, d'ailleurs. Mais on se pose des questions sur sa santé mentale. Et sur celle de la jeune fille, Emily Messenger. Mr Messenger est venu hier après-midi, dès qu'il a su que les enfants étaient retrouvés. Emily a hurlé en le voyant, et a exigé qu'il sorte de sa chambre. Cela dit, personne n'arrive à la faire parler. Ils vont lui envoyer un psychiatre de l'hôpital, mais il faut d'abord qu'elle reprenne des forces. Son attitude peut être due à un délire passager. Ses frères vont récupérer très vite, en tout cas physiquement, et les médecins sont très optimistes en ce qui concerne les deux petits Hawkings toujours en vie.

Leon Hawkings était venu réclamer la garde de ses enfants, ajouta-t-elle. Il avait eu une attitude contradictoire : d'une part il voulait engager des poursuites contre l'hôpital, suite à la mort de Jessie, et exigeait qu'on lui rende sa femme; d'autre part il menaçait de la faire emprisonner pour avoir négligé les enfants. Lotty avait appelé Marilyn Lieberman, à Arcadia House. Marilyn allait envoyer Eva Kuhn, qui verrait comment aider Tamar.

— La police n'a donc pas arrêté Emily ? m'enquis-je.

Lotty eut un petit sourire sardonique.

— Pour le meurtre de Deirdre ? Vu le statut social de Fabian, ils y vont sur la pointe des pieds. Et puis, contre toute attente, il y a un policier qui se révèle être un allié. La fille rousse, qui t'a interrogée samedi. Oui, l'officier de police Neely. Vic, je leur ai demandé de te faire un scanner du cerveau, avant de te laisser sortir.

— Partant du fait que toute personne qui irait s'aventurer dans ces tunnels est forcément cinglée ?

Lotty se leva de mon lit.

— Partant du fait que tu as subi trois chocs à la tête, en sept ans, et que je veux m'assurer que ton crâne tient bon.

Je m'assis dans mon lit, rouge de colère.

— Mais je ne peux pas m'offrir un tel examen ! Je n'ai pas de mutuelle, tu le sais bien. Et j'ai des dettes par-dessus la tête. Ils m'ont déjà fait un scanner à Beth Israel, samedi. D'ailleurs, il faut que je parte d'ici. Il y a encore trop de questions en suspens pour que je m'éternise à l'hôpital. Avoir retrouvé Emily rend les choses encore plus urgentes.

Elle me prit le poignet, moitié caressante, moitié pour tâter mon pouls.

— Nos appareils, à Beth Israël, ne sont pas aussi performants qu'ici. Le radiologue m'a dit hier que ses clichés n'étaient pas assez précis pour qu'il puisse exclure une lésion subdurale.

Lorsqu'elle fut partie, je sortis de mon lit, bien décidée à prendre la poudre d'escampette. Je n'allais pas attendre sagement qu'on vienne me faire un examen qui coûtait plusieurs milliers de dollars.

Je me dirigeai vers le placard en grimaçant. J'avais les muscles douloureux. On avait mis mes affaires dans un sac en plastique avec l'étiquette « Warshawski — 402 B ». J'ouvris le sac et eus un haut-le-cœur : l'odeur était immonde. De l'eau croupie enfermée toute une nuit dans un sac en plastique ferait un pulvérisateur anti-agression idéal. Je ne trouvai pas la force d'enfiler ces vêtements puants.

Après avoir refermé le sac, je me tâtai les cheveux et m'aperçus qu'ils étaient toujours collés par la boue. On m'avait lavé le corps, hier, mais pas la tête. Il y avait une salle de bains avec une douche au fond de la chambre. Je restai une demi-heure sous l'eau chaude. J'en ressentis les bienfaits dans mes muscles noués.

Je trouvai une chemise de nuit et une robe de chambre propres accrochées à une patère. Je les enfilai, puis retournai sur mon lit appeler Conrad.

— Lotty a eu beau me dire que tu allais bien, j'étais quand même inquiet. Tu te rends compte, je t'ai secoué l'épaule, et ça n'a pas suffit à te réveiller !

— Quand j'avais sept ans, une bohémienne m'a dit que j'avais neuf vies. Il doit bien m'en rester cinq ou six.

— Vu la vitesse à laquelle tu traces, c'est sûr, tu es déjà dans le rab. Je peux passer te voir ?

— Oui, viens. Sois gentil de m'apporter des vêtements propres. Si toutefois tu en trouves dans le capharnaüm qu'ont laissé mes agresseurs. J'ai besoin de tout : chaussettes, chaussures, sous-vêtements. Mes Nike puent tellement que je vais être obligée de les jeter.

Conrad promit de passer chez moi. Il ajouta qu'il ne serait pas là avant midi. Lotty lui avait déjà fait la leçon : interdit de venir me chercher avant qu'ils aient pris des photos de mon cerveau.

— De toute façon, miss W., il faudrait que tu t'accordes une journée de congé. Que tu prennes un livre, et que tu ailles au bord du lac avec les chiens. Tu l'as bien mérité et tu en as besoin.

J'étais à la fois ravie qu'il s'inquiète de moi, et agacée qu'il participe au complot pour me garder à l'hôpital. Le jeûne forcé avait guéri ma migraine. Malgré mes soucis et mes muscles endoloris, j'éprouvais un sentiment d'euphorie. Pour la première fois depuis trois jours, j'arrivais à penser clairement. Si je n'étais pas autorisée à partir d'ici avant midi, au moins pouvais-je pratiquer quelques exercices qui me permettraient de me déplacer sans trop souffrir le moment venu.

Tout en faisant des mouvements d'étirement, je regardai les nouvelles à la télé. Les ingénieurs de la ville n'avaient toujours pas réussi à boucher le trou entre la rivière et les tunnels. L'eau continuait à se déverser sous terre. J'eus un frisson rétrospectif : Mr Contreras et moi avions vraiment eu de la chance.

La Chambre de Commerce était toujours fermée — fait sans précédent. On estimait les dégâts à Marshall Fields à des centaines de millions de dollars. La météo annonçait de la pluie, ce qui n'allait pas faciliter la tâche des ouvriers qui pompaient l'eau dans les caves inondées. Les lignes de métro du Loop étaient fermées — le fleuve commençait à envahir le sous-sol d'un building de Dearborn Street. On allait chercher les voyageurs en cars aux quatre coins de la ville.

« Et au Northwestern Hospital, les médecins n'ont pu sauver l'une des enfants que la détective Vic Warshawski est allée secourir dans les tunnels inondés, avec l'aide de son voisin. (Beth Blacksin parlait avec un pédiatre épuisé, devant l'immeuble dans lequel je me trouvais.) Miss Warshawski, blessée à la tête il y a deux jours, est actuellement en observation. Nos reporters n'ont pas été autorisés à lui parler. »

J'éteignis la télé au moment de la pause publicitaire. Je tentai de me concentrer sur mes exercices et d'oublier ma culpabilité, pour la mort de Jessie Hawkings.

J'étais en pleine gymnastique, quand une équipe d'internes pénétra dans ma chambre.

— Il est peut-être un peu tôt pour vous agiter, dit le médecin-chef. Je vais tester vos réflexes.

Le petit déjeuner arriva au moment où il me plantait des épingles à nourrice dans le pied. En temps ordinaire, je n'aurais pas voulu de ces céréales au lait, ni de ce mélange jaunâtre ressemblant vaguement à des œufs brouillés. Mais je n'avais presque rien mangé depuis deux jours, et ne pouvais détacher mes yeux du plateau.

L'interne en neurologie m'annonça que le scanner était prévu pour 10 heures et demie, et qu'on viendrait me chercher avec un fauteuil roulant. Je protestai, lui assurai que je pouvais marcher. Il eut un sourire charmant.

— Je n'en doute pas, miss Warshawski. Mais étant donné que vous êtes notre invitée, je vous demande de nous faire une faveur, et de vous conformer à notre règlement interne. C'est une précaution probablement inutile, mais nous avons vu des gens qui se croyaient en pleine forme mourir d'un caillot. Alors, pourquoi ne pas vous reposer ? On va vous apporter un journal. Ça va passer très vite, vous allez voir.

Je hochai la tête en signe d'acquiescement, et lui fis mon plus beau sourire, espérant l'avoir convaincu de ma bonne foi.

Dès qu'ils furent partis, je me jetai sur le plateau du petit déjeuner et dévorai tout jusqu'à la dernière miette. Puis je sortis de ma chambre, pour aller voir Mr Contreras. Une infirmière, qui avait fini sa nuit, me donna le numéro de sa chambre, et celui de celle d'Emily Messenger.

Mon voisin fut très content de me voir, mais un peu gêné de m'accueillir dans une chemise de nuit de l'hôpital. Depuis que nous nous fréquentions, pas une fois il ne m'avait ouvert la porte en maillot de corps.

Un coup de téléphone de sa fille était venu tempérer sa bonne humeur légendaire. Furieuse de nos exploits, elle allait venir le chercher à midi, après avoir récupéré les chiens. Puis elle les emmenerait tous à Elk Grove Village.

— Mon seul espoir, dit Mr Contreras, sur un ton sinistre, c'est que Mitch la morde en l'entendant ouvrir la porte de l'appartement. Quoiqu'elle risque de le faire piquer, dans ce cas.

— N'y allez pas ! Rien ne vous y oblige.

— Elle aura les chiens, expliqua-t-il. J'ai fait l'erreur de lui dire que je n'irai pas chez elle sans eux. Tu viendras nous délivrer, hein, poupée ? Ceci dit, si je n'arrive pas à payer ces impôts, je finirai bien par échouer là-bas.

— Je viendrai vous chercher jeudi matin, lui promis-je, imprudemment, sans savoir de quoi demain serait fait.

Je notai l'adresse de sa fille, puis le serrai dans mes bras pour le rassurer.

— Nous trouverons bien quelque chose, pour ces impôts, ajoutai-je.

J'aurais voulu être aussi optimiste que j'en avais l'air. Si j'étais obligée de vendre mon appartement, où irais-je vivre ? Je m'efforçai de ne pas y penser. J'avais suffisamment de soucis sans en plus m'inquiéter de ces impôts locaux.

Je finis par découvrir Emily dans l'aile réservée aux enfants. Peut-être était-ce la première fois depuis des années qu'on la considérait comme telle. Je dus traverser la rue pour me rendre dans la partie de l'hôpital où elle se trouvait. J'avais toujours ma tenue de malade : chaussons en papier et chemise de nuit.

— La fin justifie les moyens, marmonnai-je, en pénétrant dans l'autre corps de bâtiment.

Devant la chambre d'Emily, un grand barbu parlementait avec une infirmière.

Il sourit dès qu'il me vit.

— Warshawski ! Quelle chance ! Explique à cette femme pourquoi il faut que je parle à Emily Messenger.

— Pas question Ryerson. Mais j'aurais dû me douter que tu serais là.

45

LA SOURIS ENTRE DEUX CHATS

— Il faut que tu m'aides, Warshawski ! geignit Murray. Tout repose sur cette petite. Mais ils ne veulent pas me laisser la voir !

— Parce que tu crois que je vais t'aider à tourmenter une adolescente qui vient de vivre un enfer ? Tu ne manques pas de culot ! Et si miss... (Je regardai le badge de l'infirmière)... Higgins décide d'appeler la sécurité pour te mettre dehors, moi, je me ferai un plaisir d'avertir les flics. Conrad serait ravi de t'avoir en garde à vue pendant vingt-quatre heures.

Murray me passa un bras autour des épaules.

— Tu m'excites, Vic, quand tu me parles comme ça.

Laisse-moi venir avec toi. Je resterai assis sagement. Je me contenterai d'écouter l'histoire de la môme. Promis, juré.

J'enlevai son bras.

— Ce n'est pas une « môme », mais un être humain ! Et elle a besoin d'aide, pas de subir un interrogatoire.

— C'est ce que j'ai essayé de lui faire comprendre, dit l'infirmière. Le docteur Morrison a dit pas de journalistes, rien qui puisse la perturber.

— Murray, quand les femmes disent non, c'est non. Maintenant cesse d'importuner une infirmière surchargée de travail.

— Alors qu'est-ce que tu dirais de m'accorder une interview exclusive, Warshawski ? Après tout, c'est toi qui a sauvé cette jeune personne et ses frères d'une mort certaine. Allons prendre une tasse de café, comme ça tu pourras tout me raconter. J'adorerais faire une photo de toi dans cette tenue : ce décolleté en V me rappelle de bons souvenirs.

— D'accord, dis-je, en me dirigeant vers l'ascenseur. C'est par là.

Murray déglutit avec peine. Il ne s'était pas attendu à ce que je marche dans son baratin. Il m'emboîta le pas, me posant des questions sans discontinuer jusqu'au bout du couloir. L'ascenseur finit par arriver. On monta dedans tous les deux, suivis par un laborantin avec un chariot. J'attendis que les portes commencent à coulisser. Alors je me faufilai le long du chariot et sortis de la cabine juste avant que les portes ne se referment, ignorant les cris de protestation de Murray.

Ellen Higgins, qui sortait de la chambre d'un patient, s'arrêta dans le couloir et m'attendis pour me remercier.

— On a eu des journalistes toute la nuit. Il y en a même un qui a essayé d'entrer dans la chambre de la jeune fille à 3 heures du matin. Et quand Lila Dantry, l'une des infirmières du service de nuit, l'en a empêché, il a eu le culot de prétendre qu'il était un ami de Mr Messenger, et qu'il venait voir sa fille.

— A 3 heures du matin ?

Un frisson glacé me parcourut l'échine. Jamais un journaliste ne ferait cela. En revanche, un ami de Fabian avait très bien pu venir sur son ordre pour intimider Emily.

— Ils devraient mettre un garde devant la porte, dis-je.

— C'est à la famille de le décider, me dit Higgins. Mais je crois que nous pouvons lui éviter les journalistes. Généralement, ils coopèrent avec le personnel hospitalier.

Ça ne me plaisait pas du tout d'imaginer que des hommes pouvaient pénétrer dans la chambre d'Emily. Un hôpital est un lieu dans lequel on entre et on sort trop facilement. Je me promis d'appeler les frères Streeter, des amis à moi qui pourraient faire office de gardes du corps.

Lorsque l'infirmière comprit que j'étais l'une des personnes qui avaient sorti les enfants des tunnels, elle m'emmena voir Joshua et Nathan. Sam et Miriam, les deux petits Hawkings, étaient toujours en soins intensifs. Les deux enfants Messenger avaient un goutte-à-goutte dans le bras, mais je leur trouvai meilleure mine. Joshua lisait une bande dessinée, sagement assis dans son lit, mais Nathan ne cessait de s'agiter. L'infirmière m'expliqua qu'il réclamait sans arrêt sa sœur.

Je retournai voir Higgins, qui hésita à me laisser entrer dans la chambre d'Emily.

— Elle est complètement muette, m'expliqua l'infirmière. Nous avons d'abord cru à une lésion cérébrale. Mais d'après le scanner, tout est normal.

— Quand elle se sent menacée, elle prend l'air débile, dis-je. Les flics sont venus l'interroger ?

— Une femme officier de police, très gentille, a essayé de parler avec elle du meurtre de sa mère, mais ça l'a mise dans une telle agitation, qu'on a dû demander à la femme de partir. Pourquoi les flics pensent-ils qu'elle sait quelque chose sur le meurtre de sa mère ?

Je secouai la tête.

— Ils ne me font pas de confidences. Ils pensent peut-être qu'elle a vu l'arme du crime.

— Oh. (Higgins me regarda avec de grands yeux.) Nous avons fait venir un psychiatre de l'hôpital pour nous assurer que son séjour dans les tunnels ne l'avait pas trop perturbée. Quand il lui a demandé comment elle s'appelait, elle a répondu qu'elle n'avait pas de nom, qu'elle était une souris prise entre deux chats. Elle n'a rien voulu dire d'autre. D'après le psychiatre, il est possible qu'elle souffre d'une dépression post-traumatique.

— Si ça se trouve, elle est trop révoltée pour accepter de parler à des adultes, suggérai-je. Lorsqu'elle a fui de chez elle, la semaine dernière, c'est moi qu'elle voulait voir. Elle se sentira sans doute plus en confiance avec moi qu'avec un étranger.

On me laissa finalement parler à Emily. Bien que la plupart des enfants fussent dans des chambres à cinq ou six lits, Emily était seule. Lorsque Fabian était venu la voir, elle avait poussé des hurlements. Il valait donc mieux éviter qu'il y ait des enfants autour, m'expliqua Higgins, au cas où elle aurait une nouvelle crise.

Quand j'entrai dans sa chambre, Emily était allongée, les yeux fermés, mais vu la tension dans son cou et ses bras, elle ne devait pas dormir. Après sept jours passés dans les tunnels, elle avait le visage émacié, les bras amaigris. Une aiguille de goutte-à-goutte était piquée dans son poignet tout frêle. Ses cheveux frisottés gisaient d'un côté de l'oreiller, comme une lavette mal essorée.

J'approchai une chaise du lit.

— C'est Vic Warshawski, Emily. Tu voulais me voir, le jour où tu as lu ton poème, mais le directeur de ton école a refusé qu'on m'appelle. Je suis désolée. Désolée que tu n'aies pas pu me joindre, et que tu aies dû passer une semaine dans ces tunnels.

Les muscles de sa mâchoire bougèrent. A part ça, aucune réaction.

— Il paraît que tu as dit au psychiatre que tu n'avais pas de nom, que tu n'étais qu'une souris prise entre deux chats. Les médecins aiment bien ce genre de déclarations.

Ils imaginent tout de suite ce qu'ils vont pouvoir écrire sur toi dans les revues médicales. Peut-être que tu ferais mieux de redevenir Emily, afin qu'ils ne profitent pas de toi.

Elle émit un bruit bizarre, moitié gloussement, moitié sanglot. Elle me parla d'une voix tendue, sans ouvrir les yeux.

— Je ne suis *pas* Emily ! Je suis une souris prise entre deux chats.

Je me passai la langue sur les lèvres, tout en réfléchissant au meilleur moyen de la mettre en confiance.

— J'ai lu ton poème sur la souris. Tu as un style très évocateur. C'est un don que tu devrais cultiver. Mais en lisant ce poème, j'ai aussi compris que tu avais été martyrisée par tes parents. Quand est-ce que tu l'as écrit ? Après le dîner que ton père a donné pour Manfred Yeo ? Il t'a très mal traitée, ce soir-là.

J'attendis quelques minutes, de longues minutes, pour voir si elle allait continuer à me parler. Mais elle demeura muette, les tendons de son cou toujours saillants. Je sentis ma nuque se raidir, en réponse à la tension de la jeune fille. Attention, me dis-je, relaxe-toi. Tu dois lui parler sur un ton calme. Je fermai les yeux, essayai de me souvenir de tous les événements qui avaient poussé Emily à se réfugier dans les tunnels.

— Tu as écrit ce poème après la réception, dis-je. Après m'avoir vue. Pendant que Fabian et Deirdre se disputaient dans leur chambre. Tu as dû avoir l'impression qu'ils se querellaient à cause de toi, pauvre petite souris.

Elle se mit à trembler de tous ses membres, mais ne dit toujours rien. Je sentais l'intensité avec laquelle elle m'écoutait. Si je réussissais à imaginer ce qui s'était passé, peut-être me ferait-elle suffisamment confiance pour s'ouvrir à moi.

En partant de chez elle, ce soir-là, j'avais vu une lumière s'allumer au dernier étage de la maison. Sur le moment, j'avais pensé qu'Emily s'était levée, pour une raison ou pour une autre. Le dîner avait eu lieu le mercredi. Deirdre était morte le vendredi. Mais Emily avait écrit ce poème pour Alice Cottingham. C'était un appel au secours. Je me pinçai le nez, comme si cela allait m'aider à réfléchir.

— Ta mère a laissé un mot avant de sortir. Elle te demandait de préparer le dîner, parce que c'était le jour de congé de l'employée de maison.

Enfin, c'était ce que prétendait Fabian. Car la police n'avait jamais vu ce mot.

— Ta mère disait qu'elle allait à mon bureau. Ton père, furieux qu'elle ne lui ait pas demandé son avis, a déchiré le mot.

Là j'inventais, mais Deirdre avait dû leur dire qu'elle venait me voir. J'ignorais ce qu'était devenu ce mot, mais Fabian, ou Emily, ou le père et la fille ensemble, étaient passés à mon bureau. Sinon, comment la batte de base-ball aurait-elle reparu dans la maison des Messenger ? Inutile de demander cela à Emily : pour le moment, elle était incapable de répondre à une question directe.

Elle se mit à frissonner. J'avais une seule chance, pas plus, de voir clair : c'était comme traverser le Grand Canyon sur une corde raide. Soit Emily était venue à mon bureau de sa propre initiative. Soit Fabian y était allé, avait tué Deirdre, puis mis l'arme du crime dans la chambre de sa fille. Non, même Fabian ne pouvait être aussi détraqué. Je pris une profonde inspiration.

— Tu voulais voir ta mère. Même si elle était l'un des chats qui te martyrisaient, elle était également la seule personne capable de te protéger contre ton père. Alors tu es allée en ville pour essayer de la trouver. Mais elle était morte. Tu as reconnu la batte de base-ball de ton père, et tu as eu peur que ce soit lui qui ait tué ta mère. Tu as voulu le protéger, alors tu as ramené la batte chez toi et tu l'as cachée dans ta chambre.

Sa poitrine se soulevait sous des hoquets sans larmes, et soudain, dans un murmure haletant, elle me dit :

— Je l'ai vu.

J'aurais voulu poser ma main sur elle, mais j'ignorais quel effet cela pouvait avoir, dans l'état où elle était. Aussi m'agenouillai-je, ma tête près de la sienne.

— Qui est-ce que tu as vu ?

— Mon... mon... Fabian. Il était là, dans votre bureau. (Elle suffoquait, dans son effort pour ne pas pleurer.) Je pensais qu'il était à la maison, dans son lit. Je n'ai pas compris — comment il a pu arriver en ville avant moi. Je croyais... que je pouvais... lui échapper. Maintenant je sais que je ne pourrai jamais.

— Emily, quand tu es partie avec Joshua et Nathan, lundi dernier, tu es à nouveau venue à mon bureau, dans l'espoir de me trouver. Tu savais que je t'aiderais. Et tu avais raison : je t'aurais aidée, et je t'aiderai chaque fois que tu auras besoin de moi. (J'espérais que ma voix était suffisamment assurée et convaincante.) Mais si tu veux échapper à l'emprise de ton père, il faut que tu me dises ce qui s'est passé ce soir-là. Enfin, ce dont tu te souviens.

Je levai les yeux et vis Ellen Higgins et deux autres personnes en blouses blanches — une femme de mon âge et un homme plus jeune — debout dans l'embrasure de la porte. Ils suivaient des yeux, anxieux, le drame qui se déroulait à la tête du lit. Ils paraissaient prêts à bondir dans la pièce. Depuis combien de temps étaient-ils là ? Je n'en avais pas la moindre idée. Je secouai doucement la tête, dans l'espoir qu'ils comprendraient et n'interviendraient pas. Puis je me tournai à nouveau vers Emily. Elle suffoquait et se soulevait avec une telle force, que son dos s'arquait. J'avisai un gobelet d'eau et une paille sur la table de nuit, m'en saisis et lui dis, d'un ton ferme :

— Bois ça.

Emily me prit le gobelet des mains, mais elle tremblait tellement, qu'elle le renversa sur sa chemise de nuit. De rage, elle balança le gobelet à l'autre bout de la pièce. Après quoi, elle se mit à pleurer.

Le trio de médecins se précipita dans la chambre.

— Vous feriez mieux de partir, dit la femme. Elle a besoin de calme, à présent.

Je restai assise par terre, espérant qu'Emily sentirait que j'étais de son côté. Balancer ce gobelet avait été pour elle une façon d'exprimer sa propre impuissance, à laquelle s'ajoutait l'agacement d'avoir renversé de l'eau sur sa chemise de nuit. C'eût donc été une erreur que de la traiter comme un bébé. Cela n'aurait fait que renforcer son sentiment d'impuissance. Elle pleurait, les mains sur la figure.

Je m'adressai à elle d'une voix claire et ferme.

— Emily, il va falloir que tu fasses un choix, là, tout de suite. Il y a quatre personnes dans cette pièce qui ne veulent que ton bien. Tu veux continuer à me parler de la nuit où ta mère est morte ? Ou tu préfères que je te laisse te reposer ? Quoi que tu décides de faire, nous respecterons ta décision. Personne ne t'en voudra. Mais il faut que tu nous dises ce que tu veux.

Le trio de médecins, qui avançait sur moi, s'était arrêté au milieu de ma tirade. Vu les circonstances, ils pouvaient difficilement me mettre dehors. Seule Ellen Higgins s'approcha d'Emily. Elle lui essuya le visage avec des mouchoirs en papier et lui versa un autre verre d'eau. Puis elle passa un bras autour des épaules de la jeune fille et l'aida à boire. Peu à peu, les sanglots d'Emily se muèrent en faibles hoquets.

— Tu veux essayer de dormir maintenant, chérie ? demanda Higgins.

Emily remonta ses genoux contre sa poitrine, les entoura de ses bras et murmura :

— Je veux parler à Vic.

— Tu es sûre que c'est ça que tu veux ? lui demanda la doctoresse. Tu sais que tu n'es pas obligée de parler à qui que ce soit.

— Vous n'avez pas besoin de me répéter ça tout le temps ! cria Emily, qui recommença à pleurer. Je ne suis pas idiote !

L'homme et la femme me lancèrent un drôle de regard,

mélange de ressentiment et d'admiration, mais ils quittèrent la pièce. Ellen Higgins resta assise au bord du lit, serrant Emily contre elle. Je retournai m'asseoir sur ma chaise.

— C'est le pédiatre ? m'enquis-je.

Higgins acquiesça d'un hochement de tête.

— Oui. Il y avait aussi Michaël Golding, le psychiatre de l'établissement. Tu veux que je sorte, chérie ? demanda-t-elle à Emily.

L'adolescente fit non de la tête et s'appuya contre l'infirmière. D'une toute petite voix, s'interrompant souvent, elle nous raconta ce qui s'était passé le soir où Deirdre était morte.

46

UNE SOIRÉE MÉMORABLE

Deirdre allait fréquemment à des réunions de Home Free ou d'Arcadia House. Chaque dimanche, elle punaisait son programme de la semaine sur le tableau d'affichage de la cuisine, pour que Fabian sache quand elle serait absente. En outre, elle s'arrangeait pour ne pas sortir les soirs où Mrs Sliwa était en congé. Bien que Fabian ait lui-même souvent des réunions le soir, il trouvait normal que Deirdre ou l'employée de maison s'occupe du dîner quand il était là. Emily ne se souvenait pas que sa mère fût déjà sortie le soir sans prévenir.

— Cela a énervé Papa. Il aime bien que tout soit organisé à l'avance, dit-elle d'une voix douce, entrecoupée de hoquets.

— Comment a-t-il exprimé son agacement ?

— Il a beaucoup crié, et nous avons tous eu peur. Joshua s'est réfugié dans sa chambre, et n'a pas voulu descendre dîner. Puis il nous a déclaré que Papa devrait apprendre à se contrôler, s'il veut qu'on fasse preuve de sang-froid. Ce à quoi Papa a répondu que je m'occupais mal de Josh, que s'il était insolent comme ça, je devais le reprendre. Après quoi Joshua est descendu, nous avons dîné, puis je les ai mis au lit, lui et Natie. Ça se passe bien en général, parce que je leur raconte une histoire. Ensuite je suis allée dans ma chambre pour faire mes devoirs.

Là-dessus elle se remit à pleurer, en silence, sans bouger. Je lui tapotai gentiment le bras.

— A quel moment tu as décidé d'aller à mon bureau ? Après avoir fini tes devoirs ?

Elle secoua la tête en signe de dénégation.

— Je suis allée au lit et Papa est venu dans ma chambre. Il vient souvent. Pour me parler. Il aime bien me parler dans le noir.

— Est-ce qu'il aime aussi te toucher ? demanda Ellen Higgins, d'un ton neutre.

— Non. Il vient juste pour parler. (Pelotonnée dans les bras d'Ellen Higgins, Emily regardait fixement devant elle.) Il dit que je suis la seule qui le comprenne, que nous devons nous montrer patients avec Maman à cause de... parce qu'elle boit...

Elle s'interrompit, se souvenant tout à coup que Deirdre était morte.

— Je veux dire : parce qu'elle buvait.

— C'est tout ce dont il te parle, quand il vient dans ta chambre ? demandai-je, après un long silence.

— Oh, il me raconte ce qui se passe à son bureau. Que les gens le déçoivent, qu'il travaille très dur, et que ses efforts ne sont pas récompensés.

Elle parlait sur un ton monocorde, si bas que je devais tendre l'oreille pour tout comprendre.

— Je sais qu'il a besoin de mon aide, mais c'est assez difficile... ce n'est pas évident. J'essaie toujours de ne pas me coucher tant que Maman et lui... vous voyez... mais ce soir-là, elle n'était pas à la maison, il était très tard, et j'avais sommeil. Alors je me suis couchée et il est venu. Il était toujours fâché. Il n'arrêtait pas de dire à quel point... Vic était détestable.

Pour la première fois elle me regarda, un petit coup d'œil timide pour voir comment j'allais réagir aux critiques de Fabian. Je souris d'un air rassurant, et elle regarda à nouveau droit devant elle.

— Il a dit qu'après avoir essayé de me détourner du droit chemin, vous vous en preniez à Maman. Que vous l'aviez incitée à venir vous voir. D'après lui, c'était de votre faute, si Josh lui répondait. Il a dit aussi que nous nous fichions pas mal de sa carrière, qu'il travaillait comme un forçat pour que nous ayons une vie agréable, et qu'en échange, nous ne faisions que l'humilier. Et puis il s'est vraiment fâché et il a commencé... au début, je ne savais pas ce qu'il faisait... vous voyez il... il...

Emily eut des haut-le-cœur. Je pris un crachoir sur la table de nuit et le tendis à Ellen Higgins. Elle le mit sous le menton de la jeune fille, qu'elle aida à vomir de la bile. J'allai dans la salle de bains et mouillai une serviette, que je donnai à l'infirmière. J'avais mal pour Emily. Je vis des larmes briller dans les yeux d'Ellen Higgins, pendant qu'elle lui essuyait le visage.

— Tu n'es pas obligée de rentrer dans les détails, dis-je. Tu as décidé que tu avais besoin de Deirdre. De ta mère.

Elle acquiesça d'un hochement de tête et suffoqua.

— Il m'a dit que j'étais une mauvaise fille et il est sorti de ma chambre. Je me suis habillée, puis je suis passée par la porte de derrière. J'ai pris le bus pour aller en ville. Je ne sais pas quelle heure il était. Minuit, à peu près. Dans le centre, il n'y avait plus personne. J'ai juste croisé un ivrogne, qui a essayé de me toucher. Je me suis mise à courir. Puis j'ai trouvé votre immeuble. Je... je l'avais repéré sur le plan de Chicago, après que vous m'avez laissé vos coordonnées. Je suis montée jusqu'à l'étage de votre bureau. J'ai vu Tamar dans le couloir, mais évidemment, à ce moment-là, je ne savais pas qu'elle s'appelait comme ça. Je ne l'ai appris que plus tard, quand elle m'a aidée à pénétrer dans le tunnel. Elle m'a crié : « Ne rentre pas dans ce bureau ! » et j'ai dit : « C'est ma mère. Il faut que je la voie. » Alors j'ai ouvert la porte. La lumière était allumée et j'ai vu Maman allongée sur la table.

Elle eut un petit gloussement hystérique.

— D'abord j'ai cru qu'elle était soûle, une fois de plus, et ça m'a mise hors de moi. Je l'ai secouée, je lui ai crié quelque chose du genre : « Mais réveille-toi ! Tu ne feras donc jamais rien pour moi ? » C'est là que j'ai vu... elle avait le crâne ouvert. Je n'ai pas compris tout de suite. J'ai pensé qu'elle avait perdu connaissance, et qu'en tombant, elle s'était blessée à la tête. Et soudain la porte s'est ouverte. C'était Tamar. Elle m'a dit de sortir, de me cacher, que quelqu'un arrivait. Là, j'ai compris que Maman était morte, son cerveau...

A nouveau elle dut s'interrompre.

— J'étais incapable de bouger. Je continuais à regarder Tamar. Et puis elle est partie, et j'ai entendu des pas, des pas d'homme. Alors je me suis glissée sous le bureau. Je l'ai vu s'approcher. J'ai pensé : il va me trouver. Cette fois il va me mettre une vraie correction. Je croyais que c'était moi qu'il cherchait.

— Tu penses que c'était ton père ? m'enquis-je. Tu en es sûre ? Tu as vu son visage ?

— Je ne pouvais pas voir son visage. J'étais sous le bureau.

— Et ses chaussures ? Tu as reconnu ses chaussures ? insistai-je.

Elle se tut.

— Je ne sais pas. Je pense, oui. Quel homme, à part lui, aurait pu en vouloir à Maman au point de la frapper jusqu'à la tuer ?

— Qu'est-ce qu'il a fait ? Tu pouvais le voir ?

— J'avais peur qu'il m'entende, si je bougeais. J'osais à peine respirer. Alors j'ai entendu un petit bruit bizarre. D'abord, je n'ai pas compris. Puis j'ai réalisé qu'il avait allumé l'ordinateur. Il a dû rester deux ou trois minutes, puis il est parti. J'ai attendu. J'ai pensé que Tamar allait revenir m'aider. Je ne la connaissais pas. Mais comme elle m'avait mise en garde, elle reviendrait peut-être à mon secours. Mais personne n'est venu. Finalement je me suis extirpée de sous le bureau. Je tremblais de peur. Il y avait des drôles de bruits, dans l'immeuble. Quand je suis sortie, j'ai cru le voir, au coin de la rue. Alors j'ai pris mes jambes à mon cou. J'ai couru jusqu'à la maison. Je m'arrêtais de temps en temps pour marcher, quand j'étais trop essoufflée. Même en passant au bord du lac, j'avais peur qu'il me guette et me saute dessus.

— Ton père était là quand tu es arrivée à la maison ?

— J'ai préféré ne pas le chercher, murmura-t-elle. Parce qu'alors il aurait su que je l'avais vu. J'ai poussé mon bureau devant ma porte pour me barricader. Puis je me suis mise au lit, et j'ai attendu que le jour se lève, que Nathan se réveille et m'appelle. Le lendemain matin, Papa s'est comporté comme s'il ne s'était rien passé. Il m'a crié après parce que je n'avais pas forcé Joshua à boire son lait. Il se demandait où était Maman, comme s'il ne lui avait rien fait. Moi je me taisais. Il est comme ça. Il se met en colère, il frappe Maman, et puis il fait comme si de rien n'était.

J'aurais voulu la laisser se reposer, se distraire de ses malheurs, mais il fallait que je lui pose une dernière question, à propos de la batte de base-ball. Où l'avait-elle trouvée ?

— Quand je suis sortie de sous le bureau. (Elle continuait à parler tout bas.) D'un seul coup je l'ai vue, par terre, couverte de... de... enfin vous savez. C'est pour ça que je ne pouvais douter que Papa soit venu. Je l'ai rapportée à la maison, puis je l'ai cachée derrière mon radiateur. Je pensais... je ne sais pas trop ce que je pensais. Peut-être que s'il revenait me voir la nuit, j'appellerais la police, je leur montrerais la batte et je leur expliquerais comment il avait tué maman.

Elle eut à nouveau un rire nerveux, un rire de douleur.

— Bien entendu je ne l'ai pas fait. Il est venu quand il a voulu, et je suis restée allongée comme... comme une souris.

Higgins berçait Emily contre sa poitrine, tout en lui fredonnant une chanson. Je plissai très fort mes yeux pour que les larmes n'en sortent pas. Je ne voulais pas que ma voix tremblât.

— Tu as été très courageuse, Emily. Tu as essayé de trouver de l'aide, de t'occuper de tes frères. Nous allons te laisser te reposer, maintenant, mais je ne t'abandonne pas. Quand tu seras suffisamment en forme pour quitter l'hôpital, nous te trouverons un endroit où tu pourras vivre en toute sécurité.

— Allez donc voir si le docteur Morrison est à l'étage, me dit Ellen Higgins. Ce serait bien qu'elle prenne un sédatif et qu'elle se repose.

Je me levai. J'avais à nouveau les muscles douloureux, et les jambes lourdes. Je sortis de la chambre en traînant les pieds. Je trouvai le docteur Morrison et le docteur Golding derrière la porte. Ils étaient là depuis le début, sans nul doute, mais Emily avait parlé tout bas. Alors, qu'avaient-ils bien pu entendre ? Le docteur Morrison me regarda d'un air narquois, commença à dire quelque chose, puis disparut précipitamment dans la chambre d'Emily.

Quand je regagnai enfin mon lit, je tremblais comme une feuille. Lorsque l'infirmière arriva avec un fauteuil roulant, une demi-heure plus tard, je ne compris pas du tout ce qu'elle attendait de moi. Je la fixai, le regard vide, pendant qu'elle m'expliquait, encore et encore, qu'on allait me conduire jusque dans le bâtiment d'en face pour faire une radio de mon cerveau.

Elle finit par se dire que j'avais une lésion cérébrale, car elle alla chercher une autre infirmière pour l'aider à me poser sur le fauteuil. Tout le long du chemin, j'essayai d'imaginer à quoi ressemblerait un cliché de mon cerveau.

Le rouge allait-il éclater partout, tel la souffrance d'Emily, comme une fleur déchiquetée ?

47

SCANNER DU CERVEAU

J'étais coincée dans le cylindre de métal du scanner. L'appareil cliquetait affreusement. Il y avait à peu près la place pour un cigare, à l'intérieur. Afin d'éviter la crise de claustrophobie, je m'efforçai de canaliser mes pensées sur des souvenirs agréables : une promenade au bord du lac avec les chiens, une soirée avec Conrad — mais l'histoire d'Emily revenait comme un leitmotiv.

A bout de nerfs comme elle l'était, il avait pu lui paraître vraisemblable que son père soit allé en ville, ait tué Deirdre, soit rentré à la maison pour la violer, puis soit reparti sur le Loop pour traficoter quelque chose sur mon ordinateur. Dans sa panique, elle voyait Fabian omniprésent, prêt à lui sauter dessus où qu'elle aille. En réalité, il avait dû rester à la maison toute la soirée, comme il n'avait cessé de le clamer.

Je me mis à tressaillir sous le vacarme du scanner : quelqu'un d'autre avait tué Deirdre ! L'homme qu'Emily avait vu au coin de la rue, en sortant du Pulteney ? Possible.

Admettons qu'il soit l'assassin. Qu'attendait-il ? Un taxi ? Un complice ? Toujours est-il qu'il voit Emily sortir de l'immeuble. Et qu'il s'interroge. A-t-elle été témoin du meurtre qu'il vient de commettre ? Peu probable, se dit-il. En effet, il a été très prudent. S'il y avait eu quelqu'un dans les couloirs, ou dans le bureau, il l'aurait remarqué. Elle travaille sans doute là, a-t-il pensé. Il n'essaie pas de l'accoster. Mais lorsqu'on découvre la batte dans la chambre d'Emily, il comprend que la jeune fille est venue à mon bureau. Aussi doit-il la retrouver. Il la cherche, frénétiquement. Il veut savoir si elle a suffisamment d'éléments pour le faire coffrer.

Voilà pourquoi ils ne m'avaient pas tuée. Ils pensaient que je la cachais quelque part et que j'allais les mener jusqu'à elle. Jasper savait donc qui avait tué Deirdre. C'était lui le meurtrier, ou bien l'un des autres mousquetaires. Ou encore Charpentier, l'entrepreneur. L'homme qui avait pénétré dans la chambre d'Emily au milieu de la nuit n'était ni un journaliste ni un ami de Fabian, mais l'assassin.

De la sueur coula le long de ma nuque, puis dans mon dos. J'étais coincée à l'intérieur de ce cigare d'acier, soumise à cet insupportable cliquetis. La panique me prit, je commençai à m'agiter.

— Ne bougez pas, me dit une voix, par un haut-parleur. Si vous bougez, l'image sera floue, et il faudra tout recommencer.

J'avais l'impression que mon cerveau allait éclater.

— Je veux sortir de là.

— C'est presque fini, me dit la voix, avec une assurance souveraine. Détendez-vous, ne pensez pas à l'examen. Ça ira beaucoup mieux si vous restez calme en respirant profondément.

Les parois capitonnées du cylindre obscur étaient celles d'un cercueil dans lequel on m'enterrait vivante, le cliquetis assourdissant un supplice chinois. J'enfonçai mes doigts dans mes paumes jusqu'au sang. J'éprouvai soudain une espèce de colère froide envers Lotty. Comment osait-elle me soumettre à une telle torture en un moment pareil ? J'étais en rage devant ma propre impuissance. Emily avait dû ressentir exactement la même chose lorsqu'elle avait balancé son gobelet à travers la chambre.

A l'idée qu'Emily était en danger, j'avais cessé d'échafauder des hypothèses. Durant les cinq dernières minutes du scanner — une éternité — , je m'efforçai de faire la liste de tous les gens que j'avais croisés ces deux dernières semaines, puis de les associer de toutes les manières possibles. Cet exercice réussit à me distraire de l'angoisse de l'examen, mais il n'en sortit rien.

Le fracas métallique cessa brusquement. La table sur laquelle j'étais allongée glissa vers l'avant, me libérant du tube infernal. Je m'assis et balançai mes jambes dans le vide. Le technicien m'apporta un verre d'eau et me lança :

— Ce n'était pas si terrible, hein ?

J'eus envie de le frapper, mais je me contentai de lui faire un sourire sinistre. Après quoi je descendis de la table.

— Nous voudrions que vous restiez quelques minutes dans la salle d'attente, le temps de vérifier que nous avons bien tous les clichés dont nous avons besoin. Buvez un peu d'eau, ça vous fera du bien. Nous allons demander un fauteuil roulant pour vous ramener.

Je pris mon verre d'eau, puis je suivis le technicien dans la petite salle d'attente. J'avais toujours les muscles courbaturés. Mais je n'allais sûrement pas attendre qu'ils trouvent un radiologue pour regarder les photos de mon cerveau, puis qu'ils aillent me chercher une chaise roulante. Je récupérai ma chemise de nuit dans la cabine de déshabillage. Dès que j'entendis le technicien s'éloigner, je me glissai dans le couloir.

Mes chaussons en papier me ralentissaient. Je les enlevai, puis traversai la cour bitumée en courant, pieds nus. Lorsque j'arrivai devant la porte de ma chambre j'étais haletante, et j'avais un point de côté.

J'ouvris le sac en plastique contenant mes vêtements puants, puis le vidai sur le lit. Je retins ma respiration en extirpant mon jean et mon T-shirt de ma combinaison, dans laquelle je retrouvai mon Smith & Wesson et mes clés. Mon portefeuille était toujours dans mon jean. J'enfilais la deuxième jambe de mon pantalon, quand Conrad entra.

— Miss W. ! Qu'est-ce que tu fabriques ? Je croyais que tu prenais ton temps, aujourd'hui.

— Conrad ! Dieu soit loué. Tu as apporté mes vêtements ? (J'ôtai le jean nauséabond avec un soulagement évident.)

— Ça fait du bien de te voir debout, et en forme. Tu m'as vraiment fait peur, hier soir. (Conrad m'étreignit puis recula, en fronçant le nez.) Tu as passé la nuit dans une décharge ?

Malgré l'urgence de la situation, je ne pus m'empêcher de sourire.

— Pire. J'ai fait un tour dans les égouts. Ce sont les vêtements que je portais hier. Il fallait vraiment que je sois au désespoir pour les remettre.

Conrad referma le sac, me prit la main, et m'obligea à m'asseoir sur le lit.

— Pourquoi es-tu au désespoir ? Tu as sauvé sept personnes, hier, dans des conditions impossibles. Tu es une héroïne. Tu as même essayé de me prévenir avant de t'aventurer sous terre, tu es donc une héroïne que j'apprécie à sa juste valeur. Souffle un peu, Vic. Prends le temps de récupérer.

— Mais je n'ai pas une minute à perdre ! dis-je, avec impatience. Emily a vu le meurtrier de sa mère. Il pense qu'elle peut le faire arrêter. Nous devons absolument la protéger !

— Et merde, Vic, je ne comprends pas un mot de ce que tu racontes. Fais comme si tu étais contente de me voir, pour commencer.

J'en aurais presque crié de frustration.

— Mais je « suis » contente de te voir ! Simplement, je ne peux pas me permettre de penser à moi, pour le moment. Un homme s'est introduit dans la chambre d'Emily en pleine nuit. Par un hasard extraordinaire, l'infirmière l'a vu. Mais je ne veux pas la laisser seule.

Il eut un petit sourire pincé.

— Tu aurais dû être sergent dans la marine, Vic. Avec toi, le travail passe toujours d'abord. Mais je continue à ne pas comprendre de quoi tu parles. Qui est entré dans la chambre de la fille au milieu de la nuit, et pourquoi est-ce si grave ?

— Oh.

Je m'aperçus tout à coup que je n'avais pas dû m'exprimer de façon très cohérente. Je réfléchis quelques instants à la façon de lui présenter les choses, puis je lui fis part de ma conversation avec Emily. Après quoi je lui livrai mes réflexions et mes angoisses à ce sujet.

— Et tu l'as crue ? me demanda-t-il, quand j'eus fini.

— Oui, Conrad. Elle est allée en ville cette nuit-là, totalement désemparée. Elle a vu le corps de sa mère, gisant sur mon bureau. Elle s'est cachée. Un homme est entré. Il a tripatouillé mon ordinateur. Tout ça je le crois. Malheureusement, cet homme ce n'est pas Fabian. Je dis malheureusement, parce que ce serait le seul moyen de l'empêcher d'avoir la garde de sa fille.

Conrad croisa ses mains sur ses genoux.

— Elle refuse de nous parler. Terry lui a envoyé Mary Louise, en pensant qu'Emily se confierait peut-être plus facilement à une femme, mais Mary Louise n'a pas pu lui tirer un mot.

— Je me ferai un plaisir de répéter à l'officier de police Neely ce que je viens de te dire. Tu ne vois donc pas, Conrad, que si je ne me trompe pas sur l'identité de mes suiveurs, ni sur la raison pour laquelle ils me filent, Emily court un très grave danger ?

Il regarda ses mains, l'air attristé.

— Son histoire t'a grandement impressionnée. Mais nous devons envisager l'hypothèse selon laquelle elle a tué sa mère. Son histoire n'est pas forcément...

— Si ! (Mon cœur s'emballa. Je respirai profondément pour me calmer.) Si tu l'avais entendue, si tu avais senti l'angoisse terrible qui émanait de son récit, tu ne douterais pas un seul instant de son innocence. Une infirmière était présente pendant que j'interrogeais Emily. Elle pourra corroborer mes dires.

— Je ne dis pas que cette fille te raconte des histoires

de manière délibérée, Vic, mais peut-être qu'elle invente tout ça de façon inconsciente, pour se protéger des actes qu'elle a commis ce soir-là. Elle est à un âge où elle éprouve forcément de la rancœur à l'égard de sa mère. En plus, d'après ce que j'ai compris, Deirdre la traitait comme la bonne. Si elle a été poussée à bout, et qu'elle a craqué, Emily peut très bien occulter ce qu'elle a fait, et reporter la faute sur son père.

— Fabian, dis-je, tout à coup. Tu as parlé d'elle avec Fabian.

— Oui. Cet homme est son père. Il a le droit d'être inquiet pour elle et de se confier à nous. Elle hurle dès qu'il entre dans sa chambre. Il devient fou ! Il se faisait du souci pour sa fille depuis un certain temps déjà. Elle endossait une bonne part des responsabilités qui théoriquement incombaient à sa mère. Deirdre était alcoolique. Alors Emily la remplaçait auprès de ses frères. Du coup, elle a commencé à fantasmer, à se dire qu'elle pourrait la supplanter...

— Epargne-moi ce freudisme primaire, Conrad. Fabian t'a servi une interprétation grossière pêchée dans un livre. Cela nous choque qu'un homme respecté puisse violer sa fille, alors on dit qu'elle avait envie de faire l'amour avec lui. Ainsi, non seulement elle est violée physiquement, mais comme en plus on refuse de la croire, elle est violée émotionnellement.

— Eh, doucement, Vic ! La première chose qu'on apprend à un flic, c'est de ne pas prendre parti. Chacun a sa version. A toi de faire la part des choses.Tu devrais peut-être parler au Finch, et voir ce qu'il sait sur le père, avant de foncer tête baissée dans le camp de la fille.

Il prit mes mains dans les siennes, me regarda avec compassion. Creuser un fossé entre nous, ce serait m'amputer d'un morceau de mon cœur. Mais abandonner Emily pour sauver ma relation avec Conrad, c'eût été perdre une part de mon âme.

— Je veux bien essayer de ne pas juger Messenger

d'une façon totalement négative, dis-je, si tu mets un garde devant la porte d'Emily avant qu'on quitte l'hôpital.

Conrad avait l'air malheureux.

— Je ne peux pas faire ça simplement parce que tu me le demandes, Vic.

— Un inconnu s'est introduit dans la chambre d'Emily à 3 heures du matin, la nuit dernière. Il a prétendu être un ami de Fabian. L'infirmière de nuit l'a vu.

— L'infirmière de nuit a cru que c'était un journaliste entreprenant, dit Conrad. Elle a peut-être raison.

— Peut-être, oui. (Je ne me souvenais pas avoir jamais été d'humeur aussi lugubre.) Tu m'as apporté des affaires ? Bien. Tu vas me laisser me changer. Je te retrouve dehors dans quelques minutes.

Conrad m'observa attentivement. Puis il me dit qu'il allait garer la voiture devant l'entrée de Huron Street. Il me tendit son sac de gym et sortit de la chambre. Dès qu'il fut parti, je téléphonai aux frères Streeter, deux garçons qui font aussi bien des déménagements que de la protection rapprochée. Nous avons souvent travaillé ensemble. Je tombai sur Tim, et lui expliquai la situation d'Emily.

— Dès qu'elle sera sur pied, je la sortirai d'ici. Mais ce ne sera peut-être pas avant plusieurs jours. Quand tu arrives à l'étage, tu demandes une infirmière du nom d'Ellen Higgins. Je vais essayer de la prévenir avant de partir. C'est la seule personne qui, pour le moment, interviendra en faveur d'Emily.

— Si je me fais virer, où est-ce que je peux te joindre ? demanda Tim.

— Laisse un message à mon service de répondeur. Mais si jamais ça arrive, est-ce que tu peux te débrouiller pour rester dans les parages, et t'assurer que personne ne va lui verser de la strychnine dans son goutte-à-goutte ?

Quand il eut accepté, avec la bonne humeur laconique qui était la marque des frères Streeter, j'enfilai le jean propre que Conrad m'avait apporté. Il avait glissé un bouton de rose dans la poche du tee-shirt. Emue, je me piquai la fleur dans les cheveux. Avant de partir, je fis appeler Ellen Higgins, pour lui signaler que les frères Streeter allaient arriver. Emily avait pris un puissant sédatif, qui la ferait sans doute dormir tout le reste de l'après-midi, m'expliqua-t-elle. Higgins ne savait pas si Fabian ou le docteur Morrison m'autoriseraient à laisser un garde devant la porte de la jeune fille, mais en attendant, elle voulait bien que Tim surveille les lieux.

Ken Graham arriva au moment où je raccrochais, un bouquet de tulipes à la main.

— Vous croyez que vous êtes en état de porter mes fleurs ? Comment se fait-il que vous traversiez les sous-sols de la ville, telle Wonder Woman, pendant que moi je m'ennuie chez Papa ?

— Votre père est chez lui ? La cave de ses bureaux est inondée ?

— Ouais. Ils n'ont pas de courant, mais Darraugh dirige les opérations depuis un quartier général improvisé. Il a été assez malin pour se réserver des chambres dans un hôtel de la Gold Coast dès hier matin, alors que les autres se tordaient les mains de désespoir. Je ne parle pas de vous, bien sûr. Mais vous ne connaissez pas la meilleure ! Ils ont le droit d'aller chercher des papiers dans leur immeuble, mais pour des raisons de sécurité parfaitement absurdes, ils ne peuvent y aller qu'un par un. Alors Darraugh envoie les plus sportifs là-bas, les uns après les autres. C'est comme ça qu'il récupère ses dossiers importants. Ils doivent monter quarante étages à pied, puisqu'il n'y a pas de courant et donc pas d'ascenseurs. J'ai fait un voyage pour lui et il continue à me considérer comme un garçon irresponsable. Alors je suis venu vous demander de m'épouser.

— Et vous avez apporté le bouquet nuptial. Comme c'est délicat de votre part. Avez-vous investi une part de votre énergie dans mes comptes, récemment ? Je suis censée payer mes impôts demain.

Je ramassai mon sac de vêtements sales d'une main, et pris les fleurs dans l'autre.

— Le centre des impôts a accordé un délai de paiement aux habitants du Loop — ils l'ont dit ce matin aux informations. (Il me passa un bras autour des épaules.) Si je reconstitue votre comptabilité à temps, est-ce que vous m'épouserez ?

Je laissai tomber les fleurs et le sac, puis me dégageai de son étreinte.

— Si vous récupérez tous mes comptes, je verrai à ce qu'on fasse passer ça pour du travail au service de la communauté. Vous avez davantage besoin d'un boulot que d'une femme. Je dois laisser un mot à une patiente en pédiatrie. Vous voudrez bien le porter à l'une des infirmières ?

Je déchirai une page blanche du bloc de feuilles de température. Puis je rédigeai un message pour Emily, dans lequel je lui expliquai qui étaient les frères Streeter. Avec un soupir théâtral, Ken le glissa dans sa poche poitrine, contre son cœur. Il devait aller chercher un dernier dossier pour son père, mais il me promit de se replonger dans mes comptes dès ce soir.

— Vous êtes sûre que vous êtes obligée de partir tout de suite ? dit-il. Nous pourrions nous reposer ensemble dans ce joli petit lit.

Je ramassai mon sac et partis sans répondre.

48

LES TROIS MOUSQUETAIRES

Vu mon état de fatigue, je sombrai dans un profond sommeil, hélas troublé par de mauvais rêves. J'entendais Emily pleurer. Je me guidais au son de ses sanglots, dans des tunnels sombres et inondés, mais je ne la trouvais pas. Puis j'étais enfermée dans un cercueil d'acier, à travers lequel je voyais Fabian martyriser sa fille. Conrad et Finchley riaient de mon impuissance.

Lorsque j'émergeai de ces cauchemars, j'avais la bouche sèche et les bras douloureux comme si on m'avait rouée de coups. Je regardai autour de moi, ne reconnus rien et fus prise d'angoisse. Pendant quelques instants, je crus que l'horreur continuait. Ici, rien ne traînait. C'était la chambre de Conrad. Je ris intérieurement. Il faudrait que je le lui dise : me réveiller dans une chambre bien rangée me faisait l'effet d'être en plein cauchemar.

Il était 5 heures, à son réveil. Je dormais depuis presque quatre heures. J'entendais Conrad se déplacer dans le salon. Je m'enveloppai dans son peignoir pour aller le voir. Je tombai non pas sur lui mais sur Camilla. Elle mangeait des chips, assise devant la télé. Lorsqu'elle me vit elle coupa le son.

— Mais voilà Superwoman en personne ! s'écria-t-elle. Mon grand frère est parti travailler. Je lui ai proposé de faire la baby-sitter. Je voulais voir l'héroïne de Chicago en chair et en os !

Je la serrai dans mes bras.

— Je me sens plutôt comme Lady Zombie. Mais qu'est-ce qu'il fabrique, Conrad ? Je croyais qu'il était dans la brigade de jour jusqu'à cet été ?

— Il a permuté avec un ami de l'équipe de nuit, pour pouvoir s'occuper de toi ce matin. Il rentre à minuit. Et maintenant raconte-moi tout ce qu'ils n'ont pas dit aux informations.

Je piochai une poignée de chips dans son paquet et lui narrai les grands moments de mon aventure dans les tunnels. Bien qu'elle n'eût pas envie de l'entendre, je lui fis part de la façon dont Charpentier exploitait des immigrés.

Elle demeura silencieuse quelques instants. A la télé, des ouvriers continuaient à pomper l'eau du ventre de Chicago. Le Loop grouillait de flics, d'éboueurs et d'ingénieurs.

— Tu sais ce qui est vraiment révoltant dans tout ça ? dit soudain Camilla. Les entreprises comme Lamia, qui ne payent pas la redevance aux syndicats, sont compétitives. Mais elles ne peuvent pas vivre, à cause de salopards comme Charpentier, qui utilisent de la main-d'œuvre à bas prix.

— Pourtant c'est à vous que Home Free a confié ce chantier de rénovation, objectai-je.

— Oui mais nous, ce qu'on voulait, c'était construire un immeuble neuf. Je sais bien que ce projet n'avait rien à voir avec eux. Il n'empêche que ce genre de boîte ne confie jamais la construction d'un immeuble à une entreprise comme la nôtre.

Elle me suivit dans la cuisine. Je préparai du café. J'aurais bien dormi trois jours d'affilée, mais il fallait que je trouve assez d'énergie pour continuer. La caféine n'était sans doute pas la meilleure solution, mais elle me donnerait peut-être l'illusion d'être en forme.

Pendant que je buvais mon café, Camilla fouillait dans le réfrigérateur.

— Depuis que Conrad a eu les résultats de cette analyse de cholestérol, il n'y a plus rien à manger, ici. Je veux un sandwich au jambon, moi, après ma journée de travail, pas un yaourt zéro pour cent.

— Dis-moi, Zu-Zu. Quel arrêté municipal Charpentier aurait-il pu outrepasser sur ce chantier ?

Elle secoua la tête.

— Vraiment je ne vois pas. Ce sont les Fédéraux qui s'occupent des immigrants. Dans l'histoire que tu m'as racontée, il suffirait de dénoncer l'entrepreneur pour que la ville envoie un inspecteur. Les pires, ce sont les plombiers — leurs représentants sont impitoyables.

Je doutais qu'un différent avec le syndicat des plombiers ait pu affoler à ce point mon informateur. Mais alors, qu'est-ce qui avait mis la municipalité sur des charbons ardents ?

Camilla finit par découvrir une boîte de thon. Elle partagea son attention entre la confection de son sandwich et moi.

— Il y a les barêmes horaires, dit-elle. (Elle lécha la cuillère qu'elle avait plongée dans le pot de mayonnaise basses calories et fit la grimace.) Ils viennent contrôler que tu payes bien le tarif en vigueur. Disons que tu as un volume de salaires de cinq mille dollars par semaine. Au tarif horaire actuel, cela implique que tu as six personnes qui travaillent à plein temps. Mais tu peux très bien en avoir douze et les payer la moitié du tarif — la ville ne va pas venir vérifier. Si tu leur dis que tu as six employés, ils te croient.

Je réfléchis quelques instants. La masse salariale ne comprend pas que les salaires. Il y a les taxes, les indemnités de chômage, qui doivent représenter un pourcentage important dans la construction. Et puis l'assurance-maladie, s'il s'agit d'une entreprise syndiquée.

Le jour où j'étais allée sur le chantier, il y avait quatorze ouvriers. Si Charpentier les payait au tarif normal, cela représentait un total de six mille quatre cents dollars, rien qu'en salaires. En y ajoutant trois mille six cents dollars de charges sociales, on arrivait à dix mille dollars par semaine. Mais comme ces hommes vivaient dans la clandestinité, l'entrepreneur malhonnête les payait au noir. Charpentier — ou Heccomb — , économisait probablement six à sept mille dollars de charges sociales par semaine. Pas étonnant que Home Free pût réduire ses coûts de construction.

Soudoyaient-ils les inspecteurs pour qu'ils ferment les yeux — à un niveau suffisamment élevé pour intimider Cyrus Lavalle ? Il me fallait l'appeller. Son numéro, figurant sur la liste rouge, se trouvait dans mon carnet d'adresses, lequel était enfoui quelque part dans mon appartement mis à sac, ou entre les mains de mes agresseurs, qui cherchaient des indices pour localiser Emily.

Je mangeai l'un des sandwiches de Camilla, sourde à ses protestations. Elle en avait préparé quatre. Or un ébéniste, même s'il travaille dur, peut survivre avec trois sandwiches. Si je réussissais à joindre Cyrus avant le lendemain... Mais non, je ne pouvais même pas l'appeler à son travail : l'hôtel de ville était fermé pour une durée indéterminée, à cause des inondations. Pour la même raison, je ne pouvais le trouver au Golden Glow.

— Phœbe, dis-je, tout haut. Tu as le numéro de Phœbe ?

— Possible. (Camilla dévorait son dernier sandwich.) Mais je ne te le donne pas, si c'est encore pour lui parler de Lamia. Jasper est peut-être un salopard, d'exploiter des immigrés, mais je n'ai pas l'intention de saborder notre premier contrat.

— Je devrais être capable de parler à Phœbe sans évoquer vos affaires, dis-je.

— Tu me le promets ? Je veux une promesse écrite !

J'arrachai une feuille du bloc sur lequel Conrad notait ses courses, et lui gribouillai une promesse au dos. Camilla éclata de rire, et partit chercher son carnet d'adresses dans la salle à manger. J'appelai Phœbe de la cuisine. Camilla m'observait, debout dans l'embrasure de la porte.

— Phœbe ! m'écriai-je, d'un ton chaleureux. Je voulais te féliciter. J'ai appris la nouvelle dans le journal d'hier, mais je n'ai pas pu t'appeler avant. J'étais coincée — tu as dû voir l'histoire aux informations.

— Qu'est-ce que tu veux, Vic ?

Elle n'avait pas la voix de la femme qui vient de retrouver sa sœur chérie, après de longues années de séparation forcée.

— Te féliciter pour avoir obtenu l'accord de la FDA pour les tests du Mr T. — du médicament qui renforce le système immunitaire, je veux dire. J'ai toujours admiré ta façon de négocier, mais là, tu as vraiment fait fort.

— Nous savions que ça se ferait, tôt ou tard. Mais bien entendu, nous sommes ravis que ça se soit décidé si vite, dit-elle, avec circonspection.

— Et qu'est-ce que tu as donné au sénateur Gantner en échange ? Tout de même pas cent mille dollars pour sa campagne électorale ? Non, ça doit être autre chose. J'ai droit à trois hypothèses ?

— Et si tu t'occupais de tes affaires, Vic ? (Elle était furieuse, mais elle ne raccrocha pas.)

— Camilla est là. Elle suit la conversation. J'ai promis de ne pas parler de Lamia. Aussi je ne le ferai pas. Mais qu'est-ce que Gantner et Heccomb ont à cacher, sur la Century Bank ? Est-ce si grave, que le jeune Alec ait dû demander à son papa de faire pression pour toi auprès de la FDA ?

— J'ignorais que tu avais une imagination aussi débridée, Vic. (Phœbe avait masqué sa fureur sous un ton de légère moquerie.) La Century Bank n'a rien à cacher. Leur budget investissement était un peu serré. Ils ne pouvaient se permettre de débloquer l'argent pour Lamia, alors ils sont allés voir Jasper...

— Qui comme chacun sait, est un bon samaritain, l'interrompis-je. Jasper et Alec Gantner ont joué sur le Mr T. pour te persuader de laisser tomber : Alec t'a promis que son Papa userait de son influence pour circonvenir la FDA. Et il l'a fait. Je suppose que tu aurais pu intéresser le vieil Alec au Renforcement Cellulaire, mais je ne vois pas en quoi le P.D.G. de Gant-Ag pourrait avoir besoin d'une firme à capital-risque pour améliorer ses bénéfices. Tu as dû sentir qu'ils n'étaient pas clairs. Tu es peut-être arrogante, mais tu n'es pas bête. Ni malhonnête, enfin pas que je sache.

Camilla, soudain très nerveuse, se mit à arpenter la cuisine, à ouvrir des placards, à remettre bien droits les torchons de Conrad déjà parfaitement alignés. Elle fit tomber une casserole sur le carrelage.

— Tu fais du lancer de vaisselle ? s'enquit Phœbe.

Quand je pense qu'une femme comme *toi* croit qu'elle peut se permettre de taxer quelqu'un d'autre d'arrogance, c'est vraiment un jour à marquer d'une pierre blanche ! O.K., j'ai demandé à Alec d'intervenir. Et alors ? Ce n'est pas un crime. Le Mr T. — le Renforcement Cellulaire — est une petite société performante. Ils avaient simplement besoin qu'on se penche sur leur cas dans les hautes sphères. Et puis Alec a demandé à Jasper de confier à Lamia ce projet de rénovation d'un immeuble. Il n'y a rien de louche là-dessous.

Camilla reposa la casserole sur la cuisinière. Elle me regarda en fronçant les sourcils, puis elle sortit de la cuisine.

— Ils t'ont donc fait deux grandes faveurs. Sans rien te demander en échange. Quelle générosité ! Est-ce que Jasper t'a dit à qui ils graissaient la patte, à l'hôtel de ville, pour qu'on les laisse employer des immigrés clandestins ? Et ne viens pas me dire que tu n'es pas au courant. L'histoire de mon arrestation sur un chantier de Home Free est passée sur toutes les chaînes, samedi.

J'entendis un déclic.

— Est-ce qu'ils truandent sur les salaires, Phœbe ? tonna Camilla, depuis le poste qu'il y avait dans la chambre.

— En tout cas, ils ne m'ont rien dit. Bonsoir Zu-Zu, dit Phœbe.

Nous continuâmes à nous acharner sur Phœbe pendant plusieurs minutes, mais elle avait trop l'habitude de bluffer pour se laisser coincer aussi facilement. A bout d'arguments, je finis par lui dire que j'allais tout raconter à Murray.

— Peut-être que je ne saurai jamais qui accepte des pots-de-vin à la mairie, dis-je. Mais si le *Herald Star* fait un article sur ces magouilles à propos des salaires, il peut tenir plusieurs jours avec ça, et mettre Home Free en point de mire. Il s'écoulera un certain temps avant qu'on fasse revenir des Roumains, crois-moi. Ce sera peut-être l'occasion pour quelques ouvriers américains d'avoir du travail. Je suis sûre que le sénateur Gantner appréciera la publicité.

— Il ne faudrait tout de même pas aller trop loin, et faire capoter notre projet, protesta Camilla, depuis son poste.

— Ce qui m'intéresse, c'est ce qu'ils ont gagné à vous avoir confié ce chantier. Le nœud de l'affaire, c'est la Century Bank.

— Mais au départ, Home Free n'avait rien à voir dans cette histoire, me rappela Camilla.

— J'aimerais en être sûre. Eleanor Guziak siège au conseil d'administration de la Century Bank. Elle est le bras droit de Donald Blakely. Aussi doit-il savoir ce qui se passe, de même que les deux autres mousquetaires, Jasper et Alec... (Je m'interrompis.) Mais oui ! JAD Holdings : Jasper, Alec et Donald ! Un pour tous, tous pour un. Pas vrai Phœbe ?

— Tu dois savoir de quoi tu parles, Vic, dit-elle. Moi pas. Va voir Murray, si tu veux. Mais si le projet de Lamia tombe à l'eau à cause de toi, tu ferais bien d'avoir une autre affaire à proposer aux femmes artisans.

Elle raccrocha. Camilla revint dans la cuisine, troublée par cette conversation. Je ne pouvais pas lui dire que le projet de Lamia allait se réaliser — si jamais mon enquête mettait à jour des malversations dans la gestion de Home Free, ils ne seraient plus à même de financer ce chantier de rénovation.

— Qu'est-ce qu'ils magouillent, ces mousquetaires ? dis-je. Ils achètent la Century Bank, et c'est censé rester ultra-confidentiel. Si j'ai vu juste à propos de la JAD Holdings, Jasper aurait sabordé votre projet initial, pour vous donner ensuite ce chantier de rénovation comme lot de consolation. Tu veux savoir pourquoi ?

— Mais qu'est-ce qui est plus important pour toi ? Qu'on ait du travail, ou de découvrir ce que Jasper traficote avec la mairie et les banques ? C'est difficile pour des femmes, d'obtenir ce genre de contrat, plaida Camilla.

— Quelqu'un a tué Deirdre, lui dis-je. Si ce sont ces types-là, veux-tu toujours de leur argent ?

Camilla s'approcha de moi et se mit à fixer mon oreille, comme si elle l'intéressait vivement.

— Tu devrais ouvrir ton dictionnaire, Vic. Et regarder au mot compromis. Réfléchis à ce concept. Ça peut servir. Bien, je rentre chez moi. Tu n'as pas besoin d'une babysitter, mais d'une camisole de force.

Elle partit après m'avoir demandé d'interrompre mon enquête jusqu'à la fin de l'été, pour laisser à Lamia le temps de terminer son travail de rénovation. Compromis n'était pas tout à fait le mot qui convenait. Camilla sortit en claquant la porte.

Je regagnai la cuisine d'un pas traînant, puis je téléphonai à mon service de répondeur. J'avais un message d'Eva Kuhn, la psychologue d'Arcadia House.

Je la rappelai aussitôt. Elle me fit le résumé de son entrevue avec Tamar Hawkings. La méfiance de Tamar à l'égard des services sociaux était apparemment liée à l'histoire de sa sœur Leah.

Leah, mariée à un homme violent, avait tout fait dans les règles. Son mari ayant recommencé à la frapper après être sorti de prison, elle s'était réfugiée dans un foyer pour femmes battues. Puis elle avait loué un appartement, suivi des cours d'informatique organisés par la mairie, et trouvé un travail d'analyste-programmeur. Après quoi son mari l'avait tuée. Tamar était persuadée que le même sort l'attendait, si elle suivait ce parcours-là. Même la mort de sa fille ne l'avait pas convaincue qu'elle serait mieux aux bons soins d'une organisation sociale, plutôt que de continuer à errer de par les rues.

— J'œuvre dans ce sens, dit Eva, mais ça ne va pas être facile. J'ai vérifié l'histoire de la sœur. Elle a effectivement été assassinée par un mari fou de rage, qui la traquait depuis des mois. Il est même allé la cogner jusque sur son lieu de travail, et l'a envoyée trois semaines à l'hôpital.

Lorsque je raccrochai, j'étais déprimée. Je serais bien retournée au lit immédiatement. Quand je pense à tous les hommes qui battent leur femme, leur fille, ou qui se battent entre eux, mes tentatives interventionnistes me paraissent bien vaines.

— Mais si tu n'agis pas, une autre enfant pourrait mourir, dis-je à haute voix. Et si ça arrive, honte à toi.

Je pianotai sur le comptoir de la cuisine. J'allais avoir besoin d'aide si je voulais faire parler Cyrus Lavalle. J'appelai Murray au *Herald Star*.

— Warshawski ! dit-il, sur un ton sarcastique. Sa Majesté en personne condescend à parler au commun des mortels !

— Ça pour être commun, tu es commun, Murray. Tu es disposé à parler affaires, ou préfères-tu que nous échangions des propos amers ? Je suis prête à te dire tout ce que je sais.

— Et en échange ?

— En échange, si tu décides d'en faire un article, je pourrais peut-être inciter certaines personnes à se confier à toi. Tu peux également m'inviter à dîner. Au Filigree. Auquel cas, il n'est pas impossible que je te pardonne d'avoir essayé de rendre mon amant jaloux.

— Oh, Majesté, tes désirs me font frémir ! Je me hâte d'obéir ! Au Filigree dans une demi-heure.

Je jetai un coup d'œil à la pendule. 7 heures et demie. Conrad habite à Chatham, à quarante-cinq minutes du Loop. Il fallait encore que je passe un coup de fil. Murray accepta de m'accorder une heure.

Je trouvai Sal Barthele chez elle, déprimée car elle ne savait pas quand elle allait pouvoir rouvrir le Golden Glow. Or en ces temps difficiles, c'était sa principale source de revenus. Heureusement, elle n'allait pas trop souffrir des inondations : le Glow a une cave peu profonde.

— Je suis tes péripéties à la télé, dit-elle. Un jour arrêtée, presque exilée, le lendemain héroïne au grand cœur, qui sauve les sans-abri de la noyade en les prenant par la peau du cou. J'ai essayé de te joindre à l'hôpital, mais tu étais déjà partie. Et là, d'où est-ce que tu m'appelles ?

— De chez Conrad. On a saccagé mon appartement samedi et je n'ai pas trouvé l'énergie de tout remettre en ordre.

— Ce n'est pas l'énergie qui te manque, c'est l'envie. Moi, quand ça va mal, je brique. Toi, tu te sers de ton pistolet. Tu emménages chez Conrad pour éviter d'avoir à résoudre tes problèmes domestiques ?

Pour quelque obscure raison, cette éventualité ne m'avait jamais effleurée. Je me récriai avec une telle véhémence, que Sal éclata de rire.

— En fait, je t'appelais pour te demander quelque chose, dis-je. Est-ce que par hasard tu sais comment je pourrais trouver Cyrus Lavalle ?

— Tu fréquentes ce pédé vaniteux ?! Alors essaie au Grand Guignol. C'est au coin de Cornelia et de Brompton, je crois. Si tu as vraiment besoin de le voir, tu devrais le trouver là-bas.

Lorsque j'eus raccroché, je rappelai Murray. Il accepta de mauvaise grâce de me retrouver au Grand Guignol plutôt qu'au Filigree — c'est très loin du journal, et on ne pourrait sans doute pas y dîner. J'allais partir quand je me ravisai. Je m'accordai une demi-heure supplémentaire pour graisser mon Smith & Wesson et insérer un nouveau chargeur dans la crosse.

49

LE PRIX D'UNE BOUTEILLE

A peine entrée au Grand Guignol, je compris que ce n'était pas un lieu pour moi. A l'intérieur, la porte en chêne était tapissée de cuir vert, de même que les murs, pour autant que je puisse en juger dans cette faible lumière. Tous les clients, aux tables et le long du bar, étaient des hommes. Des hommes en cuir, des hommes en soie, des hommes en jeans coupés avec des trous aux fesses pour exposer leurs tatouages, des hommes en eye-liners et talons hauts, et même quelques hommes d'affaires en costume-cravate. La seule femme de l'assemblée braillait dans un micro, sur une petite estrade, au fond de la salle, sa robe à paillettes ne cachant que l'essentiel.

Je longeai le bar. Les consommateurs me scrutèrent d'un drôle d'air, puis s'agitèrent sur leur tabouret. J'avais l'impression d'être Gary Cooper en train de descendre Main Street déserte. J'aurais voulu me dresser dans mes mocassins et leur lancer : « Du calme, les gars, tout va bien se passer », mais je préférai me taire.

Cyrus n'était nulle part en vue. Quant à Murray, il était installé à une table dans un coin. Un jeune homme était assis en face de lui : peau basanée, cheveux blonds oxygénés, combinaison de soie rose ouverte jusqu'au nombril. Il me vit, me dévisagea, fit la grimace, et se pencha vers Murray pour lui roucouler je ne sais quoi à l'oreille.

Je lui souris aimablement.

— Je crains qu'il ne s'agisse de l'homme avec qui j'ai rendez-vous. Mais je n'ai payé que pour la première heure. Dès que je m'en irai, vous pourrez vous en occuper.

Le jeune homme se leva languissamment, prit le poignet de Murray, et planta un baiser dans la paume de sa main. Après quoi il partit vers le bar à grands pas. Murray était carrément prêt à mordre. Je ne pus m'empêcher de rire, et une fois que j'eus commencé, je fus incapable de m'arrêter. Des clients se retournèrent pour nous lancer des regards réprobateurs.

— Te voilà vengée, Warshawski, bravo ! me souffla Murray, en rage.

— Je ne savais pas que c'était un bar gay ! suffoquai-je, morte de rire. Si tu avais vu ta tête quand le type t'a baisé la main... (Je m'assis en face de lui.) Ah, je vais m'en souvenir jusqu'à ma mort !

— Qui ne saurait tarder, si tu continues à glousser comme ça, siffla Murray.

Comme je repartais dans un fou rire, il me serra l'épaule et me montra un videur de la taille d'un réfrigérateur. Joli spécimen de culturiste en colère. Un serveur fronçait les sourcils à notre adresse. Je me ressaisis du mieux que je pus, et commandai un whisky. Murray buvait une Holstein, sa bière préférée.

Les clients aimeraient pouvoir entendre la musique, me dit le serveur, et on apprécierait que je me tienne correctement. Sinon, on risquait de ne pas tolérer plus longtemps ma présence en ce lieu. J'étais en train de m'excuser, quand la femme en paillettes finit son tour de chant et quitta la scène, sous un tonnerre d'applaudissements. Alors qu'elle passait dans les coulisses en ondulant des hanches, je m'aperçus que c'était un homme. Je ne serais jamais aussi belle, même si je pouvais m'offrir une robe à paillettes comme elle — comme lui.

Les applaudissements diminuèrent. Les conversations reprirent. J'expliquai à Murray pourquoi nous étions là.

— Cyrus est l'un de mes informateurs. Je peux te le présenter, mais tu ne dois pas parler de lui dans ton journal, sinon il ne me dira plus rien.

— Tu ne pourrais pas être plus claire ? me dit Murray, avec irritation.

— Quand j'étais petite, je regardais ma grand-mère détricoter de vieux pull-overs. Avec la laine qu'elle récupérait, elle tricotait quelque chose de nouveau. Elle avait un gros tas de laine devant elle. Elle tirait des fils en divers endroits, jusqu'à ce qu'elle trouve le bon bout. Alors elle faisait une pelote. Il se peut que Cyrus sache où est le bon bout.

Je sortis un bloc de mon sac, et entrepris de dessiner des rectangles : un pour la Century Bank, un pour Gateway, un pour Lamia, un pour Home Free. Au-dessus de ces rectangles, je notai les noms des gens ayant un rapport avec l'entreprise concernée.

— Il existe un lien entre tous ces gens, mais lequel ? Si je le savais, je connaîtrais l'assassin de Deirdre. J'ai beau être pratiquement sûre que c'est Jasper Heccomb ou l'un de ses copains, je n'en ai pas la preuve. Tant que je ne comprendrai pas pourquoi on l'a tuée, je ne saurai pas qui est coupable.

Murray n'a pas mauvais caractère. Laissons-lui au moins cela. J'en étais à peine au milieu de mon exposé sur la Century Bank, Phœbe, Lamia, le magot de Jasper et ma rencontre avec Anton sur le chantier de Home Free, qu'il avait déjà sorti son propre bloc et qu'il écrivait avec frénésie.

— Donc tu penses que la JAD Holdings, ce sont tes trois mousquetaires, dit-il, songeur. Je devrais pouvoir vérifier ça.

Je souris.

— Voilà qui est parler comme un vrai conspirateur !

— D'où vient l'argent de Jasper ?

— Je l'ignore. Je ne sais pas non plus où il va. Jasper en utilise une partie pour payer ses entrepreneurs au noir, mais il n'a pas besoin de cinq millions de dollars pour ça.

— Et Emily Messenger ?

— J'aimerais qu'on puisse publier au moins une partie de son histoire, dis-je, attristée. L'assassin de sa mère croit qu'elle peut l'identifier. Il risque de la tuer. S'il savait qu'elle n'a vu que ses chaussures, peut-être qu'il lui ficherait la paix. Mais elle a assez souffert comme ça. Pas la peine qu'elle se fasse en plus harceler par les media.

Murray vida sa bouteille de bière, puis fit signe au serveur de lui en apporter une autre.

— D'après ce que je sais, tes copains pensent qu'elle a tué sa mère, dit-il. Ils risquent de lancer un mandat d'arrêt contre elle, dans quarante-huit heures au plus tard. Tout dépend si Fabian leur donne raison ou non.

Je m'efforçai de cacher mon émotion à l'annonce de cette nouvelle, mais je ne pus m'empêcher d'être furieuse après Conrad et Finchley. Conrad devait déjà le savoir, ce matin, mais il n'avait pas réussi à me le dire. Les applaudissements pour saluer la réapparition de la chanteuse me permirent de me ressaisir — je ne voulais pas dénigrer Conrad devant Murray.

Cyrus arriva à la fin de la première chanson. Il avait bien choisi sa tenue. Dans ce bar d'hommes vêtus de façon tapageuse, sa chemise en soie blanche et son pantalon noir attiraient les regards. Rien que la chemise, avec les épaulettes et la fermeture en diagonale Thierry Mugler, avait dû lui coûter mille dollars. Il embrassa un homme, en salua quelques autres d'un geste de la main. Puis il s'installa sur un tabouret du bar, attendant qu'on s'intéresse à son cas. Je reculai ma chaise dans l'ombre.

— Il faut qu'on arrive à le prendre à part avant qu'il ne s'engage trop avant avec quelqu'un, dis-je à Murray.

— Ne compte pas sur moi pour user de mon charme, marmonna-t-il en retour.

— Rabat-joie, lui dis-je.

Je griffonnai un message sur mon bloc.

— Donne-lui ça. Et arrange-toi pour qu'il ne me voie pas. Avec un peu de chance, il te suivra au fond de la salle dès qu'il aura lu ton mot.

Murray se posta devant Cyrus, me masquant à sa vue. Je posai vingt dollars sur la table. Après quoi, avec une parfaite désinvolture, je passai derrière le rideau, au fond de la salle. De l'autre côté, il y avait les toilettes, des téléphones muraux, et des boxes, que les propriétaires utilisaient comme bureaux et comme lieux de stockage. Des couples se pelotaient dans l'étroit couloir. Des préservatifs usagés parsemaient le sol. Ça sentait le sperme et la sueur.

J'évitai de respirer à pleins poumons, tout en essayant de pénétrer dans l'un des bureaux. La porte était fermée, mais pas infranchissable. Les personnes qui m'entouraient ne me prêtaient aucune attention, absorbées par leurs ébats. Je pris une carte de crédit dans mon portefeuille, et réussis à ouvrir la porte juste au moment où Cyrus et Murray passaient le rideau. Mon informateur, qui jetait des regards inquiets derrière lui, ne m'avait toujours pas vue. Avant qu'il ne comprenne ce qui lui arrivait, je l'attrapai par le bras et l'entraînai dans le bureau, tandis que Murray le poussait. J'allumai la lumière, trouvai une chaise, et m'assis, dos à la porte.

— Cyrus, quel plaisir de te voir !

Dans la lumière du néon, il avait le teint cireux.

— Warshawski ! Que... ? Comment... ?

— Sal m'a dit que tu venais ici. Ne t'inquiète pas pour le mot — c'est moi qui l'ai rédigé. Apparemment, j'ai vu juste.

J'avais écrit — sans signer — : « Un homme à qui tu dois de l'argent est dans la salle, avec une barre de fer. Mon ami va t'aider à t'échapper par la porte de derrière. » Vu les vêtements qu'il avait sur le dos, il était fort probable qu'il dût de l'argent à plusieurs personnes.

— Qu'est-ce que tu veux ? Je pourrais crier ! Gee-Gee m'entendrait et te jetterait dehors !

— Nan. Mon ami dirait qu'il n'a pas pu se retenir — comme certains des gars dans le couloir. Gee-Gee serait sans doute furieux qu'on ait pénétré dans son bureau, mais il ne le mettrait pas dehors, j'en suis certaine. On va parler. Tu vas nous dire ce qui se passe à l'Hôtel de Ville.

— Et si je refuse ?

Il était renfrogné, mais il n'avait plus peur. Il me connaissait suffisamment bien pour savoir qu'il ne subirait aucune violence physique de ma part.

— Mon ami Murray, ici présent, travaille au *Herald Star* — montre-lui ta carte de presse, Murray, pour qu'il voie que je ne mens pas. Si tu refuses de parler, il va écrire un article sur toi. Tout le monde saura que tu vends les secrets de la mairie au plus offrant. Ça risque de déplaire à un certain nombre de gens. Il se peut même que tu y laisses ta place.

Murray s'était posé sur un coin du bureau, qui occupait presque tout l'espace. Il sortit son portefeuille de sa poche, montra sa carte de presse à Cyrus, puis me demanda de lui épeler le nom de famille de ce garçon.

Le regard de Cyrus alla de Murray à ma chaise, qui bloquait l'entrée.

— Vous n'oseriez pas. Une plainte en diffamation...

— N'est valable que si l'on raconte des mensonges. Mais là, ce serait la vérité. Bien entendu, si tu acceptais de me donner quelques informations, Murray oublierait jusqu'à ton existence. Il a de nombreuses sources, à l'hôtel de ville. Personne ne penserait que ce qu'il a écrit émane de toi.

Cyrus se passa la langue sur les lèvres. Il hésitait. Alors Murray prit le téléphone.

— Je peux appeler mon journal et leur dire de me réserver de la place dans la dernière édition.

Il bluffait, évidemment. Il n'y a que dans les films que les reportages sur la corruption sont publiés sur-le-champ — sans que plusieurs avocats aient donné le feu vert, après s'être assurés que l'article en question n'allait pas offenser un annonceur important. Mais Cyrus l'ignorait. Ses épaules s'affaissèrent.

— La Century Bank, la mairie, Home Free, Lamia. (Je les énumérai en comptant sur mes doigts.) Tu nous parles de tout ça, et après tu peux partir. Je sais que Home Free truande sur les salaires. Qui est-ce qu'ils paient pour ne pas être inquiétés ?

Son visage se détendit. Cyrus parut tellement soulagé, qu'il y avait forcément plus grave que cette histoire de comptes trafiqués. Il cita les noms de personnes employées à l'Hôtel de Ville, et dans les services dépendant du ministère du Travail. J'en reconnus quelques-unes, mais Murray les connaissait toutes : la corruption politique à l'échelle locale faisait ses choux gras.

Cyrus nous débita des noms pendant à peu près cinq minutes, dont ceux de deux entrepreneurs travaillant pour Home Free, outre Charpentier.

— C'est tout ce que je sais. Alors tu peux enlever ta chaise et me laisser passer, me dit-il.

— C'est tout ce que tu sais sur les services de l'inspection du travail, rectifiai-je. Mais je veux que tu me dises pourquoi tout le monde a pris peur à l'évocation du projet Lamia. Lamia avait un permis de construire, et tout à coup il a été annulé. Pourquoi ? Est-ce le fait du maire, ou d'un conseiller municipal ? Ce sont les conseillers municipaux qui délivrent les permis de construire. Ils ont donc forcément une responsabilité dans l'affaire.

On dut le cuisiner encore cinq bonnes minutes, ce qui ne me procura aucun plaisir : je n'ai pas réellement de tendances sadiques, et puis Cyrus n'était pas très excitant dans le rôle du lapin traqué. Il fallut que Murray, faussement excédé, se retrouve en communication avec le Herald Star, pour que Cyrus se mette à table. Non sans nous avoir exhortés au moins dix fois à ne pas citer son nom.

— C'est la Century Bank, finit-il par dire. Eux qui avaient toujours accordé des prêts à leurs clients, ont brusquement changé de politique. Un groupe financier les a rachetés, ou a essayé de les racheter — je ne sais pas exactement.

Il s'humecta les lèvres, inquiet à l'idée que je pourrais ne pas le croire. Pour le rassurer, je lui dis que je connaissais les nouveaux propriétaires de la Century Bank.

— On en a entendu parler, dit Cyrus, parce que des gens sont venus se plaindre à la mairie, au service du logement. La Century Bank refusait tout à coup des crédits qu'elle accordait jusque-là sans problème : prêts aux minorités, hypothèques, ce genre de choses.

Bien entendu, seul le gouvernement peut intervenir au niveau des banques, pas la mairie. Mais les gens se plaignent, ils parlent à leur conseiller municipal, dans l'espoir qu'il connaisse quelqu'un au Congrès qui pourrait les aider. Et en définitive, le conseiller municipal se contente de faire passer un petit mot au service du logement.

— Quand tu m'as appelé à propos de Lamia, j'ai sondé diverses personnes, au service du logement et du budget. Toutes m'ont dit qu'il ne fallait surtout pas chercher à savoir. Un type m'a raconté que le président des Etats-Unis, pas moins, aurait dit au maire que c'était top-secret. Selon une femme qui travaille au service du budget, le maire aurait été contacté par un sénateur. Quelqu'un d'autre a prétendu que ça émanait du ministère du Logement — qu'ils allaient couper tous les crédits publics accordés à la ville de Chicago, si nous nous intéressions de trop près à la Century Bank.

Il extirpa un paquet de cigarettes de son pantalon ultra-serré. Je déteste l'odeur de la fumée, mais il avait sans doute besoin d'une cigarette. Aussi ne fis-je aucune remarque lorsqu'il alluma une Dunhill mentholée.

— Tout le monde s'accordait à dire que l'avertissement venait de très haut. Quelqu'un d'important était donc impliqué dans l'affaire. J'ai préféré ne pas insister. Je ne suis qu'un employé du cadastre. J'allais t'appeler pour te dire que c'était trop gros pour moi. Et c'est là que j'ai reçu le coup de fil.

Il joua nerveusement avec sa cigarette, jusqu'au moment où il se brûla les doigts. Il chercha un cendrier des yeux. Murray lui tendit une tasse à café sale, sans dire un mot. Cyrus y laissa tomber son mégot, puis se frotta les doigts.

— Ils m'ont dit — je ne peux pas te répéter exactement ce qu'il m'ont dit. Puis ils m'ont expliqué que personne n'était censé poser des questions sur la Century Bank, ni sur Lamia, et ils ont voulu savoir pourquoi je m'y intéressais. Vic, il faut que tu me croies, ils m'ont menacé de façon horrible. (Pendant quelques instants, je crus qu'il allait pleurer, mais il se domina.) Je... Ils ont été très précis. Alors je leur ai dit que c'était toi. Que tu te demandais pourquoi on avait annulé le permis de construire de Lamia. Ils m'ont interdit de te parler. Ils me surveillent. Il paraît qu'ils ont les moyens de savoir si je suis entré en contact avec toi. Je ne voulais pas te trahir, Vic, mais j'ai vraiment eu peur.

Pendant un moment, nous restâmes silencieux tous les trois. Je me frottai le côté du crâne, à l'endroit où j'avais reçu un coup. Nous avions affaire à de vrais méchants, aucun doute. Je regardai Murray. Il hocha imperceptiblement la tête. Nous pouvions arrêter, Cyrus n'en savait pas plus.

— On va ressortir par derrière, dis-je à Cyrus. Je doute qu'ils te surveillent encore. Ça va faire deux semaines. Mais ne prenons pas de risques.

Je me tournai vers mon journaliste préféré.

— Et si nous offrions une bouteille de Veuve Cliquot à Cyrus, pour le remercier de sa collaboration ? lui dis-je. Elle est à quatre-vingt dollars, sur la carte. Malheureusement, je suis fauchée, en ce moment.

De mauvaise grâce, Murray sortit quatre billets de vingt dollars de son portefeuille. Nous laissâmes quelques minutes à notre homme pour faire sa réapparition dans la salle. Après quoi, nous passâmes devant les couples d'athlètes du couloir, et sortîmes dans la ruelle.

50

SURVEILLANCE NOCTURNE

Murray et moi marchâmes dans Broadway sans parler. Il était près de 22 heures, mais nous trouvâmes un restaurant italien sur Belmont, qui accepta de nous servir à dîner. Le serveur, assis à table avec les cinq autres clients du restaurant, débattait des mérites d'Eagle River par rapport à ceux de Spring Green, deux lieux de villégiature du Wisconsin. Dès qu'il eut pris notre commande, il retourna à sa discussion. Le serveur préférait Eagle River.

— Ainsi les nouveaux propriétaires de la Century Bank violent le « Community Lending Act* », dis-je, quand je fus certaine que personne ne nous écoutait. Est-ce que ça veut dire qu'ils iraient jusqu'à casser les jambes de Cyrus parce qu'il a posé des questions ?

— Si ça se trouve, la vente n'est pas signée, et ils ont peur que certaines rumeurs ne reviennent aux oreilles des Fédéraux, qui pourraient bloquer l'opération. Peut-être ton enquête peut-elle mettre en lumière des faits qu'ils n'ont aucun intérêt à voir émerger au grand jour. Tant que les gens se contentent de se plaindre à leurs conseillers municipaux, la JAD Holdings ne risque pas grand-chose. Surtout si les rumeurs dont parle Cyrus sont fondées, et que quelqu'un de haut placé, à Washington, fait pression sur la municipalité. Personnellement, je pencherais plutôt pour l'hypothèse numéro deux, à savoir que les ordres émanent du Congrès. Il s'agit peut-être de notre ami Alec Gantner.

— Ça n'a pas grande importance, dis-je, alors que le serveur posait une assiette de tortellini aux épinards devant moi. Qu'il s'agisse de Gantner, du président, ou du sécrétaire d'Etat au ministère du Logement, ce sont tous des Républicains, qui défendent les mêmes intérêts. Ce que j'aimerais comprendre, c'est pourquoi la Maison Blanche, ou un sénateur, prend le risque de couvrir la violation de lois bancaires. Peut-être que la JAD n'utilise pas la Century Bank à seule fin de refuser des prêts aux minorités.

Les pâtes étaient collantes. Elle avaient dû séjourner dans l'eau chaude toute la soirée. J'en mangeai juste ce

---

* Loi stipulant que les banques doivent accorder des facilités bancaires aux « minorités » — femmes, immigrés,... — d'un quartier, sous forme de prêts ou d'hypothèques.

qu'il fallait pour apaiser ma faim. Après quoi je repoussai mon assiette.

— Tu penses qu'ils blanchissent de l'argent, dit Murray.

D'une seule grande fourchetée, il engloutit le reste de ses lasagnes.

— Ils accordent un crédit de cinquante millions de dollars à Home Free, dis-je. Aucun organisme à but non lucratif n'a besoin d'autant d'argent. Mais la vraie question est : où va cet argent ? Si au moins nous savions ce que traficote la JAD Holdings. Quand est-ce que tu vas avoir des informations sur eux ?

Murray s'attaqua à mes tortellini.

— Tout dépend de ce que je vais trouver sur Lexis. Et il faut voir si l'une de mes sources, à Washington, accepte de vendre la mèche. Mais si je dois faire des recherches moi-même, il faudra que j'aille à l'hôtel de ville. Or on ne sait pas jusqu'à quand ils seront fermés.

— Si je n'ai pas des informations sérieuses rapidement, dis-je, Emily et moi allons servir de nourriture aux poissons.

Le restaurant avait un téléphone public, près de l'entrée. Pendant que Murray demandait l'addition, j'appelai mon service de répondeur. Ils me dirent de contacter les frères Streeter de toute urgence.

Mon coup de fil tira Tim du lit.

— Vic ! Non, non, je suis content que tu m'aies réveillé. On s'est fait jeter, à l'hôpital.

— Qu'est-ce qui s'est passé ? demandai-je, d'un ton sec. Je croyais qu'Ellen Higgins était d'accord pour qu'on protège Emily.

— Oh, Fabian a débarqué, et puis l'équipe de nuit s'en est mêlée. Pendant la journée, il n'y a pas eu de problème. L'infirmière, miss Higgins, m'a laissé installer une chaise dans le couloir, devant la porte d'Emily. Lorsqu'elle s'est réveillée, en fin d'après-midi, je suis allé la voir dans sa chambre et je me suis présenté. Puis je lui ai amené ses frères. Ton petit mot m'a facilité les choses : elle s'est détendue quand elle a su que c'était toi qui m'envoyais. Mais, quand l'équipe de nuit a pris son service, ils m'ont relégué dans la salle d'attente. Higgins leur a expliqué l'histoire, mais ils ne l'ont pas vraiment crue. Puis Fabian a fait son apparition. Alors là, ç'a été fatal. Ecoute bien : il se pointe à 6 heures et demie, avec un type plus âgé à l'air austère. Ils discutent avec l'infirmière, qui appelle un médecin. Et deux minutes après, les voilà qui entrent tous les quatre dans la chambre d'Emily. Une autre infirmière m'apprend que le type qui accompagne Fabian est un psychiatre de l'extérieur, Mort Zeitner. Alors je suis entré dans la chambre, pour dire à Emily qu'elle avait le droit de refuser tout médicament, et tout traitement.

Murray et le serveur vinrent se poster à côté de moi. Le restaurant allait fermer, me dit-on. Il fallait que je raccroche. Je leur tournai le dos.

— Et après ? m'enquis-je. Fabian a fait un scandale ?

— Ouais, dit Tim. J'aurais peut-être dû attendre dans le couloir, mais ça faisait vraiment quatre contre un. Ecoute la suite : Fabian dit à sa fille qu'elle doit parler à Zeitner de la mort de sa mère, et moi j'explique à Emily qu'elle a le droit de se taire. Du coup Fabian veut savoir qui je suis. Emily se met à pleurer et demande à te voir. Là, Fabian se met vraiment en colère. Résultat, je me retrouve en face de trois gardes qui me montrent la sortie.

— Merde ! (Je sentis mon estomac se contracter sous l'effet de la peur.) Elle est seule depuis 6 heures et demie ?

— Non. Quand ils m'ont mis dehors, il était plus de 7 heures. J'ai aussitôt appelé Tom, qui s'est arrangé pour rester dans la salle d'attente jusqu'à 8 heures et demie. A ce moment-là, les infirmières ont commencé à lui poser des questions. Nous avons bien pensé surveiller les entrées, mais d'une part il y en a trop, et d'autre part nous ne savions pas qui nous attendions. Fabian et Zeitner sont partis vers 8 heures. Si tu as une idée de ce qu'on peut faire, Tom et moi on y retourne tout de suite. Ça ne nous plaît pas du tout, de te laisser tomber comme ça.

— Je suis à cour d'idées, dis-je. Je vais faire un saut à l'hôpital et voir l'infirmière en chef du service de nuit. Lila Dantry, c'est ça ?

— Ouais, mais ne t'attend pas à être accueillie à bras ouverts.

Je raccrochai et sortis du restaurant, oubliant totalement Murray, qui me rattrapa au coin de Broadway.

— Où est-ce que tu cours comme ça ? demanda-t-il, haletant. Tu essaies de me semer ? Tu me dois huit dollars pour le dîner.

Alors que le feu passait au rouge, je sortis quelques pièces de un dollar de ma poche, puis les lui tendis.

— Tu as mangé presque toutes mes pâtes. Je veux bien te donner quatre dollars, mais pas plus.

Il me courut après, et m'attrapa par le bras en plein carrefour.

— S'il t'est venu une idée, tu pourrais m'en faire part : tu me dois tout de même une fière chandelle, pour l'épisode du Grand Guignol.

— Là, tu vois, je m'inquiète surtout pour Emily Messenger. J'ai posté un garde devant sa porte, mais Fabian l'a fait virer. Ce serait peut-être mieux que Finchley l'arrête, finalement. Parce que au moins, je saurais qu'elle est à l'abri du véritable assassin.

— Tu ne doutes pas un seul instant de son innocence ?

Nous arrivions devant le Grand Guignol, où nous avions laissé nos voitures. J'ouvris ma portière. Puis je me retournai, et regardai Murray droit dans les yeux.

— En effet, je crois tout ce qu'elle m'a raconté. Ça sonnait vrai. Et si — contrairement aux flics —, tu penses que je sais faire la différence entre les gens qui mentent et ceux qui disent la vérité, je pourrais te pardonner tes dernières fautes. Et peut-être même te donner ces quatre dollars pour mon dîner.

Sur ce je grimpai dans ma voiture. La réponse sarcastique de Murray se perdit dans le bruit de mon démarrage en trombe.

Il était presque minuit à l'horloge du tableau de bord. Conrad quitterait bientôt son service. Peut-être pourrais-je voir Terry, et lui demander de poster un garde devant la porte d'Emily.

Ce qui risquait de lui arriver dans un avenir immédiat me faisait frémir. Si Terry l'arrêtait, cela la protègerait sans doute de l'assassin. Toutefois, ce serait un traumatisme pour elle, et elle ne méritait vraiment pas ça, pauvre petite souris. De toute façon, qu'on l'arrête ou non, elle allait se retrouver sous l'autorité de Fabian d'ici un jour ou deux.

Je contournai la camionnette d'un livreur de journaux garé en double file, puis je bifurquai dans Lake Shore Drive. Même si je veillais sur Emily ce soir, cela ne résoudrait pas le problème Fabian. J'avais promis de la protéger de son père, et j'entendais bien y arriver.

Cette promesse m'en rappella une autre : je m'étais engagée à aller chercher Mr Contreras chez sa fille, à Elk Grove Village, jeudi matin. Or il lui fallait une injection quotidienne de vaccin contre la rage. Si je le ramenais à la maison, aurais-je le temps de l'accompagner à l'hôpital tous les matins ?

Je sortis à Chicago Street et trouvai assez vite une place. Je courus jusqu'à l'hôpital, c'est à dire pendant cinq cents mètres. J'arrivai essoufflée dans le hall. Je me retrouvai dans l'ascenseur avec une femme dont le fils était en train de subir une opération à cœur ouvert.

J'allai m'asseoir avec elle dans la salle d'attente, où d'autres parents d'enfants gravement malades attendaient le verdict des médecins. Depuis un téléphone, dans le couloir, je pouvais surveiller la porte de la chambre d'Emily. J'appelai Conrad pour lui faire part des événements de la soirée.

Il ne pouvait pas croire que je voyais Murray uniquement pour des raisons professionnelles, mais il éclata de rire quand je lui relatai l'histoire du baiser.

— Merci, ma belle ! Ça m'a fait plus de bien qu'une bière. Jusqu'à quelle heure comptes-tu rester là-bas ?

— Tant que j'aurai l'impression qu'elle n'est pas en sécurité. Tu ne pourrais pas demander à Terry de faire garder sa chambre par un policier ?

— Je prendrais moins de risques en descendant South Morgan à pied et sans gilet pare-balles, qu'en m'immisçant entre toi et le Finch dans cette affaire. Il faut que je sois à l'appel à 8 heures, demain matin, alors je ne vais pas m'attarder. Tu fais attention à toi, O.K. ?

— Oui, Papa.

Je raccrochai sur un grognement exaspéré de mon amant.

Je pensai un instant demander des nouvelles à l'équipe de nuit, mais je renonçai à cette idée. Pourquoi me faire remarquer ? Les couloirs étaient déserts. Je me glissai dans la chambre d'Emily.

Elle dormait. Je me dirigeai à pas de loup vers un fauteuil, à côté de son lit. Au bout d'un moment, le silence total régnant dans la pièce, ajouté aux fatigues de la journée, me fit piquer du nez.

Je me réveillai en sursaut à 2 heures du matin. On avait allumé la lumière. Une infirmière venait s'assurer qu'Emily allait bien. Lorsqu'elle me vit, elle me fit signe de la suivre dans le couloir. Puis elle me demanda qui j'étais.

— Vic Warshawski. On m'a dit qu'Emily m'a réclamée, ce soir. Je voulais rester dans sa chambre au cas où elle se réveillerait et voudrait me parler.

— Vous êtes de la famille ? demanda l'infirmière.

Je fis non de la tête.

— Il n'y a plus une seule femme de sa famille, en ville, dis-je. Vous connaissez son histoire, non ? Elle a vécu des choses affreuses, récemment. Ce n'est qu'une enfant. Je suis là pour qu'elle ne se sente pas totalement abandonnée.

Les consignes de Lila Dantry concernant les indésirables ne s'adressaient visiblement pas à moi, car on ne me chassa pas.

— On demande aux gens de s'adresser au bureau des infirmières, dit la jeune femme. On essaie de faire le maximum pour nos patients, mais on ne peut pas autoriser des étrangers à s'installer dans leur chambre. J'espère que vous comprenez.

Je comprenais, oui. Et j'espérais que les mousquetaires, ou les assassins de Deirdre, penseraient à faire le détour par le bureau des infirmières, avant de rendre visite à Emily. La jeune femme en blouse blanche m'accompagna jusque dans la salle d'attente. En installant une chaise juste à l'entrée, je pouvais voir la porte d'Emily. Plus question de m'assoupir. Je ne devais pas quitter le couloir des yeux un seul instant.

La femme dont le fils se faisait opérer à cœur ouvert, ainsi que trois autres personnes dont les enfants étaient dans un état critique, échangeaient des propos à voix basse. A 2 heures et demie, l'un des parents proposa d'aller nous chercher du café.

A 3 heures, un chirurgien apparut. La mère de l'enfant opéré du cœur le rejoignit à l'entrée de la salle d'attente. Je me levai de ma chaise, car je ne voyais plus la porte de la chambre d'Emily. Au bout de quelques minutes, ils se dirigèrent vers les ascenseurs.

A 3 h 20, Anton passa furtivement devant le bureau des infirmières. Puis il ouvrit la porte de la chambre d'Emily.

— Appelez la police ! dis-je à l'homme qui était allé nous chercher du café. Quelqu'un vient de pénétrer dans la chambre de ma fille — un type que je connais.

J'étais au bout du couloir, mon pistolet à la main, avant qu'il ait pu poser la moindre question.

Anton se penchait sur Emily en tenant un oreiller à deux mains. Je lui assenai un coup de pistolet sur la tête. Il ne tomba pas, mais lâcha l'oreiller. Je lui donnai un coup de pied dans les reins. Il fit volte-face et détendit son bras pour m'assommer. Je plongeai pour éviter le coup, et me ruai sur ses jambes. L'élan de son bras, ajouté au coup violent porté sur ses genoux le fit trébucher. Il tomba sur moi. Emily se mit à hurler.

Anton noua ses mains autour de mon cou. Je relevai mes jambes, réussis à coincer mon genou droit sous son menton. Ses doigts se desserrèrent. Je poussai de toutes mes forces contre sa trachée-artère.

Puis la lumière fut et plusieurs personnes se ruèrent dans la pièce. Anton me lâcha. Il se précipita vers la porte, non sans donner un coup de poing à un garde et à une infirmière au passage.

51

LES DROITS DU PÈRE

— Je ne comprends pas. Je saute sur ce type à l'instant même où il va étouffer Emily, et c'est elle que vous voulez arrêter ! Anton a tué Deirdre. Ça ne fait pratiquement aucun doute. Emily était cachée sous mon bureau. Elle n'a vu que ses pieds, mais lui pense qu'elle peut l'identifier. Il sait qu'elle est venue à mon bureau, parce qu'il sait qu'elle a ramené la batte à la maison. Alors pourquoi la punir, elle, bon dieu ?

J'étais dans la salle de conférences du poste de police de la Onzième Rue, avec Terry, l'officier de police Neely, Fabian et Mortimer Zeitner. Mon cher Conrad avait à nouveau permuté avec un collègue, pour pouvoir assister à cette réunion, mais il était assis à l'autre bout de la table, à côté de Finchley. En ce mercredi matin, je me sentais comme un immeuble sur lequel on est en train de bombarder du crépi.

Après avoir assommé l'infirmière et le garde, Anton n'avait eu aucun mal à quitter l'hôpital. Il avait profité de la stupeur générale pour filer. Quand les médecins eurent entendu mon histoire, puis interrogé Emily, ils daignèrent appeler les flics.

J'étais arrivée titubante chez Conrad, à 5 heures du matin. J'avais dormi trois heures. Puis j'étais venue à cette réunion. Terry nous annonça qu'Anton était toujours dans la nature.

— Nous sommes allés voir Gary Charpentier, comme tu nous l'a suggéré, me dit Terry. Il prétend qu'Anton en avait après toi, et non après la fille. Il ne pouvait pas savoir qu'elle avait ramené la batte chez elle, puisqu'on n'en a pas parlé dans la presse.

— Emily ! lançai-je, d'un ton sec, trop fatiguée pour me préoccuper de faire preuve de tact. Ce n'est pas « la fille ». Elle a un nom. Alors utilise-le ! Et tu dois savoir qu'Alec Gantner a une voie d'accès directe à l'enquête. Tu en as fait les frais, la semaine dernière, quand il est allé se plaindre à Kajmowicz. Tu sais très bien qu'ils sont au courant, pour la batte.

— Nous n'allons pas marcher dans cette théorie selon laquelle Alec Gantner est mouillé dans l'affaire, cracha Finchley. Attachons-nous plutôt aux éléments dont nous disposons pour le moment. Gary Charpentier s'est montré très coopératif. Il était vraiment ennuyé. Il dit qu'Anton n'a pas supporté qu'on renvoie les Roumains, et qu'il t'en rend responsable. Charpentier ignorait qu'Anton amputait leur salaire d'une bonne moitié...

Comme je protestai, Terry leva la main pour me faire taire.

— Je sais, je sais, tu vas me dire qu'il rejette la faute sur son contremaître. Mais Charpentier a très peur qu'Anton ne te cherche. Il nous a donné son adresse, et plusieurs pistes pour le trouver. Et puis, Vic, la fi... Emily l'a vu t'attaquer. Mais elle ne se souvient pas qu'il s'en soit pris à elle.

Je criai presque.

— Elle dormait ! Est-ce que tu es en train de me dire que j'ai inventé cette histoire ? Que je profite qu'il n'y a aucun témoin pour dire qu'il a essayé de l'étouffer ?

— Je pense que la version de Charpentier est tout à fait plausible. Tant que nous n'avons pas retrouvé Anton, nous sommes obligés d'y accorder foi. Le docteur Zeitner ici présent est convaincu qu'Emily souffre d'amnésie hystérique. Par conséquent, elle occulte le fait d'avoir tué sa mère. Il existe une preuve pour étayer cette thèse : l'arme du crime se trouvait dans la chambre d'Emily. Avec ses empreintes digitales dessus.

— Terry, Emily a caché l'arme du crime, persuadée que son père avait tué sa mère, je te l'ai dit.

Fabian eut un gémissement douloureux — le bon père qui souffre de l'instabilité émotionnelle de sa fille. Il profita de l'occasion pour nous assener sa propre version des événements. Le soir du crime, il avait travaillé dur à une conférence de la plus haute importance. Sa femme avait une réunion en ville. Lui avait-elle dit ? Possible. En tout cas il avait oublié. Il avait été ravi qu'Emily ait pu l'aider à préparer le dîner. Non, il n'avait pas été surpris de ne pas voir Deirdre reparaître : elle consacrait une grande partie de son temps à des œuvres de charité, et rentrait souvent très tard. S'était-il aperçu qu'Emily avait quitté la maison au milieu de la nuit ? Non.

Les trois hommes l'écoutèrent avec sympathie. J'avais du mal à me tenir droite sur ma chaise, tellement j'étais fatiguée, sans parler de cette mascarade à laquelle nous étions en train d'assister.

— Vic, tu ne peux imaginer à quel point je te suis reconnaissant d'avoir retrouvé mes enfants, conclut Fabian. J'aurais préféré que tu n'incites pas Emily à venir te voir — c'est ça qui lui a donné l'idée d'aller à ton bureau — mais cela partait d'un bon sentiment. Tu voulais l'aider. Et puis j'ai mal agi : j'aurais dû tenir compte du fait qu'Emily était agitée, le soir où Deirdre... euh... est morte.

Il jeta un regard triste à Terry.

— Quand votre petite fille grandira, vous verrez ce que c'est que d'avoir une adolescente à la maison. Ils ont des comportements tellement excessifs, qu'on finit par ne plus y prêter suffisamment attention.

Avant que nous commencions, Fabian avait établi le fait que seuls Finchley et lui avaient des enfants. Son sourire complice ne laissa pas Terry indifférent, puisqu'il le lui rendit.

— A votre avis, Fabian, pourquoi Emily était-elle particulièrement perturbée ce soir-là ? dis-je, rompant cette communication entre eux.

— En analysant la situation rétrospectivement, je me rends compte que sa mère et moi avons dû faire peser sur Emily de trop grandes responsabilités. Elle nous a toujours paru très mûre, pour son âge, et nous avons fini par oublier qu'elle n'était qu'une adolescente. Quand j'ai su que Deirdre avait cette réunion, j'ai demandé à Emily de préparer le dîner, pour pouvoir me consacrer à la préparation de cette conférence. (Il eut une grimace douloureuse.) Sans doute accordais-je une trop grande importance à mon travail. Peut-être qu'Emily m'en voulait de me reposer ainsi sur elle. Je ne peux malheureusement pas lui poser la question, puisqu'elle refuse de me parler.

Il prit une expression pathétique.

— Elle occulte un certain nombre de souvenirs pénibles qui se ravivent quand elle me voit. Je ne voudrais pas parler pour vous, docteur Zeitner, mais n'est-ce pas aussi votre impression ?

Zeitner s'éclaircit la voix.

— Emily est une enfant pleine d'imagination. Très sensible, et très seule. Nous savons tous que sa mère avait... enfin, certains problèmes. C'est tout à fait compréhensible qu'Emily ait commencé à s'imaginer qu'elle pourrait la supplanter, dans tous les domaines, y compris le domaine sexuel. Nous ne pouvons savoir de manière certaine ce qui l'a fait craquer, ce soir-là — elle a du mal à en parler, pour le moment. Mais je suis convaincu que lorsqu'elle se retrouvera dans l'environnement approprié et bénéficiera du soutien moral nécessaire, elle sera capable de le formuler.

— A votre avis, pourquoi est-elle allée en ville, toute seule, en pleine nuit ? demandai-je. Vous ne pensez pas qu'il lui fallait une raison sérieuse, pour s'aventurer la nuit dans une ville dangereuse ?

— Nous comprendrons tout cela beaucoup mieux quand Emily nous fera suffisamment confiance pour nous parler.

— Peut-être que si vous acceptiez de croire ce qu'elle vous dit, vous accorderait-elle sa confiance et recommencerait-elle à vous adresser la parole, remarquai-je.

Zeitner haussa les sourcils en une expression de mépris poli. J'avais envie de l'étrangler. Mais à la place, je me tournai vers Fabian.

— Emily m'a dit que tu aimes bien venir dans sa chambre une fois qu'elle est couchée, et que tu es venu la voir, le soir où Deirdre a été assassinée. Tu te souviens de ce que tu as dit, ou de ce que tu as fait, ce soir-là ?

Du coin de l'œil, je vis l'officier de police Neely tressaillir et bouger sur sa chaise, mal à l'aise. Zeitner eut un sourire suffisant, comme si mes propos ne faisaient que confirmer son diagnostic.

Fabian se pencha vers moi, au-dessus de la table de la salle de conférences, l'air attristé.

— Vic, pour être tout à fait honnête, il s'est passé tellement de choses depuis cette nuit tragique, que je ne m'en souviens pas. Si tu avais toi-même des enfants, tu saurais qu'on va souvent les voir dans leur chambre le soir. J'ai pu aller m'assurer qu'Emily n'était pas fâchée que sa mère l'ait laissée tout faire, mais franchement, je ne pourrais pas en jurer.

— Tu ne te souviens donc pas avoir eu des relations sexuelles avec elle ce soir-là.

Je me forçai à le regarder dans les yeux, le petit pli entres ses sourcils ne trahissant rien d'autre qu'une attention courtoise.

Il se mit une main sur le front, comme s'il ne pouvait supporter l'idée que sa fille fût à ce point perturbée. Il se tourna vers Zeitner, qui lui tapota le bras de manière rassurante.

— Si Emily prétend des choses pareilles, cela corrobore parfaitement ma théorie, dit le psychiatre. Sauf que ses fantasmes sont plus sérieux que je ne pensais. Cette information nous sera cependant très utile, pour l'analyse du cas que nous transmettrons au tribunal.

Il me regarda par-dessus ses lunettes, d'un air sévère.

— Quant à vous, miss Warchassi, vous êtes peut-être très bien intentionnée, mais il ne faut plus que vous ayez aucun contact avec Emily. Vous avez sur elle un effet perturbateur. La rechute qu'elle a subi après les événements d'hier soir, par exemple. Cette violence que vous prodiguez n'a pas lieu d'être dans le service pédiatrique d'un hôpital.

— Docteur Zit, sans cette violence, comme vous dites, Emily Messenger serait morte, à l'heure qu'il est. Je serais très reconnaissante à toute personne, parmi nous, capable de renoncer à ses fantasmes sur les fantasmes d'Emily, et d'accorder une véritable attention à ce qu'elle dit. Elle n'est ni folle, ni hystérique, ni amnésique. Elle a un souvenir précis et douloureux des événements en rapport avec la mort de sa mère.

— Et vous êtes vous-même un psychiatre compétent, miss..... euh ? dit le docteur Zeitner.

— J'ai le sens de l'observation. J'ai l'habitude d'entendre des confessions, et de faire le tri entre le vrai et le faux.

Le psychiatre secoua la tête.

— Vous êtes féministe, non ? Vous souscrivez sans doute à la thèse selon laquelle beaucoup de filles sont violées par leur père. Votre sympathie pour Emily, et l'ardeur de vos préjugés, ont fort bien pu lui donner l'intuition, inconsciemment bien sûr, que vous étiez à même de croire à une histoire d'inceste. Je ne dis pas que vous l'avez délibérément encouragée à s'imaginer que son père la violait, mais d'une manière inconsciente, vous l'avez incitée à présenter cette version des faits.

» Après avoir tué sa mère, poursuivit Zeitner, et passé une semaine dans des souterrains à quasiment mourir de faim, Emily s'est trouvée suffisamment désorientée pour imaginer absolument n'importe quoi. Il faut que nous lui donnions les médicaments qui conviennent à son cas, et qui lui permettent de se souvenir. Elle a besoin de l'aide d'un « professionnel » pour ça, pas d'un amateur.

Fabian acquiesça d'un hochement de tête.

— Vic, je ne peux qu'approuver ce que vient de dire le docteur Zeitner. Je suis le père d'Emily, et j'insiste pour que tu n'aies plus aucun contact avec elle. J'ai donné des ordres très stricts à l'hôpital, pour qu'on ne te laisse plus pénétrer dans sa chambre. Ni toi ni tes amis — ces gangsters, sans doute bien intentionnés, que j'ai trouvés devant sa porte hier. Inspecteur Finchley, vous comprendrez certainement que j'ai beaucoup à faire. Si vous n'avez plus de...

— J'ai une question, Mr Messenger. (C'était Conrad.) Quand vous souvenez-vous avoir vu votre batte de base-ball dans votre entrée pour la dernière fois ?

L'amabilité courtoise de Fabian se nuança d'un certain dédain.

— Etant donné les circonstances, la plupart des tribunaux me pardonneraient d'avoir oublié ce détail, sergent. J'espère que vous me tiendrez au courant des progrès de votre enquête, inspecteur Finchley.

Zeitner et lui quittèrent la pièce. Finchley se pencha au dessus de la table et éteignit le magnétophone.

— Tout ce qu'ils racontent est très plausible, Vic.

— Je sais, Terry. Le médecin et l'avocat — un duo de choc. Emily aussi, est tout à fait crédible. J'espère que vous irez interroger miss Higgins, l'infirmière, avant de commettre l'irréparable, comme d'inculper Emily.

Terry serra les lèvres, ce qui lui fit une bouche en lame de couteau.

— Ecoute, Vic, ce credo des années soixante-dix comme quoi les flics sont des salauds, c'est passé de mode. Et en plus avec moi ça ne prend pas.

— Comment se fait-il qu'on donne dix fois plus de poids à la version du père qu'à celle de la fille ? explosa l'officier de police Neely. Est-ce parce qu'il est un homme et elle une femme ? Ou parce qu'il gagne beaucoup d'argent ? S'il s'agissait d'une famille noire qui vit des subsides de l'Etat, est-ce que vous accorderiez une plus grande attention aux dires de la jeune fille ou pas ?

Nous avions tous sursauté quand elle s'était lancée dans sa tirade indignée. Nous l'avions si peu entendue durant la réunion que nous avions oublié sa présence.

— On a beaucoup écrit, ces derniers temps, sur la manipulation des enfants. Il est très facile de les persuader qu'ils sont maltraités, lui dit Terry. Emily Messenger a passé une semaine dans les souterrains avec une femme qui prétend fuir un mari violent. Cette jeune fille a très bien pu être influencée par l'histoire de Tamar Hawkings.

— C'est le refrain de Zeitner, oui, dit Neely. Mais qu'est-ce que tu penses, toi, Terry ? Tu crois réellement que Vic — miss Warshawski — ment, quand elle dit qu'on a essayé d'étouffer Emily ?

Terry bougea sur son siège, mal à l'aise.

— Je ne crois pas que Vic mente. Mais elle a subi un grand stress, elle aussi. Je voudrais parler à Anton avant de tirer la moindre conclusion.

Je sentis mes joues chauffer sous l'effet de la colère, mais avant que j'aie le temps de parler, Neely déclara, d'une voix tremblante d'émotion :

— Je refuse de jouer le moindre rôle dans l'arrestation d'Emily Messenger, Terry. Si tu veux faire un rapport sur moi pour insubordination ou m'envoyer patrouiller dans Wentworth, ça m'est égal.

Elle sortit de la pièce en un éclair, claquant la porte derrière elle. Terry et Conrad se tenaient debout, figés, à l'autre bout de la table. On aurait dit deux figurines de bois.

— Ne me reproche rien, Terry — je ne suis pas allée lui fourrer dans la tête des suggestions subliminales à l'encontre de Fabian Messenger.

Je n'avais pas eu l'intention de parler sur un ton aussi amer.

— Tu ne peux donc pas envisager l'idée que tu te trompes ? dit Conrad.

— Je pourrais me tromper. Ça m'arrive souvent. Mais je ne me méprends pas sur ce que j'ai vu à l'hôpital, la nuit dernière. Ni sur ce qu'Emily m'a dit, hier matin. Pas plus que je ne m'abuse en ce qui concerne Deirdre Messenger : elle attendait réellement quelqu'un à mon bureau, le soir où on l'a tuée. Encore une chose à laquelle tu refuses d'accorder le moindre crédit. Vous vous demandez si vous devez arrêter Emily Messenger ou pas. Et pendant ce temps-là, il y a un homme lâché dans la ville qui a essayé de la tuer. Sans doute sur l'ordre de Gary Charpentier, voire même d'Alec Gantner ou de Jasper Heccomb.

Je me souvins tout à coup de la première fois où j'avais vu Gary Charpentier.

— En fait, j'ai entendu Jasper Heccomb discuter de ce meurtre avec lui. Sous-traiter le travail ! C'était du meurtre de Deirdre qu'ils parlaient !

Ils ne comprenaient pas ce que je voulais dire. Je leur racontai ma rencontre avec Charpentier chez Home Free, deux semaines plus tôt. Je leur expliquai que Charpentier avait eu l'air déconcerté quand j'avais cité le nom de Deirdre. Finchley me dit que cela ne prouvait rien.

Conrad fronça les sourcils.

— Tu prends cela trop à cœur, Vic.

— Chaque fois que vous avez vu Fabian, il s'est conduit comme le bon professeur de droit, l'homme posé. Mais moi, je me suis retrouvée avec lui en privé, à trois reprises, et je l'ai vu agir différemment. Frapper sa femme. Rabaisser sa fille. Et puis j'ai écouté le récit d'Emily, sur le soir du meurtre. Les détails étaient trop... trop... criant de vérité pour quelqu'un souffrant d'amnésie hystérique. Je ne suis pas hyper-émotive. Je suis un témoin digne de foi.

— J'ai confiance en ton jugement, dit Conrad, avec l'accent de sincérité exagéré de qui n'en croit pas un mot. Tu pourrais avoir confiance dans le nôtre. Il y a tout de même quinze ans qu'on est dans la police.

Je hochai la tête avec circonspection.

— Vous êtes de bons policiers, l'un et l'autre. J'ai eu l'occasion de le constater de nombreuses fois.

— Alors n'aie pas l'air de m'en vouloir parce que je ne suis pas d'accord avec Mary Louise et toi ! tonna Conrad.

C'était à mon tour de froncer les sourcils.

— Il n'est pas seulement question de décider si Emily est hystérique ou non, mais de savoir qui est l'homme dont elle a vu les pieds le soir où Deirdre s'est fait assassiner. Et qui Anton a essayé de tuer, au service de pédiatrie, hier soir.

Finchley eut un geste exaspéré.

— Toute la question est là. Rien ne prouve qu'il se trouvait à ton bureau le soir où Deirdre s'est fait tuer, mais tout, y compris son propre récit, indique qu'Emily, elle, y était. Le docteur Zeitner pourrait avoir raison : si elle a tué sa mère, elle est trop accablée pour l'admettre, alors elle rejette la faute sur d'autres.

Il se dirigea vers la porte, puis s'arrêta pour me regarder.

— Je veux bien accepter un compromis, mais un seul : nous ne mettrons pas ce mandat à exécution avant d'avoir retrouvé Anton et entendu sa version des faits. En échange, tu ne devras chercher à revoir Emily sous aucun prétexte. N'oublie pas que son père t'a interdit d'avoir le moindre contact avec elle. Il faut d'ailleurs que je voie le personnel de l'hôpital à ce sujet.

Il me regarda durement. Je hochai la tête d'un air ironique.

Quand il fut parti, Conrad me passa un bras autour des épaules.

— Et maintenant, miss W. ?

— Maintenant quoi ? Tu veux parler de nous ? Je ferais mieux de regagner mes pénates, même si tout y est sens dessus dessous. Nous... il y a trop de... (Ma voix trembla et je dus faire un effort pour me ressaisir.) Je n'ai pas l'intention de rompre avec toi, mais ça nous fera du bien de vivre chacun dans notre coin pendant quelques jours.

Conrad retira son bras et mit ses mains dans ses poches.

— Mais si ce type, ce Charpentier, dit vrai, Anton te cherche pour t'éliminer. Toi, et pas cette fille — Emily.

— Dans ce cas il me trouvera, où que je sois.

Je remontai le couloir d'un pas traînant qui n'avait rien à voir avec la fatigue musculaire. J'avançai mains dans les poches, tête baissée, ignorant le monde autour de moi. J'étais en train d'ouvrir la portière de ma voiture, quand l'officier de police Neely me tapota le bras. Je sursautai et fis volte-face, terrifiée.

Elle avait le visage rouge, comme si elle avait pleuré. Elle était trop affectée par ses propres problèmes, pour voir que j'étais préoccupée.

— Il faut que je vous parle.

Sa voix s'était muée en une plainte rauque.

Je lui fis signe de s'installer sur le siège du passager. La Trans Am fait trop de bruit pour qu'on puisse avoir une conversation intime à l'intérieur. Je pris la direction de Montrose, jusqu'au lac. Je me garai, j'arrêtai le moteur, puis m'adossai à mon siège. Neely regardait droit devant elle.

— J'ai un père comme Fabian Messenger. Vous l'avez sans doute deviné, dit-elle, très vite.

— Je voyais bien que quelque chose vous touchait personnellement dans cette affaire, dis-je.

— Je ne sais plus quel âge j'avais quand mon père a commencé à venir dans ma chambre, le soir. Peut-être sept ans. Ma mère...

Elle s'interrompit. Sa voix tremblait trop pour qu'elle puisse parler.

Après quelques minutes, elle poursuivit son récit, sur un ton monocorde. Je souffrais pour elle.

— J'ai dit à ma mère qu'il me faisait mal, le soir. Elle m'a lavé la bouche avec du savon pour me punir d'avoir dit des choses sales. En grandissant, j'ai fait partie d'une bande de délinquants. J'ai fini par fuir la maison et venir à Chicago. J'ai vécu dans des squatts, au coin de Clark et de Division. J'ai connu le sexe et la drogue, mais pas le rock n'roll.

Elle rit, avec dérision.

— A dix-huit ans, j'avais déjà été enceinte trois fois. La troisième fois, la clinique où j'avortais m'a envoyée chez une conseillère psychologique. J'ai arrêté de prendre des drogues. Je me suis mise à travailler. J'allais aux cours du soir. Puis j'ai passé mon bac. Ensuite, j'ai réussi l'examen d'entrée à l'école de police, et je suis devenue policier. Il y a treize ans que je n'ai pas mis les pieds chez mes parents. Mon père est pasteur. Un saint, dans la communauté protestante. Le mercredi soir, les fidèles prient avec lui pour que revienne cette fille ingrate qui ne téléphone jamais, qui ne vient jamais le voir.

Un coureur solitaire passa près de la voiture. Je regardai ses jambes, jusqu'à ce que son short et sa chair se fondent en une espèce de voile gris.

— C'est très courageux de votre part d'avoir rompu définitivement avec votre famille, dis-je.

Pour la première fois elle tourna ses yeux vers moi. Elle avait un regard intense.

— Je ne vous ai pas raconté mon histoire pour susciter votre sympathie. Je suis entrée dans la police pour pouvoir arrêter les salopards comme mon père. Vous comprenez ? Mais là, c'est la victime qu'on me dit d'arrêter, pas le salopard. C'est comme s'ils me demandaient de m'envoyer moi-même en prison. Ou pire, dans un hôpital psychiatrique, dont une fille comme Emily ressortira brisée.

Je repensai à l'image que Neely m'avait donnée d'elle, depuis toutes ces années : toujours distante, travaillant plus dur que tous les flics que je connaissais, y compris Conrad.

— La police a été votre famille jusqu'ici, non ? Qu'allez-vous faire ?

— Je ne sais pas, murmura-t-elle. S'il faut que je démissionne à cause de cette histoire, je démissionnerai, mais — qu'est-ce que vous feriez, à ma place ?

Je secouai la tête.

— Je ne sais pas. Le pire qui puisse arriver à Emily c'est qu'on l'arrête, sans parler du fait qu'on pourrait la tuer. Mais il ne faut surtout pas qu'elle retourne chez son père.

— Si elle retourne chez Fabian, elle finira dans un squatt, cracha Neely. Il lui faut un lieu où elle se sente en sécurité, et une conseillère psychologique comme la mienne. Malheureusement, celle-ci est partie dans le Kansas.

— J'en connais une très bien, dis-je. Et je connais un endroit où elle serait en sécurité. Seulement je ne suis pas sûre de pouvoir accéder à sa chambre. Terry va demander qu'on mette un garde devant la porte.

52

UNE SOURIS S'EST ÉCHAPPÉE

J'arrivai chez moi vers une heure, trop fatiguée pour m'inquiéter de la présence d'ennemis. Je garai la Trans Am juste devant mon immeuble, puis je pénétrai dans le vestibule sans même scruter les alentours. Une fois à la maison, je posai mon sac à dos dans l'entrée, branchai l'alarme, et me laissai tomber sur mon lit tout habillée.

Lorsque je me réveillai, il faisait nuit. Je restai allongée sous ma couette à regarder le ciel noir par la fenêtre. Pourquoi Terry et Conrad ne m'écoutaient-ils pas ? Finchley se sentait-il coincé entre Kajmowicz et Fabian au point de ne pas tenir compte de certains faits essentiels, tels cette tentative de meurtre contre Emily, ou l'agression contre moi ?

J'en avais assez de ce bras de fer contre tout le monde. Tout ce que j'y avais gagné, c'étaient des coups sur la tête, un appartement mis à sac, et des accusations de la part de crétins prétentiards comme Zeitner.

Je descendis de mon lit, puis j'imitai le vrombissement d'un moteur d'avion.

— L'escouade de femmikases arrive ! Attention, les mecs ! Garez vos bites et couchez-vous !

Le fait de crier à pleins poumons me fit du bien. J'allai dans mon salon, et entrepris de ramasser les papiers qui jonchaient la moquette. Si je voulais qu'on arrête au moins l'un des mousquetaires, je devais reconstituer les diverses étapes du blanchiment de l'argent via Home Free. Cependant, cela ne prouverait pas que Deirdre était au courant. De rage, je donnai un coup de pied dans le tabouret du piano.

J'avais remis en place les livres et les papiers, et je m'attaquais au grand placard, lorsque Fabian et Finchley débarquèrent, avec un officier de police que je ne connaissais pas. Je fermai ma porte et les accueillis sur le palier.

— Terry, Fabian, quelle surprise. Qu'est-ce que vous voulez, ce soir ?

— Emily, dit Finchley.

— Quel odieux parfum de déjà vu. (Je regardai ma montre.) Les sous-sols du Loop sont toujours inondés, ou est-ce que nous sommes revenus une semaine en arrière ?

— Warshawski, je t'en prie ! s'écria Fabian, d'une voix brisée. Ne me tourmente pas ! Dis-moi simplement où est ma fille.

— Terry, je suis crevée. (Je n'avais pas la force de supporter le cinéma de Fabian ce soir.) Messenger est devenu fou, ou est-ce qu'il se trompe à nouveau d'adresse ?

D'une voix coupante, Terry m'annonça qu'Emily avait disparu.

— On t'avait dit de ne plus chercher à la revoir, lâcha-t-il, hostile. Je pourrais t'arrêter, tu sais. Son père a porté plainte. Mais il veut bien fermer les yeux, si tu fais réapparaître sa fille.

— Comme un lapin d'un chapeau ! crachai-je. J'ignore où elle se trouve. Depuis que je lui ai sauvé la vie, tôt ce matin, je n'ai pas revu Emily Messenger, je ne lui ai pas parlé, ni téléphoné. Et maintenant fichez le camp, et dépêchez-vous de signaler sa disparition !

— Arrête de nous bourrer le mou, dit Finchley, d'un ton sec. L'une des infirmières nous a dit qu'une femme officier de police, qui était déjà venue la voir plusieurs fois, a quitté l'hôpital avec elle à midi. Une femme. Avec des cheveux courts. Je pourrais te faire venir au poste pour une identification. Mais on va plutôt fouiller ton appartement.

— Vous feriez mieux d'avoir un mandat, dans ce cas. Dites aussi au lieutenant Mallory qu'il s'attende à ce que je porte plainte pour harcèlement. Je vais m'y employer dès demain matin.

— J'ai un mandat, dit Terry, sur un ton cassant. Voilà l'officier de police Galatea. Il va s'occuper de la perquisition.

Je pris le papier des mains de Galatea et l'étudiai. Maîtrisant ma colère, je les laissai entrer dans mon appartement, puis je me plantai devant la télévision. Pendant qu'ils ouvraient les placards, défaisaient les lits, cherchaient dans la cave et dans le grenier, je vis les Cubs commettre trois erreurs coup sur coup.

Finchley voulut perquisitionner également chez Mr Contreras. Quand je lui dis que mon voisin se reposait chez sa fille, il crut bien m'avoir coincée. Je refusai de lui donner le numéro de téléphone de Ruthie à Elk Grove Village, ce qui l'obligea à appeler le poste de police pour demander à quelqu'un de retrouver son nom par l'intermédiaire de l'hôpital.

Nous attendions l'information en silence, quand tout à coup Terry déclara :

— Au cas où tu te poserais la question, nous sommes déjà allés vérifier chez ton amie Lotty et chez Mr Lœwenthal. Tu sais que le kidnapping est un crime fédéral, n'est-ce pas, Vic ? Quant à cacher un prévenu, c'est un crime contre l'Etat.

J'avais les yeux comme des lance-flammes. J'aurais voulu que mon regard pût le brûler.

— Il faut te décider, Finchley : Emily est-elle une victime, ou une horrible criminelle ? Pourquoi veux-tu la retrouver : pour la protéger ou pour la tourmenter ? Ceci dit, je te rappelle que nous avons eu exactement la même discussion il y a huit jours. Et pendant que tu me harcelais, Emily était en danger. Maintenant je te préviens : il y a un homme à ses trousses, un homme qui a assassiné sa mère et qui pense qu'elle peut l'identifier. Cet homme l'a peut-être enlevée, dans le but de lui faire vraiment du mal, et tu es là, à m'insulter et à violer la vie privée de mes amis ? Je vous l'ai déjà retrouvée une fois. Vous allez vraiment passer pour une bande de crétins, dans la presse — et auprès de Kajmowicz — , si jamais je recommence. Vous feriez mieux de prier pour que je la retrouve vivante.

Finchley fronça les sourcils à mon endroit.

— Merci d'avoir été aussi obligeante envers une police à ce point débordée. Je te connais, Vic, c'est bien ça le problème. Pour toi, kidnapper cette enfant serait un acte tout à fait noble.

— Merci, Terry. Je suis très honorée que tu penses ça de moi.

Je lui fis une révérence ironique, puis je retournai voir les Cubs.

Le poste de police rappela pour donner le numéro de Ruthie. Avant que Terry ait eu le temps de le composer, je lui suggérai de me laisser parler à Mr Contreras.

— Il ne te laissera pas pénétrer chez lui sans un mandat, sauf peut-être si je lui demande. Et plus vite tu constateras qu'elle n'est pas là, plus vite tu iras la chercher ailleurs.

Fabian émit une objection : il ne fallait pas me laisser la possibilité de communiquer des instructions à mon complice. Je lui proposai d'écouter la conversation sur l'autre poste, dans la chambre. Terry, qui avait déjà eu affaire à mon voisin, prit mon parti. Fabian, trépignant d'impatience, dut subir le compte rendu de Mr Contreras sur la vie en banlieue, sur l'état de santé des chiens — que ses petits-fils promenaient, alors inutile de t'inquiéter, poupée — , sur la façon dont on lui faisait ses piqûres contre la rage — c'était affreusement douloureux, mais rien, comparé à l'éclat d'obus qu'il avait reçu à Anzio, donc, encore une fois, pas la peine de m'inquiéter. Mon voisin était consterné, à l'idée qu'Emily avait à nouveau disparu.

Fabian avait tenté de l'interrompre à plusieurs reprises, ce qui finit par mettre Mr Contreras hors de lui.

— Plutôt que d'importuner Vic, vous feriez mieux d'essayer de retrouver vos enfants ! Nous les avons déjà sauvés une fois. Vic vous avait dit de poster un garde devant la chambre d'Emily. Vous ne faites que des conneries — excuse-moi, poupée, mais ce crétin mériterait qu'on lui apprenne un peu la vie.

— Alors ils peuvent aller jeter un coup d'œil chez vous ? m'enquis-je. Plus vite ils auront vu qu'elle n'est pas là, plus vite ils pourront se mettre à la chercher ailleurs.

Après une dernière tirade indignée, Mr Contreras donna son autorisation. Il était impatient de rentrer chez lui. Toutefois, lorsque je lui demandai s'il supporterait de rester chez Ruthie jusqu'à samedi, il accepta ce contretemps, mais me quitta avec un accent de nostalgie dans la voix.

— Tu ne vas pas m'abandonner là définitivement, hein ?

— Je viendrai vous chercher dès que je serai suffisamment calme pour être sûre de n'écraser personne en chemin, lui dis-je.

Quand il eut raccroché, j'allai chercher le double de ses clés dans ma boîte à outils, puis les donnai à l'officier de police Galatea. Il était désormais clair pour tout le monde qu'Emily ne se cachait pas dans l'immeuble, mais Galatea et Fabian allèrent malgré tout chez Mr Contreras. Je les accompagnai, pour m'assurer qu'ils n'abîmeraient rien. Fabian était suffisamment déséquilibré pour casser des meubles dans un accès de rage.

Terry ne s'excusa pas de cette inadmissible intrusion.

— Je veux que tu saches, Vic, que je t'ai collé deux flics aux fesses. Ils ne vont plus te lâcher. Si tu as planqué cette fille quelque part, on la trouvera. Tu risques gros, crois-moi.

— A mon avis, c'est plutôt toi qui est mal barré, Finchley. Maintenant, dégage.

Dès que je vis sa voiture démarrer, je fonçai au restaurant Belmont. Pour dîner, et passer un coup de fil. Car mon téléphone était sur écoute, sans nul doute.

Après avoir commandé un poulet rôti, j'appelai Lotty.

— Je suis désolée que tu aies dû subir la visite de la police.

— Ce n'est pas grave, Vic. Mais je pense à cette pauvre jeune fille. Qu'est-ce qui a bien pu lui arriver ? Tu crois que...

Je l'interrompis.

— Je n'en suis pas sûre à cent pour cent, mais je crois qu'elle est en sécurité.

Lotty se tut quelques instants, puis me dit :

— Tu ne l'as pas cachée quelque part avec ton voisin ?

— Mais non.

— Bon, dit Lotty. Autrement, tu es sûre que ça va ? Tu ne veux pas venir passer la nuit à la maison ?

— Je vais dormir dans mon propre lit, pour une fois. J'ai besoin d'être chez moi. Mais merci tout de même.

Lorsque mon dîner arriva, je mangeai avec appétit, mais sans joie. J'aimais beaucoup Conrad. Mais je n'aime personne suffisamment pour supporter d'être traitée de cette façon. Je n'éprouvais pas le moindre scrupule à faire travailler inutilement une équipe de policiers.

— Ils auraient tout de même pu m'écouter, dis-je, à haute voix. Voilà ce qu'ils gagnent, à ne pas faire confiance aux femmes.

— Tu l'as dit, ma belle.

Je ne m'étais pas rendu compte que la serveuse, qui n'était pas bien loin, pouvait m'entendre.

— S'ils nous écoutaient plus souvent, les choses iraient sûrement beaucoup mieux, conclut-elle.

53

LES TRENTE-NEUF ÉTAGES

Le lendemain matin, je fourrai quelques outils dans une serviette, avant d'aller prendre le bus sur Clark Street, direction le Loop. Je descendis à Madison, à environ huit cents mètres du Gateway Building.

Certaines sociétés sises sur le Loop avaient réussi à rouvrir. Cependant, même les entreprises installées dans les gratte-ciel où l'on n'avait pas coupé l'électricité, devaient attendre qu'on ait asséché les tunnels et déclaré les fondations intactes, avant de reprendre une activité normale. Dans le centre-ville, on continuait à pomper frénétiquement, et plusieurs rues étaient barrées. Des embouteillages dantesques se formaient dans les artères où l'on pouvait encore circuler. Encombrements encore aggravés par le fait que les feux ne fonctionnaient toujours pas. Des agents de police excédés tentaient de recréer un semblant d'ordre, voire de civilité, parmi ces hordes d'automobilistes en furie.

Certains des immeubles à l'ouest du fleuve étaient éclairés et fort peuplés, mais pas le Gateway Building, à mon grand soulagement. Ses fenêtres aveugles étaient comme autant d'yeux noirs sur le ciel gris.

Je tambourinai à la porte. Le gardien me laissa entrer. Je lui montrai brièvement un vieux badge que j'avais déniché dans mon placard la veille au soir. J'étais censée travailler pour la mairie.

— Je dois vérifier qu'il n'y a pas de rongeurs aux étages où l'on prépare la cuisine. Pouvez-vous me dire où je dois commencer ? A moins que vous préfériez m'accompagner ? On nous a parlé de rats gros comme des castors, dans certaines tours.

Le gardien s'empressa de m'affirmer qu'il se désintéressait totalement des rats, que la salle à manger des cadres était au trente-sixième étage, et la cafétéria des employés au sous-sol. J'avais bien fait de brandir le spectre des rats géants. Après cela, il n'avait regardé mon badge qu'avec distraction — heureusement : c'était celui d'un homme qui ne faisait plus de politique dans ce comté depuis trois ans.

— Il va falloir que vous montiez à pied, me prévint-il. Nous n'avons plus d'électricité.

Je poussai un grognement faussement exaspéré.

— Les bureaux des cadres sont-ils au même étage que leur salle à manger ? Il faut que je puisse avertir Donald Blakely ou Eleanor Guziak le plus vite possible, si jamais je vois des rats.

— Il n'y a personne, mademoiselle. Les gens ne peuvent pas venir travailler, c'est trop dangereux. Mr Blakely et ses directeurs sont venus chercher les documents confidentiels mardi. Vous auriez dû les voir : Mr Blakely leur a fait faire la course sur trente étages, et c'est lui qui a gagné ! Certains des jeunes, des gars de vingt-trois, vingt-quatre ans, ont dû abandonner à mi-chemin. Vous vous rendez compte !

— Espérons que je ne vais pas capituler, dis-je, en souriant.

Puis je me dirigeai vers la porte de l'escalier, en suivant ses explications.

Je m'efforçai de grimper lentement, mais de manière régulière, m'arrêtant fréquemment pour étirer les muscles de mes mollets. Il y avait de petites appliques, à chaque palier, éclairant faiblement les escaliers. Je pouvais donc voir où j'en étais.

Aux alentours du quinzième étage, j'abandonnai ma serviette, après avoir fourré mes rossignols et mes gants en caoutchouc dans mes poches. Vers le vingt-deuxième étage, j'avais les jambes en feu. Lorsque j'atteignis le trentième, je dus m'asseoir une minute après chaque volée de marches, pour récupérer. Quand finalement j'arrivai devant la porte du trente-sixième étage, j'avais l'impression d'avoir des élastiques à la place des jambes. Je m'allongeai sur le sol de l'entrée pendant dix minutes, les jambes relevées, appuyées contre le mur. Je restai dans cette position jusqu'à ne plus éprouver qu'une vague lourdeur dans les mollets. Alors je me relevai, et partis en chancelant dans les couloirs, vers le bureau de Blakely.

Je me surpris à passer devant des bureaux vides sur la pointe des pieds. Un lieu habituellement rempli d'humains qui s'agitent, pris dans la danse frénétique des affaires, ne paraît pas seulement triste, mais ridicule, une fois abandonné. Je ressentis une envie absurde de tapoter les murs pour les rassurer. Je voulais que l'immeuble sache que j'avais de bonnes intentions à son égard, afin d'en faire mon allié dans mes recherches.

Arrivée devant le bureau de Blakely, j'enfilai mes gants. La porte extérieure était fermée à clé. J'avais oublié d'apporter une lampe électrique. Aussi passai-je un peu trop de temps, à mon goût, à ouvrir la serrure. Je ne pensais pas que le gardien allait s'amuser à monter les étages derrière moi, mais il pouvait fort bien disposer d'un ascenseur fonctionnant sur générateur.

La porte s'ouvrit sur la suite directoriale type : le bureau de la secrétaire, avec un comptoir de réception, un espace pour les visiteurs, la salle de conférences, dont la porte était ouverte, et le bureau du saint des saints, fermé, lui.

Je ne m'occupai pas du bureau de la secrétaire, ni des classeurs de rangement, partant du principe que son patron se gardait bien de lui dévoiler ses secrets compromettants. La porte de Blakely céda sous les assauts des mêmes rossignols que pour l'antichambre.

Une fois à l'intérieur de la pièce fantomatique, je m'activai. Blakely avait un bureau avec un tiroir sous le plateau, et un classeur de rangement en acajou. Tiroir et classeur étaient fermés à clé, mais s'ouvrirent facilement. J'entrepris d'en extirper des dossiers, plissant les yeux pour réussir à déchiffrer les noms sur les étiquettes, dans la pénombre. Heureusement, Blakely avait un bureau en angle. Je disposai donc de deux rangées de fenêtres.

Tout en sifflotant entre mes dents, je feuilletai des rapports sur les emprunts, l'expansion, les profits, les clients d'outre-mer, les avantages des investissements en zones franches, les petites banques qui pourraient représenter des proies possibles, le personnel.

Les rapports confidentiels sur le personnel ne me regardaient pas. Je les remis dans le tiroir du bureau. Je parcourus rapidement le dossier sur les petites banques à ne pas perdre de vue, mais n'y trouvai nulle trace de la Century Bank. Les clients d'outre-mer représentaient une belle brochette d'hommes d'affaires du Moyen-Orient. J'allais remiser ce dossier dans le tiroir, quand le nom de Gant-Ag me sauta aux yeux.

Je poussai un fauteuil à roulettes devant la fenêtre, pour pouvoir lire plus facilement, et feuilletai à nouveau ce dossier, jusqu'à ce que je retombe sur Gant-Ag. Leur nom était cité dans une lettre d'un certain Manzoor Khalil, dont le papier à en-tête indiquait qu'il faisait de l'exportation, et avait deux bureaux : l'un à Karachi, l'autre à Amman. Il remerciait Blakely de lui avoir donné l'occasion de travailler avec Gateway et Gant-Ag, et lui assurait que les produits agricoles de Gant-Ag — en capitales dans la lettre — avaient atteint leur destination sans encombre.

« Mon client est extrêmement satisfait des services de Gant-Ag. Il a déposé le paiement, comme convenu, dans une banque des Iles Caïmans. J'attends vos instructions pour transférer l'argent depuis ce compte sur celui de votre client. »

En conclusion, Manzoor Khalil se considérait comme le très estimé et obligé collègue de Donald Blakely.

Si Gant-Ag faisait des affaires avec le Moyen-Orient, pourquoi l'argent ne pouvait-il transiter directement sur leur compte ? Ils avaient probablement des agents dans le monde entier, pour opérer les transferts. Même s'il s'agissait d'un pays où la situation politique rendait les affaires hasardeuses, ils pouvaient fort bien se faire payer en dollars dans la banque de leur choix. Pourquoi demander au client de déposer de l'argent sur son propre compte, dans quelque paradis fiscal ? Je ne comprenais rien à ces manœuvres tordues.

Soudain je me souvins de la lettre que j'avais dérobée à Fabian Messenger. Le sénateur Gantner le remerciait de ses conseils sur l'amendement Boland. Je n'y avais pas pensé, sur le moment, mais le sénateur devait avoir des dizaines d'avocats dans son personnel, capables de lui donner toutes sortes de conseils sur les lois fédérales. Il s'était donc adressé à Fabian par souci de discrétion : personne, à Washington, ne devait pouvoir soupçonner que son entreprise familiale œuvrait dans l'illégalité.

Je ne savais pas grand-chose de l'amendement Boland. Interdisait-il uniquement les ventes d'armes aux rebelles du Nicaragua ? Ou s'opposait-il également à tout accord financier avec les pays où sévissaient des organisations terroristes ? Je me demandai comment Fabian réagirait si je l'appelais pour lui poser la question.

Mais à ce propos, le Congrès avait dû avoir vent des affaires discrètes de Gant-Ag : je me souvenais avoir lu que le jeune Alec et le frère du sénateur Craig avaient tous deux témoigné devant une commission spéciale du Sénat.

Ils avaient déclaré sous serment que Gant-Ag ne violait pas l'embargo. Les exportateurs de céréales avaient été parmi les plus grandes victimes de cette contrainte. Si les directeurs de Gant-Ag avaient jugé utile de violer l'embargo, il leur avait fallu faire appel à des intermédiaires, comme Khalil.

Et ce crédit de cinquante millions de dollars que la Century Bank faisait transiter par Home Free : était-ce l'argent des îles Caïmans, qu'une œuvre de charité recyclait pour Gant-Ag ?

Pas étonnant que Blakely et Heccomb n'aient aucune envie de me voir fouiner dans les affaires de la Century Bank, si cette banque et Home Free blanchissaient de l'argent pour Gantner. Les mousquetaires avaient annulé le prêt accordé à Lamia, car la Century Bank, après avoir été rachetée par la JAD, avait commencé à restreindre toutes facilités bancaires à l'égard des minorités. Après quoi, dixit Cyrus, ils avaient institué la loi du silence à l'hôtel de ville.

Tout s'était passé pour le mieux, jusqu'au moment où je m'étais mise à poser des questions. Gantner avait alors demandé à Phœbe de geler mon enquête. En échange, son papa lui obtiendrait le feu vert de la FDA pour tester son activateur cellulaire. Enfin, pour atténuer le coup porté à Lamia, ils avaient suggéré à Heccomb de confier un projet de rénovation aux femmes artisans.

Pas étonnant que Home Free ait cessé de s'occuper de l'hébergement des sans-abri. Si l'argent de Gant-Ag entrait aux Etats-Unis par leur intermédiaire, ils n'avaient plus le temps ni l'énergie nécessaires de jouer les agences de placement.

En outre, ils nageaient dans l'argent liquide. Alors pourquoi ne pas en réinvestir une partie dans le bâtiment ? En travaillant avec les Roumains, en les payant presque rien, ils pouvaient gonfler leur masse salariale et donner l'illusion que de grosses sommes d'argent passaient dans la construction d'immeubles.

Deirdre avait-elle eu vent de toutes ces magouilles ? Avait-elle découvert que la Century Bank accordait un crédit bidon à Home Free ? Etant la femme de Fabian, elle pouvait avoir appris que Gant-Ag cherchait le moyen de violer l'amendement Boland sans faire de vagues.

Je sentis ma gorge se nouer. Deirdre avait-elle fait part de ses découvertes aux mousquetaires ? Mais dans quel but ? Peut-être s'était-elle imaginé qu'ils la respecteraient parce qu'elle détenait leurs secrets. S'il y avait cinquante millions de dollars en jeu, ils pouvaient très bien l'avoir considérée comme un élément sacrifiable.

Je repensai à Deirdre, pendant ce dîner, ivre, agressive. N'avait-elle pas mentionné Jasper Heccomb, et déclaré que Blakely et Gantner étaient très contents de lui ? Ils avaient dû comprendre, ce soir-là, que leurs petits secrets étaient à la merci d'une bouteille de bordeaux. Si toutefois mes suppositions s'avéraient exactes.

Je pris une feuille de papier sur le bureau de Blakely, y inscrivis les coordonnées de Khalil, et la date d'envoi de la lettre. Je rangeai le dossier CLIENTS ÉTRANGERS dans le tiroir, puis sortis celui de Gant-Ag, le plus gros de tous.

Je jetai un coup d'œil à ma montre : il y avait plus d'une heure que j'étais là. Le garde allait-il se poser des questions ? Et dans l'affirmative, qu'allait-il faire ? Sans électricité, je ne pouvais rien photocopier. Il fallait que j'étudie ces papiers sur-le-champ.

Fébrile à l'idée que j'avais peu de temps devant moi, je feuilletai plusieurs liasses de papiers, sans trop savoir ce que je cherchais. Et tout à coup, j'entendis comme un ronronnement qui s'intensifiait peu à peu. Un ascenseur !

Je poussai un juron. Comme je l'avais craint, non seulement le gardien s'était douté de quelque chose, mais il disposait d'un ascenseur.

54

AU FOND DU PUITS

Je refermai le tiroir, glissai les papiers que je voulais emporter dans mon jean, puis sortis du bureau aussi vite que mes jambes exsangues me le permettaient. Je claquai les portes derrière moi, puis remontai le couloir au pas de course, mais en traînant la patte. Mes tendons protestaient. « Si vous ne faites pas un effort maintenant », leur dis-je, à haute voix, « c'est en prison que vous allez récupérer. »

Lorsque j'arrivai devant les ascenseurs, je collai mon oreille aux diverses portes, et finis par repérer l'origine du bruit. Où me cacher ? Je tournai la tête de tous côtés, désespérée. Et soudain je me souvins du comptoir de réception en acajou, dans l'antichambre du bureau de Blakely. Je retournai là-bas en trottinant, me glissai derrière le panneau de bois, et m'accroupis. A cet instant précis, la porte de l'ascenseur s'ouvrit.

J'entendis les pas du gardien, le bruit de l'électricité statique d'un talkie-walkie, et retins ma respiration. Le faisceau d'une lampe électrique vint balayer la réception. Le gardien ne jugea pas utile d'aller voir derrière le comptoir, à mon grand soulagement. Je l'entendis ouvrir la porte du bureau de Blakely. J'en profitai pour m'extirper de ma cachette, à quatre pattes.

J'avançai ainsi dans le couloir, jusqu'à l'ascenseur. Le gardien avait coincé une planche entre les portes, car l'ouverture automatique ne fonctionnait pas. Je me glissai à l'intérieur. Mes yeux commençaient à s'accoutumer à la pénombre. Je vis que le gardien avait démonté le panneau métallique des boutons de commande. Je repérai un levier que je tournai aux deux-tiers sur la gauche, tout en repoussant la planche avec mon pied. J'entendis le gardien jurer, alors que je m'enfonçais dans l'obscurité.

La cabine s'arrêta au onzième. Pas trop mal calculé : je

devais récupérer ma serviette au quinzième étage. Non seulement il y avait mes empreintes digitales dessus, mais mon nom était inscrit à l'intérieur, bien en vue, avec récompense promise à qui rapporterait ce précieux objet à sa propriétaire, à l'adresse suivante...

Je sortis le dossier de mon jean et fourrai les papiers sous mon tee-shirt. Puis je pliai la chemise cartonnée en quatre et la glissai entre les portes de l'ascenseur.

Une fois dans l'escalier, je tendis l'oreille. Silence complet. Le gardien ne s'était donc pas lancé à ma poursuite. De la sueur me coula le long du dos. Evidemment qu'il ne me suivait pas : il avait demandé du renfort avec son talkie-walkie.

Il penserait que j'allais descendre au rez-de-chaussée. C'est là qu'on m'attendrait, du moins l'espérais-je. Je commençai à calculer combien de temps il me restait, puis laissai tomber. De toute façon, il me fallait récupérer ma serviette.

Remonter quatre étages fut une épreuve terrible pour mes jambes — lourdes, brûlantes, douloureuses. Pour me donner du courage, je me dis que cette fois je montais, au lieu d'errer dans des caves. J'arrivai enfin au quatorzième étage, et repérai ma serviette, une volée de marche plus haut. Je m'arrêtai avant de redescendre, et tendis l'oreille. Personne n'était en train de me rattraper, ni par en bas, ni par en haut.

Au retour, je trouvai en moi une réserve d'énergie qui me surprit. Je réussis à redescendre trois étages en courant. Une fois dans l'ascenseur, je tournai le levier à fond sur la gauche. En temps normal, je serais arrivée au rez-de-chaussée. Mais cette commande manuelle me fit descendre jusqu'au sous-sol. Pas si loin des tunnels, finalement.

J'émergeai dans ce lieu obscur pistolet en main, mais sans grande inquiétude : si mon gardien avait appelé des alliés à la rescousse, ils m'attendaient dans l'entrée. Je repérais une lumière rouge indiquant la sortie. J'avançai avec précaution dans les ténèbres et arrivai devant la porte du garage. Cinq minutes plus tard, j'étais sur Canal Street.

Je hélai un taxi au coin de Washington, et me fis déposer devant chez moi. J'étais tellement épuisée que je ne vérifiai même pas si Anton m'attendait. Je montai les étages, titubante, mon Smith & Wesson, armé, en main : si Anton m'attaquait, je lui tirerais dessus sans tergiverser.

J'arrivai devant ma porte sans incident. Peut-être Terry me faisait-il vraiment suivre par ses copains. Peut-être les flics allaient-ils m'être utiles, pour une fois.

Aussitôt rentrée, je m'immergeai dans un bain chaud, non sans avoir rebranché l'alarme et refermé les verrous. Je marinai une heure dans la baignoire. Je vidais l'eau tiède et rajoutais de l'eau bien chaude toutes les dix minutes. J'étendais mes jambes, appuyant mes pieds contre le mur. Un vrai bonheur. Je profitai de cette heure d'inaction pour lire le dossier sur Gantner.

Les papiers que j'avais emportés ne faisaient pas mention des îles Caïmans. Ils donnaient un aperçu de la dette de Gant-Ag et de Gantohol, exposaient les modalités de remboursement, et faisaient référence au rachat de la dette de Gant-Ag par la Century Bank.

En sortant de mon bain, j'allai téléphoner à Murray dans le salon. J'avais composé les quatre premiers chiffres de son numéro, quand je me souvins que mon téléphone était sans doute sur écoute. J'enfilai mon jean, sortis, puis grimpai dans ma voiture. Je longeai Diversey, jusqu'à ce que je trouve un centre commercial avec une cabine téléphonique.

Je réussis à joindre Murray au journal.

— J'ai une hypothèse, mais il faut que je la vérifie. Tu peux me retrouver dans le North Side cet après-midi ?

— Ça concerne Emily Messenger ? demanda Murray. Il y a une rumeur comme quoi elle aurait à nouveau disparu, mais les flics, l'hôpital et le papa font les morts. J'aurais dû me douter que ce serait toi, ma meilleure source d'information.

— Les flics et le papa n'ont pas fait preuve de la même discrétion à mon égard : ils ont débarqué chez moi et chez mes amis avec des mandats de perquisition. D'ailleurs, maintenant que j'y pense, ça m'étonne que tu aies été épargné.

— Ils doivent savoir que tu n'es pas très amicale avec moi. Non, non, je retire ce que j'ai dit. Tu es merveilleuse. Désolé, je l'avais momentanément oublié. C'est toi qui caches la petite ?

— Je ne sais pas où elle est. J'ai conseillé à Finchley d'aller voir sur les chantiers de Home Free, mais ils ne tiennent pas vraiment compte de ce que je leur dis, ces derniers temps. Mon hypothèse établit un rapport avec Gantner, Heccomb, et probablement le meurtre de Deirdre.

Il était tellement excité à l'idée d'épingler l'un des Gantner, qu'il n'essaya pas d'en savoir plus sur Emily. Il me dit qu'il était occupé jusqu'à 2 heures et demie, mais qu'il serait devant chez moi à 3 heures.

— J'ai les flics au cul. Je vais descendre à Illinois Center. Tu n'auras qu'à me prendre à l'hôtel Fairmont. Tu connais l'entrée de service sur Wacker ?

— Oui, m'dame. Le mot de passe c'est : John a une grande moustache.

Je n'étais qu'à quelques centaines de mètres du métro aérien. Histoire de faire marcher les hommes de Terry, je laissai ma voiture au parking, puis descendis Diversey jusqu'à Sheffield. Là je montai les vieux escaliers menant sur le quai du métro. Sur Chicago Avenue, je hélai un taxi qui me déposa au coin de Wacker et de Michigan.

L'Illinois Center relie une douzaine d'immeubles, dont trois hôtels, par un réseau de passages souterrains. Ils étaient restés fermés quelques jours à cause des inondations, mais on les avait à nouveau rouverts. Les longs couloirs et les grands escalators me permirent de voir que je n'étais pas suivie. J'émergeai dans le hall du Fairmont à 3 heures précises. Puis je me dirigeai vers la sortie.

Murray m'ouvrit la portière côté passager.

— Heccomb n'est pas là, m'annonça-t-il. J'ai appelé depuis ma voiture, en t'attendant. Il ne devrait pas revenir avant 5 heures. Comment on fait ?

— On va la coincer. Si ce n'est pas une criminelle, elle va craquer.

Murray prit l'air moqueur.

— Le mot scrupule n'a donc jamais réussi à se frayer un chemin jusqu'à ton cerveau, Ô, Celle-Qui-Doit-Etre-Obéie ?

— Je ne connaissais pas ce mot. Et tu vois, je l'ai déjà oublié.

55

ON EN REVIENT A LA BATTE

Lorsque nous fîmes irruption à Home Free, Tish était courbée sur son clavier. Elle portait toujours son immense pull-over kaki.

— Salut ! lançai-je, de ma voix la plus chaleureuse. Je vous présente Murray Ryerson, du Herald Star. Il fait un article sur Home Free. Il veut vous interviewer.

Son teint terreux vira au rouge brique.

— Vous ne pouvez pas débarquer ici comme ça, n'importe quand ! Et puis vous ne pouvez pas m'interviewer. C'est Jasper qui répond aux journalistes, pas moi.

— Il a de bonnes raisons pour ça.

Je sortis mes rossignols de ma poche. Alors qu'elle ouvrait la bouche, outrée, je déverrouillai la porte du bureau de Jasper. Elle tendit la main vers le téléphone, mais Murray, tout en s'excusant, le débrancha et le posa par terre.

— Nous allons avoir une longue conversation, tous les trois, dis-je. Murray et moi allons nous asseoir. Comme je viens de vous le dire, ce n'est pas un hasard si Jasper vous a interdit de parler aux journalistes. Il a des choses à cacher. Sur lui, et sur ses amis. De très vilaines choses.

Tish s'était levée. Elle labourait le bras de Murray de coups de poing.

— Vous ne pouvez pas faire ça ! brailla-t-elle. Je vais appeler la police !

— Mais appelez-les, je vous en prie, dis-je, en ramassant le téléphone sur le sol et en rebranchant la prise. Je vais composer le numéro moi-même, comme ça nous serons sûrs que vous alertez bien les flics, et pas Anton ou Gary Charpentier.

Tish cessa de frapper Murray, pour me lancer un regard mauvais. Ayant à nouveau les mains libres, Ryerson en profita pour brancher son magnétophone et faire un essai de micro. J'attendis qu'il ait terminé son installation avant de poursuivre.

— Nous allons commencer par montrer aux flics les liasses de billets que Jasper garde dans son petit meuble fermé à clé. Vous savez bien, l'argent dont il se sert pour payer ses entrepreneurs au noir, lesquels utilisent ces revenus non déclarés pour rétribuer des immigrés clandestins roumains, sous-payés, tout en se mettant des milliers de dollars dans la poche.

Elle sourit d'un air méprisant, mais ne releva pas.

— Elle est au courant, pour les Roumains en situation irrégulière, dis-je à Murray. Sa mère va être ravie de lire ça dans les journaux.

— Nous ne faisions de mal à personne ! cracha Tish. Ils n'auraient pas gagné autant chez eux. S'ils ont vécu dans des conditions un peu difficiles pendant quelques mois, ce n'était pas comme être sans abri.

— C'est le discours de Jasper Heccomb, oui. Mais vous, Tish, êtes-vous sûre d'y croire ? lui demanda Murray, en la couvant d'un regard grave — et bleu. Sans parler du fait que des ouvriers américains auraient pu avoir un travail décent, plutôt que de se retrouver à la rue, est-ce que vous approuvez cette façon de faire ?

Comme Tish se pétrissait les mains sans répondre, j'ajoutai :

— Vous saviez qu'on les payait au noir. Mais est-ce que Jasper vous avait dit qu'il gardait cinq millions de dollars dans ses tiroirs ?

Elle leva la tête, éberluée, et lâcha :

— Vous vous trompez. Il m'a montré cet argent, lundi. Il y avait quinze mille dollars !

J'acquiesçai d'un hochement de tête.

— Il fallait que Jasper vous les montre, parce que j'avais pénétré ici par effraction vendredi soir, et vu des tiroirs pleins à ras bords de billets de cent dollars. Il a pensé que s'il était le premier à vous parler de cet argent, vous le croiriez. Il vous a souvent menée en bateau, et vous avez marché, parce vous avez « besoin » de le croire. Il s'attend à ce que vous gobiez ces bobards une fois de plus. Mais écoutez-moi bien, Tish. Jasper et ses amis vont très certainement se retrouver en prison, et pour un bon moment. A vous de décider si vous voulez y aller avec eux. Si les choses tournent mal, cela ne me surprendrait pas que Jasper essaie de vous faire porter le chapeau. Il pourrait très bien dire que ces tripatouillages ont commencé quand vous êtes arrivée. Je sais qu'Anton travaille pour eux. Vous connaissez Anton, n'est-ce pas ?

Elle feignait de regarder par la fenêtre, comme si ce que je racontais ne l'intéressait pas. Mais toutes ses émotions s'inscrivaient sur son visage, avec une intensité douloureuse. Malgré ses grands airs, elle tremblait de peur.

— Vous pouvez vous épargner beaucoup d'ennuis en parlant maintenant. Ou bien juger que le peu d'attention que Jasper vous accorde mérite de passer cinq ans dans un pénitencier.

— C'est vous qui irez en prison ! s'écria-t-elle. Vous

venez d'admettre que vous aviez pénétré ici par effraction !

— Oui. J'ai commis un acte illégal. Je l'admets. Les flics le savent, d'ailleurs, — enfin, Conrad le savait — et ils ne sont pas contents. Mais ils n'ont pas cherché à m'arrêter. De toute façon, c'est la police fédérale, qui va s'occuper de Jasper. Ça va être l'occasion de voir si le sénateur Gantner a suffisamment d'influence pour réduire le FBI au silence.

Tish me lança un regard mauvais puis me dit, en relevant le menton, d'un air de défi :

— Je savais que Jasper employait des gens au noir, mais ce n'est pas un délit si grave que ça. Le pire qui puisse arriver, c'est qu'on ait une amende. Tout le monde veut qu'on construise des logements à bas prix pour les sans-abri, mais personne ne veut régler la facture. S'il fallait qu'on paie les charges sociales exigées par les syndicats, la majorité de ces gens seraient encore...

— A la rue. Je sais, l'interrompis-je. Mais là n'est pas la question. Quelques millions de dollars détournés en quelques années, ce n'est rien, comparé à leurs autres activités.

» Jasper, Alec Gantner et Donald Blakely, ont créé un holding qu'ils ont appelé JAD, et qui leur a permis d'acheter la Century Bank, ici, à Chicago. Après quoi ils se sont servis de cette banque pour faire transiter de l'argent depuis les Iles Caïmans sur le compte de Gant-Ag, à la Gateway Bank. Pourquoi font-il rentrer de l'argent en fraude aux Etats-Unis ? Parce qu'ils ont violé l'embargo contre l'Irak, pendant la guerre du Golfe. Ils avaient un intermédiaire en Jordanie, en la personne de Manzoor Khalil. Cet homme se trouvait à la frontière, pendant le conflit. Je ne peux pas le prouver, mais je parie que Gant-Ag envoyait des cargos de maïs à Saddam Hussein. D'où la nécessité de se faire payer discrètement.

Murray en resta bouche bée. Il s'approcha de moi et me secoua par l'épaule.

— Il s'agit d'un fait réel, ou d'une invention de ta part,

Warshawski ? Qu'est-ce qu'il y a de vrai dans tout ça ? Comment le sais-tu ?

— L'essentiel de ce que je dis est dans son ordinateur. (Je me tournai vers Tish.) Ça ne vous a jamais paru bizarre que la Century Bank accorde un crédit de cinquante millions de dollars à Home Free ?

Tish pâlit affreusement. Ses lèvres formèrent un « non » qu'on n'entendit pas.

— Je veux voir ça ! s'écria Murray, tout excité.

On aurait dit Mitch essayant d'attraper un écureuil de l'autre côté de la clôture. Je l'ignorai et m'adressai directement à Tish.

— Jasper a fait cela pour rendre service au sénateur Gantner — enfin, à la famille Gantner. L'argent qui arrivait à la Gateway Bank représentait officiellement une part du crédit accordé à Gant-Ag. Ainsi non seulement avaient-ils l'argent, mais en disposaient-ils comme d'un prêt. Dont ils pouvaient déduire les intérêts de leurs impôts, tout en remboursant avec l'argent du tiroir magique de Jasper. Quant à l'argent du remboursement, il a financé l'achat de la Century Bank. Tout cela était remarquablement orchestré.

— Jasper a mis sur pied cette histoire de prêt pour rendre service au sénateur Gantner, c'est vrai, dit Tish. Mais en échange, le sénateur nous a donné près de cent mille dollars. C'était très généreux de sa part. On peut faire beaucoup pour les sans-abri, avec une telle somme.

Je sortis les papiers que j'avais pris dans le bureau de Blakely.

— Tout est là, Tish. L'argent transitant par Gateway, les relevés que la banque a envoyés aux impôts. Il y a dix-huit mois, le sénateur Gantner a pris des renseignements sur les banques en zones franches. A la même époque, soit dit en passant, il s'intéressait vivement à l'amendement Boland.

Murray m'arracha les papiers des mains. Il commença à les parcourir avec une telle fébrilité qu'ils tombèrent par terre. Il s'agenouilla pour les ramasser. Tish s'était assise et ne bougeait plus, en état de choc. Elle avait la peau du visage affreusement tirée.

— Deirdre a tout découvert, poursuivis-je. Un jour, elle est tombée sur les relevés de compte.

— J'avais la grippe, dit Tish, tout bas. Elle n'aurait jamais dû voir ces dossiers. Mais Jasper était en rendez-vous, et elle travaillait sur la comptabilité.

— Et elle a demandé des explications à votre patron, déclarai-je.

Tish acquiesça d'un hochement de tête.

— Il lui a dit que nous faisions œuvre utile dans la communauté. Il lui a demandé de se montrer compréhensive. Le sénateur apprécierait qu'elle nous soutienne, a-t-il ajouté — il savait que Mr Messenger voulait un poste de juge.

— Vous avez assisté à la conversation ? demanda Murray.

Tish devint rouge brique. Son regard se porta sur l'interphone posé sur sa table. Elle n'allait pas l'admettre devant nous, mais sa jalousie l'avait poussée à écouter ce que Jasper pouvait dire à une femme avec qui il s'était enfermé dans son bureau.

— Est-ce pour ça que Blakely s'est arrangé pour que sa banque fasse une donation à Arcadia House ? m'enquis-je.

— Je suppose, oui, murmura-t-elle, en regardant ses mains. J'ignorais tout de cet argent — le crédit accordé par la Century Bank, je veux dire — jusqu'à ce que Deirdre tombe sur ces relevés de comptes. Jasper gardait toujours les dossiers des donateurs dans son bureau. Je ne sais même pas où Deirdre a déniché cette disquette. En fouinant, j'imagine. Et après, chaque fois qu'elle venait, elle faisait exprès de mettre la conversation là-dessus.

Nous restâmes silencieux une minute. Les bruits de la rue filtraient à travers les fenêtres fermées : des cris d'enfants rentrant de l'école, une voiture qui coupait par là pour rejoindre Montrose.

— Quand Deirdre s'est fait tuer, vous n'avez pas pensé que Jasper ou ses amis avaient voulu la réduire au silence ?

— Non ! (C'était sorti avec une telle force, qu'elle en fut la première étonnée.) Ils avaient donné vingt-cinq mille dollars à l'une des œuvres de charité dont elle s'occupait, ils allaient nommer son mari juge. Qu'est-ce qu'il lui fallait de plus ?

Je pensai à Deirdre, à tous ses désirs inassouvis. Cependant, je dis à Tish :

— Vous avez vu une batte de base-ball ici, récemment ?

Surprise qu'on change aussi abruptement de sujet, elle répondit sans réfléchir.

— Oui. Donald Blakely en a apporté une. Il y a environ trois semaines. Jasper et lui ont ri à ce propos. Puis Jasper a dit qu'ils pourraient aller faire une petite partie de plus pour Gantner. Pourquoi vous me demandez ça ? ajouta-t-elle, un peu tard.

La police avait gardé secrète la découverte de la batte de Fabian, mais Murray fit le rapprochement avec le meurtre de Deirdre, dont nous venions de parler. L'œil brillant, il commença à dire quelque chose, mais il se reprit et me laissa la parole. Tish fut incapable de se montrer plus précise, elle ne put me dire s'il s'agissait d'une batte signée. Elle ne s'intéressait pas au base-ball. Elle ne savait pas ce qu'était une batte signée.

Murray avait enregistré toute la conversation. A l'évidence, cela obligerait Finchley à reconsidérer l'idée d'arrêter Emily. Le témoignage de Tish mettait également Fabian hors jeu. Dommage. Et s'il était complice du meurtre ?

Non. Blakely ou Gantner devaient avoir dérobé cette batte dans le but d'attirer les soupçons sur lui. Ni l'un ni l'autre ne s'étaient attendus à ce qu'Emily s'en empare. Depuis, ils devaient être sur des charbons ardents, et se demander pourquoi on n'avait pas arrêté Fabian.

— Alors qu'est-ce qu'on fait ? me demanda Murray. On apporte tout ça au procureur ? Ou au FBI ? Ou est-ce que j'écris juste un article ?

— Qu'est-ce que vous voulez qu'on fasse, Tish ? dis-je.

— Allez au diable ! cracha-t-elle.

— Je vois. Mais à part ça ?

— Laissez-moi le temps de réfléchir. Vous ne pouvez rien publier, de toute façon. Vous n'avez que des allégations. Pas la moindre preuve.

Elle avait le visage crispé. Elle souffrait. J'eus pitié d'elle. Elle était intelligente, et dévouée à une cause honorable. Son seul crime était d'être tombée amoureuse de Jasper Heccomb. Lequel se baladait en ville, content de lui, tandis qu'elle allait passer la nuit dans les pires tourments.

— Nous avons suffisamment d'éléments. Les preuves vont suivre.

Murray avait parlé avec une gentillesse rare chez lui. La douleur affichée de Tish le touchait.

— On lui accorde quarante-huit heures, Vic ?

— Pas en ce qui concerne la batte de base-ball. Quant à l'argent, misons sur le fait qu'il ne va pas disparaître aussi rapidement.

Murray tapota gentiment l'épaule de Tish. Elle se dégagea avec un petit cri rageur. Avant que la porte se soit refermée sur nous, la jeune femme éclatait en sanglots.

56

DIALOGUE DE SOURDS

— Elle me fait de la peine, dit Murray, alors que nous allions monter dans sa voiture. Tu as été plutôt dure avec elle.

— Moi aussi elle me fait de la peine. C'est pour ça que je l'ai secouée : pour qu'elle ne lave pas le linge sale d'Heccomb une dernière fois.

— Dis-moi, ces papiers sont compromettants, mais ils

ne prouvent rien. Gateway a racheté une partie de la dette de Gant-Ag à la Century Bank, mais je n'ai rien vu sur les Iles Caïmans.

Je lui fis un grand sourire.

— Voilà l'occasion de prouver que tu es toujours un journaliste hors-pair, et que les petits jeunes qui veulent prendre ta place n'ont qu'à bien se tenir. Tu sais ce que j'ai appris dans les articles que tu as imprimés pour moi ? Que Craig Gantner a déclaré sous serment, devant une commission spéciale du sénat, que Gant-Ag n'avait pas violé l'embargo pendant la guerre du Golfe. Va à Washington, et arrange-toi pour découvrir qui en savait suffisamment sur cette affaire pour obliger à comparaître le frère du sénateur. Va voir Messenger : il a donné des informations à Gantner sur l'amendement Boland.

Murray me planta un baiser mouillé sur le nez.

— Ça pourrait faire un reportage du tonnerre, Warshawski. Si je gagne le prix Pulitzer, je t'emmène dîner au Ritz !

— Je brûle d'y être ! dis-je, avec emphase. Et si tu me déposais chez moi, pour le moment ? J'ai un tueur dans mon sillage, et je ne me sens pas de taille à l'affronter seule.

Murray ricana, mais lorsque je lui fis part de la tentative de meurtre d'Anton contre Emily, puis de mon ascension mouvementée de ce matin, il admit que j'avais besoin de protection.

J'arrivai chez moi sans encombre, mais je me demandai combien de temps encore les mousquetaires allaient me laisser en paix. Peut-être savaient-ils que je m'étais installée chez Conrad en sortant de l'hôpital. D'un moment à l'autre, ils allaient apprendre que j'avais réintégré mes pénates.

Je scrutai la rue depuis ma fenêtre. Ma voiture était garée en bas, rouge, brillante. J'avais l'impression qu'elle me criait : « Viens me chercher ! » Il était trop tard pour la changer de place. Elle avait beau être là depuis un jour et demi, je n'étais vraiment pas en état de m'occuper de ça maintenant.

Mes jambes me brûlaient. J'allai dans la cuisine, sortis des sacs de petits pois surgelés du congélateur, puis me les attachai en guise de compresses autour des mollets avec des bandes adhésives. Après quoi je m'allongeai sur le canapé, les pieds posés sur l'accoudoir. J'espérais faire une sieste d'une demi-heure, mais le téléphone me réveilla peu après 6 heures.

— Vous n'appelez donc jamais votre service de répondeur ? demanda Ken Graham. J'ai téléphoné quatre fois hier !

— Oh, pardonnez-moi de n'avoir pas bondi à la première sollicitation de Votre Altesse, mais avant qu'on m'exécute, ai-je le droit de dire adieu à mes chiens ?

— Vous pensez que je fais l'enfant gâté. Mais j'ai découvert quelque chose d'étonnant : Deirdre vous a laissé un mot sur votre ordinateur.

Il rit en m'entendant bafouiller des questions inachevées.

— J'avais bien avancé dans vos comptes. Alors j'ai regardé s'il y avait quelque chose de récent sur votre disque dur, dont vous pourriez avoir besoin. Et j'ai trouvé ce message d'outre-tombe.

— Quel message ? Comment savez-vous que c'est Deirdre qui l'a écrit ?

Je m'assis sur le canapé et allumai la lampe.

— Elle a rédigé ça comme un mémo : Deirdre à Vic. Avec la date. Elle dit, attendez, je vous lis : « J'ai obligé Fabian à me dire comment ils faisaient rentrer l'argent. Tu n'as plus qu'à lui demander. »

— Vous avez vraiment trouvé ça dans mon ordinateur ? Vous n'inventez pas, au moins ?

— Pourquoi l'inventerais-je ? Je ne sais même pas de quoi elle parle, dit-il, d'un ton plaintif.

— Et tout cet argent que vous avez vu dans le bureau de Home Free ?

— Quel argent ? fit-il.

Je me souvins que Jasper était arrivé au moment où j'évaluais le contenu des tiroirs. Peut-être n'en avais-je jamais parlé à Ken, finalement. Je m'excusai de l'avoir suspecté de me monter un bateau pour attirer mon attention sur lui.

S'il s'agissait réellement d'un message de Deirdre, pourquoi l'avait-elle écrit ? Avait-elle l'intention de le laisser clignoter sur mon écran, pour que je le trouve le lendemain matin, en arrivant ? Savait-elle qu'elle allait mourir, et espérait-elle me faire comprendre que je devais enquêter sur sa mort ?

Je voyais Deirdre, aussi clairement que si elle avait été en face de moi, arborant ce sourire triomphant. Qui croyait-elle tenir ? Fabian ? Gantner ? Heccomb ? A mon avis, elle pensait les avoir tous les trois à sa merci.

Ce n'était pas un message de détresse à mon adresse. Elle l'avait écrit en attendant son assassin. Elle le lui avait montré, et il lui avait défoncé le crâne. Peut-être avait-il effacé le fichier après l'avoir tuée. Puis, en rentrant chez lui, il s'était dit qu'elle avait peut-être laissé d'autres messages sur l'ordinateur. Et il avait jugé plus sûr d'effacer tout le contenu du disque dur.

Je restai silencieuse pendant un temps si long, que Ken me demanda ce qui se passait.

— Excusez-moi. (Je me ressaisis pour le remercier avec chaleur.) Vous méritez une récompense : je vais vous trouver un travail au service de la communauté. Je vais faire en sorte que vous ne retourniez jamais à Harvard, que Darraugh vous paye votre appartement, et pourvoie à vos besoins.

— Passez la nuit avec moi.

— Non, fiston. En tout cas pas dans tes bras.

— Alors dînons ensemble. Au Filigree. Et après on ira danser.

Je ne pus m'empêcher d'être émue. Je lui promis que nous sortirions ensemble dès que les choses se calmeraient un peu dans ma vie. Tout en me demandant quand ça arriverait.

— Et votre déclaration d'impôts ? Il faut l'envoyer avant mercredi, me cria-t-il, alors que j'allais raccrocher.

Je collai à nouveau le combiné contre mon oreille.

— Vous avez fini de reconstituer ma comptabilité ? Parfait. Voyons-nous dimanche. A moins que vous n'entendiez parler de moi avant.

Ou que vous ne voyiez mon corps en charpie aux informations de 10 heures, pensai-je. J'aurais dû appeler Conrad, ou Terry, pour leur faire part du témoignage de Tish sur la batte de base-ball. Mais sans doute refuseraient-ils de considérer cela comme une preuve. En effet, la jeune femme ne se souvenait pas qu'il s'agissait d'une batte signée Nellie Fox. De même qu'ils n'accorderaient aucune foi au message de Deirdre, prétextant que Ken pouvait très bien l'avoir écrit lui-même. Ces connards auraient pu le déchiffrer eux-mêmes, ce message, durant tout le temps qu'ils avaient gardé mon ordinateur.

Je leur en voulais tellement de n'avoir pas tenu compte de cette tentative de meurtre contre Emily, que ça m'était égal de revoir Conrad ou non. Je n'allais sûrement pas prendre du temps sur mes activités pour les aider à retrouver le meurtrier de Deirdre. Si je gardais ma longueur d'avance sur les mousquetaires, je pourrais faire éclater cette histoire au grand jour d'ici quarante-huit heures.

Je me levai. Mes jambes me firent l'effet de prothèses mal fixées. Je traversai mon appartement en vacillant, puis sortis par l'escalier de derrière. J'éclairai scrupuleusement chaque palier avec ma lampe électrique, mon pistolet armé dans l'autre main. Je constatai, désappointée, que Mr Contreras et les chiens me manquaient. Sans eux, je me sentais vulnérable.

Je longeai mon immeuble à pas de loup pour récupérer ma voiture. Personne ne me tira dessus au moment où j'ouvris la portière. Personne n'avait collé de dynamite dans le moteur. La Trans Am démarra avec son petit vrombissement habituel et triomphant. Je fis demi-tour en direction du South Side, avec l'impression d'être la reine de la route.

Tout était éteint, chez Fabian. Tout paraissait fermé. L'air de la nuit était frais, et je n'avais pas pris de manteau. Frissonnante, je fis le tour de la maison. Un rai de lumière filtrait sur le côté des fenêtres du bureau de Fabian. Je revins à la porte et appuyai sur la sonnette. Je me frottai les bras et serrai les dents pour les empêcher de claquer.

Plusieurs minutes passèrent. Je sonnai à nouveau, plus longtemps cette fois. Je me demandai si j'allais oui ou non balancer une pierre dans les carreaux, quand le verrou s'ouvrit.

— Oh. (Fabian cilla en me voyant sur le seuil.) Je n'arrivais pas à croire qu'il y ait réellement quelqu'un pour sonner à une heure pareille.

— Maintenant, tu le sais. Comment vont Josh et Nathan ?

J'avançai d'un pas. Il s'écarta sans protester. Je pus donc entrer.

— Tu voulais les voir ? Le docteur Zeitner pense qu'ils sont très traumatisés. Il a suggéré qu'on leur fasse suivre une thérapie. J'imagine que ça doit être très déstabilisant pour de jeunes enfants, de se retrouver sous terre, pendant une semaine. Car Emily est une jeune fille très perturbée. Je ne vois pas bien ce qu'elle cherchait, en les entraînant dans les tunnels, à part leur donner d'horribles cauchemars. Tout ce que je souhaite, c'est que nous puissions l'aider avant qu'il ne soit trop tard.

— Bien.

Je n'étais pas surprise que Fabian me parle comme ça, même après son éclat d'hier, chez moi. Ses changements d'attitude, s'ils me mettaient à cran, avaient fini de m'étonner.

Je fermai la porte et avançai dans l'entrée.

— On va dans ton bureau, pour parler ? Ou est-ce que tu préfères le salon ?

— Parler ? Mais parler de quoi ? Tu es venue t'excuser, pour avoir incité Emily à fuir ? J'envisage une action en justice, mais si nous réussissons à retrouver ma fille et à l'emmener chez un psychiatre, je laisserai sans doute tomber.

— Nous n'allons pas parler d'Emily, ce soir, mais d'Alec Gantner. Et de l'argent que lui et son père font venir des Iles Caïmans. Deirdre m'a laissé un message sur mon ordinateur, le soir où on l'a tuée. « J'ai obligé Fabian à me dire comment ils font rentrer l'argent dans le pays », m'a-t-elle écrit. « Tu n'a plus qu'à lui demander. » Alors je te le demande.

Il resta quelques instants bouche bée. Puis il déclara :

— Elle continue à se moquer de moi, au-delà de la mort.

— On te traite souvent avec désinvolture, hein, Fabian. Ta fille, ta femme, moi. Et je crains qu'Alec Gantner et Jasper Heccomb ne s'avèrent aussi peu tendres. Ils ont emporté ta batte signée Nellie Fox le soir de ta réception, puis ils s'en sont servis pour tuer ta femme. Ils espéraient qu'on t'arrêterait pour meurtre.

— Tu te trompes. C'est Emily qui a tué sa mère. La police a trouvé la batte dans sa chambre. Je croyais que tu le savais.

— J'ai vu la lettre que le sénateur Gantner t'a écrite. Celle où il te remercie de lui avoir donné des conseils pour déjouer l'amendement Boland. Il voulait également des informations sur les lois fiscales concernant les transferts d'argent en provenance des zones franches, non ? Tu lui as trouvé quelqu'un, ou tu lui as conseillé de déclarer cet argent comme un prêt ? C'était la manière la plus simple de blanchir des sommes aussi énormes. Parce que le fisc ne saurait pas...

— Tu as vu cette lettre ? tonna-t-il. Deirdre te l'a montrée ? Elle m'avait promis de ne rien dire !

— Je ne pense pas que c'était dans l'optique de te trahir, dis-je. Mais parfois, quand elle avait trop bu, elle ne savait plus très bien tenir sa langue. Elle avait trouvé la lettre dans tes dossiers ?

— Il pensait qu'il valait mieux m'écrire chez moi. Une correspondance avec un sénateur des Etats-Unis aurait attiré l'attention de mes secrétaires et de mes étudiants. Il n'a pas réalisé qu'une épouse peut se montrer tout aussi indiscrète. Elle était toujours là quand le courrier arrivait, et elle a vu la lettre. Elle est carrément venue dans mon bureau pendant que je la lisais, et me l'a arrachée des mains.

Il prit l'expression du héros de tragédie trahi dans ce qu'il a de plus cher.

— Elle ne m'a plus lâché. Elle voulait absolument découvrir pourquoi il avait besoin de ces informations. Elle pensait que si je lui rendais un aussi grand service, il me ferait nommer juge. J'ignore pourquoi elle attachait tant d'importance à ça. Le prestige, sans doute. Elle devait se dire que ça ferait bien, dans les réunions mondaines, à Hyde Park.

— Parce que toi, tu n'as aucune ambition personnelle, dis-je. Quand elle s'est fait tuer, tu ne t'es pas demandé si ça avait un rapport avec ce blanchiment d'argent ? A propos, comment l'ont-ils fait rentrer dans le pays ?

— Deirdre ne te l'a pas dit ?

— Oh, je sais l'essentiel, comment l'argent est arrivé chez la Century Bank, depuis une banque des Caïmans, et pourquoi les trois mousqu... Gantner et ses amis ont tenu cette opération secrète. Mais les cinq millions que Jasper garde dans ses tiroirs, c'était difficile de les faire passer en augmentations de salaires.

Fabian eut un sourire méprisant.

— Si Deirdre a eu l'élégance de ne pas trahir ne seraitce qu'une infime partie de mes secrets, je ne vais pas aller les divulguer à une autre femme.

— Fabian, tu n'as pas l'air de comprendre, mais tu es dans une position des plus précaires. D'ici quelques jours, l'histoire des ventes illégales de Gant-Ag aux Iraquiens va faire la une des journaux. A ton avis, comment vont réagir Blakely et Gantner ? Ils vont tout te mettre sur le dos ! « Un professeur de droit de l'université de Chicago nous a assuré que ces exportations restaient dans les limites de l'amendement Boland. » Ils veulent te faire condamner pour le meurtre de ta femme. C'est pour ça qu'ils ont volé...

Comme Fabian m'interrompait avec sa litanie sur Emily et Œdipe, je parlai plus fort que lui.

— Non ! C'est toi qui va m'écouter maintenant, Messenger. J'ai un témoin dont la déposition est enregistrée sur cassette. Le jour qui a suivi ce dîner, Donald Blakely a apporté ta batte Nellie Fox au bureau de Jasper. Il avait dû la glisser sous son manteau avant de partir de chez toi. Un invité l'a sans doute vu la prendre. Mais il n'aura rien dit, persuadé que tu étais d'accord. Toujours est-il que Blakely a volé cette batte. Heccomb, ou l'un de ses chefs de chantiers, un certain Anton, s'en est servi le lendemain pour tuer Deirdre. Blakely comptait que tu serais arrêté. Ainsi, tous leurs problèmes seraient réglés d'un coup. Deirdre qui, durant le dîner, avait laissé entendre qu'elle savait des choses, allait mourir avant d'avoir eu le temps de parler. Quant à toi, tu pouvais être tenté de les trahir, mais quelle importance, puisque tu serais en prison pour le meurtre de ta femme. C'était un plan très bien conçu. Sauf que tu as violé Emily, et qu'elle a couru en ville, affolée, en plein milieu de la nuit, pour essayer de trouver sa mère. Quand elle...

— Comment oses-tu ? hurla Fabian, le visage blême. Comment oses-tu porter une accusation aussi ignoble contre moi ? Emily est une enfant très perturbée...

— Peut-être, oui. Mais elle n'a pas tué sa mère. Maintenant je vais te faire une proposition, Messenger. Je n'ai aucune envie de passer un marché avec toi, mais je vais me forcer. Tu m'expliques comment ils faisaient rentrer l'argent. Et je ne parle pas au type du FBI de ta correspondance avec Gant-Ag.

Il fit un tel effort pour se maîtriser, qu'il en perdit le souffle.

— Deirdre était une femme très névrosée. Si elle a laissé un message, et j'insiste sur le « si », je n'y accorderais pas beaucoup de crédit, à ta place. En outre, cela paraît assez miraculeux qu'une missive refasse surface juste au moment où tu en as besoin.

Je croisai les bras, puis m'adossai contre le mur de l'escalier.

— Un journaliste du *Herald Star*, Murray Ryerson, enquête actuellement sur Gant-Ag. Il a un informateur au bureau de Gantner, qui peut très facilement trouver ta correspondance avec le sénateur. Il suffit que je l'aiguille dans cette direction.

Fabian me dévisagea avec haine, les lèvres serrées.

— Je vais y réfléchir. Je te contacterai, siffla-t-il.

D'abord Tish, maintenant Fabian. Je commençais à en avoir assez que tout le monde, à Chicago, ait besoin de cogiter avant de parler.

— Je te laisse jusqu'à demain midi, Messenger. Sinon, je vais trouver Murray Ryerson. Puis le FBI. Donne-moi un numéro où t'appeler. Parce que moi, je serai injoignable, à cette heure-là.

Il ne capitula pas tout de suite, mais finit par me dire, de la voix boudeuse du petit garçon qu'on oblige à faire la paix avec une grande sœur détestée, que je pouvais lui téléphoner à son bureau. Nous entendîmes un enfant courir au premier et levâmes la tête. Nathan apparut en haut de l'escalier, fou de joie.

— Emy est rentrée ? Emy est rentrée ?

Lorsqu'il vit que ce n'était pas sa sœur, il se mit à pleurer.

— Je veux Emy !

Fabian me lança un regard plein de ressentiment.

— Tu vois, tu l'as réveillé. Maintenant je vais avoir un mal fou à le calmer.

Il passa devant moi pour prendre son fils dans ses bras.

— Emily ne peut pas rentrer à la maison. Elle est très malade. Il faut qu'elle aille mieux avant de pouvoir à nouveau s'occuper de vous... Sheila ! Sheila ! Nathan s'est réveillé !

Une jeune femme en jean et pull-over descendit l'escalier en courant. Elle prit Nathan dans les bras de son père. L'infirmière qu'il avait engagée pour s'occuper des garçons, sans doute. Je les quittai puis sortis sans que personne ne me prête la moindre attention.

57

SÉNATEUR À PLEIN TEMPS

« Je ne supporterai pas cette maison vide une minute de plus », me dis-je, en me réveillant, le lendemain matin. J'appelai Mr Contreras à Elk Grove Village et convins d'un rendez-vous avec lui, malgré les protestations de sa fille. Je passerais le prendre juste après sa piqûre quotidienne contre la rage. Dire que je lui reprochais si souvent son côté envahissant... J'avais honte de moi.

Je descendis chez lui pour ranger et faire son lit. Je jetai le carton de lait entamé, arrosai les plantes, et mis le journal du matin bien en évidence sur la table, ouvert à la rubrique hippique. Je passais un temps fou à briquer, récurer et frotter, ces derniers temps. Si ma carrière de détective tournait court, je pourrais toujours embrasser un nouveau métier : femme de ménage.

Je remontais l'escalier pour rentrer chez moi, quand j'entendis le bruit, atténué, de ma sonnette. Je redescendis chez Mr Contreras, jeter un coup d'œil par la fenêtre. Une conduite intérieure bleu marine était garée en double file devant l'immeuble. Un tueur serait-il aussi peu discret ?

Ces temps-ci, j'avais toujours mon pistolet sur moi. Je

le glissai dans ma poche, de façon à pouvoir m'en saisir facilement, puis ouvris la porte. Le type portait un costume bleu marine assorti à sa voiture. Il avait la coupe de cheveux parfaite de l'homme qui occupe un poste élevé.

— Puis-je vous aider ? dis-je.

Il sursauta légèrement.

— Je cherche Victoria Warchaski.

Il n'avait pas trop écorché mon nom.

— Et vous êtes ?

Il posa sur moi son regard bleu glacier.

— C'est vous, Victoria ?

— Je suis miss Warshawski. Et vous êtes... ?

— Nous serions mieux dans la voiture.

J'eus un petit sourire ironique.

— Vous, oui. Mais moi, je suis très bien ici. Alors pourquoi ne voulez-vous pas me dire votre nom, et pour quelle société vous travaillez ?

Il fit la moue, tout en essayant de se décider : on lui avait donné des instructions, mais on n'avait pas prévu que je ne coopérerais pas.

— C'est confidentiel, vous comprenez.

— Et alors ? A part l'homme de ménage, je ne vois pas qui pourrait passer, à cette heure-ci. Allez-y, crachez le morceau. Vous allez voir, ça va être beaucoup plus facile que vous ne pensez. Vous êtes venu me demander de suivre l'amant de votre fille ? De découvrir qui, dans votre entreprise, vend vos secrets à l'étranger ? Me tuer sur ordre de Donald Blakely ? Ou me demander de lever le pied dans l'enquête sur le sénateur Gantner ?

Il faillit rugir de rage.

— Il faut que nous parlions. Je travaille avec le sénateur Gantner.

— Vous avez un nom ?

— C'est sans importance.

— Pas pour moi. Il faut que j'appelle le bureau de Gantner, pour m'assurer que vous travaillez vraiment là-bas. N'importe quel arnaqueur peut enfiler un costard de prix et prétendre travailler pour un sénateur des Etats-Unis.

Avant qu'il ait eu le temps de réagir, j'avais plongé la main dans sa poche de poitrine. J'en sortis un portefeuille en cuir marron, fin comme la peau d'un amant dans la nuit. Sans cesser de braquer mon visiteur avec mon arme, j'ouvris tant bien que mal son portefeuille de la main gauche, puis en extirpai un permis de conduire avec mes dents. Il se mit à pousser les hauts cris — c'était inadmissible, pour qui me prenais-je, ce genre de choses. Avec mon pistolet, je lui fis signe de s'approcher. D'après le permis, il s'appelait Eric Bendel.

Je lui rendis son portefeuille.

— C'est vraiment vous, Eric Bendel ? On dirait la photo d'un type échappé d'un asile.

— J'ai un message à vous transmettre de la part d'un sénateur des Etats-Unis, lâcha-t-il entre ses dents. Vous devriez peut-être le prendre avec un peu plus de sérieux.

— Hé, je vote, je paie des impôts. S'il peut en dire autant, nous sommes sur un pied d'égalité. Maintenant allez-y, dites-moi tout.

— Le sénateur m'a appelé de Washington, il y a une heure. (Cette fois j'eus droit à un regard glacé.) Il pense que vous pourriez axer votre énergie dans un autre sens — il m'a dit que vous sauriez de quoi il voulait parler. Il m'a également dit que si vous persistiez dans une enquête qui menaçait la tranquillité de ses électeurs, il verrait si le fait que vous ayez transgressé des lois, depuis deux semaines, peut être un motif pour vous retirer votre licence de détective. Le procureur pourrait également s'intéresser à votre cas.

— Vous avez appris tout ça par cœur ? Vous avez de la mémoire, bravo. Et maintenant au revoir, Eric. Bonne journée.

J'ouvris la porte et lui fis signe, pistolet en main, de se retirer.

— Qu'est-ce que je dis au sénateur ? fit-il, sur un ton réfrigérant.

— Qu'en tant qu'électrice, je suis très honorée qu'il s'intéresse d'aussi près à mes affaires, et que je ferai de mon mieux pour lui rendre la pareille. Au revoir, Mr Bendel.

Il eut un rictus frustré, puis il déclara :

— Le sénateur a l'habitude qu'on le prenne au sérieux.

— Il faudrait que nous nous rencontrions, lui et moi. Nous avons tellement de choses en commun : d'abord l'intérêt certain que nous portons chacun aux affaires de l'autre, et puis notre désir d'être pris au sérieux. J'espère que vous connaissez ma réponse par cœur. Adieu.

Il tourna les talons et redescendit l'escalier sans traîner. Je demeurai sur mon palier, songeuse. C'était sans doute pour ça qu'ils m'avaient laissée en vie : ils espéraient que j'allais flancher sous les menaces du sénateur. Me supprimer ma licence de détective ? Je ricanai. Au point où j'en étais, cela n'aurait pas eu grande importance.

Je surveillai mon rétroviseur en allant chercher Mr Contreras, car hier soir, j'avais senti qu'on me suivait, pendant mon aller et retour chez Fabian. S'il s'agissait des valets de Terry, je pouvais pousser un soupir de soulagement. Sinon, mieux valait ouvrir l'œil.

Quand j'arrivai à Elk Grove Village, j'eus une conversation tendue avec la fille de Mr Contreras. Ruthie Marcano éprouvait de la jalousie envers moi, ce que je comprenais fort bien. Pas question que j'emmène son père, dit-elle. J'avais une mauvaise influence sur lui. C'était la troisième fois, en six ans, qu'il se faisait hospitaliser par ma faute. Deux blessures par balle et maintenant une morsure de rat. Pour qui je me prenais ? Pour Dieu ? Si je croyais que j'allais le ramener à Chicago avec moi pour qu'il se fasse tirer dessus par une bande de gangsters, je pouvais toujours courir.

Elle ressemblait à son père sur un point : la volubilité. De sa bouche jaillissait un torrent de mots qu'on avait beaucoup de mal à endiguer. Je murmurai « non », et « oui », aux moments opportuns — après tout elle avait raison. Avant que j'aie pu trouver un moyen d'arrêter ce flot de paroles, son père apparut sur le seuil de la porte.

— Ecoutez. (J'interrompis l'accueil ravi et les effusions de mon voisin sans cérémonie.) Votre fille vient de me rappeler tous les dangers que je vous ai fait courir depuis des années. Du coup je me dis que ce serait peut-être mieux que vous restiez ici jusqu'à ce que nous soyons débarrassés de... euh... disons de ceux qui m'ont prise pour cible.

Il était absolument indigné. Si je croyais qu'il n'était plus bon à rien et qu'il allait mourir, très bien. Mais alors pas ici, pas en banlieue. Il allait s'installer dans une maison de retraite — son syndicat en avait une à Edgewater. Mais il n'allait sûrement pas s'asseoir et m'écouter lui servir un refrain pieux comme s'il était déjà mort !

Ruthie s'en prit à lui, lui reprochant son ingratitude.

— Est-ce que je n'ai pas tout laissé tomber dès que j'ai appris que tu étais à l'hôpital ? Et tout ça pour quoi — pour m'entendre dire que cette pouffiasse qui ne t'a toujours attiré que des ennuis, est plus importante à tes yeux que ta chair et ton sang ?

— Tu vas aller te laver la bouche tout de suite pour oser dire des choses pareilles à Vic ! cria son père. Et maintenant excuse-toi !

— Non, non. Ce n'est pas la peine, dis-je.

C'était une querelle de famille. Aussi m'oublièrent-ils. Ils commencèrent à se lancer à la figure tous leurs vieux griefs en criant si fort que Mitch et Peepy accoururent voir ce qui se passait.

Les chiens étaient ravis de me retrouver. Ça faisait tout de même cinq jours que nous étions séparés. Alors qu'ils cavalaient de long en large sur le trottoir pour manifester leur joie, le fils cadet de Ruthie, un grand échalas de quatorze ans, sortit de la maison, la valise de Mr Contreras à la main. Il se planta derrière le vieux monsieur, comme font les adolescents. Il voulait lui dire au revoir, sans trop savoir comment s'y prendre.

Alors que nous conduisions les chiens à la voiture, Ruthie s'écria :

— Je ne vais pas courir à Chicago chaque fois que tu te fais mordre ou tirer dessus à cause de cette détective !

— Parfait. Je n'arrête pas de te dire de me foutre la paix, dit mon voisin, impitoyable.

Il donna une grande tape amicale sur l'épaule de son petit-fils, puis monta dans la voiture.

Durant le trajet pour rentrer à la maison, je me surpris à reprendre certains des propos alarmistes de Ruthie.

— Il y a trop de gens qui veulent ma peau, en ce moment. Je viens d'avoir la visite de l'un des valets de Gantner. Il m'a transmis les menaces à peine déguisées du sénateur.

— On a déjà connu ça, poupée. Et on est toujours là. Mais parle-moi des enfants qu'on a sortis des tunnels, lundi matin. Comment vont-ils ?

J'avais appelé Eva Kuhn avant de partir. Je rapportai cette conversation à Mr Contreras.

— Le problème majeur, c'est la garde des enfants. Leon Hawkings va essayer de les récupérer. Ils sont d'ailleurs presque sur pied. Mais leur mère a l'air de craquer. Tant qu'il lui a fallu survivre au jour le jour elle a tenu le coup, mais confrontée à la menace de perdre ses enfants, elle risque de s'effondrer.

— Ce n'est certes pas une mère modèle, remarqua Mr Contreras, mais il faut qu'on l'aide. Parce que si son mari la battait et avait des vues sur sa fille, ce serait scandaleux qu'on lui confie la garde des autres enfants.

— Si vous voulez absolument faire quelque chose pour ces enfants, adoptez-les.

Je plaisantais, mais le regard du vieux monsieur s'illumina.

— Mais c'est une idée, poupée ! On a déjà des chiens. Pourquoi pas des enfants ?

— Formidable. Je les emmènerais courir ensemble au lac, tous les matins.

— Oh, poupée, tu sais, tu... oh, je vois, tu te moques de moi. Bon, bon... Peut-être qu'on n'a pas besoin d'enfant. Mais on pourrait au moins leur trouver un foyer. Un vrai foyer, contrairement au leur.

Je ne pouvais rien objecter à cela. Il allait simplement falloir que je m'en occupe. Entre autres choses.

Quand j'eus réinstallé le vieux monsieur dans son appartement, il était tout juste midi. Je le laissai s'occuper de ses semis, et montai chez moi téléphoner à Fabian.

Après m'être fait promener dans toute l'université par diverses secrétaires et réceptionnistes, je fus enfin autorisée à parler au professeur Messenger. Il avait la voix terriblement tendue.

— J'ai pris la communication, Vic, mais sache que je récuse toutes tes allégations outrageantes d'hier soir !

— Ouais, ouais, dis-je, d'un ton las. Tu es un homme de loi, tu as parlé à un avocat, bien. Maintenant dis-moi comment l'argent rentre dans ce pays.

— Par avion, Warshawski. Le samedi soir.

— Par avion ? fis-je. Où ça ? Sûrement pas à O'Hare.

— A toi de le découvrir. Tu prétends avoir du flair.

— Fabian...

Il raccrocha. Je le rappelai, furieuse, mais il refusa de me reparler.

Par avion le samedi soir. Génial. Je passai en revue tous les aéroports de la région de Chicago. Je pouvais éliminer Midway. Et O'Hare. A moins que Gantner n'ait acheté toute une kyrielle de gens — mécaniciens, inspecteurs des douanes. Il y avait un aérodrome militaire, à côté d'O'Hare, auquel le sénateur devait avoir accès. Et puis une base de l'aviation navale dans la banlieue nord. Meigs Field, le petit aéroport des bords du lac, restait une possibilité. Ainsi que Gary, dans l'Indiana. Il existait des dizaines de pistes d'atterrissage privées dans le comté, des pistes pour hélicoptères, mais les mousquetaires avaient besoin d'un jet, pour transporter leur argent depuis les Iles Caïmans.

Mais bien sûr ! Gant-Ag avait son aérodrome ! Pas de douane. Des mécaniciens à la solde de l'entreprise. Tous ces dispositifs de sécurité sophistiqués auxquels je m'étais heurtée la semaine dernière n'avaient rien à voir avec les cultures expérimentales. Gantner devait pouvoir repérer illico toute présence étrangère sur ses terres.

— Quel esprit de déduction, Vic, me félicitai-je, tout haut.

Mais étais-je vraiment si maligne ? Le sénateur m'aurait-il envoyé Eric Bendel parce que Fabian l'avait appelé à la rescousse ? Ou parce que le jeune Alec était allé demander l'aide de papa ? Fabian était forcément allé voir Alec Junior. Auquel cas cet indice sous forme de devinette n'était qu'un piège qu'on me tendait. Un piège réel, l'argent arrivant effectivement chez Gant-Ag le samedi soir. Ils espéraient m'éliminer pour avoir pénétré par effraction dans leur ferme expérimentale.

« Il faisait nuit, nous ne pouvions pas savoir qui c'était », dirait le jeune Alec, sur un ton de regret. « Elle était déjà venue la semaine d'avant, arracher de jeunes pousses. Nous l'avions pourtant mise en garde — comment pouvions-nous deviner qu'elle avait aussi peu de respect pour la propriété d'autrui ? »

Je téléphonai à Murray. Si Alec Gantner devait décharger des sacs de billets de cent dollars dans sa ferme ce week-end, je ne voulais pas être le seul témoin de sa bonne fortune. Terry me l'avait suffisamment fait comprendre : aucun flic ne veut toucher à un sénateur des Etats-Unis, sans parler de s'attaquer à son fils. Il me fallait donc des photos, des noms, des dates, pour qu'on daigne m'écouter.

Comme je l'avais espéré, Murray se montra tout à fait prêt à m'accompagner. Quand je lui eus exposé la situation en détail, il accepta de venir avec une caméra pour prises de vues nocturnes. Il me promit également de ne pas alerter son informateur de Washington jusqu'à la fin du week-end.

— Pour le moment, je ne suis pas sûr de pouvoir faire un article, me dit-il. J'ai fait écouter l'enregistrement de Tish à mon rédacteur en chef. Il me laisse continuer mon enquête, mais pas vraiment convaincu. Pas plus que tu n'as convaincu Finchley. En revanche, si on avait du concret, comme le plan de vol d'un avion et des photos, là on commencerait à me prendre au sérieux.

Nous décidâmes de partir pour Morris vers midi, le lendemain, afin d'avoir le temps de repérer les lieux. Murray devait passer me chercher à 11 heures, au restaurant le Belmont.

58

UN AMANT EN ARMES

Je sentais le froid malgré mon coupe-vent et mon pull-over. Allongée à côté de Murray sur le sol humide, je serrais les dents pour les empêcher de claquer. Je sortis ma couverture de mon sac à dos et me la mis sur les épaules. Murray en attrapa un coin qu'il se colla contre la poitrine.

En arrivant à Gant-Ag, vers 13 heures, nous avions fait le tour des bureaux en voiture. A l'ouest des bâtiments et des fermes expérimentales, nous avions découvert une haie, derrière laquelle coulait une rivière traversant toute la propriété. Gant-Ag possédait bien cinq hectares d'arbres et de buissons en friche.

Un appareil de surveillance pouvait nous surprendre n'importe où, mais le risque était moindre dans ces bois, sur ce chemin plein d'ornières.

Nous avions passé le reste de l'après-midi dans la ville de Morris. Après un déjeuner tardif, nous étions allés à la bibliothèque municipale. Murray avait pu tester son équipement vidéo dans une salle de conférences vide. L'un de ses amis, qui travaillait au bureau des relations publiques de Fort Sheridan, lui avait prêté cette caméra pour prises de vues nocturnes, ainsi que des jumelles ultra-légères. Nous avions transporté notre équipement à travers champs : piles de rechange, cassettes vierges, couverture, magnétophone, thermos, pistolet, lampe électrique — , ce qui nous avait laissés pantelants. Les muscles de mes jambes, pas tout à fait remis de mon ascension des escaliers l'autre jour, commençaient à donner de sérieux signes de faiblesse. Nous décidâmes d'établir notre camp près du terrain d'atterrissage.

La couverture, c'était une idée de Mr Contreras. Il avait fort mal réagi, en apprenant qu'il ne serait pas du voyage. Non seulement je partais sans lui, mais j'emmenais Murray, qu'il considérait comme un rustre. Honte à moi !

— Ça peut durer toute la nuit, le prévins-je, alors ne vous affolez pas si vous ne me voyez pas demain matin. Mais si vous n'avez toujours aucune nouvelle de moi à midi, appelez Conrad et dites-lui où je suis.

— Tu pars sans rien lui dire ? Alors là, c'est le bouquet ! fulmina le vieux monsieur.

Pourtant, savoir que je n'avais rien dit à mon amant, tout en le mettant lui dans la confidence, le calma. Il alla même jusqu'à me donner une couverture et du chocolat. Puis il me prépara un sandwich au jambon — un seul sandwich, oubliant délibérément Murray — et un thermos de café additionné d'une bonne rasade de grappa — que j'avais vidé au restaurant où nous avions déjeuné, et rempli de café noir sucré. A présent, j'étais bien contente d'avoir emporté toutes ces provisions. Murray mangea le sandwich. Je bus du café et grignotai un petit morceau de chocolat.

Nous parlions tout bas. Les bâtiments autour du terrain d'aviation avaient beau être éteints, on voyait des lumières dans les bureaux. Nous entendions parfois le bruit d'un camion franchissant la grille d'entrée, dans le lointain.

— Et si ton ami Fabian avait tout inventé pour te faire passer la nuit dans ces champs glacés ? me dit Murray, vers 10 heures.

— Fabian est capable de tout. Il y a une heure que nous sommes là, et toujours pas d'avion. Allons jeter un coup d'œil dans le hangar.

— La vraie femme d'action, hein ? Et si on nous attend ? Je vais avoir du mal à courir, moi, avec cette caméra.

— Remarque, si un type m'attaque, tu pourras toujours nous filmer.

Murray protestait pour le principe. Car il avait aussi froid que moi. Nous remballâmes toutes nos affaires. Nous ne les aurions jamais retrouvées, dans l'obscurité. En outre, nous ne voulions pas laisser le moindre indice derrière nous.

Nous parcourûmes les derniers cent mètres à quatre pattes dans le maïs. N'importe quel camion pouvait nous surprendre dans le faisceau de ses phares. Pendant que nous rampions, une petite pluie fine se mit à tomber. De la boue collait à nos genoux, nous ralentissant.

Aux abords du hangar, nous nous retrouvâmes dans un fossé d'irrigation si profond, qu'on aurait presque pu se mettre debout sans être vus. Nous courûmes à l'arrière du hangar sur la pointe des pieds. Après quoi nous massâmes nos mollets courbaturés.

Murray avala une gorgée de café. Nous restâmes silencieux pendant quelques minutes, l'oreille aux aguets. Mais les murs en béton étaient trop épais pour laisser filtrer le moindre son.

— Je vais faire un tour à l'entrée du hangar, soufflai-je à Murray. Si je ne suis pas revenue d'ici un quart d'heure, tu files chercher du renfort.

Je longeai le hangar par la gauche, en direction des lumières bleues des pistes d'atterrissage. Pour un bâtiment destiné à abriter des hélicoptères et des petits avions pulvérisant les récoltes, il me parut terriblement long. Interminable en fait.

Je finis tout de même par arriver sur l'aire de ciment devant l'entrée. Je m'arrêtai pour scruter les environs avec mes jumelles. Rien sur la piste d'atterrissage, seulement un camion se dirigeant vers les entrepôts. Je tentai d'ouvrir les grandes portes coulissantes en tôle ondulée. Fermées. Laissons ces serrures en paix, me dis-je, car je risque de faire du bruit en les forçant. Je contournai le hangar par le flanc droit, et découvris une petite porte. Je réussis à l'ouvrir sans difficulté. Après quoi je repartis chercher Murray.

— Ça commençait à durer Warshawski, me dit-il, à voix basse. J'étais sur le point d'aller voir ce que tu fabriquais.

— La voie est libre, lui murmurai-je. Allons-y.

Nous courûmes jusqu'à la petite porte dont j'avais forcé la serrure. Dès que Murray fut entré, je refermai le verrou derrière nous. De l'obscurité montait une puissante odeur de moteurs. J'allumai la lampe électrique, puis je mis un coin de couverture dessus, pour en atténuer l'éclat. Dans cette faible clarté, nous explorâmes le hangar.

Devant nous trônaient les hélicoptères de surveillance, tels des insectes géants. Je frissonnai et pénétrai plus avant dans le hangar. Murray suivit, filmant tout ce qu'il y avait autour de nous.

Sur des établis, le long du mur de gauche, toute une série de clés spéciales pour moteurs d'avions. Au-dessus, des courroies de ventilateurs accrochées à des clous. Sous les établis, des rotors de rechange, des hublots, et même quelques portes d'avions. Devant les plans de travail, des chariots électriques, comme ceux des aéroports, pour transporter les bagages.

Nous passâmes devant deux petits avions pulvérisateurs. Derrière, il y avait des hélicoptères dont on avait démonté les portes.

— Ce qu'il faut trouver, c'est un plan de vol, dit Murray, qui ouvrait les tiroirs des établis. Au cas où Fabian te raconterait des histoires. Si ça se trouve, aucun avion n'est attendu ce soir.

— Avec écrit dessus : une nouvelle livraison de billets de cent dollars arrive des Iles Caïmans à minuit, ironisai-je.

Mais Murray avait raison. J'allai fouiller un bureau aménagé dans un coin du hangar. Murray me rejoignit. Il filma les documents, afin de les étudier par la suite.

Je feuilletais une pile de factures couvertes de taches de café, lorsque nous entendîmes une clé tourner dans la petite porte. Nous refermâmes les tiroirs, puis nous engouffrâmes dans l'un des hélicoptères ouverts. Murray se posa sur un banc, prêt de la porte. Je m'assis à côté de lui, sortis mon pistolet de son holster et ôtai la sécurité.

Des bruits de pas, des voix d'hommes, des rires, puis le hangar fut inondé de lumière. Je reconnus la voix de Jasper Heccomb.

— Alors elle vient ou pas ?

— Personne ne sait où elle est. (C'était Alec Gantner.) J'ai dit à Messenger de lui donner l'information, mais pas de façon trop claire, qu'elle ne flaire pas le piège. Les caméras de surveillance n'ont pas repéré sa voiture, mais elle peut très bien être venue à travers champs.

— Nous aurions dû y penser plus tôt, remarqua Jasper, d'un ton sec.

— C'est vrai, admit Gantner. Mais elle n'est tout de même pas venue à pied depuis Chicago. Or personne n'a vu sa voiture.

— Elle en a peut-être loué une. (C'était la première fois qu'on entendait Donald Blakely.) On va attendre combien de temps ?

— Oh, l'avion sera là d'ici trois quarts d'heure, une heure, dit Alec. Elle va sûrement faire son apparition quand il va se poser. A moins que le sénateur n'ait réussi à l'impressionner.

— Tu ne crois pas sincèrement qu'elle aura tenu compte des menaces de ton vieux ? se moqua Jasper.

— Nous étions tous d'accord sur le fait qu'il fallait essayer, lui rappela Alec, d'un ton cassant. La police la fait suivre. Mon informateur chez Landseer dit qu'ils espèrent qu'elle les conduira à la fille. On ne peut pas faire grand-chose tant qu'ils la surveillent.

Je ne savais pas si le micro de Murray était suffisamment sensible pour capter ces voix. Je n'en sortis pas moins magnéto et micro de mon sac à dos, puis les mis en marche. Après quoi nous attendîmes l'arrivée de l'avion avec les mousquetaires.

Ils paraissaient ravis de se trouver là, et tout excités par la perspective de cet atterrissage. Ils parlèrent des problèmes de Jasper — maintenant que la combine avec les entrepreneurs était éventée, il ne voulait pas continuer à travailler à Home Free —, puis des chances qu'avaient les Bulls de remporter à nouveau le championnat. Ils parlèrent également de moi. Leurs descriptions étaient si crues qu'un frisson me parcourut. Je faillis lâcher le Smith & Wesson.

— Tu es l'homme de la situation, Jasper, dit Blakely. Elle avait le béguin pour toi à l'université, non ?

— Heureusement, tu n'as pas répondu à ses avances, une nana comme ça serait tout à fait capable de te couper les couilles, remarqua Gantner avec élégance.

— Attends un peu que l'occasion se présente, marmonnai-je.

Murray me colla une main sur la bouche, mais ils riaient trop fort pour pouvoir m'entendre.

— Anton meurt d'envie de se la faire, dit Jasper. Je l'ai laissé à l'entrée du domaine, avec le type de la sécurité. Il est tellement remonté, qu'il pourrait enfiler un pot d'échappement.

Ils laissèrent à nouveau échapper de gros rires. Je ne supporterai pas un mot de plus, me dis-je. A ce moment-là, nous entendîmes une voiture s'arrêter devant la porte. Deux hommes se joignirent aux mousquetaires. Puis les portes en tôle ondulée coulissèrent. Quelqu'un mit un moteur en marche. Au bruit, c'était l'un des chariots à bagages.

Murray passa la tête dehors, puis me glissa à l'oreille :

— Ils sont tous sortis.

Nous nous regardâmes, hésitant à prendre le risque. D'un mouvement de tête, je lui désignai l'entrée du hangar. Murray acquiesça, puis s'extirpa de sa cachette. J'éteignis le magnétophone, le rangeai dans mon sac, et suivis mon acolyte, pistolet en main. Nous progressâmes jusqu'à l'entrée par petits bonds, en nous cachant derrière les avions. Nous nous arrêtâmes derrière l'avion pulvérisateur le plus proche des établis : nous pourrions nous y réfugier si jamais les mousquetaires revenaient.

La lumière du hangar se reflétait sur la piste mouillée. Ce qui nous permettait de voir Gantner parler avec un homme en combinaison jaune, près du chariot à bagages. Heccomb et Blakely se tenaient un peu en retrait, devant les portes en tôle ondulée. L'homme en jaune faisait de grands gestes en direction du ciel couvert. Gantner n'avait pas l'air d'accord avec lui. C'était frustrant de ne pas pouvoir entendre ce qu'ils disaient.

— Même s'ils annulent l'opération, on a enregistré suffisamment de choses pour aller voir le procureur, dis-je à Murray, dans un murmure.

— Ils ne peuvent rien annuler, dit Murray. Si l'avion vient des Caraïbes, il va bien falloir qu'il se pose quelque part.

Soudain l'homme en jaune s'anima. Il se saisit de deux baguettes sur le chariot, ces bâtons fluorescents dont on se sert pour guider un avion, et partit sous la pluie. Les trois mousquetaires grimpèrent sur le chariot, qui s'éloigna avec un bruit de moteur. Ils s'arrêtèrent au centre de la piste, vingt mètres plus loin. Bientôt les feux d'atterrissage d'un avion apparurent sous les nuages.

Murray et moi courûmes jusqu'à la porte latérale. Personne ne regardait de notre côté. Nous fîmes rapidement le tour du bâtiment, réémergeâmes côté champs, puis sautâmes dans le fossé d'irrigation. Murray alluma la caméra. Il filma le petit jet quand il se posa sur la piste dans un crissement de freins. J'observai l'arrivée de l'appareil à travers mes jumelles.

Dès que le jet fut arrêté, l'homme en combinaison sauta du chariot et cala les roues. Les mousquetaires se postèrent devant la porte de l'avion et attendirent. La porte s'ouvrit. Deux hommes descendirent la passerelle, des valises à la main. Les mousquetaires leur donnèrent de grandes claques dans le dos et prirent leurs bagages. Ils s'installèrent tous sur le chariot. L'homme en combinaison les ramena dans le hangar. Murray avait filmé toute la scène.

Le mécanicien qui avait aidé l'avion à se poser ôta les cales de derrière les roues. Son collègue revint avec le chariot à bagages. Tous deux montèrent dans l'avion, sans doute pour procéder à une vérification technique.

Nous allions repartir, lorsqu'une voiture apparut sur la route, se dirigeant vers le hangar. Avec les jumelles, je vis le logo de Gant-Ag sur la portière, et « sécurité » écrit dessous en grosses lettres noires.

La voiture s'arrêta. Un homme en uniforme en sortit, côté conducteur, puis alla ouvrir à l'arrière. Un type énorme coiffé d'un Stetson émergea de l'habitacle obscur. Un autre homme apparut à sa suite. Un prisonnier, visiblement. Je sentis mon estomac chavirer : c'était Conrad ! Anton le tenait par les bras.

59

UNE FIN VIOLENTE

— Qu'est-ce qu'il fait là ? dit Murray.

Je ne comprenais pas. Je gardai mes jumelles braquées sur le hangar, le cœur battant. L'homme en uniforme disait quelque chose à Gantner, tout en désignant Conrad avec force gestes. Blakely et Heccomb observaient la scène avec attention. Anton empêchait Conrad de bouger en lui maintenant les bras dans le dos. Je ne voyais pas ce qu'ils avaient trouvé sur lui — son insigne, peut-être, car les mousquetaires parurent soudain alarmés.

— Il faut que je sache ce qu'ils projettent, dis-je à Murray. Les flics du coin sont de mèche avec Gant-Ag. Retourne à ta voiture, et essaie de joindre la police de Chicago. S'ils t'envoient promener, appelle Bobby Mallory. D'ailleurs, appelle-le de toute façon. Et puis attend ses hommes dans ta voiture. S'ils ne sont toujours pas là au bout d'une heure, et que je ne suis pas revenue, fonce chercher du renfort le plus vite possible.

Je lui donnai le numéro personnel de Mallory, que je connais par cœur, puis le renvoyai dans le champ de maïs. Murray trouvait plus sage de rester avec moi, au cas où ça tournerait à la bagarre. Mais je le persuadai que la seule façon de s'en sortir, c'était d'aller chercher de l'aide. Si nous nous faisions prendre tous les deux, nous étions fichus.

Il tombait toujours une petite pluie fine. En courant dans le fossé, je glissai à plusieurs reprises, mais n'en continuai pas moins à foncer en direction du bâtiment. Je m'efforçai d'oublier mes crampes et ma côte fêlée en me hissant hors de la tranchée. Je rampai jusqu'à l'aire cimentée à l'entrée du hangar. Hélas, je ne pouvais rien entendre de ce qui se disait à l'intérieur : les mécaniciens avaient mis en route les moteurs de l'avion, qu'ils faisaient tourner sur la piste. Je fis le tour du bâtiment jusqu'à la porte latérale que j'entrebâillai légèrement. Je ne pouvais voir personne, mais je surpris une conversation.

Blakely demandait à Conrad s'il me connaissait.

— J'ai entendu parler de miss Warshawski, oui. Elle est détective privé. Tous les flics de Chicago la connaissent. Elle passe son temps à marcher sur nos plates-bandes. Elle travaille pour vous ? Alors attention : elle a beau être compétente, et courageuse, c'est une vraie tête de mule.

Malgré ma peur, je ne pus m'empêcher de sourire. Cela vaudrait le coup d'être répété, si toutefois nous survivions tous deux à cette nuit mouvementée. Blakely ne s'attarda pas sur mon cas. Il demanda à Conrad ce qu'il faisait à l'entrée de ses fermes expérimentales. Vu la réponse de mon amant, ce n'était pas la première fois qu'on lui posait la question : il pensait trouver ici les preuves d'un meurtre commis à Chicago, mais ne pouvait en dire plus sans l'accord de son supérieur. Il se ferait d'ailleurs un plaisir de l'appeler, si Gantner le laissait utiliser le téléphone.

— Mr Rawlings, mettez-vous à notre place, dit Gantner, d'une voix posée. Je veux bien croire que vous soyez policier, mais notre service de sécurité vous a trouvé sur nos terres, donc dans une propriété privée. En outre, vous avez eu une attitude que vos collègues eux-mêmes qualifieraient de suspecte. Si la police de Chicago pensait réellement pouvoir trouver ici les preuves d'un meurtre, elle se serait adressée à nos bureaux. Je vais donc demander au shérif-adjoint Klavin de vous garder parmi nous le temps que je vérifie votre histoire. Je connais quelqu'un qui travaille avec votre chef. Cela ne devrait pas prendre plus de dix minutes.

Je n'entendis plus rien pendant un moment, puis Blakely s'écria :

— Je croyais les flics de Chicago de notre côté ! Ce type est vraiment flic, ou est-ce qu'il travaille avec Warshawski ?

— C'est peut-être un policier qui travaille de temps en temps avec elle sur certaines affaires, suggéra Heccomb.

— Quoi qu'il en soit, dit Gantner, si c'est un flic — et il a un insigne, je vous le rappelle — nous ne pouvons pas le laisser raconter partout qu'il nous a vus ici à minuit, attendre cet avion.

— Vous voulez qu'on dise à Klavin et Anton de l'emmener à une quinzaine de bornes ? proposa Jasper. Le temps qu'il revienne, nous serons partis depuis longtemps.

— Il faut trouver une solution plus radicale, dit Gantner. Si c'est réellement un flic, il a peut-être la preuve que Don et toi êtes impliqués dans le meurtre de Deirdre. Warshawski est venue poser des questions à Tish, ne l'oublie pas. Elle s'intéressait tout particulièrement à la batte que Don a apportée, il y a quelques semaines. Je ne voudrais pas qu'on fasse le rapprochement entre cette batte et moi.

— Trop tard, Gantner, dit Blakely. Ce n'est plus le moment de reculer. Même si tu n'étais pas dans le bureau de Warshawski ce soir-là, tu es dans le bain au même titre que moi ou Heccomb.

— Ça me dépasse que des types comme nous se retrouvent mouillés avec un malade comme Anton ! s'indigna Gantner. A l'origine, il devait seulement persuader Deirdre qu'elle avait mal interprété ce qu'elle avait vu dans les comptes de Jasper. Tout ça, c'est de la faute de Charpentier. Il ne fallait pas qu'il confie cette mission à un fou furieux. Peut-être qu'Anton — ou Charpentier — aura vu la batte de Messenger. Sans savoir que Don l'avait empruntée pour faire une farce à notre estimé collègue. Si ça se trouve, ils l'ont emportée pour impliquer Messenger dans le meurtre de sa femme.

— Tu es vraiment inconscient, Jasper, de laisser des imbéciles pareils se promener dans tes bureaux, poursuivit Gantner. Heureusement que cette batte était la dernière chose qui permettait de faire le rapprochement entre ces gens et nous. A moins que la fille ait vu Jasper, quand il est revenu effacer le disque. De toute façon, on s'occupe d'elle dès qu'elle refait surface.

Il y eut un moment de silence, puis Blakely éclata de rire.

— Tu es un beau salaud, Gantner ! s'exclama-t-il. Mais tu as du sang-froid, on ne peut pas dire le contraire. Alors, qu'est-ce qu'on fait de ce flic ?

Jasper prit la parole.

— Nous étions tous là, ce soir, pour réceptionner un avion qui n'a pas répondu aux appels des contrôleurs aériens. Ce n'est pas le genre d'histoire qu'on peut se permettre de voir divulguée dans la presse. Surtout si Warshawski fait son apparition. Mais comment le sénateur va-t-il expliquer qu'on a retrouvé le corps d'un flic dans sa ferme familiale ?

— Mon père a pu détourner les soupçons dans l'enquête sur le meurtre, grâce à ses relations au bureau du procureur, dit Alec. De là à faire passer la pilule si on tue un flic, il y a une marge, même pour un sénateur.

— Klavin dit que Rawlings était seul, quand ils l'ont trouvé. Qu'il fasse établir des barrages tout autour de la propriété, et qu'il essaie de savoir si Chicago a bien envoyé un officier de police chez nous. Si Rawlings a des copains dans le coin, on n'y touche pas. Sinon, on le retrouvera à vingt bornes d'ici, face contre terre, avec une balle dans la nuque. Ensuite, la police de Chicago pourra toujours essayer de comprendre ce qui lui est arrivé.

Mon cœur résonnait comme un gong dans ma cage thoracique. Je m'appuyai contre le mur du bâtiment, haletante. J'envisageai de surgir dans le hangar et les tuer tous. J'entendis Gantner appeler Klavin d'un ton sec. Je ne pouvais rien voir, mais j'imaginais qu'Anton et Conrad étaient devant le hangar. Maintenant ou jamais, Warshawski.

Je courus jusqu'au bout du bâtiment, puis je sautai dans le fossé. Après avoir sorti un chargeur neuf de mon sac à dos, et l'avoir glissé dans ma poche, je pris le temps d'étudier la situation à la jumelle. Anton et Conrad étaient effectivement devant le hangar. Klavin, installé dans sa voiture, cinquante mètres plus loin, devait donner l'ordre à ses copains de barrer la route. Je ne voyais pas les mousquetaires.

L'avion était désormais en position de départ. L'un des mécaniciens retira un tuyau à essence de l'aile, puis l'abandonna sur la piste. Après quoi l'homme remonta dans l'appareil, laissant le chariot à quelques mètres de là.

Je me hissai hors du fossé, puis sprintai sur la piste mouillée jusqu'au chariot à bagages. Le mécanicien avait laissé le moteur en prise. Je grimpai sur le siège et trouvai le frein sans trop de difficulté. C'était un frein à main, qui s'abaissa facilement. Après quoi je poussai le levier de vitesses. Le chariot commença à avancer. Il progressait à grand bruit, en tanguant. Le wagon accroché derrière se balançait de gauche à droite.

J'avançai en zigzaguant jusque sur l'aire cimentée. Je m'arrêtai à côté d'Anton, lequel me regarda d'un air neutre, me prenant pour un mécanicien.

— Conrad ! criai-je. C'est Vic, monte !

Anton et Conrad me dévisagèrent tous deux d'un air abasourdi.

— Conrad ! Je les ai entendus ! Ils vont te tuer ! Monte !

Il se mit à courir vers moi. Anton lui cria qu'il allait tirer. Il plongea la main vers son arme. Je fis feu. Il recula. Je braquai et m'engageai sur la piste d'atterrissage. Anton se mit à courir derrière nous, en agitant un gros pistolet. Je manœuvrai le volant de la main gauche, et lui tirai dessus à bout portant. Il riposta dans un bruit d'explosion, puis porta la main à son entrejambe.

J'accélérai. Des balles sifflèrent à mes oreilles. Je jetai un rapide coup d'œil par-dessus mon épaule, Blakely nous courait après. J'avais beau m'efforcer de rouler entre les cônes lumineux, je finis par en tamponner un. Le chariot à bagages partit sur la droite. De nouveaux coups de feu explosèrent dans notre dos. Conrad poussa un cri et bascula en avant.

Je m'arrêtai devant l'avion. M'en servant comme d'un bouclier, je me retournai pour voir ce qui était arrivé à mon amant. Quelqu'un, dans le cockpit, alluma un phare, qui nous éclaira violemment. Conrad m'apparut comme en plein jour. Il avait été touché à l'épaule droite. Il saignait, mais il n'avait pas perdu connaissance.

Pas le temps de lui faire un garrot.

— Il va falloir traverser le champ de maïs dans ce chariot. Murray attend dans sa voiture, à deux kilomètres d'ici, à peu près.

Il acquiesça d'un hochement de tête. Il suffoquait un peu, la main gauche plaquée sur l'épaule. J'appuyai à fond sur l'accélérateur. Le chariot prit de la vitesse, mais ce n'était tout de même pas une Corvette. Les mains serrées sur le volant, je m'efforçai de rouler bien droit, tout en me dirigeant vers le bord de la piste.

J'entendis vrombir le moteur du jet. Je tournai la tête. L'avion roulait sur nous. Je tentai d'accélérer mais j'étais à fond. L'appareil était à une cinquantaine de mètres et se rapprochait terriblement vite.

Je donnai un coup de volant sur la droite. Le chariot heurta un cône de signalisation, fit un écart, puis versa sur le côté. Nous nous retrouvâmes sur le tarmac. J'essayai de remorquer Conrad dans le champ de maïs. Mais le jet n'était plus qu'à une vingtaine de mètres. Alors je me relevai et tirai dans les pneus. Le moteur faisait trop de bruit pour que je sache si je les avais touchés. Je vidai mon chargeur dedans. L'avion vrombissant continua à fondre sur nous.

Soudain, il fit une légère embardée, comme un oiseau blessé. De la fumée monta de ses roues. Il pencha sur la droite, puis s'affaissa sur une aile. Il tourna sur lui-même puis fonça dans le chariot à bagages. De l'air brûlant me passa sous le nez. Les turbines étaient si près, que je voyais les pales. Des fragments du chariot à bagages jaillirent sur la piste.

Je me forçai à me remettre debout, les jambes tremblantes. Conrad était à peine conscient. Je réussis à le hisser sur mon épaule et titubai jusqu'au fossé. Au moment où je m'effondrai dedans avec mon amant, l'avion explosa.

Des sirènes hurlant devant nous me ramenèrent à la vie. Je passai la tête hors du fossé. L'avion brûlait, tel une grande torche blanche. Un camion de pompiers s'en approcha le plus près possible, et se mit à l'asperger de mousse.

J'enlevai mes vêtements boueux, puis je me servis de mon T-shirt pour faire un pansement à Conrad, avant de l'envelopper dans mon pull-over. Je me couvris avec mon coupe-vent.

Ce fossé humide n'était pas l'endroit idéal pour un

blessé. Mais au moins Conrad serait-il à l'abri en attendant d'être transporté ailleurs. Inutile d'essayer de traverser le champ en le portant. Je sortis la couverture de Mr Contreras de mon sac à dos. Conrad reprit connaissance pendant que je l'emmitouflais dedans.

— Le vieux monsieur m'a appelé, réussit-il à articuler, avec effort. Il a eu peur. Il te savait seule ici avec Ryerson. Ces affreux m'ont chopé au bord de la route. Ils n'ont pas arrêté de me traiter de nègre. Ils n'ont pas voulu croire que j'étais flic.

— Tout va bien, mon chéri. (Je serrai sa tête contre moi.) Je suis là. Tout va bien se passer, mais il faut trouver un moyen de te transporter. Tu saignes comme un bœuf. Ta maman ne va jamais me le pardonner.

Il eut un pâle sourire, mais ne parla plus. Je glissai le sac à dos sous sa tête, en m'efforçant de réfléchir à une stratégie cohérente. Notre seul espoir, c'était qu'ils pensent que nous avions brûlé dans la collision. Cela me laisserait peut-être le temps d'aller chercher de l'aide. Mais je devrais alors retourner jusqu'au ruisseau, en espérant que Murray serait toujours là. Allais-je avoir la force de me propulser jusque là-bas ? De toute façon, je ne voyais pas d'autre solution.

— Je vais être partie un bon moment, dis-je. Je te laisse mon pistolet. Espérons que ces types nous croient morts, et qu'ils ne vont pas s'amuser à nous chercher.

Je glissai un chargeur neuf dans mon Smith & Wesson, puis me remis tant bien que mal sur mes pieds. A peine hors du fossé, je repérai un bruit nouveau. Au-dessus du feu rugissant et de l'eau crachée par les lances des pompiers, des moteurs grondaient. Deux hélicoptères approchaient. Je retournai dans le fossé, tandis qu'ils se posaient près du hangar. Puis je hasardai un coup d'œil dehors. Il y avait un insigne peint sur leurs portes.

Je soulevai la tête de Conrad pour sortir les jumelles de mon sac. Les hélicoptères avaient tourné, je ne pus donc déchiffrer leur logo. Des hommes en combinaison marron en descendirent, suivis par Murray, qui filmait la scène. Des militaires ! Je poussai un cri de joie et me hissai à nouveau hors de la tranchée.

60

UN POÈTE REFAIT SURFACE

Le reste de la nuit ne fut qu'une suite d'images heurtées : Conrad sur une civière, dans un hélicoptère. Des infirmières qui m'empêchent de rester près de lui. Un lit d'hôpital, où l'on soigne mes brûlures. Terry Finchley à mon chevet, en train de me poser indéfiniment les mêmes questions. Puis de me dire que Conrad a besoin d'une transfusion. Et moi d'insister bêtement pour lui donner mon sang — alors que je suis du groupe AB, et lui pas. Mrs Rawlings surgissant dans ma chambre à l'aube et me criant : « Mais qu'avez-vous fait pour qu'on lui tire dessus ? »

Lotty me rendit visite à midi, et la vie reprit son cours normal. Mon amie tenta de me persuader de venir chez elle. Mes blessures étaient sans gravité — sourcils brûlés plus une brûlure sur l'avant-bras droit — mais je ne voulais pas quitter Morris tant que Conrad était à l'hôpital. Aussi Lotty me réserva-t-elle une chambre dans un hôtel proche.

Les chirurgiens avaient simplement extrait la balle. Ils n'avaient pas rafistolé l'épaule de Conrad. Lotty préférait que ce soient des chirurgiens de Beth Israël qui s'en chargent.

Au milieu de l'après-midi, après avoir pris une douche et enfilé des vêtements propres, j'allai voir le blessé dans sa chambre. Il était couché, et tellement immobile dans son lit, que mon cœur s'emballa. Je collai mon oreille contre sa poitrine, pour m'assurer qu'il respirait toujours.

Ses paupières battirent. Il ouvrit les yeux.

— Salut, miss W. J'ai volé à ton secours. Je m'en suis bien tiré, hein ?

— Parfaitement bien. (Je lui posai un petit baiser sur les lèvres.) Tout va bien se passer. Lotty est là, et d'éminents chirurgiens se penchent déjà sur ton cas.

Il eut un pâle rictus, l'ombre d'un sourire. Je lui pris la main jusqu'à ce qu'il se rendorme. Après quoi j'allai voir toute une phalange de flics : police de l'Etat, flics de Morris, policiers de Chicago. Ils m'auraient sauté dessus dès mon réveil, tels une meute de chiens affamés, si Lotty n'avait pas été là pour les en empêcher.

Bobby Mallory représentait la police de Chicago. Il était accompagné de Kajmowicz, l'assistant du superintendant, et d'un Terry Finchley raide comme la justice. La police de l'Etat avait envoyé deux de ses hommes. Il y avait également deux flics de la ville de Morris. Klavin, chef de la sécurité chez Gant-Ag, était présent. Les Fédéraux avaient dépêché l'un de leurs représentants. Nous étions douze, entassés dans une petite pièce mal aérée, au poste de police de Morris. L'atmosphère suffocante ne faisait qu'entretenir la mauvaise volonté régnant parmi les différents représentants de la loi.

Cette réunion fut des plus confuses. Gant-Ag avait donné l'ordre à la police locale de m'arrêter pour violation de propriété privée et destruction du bien d'autrui — plus précisément d'un jet. Lorsque j'eus fait part à l'assemblée des intentions meurtrières des trois mousquetaires envers Conrad, les flics du coin firent marche arrière. Sans les bandes vidéo de Murray, ils auraient pu jouer sur le fait que c'était ma parole contre celle de Gantner — et laquelle aurait eu le plus de poids ?

Malheureusement, le débat entre les mousquetaires quant au sort à réserver à Conrad ne figurait pas sur le film — il avait eu lieu pendant que j'étais derrière la porte, et que Murray était parti chercher des renforts. Personne n'allait arrêter Gantner sur mon seul témoignage. Cependant, Conrad avait une balle dans l'épaule et Anton avait fait une déposition. Gant-Ag l'avait engagé, du moins le dit-il, « pour tuer ce sale nègre qui rôdait la nuit sur leurs terres ». Aussi vis-je les flics locaux rétrograder, non sans me lancer des regards de haine.

Je finis par savoir ce qui était arrivé aux hommes qui se trouvaient dans l'avion. L'un des mécaniciens avait fui par la queue de l'appareil, quand celui-ci s'était retourné. Brûlé au second degré sur le visage et les mains, il avait cependant de bonnes chances de s'en tirer. Blakely et l'autre mécanicien étaient morts dans l'accident. Anton, qui avait pris une balle dans l'aine, se trouvait dans le même hôpital que Conrad. J'avais eu la main heureuse, car je n'avais pas eu le temps de viser.

La police de Chicago envisageait d'arrêter Anton dès sa sortie de l'hôpital pour agression envers Conrad. Ils l'accusaient délibérément du meurtre de Deirdre. Mais Anton se défendait, chargeant non seulement Charpentier, mais aussi Heccomb. Pour se couvrir, ces messieurs de Gant-Ag clamaient haut et fort que Conrad avait pénétré sans raison valable dans leur propriété. Malgré mon témoignage, qui contredisait cette fable, ils continuèrent à prétendre qu'Anton avait tiré sur Conrad parce qu'il furetait sur leurs terres sans autorisation. La discussion aboutit à une impasse. Personne n'allait souscrire aux exigences de Gant-Ag, qui voulait qu'on m'arrête pour violation de propriété. Cependant, la police refusait d'inculper Gantner sans avoir d'autres preuves que celles fournies par Murray et moi.

Bobby voulut interroger Gantner et Heccomb, mais Kajmowicz, son supérieur hiérarchique, s'y opposa. Bobby prendrait sa retraite d'ici quelques années, mais Kajmowicz n'avait que cinquante ans. Il craignait que les foudres d'un sénateur vengeur ne viennent compromettre la suite de sa carrière.

Deux jours plus tard, Conrad avait suffisamment récupéré pour qu'on le transporte à Beth Israël, où des chirurgiens expérimentés savaient reconstituer les os éclatés sous des impacts de balles.

Terry, Mrs Rawlings, les quatre sœurs de Conrad et moi-même nous retrouvâmes dans la salle d'attente pendant l'intervention. Même Janice, l'interne en neurologie, était là. Elle avait pris l'avion d'Atlanta pour s'assurer que les médecins de Chicago s'occupaient convenablement de son frère. L'opération dura quatre heures, mais le chirurgien réapparut avec une bonne nouvelle : l'articulation de l'épaule n'avait pas été touchée. En outre, il avait pu reconstruire la clavicule abîmée.

Mrs Rawlings fut tellement soulagée, qu'elle me laissa me joindre à la famille lors de la première visite au blessé. Conrad me serra faiblement la main, mais ne tarda pas à se rendormir.

Cependant, dès qu'il reprit des forces, il s'éloigna de moi. Je m'efforçai d'ignorer les signes de sa désaffection, en continuant à lui rendre visite chaque jour. J'essayai même d'établir une relation plus chaleureuse avec sa mère. Camilla prêchait l'optimisme, mais le jour où il sortit de l'hôpital, Conrad demanda à sa mère et ses sœurs de le laisser seul avec moi.

Il s'assit au bord du lit, et me couva d'un regard sombre.

— Vic, sans toi je serais mort à l'heure qu'il est. Mais je n'aurais pas risqué ma vie, si tu m'avais dit pourquoi tu allais à Gant-Ag.

Je fermai les yeux et serrai les dents. Je ne pouvais pas griller ma dernière carte en lui criant que Murray et moi serions sortis de ces champs comme deux fleurs, s'il n'avait pas volé à notre secours.

— J'ai pensé que tu allais encore me faire la morale.

Je m'étais efforcée de garder un ton neutre, mais il y avait de l'irritation dans ma voix.

— Tu avais peut-être raison de penser cela. (Conrad posa sa main sur la mienne.) Je crois que nous avons besoin de prendre un peu de distance, tous les deux. Les événements de ce dernier mois ont sérieusement entamé mon amour pour toi. Tu n'as pas le cœur assez grand pour faire des compromis.

— Mais enfin, Conrad, Terry était sur le point d'arrêter Emily Messenger ! Si je n'avais pas rapporté un enregistrement de cette conversation entre Gantner et Blakely, le procureur n'aurait peut-être jamais annulé le mandat d'arrêt.

— Tu ne pouvais pas faire confiance à la justice, pour régler le problème ?

Comme je ne répondais pas, il ajouta :

— Tu avais raison sur tout, sauf à propos de Fabian Messenger. Il n'a pas tué sa femme, comme tu l'espérais. Enfin, de toute façon, je n'ai aucune envie de vivre un autre épisode comme celui-là. Ce n'est pas que je t'en veuille d'avoir raison, ni même que je te rende responsable de cette balle que j'ai pris dans l'épaule. C'est de te voir plonger tête baissée, sans tenir compte de rien ni de personne, tout cela pour faire triompher ta propre vision de la justice !

Je pleurais tellement quand je sortis de sa chambre, que je ne voyais pas à un mètre devant moi. Camilla bondit d'une chaise pour me guider jusqu'aux toilettes. Je restai là, seule, jusqu'à ce que je fus certaine que Conrad et sa famille aient quitté l'hôpital.

Après cela, j'eus beaucoup de mal à m'intéresser à cette affaire. Je harcelai néanmoins le procureur pour qu'il lève tout chef d'inculpation contre Emily Messenger. Terry m'y aida. Il m'en voulait terriblement de l'avoir pris en défaut. En outre, il me rendait responsable de la blessure de Conrad, mais c'était un flic honnête.

Le jour où j'appris qu'on n'arrêtait plus Emily, je me rendis à Arcadia House.

— J'espère que Mary Louise Neely t'a amené Emily Messenger, dis-je à Marilyn Lieberman.

Elle eut un sourire rusé.

— Tu sais bien que nous ne donnons aucun renseignement sur nos pensionnaires, Vic.

— Ne joue pas avec moi, Lieberman. Je ne t'ai pas contactée, ni écrit, ni téléphoné, tant que je pensais que cela pouvait nuire à Emily. Le procureur a levé le mandat d'arrêt. Le type qui a essayé de la tuer est au Grundy County Hospital, avec un trou dans l'aine qui va mettre un terme à sa carrière de macho. Quant à Donald Blakely, il nous a quittés.

— Emily peut donc réapparaître, poursuivis-je. Elle peut retourner à l'école, et réfléchir à ce qu'elle va faire de sa vie. Elle est ici ? Ou bien dois-je fouiller cette ville de fond en comble pour la retrouver ?

Marilyn me sourit et acquiesça d'un hochement de tête. Neely la lui avait amenée. Je n'en avais jamais douté, mais j'avais besoin qu'elle me le confirme.

— Et son père ? s'enquit Marilyn. Elle est mineure. Pas question d'avouer qu'elle est chez nous, si c'est pour qu'elle retourne vivre avec lui.

— Fabian ? Je peux le neutraliser. Mais d'abord il faut que je sache ce qu'Emily a décidé pour son avenir.

Marilyn appela Eva Kuhn qui me fit part des progrès d'Emily sur le plan émotionnel.

— Ce n'est pas Byzance, Vic, elle n'est ici que depuis deux semaines. Il lui faut un environnement structuré, des encouragements, et une longue thérapie. Beaucoup plus que ce que je peux lui donner. Mais elle est fondamentalement saine, et elle a beaucoup de qualités. Avec l'aide appropriée, elle devrait s'en sortir. J'aimerais qu'elle reste ici jusqu'au moment où elle se sentira assez forte pour partir. Peut-être encore un mois. Mais où ira-t-elle ensuite, voilà la question.

Elle m'emmena voir Emily. Je fus surprise de constater à quel point la jeune fille avait changé. D'abord elle avait l'air plus jeune, dans un jean à sa taille et un joli T-shirt turquoise. L'une des mères résidentes lui avait fait des petites nattes, au bout desquelles elle avait noué des perles multicolores.

Emily me regarda avec sa solennité habituelle, mais elle

se détendit rapidement. Je lui fis le récit des événements de ces derniers jours, lui dis qui avait tué sa mère et pourquoi. Puis je lui expliquai qu'elle-même ne risquait plus rien.

— J'ai vu l'avion brûler aux informations. C'était vous ? dit-elle, de sa petite voix timide.

— Ils essayaient de m'écraser, alors j'ai tiré dans les pneus. (Comme elle me regardait avec une admiration mêlée de crainte, j'ajoutai :) Je n'ai jamais eu aussi peur de ma vie, crois-moi.

— Vous êtes certaine que c'est cet Anton qui a tué Mère ? Vous ne dites pas ça pour me réconforter ?

— Oh, tu penses au docteur Zeitner, cette théorie selon laquelle tu aurais tué ta mère, mais l'aurais occulté ? Non, ma douce. Je n'ai pas l'habitude de mentir aux gens pour les rassurer.

Ce qui m'aurait sans doute facilité la vie, au demeurant, mais c'était trop tard pour m'y mettre.

— Mais alors qui j'ai vu ? Je veux dire ce soir-là, dans votre bureau. Papa ?

Je fis la grimace.

— Le docteur Zeitner avait raison sur un point : on ne peut pas toujours se fier à ses souvenirs. Si nous sommes persuadés d'avoir vu telle personne, alors nous n'en démordons pas. Tu as vu les pieds d'un homme, et tu es sûre que ce sont ceux de Fabian. Mais si tu repenses à tout cela de façon logique, tu es obligée de te souvenir qu'il était à la maison, ce soir-là, puisque tu attendais qu'il aille au lit pour te coucher. Après t'avoir agressée, il est parti dans sa chambre. Il y était toujours quand tu es sortie. Lorsque tu es arrivée en ville, ta mère était déjà morte. Ton père ne peut pas être allé à mon bureau, avoir tué ta mère, puis quitté l'immeuble avant que tu n'arrives. Il n'en aurait pas eu le temps, même en voiture.

En y repensant, elle eut à nouveau l'air de souffrir.

— Alors, est-ce que ça veut dire qu'il a raison, et que

j'ai inventé... inventé le reste ? Que je me souviens qu'il... qu'il me faisait ça parce que j'en avais envie ?

— Qu'est-ce que tu en penses, toi ? demandai-je.

— Je ne sais pas, murmura-t-elle. Par moments je me dis que je dois être folle et que j'ai tout imaginé.

— Emily, nous avons suffisamment parlé ensemble pour savoir que tu n'es pas folle. J'ai vu comment tu te conduisais avec d'autres gens. Tu as un comportement parfaitement normal, dit Eva, d'une voix pleine d'assurance. Je ne connais pas Fabian, mais j'ai rencontré de nombreux pères qui ont abusé de leur fille. Pas un seul n'avoue ce qu'il a fait. Ils mentent, ils se récrient, ils essaient tous de reporter la faute sur leur enfant.

Nous laissâmes la jeune fille assimiler ça avant que je ne lui dise :

— La question, Emily, c'est de savoir ce que tu veux faire maintenant. Eva, Marilyn, et moi, pensons que ce serait une bonne idée que tu restes ici encore un moment, environ un mois. Puis nous aimerions te trouver un endroit où tu puisses vivre avec des gens qui te respectent, et où tu pourrais voir un bon thérapeute — quelqu'un comme Eva, mais qui aurait plus de temps. Il faut que tu réfléchisses à tout ça, que tu décides si tu veux retourner à ton ancienne école à la rentrée, ce genre de choses.

— Je ne peux pas abandonner les garçons, souffla-t-elle.

— Je ne te demande pas de les abandonner. Seulement, tu as besoin d'une vie à toi, et d'un environnement plus favorable que la maison de Fabian. Tu as des droits, Emily, pas seulement des devoirs. Tu as le droit de passer des nuits paisibles.

Elle se mit à pleurer.

— Si je pars, il ne me laissera jamais les revoir. Il sera tellement furieux après moi. Je ne peux pas...

— Laisse-moi régler cela. Je vais faire en sorte que tu puisses voir tes frères aussi souvent que tu le voudras.

Ne t'inquiète pas de la colère de ton père. Ça aussi, je m'en charge.

— Mais où aller ? gémit-elle.

— Nous allons chercher une solution ensemble, dit Eva. Nous ne te demanderons pas de quitter Arcadia House tant que nous ne t'aurons pas trouvé un foyer chaleureux.

Eva me fit signe de les laisser seules, et me demanda de l'attendre dans le bureau de Marilyn. Au moment de sortir, une idée me traversa l'esprit.

— Tu écris toujours, Emily ?

Elle garda la tête baissée, mais la secoua avec une telle vigueur que les perles multicolores s'agitèrent en tous sens.

— Tu devrais t'y remettre. Ecrire un journal. D'autres poèmes. Dans tes poèmes, tu trouveras la réponse à tes questions.

Elle releva la tête en entendant ça, l'air éveillé, en alerte. Je ne lui avais jamais vu ce visage. C'était le visage qui avait écrit : « Une Souris Entre Deux Chats ». Je tournai les talons et m'en fus, le sourire aux lèvres.

61

ADIEU AU PÈRE

Eva me rejoignit dans le bureau de Marilyn environ dix minutes plus tard.

— Emily nous pose un problème, annonça-t-elle. Il est hors de question qu'elle retourne chez son père. Il ne faut donc pas que ce cinglé conserve l'autorité parentale. Mais si nous entreprenons des démarches en ce sens, tout va devenir encore plus compliqué. Si les services sociaux nous croient, ils vont placer les enfants dans des familles d'accueil, et ils seront probablement séparés. S'ils doutent de notre bonne foi, nous allons devoir fournir des preuves imparables, et il va nous falloir des mois pour monter notre dossier. En outre, vu la position de Fabian dans la communauté, il est presque certain de finir par récupérer ses enfants.

— Il y a une grand-mère, dis-je. Ils ne pourraient pas vivre avec elle ? Autrement, ils n'ont pas de famille ?

Marilyn fit non de la tête.

— Personne qu'Emily connaisse suffisamment bien, en tout cas. Deirdre avait une sœur, de dix ans son aînée, qui habite Los Angeles. Mais ça faisait des années qu'elles ne se voyaient plus. Fabian a une sœur à Baltimore, mais je ne ferais confiance à personne de ce côté-là.

J'émis un petit sifflement entre mes dents.

— Mettons que je m'arrange pour que Fabian abandonne toute autorité sur ses enfants, vaut-il mieux pour Emily avoir ses frères avec elle ou pas ? Ça fait des années qu'elle leur sert de baby-sitter. Etre séparée d'eux quelque temps serait peut-être pour elle l'occasion de grandir ?

Marilyn et moi regardâmes Eva, qui réfléchit une minute à la question avant de répondre.

— Ils sont très attachés les uns aux autres. Si nous leur trouvions le foyer adéquat, dans lequel un adulte assumerait le rôle de parent, je dirais qu'il faut les laisser ensemble. En outre, même si Fabian n'a pas l'intention de violer ses fils, on ne peut pas lui faire confiance en tant que père. Quant à l'amener à renoncer à toute autorité parentale, c'est un grand défi. Ce monstre sait offrir un visage honorable au monde.

— Je vais me charger de lui, dis-je. Vous, trouvez un foyer pour ses enfants.

Je me levai.

— Que vas-tu faire ? me demanda Marilyn. Tu ne peux pas lui tirer dessus.

— J'ai l'impression d'entendre Lotty, dis-je. Ne pose pas de questions. Mieux vaut que tu ne saches rien.

En sortant d'Arcadia House, je croisai Mary Louise Neely.

— Vu votre expression, Emily doit être en forme, dit-elle, quand elle passa près de moi.

— Elle va s'en sortir.

Je grimpai dans ma Trans Am, et m'aperçus que je fredonnais toujours « Se vuol ballare », un air du *Mariage de Figaro.*

Ma conversation avec Fabian, le samedi suivant, s'avéra plus agaçante que pénible. Il se mit en colère, et nia qu'il se fût jamais rien passé entre Emily et lui, avant de s'apitoyer sur cette enfant si perturbée qui avait tant besoin d'aide.

— Nous sommes bien d'accord sur ce point, Fabian, dis-je. Aussi va-t-on placer Emily, Joshua et Nathan dans une famille d'accueil. Tu paieras leurs frais de scolarité, ainsi que la psychothérapie d'Emily. Quant à Tamar Hawkings, la femme qui a aidé Emily à survivre une semaine dans les tunnels, tu lui offriras un séjour dans une maison de repos luxueuse, avec ses enfants, jusqu'à ce qu'elle soit capable de réintégrer la vie active. En échange de quoi tu pourras garder ton travail.

— Tu oses me parler ainsi ? (Ses joues vibraient de rage.) Tu oses intervenir dans la vie de mes enfants ? Si jamais tu les revois, ne serait-ce qu'une seule fois, je te fais arrêter ! Et maintenant, sors de chez moi !

Je me calai contre le dossier de ma chaise et attendis qu'il se calme. Quand il se tut enfin, après une bonne — ou plutôt une affreuse — vingtaine de minutes, j'en avais les oreilles bourdonnantes.

J'entrepris alors de lui expliquer que je disposais de preuves accablantes de sa complicité avec Alec Gantner, non seulement dans cette histoire de blanchiment d'argent, mais dans la tentative d'assassinat contre moi. Evidemment je bluffais — je ne possédais aucun enregistrement le compromettant — mais la fin justifie les moyens.

J'étais prête à rendre ces enregistrements publics, lui dis-je. Je pouvais également prouver sa responsabilité dans le fait que Gant-Ag avait violé l'embargo contre l'Irak. J'irais même jusqu'à faire témoigner Emily contre lui dans un procès pour inceste.

— Tu préfères peut-être régler tout cela devant un tribunal, dis-je. Sinon, j'ai fait rédiger notre accord par Manfred Yeo. Je n'avais pas l'expérience nécessaire pour écrire un texte inattaquable.

— Tu es allée voir Manfred ?

Fabian avait l'air totalement effondré.

J'acquiesçai, avec un sourire angélique, et lui tendis une copie du document de dix pages écrit par notre vieux professeur. J'étais allée le voir juste après ma visite à Emily, le jeudi. Il me semblait dans l'ordre des choses qu'il nous aide à mettre un terme à cette histoire, vu que tout avait commencé le soir du dîner organisé par Fabian pour fêter son départ à la retraite.

Mon récit avait attristé Manfred, mais ne l'avait pas choqué. Il avait suivi l'histoire dans la presse, mais rien n'avait été publié sur Fabian. Oui, mieux valait éviter à Emily un long procès contre son père, Manfred était d'accord avec moi sur ce point. Aussi m'avait-il promis de rédiger un document la protégeant.

— Fabian était l'un de mes étudiants les plus brillants, me dit-il à la fin de notre entretien. Je l'ai aidé à débuter, mais je me souviens d'un procès contre une société qui avait violé la loi antitrust. Il n'avait commis aucune irrégularité, mais s'était arrangé simplement pour que ses frais soient monumentaux. D'éminents juristes avaient analysé cette affaire dans le *Harvard Law School Journal*, et conclu qu'il s'agissait là d'un exemple-type des abus perpétrés par les avocats frais émoulus de l'université.

» Quand l'article parut, Fabian en fut profondément affecté. Un jour, je l'ai retrouvé recroquevillé sur le carrelage des toilettes. Je l'ai aidé à se relever, et lui ai conseillé d'aller voir un psychiatre. Bien que cette suggestion l'ait blessé, elle avait également semblé le stimuler. Mais depuis, je me suis toujours demandé si un homme aussi névrosé était digne de confiance.

Manfred n'avait jamais raconté cela à personne. Cependant, Fabian avait dû y penser quand je lui avais annoncé que j'étais allée voir notre vieux professeur. C'était sans doute pour ça qu'il avait capitulé.

— Tu peux toujours dire à tes collègues que tu es trop ébranlé par la mort de Deirdre pour offrir une vie de famille équilibrée à tes enfants, lui suggérai-je au moment de partir.

Fabian se tassa sur le fauteuil de son bureau. Sa colère envolée, il avait sombré dans une espèce d'apathie inquiétante. Aussi dis-je à l'infirmière qui s'occupait de ses fils que Fabian avait l'air malade, et qu'il valait mieux ne pas laisser les enfants jouer près de lui.

Ce soir-là, je parlai de Fabian avec Lotty.

— Si ça se trouve, il s'est convaincu qu'Emily a tué sa mère, dit-elle, et par là même qu'il ne l'a jamais touchée. Nous avons affaire à un genre de paranoïaque très particulier : il s'en sort très bien dans sa vie professionnelle. C'est sans doute comme ça qu'il tient. Mais je ne pense pas qu'il fasse semblant d'avoir oublié les actes innommables qu'il a commis. Il les a réellement oubliés.

— C'est horrible, dis-je, en me servant un autre whisky. Et en plus il est fort possible qu'il se remarie, et qu'il ait encore des enfants.

— Le monde est loin d'être parfait, soupira Lotty. Mais tu ne pourrais pas le faire arrêter pour complicité dans les crimes commis par Gant-Ag ? Cela résoudrait le problème.

Je secouai la tête en signe de dénégation.

— Non, il faut qu'il travaille, qu'il continue à pourvoir aux besoins de ses enfants, qu'il paye les écoles, la psychothérapeute, toutes ces choses-là. En outre, nous avons déjà assez de mal comme ça à faire arrêter les mousquetaires pour complicité dans l'affaire Gant-Ag. D'ailleurs, Fabian n'était pas réellement complice, il s'est contenté de donner des conseils d'ordre juridique. Il savait qu'ils blanchissaient de l'argent, mais il n'en profitait pas. Tout ce qu'il voulait, c'était être nommé juge.

J'avalai une grande gorgée de whisky. Lotty eut beau me dire que j'allais avoir une gueule de bois terrible, je continuai à boire. Je buvais, mais je n'arrivais pas à me soûler. Même le Black Label ne pouvait m'ôter de la bouche l'amertume laissée par ma conversation avec Fabian.

62

L'HOMME QUI RACONTAIT DES HISTOIRES

Eva Kuhn et l'officier de police Neely se réjouirent de ma victoire sur Fabian. Cependant, une fois résolus les problèmes d'Emily, je sombrai dans une apathie dont je n'arrivais pas à sortir. Je fis une déposition chez le procureur concernant la tentative de meurtre d'Anton sur la personne d'Emily. Je parlai à d'innombrables agents fédéraux des travailleurs roumains clandestins. Je me demandai mollement pourquoi les fonctionnaires du trésor ne m'interrogeaient pas sur les détournements d'argent.

Murray venait me voir presque tous les jours. J'avais droit chaque fois au compte rendu de ses efforts pour coincer les Gantner, père et fils. Il essaya de m'entraîner dans ses enquêtes. J'avais l'impression d'être aux prises avec un moustique gros comme un Boeing. Aussi pris-je l'habitude de me réfugier au bord du lac avec les chiens.

Quelques jours après que Fabian eut signé le document de Manfred Yeo, Gant-Ag me fit savoir par courrier qu'ils m'attaquaient en justice : ils voulaient que je leur rembourse l'avion parti en fumée. La dépression protège de tout : cette nouvelle ne me fit guère d'effet. J'étudiai néanmoins cette lettre pendant une heure, avant d'appeler le bureau de Gantner, à Chicago, en demandant Eric Bendel.

— Transmettez un message de ma part au sénateur Gantner, à propos des poursuites qu'il veut engager contre moi. Dites-lui ceci : si c'était vraiment un avion de Gant-Ag, on va se demander pourquoi il transportait une telle somme d'argent en provenance des Iles Caïmans, sans aucun plan de vol et sans avoir eu aucun contact avec les contrôleurs du trafic aérien. Dites-lui que j'ai la liste de tous les avions enregistrés par les tours de contrôle de O'Hare et d'Aurora ce soir-là.

C'était l'un des points positifs des enquêtes frénétiques de Murray. Le lendemain du jour où l'avion avait explosé, mon journaliste préféré avait tenté d'obtenir cette liste, sans résultat. Deux jours plus tard, un expéditeur anonyme lui en avait envoyé une photocopie. Acte courageux, au demeurant, car les contrôleurs de la navigation aérienne sont des fonctionnaires, et si jamais l'on remontait jusqu'à cet homme, il pouvait craindre les foudres d'un sénateur furieux.

Bendel raccrocha sans dire un mot. Mais deux jours plus tard, je le trouvai en train de m'attendre, en rentrant de mon jogging. Sa limousine bleu marine était garée en double file devant mon immeuble. Les enfants du deuxième étage tournaient autour, fascinés. Les grosses voitures sont encore une rareté dans mon quartier, même s'il est en passe de devenir chic.

Lorsqu'il me vit continuer ma route imperturbablement, Bendel émergea du siège passager.

— Le sénateur Gantner aimerait vous parler.

J'appelai les chiens — ils étaient bien trop sociables, je ne voulais pas qu'ils attrapent quelque horrible microbe en léchant Bendel.

— Qu'il téléphone pour prendre rendez-vous. Je vais voir si j'arrive à le caser.

La portière arrière de la voiture s'ouvrit. Apparut un

Gantner aussi élégant que pendant ses campagnes électorales.

— Ayez l'obligeance de m'écouter, miss Warshawski. Je suis à Chicago pour très peu de temps.

Je regardai ma montre avec ostentation.

— Très bien. Je peux vous accorder cinq minutes.

Le sénateur et son acolyte me suivirent à l'intérieur de la maison.

Mr Contreras passa la tête dans le couloir.

— Venez, lui dis-je. C'est l'occasion de voir un sénateur américain en chair et en os. Et comme ça, vous serez témoin de toutes les menaces qu'il pourrait proférer contre moi, et de toute tentative de corruption.

Le vieux monsieur était abasourdi, mais il monta à leur suite. Lorsque nous fûmes tous installés dans mon salon, moi dans mon short trempé de sueur, Gantner et Bendel en costumes d'été impeccables, le sénateur en vint tout de suite au fait.

— J'ai su par Eric que vous aviez rencontré quelques problèmes de communication avec Gant-Ag, la compagnie de mon frère. Vous savez qu'il s'agit d'une entreprise privée, mais ce n'est un secret pour personne que nous avons réalisé un bénéfice de trente milliards de dollars l'année dernière. Mon frère, qui dirige la compagnie depuis mon élection, n'a pas toujours le temps de se pencher sur le détail des opérations. Je l'ai eu au téléphone ce matin. Il m'a avoué avoir fait une regrettable confusion : l'avion que vous avez contribué à détruire n'est pas à nous. Il appartient à une compagnie des Iles Caïmans, qui ne portera pas plainte. Craig va d'ailleurs vous envoyer une lettre pour vous signifier tout cela par écrit. Elle devrait partir au courrier d'aujourd'hui.

— Quel soulagement pour lui, sénateur, dis-je en prenant mes aises dans mon fauteuil. Et pour moi.

— Pour les autres problèmes vous concernant, je crains que mon fils n'ait manqué de réalisme dans son désir innocent d'aider un organisme de charité. Habitué à vivre dans l'aisance, il se sera, disons, laissé emporter par sa générosité. Mais il vient de donner sa démission. Il ne prendra plus part à leurs affaires.

» Alec est un peu naïf, poursuivit le sénateur. Il connaissait Donald Blakely depuis si longtemps, il aura manqué de discernement. Apparemment, Blakely aurait donné un ordre à l'un des entrepreneurs de Home Free, qui aurait abouti au meurtre de Deirdre. Ç'a été une grande déception pour nous tous, autant pour les membres de ma famille que pour notre entreprise, de découvrir que le banquier auquel nous faisions tous une confiance aveugle nous a ainsi trompés. A l'évidence, Donald Blakely se servait à la fois de ma firme et de sa propre banque, Gateway, pour blanchir de l'argent, utilisant Home Free comme relais.

» Lorsque Mrs Messenger s'en est aperçue, elle aurait dû aller voir la police. A la place, elle a héroïquement tenté de mettre Don en face de ses responsabilités, avec les résultats désastreux que nous connaissons. J'ai conseillé à Clive Landseer de faire agir son bureau, pour inculper le seul vrai coupable, Anton Radescu. Nous allons devoir absoudre son patron, Gary Charpentier, même si nous savons qu'il était au courant.

— Très malin, dis-je. Sinon, il risquait de donner Heccomb, lequel aurait dénoncé le naïf petit Alec.

Gantner m'intima le silence d'un doigt impérieux.

— Vu les circonstances, miss Warshawski, je pense qu'il serait préférable de ne pas citer de noms. Eric ?

Là-dessus, il disparut avec la rapidité d'un illusionniste.

Lorsque je fis part à Murray de la défense insolente pour laquelle avaient opté les Gantner, il poussa les hauts cris. Il venait de me rejoindre dans la cour de derrière, où j'assistais, en compagnie des chiens, aux exploits horticoles de mon voisin. Mr Contreras posa son transplantoir et raconta à Murray notre entrevue avec le sénateur — il était ravi d'avoir été aux premières loges, tandis que Murray s'échinait Dieu sait où, à quelque tâche obscure.

— Le fils de pute ! conclut Murray, ignorant le regard indigné de Mr Contreras. Il faut que Gantner tienne le ministère de la Justice par les couilles, pour qu'ils marchent comme ça dans son histoire ! Et mon rédacteur en chef, ce salaud, refuse de me donner les moyens de les coincer !

— Ha, ha, fis-je, tout en jouant avec les oreilles de Peppy.

— Qu'est-ce que tu vas faire, Warshawski ?

— La danse de la pluie, j'imagine. Faire pleurer les cieux pour inonder tous les champs de maïs du Midwest.

— Sérieusement. Tu ne vas pas rester assise tranquillement pendant qu'on empêche la justice de faire son travail ?

— En fait, tu veux que je t'aide à monter le reportage de ta vie. Je ne vole au secours de personne, ces temps-ci.

Murray me prit par les épaules et me secoua.

— Tu ne peux pas faire ça, Warshawski. Tu ne peux pas abandonner maintenant !

— C'est ce que je n'arrête pas de lui dire, grinça Mr Contreras. Du nerf, poupée. Tu ne t'es jamais laissé faire, jusqu'à présent ?

— Je suis fatiguée. Je viens de passer un mois à risquer ma vie pour quelque idée abstraite de la justice. Résultat, mon amant m'a quittée. Va voir une grande agence de détectives, Murray. Ils travaillent pour le fric, eux. Ils ne font pas de sentiments.

— Allons, Warshawski, tu ne vas pas nous jouer Achille. C'est un rôle pour un noble Grec, pas pour une Polonaise qui a fait ses classes dans la rue.

Je pris Peppy et remontai chez moi. Oui, bien sûr, cette histoire m'écœurait, mais j'étais lessivée.

Ne voulant pas travailler, je refusai tout ce qu'on me proposait, y compris une proposition de Phœbe. Une semaine après ma dernière entrevue avec Fabian, elle m'invita à déjeuner au Filigree. Elle avait perdu de son arrogance, elle alla même jusqu'à s'excuser.

— L'un dans l'autre, je t'ai attiré pas mal d'ennuis, dit-elle. Peut-être que Conrad n'aurait pas rompu avec toi si je n'avais pas fait appel à tes services.

— Je ne sais pas. Ils auraient tué Deirdre, de toute façon. Et j'aurais tout de même essayé de protéger Emily Messenger. Et pour Lamia, comment ça se passe ?

— Home Free va former un nouveau conseil d'administration. Tish Coulomb sera directrice exécutive. Elle voudrait qu'ils s'occupent à nouveau de dispenser des services aux sans-abri. Il leur reste des fonds tout à fait légaux qu'ils peuvent utiliser pour faire rénover un dernier immeuble. Les femmes de Lamia vont donc postuler. Nous espérons que ça va marcher.

Phœbe demeura silencieuse pendant un moment, tripotant le pied de son verre. Puis elle me dit, d'une seule traite :

— Je sais que je me suis mise en rogne la dernière fois qu'on s'est vues, mais est-ce que tu accepterais de retravailler pour moi ? J'ai d'excellents échos sur une petite compagnie de biotechnique lancée par des profs de chimie, mais je ne sais rien de ces gens. Je te paierai six cents dollars par jour, plus les frais.

— Ça ne m'intéresse pas.

— Vic, je t'ai dit que j'étais désolée !

Phœbe avait lancé cela avec son arrogance habituelle, avant de se souvenir qu'elle était demanderesse, et de sourire.

— Je ne connais personne d'aussi tatillon que toi en affaires, dit-elle. Que faut-il que je fasse ?

Je réfléchis quelques instants.

— Tu pourrais demander à Tish Coulomb de prendre Ken Graham à Home Free. Afin qu'il remplisse son quota d'heures de travail au service de la communauté. Elle réorganise Home Free, elle va avoir besoin d'aide. Si ça marche, je réfléchirai à ta proposition — mais ce n'est pas une promesse, Phœbe.

Elle m'appela le lendemain pour me dire que Ken pouvait commencer à travailler chez Home Free quand il voulait. Je fis l'effort de rédiger une lettre pour son contrôleur judiciaire. Darraugh fut tellement content qu'il m'envoya un chèque de dix mille dollars. Que j'essayai de refuser — cette somme étant excessive en regard du travail fourni.

Il me parla avec sa brusquerie habituelle.

— Vic, vous avez vécu des choses très dures, ces derniers temps. Il y a deux semaines, un crétin du bureau de Gantner, Eric Bundle, ou Bindle, est venu me dire qu'on allait supprimer la liberté conditionnelle de Ken si je continuais à travailler avec vous. J'ai accordé peu de crédit à cette menace. Je n'ai pas voulu vous ennuyer avec ça sur le moment, mais deux jours plus tard, quand l'histoire Gant-Ag a fait la une des journaux, j'ai compris ce contre quoi vous vous étiez battue. Vous méritez cet argent. Encaissez-le. Trouvez-vous un bureau convenable. Prenez des vacances.

J'encaissai le chèque. Je réussis même à convaincre Mr Contreras d'accepter mille dollars pour payer ses impôts locaux. Je ne trouvais toujours pas la force de travailler. Aussi allais-je peut-être suivre le conseil de Graham et partir quelque temps. J'avais feuilleté diverses brochures sur Reichenbach Falls, récemment.

Un matin, alors que je ressassais tout cela en revenant de mon jogging quotidien, je tombai sur l'officier de police Neely. Elle m'attendait en bas de chez moi. Je la fis asseoir dans le salon, pendant que je prenais une douche et préparais du café.

Nous parlâmes un peu d'Emily, puis Neely m'annonça abruptement qu'elle démissionnait de la police.

— Pourquoi rester dans une organisation hiérarchique alors que je suis en désaccord avec la hiérarchie ? J'ai eu de la chance d'avoir un supérieur comme Terry : il a demandé à Gustavo Galatea de me remplacer dans l'affaire Messenger et m'a confié d'autres responsabilités. Il n'a dit à personne que je lui avais reproché son attitude dans cette histoire. Mais je ne peux pas continuer à travailler dans ces conditions.

» Ce que je me demandais, et c'est pour ça que je suis venue vous voir... On dit que vous allez quitter le métier. Je voulais savoir si c'était vrai.

Elle rougit, gênée, puis tripota sa tasse à café vide.

Je lui racontais à quoi j'occupais mon temps les derniers jours. Elle prit une profonde inspiration et déclara :

— J'ai une proposition à vous faire. J'aimerais travailler pour vous. Si vous voulez prendre des vacances, je pourrais m'occuper de votre affaire en votre absence. J'ai proposé à Emily de venir habiter chez moi avec ses frères. Elle est d'accord, et Eva Kuhn pense que ce serait une bonne idée, surtout que Fabian va payer une nurse pour Nathan. Il se chargera également des frais de scolarité, mais il faut que je travaille. Je ne pourrai pas subvenir à leurs besoins, si je démissionne de la police.

J'éclatai de rire.

— Si vous croyez qu'une affaire comme la mienne rapporte suffisamment pour faire vivre deux personnes, sans parler de trois enfants, vous avez une idée bien naïve de la profession !

Elle rougit à nouveau, mais ne me laissa pas le dernier mot.

— Si nous étions deux, nous pourrions travailler davantage, et sur une plus grande échelle. Je suis quelqu'un de très organisé. Vous n'auriez plus à vous occuper de tous les détails qui vous ennuient. J'accepterais de me charger des boulots répétitifs, du moins pendant un temps. J'ai vingt-neuf ans, je suis en excellente condition physique, et vous connaissez mon expérience.

C'était une proposition tellement inattendue, que j'aurais été bien incapable de dire ce que j'en pensais. Je lui promis d'y réfléchir.

63

RIEN N'EST FINI TANT QUE TOUT N'EST PAS FINI

Ce 27 juillet, il fit une chaleur étouffante. Sur le conseil de Mr Contreras, j'allai pique-niquer et nager aux Indiana Dunes avec les chiens. Il resta à la maison s'occuper de son jardin. Il avait devant lui une douce après-midi à tondre la pelouse ou à pailler des semis.

Je revins à 6 heures. En remontant l'allée, il me sembla entendre des rires. Les chiens et moi prîmes la ruelle qui conduisait derrière l'immeuble. La cour était pleine de monde. Lorsqu'ils me virent ils crièrent : « Surprise ! » et « Bon Anniversaire ! »

Ken Graham — je l'appris par la suite — avait bricolé un message en lettres lumineuses : « La Vie Commence à Quarante Ans. » Je restai plantée à l'entrée de la cour, souriant bêtement.

Mr Contreras s'avança avec une coupe de champagne.

— Tu croyais que j'avais oublié ton anniversaire, pas vrai, poupée ? Tous mes vœux !

Lotty et Max vinrent m'embrasser. Max me tendit un vase chinois rempli de fleurs de son jardin. Très touchée, je remontai chez moi le mettre à l'abri, puis je redescendis saluer les autres personnes présentes.

Sal était là, avec son amie du moment, une jeune actrice. Mary Louise Neely avait amené Emily et ses frères. Neely travaillait pour moi en free-lance, désormais — nous avions décidé d'essayer cela avant d'envisager une collaboration plus permanente. Emily, en jean et débardeur rouge, ses cheveux frisés comme un gros buisson, avait l'air en pleine forme. Elle m'avait écrit un poème plein d'humour, qu'elle avait soigneusement recopié d'une belle écriture.

Darraugh et Ken arrivèrent ensemble, affichant une harmonie familiale des plus rares. MacKenzie, pensant qu'il devait remplir le vide laissé dans ma vie par Conrad, était resté en ville suivre les cours de l'université d'été. Comme promis, nous étions allés au Filigree. J'avais fait plusieurs fois de la voile avec lui, avec grand plaisir. Mais cette histoire n'allait pas durer : à l'automne, Ken partait en Europe de l'Est, rejoindre les troupes des Nations-Unies. Darraugh avait accepté cette nouvelle avec philosophie, ce qui m'avait étonnée.

Bobby Mallory était venu avec sa femme. Eileen, Phœbe Quirk, Camilla Rawlings, Marilyn Lieberman, Eva Kuhn et les autres membres de mon équipe de basket étaient également là. Même Manfred Yeo fit une brève apparition. Murray, qui arriva au bras de Tish Coulomb, eut droit à un regard ironique de ma part. Il me sourit d'un air penaud, mais ils avaient l'air heureux ensemble.

Mr Contreras me redonna la lithographie de ma mère. Le cadre en noyer était si habilement restauré que je dus vraiment le regarder de très près pour repérer les cassures.

Darraugh, avec sa brusquerie habituelle, me tendit un billet d'avion aller-retour pour Milan.

— Je vous ai dit de prendre des vacances. Allez donc voir la ville où votre mère est née. Et pendant que vous y êtes, vous pourrez visiter l'une de mes filiales, dans les environs de Milan. Pour ça, je voulais quelqu'un qui parle italien. Vous recevrez tous les détails par courrier demain.

Que dire d'autre ? Sinon que des amis fidèles sont comme un baume pour les bleus de l'âme, et que Mitch, avec l'aide de Nathan, dévora la plus grande partie du gâteau. Le champagne coula à flots, et nous dansâmes toute la nuit.

Composition réalisée
*par S.C.C.M. – PARIS XIVe*

Impression réalisée sur CAMERON par
BRODARD ET TAUPIN
La Flèche
en septembre 1995

Imprimé en France
Dépôt édit. 0797 – 10/1995
N° d'impression : 2460C-5
ISBN : 2-7024-2604-2

H 52/0775/8